btb

Es ist Dezember in Kymlinge, einem kleinen verschneiten Dorf in Schweden. Familie Hermansson ist zusammengekommen, um zwei Geburtstage zu feiern: den 65. von Vater Karl-Erik – Lehrer von Beruf und gerade pensioniert – sowie den 40. der ältesten Tochter Ebba, erfolgreiche Ärztin, Mutter zweier halbwüchsiger Söhne. Zu den Feierlichkeiten erwartet werden zudem die jüngste Tochter Kristina, die beim Fernsehen arbeitet, und ihr Ehemann, ein karrierebewusster TV-Produzent, mit dem sie einen kleinen Sohn von zwei Jahren hat. Und schließlich gibt es da noch das schwarze Schaf der Familie, Sohn Walter, der den Jubilaren gleich erstmal einen Strich durch die Rechnung macht, indem er am Vorabend der Feier spurlos verschwindet. Als wenig später auch Ebbas Sohn Henrik spurlos verschwindet, wird das Ganze zunehmend mysteriöser. Inspektor Barbarotti nimmt die Ermittlungen auf. Er stößt auf ziemlich unschöne Geschichten und einen ungewöhnlichen Mörder …

Håkan Nesser, geboren 1950, ist einer der beliebtesten Schriftsteller Schwedens. Für seine Kriminalromane erhielt er zahlreiche Auszeichnungen, sie sind in über zwanzig Sprachen übersetzt und mehrmals erfolgreich verfilmt worden. »Mensch ohne Hund« ist der erste Band der Serie um Inspektor Gunnar Barbarotti. Håkan Nesser lebt in Stockholm und auf Gotland.

HÅKAN NESSER

Mensch ohne Hund

Roman

Aus dem Schwedischen
von Christel Hildebrandt

btb

Die schwedische Originalausgabe erschien 2006
unter dem Titel »Människa utan hund« bei
Albert Bonniers, Stockholm.

MIX
Papier | Fördert
gute Waldnutzung
FSC® C014496

Penguin Random House Verlagsgruppe FSC® N001967

6. Auflage der Neuausgabe November 2019

Umschlaggestaltung: semper smile, München
Umschlagmotiv: © Getty Images/magedepotpro;
© Arcangel/Philip Mckay
Druck und Einband: GGP Media GmbH, Pößneck
SL · Herstellung: sc
Printed in Germany
ISBN 978-3-442-71918-1

www.btb-verlag.de
www.facebook.com/penguinbuecher

Einleitende Bemerkung

Der Ort Kymlinge existiert nicht wirklich, und der Albert Bonniers Verlag hat nie eine Gedichtsammlung mit dem Titel *Das Beispiel des Obsthändlers* herausgebracht. Ansonsten stimmt der Inhalt des Buches im Wesentlichen mit bekannten Verhältnissen überein.

I

Dezember

1

Als Rosemarie Wunderlich Hermansson am Sonntag, dem 18. Dezember erwachte, war es kurz nach sechs, und sie hatte noch ein ganz klares Bild vor Augen.

Sie stand in einer Türöffnung und schaute auf einen fremden Garten hinaus. Es war Sommer oder früher Herbst. In erster Linie betrachtete sie zwei kleine, dicke, gelbgrüne Vögel, welche auf einer Telefonleitung zehn, fünfzehn Meter von ihr entfernt saßen, und jeder hatte eine Sprechblase im Schnabel.

Du musst dich umbringen, stand in der einen.

Du musst Karl-Erik umbringen, stand in der anderen.

Die Botschaft war an sie gerichtet. Es war sie, Rosemarie Wunderlich Hermansson, die sich umbringen sollte. Oder Karl-Erik töten. In diesem Punkt herrschte nicht der geringste Zweifel.

Letzterer war ihr Mann, und erst nach einigen Sekunden sah sie ein, dass diese beiden verrückten Aufforderungen natürlich aus etwas resultierten, das sie geträumt hatte – aber es war ein Traum gewesen, der sich schnell davongeschlichen und nur diese beiden bizarren Vögel auf der Leitung zurückgelassen hatte. Merkwürdig.

Für einen Moment blieb sie ganz ruhig auf der rechten Seite liegen und starrte in die Dunkelheit um sich herum, wartete auf eine fiktive Morgendämmerung, die sich wahrscheinlich im Augenblick noch im Bereich des Ural befand, und sah ein, dass es sich genau so verhielt. Die Vögel breiteten ihre abgerundeten

Schwingen aus und flogen davon, während ihre Behauptung zurückblieb und nicht falsch verstanden werden konnte.

Sie oder Karl-Erik. So war das also. Es hatte ein *oder* zwischen den Sprechblasen gegeben, kein *und.* Das eine schloss das andere aus, und es erschien auch wie … wie eine zwingende Notwendigkeit, dass sie sich für eine der beiden Alternativen entschied. Jesus Christus, dachte sie, schwang die Beine über die Bettkante und setzte sich auf. Wie hatte es nur dazu kommen können? Als ob diese Familie nicht schon genug Probleme hätte.

Doch als sie ihren Rücken streckte und die vertrauten Morgenschmerzen zwischen dem dritten und vierten Lendenwirbel spürte, kamen auch die Alltagsgedanken angeschlichen. Ein sicherer, wenn auch ziemlich langweiliger Balsam für die Seele. Sie empfing sie mit einer Art träger Dankbarkeit, schob die Hände in die Achseln und schlurfte ins Badezimmer. Man ist so schutzlos morgens, dachte sie. So nackt und bloß. Eine dreiundsechzigjährige Handarbeitslehrerin ermordet nicht ihren Mann, das ist vollkommen ausgeschlossen.

Sie war zwar außerdem auch noch Deutschlehrerin, aber das änderte die Tatsachen nicht nennenswert. Ließ sie in keiner Weise akzeptabler erscheinen. Was um alles in der Welt sollte es in dieser Frage für einen Unterschied machen, wenn sie Handarbeiten *und* Deutsch unterrichtete?

Das hieß dann wohl, der eigenen Wanderung im Jammertal ein Ende zu setzen, dachte Rosemarie Wunderlich Hermansson. Machte Licht, betrachtete ihr breites, glattes Gesicht im Spiegel und stellte fest, dass jemand ein Lächeln daraufgeklebt hatte.

Warum lächle ich?, fragte sie sich. Es gibt doch weiß Gott keinen Grund zum Lächeln. Mir ist es noch nie schlechter in meinem ganzen Leben gegangen, und in einer halben Stunde wacht Karl-Erik auf. Was hatte der Schulleiter gesagt? *Das tief klingende Erz, das* … das was? … *das dem heranwachsenden*

Geschlecht den moralischen und wissenschaftlichen Resonanzboden verleiht? Wo zum Teufel hatte er das her? Dieses Gefasel. *Jahrgang für Jahrgang, Generation für Generation, vierzig Jahre lang. Eine pädagogische Fichte.*

Ja, Fläskbergson hatte Karl-Erik tatsächlich als pädagogische Fichte bezeichnet. Konnte darin ein Funken Ironie verborgen sein?

Vermutlich nicht, dachte Rosemarie Wunderlich Hermansson und pflügte mit ihrer elektrischen Zahnbürste tief in die rechte Wange hinein. Vera Ragnebjörk, ihre einzige Kollegin in Sachen Deutsch, das in der Kymlinge-Schule am Aussterben war, pflegte zu behaupten, dass Fläskbergson die ironische Dimension ganz und gar fehle. Weshalb man mit ihm nicht wie mit einem normalen Menschen sprechen konnte, und vermutlich war es diesem einzigartigen Mangel zu verdanken, dass er auch nach mehr als dreißig Jahren immer noch auf seinem Posten als Schulleiter saß.

Fläskbergson war nur ein Jahr jünger als Karl-Erik, aber gut und gern vierzig Kilo schwerer, und bis zu dem traurigen Tag vor fast acht Jahren, als seine Ehefrau Berit umgekommen war, nachdem sie in Kitzbühl aus einem Skilift gefallen war und sich das Genick gebrochen hatte, hatten sie miteinander verkehrt. Zu viert. Zu Bridgeabenden oder so. Eine Theaterreise nach Stockholm. Eine Katastrophenwoche auf Kreta. Rosemarie überlegte, dass sie Berit ein wenig vermisste, nicht jedoch Fläskbergson. Den Umgang mit ihm sozusagen.

Warum stehe ich eigentlich hier und verschwende meine kostbaren Morgenminuten damit, an diese eindimensionale Null zu denken?, fragte sie sich schließlich. Warum sehe ich nicht lieber zu, in aller Ruhe meine Morgenzeitung zu lesen? Offenbar bin ich dabei, die Kontrolle zu verlieren.

Aber auch bei Kaffee und Zeitung stellten sich keine besseren Gedanken ein. Es gab keine Lichtblicke. Als sie den Blick hob und auf die Küchenuhr schaute – ein Impulskauf bei IKEA für 49,50, vor langer Zeit, im Herbst 1979 und vermutlich unverwüstlich – zeigte diese zwanzig Minuten nach sechs, es würde noch mindestens siebzehn Stunden dauern, bis ihr die Gnade zuteil werden würde, wieder in ihr Bett kriechen zu dürfen und einen weiteren düsteren Tag mit seinen Ereignissen hinter sich zu legen. Und zu schlafen, nur zu schlafen.

Heute war Sonntag. Es war ihr zweiter Tag als glückliche Pensionärin, die letzte bedeutungsvolle Veränderung im Leben, bevor der Tod eintrat, wie eine freundliche Seele bemerkt hatte, und sie sagte sich, dass sie, hätte sie nur einen Zugang zu einer Waffe gehabt, bereits beim Aufwachen, als sie daran erstmals gedacht hatte, von ihr Gebrauch gemacht hätte. Sich eine Kugel in den Kopf geschossen, bevor Karl-Erik in seinem gestreiften Pyjama in die Küche gekommen wäre, bevor er sich gestreckt und erklärt hätte, er habe geschlafen wie ein Kind. Wenn diese Nahtod-Schilderungen stimmten, die sie gelesen hatte, hätte es anschließend interessant sein können, unter der Decke zu schweben und sein Mienenspiel zu betrachten, wenn er sie fände, über dem Tisch zusammengebrochen, den Kopf in einer großen, warmen Blutlache liegend.

Aber so etwas tut man nicht. Schon gar nicht, wenn man keine gute Waffe hat und auch ein wenig an die Kinder denken muss. Sie trank einen Schluck Kaffee, verbrannte sich dabei die Zungenspitze und schaltete wieder ihr Alltagsgehirn ein. Was stand an diesem zweiten Tag nach einem langen Arbeitsleben auf dem Programm?

Das ganze Haus putzen. So einfach war das. Die Kinder und die Enkelkinder sollten am nächsten Tag eintrudeln, und am Dienstag war der große Tag.

Der Tag, der eigentlich in die Annalen der Familie hätte eingehen sollen, der aber in sonderbarer Art und Weise wegen Walter zu einer Art pompösem Anti-Ereignis zusammengeschrumpft war. Genau das. Den ganzen Herbst über war die

Rede von einhundert bis einhundertzwanzig Personen gewesen; einzig das Fassungsvermögen der Svea-Speisesäle hatte die Sache beschränkt, und Karl-Erik hatte die Sache immer und immer wieder mit dem Kellermeister Brundin diskutiert, und gut hundert Leute sollten kein Problem darstellen.

Die dann aber nicht eingeladen werden sollten. Walters Skandal ereignete sich am 12. November, die Lokalitäten waren schon lange reserviert worden, aber es war noch nicht zu spät gewesen, um abzusagen. So um die siebzig Einladungskarten waren schon abgeschickt worden, um die zwanzig Zusagen waren bereits eingegangen, aber die Leute waren äußerst verständnisvoll, als man ihnen erklärte, dass man sich aufgrund der Umstände dazu entschlossen hatte, eine kleinere Familienfeier zu arrangieren.

Durchgängig äußerst verständnisvoll waren sie gewesen. Die Sendung hatte eine Zuschauerzahl von fast zwei Millionen gehabt, und die, die sie nicht gesehen hatten, wurden am folgenden Tag über die Abendpresse informiert.

WICHS-WALTER. Das Wort in den Schlagzeilen hatte sich in Rosemaries Mutterherz eingebrannt wie ein Brandzeichen auf einer borstigen Sau, und sie wusste, dass sie Walter für den Rest ihres Lebens nie wieder einen Gedanken widmen konnte, ohne diesen schrecklichen Zusatz hinzuzufügen. Sie hatte beschlossen, nie, nie wieder das Aftonbladet oder den Expressen zu lesen, ein Versprechen, das sie bisher noch nicht gebrochen hatte, ja, nicht einmal im Ansatz daran gedacht hatte, es zu brechen.

Also eine kleinere Familienfeier. Anschließend war es in der Schule das Gleiche gewesen. Der gleiche diskrete Vorhang der Barmherzigkeit war auch hier gefallen. Als das Ehepaar Hermansson sich nach zusammen sechsundsechzig Dienstjahren nunmehr gleichzeitig von der blutbesudelten Kampfbahn der Pädagogik zurückzog, wie ein schlauer Kopf, aber wohl kaum

Fläskbergson, es formuliert hatte, war die Verabschiedung auf eine verlängerte Konferenz mit Kuchen reduziert worden, der entsprechenden Anzahl roter Rosen sowie einem Punschservice aus gehämmertem Kupfer – wobei Rosemarie sich bereits, als sie das Paket öffnete und einen ersten Blick darauf geworfen hatte, fragte, ob es nicht Elonsssons hoffnungslose Achte gewesen war, die man dazu gezwungen hatte, beim Metallwerken dieses Zeug zusammenzuhämmern, um die Note »Ungenügend« zu vermeiden. Elonsson hatte im Gegensatz zu Fläskbergson einen ausgeprägten Sinn für das Ironische im Leben.

Fünfundsechzig plus vierzig. Das war die zweite große Addition im Dezember, und es ergab hundertfünf. Rosemarie wusste, dass es Karl-Erik grämte, dass nicht exakt hundert dabei herauskam, aber an den Tatsachen war nicht zu rütteln. Karl-Erik rüttelte sowieso nie an den Tatsachen. Sie streckte zögerlich ein paar Mal ihren Rücken, ohne vom Stuhl aufzustehen, und dachte zurück an die Nacht vor vierzig Jahren, als es ihr gelungen war, zwei Presswehen zurückzuhalten, bis die Uhr die Zwölf überschritten hatte. Karl-Eriks nur schlecht getarntes Glück war nicht zu übersehen gewesen, Gott sei Dank. Die erstgeborene Tochter war an seinem eigenen fünfundzwanzigsten Geburtstag aus dem Mutterleib in die Welt hinausgekrabbelt. Es hatte immer ein außerordentlich starkes Band zwischen Ebba und Karl-Erik gegeben, und Rosemarie war klar, dass es bereits damals geknüpft worden war. Bereits damals, im Örebro-Krankenhaus, vier Minuten nach Mitternacht, am 20. Dezember 1965. Die Hebamme hieß Geraldine Tulpin, ein Name, den man nur schwer vergessen konnte.

Die Weihnachtsfeiern in der Familie wiesen immer eine gewisse Schieflage auf. Rosemarie hatte nie darüber gesprochen, nicht einmal – aber diese Schieflage bestand. Normale Menschen, Christen wie Nichtchristen, sahen den 24. Dezember als die Nabe an, um die sich die Winterdunkelheit drehte, aber in der Familie Wunderlich Hermansson hatte der 20. mindestens ebensoviel Bedeutung. Karl-Eriks und Ebbas Geburtstag, der folgende Tag war der kürzeste im Jahr, das Herz der Finsternis, und auf irgendeine sonderbare Art und Weise war es Karl-Erik gelungen – ohne an den Tatsachen zu rütteln, aber viel fehlte nicht daran –, eine Verschiebung um einen Tag zustande zu bringen, so dass man eine Art Dreifaltigkeit hinbekam. Sein eigener Geburtstag. Ebbas Geburtstag. Die Rückkehr des Lichts auf die Erde.

Ebba war immer der Augenstern ihres Vaters und das Hätschelkind gewesen, an sie hatte er von Anfang an die größten Hoffnungen geknüpft. Hatte sich nie auch nur die Mühe gemacht, diese Tatsache zu verbergen, gewisse Kinder haben mehr Karat als andere, so geht es nun einmal im genetischen Schmelztiegel der Biologie zu, so hatte er bei irgendeiner Gelegenheit einmal erklärt, als er sich ganz gegen seine Gewohnheit einen Cognac zu viel gegönnt hatte. Ob man nun will oder nicht. Und wie es im Nachhinein aussah, dachte Rosemarie verbittert und ohne sich etwas vorzumachen – während sie sich eine zweite Tasse Kaffee einschenkte, ein verlässlicher Eckstein in dem nur langsam sich entwickelnden Projekt des Wachwerdens –, so schien er zweifellos auf das richtige Pferd gesetzt zu haben.

Ebba war ein Fels in der Brandung. Walter war schon immer das schwarze Schaf gewesen, und jetzt hatte er sich unbeschreiblich verhalten – wobei das möglicherweise viel weniger überraschend war, als alle taten. Und Kristina? Ja, über Kristina konnte man eigentlich nur sagen, dass sie so war, wie sie war, das Kind war in letzter Zeit ein wenig zur Ruhe gekommen, die letzten Jahre waren in einem deutlich ruhigeren Fahrwasser verlaufen als die vorhergehenden, auch wenn Karl-Erik beharrlich betonte, dass es noch zu früh war, um laut Hurra zu schreien, ganz eindeutig zu früh.

Wann hast du jemals Hurra geschrien, mein Holzprinz?, hatte Rosemarie jedes Mal gedacht, wenn er das sagte, und jetzt in ihrer Küche, in der die Dämmerung auf sich warten ließ, dachte sie wieder das Gleiche.

Genau in diesem Moment betrat er die Küche.

»Guten Morgen«, sagte er. »Ist schon komisch. Trotz allem habe ich geschlafen wie ein Kind.«

»Ich finde, es hat einen Anschein von Panik«, sagte sie.

»Wie meinst du das?«, fragte Karl-Erik Hermansson und schaltete den Wasserkocher ein. »Wohin hast du meinen neuen Tee gestellt?«

»Zweites Regal«, antwortete Rosemarie. »Nun, das Haus zu verkaufen und in diese Urbanisation zu ziehen natürlich. Das hat so etwas ... ja, Panikartiges. Wie schon gesagt. Nein, weiter links.«

Er klapperte mit Tassen und Dosen. »Ur-ba-ni-sa-ción«, artikulierte er mit deutlich hörbarem spanischem Phonem. »Ich weiß, dass du so deine Zweifel hast, aber eines Tages wirst du mir noch danken.«

»Woran ich zweifle«, erklärte Rosemarie Wunderlich Hermansson. »Daran zweifle ich bis in den kleinen Zeh. Du musst dir die Nasenhaare schneiden.«

»Rosemarie«, sagte Karl-Erik und schob den Brustkorb vor. »Ich kann den Leuten hier nicht mehr in die Augen sehen. Ein Mann muss aufrecht gehen und den Kopf oben tragen können.«

»Man muss sich auch mal beugen können«, konterte sie. »Das hier geht vorbei. Die Leute vergessen schnell, und alles bekommt seine angemessenen Prop ...«

Er unterbrach sie, indem er seine neue Teedose mit einem Knall auf die Arbeitsplatte stellte. »Ich denke, wir haben lange genug darüber diskutiert. Lundgren hat zugesagt, dass wir die Papiere Mittwoch unterschreiben können. Ich bin fertig mit dieser Stadt. Basta. Es ist doch nur Feigheit und Trägheit, die uns hier noch halten.«

»Wir haben hier achtunddreißig Jahre gewohnt«, sagte Rosemarie.

»Lange genug«, sagte Karl-Erik. »Hast du schon zwei Tassen Kaffee getrunken? Denk dran, ich habe dich gewarnt.«

»An einen Ort zu ziehen, der nicht einmal einen richtigen Namen hat. Ich finde, er sollte zumindest einen Namen haben.«

»Den wird er schon kriegen, sobald sich die spanischen Behörden entschieden haben. Was ist denn so schlecht an Estepona?«

»Nach Estepona sind es sieben Kilometer. Und vier Kilometer bis zum Meer.«

Er erwiderte nichts. Goss kochendes Wasser über seine gesunden grünen Teeblätter und holte das Sonnenblumenbrot aus dem Brotkasten. Sie seufzte. Sie diskutierten ihre Frühstücksgewohnheiten seit fünfundzwanzig Jahren. Sie diskutierten den Hausverkauf und den Umzug nach Spanien seit fünfundzwanzig Tagen. Obwohl Diskussion dafür wohl kaum der richtige Begriff ist, dachte Rosemarie. Karl-Erik hatte einen Beschluss gefasst und anschließend seine gut geschmierte demokratische Gesinnung dazu benutzt, sie auf seine Seite zu ziehen. So hatte es jedes Mal ausgesehen. Er gab nie auf. Bei jeder Frage, die von einem gewissen Gewicht war, hatte er geredet, geredet und geredet, bis sie aus reiner Erschöpfung und aus reinem Überdruss das Handtuch warf. Die reinste Filibustertaktik. Das war beim Autokauf so gewesen. Das war bei den sauteuren Bücherregalen in ihrem gemeinsamen Arbeitszimmer so gewesen – das er gern als ihr gemeinsames Arbeitszimmer bezeichnete, er verbrachte darin vierzig Stunden die Woche, sie vier. Das war bei ihren Urlaubsreisen nach Island, nach Weißrussland und ins Ruhrgebiet so gewesen, denn wenn man Fachbereichsleiter für Gemeinschaftskunde und Geographie war, dann hatte man so seine Verpflichtungen.

Und er hatte bereits das Handgeld für dieses Haus zwischen Estepona und Fuengirola bezahlt, ohne sie zu fragen. Hatte die

Verhandlungen mit Lundgren von der Bank über den Verkauf des Hauses eingeleitet, ohne zunächst den demokratischen Prozess daheim in Gang zu setzen. Das konnte er nicht leugnen und leugnete es auch gar nicht.

Aber vielleicht sollte sie ihm sogar dankbar sein. Ehrlich gesagt. Es hätte genauso gut Lahti oder Wuppertal sein können. Ich habe mit diesem Mann mein gesamtes erwachsenes Leben verbracht, dachte sie plötzlich. Ich dachte, etwas würde mit der Zeit reifen zwischen uns, aber dem war nicht so. Von Anfang an war da etwas Schimmliges zwischen uns, und mit jedem Jahr, das verging, wurde es schimmliger.

Und warum war sie so unverbesserlich unselbstständig, dass sie ihr Leben mit ihm vergeuden musste? Ein höchstes Zeichen von Schwäche, oder etwa nicht?

»Woran denkst du?«, fragte er.

»An nichts«, antwortete sie.

»In einem halben Jahr haben wir alles hier vergessen«, sagte er.

»Was? Unser Leben? Unsere Kinder?«

»Red keinen Quatsch. Du weißt, was ich meine.«

»Nein, das tue ich nicht. Und übrigens, wäre es nicht besser, wenn Ebba und Leif ins Hotel gingen? Schließlich sind es vier Erwachsene, das wird bestimmt eng.«

Er zwinkerte ihr zu, als wäre sie eine Schülerin, die die dritte Stunde nacheinander vergessen hat, eine Arbeit abzuliefern, und sie wusste, dass sie das nur vorgeschlagen hatte, um ihn zu reizen. Denn natürlich hatte sie Recht damit, dass Ebba, Leif und ihre beiden Teenagersöhne mehr Platz beanspruchen würden, als es im Haus eigentlich gab, aber Ebba war nun einmal Ebba, und Karl-Erik würde lieber seinen letzten Schlips verpfänden, als seine Lieblingstochter irgendwo anders unterzubringen als daheim, in dem Zimmer, in dem sie aufgewachsen war. Und das erst recht jetzt, wo es das letzte Mal, das letzte Mal für alle Zeiten war.

Sie bekam einen Kloß im Hals und kippte den lauwarmen Kaffee hinunter. Und Walter? Ja, der arme Walter musste natürlich vor den Blicken der Welt so gut es nur ging versteckt werden, man konnte ihn nicht im Hotel herumlaufen lassen, wo ihn jeder begaffen und verhöhnen konnte. Wichs-Walter von Fucking Island. Als sie das letzte Mal mit ihm gesprochen hatte, vorgestern Abend, hatte es fast geklungen, als wäre er kurz vorm Heulen.

Also mussten Kristina, Jakob und der kleine Kelvin ins Hotel. Wie konnte man ein Kind nur Kelvin taufen? Der absolute Nullpunkt, wie Karl-Erik den frischgebackenen Eltern erklärt hatte, doch das hatte nichts genützt. Übrigens war sie sich ziemlich sicher, dass die Kleinfamilie das Hotel als Glückslos betrachten würde, die Gefühlslage, die Kristina gegenüber Rosemarie zu zeigen pflegte, seitdem sie erwachsen und von zu Hause ausgezogen war, bestand aus einer Mischung aus Schuldgefühl, Minderwertigkeitsgefühl und dem Gefühl, missraten zu sein. Und einen kurzen, jedoch umso klareren Moment lang war sie sich dessen bewusst, dass sie eigentlich nur für Walter Gefühle empfand und sich um ihn sorgte. Lag es daran, dass er ein Junge war? War es so einfach?

Aber vielleicht würde es früher oder später doch noch einen Zugang zu Kristina geben; was sie selbst betraf natürlich nur, kaum für Karl-Erik. Denn er war schon immer das Hauptziel für die Obstinenz des Mädchens gewesen. Gab es dieses Wort überhaupt? Obstinenz? Von den ersten Pubertätstagen an war es so gewesen, doch die pädagogische Fichte hatte aufrecht und im Schutz ihrer Rinde unzählige Streitereien, Zwiste und Dispute ausgehalten – und dabei gerade die Eigenschaften gezeigt, die derartigen rechtschaffenen Pflanzen zugeschrieben werden. Bleibe auf dem Fleck, auf dem du stehst, und rühre dich keinen Millimeter fort.

Ich bin ihm gegenüber ungerecht, dachte sie. Aber ich bin es so verflucht leid, dass ich auf das ganze Elend spucken könnte.

Gerade in diesem Augenblick, als sich die Uhr den Sieben-Uhr-Nachrichten auf P1 näherte, führte Karl-Erik eine Reihe schwergewichtiger und unwiderlegbarer Argumente für die Selbstverständlichkeit an, dass Ebbas Familie im Haus untergebracht werden musste – und Rosemarie ertappte sich bei dem Gedanken, dass sie am liebsten zu ihm gehen, ihm die Zunge aus dem Mund ziehen und diese abschneiden würde.

Seine pädagogischen Aufgaben waren schließlich abgeschlossen, es war also an der Zeit.

Und dann dieser automatisch auftauchende Gedanke, dass sie wieder einmal ungerecht war.

»All right, all right«, sagte sie. »Es spielt keine Rolle.«

»Na gut«, sagte er. »Wie schön, dass wir uns einig sind. Wir müssen auf jeden Fall versuchen, Walter genau wie immer zu behandeln. Ich möchte dieses Ereignis nicht erwähnt haben. Ich werde mit ihm ein Gespräch unter vier Augen führen, das muss reichen. Wann, sagte er, dass er kommen wollte?«

»Gegen Abend. Er kommt mit dem Wagen. Ja, genauer hat er das nicht gesagt.«

Karl-Erik Hermansson nickte nachdenklich, öffnete den Mund sperrangelweit und schaufelte einen gehäuften Löffel Joghurt mit grobem Müsli hinein, unberührt von Menschenhand und mit dem Zusatz von zweiunddreißig nützlichen Mineralien plus Selen.

Sie saugte im oberen Stockwerk Staub. Karl-Erik hatte sich in häuslicher Solidarität die Einkaufsliste und das Auto gegriffen und war zu dem uralten Coop-Palatz draußen im Industriegebiet Billundsberg gefahren, um dort fünfhundert Kilo Geburtstagsnotwendigkeiten sowie einen Tannenbaum einzukaufen. Während Rosemarie den altmodischen alten Voltan herummanövrierte, gekauft bei Bröderna Erikssons Elektriska Maskiner, Hem & Hushåll bereits im Spätwinter 1983 und vermutlich unverwüstlich, überlegte sie, wie viele wichtige Entscheidungen sie eigentlich während ihres dreiundsechzigjährigen Lebens getroffen hatte.

Dass sie sich mit Karl-Erik, der Pädagogenfichte, verheiratet hatte? Wohl kaum. Sie hatten sich bereits während ihrer Schulzeit in der Karolinschen Lehranstalt kennen gelernt (sie eine verhuschte Anfängerin in der ersten Gymnasialklasse, er ein aufrechter Schüler der Abschlussklasse, ganz elegant in Anzug), und er hatte ihren Widerstand in der gleichen Form geknackt, wie er ihre Einwände in ihrem gesamten gemeinsamen Leben knacken sollte. Als er um ihre Hand anhielt, war ihr erstes *Nein* in ein zweites *Vielleicht, wir können das ja noch hinausschieben, bis wir wenigstens unsere Prüfung gemacht haben* verwässert worden, bis hin zum letztendlichen *Okay, aber wir müssen erst eine gemeinsame Wohnung finden.* Sie hatten 1963 geheiratet, sie hatte den textilen Zweig des Seminars für häusliche Ausbildung im Juni 1965 abgeschlossen, und Ebba war ein halbes Jahr später zur Welt gekommen. Auch sie war nicht die Frucht eines Beschlusses gewesen, den Rosemarie gefasst hatte.

Die Laufbahn der Handarbeitslehrerin hatte sie gewählt, nachdem ihre beste (und einzige) Freundin im Gymnasium, Bodil Rönn, sich bereits dafür entschieden hatte. Sie hatten die Prüfung gemeinsam durchgestanden, Bodil hatte eine feste Stelle in Boden in einer Schule bekommen, die weniger als fünfhundert Meter vom Elternhaus ihres Freundes Sune entfernt lag, und soweit Rosemarie wusste, wohnten die beiden immer noch dort. Sie hatten eineinhalb Jahre lang Kontakt miteinander gepflegt und sich Briefe geschrieben, doch die letzte Weihnachtskarte war inzwischen sieben oder acht Jahre alt.

Kein einziger wichtiger Beschluss, dachte sie und schleppte das Voltanwunder über den Flur, um sich die Gästezimmer vorzunehmen. Oder die alten Kinderzimmer, wie immer man sie nun bezeichnen wollte. Ebbas Zimmer, Walters Zimmer und Kristinas enge Kammer, die eigentlich nicht viel größer war als eine Vorratskammer – aber es war ja auch nie geplant gewesen, dass es mehr als zwei Kinder werden sollten, und erst recht nicht, wenn man bedachte, dass bereits mit zwei Versuchen eines von jedem Geschlecht zustande gebracht worden war, aber dann war es halt doch anders gekommen. Das Leben nahm eben seinen Lauf, und das nicht immer nach Plan; Kristina war 1974 geboren worden, Rosemarie hatte zehn Monate zuvor auf Anraten ihres Gynäkologen die Pille abgesetzt gehabt, und wenn die katastrophale Griechenlandreise mit Familie Fläskbergson keine lichteren Erinnerungen hervorgebracht hatte, so zumindest eine nicht geplante Tochter. Karl-Erik hatte vergessen, Kondome zu kaufen, und es nicht rechtzeitig geschafft, sich zurückzuziehen. So war es nun einmal, shit happens auch in dieser besten aller Welten, genau wie in allen anderen. Was war das für eine Sprache, die ihre Gedanken an diesem nasskalten Dezembermorgen benutzten? God knows, holy cow, jedenfalls waren das Worte, die sie normalerweise nicht benutzte. Wie war eigentlich das Wetter? Besser, sich neutralen Dingen zu widmen. Bis jetzt war nicht einmal ein Zentimeter Schnee in diesem westschwedischen Landesteil gefallen, und wenn sie aus dem Fenster schaute, kam es ihr vor, als ob sogar das Tageslicht aufgab und das Handtuch warf. Die Luft sah aus wie Haferschleim.

Erst als sie den langen Flurläufer zusammengerollt hatte und die Fußbodenleisten ohne den Aufsatz absaugte, fiel ihr ein entscheidender Beschluss ein. Verdammt noch mal.

Sein Name war Göran gewesen, er hatte Sandalen ohne Strümpfe getragen und als Vertretung während des Herbsthalbjahres gearbeitet. Es war ihr drittes Jahr an der Schule gewesen, fünf Jahre nach Kristinas Geburt, sie konnte es einfach nicht in ihren Schädel bekommen, dass dieser bärtige Charmebolzen ausgerechnet eine 36-jährige Mutter dreier Kinder brauchte, und folglich sagte sie Nein. Und dieses *Nein* war offenbar die wichtigste Entscheidung ihres Lebens gewesen. Einen frisch geschiedenen, geilen Referendar mit breiten Schultern abweisen.

Es geschah während einer Fortbildungsfahrt mit dem Schiff nach Finnland, die pädagogische Fichte war zum dritten Mal in seinem Leben krank gewesen (wenn man den angeborenen Nabelbruch nicht mitzählte), der Referendar hatte in ihrer Kajüte die halbe Nacht gesessen und sie angehimmelt. Gebettelt und gefleht. Hatte ihr zollfreien Wodka mit Preiselbeersaft angeboten. Doch nein. Hatte ihr zollfreien Moltebeerlikör angeboten. Aber nein.

Sie fragte sich, was wohl aus ihm geworden war; er hatte braungebrannte Zehen mit kleinen, interessanten Haarbüschelchen darauf gehabt, und er war eine Gelegenheit gewesen, ihr Leben zu verändern – die sie jedoch aus den Händen hatte gleiten lassen. Was vielleicht auch nur gut so war. Ein einziger Mann hatte sich Zugang zu ihrem inzwischen ausgetrockneten und geschlossenen Schoß verschafft – aber wie auch immer, soweit ihr bekannt war, hatte auch Karl-Eriks Schwanz sich im Laufe der zweiundvierzig Jahre nie in andere Regionen verirrt. Bevor sie heirateten, hatte er zugegeben, dass er mit einem Mädchen namens Katarina während einer Luciafeier im zweiten Jahr auf dem Gymnasium zusammen gewesen war, aber sie war nicht sein Typ gewesen, eine Tatsache, die einige Jahre später, in den Achtzigern, noch unterstrichen wurde, als sie eine kurzfristige Berühmtheit als Geiselnehmerin in Zusammenhang mit einem Bankraub in Säffle erlangte. Warum man auch immer ausgerechnet eine Bank in Säffle ausrauben wollte.

Auf jeden Fall: Die Anzahl der wichtigen Entscheidungen blieb bei der unangenehmen Zahl eins. Rosemarie beschloss, es mit dem Staubsaugen genug sein zu lassen, und überlegte, ob es eigentlich einen Grund für den optimistischen Gedanken gab, sie könnte stark genug für Nummer zwei sein. Das

Haus war auf sie beide eingetragen, das wusste sie. Ohne ihre Unterschrift auf dem Papier am Mittwoch würde das Geschäft den Bach runtergehen. Das Paar, das das Haus kaufen wollte, hieß Singlöv und wohnte momentan draußen in Rimminge; sie wusste von ihnen nur, dass der Mann Elektriker war und sie zwei Kinder hatten.

Aber dass bereits hunderttausend Kronen als nicht zurückzahlbares Handgeld für ein Dreizimmerhaus in Spanien eingezahlt worden waren, daran konnte sie nichts ändern. Die Rentnerküste, wurde sie nicht so genannt? Eine schmerzhafte Sekunde lang flackerte eine neue Schlagzeile vor ihrem inneren Auge auf: WICHS-WALTERS ELTERN FLIEHEN AN DIE RENTNERKÜSTE!

Wenn ich nur nicht immer so pessimistisch wäre, dachte sie und stellte die Kaffeemaschine an. Wenn ich nicht immer alles als so sinnlos empfinden würde. Woher soll ich nur die Kraft nehmen?

Die letzten Tage einer Handarbeitslehrerin und ihr Tod, dachte sie eine Minute später, als sie sich mit der dritten Tasse Kaffee dieses Tages am Küchentisch niederließ. Das war als Buch- oder Theaterstücktitel gar nicht so schlecht, soweit sie das beurteilen konnte, aber selbst mitten in dem ganzen Schlamassel zu sitzen, das war wahrlich nicht besonders berauschend.

Ach was, kam der Protest irgendwo aus einer noch nicht ausgelöschten Gehirnwindung, mit so viel Trostlosigkeit befasse ich mich doch sonst nicht. Könnte es sein, dass ich heute Morgen einen kleinen Schlaganfall erlitten habe? Wenn ich noch rauchen würde, könnte ich mir zumindest jetzt einen Zug gönnen.

Nein, was ist nur heute mit meinen Gedanken los?, fragte sich Rosemarie Wunderlich Hermansson. Es war gerade erst zehn Uhr.

Blieb noch mehr als ein halber Tag, bis es Zeit war, ins Bett zu gehen, und morgen sollten Kinder und Enkelkinder einfallen wie ... ja, wie denn nur?

Wie zwangsrekrutierte Soldaten zu einem befohlenen Krieg?

Leben, wo ist dein Stachel?

2

Kristoffer Grundt lag in seinem Bett und kämpfte mit einem sonderbaren Wunsch. Er hätte gern die nächsten vier Tage seines Lebens übersprungen.

Vielleicht war das für andere gar kein so merkwürdiger Wunsch, das konnte er nicht sagen, aber ihm kam er das erste Mal in den Sinn. Er war vierzehn Jahre alt, und vielleicht war dies ein Zeichen dafür, dass er langsam erwachsen wurde.

Dass es nur schwer zu ertragen war.

Natürlich graute ihm vor verschiedenen Dingen. Wie Mathearbeiten, Sportstunden in der Schwimmhalle. Mit Oscar Sommerlath und Kenny Lythén aus der 9C in einer unbewachten Ecke allein zu landen.

Aber am schlimmsten zu ertragen, das war der Blick seiner Mutter, wenn sie ihn direkt ansah und ihm zeigte, aus welch schlechtem Holz er war.

Nicht aus dem gleichen wie Henrik. Ganz und gar nicht, irgendetwas war schiefgegangen, was Kristoffer betraf. Sie hatten die gleichen Gene, die gleichen Eltern, die gleichen vielversprechenden Voraussetzungen, nein, der Fehler beruhte weder auf Vererbung noch auf der Umgebung – er lag einzig und allein an einem winzigen Detail: an ihm selbst. Kristoffer Tobias Grundt und seinem Rückgrat. Nein, falsch, an Kristoffer Tobias Grundt und seinem mangelnden Rückgrat. An dem Loch, das er mitten in seiner Seele aufwies, wo normale Menschen ihre Charakterstärke hatten.

Genau so war es. So übel sah es aus, wenn man die Dinge recht betrachtete. Aber vier Tage einfach überspringen? Wenn er doch mittels Willenskraft sein Leben einfach um sechsundneunzig Stunden verkürzen könnte. War das nicht eine Schande sich selbst gegenüber … allein die Idee?

Es war halb zehn. Es war Sonntag. Wäre es stattdessen Donnerstagmorgen gewesen, dann wäre es der 22. und in zwei Tagen Heiligabend. Wenn er jemals diesen Zeitpunkt erreichte, so schwor er sich selbst, kurz innezuhalten und einen dankbaren Gedanken zurückzuschicken. Rückwärts zu denken und sich an die Zeit zu erinnern, was immer man auch von ihr halten mochte, trotz allem.

Das Problem war nur, dass sie oft so schrecklich langsam verging und dass sie nie etwas übersprang.

Sie würde nicht die unerträgliche Autofahrt nach Kymlinge überspringen.

Sie würde nicht Oma und Opa und all die anderen hoffnungslosen Verwandten überspringen.

Und, was das Wichtigste war, dachte Kristoffer und schloss die Augen, sie würde nicht das Gespräch mit seiner Mutter überspringen.

»Mir ist schon klar«, hatte sie gestern Abend aus der Tiefe und Dunkelheit des Wohnzimmersofas gesagt, gerade als er glaubte, ungesehen und ungehört hineingeschlichen zu sein. »Mir ist schon klar, dass du es in Ordnung findest, jetzt erst zu kommen. Aber es ist zwei Uhr. Komm mal her und hauch mich an.«

Er war zu ihr gegangen und hatte die Luft in einem feinen Strahl über ihr Gesicht geblasen. Er hatte ihren Blick in der Dunkelheit nicht sehen können, und sie hatte das Geschehen nicht sofort kommentiert. Aber er machte sich keinerlei Illusionen.

»Morgen Vormittag«, hatte sie gesagt. »Da erwarte ich eine Erklärung. Ich bin müde, Kristoffer.«

Er seufzte. Drehte sich im Bett um und dachte lieber an Linda Granberg.

Linda Granberg war schuld, dass er gestern Abend sechs Bier und ein Glas Rotwein getrunken und zehn Zigaretten geraucht hatte. Linda war schuld, dass er sich überhaupt dazu entschlossen hatte, zu dem sogenannten Fest bei Jens & Måns zu gehen. Jens & Måns waren Zwillinge, sie gingen in die Parallelklasse und hatten Eltern, die keine Verantwortung übernahmen. So gingen sie beispielsweise zu einer eigenen Feier in der Stadt und versprachen, nicht vor drei Uhr zurück zu sein. Zwar kauften sie nicht gerade Schnaps für die Jugendlichen ein, aber sie hatten ein ziemlich großzügiges und frei zugängliches Lager unten im Keller.

Es hieß, sie sollten zu acht sein, aber Kristoffer hatte mindestens fünfzehn gezählt. Die Leute waren gekommen und gegangen. Bereits in der ersten Stunde hatte er sich vier Bier hineingekippt. Erik hatte gemeint, dass es besser knallte, wenn man gleich richtig anfing, und es hatte ja auch nicht schlecht funktioniert. Es schien so, als hätte Linda mit ihm Schritt gehalten, er hatte sich getraut, sich neben sie aufs Sofa zu zwängen, und er hatte in einer Art mit ihr geredet, wie er es nie zuvor geschafft hatte. Sie hatte ihn angelacht und mit ihm gelacht, und kurz vor elf Uhr hatte sie seine Hand genommen und gesagt, dass sie ihn mochte. Eine halbe Stunde und jeweils ein Bier später hatten sie angefangen, sich zu küssen, es war für ihn das erste Mal gewesen, sie hatte wunderbar nach Bier, Chips und frischem Tabak geschmeckt und außerdem nach etwas Weichem, Warmem, das nur sie allein war. Die … wie nannte man das? … die Essenz an sich? … von Linda Granberg. Als er jetzt zehn Stunden später in seinem Bett lag, konnte er immer noch die Zunge in der Mundhöhle herumfahren lassen und fand hier und da Reste dieses Geschmacks.

Aber es war eine schnell verfliegende, traurige Erinnerung. In erster Linie traurig. Nach dem Kuss hatten sie Pizza direkt aus dem Karton gegessen, einfach mit den Fingern, und einer der Zwillinge hatte allen sauren Wein aus dem Karton in Plastikbechern serviert, und danach war Linda schlecht geworden. Sie war aufgestanden, hatte ein wenig geschwankt und versprochen, gleich wieder zurück zu sein. Sie war in Richtung Toilette gewankt, und eine halbe Stunde später hatte er sie in einem ganz anderen Zimmer gefunden, in den Armen von Krille Lundin aus der 9b und schlafend. Er hatte sich von Erik ein Bier geschnorrt, noch drei Zigaretten geraucht und war dann nach Hause gegangen. Wenn er die Sache näher bedachte, dann waren es nicht allein die kommenden vier Tage, die er gern gestrichen hätte, den gestrigen Tag würde er nur zu gern hinzufügen.

Linda Granberg, fuck you, dachte er, aber das waren nur hohle Worte, und genau betrachtet, war es ja genau das, was er eigentlich wollte. Wenn man denn ehrlich war. Und hätte er seine Karten nur ein wenig geschickter ausgespielt, hätte er derjenige sein können und nicht dieser Hockeyfreak Krille Lundin, der da mit ihr im Schoß gelegen hätte, das war ihm nur zu klar. Wie verdammt zufällig sich das Leben auch gestalten mochte, war es trotz allem klar, dass ein fünfzehnjähriger TV-Eishockeyspieler natürlich tausendmal besser war als ein … ja, was eigentlich? Teigklumpen? Mega-Looser? Eine Null, ein Langweiler, ein Nichts? Bitte schön, man brauchte es sich nur aussuchen.

Er zuckte zusammen und sah, dass seine Mutter in der Türöffnung stand.

»Wir fahren jetzt einkaufen. Vielleicht könntest du langsam aufstehen und frühstücken, dann können wir miteinander reden, wenn wir zurück sind.«

»Ja, natürlich«, sagte er. Es war geplant, dass es keck und entgegenkommend klingen sollte, doch das Geräusch, das da aus seiner Kehle drang, erinnerte eher an den Ton eines winzig kleinen Tieres, das einem Rasenmäher ins Gehege kommt.

»Vielleicht sollten wir erst einmal klären, um was es in unserem Gespräch geht?«

»Es geht um mich«, sagte Kristoffer und versuchte, den stahlblauen Blick seiner Mutter mit seinem eigenen grüngesprenkelten zu erwidern. Aber er hatte nicht das Gefühl, dass ihm das besonders gut gelang.

»Um dich, Kristoffer, ja«, sagte sie langsam und faltete die Hände vor sich auf dem Küchentisch. Sie waren nur zu zweit. Die Uhr zeigte halb zwölf. Vater Leif war unterwegs, noch einige Besorgungen machen. Henrik war nach seinem ersten anstrengenden Universitätssemester in Uppsala am gestrigen Abend spät nach Hause gekommen. Beide Türen waren geschlossen, die Geschirrspülmaschine brummte.

»Bitte schön«, sagte sie.

»Wir hatten eine Abmachung«, sagte Kristoffer. »Ich habe sie gebrochen.«

»Ach ja?«

»Ich sollte um zwölf Uhr zu Hause sein. Ich bin erst um zwei gekommen.«

»Zehn Minuten nach.«

»Zehn Minuten nach zwei.«

Sie beugte sich ein wenig zu ihm vor. Wenn sie mich doch in den Arm nehmen könnte, dachte er. Jetzt schon. Doch er wusste, dass dies nicht geschehen würde, bevor nicht alles besprochen war. Und es war noch nicht alles besprochen. Noch lange nicht.

»Ich mag nicht hier sitzen und Fragen stellen, Kristoffer. Gibt es sonst noch etwas, was du mir erzählen willst?«

Er holte tief Luft. »Ich habe gelogen. Und zwar schon vorher.«

»Das verstehe ich jetzt nicht.«

»Ich hatte nie vor, zu Jonas zu gehen.«

Sie zeigte ihre Verwunderung, indem sie eine Augenbraue zwei Millimeter anhob. Aber sie sagte nichts.

»Ich hab doch gesagt, dass Jonas und ich bei ihm zu Hause einen Film angucken wollten, das war gelogen.«

»Ach ja?«

»Ich war bei den Zwillingen.«

»Was für Zwillinge?«

Warum unterbrichst du mich die ganze Zeit mit Fragen, wenn du keine Fragen stellen willst?, dachte er.

»Bei Måns und Jens Pettersson.«

»Ich verstehe. Und warum musstest du mich deshalb anlügen?«

»Wenn ich das gesagt hätte, hättest du mich nicht gehen lassen.«

»Warum hätte ich dich denn nicht gehen lassen sollen?«

»Weil es nicht ... weil das kein guter Ort ist für einen Samstagabend.«

»Was sollte schlecht daran sein, an einem Samstagabend zu den Zwillingen Pettersson zu gehen?«

»Na, die trinken öfter ... wir haben auch getrunken. Wir waren zehn, fünfzehn Leute, und wir haben Bier getrunken und geraucht. Ich weiß nicht, warum ich dorthin gegangen bin, es war sinnlos.«

Sie nickte, und er sah, dass er ihr große Sorgen bereitet hatte. »Das verstehe ich jetzt nicht. Warum bist du dann dorthin gegangen? Du musst doch einen Grund dafür gehabt haben?«

»Ich weiß es nicht.«

»Weißt du nicht, warum du etwas tust, Kristoffer? Das klingt aber nicht gut.« Jetzt sah sie besorgt aus, geradewegs bekümmert. Nimm mich in die Arme, verdammt noch mal, dachte er. Ich werde es dir doch nie recht machen können. Nimm mich in die Arme, und dann scheißen wir auf alles.

»Ich wollte es nur mal ausprobieren ... glaube ich.«

»Was ausprobieren?«

»Wie das ist.«

»Was?«

»Na, zu saufen und zu rauchen, verdammt noch mal! Nun hör endlich auf, siehst du nicht, dass ich nicht mehr kann ...«

Die Tränen und die Hoffnungslosigkeit überkamen ihn jäher und schneller, als er gedacht hatte, und in gewisser Weise war er dankbar dafür. Es war ein schönes Gefühl, aufzugeben. Er ließ sich über den Tisch fallen, das Gesicht im Ellbogen, und schluchzte. Aber sie bewegte sich nicht und sagte nichts. Nach einer oder vielleicht auch zwei Minuten war es vorüber, er stand auf, ging zum Spülbecken und holte sich einen halben Meter Küchenrolle. Putzte sich die Nase und kehrte an den Tisch zurück.

Dort blieben sie noch eine Weile schweigend sitzen, und langsam wurde ihm klar, dass sie gar nicht daran dachte, ihn in den Arm zu nehmen.

»Ich möchte, dass du das Papa auch erzählst, Kristoffer«, sagte sie. »Und außerdem möchte ich wissen, ob du uns in Zukunft weiterhin anlügen willst oder ob wir dir vertrauen können. Vielleicht hast du ja vor, auch weiterhin bei den Zwillingen Pettersson ein und aus zu gehen? Wir sind zwar deine Familie, Papa, ich und Henrik, aber wenn du lieber ...«

»Nein, ich ...«, unterbrach er sie, aber sie unterbrach ihn gleich wieder.

»Jetzt nicht«, sagte sie. »Es ist ein wichtiger Entschluss, welche Bahn du einschlägst, die der Wahrheit oder die der Lüge. Am besten, du denkst ein paar Tage darüber nach.«

Anschließend stand sie auf und ließ ihn allein.

Nein, dachte er, sie hat mich ja nie in den Arm genommen. Mir nicht einmal mit der Hand über den Rücken gestrichen.

Und eine Art Schweigen, das er als ebenso neu wie auch lähmend empfand, breitete sich in ihm aus. Er wartete eine Minute lang, dann lief er aus der Küche, die Treppe hinauf, in sein Zimmer. Er hörte, wie Henrik auf der anderen Seite der dünnen Wand aufwachte, warf sich aufs Bett und schickte ein wortloses Gebet gen Himmel, dass sein großer Bruder doch erst in die Dusche gehen sollte, bevor er ihn begrüßte.

Das Beste wäre wohl, wenn sie mich umtauschten, dachte Kristoffer Grundt. Ja, sie hätten mich schon vor langer Zeit gegen einen anderen austauschen sollen.

Leif Grundt umarmte seinen Sohn halbherzig, nach dem kurzen Gespräch, das er mit ihm geführt hatte, bevor sie sich abends zu Tisch begaben, und er stellte wieder einmal fest, dass er und seine Ehefrau grundverschieden waren.

Gelinde gesagt. Ebba war eine Persönlichkeit und ein Rätsel, genau so definierte er sie gern, und zwar ein Rätsel, das zu lösen er schon vor langer Zeit aufgegeben hatte. Was Kristoffers Alkohol- und Rauchdebüt betraf – wenn denn hier wirklich die Rede von einem Debüt sein konnte, wie sein Sohn hartnäckig behauptete –, dann war für seine Ehefrau die Lüge das Wichtige daran gewesen. Die Enttäuschung, dass er nicht die Wahrheit gesagt hatte, der bewusste Bruch einer Übereinkunft.

Was ihn selbst betraf, so dachte Leif genau entgegengesetzt. Wenn der Junge rauchen und saufen wollte, dann konnte er ja wohl bei allen göttlichen Mächten seinen Eltern davon vorher nichts erzählen, oder? Auf lange Sicht konnte er vom Schnaps eine Schrumpfleber und von den Zigaretten Lungenkrebs bekommen, aber an einer kleinen Lüge war ja wohl noch nie jemand gestorben, oder?

Lieber ein nüchterner Lügner als ein ehrlicher Junkie, dachte Leif Grundt. Wenn man sich eine Zukunft für seine Kinder überhaupt aussuchen könnte – eine Möglichkeit, von der er nicht eine Sekunde lang geglaubt hatte, dass sie in seinen Machtbereich fallen könnte.

Obwohl er selbst ein leicht dubioses Verhältnis zur Lüge hatte, das ließ sich nicht leugnen. Es war zwar etwas an den Haaren herbeigezogen, aber man könnte behaupten – was ihm natürlich niemals in den Sinn gekommen wäre, und schon gar nicht vor seiner Ehefrau –, dass die Existenz der gesamten Familie Grundt auf einer Lüge basierte. Tatsächlich bildete ein grober, herrlicher Bluff das Fundament, dem die Jungen zu danken hatten, dass sie überhaupt geboren worden waren.

Hätte Leif Grundt sich an die Wahrheit gehalten, er hätte ihrer Mutter nie an die Wäsche gehen können. Oh nein. Dass Ebba Hermansson sich ihre gehütete Unschuld von einem Schlachter vom Konsum rauben lassen sollte, war ein Gedanke, so undenkbar wie … als wenn Leifs stotternder Halbbruder Henry es schaffen würde, Pamela Anderson zu heiraten. Leif wusste es, und Ebba wusste es, und Leif wusste außerdem ganz genau, dass sie niemals dieses psychologische Faktum zugeben würde, und wenn man sie vor ein Exekutionskommando stellte. Als er sich dafür entschied, als Jurastudent Leif von Grundt auf dem Frühlingsball der Östgötaer Verbindung an der Uni Uppsala 1985 aufzutreten (wohin er mittels eines gefälschten Studentenausweises gelangt war), war es gerade diese geliehene Identität – und nicht sein höchst prosaischer Konsumschwanz –, die sie gegen zwei Uhr nachts dazu brachte, ihm auf ihre jungfräulichen Feuchtwiesen Zutritt zu gewähren. Das, und nichts anderes.

»Du hast gelogen«, stellte sie zwei Monate später fest, als die Schwangerschaft nicht mehr zu leugnen war.

»Ja«, gab er zu. »Ich wollte dich haben, und das war die einzige Möglichkeit, dich zu bekommen.«

»Du hast Vorurteile«, sagte sie. »Ich hätte deine Ehrlichkeit wohl zu schätzen gewusst.«

»Schon möglich«, erwiderte er. »Aber es war nicht deine Hochschätzung, auf die ich aus war.«

»Ich hätte mich dir auch so hingegeben.«

»Daran habe ich so meine Zweifel«, sagte Leif Grundt. »Ziemlich starke Zweifel. Was wirst du jetzt tun?«

»Tun?«, wiederholte Ebba Hermansson. »Ich werde dich heiraten und das Kind bekommen, was sonst.«

Und dabei blieb es.

Es hatte sie ein Jahr Auszeit in Sachen Medizinstudium gekostet, mehr nicht. Seinen Vaterurlaub bis an die Grenze auszunutzen, war fast ein Muss, wenn man Mitte der Achtziger beim Konsum angestellt war, und als Kristoffer fünf Jahre später zur Welt kam, war das eine sorgsam geplante Aktion vor Ebbas kommendem Krankenhauspraktikum. Und in der Post befand sich außerdem ein Brief mit der erwarteten studentischen Verbindung: Sundvalls Krankenhaus und ein maßgeschneiderter Posten als Leiter des Konsums in der Ymergatan in der gleichen Stadt. Und mit der Zeit ließ sich auch die Facharztausbildung regeln – und dass sich alles tatsächlich kombinieren ließ, dafür war Ebba Hermansson Grundt der lebende Beweis, als sie als 38jährige Mutter zweier Kinder ihren Posten als Oberärztin in der Gefäßchirurgie im besagten Krankenhaus antrat. Der Teufel behütet die Seinen, in zwei Tagen sollte sie vierzig werden.

Dachte Leif Grundt und lachte ein etwas schiefes, inneres Lachen. Und dass diese Sache mit Lüge und Wahrheit eine viel kompliziertere Geschichte war, als die Leute sich allgemein einbildeten, ja, das war jedenfalls eine Wahrheit, die er gut in seinem Inneren bewahren wollte. In einem besonderen Vorrat an Lebensweisheiten, wie man behaupten könnte, den er zwar ab und zu in Augenschein nahm, den aufzusuchen er seine Ehefrau jedoch nur äußerst selten aufforderte. Irgendwie fehlte dazu immer die Gelegenheit.

Aber wenn der Schlingel nun angefangen hatte zu rauchen und zu saufen, dann musste er natürlich zurechtgewiesen werden. Es musste ihm peinlich sein, und er sollte schon ein richtig schlechtes Gewissen haben, das war klar.

Zufrieden mit dieser einfachen Schlussfolgerung setzte sich

Leif Grundt zusammen mit seinen Söhnen und seiner Ehefrau zu Tisch. Es war Sonntagabend, die Welt war im Großen und Ganzen gar nicht so schlecht. Morgen standen die Reise nach Kymlinge und wahrscheinlich drei Tage Familienhölle an, das wusste er, aber morgen war ein anderer Tag, und kommt Zeit, kommt Rat.

3

Bereits bei ihrem ersten, leicht verwirrenden Zusammentreffen eine Woche nach dem Skandal hatte Walter Hermansson seinem Therapeuten erklärt, dass er sich suizidal fühle.

Aber nur auf eine direkte Frage hin. Er hatte das Gefühl gehabt, dass dieser schüchterne, leicht rattenartige Mann mit der rauchfarbenen Brille diese Antwort hören wollte. Es wurde erwartet, dass er Selbstmordgedanken hegte, und folglich hatte er gesagt, ja, natürlich, nach dem, was passiert war, hatte er schon mehrfach in diese Richtung gedacht.

Innerlich musste er ebenfalls zugeben, dass es nur logisch wäre, dem ganzen Mist ein Ende zu setzen, dass es schön wäre, sich nicht mehr jede Nacht im Bett wälzen zu müssen und sich sein pathetisches, weggeschmissenes Leben vor Augen zu führen. Dass es schön wäre, nicht am späten Vormittag schweißgebadet und voller Seelenqual für einen neuen, sinnlosen Tag aufzuwachen.

Endlich diesem Selbstmitleid einen Tritt in den Arsch zu geben, dachte er, den entscheidenden Schritt zu tun und zu verschwinden. Niemand, nicht ein einziger Mensch, würde sich darüber wundern, dass Walter Hermansson sich das Leben genommen hatte.

Dennoch ahnte er, dass es nicht so kommen würde. Wie üblich würde ihm dafür die rechte Stärke und Tatkraft fehlen. Was er mit den restlichen Jahren seines Lebens anfangen sollte, davon hatte er nicht den blassesten Schimmer, vermutlich ging es nur darum, den nächsten Monat zu überstehen und dann ins Ausland zu gehen. Er war bis zum Sechsundzwanzigsten krankgeschrieben, sein Praktikum bei der Zeitung lief zum Jahresende aus, und er machte sich keinerlei Illusionen dahingehend, dass man ihn auch noch im Januar sehen wollte.

Ein nicht gerade seriöser Verlag hatte von sich hören lassen und ihm angeboten, »seine eigene Version« in Buchform erscheinen zu lassen, man hatte ihm einen Vorschuss von fünfzigtausend Kronen und einen angesehenen Ghostwriter versprochen. Worauf er erklärt hatte, dass er unter keinerlei Umständen irgendeinen Ghostwriter benötige, und anschließend darum gebeten hatte, sich die Sache noch einmal überlegen zu dürfen. Vielleicht sollte er das Angebot doch annehmen? Warum eigentlich nicht? Er könnte das Geld nehmen, auf die Kanarischen Inseln oder nach Thailand oder weiß der Teufel wohin fahren. Nein, nicht noch einmal nach Thailand. Zwei Monate im Liegestuhl jedenfalls, mit seinem alten Romanmanuskript und es ein letztes Mal durchgehen. *Mensch ohne Hund.* Vielleicht würden sie es ja nehmen? Vielleicht war dieser Scheißverlag ja gar nicht hinter seiner Version der Ereignisse auf der Insel her, vielleicht lag es nur an seinem Namen Wichs-Walter Hermansson.

Und auch wenn sie letztendlich nein sagten, war es nicht gerade eine Flucht, die er brauchte? Konzentrierte Arbeit. Isolation und gutes Wetter. Es war jetzt sieben Jahre her, seit er *Mensch ohne Hund* das letzte Mal durchgegangen war, vielleicht waren gerade so eine Zeitspanne und so eine Situation nötig, damit er eine letzte, sorgfältige Hand an den Text legen und dann den Roman herausgeben konnte? Endlich. Die vier größten Verlage des Landes hatten ihn alle zum Begutachten bekommen, Bonniers sogar zwei Mal. Er hatte die Ansichten von drei verschiedenen Lektoren erhalten und mit zwei Verlegern gesprochen. Besonders der Mann vom Albert Bonniers Verlag hatte ihm Hoffnung gemacht. Fast flehentlich hatte er ihn gebeten, doch die sechshundertfünfzig Seiten noch einmal durchzugehen und zu versuchen, mindestens hundertfünfzig davon zu streichen und dann wiederzukommen. Im Prinzip war man bereit, das Buch zu veröffentlichen, daran war gar nicht zu rütteln.

Doch damals, im September 1999, nachdem Seikka ihm gerade ihre Absichten dargelegt hatte, war er nicht dazu in der Lage gewesen. Er hatte sich nicht hinsetzen und ein weiteres Mal in den Metaphern herumstochern können, dazu wäre auch sonst niemand in der Lage gewesen. Er hatte zwei Gedichtsammlungen vorzuweisen. *Der Steinbaum* von 1991 und *Das Beispiel des Obsthändlers* von 1993. Beide hatten freundliche Rezensionen erhalten, es wurde behauptet, er sei auf der Jagd nach seiner eigenen Stimme, und er hatte insgesamt an vier Lesungen und einem Poesiefestival teilgenommen.

Nein, warum sollte Walter Hermansson sich aufhängen? Noch gab es Hoffnung.

Oder zumindest Fluchtmöglichkeiten. Wie gesagt. Mehr begehrte er gar nicht.

Er hatte nie viel vom Leben begehrt, wenn er die Sache näher betrachtete. Das Leben forderte mehr von ihm als er vom Leben, war es nicht so? Am Sonntag, dem 18. Dezember, war er um zwölf Uhr immer noch nicht aus dem Bett aufgestanden, aber er hatte das halbe Kreuzworträtsel im Svenska Dagblad gelöst und war dreimal wieder eingeschlafen. Fluchtmöglichkeiten?, dachte er. Ein Sinnbild für mein Leben?

Vielleicht konnte man die Sache ja so betrachten. Er hatte nie etwas lange durchgehalten, und das, was er vielleicht mit der Zeit länger hätte durchhalten können, das hatte nicht mit ihm durchgehalten. Er war fünfunddreißig Jahre alt, und das Einzige, womit er sich in seinem Leben eigentlich beschäftigt hatte, das war, nach etwas anderem zu suchen. Weiß der Teufel, dachte er und drehte das Kopfkissen um, wenn man in Ebbas Schatten aufgewachsen ist, dann sehnt man sich hinaus in den Sonnenschein.

Das war ein häufig wiederkehrender Gedanke, und er hatte schon vor langer Zeit seine Würze verloren. Man kann die Schuld an gewissen Dingen seiner Familie und seiner großen Schwester zuschieben, aber nicht in alle Ewigkeit. Man kann ein Opfer äußerer Umstände sein, aber kaum das ganze Leben lang. Nicht in der schwedischen Mittelklasse Ende des 20. Jahrhunderts. Es war nicht leicht, in der Geschichte und Geographie Menschen zu finden, die genauso große Möglichkeiten hatten, ihr Lebensschicksal zu bestimmen, wie Ebba, Walter und Kristina Hermansson. Das war eine unbestreitbare Tatsache – wie Vater Karl-Erik es ausgedrückt hätte.

Und eigentlich, wenn man ganz genau sein wollte, war es ja erst wirklich schiefgegangen, seit er seines eigenen Glückes Schmied war. Walter hatte am naturwissenschaftlichen Zweig im Gymnasium daheim in Kymlinge sein Abitur gemacht, wie es sich gehörte. Das war 1988, und auch wenn er nicht der Beste in der Klasse gewesen war, so war sein Zeugnis zweifellos ehrenhaft gewesen. Nicht zu vergleichen mit dem, das Ebba zum Schulabschluss einige Jahre vorher vorgelegt hatte, aber das hatte auch niemand von ihm erwartet. Er war im gleichen Herbst zum Militärdienst eingerückt, war zehn Monate lang bis zum Panzerschützengruppenleiter in Strängnäs geschmiedet und gehärtet worden. Jeden einzelnen Tag Dienst hatte er verabscheut. Jede Minute. 1989 war er nach Lund gezogen und hatte sein Studium begonnen.

Geisteswissenschaften. Der Vater hatte abgeraten, die große Schwester hatte abgeraten, aber er hatte darauf beharrt. Er lernte Madeleine kennen, sie war schön, mutig und stand auf seiner Seite. Sie studierten Philosophie und vögelten. Sie studierten Ideen- und Wissenschaftsgeschichte und vögelten. Tranken Rotwein, rauchten ein wenig Haschisch, studierten Literaturwissenschaft und vögelten. Versuchten es mit Amphetamin, hörten aber rechtzeitig damit auf, studierten Kunstgeschichte, vögelten, gaben zwei Gedichtsammlungen heraus (Walter) und bekamen eine zurückgeschickt (Madeleine). Studierten Filmwissenschaft, bekamen ein Romanmanuskript von 650 Seiten zurückgeschickt (Walter), vögelten, wurden schwanger (Madeleine), hörten auf, Haschisch zu rauchen, hatten aber dennoch im dritten Monat eine Fehlgeburt, bekamen a) Panikattacken (Madeleine) und b) genug von Walter (Madeleine), und zogen Hals über Kopf zurück zu den Eltern in Växjö (Madeleine). Saßen nur da und schauten zu, wie alles rundherum zusammenstürzte (Walter).

Auf irgendeine Weise gelang es ihm, die Illusion aufrechtzuerhalten, er betriebe ernsthaft sein Studium, sowohl dem stipendienvergebenden Amt als auch seiner Familie gegenüber. Aber mit Madeleines Aufbruch war damit endgültig Schluss. Er war vierundzwanzig Jahre alt, befand sich meilenweit von irgendeinem Abschlussexamen entfernt, hatte Stipendienschulden von 350000 Kronen und schlechte Alkoholgewohnheiten. Seine schöne, mutige Freundin hatte ihn im Stich gelassen, und von seinen beiden hochgelobten Gedichtsammlungen waren insgesamt einhundertundzwölf Exemplare verkauft worden. Es war höchste Zeit, dass die Familie intervenierte.

Zum Herbst 1994 war alles geklärt (abgesehen von den Stipendiumsschulden, die ihn wahrscheinlich bis ins Grab verfolgen würden). Mit Hilfe des kooperativen Langweilers von einem Ehemann seiner großen Schwester oben in Medelpad wurde ein verhältnismäßig gut entlohnter Job in einem Bezirksbüro in Jönköping herbeigezaubert. Büroarbeit und drei, vier Reisen im Monat zu verschiedenen Konsumgeschäften im nördlichen Småland und in Västergötland. Walter beugte sich und akzeptierte. Er gab klein bei, schickte seine Künstlerseele ins innere Exil, es war keine Frage des freien Willens. In der ersten Septemberwoche zog er in eine Dreizimmerwohnung mit einem akzeptablen Blick über den Vätternsee, und am dritten Samstagabend in der dritten (und letzten) Kneipe im Ort lernte er Seikka kennen. Sie arbeitete im Kindergarten und besuchte nach Feierabend verschiedene Abendkurse bei den unterschiedlichsten Institutionen. Diverse Kreativitätsangebote, von Aromatherapie bis hin zu feministischem Skizzenzeichnen und transzendentaler Selbstverteidigung. Sie zogen im Dezember zusammen, und im November 1995 wurde ihre Tochter Lena-Sofie geboren. Ungefähr zur selben Zeit begann Walter zu laufen, das tat er, um nicht von einem inneren Druck auseinandergerissen zu werden. Anfangs zehn, zwölf Kilometer jeden Abend, dann immer längere Strecken. 1996 nahm er an drei Marathonläufen mit Zeiten unter zwei Stunden fünfzig teil (bis auf den letzten, bei dem er gezwungen war, aufgrund akuter Magenprobleme zwei Kilometer vor dem Ziel abzubrechen, aber alles deutete auf ungefähr zwei Stunden sechsundvierzig hin). Er trat in den Sportverein Vindarnas IF ein und stellte fest, dass er tatsächlich ein Talent für Langstrecken hatte. Seine ersten fünf Kilometer lief er in einem reinen Vereinswettkampf und gewann dreihundert Meter vor dem Zweiten. Er nahm brieflich Kontakt zu einem bekannten Sportphysiologen auf, der ihm erklärte, dass Langstreckenläufer häufig ihre Spitzenleistungen erst nach ihrem dreißigsten Geburtstag erreichten und man mit dem richtigen Training problemlos bis zu einem Alter von fünfundzwanzig warten könne. Walter war sechsundzwanzig, er erinnerte an Evy Palm.

Die folgenden drei Saisons wurden seine große Zeit. 1997 wurde er Bezirksmeister sowohl über fünf- als auch über zehntausend Meter, aber erst, als er sich ohne vorheriges technisches Training zu einem 3000 Meter-Hindernislauf bei einem Wettkampf im Stadion von Malmö aufstellte, fand er seine wahre Disziplin. Dritter nach einem Nationalmannschaftsläufer und einem renommierten Polen mit der hervorragenden Zeit von 8.58.6.

Lena-Sofie wuchs heran und bekam einen Kindergartenplatz. Seikka besuchte neue Kurse. Er vernachlässigte sie, ging auf eine halbe Stelle, um ausreichend trainieren zu können. Einmal im Monat liebten sie sich. Über Weihnachten fuhren sie nach Lappenranta und besuchten die Schwiegereltern. Walter prügelte sich mit einem Schwager, woraus eine vier Zentimeter lange Narbe unterhalb des linken Ohrs resultierte. 1998 nahm er an seinem ersten schwedisch-finnischen Wettkampf teil. Vierter Platz und zweitbester Schwede mit 8.42.5. Er verbesserte seinen persönlichen Rekord bei der schwedischen Meisterschaft in Umeå auf 8.33.2 und erreichte eine Silbermedaille. Seikka und Walter liebten sich einmal im Vierteljahr. Die Schwiegereltern besuchten sie eine Woche während ihres Urlaubs in Jönköping. Es kamen keine Prügeleien oder andere Unregelmäßigkeiten vor. Während der Weihnachtsfeier bei Rosemarie und Karl-Erik in der Allvädersgatan in Kymlinge biss Lena-Sofie ihren Großvater in die Lippe, so dass eine kleinere blutende Wunde entstand. 1999 wurde Walters letztes Jahr als Leichtathlet. Es gelang ihm nicht, seinen persönlichen Rekord zu brechen, er wurde von einem labilen Gesundheitszustand geplagt, konnte aber dennoch einen vierten Platz in der finnischen Meisterschaft erringen, dieses Mal auswärts im Olympiastadion von Helsinki. Die Schwiegereltern waren gekommen, um zuzuschauen. Die ganze letzte Kurve und die Zielgerade lang kämpfte Walter Seite an Seite mit einem finnischen Läufer um den dritten Platz, musste sich aber auf den allerletzten Metern fügen. Die Finnen waren auf dem ersten, zweiten und dritten Platz. Der Wettkampf fand im August statt. Seikka und er hatten sich seit April nicht mehr geliebt, und als er in die Dreizimmerwohnung mit dem passablen Blick auf den Vättern zurückkam, hatte sie diese von sich, der Tochter und allen weiblichen Utensilien geleert. Auf dem Küchentisch lag ein Zettel, auf dem sie erklärte, dass sie ihn nicht mehr liebe, dass er sich weder um sie noch um Lena-

Sofie kümmere und dass sie zurück nach Finnland gezogen sei und ihn nie wieder sehen wolle.

Walter musste zugestehen, dass jedes Wort auf Punkt und Komma stimmte, und beschloss, sich seinem Schicksal zu fügen. Trotzdem wählte er drei Mal die Telefonnummer der Schwiegereltern, aber alle drei Mal legte er den Hörer sofort wieder auf, als er das Freizeichen hörte.

Das geschah spätabends am Sonntag, dem 29. August 1999, und am Montag, dem 30. war es, dass der so entgegenkommende Verleger vom Albert Bonniers Verlag ihn anrief und ermahnte, sich doch ernsthaft mit *Mensch ohne Hund* zu befassen. Walter setzte sich tatsächlich am Montag- und Dienstagabend ernsthaft ein paar Stunden lang an das dicke Manuskript, doch dann spürte er, wie seine innere Leere alle Anstrengungen in künstlerischer Hinsicht lähmte. Er schob die 650 Seiten in den weinroten Büroschrank mit Metallbeschlag, in dem sie bis zum Dezember 2005 ruhen sollten.

Anschließend arbeitete er noch weitere zwei Wochen in der kooperativen Bezirkszentrale, und Ende September brachte er all sein Hab und Gut, das keinen Platz in einem Rucksack fand, zur Aufbewahrung und zog nach Australien.

Das Telefon klingelte und unterbrach Walters Lebensanalyse. Es war seine Mutter, die ihm berichtete, dass sein Vater wissen wollte, wann er denn zu kommen gedachte.

»Und du willst das nicht wissen?«, fragte er.

»Aber natürlich, Walter. Leg nicht jedes Wort auf die Goldwaage«, antwortete Rosemarie Wunderlich Hermansson.

»Okay, Mama. Morgen Abend. Ich muss vorher noch einiges regeln, aber ich werde so gegen zwei, drei Uhr losfahren.«

»Walter?«

»Ja?«

»Wie geht es dir eigentlich?«

»Nun ja, es geht so.«

»Ich möchte wirklich nicht ...«

Sie beendete ihren Satz nicht, und er füllte das Schweigen nicht aus.

»Ich weiß, Mama. Dann sehen wir uns morgen Abend.«

»Ich freue mich so, dich wiederzusehen, Walter. Und fahr vorsichtig, du hast doch Spikes an den Reifen?«

»Ja, natürlich, Mama. Bis dann, Mama.«

»Ja, bis dann, mein Junge.«

Er stand aus dem Bett auf. Es war Viertel nach zwölf. Er stellte sich ans Fenster und schaute über die Stadt, zum ersten Mal in diesem Winter hatte es angefangen zu schneien.

Er dachte an seine Mutter.

Er dachte an Jeanette. Nein, er dachte nicht an sie. Er versuchte, sie sich vorzustellen.

Sie hatte vor einer Woche angerufen. Am vergangenen Samstag.

»Du erinnerst dich natürlich nicht an mich«, sagte sie.

»Nicht richtig«, musste Walter eingestehen.

»Ich bin etwas jünger als du. Aber wir sind in die gleiche Schule gegangen. Sowohl in Malmen als auch im Gymnasium. Nur dass ich ein paar Klassen unter dir war.«

»Ach so«, sagte Walter.

»Ja, du wunderst dich natürlich, wieso ich dich anrufe.«

»Nun ja«, zögerte Walter.

»Ich habe diese Sendung im Fernsehen gesehen.«

»Das haben wohl viele.«

»Ja, natürlich. Aber es ist so, dass ich ... ach, ich weiß nicht, wie ich das sagen soll. Ich mag dich, Walter.«

»Danke.«

Zu diesem Zeitpunkt hatte er den Hörer auflegen wollen, aber es war etwas in ihrer Stimme, das ihm gefiel. Sie war irgendwie etwas schroff und ernsthaft. Sie klang nicht, als ob sie verrückt wäre, auch wenn das, was sie bis jetzt gesagt hatte, möglicherweise darauf hindeutete.

»Tatsache ist, dass ich dich immer gemocht habe. Du hast zu der kleinen Gruppe von Jungen gehört, die wirklich etwas Besonderes waren. Wenn du nur wüsstest, wie oft ich an dich gedacht habe, als wir Teenager waren. Und …«

»Ja?«

»Und du weißt nicht einmal, wer ich bin. Das ist doch fast ein bisschen ungerecht.«

»Das tut mir leid.«

»Das braucht es nicht. In diesem Alter hält man sich ja in erster Linie an seinen eigenen Jahrgang. Guckt sozusagen nicht nach unten, das liegt wohl in der Natur der Sache.«

Neue Pause, während der er sich problemlos hätte bedanken und auflegen können. Er hatte tatsächlich das Gefühl, als wolle sie ihm noch einmal eine Chance geben.

»Hm, warum rufst du eigentlich an?«

»Entschuldige. Ja, wie gesagt habe ich diese Sendung gesehen, und mir ist schon klar, dass du ziemlich viele Ohrfeigen deshalb gekriegt hast.«

»Das kann man wohl sagen, ja.«

»Deshalb habe ich gedacht, dass du wissen solltest, dass es Menschen gibt, die dich immer noch mögen. Ohne Vorbehalt.«

»Danke, aber …«

»Und dann habe ich gehört, dass du heimfahren wirst. Dein Vater und deine Schwester haben ja Geburtstag. Dein Vater war sogar mein Klassenlehrer. Deshalb habe ich gedacht, wenn du ein paar Tage hier im Ort bist …«

»Hm«, sagte Walter.

»Ja, es ist ja nur ein Vorschlag. Aber ich habe seit einem halben Jahr keine feste Beziehung mehr. Ich hätte Lust, mir mit dir eine Flasche Wein zu teilen und über alles Mögliche zu quatschen. Ich wohne in der Fabriksgatan, wenn du dich noch daran erinnerst, wo die liegt?«

»Ich denke schon«, sagte Walter.

»Keine Kinder, nicht einmal eine Katze. Soll ich dir nicht meine Telefonnummer geben, dann kannst du mich anrufen, wenn du Lust hast? Vielleicht wäre es ja ganz schön, mal eine Weile der Familie entfliehen zu können?«

»Warte, ich hole einen Stift«, sagte Walter Hermansson.

Sie hieß mit Nachnamen Andersson, wie sie verriet, bevor sie das Gespräch beendeten.

Jeanette Andersson?

Nein, er konnte sie unmöglich aus der Erinnerung hervorfischen. Wenn er ein Klassenfoto hätte anschauen können, würde er sie womöglich wiedererkennen, aber er hatte keine alten Schuljahrbücher. Walter Hermansson gehörte nicht zu der Sorte Mensch, die solche Reliquien aufbewahren.

Aber als seine Mutter ein paar Abende später anrief und wieder davon anfing, dass er unbedingt zum 105-Jahrestag kommen müsse, da war Jeanette Andersson das Zünglein an der Waage. Das musste er zugeben.

Aber nur heimlich, nur sich selbst gegenüber. Vielleicht war es genau so, wie sie es sich ausgerechnet hatte. Er würde der Versuchung nicht widerstehen können, eine unbekannte Frau aufzusuchen, an ihrer Tür zu klingeln und hereingelassen zu werden.

Aber natürlich, liebes Mütterchen. Ich werde kommen.

Reifen mit Spikes? Walter Hermansson?

Die Jahre in Australien waren gut und schlecht gewesen. In der ersten Saison war er die Ostküste rauf und runter gefahren und hatte in zahllosen Touristenattraktionen gearbeitet. Als Kellner, Koch, am Empfang, als Steward, Tierpfleger (sieben Pandas, die achtzehn Stunden am Tag schliefen, und die übrigen sechs fraßen und schissen). Byron Bay. Noosa Head. Arlie Beach. Bowlingbahnleiter in Melbourne. In keinem Job blieb er länger als ein paar Wochen. Die Jahrtausendwende feierte er in einem irischen Pub in Sydney, und in Sydney lernte er auch Paula kennen und ging mit ihr die dritte (und letzte?) längere Beziehung in seinem Leben ein.

Paula stammte aus England und war genau wie Walter eine Art Flüchtling. Sie war vor ihrem brutalen Alkoholiker-Ehemann in Birmingham geflohen, lebte seit zwei Monaten in Sydney, als Walter sie kennen lernte, und wohnte vorübergehend zur Untermiete bei ihrer Schwester und deren Mann, die beide Ärzte waren. Mit sich aus England hatte sie ihre Tochter gebracht, Judith, viereinhalb Jahre alt. Paula, Judith und Walter zogen im Mai 2000 zusammen, nachdem sie einander noch nicht einmal ein halbes Jahr kannten. Gleichzeitig zogen sie auf die andere Seite des riesigen Kontinents und schlugen ihre Zelte in Perth auf.

Er liebte sie. Es war nicht klar, wie es sich mit Madeleine und Seikka verhalten hatte, aber im Nachhinein konnte er zumindest schwören, dass er Paula geliebt hatte. Sie besaß genau dieses sanfte, verzeihende Gemüt, das eine Frau haben musste, wollte sie sechs Jahre lang mit einem Alkoholiker leben, und Walter verstand es, dieses Gemüt nicht zu missbrauchen. Es schien, als wüchsen sie gemeinsam, außerdem war sie schön. Und das besonders für eine Engländerin, ja, Paula hatte er geliebt.

Judith auch. Seine eigene Tochter Lena-Sofie, die fünf Jahre alt war, als er Paula kennen lernte, hatte er seit mehreren Jahren nicht mehr gesehen. Seikka schickte ihm jeden zweiten oder dritten Monat eine Email, die er freundlich beantwortete, und er hatte zwei Fotos in seiner Brieftasche. In gewisser Weise wurde Judith natürlich eine Art Ersatz und Trost.

Das hätte Dauer haben können, dachte Walter und stellte die Espressomaschine an. Mit Paula und Judith hätte es Dauer haben können.

Sein dritter (und letzter?) ernsthafter Versuch, mit einer

Frau zusammenzuleben, war auch nicht an seinem Unvermögen gescheitert. Ganz im Gegenteil, es war ein zweischneidiges Schwert von boshaftem, jähem Tod und boshafter, jäher Religiosität, die Paula und Judith dazu gebracht hatten, ihn zu verlassen. Eine schreckliche Häufung unglücklicher Umstände genau genommen. Im April 2003, nach drei glücklichen Jahren also (und genauso pflegte er sie zu bezeichnen, mit diesen Worten und in Versalien: MEINE GLÜCKLICHEN JAHRE), kam die Nachricht aus England, dass Paulas Vater von einem Fernlastzug überfahren worden und gestorben war. Zusammen mit ihrer Schwester und Judith fuhr Paula zurück nach Birmingham, um an der Beerdigung teilzunehmen und ihrer Mutter für ein paar Wochen eine Stütze zu sein. Walter erwartete sie am 28. April zurück. Dann erwartete er sie am 5. Mai, danach am 12. Am 11. kam stattdessen eine lange E-Mail, in der Paula das Unglaubliche zu erklären versuchte, was geschehen war: dass der frühere Frauenmisshandler und Trinker zum Glauben gefunden und sich in einen verantwortungsvollen und guten Menschen verwandelt hatte. Geoffrey war schließlich auch Judiths richtiger Vater, und sie hatte während der Wochen, die sie in ihrem alten Vaterland verbracht hatte, ihre Gefühle für ihn wiederentdeckt. Außerdem war ihre Mutter nach dem plötzlichen Dahinscheiden des Vaters zusammengebrochen, es war nicht in Ordnung, sie jetzt allein ihrem Schicksal zu überlassen.

Walter kündigte bei der Computerfirma, bei der er die letzten achtzehn Monate gearbeitet hatte, reiste quer über den Kontinent und verbrachte ein gutes halbes Jahr am Manly Beach vor Sydney. Als der antipodische Sommer in den Herbst überzugehen drohte, flog er wieder zurück nach Schweden. Er landete am 15. März 2004 auf dem Flughafen Arlanda, rief seine jüngere Schwester an und fragte, ob er bei ihr wohnen könne.

»Warum rufst du nicht Ebba an?«, wollte Kristina wissen.

»Sei nicht dumm«, erwiderte Walter.

»Wie lange?«

»Nur bis ich eine eigene Wohnung gefunden habe. Höchstens ein paar Wochen.«

»Dir ist doch klar, dass ich bald ein Kind kriege?«

»Wenn es für dich zu umständlich ist, werde ich schon etwas anderes finden.«

»Schon in Ordnung, du verfluchter Wirrkopf«, sagte Kristina.

Er wohnte bei Kristina und Jakob (und Kelvin, der in der ersten Woche im Mai geboren wurde) in ihrem Haus in Gamla Enskede bis Mitte Juni, dann konnte er in eine untervermietete Zweizimmerwohnung in Kungsholmen ziehen, in der er immer noch wohnte. Er begann, als Barkeeper in einer angesagten Kneipe in der gleichen Gegend zu arbeiten, und dachte, dass sein Leben mit dem Schilf im Wind zu vergleichen war.

Oder mit einem Insekt vor einer Petroleumlampe. Kommt nahe heran, wird abgestoßen, kommt nahe heran, wird abgestoßen.

Zu nahe und verbrennt? Wem oder was zu nahe?

In ungefähr dieser Stimmung befand er sich – aber in einer anderen In-Kneipe und mit einem Teilzeitjob bei der Gratiszeitung Metro –, als er im Monat Mai 2005 eine Anzeige im Aftonbladet las und sich für die Fernsehsendung »Die Gefangenen auf Koh Fuk« bewarb, die für alle Zeiten schlimmste Entscheidung in seinem Leben, die er je getroffen hatte.

Zumindest besitze ich eine Espressomaschine, dachte er und kippte Pulver für eine weitere Tasse nach. Die meisten Menschen auf der Welt besitzen keine Espressomaschine.

Er wurde davor bewahrt, sich in einer weiteren Analyse über die traumatischen Mahlströme des Oktobers und Novembers zu ergehen, da das Telefon klingelte.

»Wie geht es dir eigentlich?«

Es war haargenau die Frage, die auch seine Mutter ihm gestellt hatte, und er gab exakt die gleiche Antwort.

»Es geht so.«

»Willst du nicht mit uns mitfahren? Wir haben Platz genug, weißt du.«

»Nein, danke. Ich fahre selbst. Muss noch einiges erledigen, bevor ich aufbreche.«

»Das kann ich mir denken.«

Was meinte sie damit? Gab es Dinge, die er erledigen musste? Von denen alle anderen wussten, dass er sie erledigen musste, nur er selbst war auf diesem Auge blind?

»Ja, dann«, schloss er. »Wir sehen uns morgen Abend.«

»Walter?«

»Ja?«

»Nein, das können wir besprechen, wenn wir uns sehen.«

»Ja, okay. Bis dann.«

»Bis dann. Tschüs solange.«

»Tschüs.«

Genau das erwarten sie, dachte er plötzlich, als er den Hörer aufgelegt hatte. Dass ich mir das Leben nehme. Alle. Max von der Zeitung. Mein Therapeut. Deshalb will er nach jeder Sitzung gleich bezahlt werden. Sogar meine Schwester.

4

Jakob Willnius schob den Rollladen vor dem Barschrank hoch und holte den Laphroaigh heraus.

»Möchtest du?«

»Schläft Kelvin?«

»Wie ein Stein.«

»Aber nur ein Strich. Was war das mit Jefferson?«

Kristina lehnte sich auf dem großen, wie eine Banane geschwungenen Fogiasofa zurück und versuchte zu entscheiden, ob sie wütend war oder nur müde.

Oder ob es sich vielleicht um eine Art Vorwarnung vor der großen Wut handelte. Eine mentale Aufladung vor dem unbenannten Konflikt, der zweifellos die nächsten Tage prägen sollte. Ich muss es ignorieren, dachte sie. Es ist lächerlich und meiner unwürdig, ich lasse meine Seele einfach hier und spiele mit. Ich bin ein erwachsener Mensch, und es ist doch nur eine einmalige Sache.

Jakob stellte zwei Gläser auf den Tisch und setzte sich neben sie.

»Er hat aus Oslo angerufen.«

»Jefferson?«

»Ja. Er schafft es auf jeden Fall, nach Stockholm zu kommen. Es wäre äußerst wichtig, wenn ich ihn noch vor Weihnachten für ein paar Stunden treffen könnte.«

Die Wut wurde innerhalb von nur einer Sekunde real.

»Was willst du mir damit sagen?«

Jakob betrachtete sie, während er das Glas in seiner Hand drehte. Unergründlich wie eine Katze, die auf einen Fernsehtext glotzt, dachte sie. Wie üblich. Es war keinerlei Ironie in seinem Lächeln zu erkennen, das genau die gleiche Krümmung wie das Sofa aufwies, es war keine Berechnung in seinen blassgrünen Augen zu finden, in denen sie früher einmal gern barfuß herumgelaufen wäre, und es war natürlich dieser scheinbare Mangel an Widerstand, der es so schwer machte, ihn zu besiegen. Und der dazu führte, dass ... Sie wandte ihren Blick von ihm ab und dachte nach ... der dazu führte, dass das Drehbuch für den bevorstehenden Konflikt sich ausschließlich in ihr selbst befand. Das war ungerecht, äußerst ungerecht. Sie war dieser primitiven Elastizität, oder wie immer man es auch nennen mochte, vor vier Jahren verfallen, und dieser paradoxe Gedanke, dass es genau diese Eigenschaften sein würden, die sie eines Tages dazu brächten, ihn zu verlassen, blitzte kurz in ihrem Kopf auf. Und das nicht zum ersten Mal. Du passt besser in einen Film, Jakob Willnius, dachte sie. Viel besser.

»Prost, Kristina«, sagte er. »Ja, ich will damit sagen, dass es ziemlich dumm wäre, die Gelegenheit sausen zu lassen, jetzt wo die Amerikaner bereit sind, zehn Millionen in das Samsonprojekt zu investieren, nur weil man bei einem widerwärtigen Familienessen in Kymlinge hockt. Widerwärtig ist ein Zitat einer wohlunterrichteten und besonnenen Beobachterin, was ich aber vielleicht ...«

»Ich verstehe. Und wann genau soll dieser Jefferson kommen?«

»Dienstagabend. Am nächsten Tag fliegt er weiter zu einem Essen in Paris. Aber ein gemeinsames Frühstück am Mittwoch liegt im Rahmen der Möglichkeiten.«

»Im Rahmen der Möglichkeiten? Wir sind doch erst am Mittwochabend wieder zu Hause.«

»Ja, natürlich.« Er sah sie jetzt nicht mehr an, musterte stattdessen seine Fingernägel. Zählte er sie nach, oder was tat er da? »Kristina, du weißt, dass ich mich für dieses Spektakel zur Verfügung stelle, aber soweit ich verstanden habe, könnte ich doch am Dienstagabend zurückfahren. Oder nachts. Du und Kelvin, ihr könnt mit dem Zug zurückkommen oder mit Walter fahren. Er wird ja wohl auf jeden Fall irgendwann mittwochs zurückfahren … super, dass er trotz allem kommt.«

Super?, dachte sie. Was zum Teufel ist wohl super an Walter? Sie trank ihr Glas aus und bereute, nicht um zwei Striche gebeten zu haben. Oder vier.

»Wenn ich es recht verstanden habe«, fuhr Jakob fort, »dann war nicht die Rede davon, dass wir die ganze Nacht zusammensitzen müssen. Und wir wohnen ja im Hotel, da müssen es die anderen gar nicht erfahren, wenn ich etwas früher abreise. Oder was meinst du?«

Sie holte tief Luft und nahm Anlauf. »Wenn das mit diesem Jefferson so wichtig ist und du dich sowieso schon entschieden hast, dann brauchst du doch gar nicht erst hier zu sitzen und dich mit mir beraten, Jakob.«

Sie gab ihm eine Sekunde lang die Gelegenheit zu protestieren, aber er nippte nur an seinem Whisky und nickte interessiert.

»Und woher soll ich denn wissen, was sie geplant haben? Das ist der vierzigste Geburtstag meiner Schwester und der fünfundsechzigste meines Vaters. Es ist das erste Mal, dass du die ganze Familie triffst und wahrscheinlich auch das letzte Mal, schließlich wollen sie das Haus verkaufen und an die Rentnerküste ziehen. Die Familie hat ihren Skandal. Papa hat sein Leben lang danach gestrebt, eine Art kleinbürgerliche Stütze der Gesellschaft und ein Ehrenmann zu sein, und dann stellt sich sein einziger Sohn im Fernsehen hin und wichst vor der Kamera … nein, ich weiß nicht, was uns da unten erwartet, aber wenn du mit einem amerikanischen Großmogul frühstücken musst, dann will ich dich nicht daran hindern.«

Er entschied sich für den einfachsten Weg. Nahm sie beim

Wort, ignorierte den ironischen Unterton gänzlich. »Gut«, sagte er kurz und neutral. »Ich habe neun Uhr am Mittwoch vorgeschlagen. Dann werde ich gleich mal anrufen und die Sache bestätigen.«

»Und wenn die Feier erst nach Mitternacht zu Ende ist?«

»Ich werde auf jeden Fall direkt danach losfahren. Nachts brauche ich nur drei Stunden. Vier, fünf Stunden Schlaf, die genügen mir.«

»Mach, was du willst«, sagte Kristina. »Wer weiß, vielleicht fahren Kelvin und ich auch mit dir zurück.«

»Nichts würde mich mehr freuen«, erklärte Jakob mit einem erneuten, sanften Lächeln. »Willst du nicht noch einen kleinen Schluck? Die ist gut, diese Eselsmilch.«

Nachts wachte sie um halb drei Uhr auf und konnte eine Stunde lang nicht wieder einschlafen. Das war normalerweise nicht der richtige Zeitpunkt für gute Gedanken, und es bestätigte sich auch dieses Mal wieder.

Es wird nicht gutgehen, dachte sie. Auf Dauer wird es zwischen Jakob und mir nicht gutgehen. Wir spielen nicht im selben Stück.

Unsere Instrumente passen nicht zusammen ... langsam, aber fast wie von Geisterhand stiegen die Argumente und Metaphern an die Oberfläche ... Wir befinden uns nie im selben Raum, wir reden nicht dieselbe Sprache, Öl und Wasser, niemals kommt ihm ein Gedanke, der denen ähnlich ist, die ich drehe und wende. In fünf Jahren ... in fünf Jahren werde ich als alleinstehende Mutter in der Schule auf meinem ersten Elternabend sitzen. Und warum um alles in der Welt sollte es mich noch interessieren, mich nach einem neuen Kerl umzusehen? Ich gebe auf.

Ich habe zu große Ansprüche, dachte sie eine Minute später.

Genauso würde Ebba es ausdrücken. Die Musterschwester Ebba. Sei nicht so verflucht stur, Schwesterchen. Sei lieber froh über das, was du hast, es hätte doch wahrlich schlimmer kommen können.

Nicht, dass Kristina ihre Probleme jemals mit Ebba diskutiert hätte.

Aber einmal angenommen doch. Zu große Ansprüche, und du erwartest zu viel, würde sie behaupten. Wieso bildest du dir ein, dass irgendein Mensch – und dann noch ein Mann! – etwas davon haben würde, in deiner verwirrten Feministinnenseele herumzuirren? Schau dir doch nur das Manuskript an, mit dem du dich herumschlägst! Alle anderen im Team setzen sich brav hin und arbeiten gemäß der Abmachung, nur du mäkelst daran herum und brauchst doppelt so lange für die Überarbeitung. Schreibst immer und immer wieder alles um. Du bist eingestellt worden, um Schund zu produzieren, also lerne zu tun, was du tun sollst, und liefere es dann ab! Die Welt wird dein Genie sowieso nie erkennen.

So könnte Ebbas Rede aussehen. Wenn sie über die Situation Bescheid wüsste.

Eine Minute später kam die obligatorische Blässe. Als sie sich auf Ebbas Barrikade stellte und die Lanze gegen sich selbst richtete. Es hält sich kein Genie unter deiner Stirn verborgen, Kristina Hermansson! Du besitzt nicht eine Unze an Originalität. Keine kreative Schöpfungskraft. Du bist nur eine unzufriedene junge Schnepfe voller Größenwahn. Und das bist du schon immer gewesen, die einzige qualitative Veränderung, die dein Leben auszeichnen wird, besteht darin, dass du später eine unzufriedene ältere Schnepfe sein wirst und dann eine alte Schnepfe.

Sie stand auf und trank Apfelsaft. Aß einen Brotknust mit Cheddarkäse. Stellte sich vor den Spiegel im Badezimmer und betrachtete ihren Körper. Es war derselbe alte, ganz normale Körper, er war einmal jünger gewesen, aber die Brüste waren durchschnittlich groß, der Bauch flach und die Hüften nicht zu breit. Keine Zellulitis. Sie sah aus wie eine Frau. Wäre sie ein

Mann, würde sie wahrscheinlich zu schätzen wissen, was sie da sah.

Obwohl – mittlerweile hatte sie sich das Männchen für den Rest ihres Lebens gesichert, oder etwa nicht? Und er liebte am liebsten im Dunkeln. Wahrscheinlich, damit sie nicht seinen kleinen Rettungsring sah. Also war sie die Einzige, die ab und zu diesen bis jetzt so gut erhaltenen Körper betrachtete. 31 Jahre alt. Jakob war 43. Wenn sie für sich dieselbe Zwölf-Jahres-Spanne beanspruchen würde, bedeutete das, dass sie sich einen 19jährigen nehmen könnte. Ein kurzes Prickeln fuhr über die Innenseite ihrer Oberschenkel, aber mehr wurde daraus nicht. Noch nicht.

Lächerlich, dachte sie. Verdammte Scheiße, was sind wir Menschen doch für lächerliche Wesen. Warum müssen wir all die Zeit und Mühe verschwenden, um über uns selbst und unser angebliches Leben nachzudenken? Über unsere selbstherrliche Wanderung aufs Grab zu.

Ich sollte religiös werden, dieser Gedanke kam ihr als Nächstes. Sollte mich zumindest für irgendetwas interessieren. Wale oder afghanische Frauen oder andere bedrohte Tierarten. Für meinen Gatten und meinen Sohn? Das ist ja wohl das mindeste, was man erwarten kann.

Vielleicht auch für Walter, sie wusste, dass sie es sich nur schwer verzeihen könnte, wenn er sich tatsächlich das Leben nahm.

Aber Jakob?

Wie sollte sie es anstellen?

Er hatte ihr von Anfang an geschmeichelt. Ihr erklärt, dass ihr Manuskript unter den vierundzwanzig eingesandten Beiträgen weit herausragte, und ihre weibliche Eitelkeit ordentlich gekitzelt. Hatte sie umgehend eingestellt, sie war siebenundzwanzig Jahre alt gewesen, aber wie ein nach Beachtung gierender Teenager umgefallen.

Das war im Mai 2001 gewesen, im August hatten sie zum ersten Mal miteinander geschlafen, und ungefähr zehn Minuten, nachdem sie begonnen hatten, erzählte er ihr, dass er verheiratet sei und zwei fünfzehnjährige Zwillingstöchter habe.

Auch diese Art von Offenheit beeindruckte sie nur. Und als er sich tatsächlich nicht einmal ein halbes Jahr später scheiden ließ, wurde auch die finstere Prophezeiung ihrer Freundin Karen über den Haufen geworfen. (Die lassen sich nie scheiden! Wie zum Teufel kannst du nur so dumm sein, hast du in deinem Leben nie ein Psychologiebuch gelesen? Amöben wie die gehörten sterilisiert!)

Aber erst als sie selbst schwanger war und sie ihre Heirat planten, wurde ihr klar, dass Annica, die Mutter der Zwillinge, ihrem Mann damals schon zuvorgekommen war, was ihre intriganten Spiele betraf, und sich einen neuen Partner gesucht hatte. Nicht Jakob kam mit diesem Geständnis, es war Liza, eine dieser pantherartigen Töchter. (Du brauchst gar nicht zu glauben, dass du unsere Mutter in irgendeiner Weise aus dem Feld geworfen hast. Sie hat doch nur darauf gewartet, dass so eine wie du auftauchen würde!)

Jakobs frühere Familie war – unter der Führung eines neuen Alphamännchens – ungefähr zu der Zeit nach London gezogen, als Kelvin zur Welt kam, und die Erinnerung an sie schien zu verblassen wie alte Fotos, die zu starkem Sonnenlicht ausgesetzt werden. Alles war eigentlich schon verdammt merkwürdig gewesen, irgendetwas musste wirklich aus dem Gleis geraten sein, aber warum jetzt noch in alten Wunden wühlen?

Das Haus in Gamla Enskede war sauteuer. Aber Jakob Willnius hatte schließlich Geld, einen Posten und die Verantwortung fürs TV-Programm; er war eine Art Goldjunge im unpersönlichen, totaldigitalen Fernsehsender dieser Zeit und hatte zwei berüchtigte weibliche Chefs auf eine Art und Weise überlebt, die Narben hinterließ. (Ja, er ist schon etwas Besonderes, da bin ich ganz deiner Meinung, hatte Karen zugegeben, aber ob das auf lange Sicht reicht, das muss sich noch herausstellen.) Er hat eine zwölf Jahre jüngere Ehefrau bekommen, dachte Kristina in ihren sarkastischen Momenten. Ich bin das Glückslos in seinem Leben, und er wird mich niemals freiwillig verlassen, solange ich bereit bin, zweimal die Woche mit ihm zu vögeln. Wenn ich eines schönen Tages Hungers sterbe, dann ist es mein eigener Fehler.

Aber die unerbittlich an ihr nagende alltägliche Unzufriedenheit hatte in den letzten Monaten zugenommen, das war nicht zu leugnen. Das Bedürfnis nach … ja, wonach eigentlich?, dachte sie und verließ das Badezimmer. Ihn zu bestrafen? Auch wieder lächerlich, was um alles in der Welt hätte sie damit gewonnen, wenn sie Jakob bestrafte? Was war das für ein albernes Wort, das sich da in ihre Gedanken geschlichen hatte?

Aber Gedanken und Gefühle weigerten sich, sich zu vertragen. Sie gingen einander an die Kehle, so sah der Stand der Dinge aus. Das Problem. Genauso war es.

Ich bin primitiv, dachte sie, als sie wieder in sicherem Abstand zu ihm ins Doppelbett kroch. Aber es ist ja nur gut, wenn ich meine Beweggründe kenne. Und das Leben ist faktisch nicht mehr als das. Bonjour tristesse.

Was zum Teufel soll ich nur tun?, fragte sie sich anschließend. Oder besser gesagt: Was sollte ich tun?

Was ist nur mit meinem Leben los, dass es mir plötzlich mehr oder minder unerträglich erscheint?

Doch bevor es ihr gelang, diese hartnäckigen Fragezeichen zu beantworten, hatte der Schlaf endlich wieder Besitz von ihr ergriffen. Höchste Zeit, es waren vermutlich kaum mehr drei Stunden, bis Kelvin wieder Anspruch auf sie erheben würde. Auf seine leise Art.

Als der Skandal noch ganz druckfrisch war, hatte ihre Mutter sie angerufen und gefragt, ob Jakob möglicherweise seine Finger im Spiel gehabt haben könnte, als Walter für *diese Sendung da* ausgesucht worden war.

Kristina hatte diesen Gedanken als absurd abgetan, konnte aber nicht an sich halten, ihn noch am gleichen Abend danach zu fragen.

Da hatte er ungewöhnlicherweise Zeichen gezeigt, die als Ärger gedeutet werden konnten. »Kristina, was ist das für eine Unterstellung? Verdammt, du weißt es doch besser. Und du weißt, was ich von Lindmanner und Krantze halte.«

»Tut mir leid, aber es war meine Mutter, die gefragt hat. Die scheinen daheim ziemlich aufgewühlt zu sein.«

»Das kann ich mir vorstellen«, hatte Jakob erklärt. »Ehrlich gesagt finde ich es gut, dass es passiert ist. Jetzt werden sie Probleme damit haben, solche Einlagen in Zukunft genehmigt zu kriegen.«

»Dann meinst du, Walters Auftritt könnte auf lange Sicht auch etwas Gutes an sich haben?«

»Warum nicht? Wenn die Leute mehr in dieser Art sehen wollen, müssen sie nur ein paar Stufen tiefer auf der Skala klettern und sich einen Pornokanal angucken. Oder etwa nicht?«

Womit er natürlich recht hatte. Aber die Skala selbst ärgerte sie. Grob gesehen konnte man – von den Pornofilmen einmal abgesehen – von drei Qualitätsniveaus in der Produktionsindustrie für Fernsehunterhaltung sprechen. Ganz unten gab es die Dokusoaps mit »Fucking Island« als eine Art All Time Low. In der Mitte gab es Serien und Quizsendungen. Talkshows, Diskussionen und die angeblichen Gesellschaftsanalysen. Und ganz oben thronte das Fernsehspiel – das es als solches natürlich nicht mehr gab oder das zumindest schon vor vielen Jahren einen anderen Namen bekommen hatte und das ehrlich gesagt immer noch auf Gesetzen aus den Siebziger- und Achtzigerjahren beruhte – hier hatte Jakob sein Reich, er trug die edelste aller Verantwortungen. Hier wurde die Zuschauerzahl nicht so ernst genommen. Dafür Qualität und internationale Preise.

Wie auch immer, auch wenn die Hitliste von Zeit zu Zeit diskutiert und modifiziert wurde, so herrschte doch kein Zweifel daran, dass Walter Hermansson, ihr Bruder, sich auf dem Grund des Bodensatzes befand. Hoffentlich nur ein kurzfristiger Ruhm, aber zwei Millionen Zuschauer waren jedenfalls mehr als das, was Jakob Willnius mit seinen letzten sechs Produktionen erreicht hatte.

Der neue »Letzten-Film« über einen Einsiedler auf den Färöern nicht eingerechnet. Da gab es nichts zu bejubeln, and the show must go on.

Während ihres Erziehungsurlaubs war sie davon überzeugt gewesen, dass sie nicht wieder in die FABRIK zurückkehren würde, doch als es dann anstand, hatte sie keine andere Wahl gehabt. Noch ein Jahr, hatte sie gedacht, ich mache das noch ein Jahr lang.

Das Jahr war am ersten November abgelaufen. Jetzt war es fast Weihnachten, und sie sog sich immer noch Ideen aus den Fingern und schrieb Drehbücher für die mögliche Fortsetzung einer arg gescholtenen Soap über einen Premierminister und eine Nation in der Krise. Plus einiges anderes von dem selben harmlosen Kaliber. Für den 20. Januar hatte sie zwei Wochen auf den Malediven gebucht, nun gut, hatte sie gedacht und einen Kompromiss geschlossen, bis dahin, dann reicht es. Im Februar muss etwas Neues her.

»Du fährst zu schnell«, sagte Jakob. »Oder haben wir es etwa eilig?«

Sie ging auf 100 hinunter. »Willst du halten und einen Kaffee trinken?«

Er warf einen Blick auf Kelvin. »Ist es nicht besser, damit zu warten, bis unser Kronprinz aufwacht?«

»Ja, gut. Woran denkst du?«

Er zögerte eine Weile mit seiner Antwort. »An deine Familie, ja, ehrlich. Du könntest ein Skript über sie schreiben.«

»Fahr zum …«

»Nein, ich meine es ernst. Eine Art kritischer Dokusoap, davon gibt es einige in den USA, aber hier hat das noch keiner gemacht. Was in einer Familie passiert, wenn so etwas geschieht …«

»Hör auf, Jakob. Wenn du die Sache auch nur noch mit einem Wort erwähnst, dann fahre ich gegen die erstbeste Felswand.«

Er legte ihr für einen Moment die Hand auf den Arm und schien zu überlegen. »Entschuldige«, sagte er nach einer Weile. »Ich meine ja nur, dass es doch eine interessante Gruppe von Menschen ist … vielleicht sind sie sogar typisch.«

»Typisch wofür?«, fragte sie.

»Für unsere Zeit«, erklärte er. Sie wartete auf eine Ausführung, aber die kam nicht. Stattdessen blätterte er weiter im Aftonbladet. Eine interessante Gruppe von Menschen?, dachte sie. Ja, das konnte er leicht sagen. Als Einzelkind aus einer Oberschichtfamilie in Stocksund. Die Eltern waren an Krebs gestorben, verschiedener Art und an unterschiedlichen Stellen im Körper, aber innerhalb von nicht einmal zehn Monaten. Das war vor sieben Jahren gewesen. Jakobs noch lebender Stammbaum umfasste nur ihn selbst und die verblassenden Zwillinge in Hampstead. Sowie Kelvin. Ein alter Onkel lag in Gilleleje in Dänemark seit fast einem Jahrzehnt im Sterben und würde ein ansehnliches Erbe hinterlassen, wenn es dann soweit war. Doch, es gab einen Grund, sich zu fragen, was er wohl mit dem Wort *typisch* gemeint hatte. Und mit *unsere Zeit*.

»Du hast recht«, sagte sie. »Wir bieten wahrscheinlich reichlich Unterhaltungswert, wenn man die Sache näher betrachtet.«

Dieses Mal entschied er sich dafür, den Unterton zu beachten. »Aber es liegt dir doch an keinem von ihnen«, gab er kontra. »Ich verstehe nicht, warum du sie dann mir gegenüber so hartnäckig verteidigen musst. Ich finde das ein wenig kindisch.«

»Es ist nicht immer einfach, die Körperteile zu amputieren,

die man nicht mag«, erklärte sie geduldig. »Auch wenn Jesus von Nazareth behauptet, man solle das tun. Außerdem habe ich nie etwas gegen Walter gehabt … jedenfalls nicht bis zu dem besagten Zeitpunkt.«

Wieder legte er eine Denkpause ein. Faltete die Zeitung zusammen und betrachtete sie von der Seite.

»Du bist jetzt schon seit mehreren Tagen wütend auf mich. Kannst du mir nicht bitte schön endlich mitteilen, worum es eigentlich geht, und mir eine ehrliche Chance geben?«

Doch bevor sie antworten konnte, wachte Kelvin mit einem Schluckauf und einem Schluchzen auf, und mehr wurde in dieser Angelegenheit nicht gesagt.

5

Die Fernsehsendung »Die Gefangenen auf Koh Fuk« war von zwei für das Projekt engagierten Kreativen in den besten Jahren ersonnen worden – Torsten »der Bengale« Lindmanner und Rickard Krantze –, und es war eine der auf Dokusoaps orientierten Filmproduktionsgesellschaften gewesen, die das Elend durchgezogen hatten. Die tragende Idee, wenn man einen derartigen Begriff in diesem Zusammenhang überhaupt benutzen wollte, war offensichtlich, es bis auf die Spitze zu treiben. Während einer gewissen Anzahl von Herbstwochen wollte man eine Reihe erniedrigender Dokusoaps senden, die so offensichtlich niederträchtig waren, dass man gar nicht erst irgendeine Form von Anstand vorzutäuschen brauchte. Oder irgendwelche edleren Ziele, als die Menschen von ihrer unflätigsten, besoffensten und nacktesten Seite zu zeigen.

Der Ausgangspunkt war ganz einfach. Eine Insel. Zwei Gruppen – oder Mannschaften –, die eine männlich, die andere weiblich. Einer, oder vielleicht auch einige, würden verdammt viel Geld gewinnen. Zu Beginn, während der ersten zwei, drei Folgen, sollten die Teams getrennt gehalten werden, aber nur bis zu einem gewissen Grad, so dass der weltgewandte Fernsehzuschauer ahnen konnte, dass es hier und da zu Regelübertretungen kam. Worum es ging – was den ganzen teuflischen Schlamassel überhaupt ausmachte, wie Krantze sich bei der ersten und einzigen Pressekonferenz vor der Abreise im September ausdrückte – war, einen ganz besonderen Auftrag zu erfüllen, aber Art und Inhalt dieses Auftrags wurden sowohl vor den Teilnehmern als auch vor den Zuschauern zunächst geheimgehalten. Die fünf Frauen waren alle hübsch und zwischen 25 und 35 Jahre alt. Ihr gemeinsamer Nenner bestand darin, dass sie alleinstehend waren, heterosexuell und dass sie irgendwann in ihrem Leben einmal einen Schönheitswettbewerb gewonnen hatten. Mindestens die Santa Lucia auf Bezirks- oder Großstadtebene. Die Insel hieß Koh Fuk und lag eine gute Stunde mit dem Langrumpfboot von Thrang in Südthailand entfernt. Die erste Aufgabe der Frauen auf der Insel bestand darin, sich in den kommenden zehn Tagen eine so schöne und umfassende Sonnenbräune wie möglich anzueignen. Filmbilder ihrer intensiven Sonnenbäder in nackter Haut, mit Silikon und Tangas, wurden täglich ins Herrenlager überbracht, das fünf Singles im Alter zwischen 26 und 38 beherbergte. Diese Herren stimmten jeden Abend über die beste Bräunung ab und gaben bei weiteren sieben weiblichen Variablen ihre Punkte nach einem System ab, das von Lindmanner und Krantze in Zusammenarbeit mit einem Spezialisten einer größeren sogenannten Boulevardzeitung erarbeitet worden war. Tagsüber beschäftigten sich die Herren mit verschiedenen Sportübungen wie Seilklettern, Weitsprung, Handstand und Armdrücken, alles in der allereinfachsten Bekleidung ausgeführt: Sonnenbrille und buntes Penisfutteral. Anschließend konnten die Damen am Abend, in Gesellschaft des Sonnenuntergangs und einiger Gläser Champagner, ihre Punkte nach einem entsprechenden Variablensystem vergeben und die Aktionen der Herren kommentieren.

Das männliche Lager bestand aus – zumindest war es so geplant gewesen – einer Handvoll gefeierter, garantiert heterosexueller Sportkoryphäen. Die Teilnehmer, die letztendlich von der Produktionsleitung ausgewählt worden waren, hatten zwar eine etwas geringere Strahlkraft als die Schöpfer des Ganzen sich erhofft hatten, aber what the heck?, meinte Krantze auf der bereits erwähnten Pressekonferenz. Life is a meatball.

Die fünf waren: ein Eishockeyspieler mit sechzehn Länderkämpfen beim Verein Tre Kronor und einer halben Saison bei der Nationalmannschaft, ein Ringer mit einer Bronzemedaille bei der Europameisterschaft und zwei Goldmedaillen bei der Schwedischen Meisterschaft, ein Skiläufer mit vier Schwedischen Meisterschaften im Staffellauf und einem dritten Platz im Vasalauf, ein Ruderer, der im Olympischen Finale gewesen war und einen dritten Platz bei der EM vorzuweisen hatte, sowie Walter Hermansson, Hindernisläufer mit zwei vierten Plätzen in zwei aufeinanderfolgenden finnland-schwedischen Wettbewerben.

Letzterwähnter, Walter Hermansson, war zweifellos der am wenigsten Ruhmreiche der ganzen ziemlich ruhmlosen Truppe, und er bekam seinen Platz in letzter Minute als Ersatz für einen ziemlich berühmten Fußballspieler, der sich unglücklicherweise Ende September nur ein paar Wochen vor dem gemeinsamen Abflug nach Koh Fuk eine Freundin zugelegt und kalte Füße bekommen hatte.

Nach einer guten Woche (und zwar in Sendung Nummer 3) wurden die leicht bekleideten und schön gebräunten Männchen und Weibchen plangemäß bei einem Strandfest zusammengeführt, bei dem der Alkohol in dionysischen Ausmaßen floss, bei dem aber auch so einige neue Wettkämpfe stattfanden: Tauziehen, Schubkarre, Ringen und Bockspringen. Eine sowohl für die Teilnehmer als auch für die Fernsehzuschauer unbekannte Würze (jedoch nicht für die Reporter der Abendzeitung) lag darin, dass die Getränke mit einer feinen Dosis Amphetamin versetzt waren, damit die Lüste anschwollen. Nach dem Wettkampf und dem Fest war es den Teilnehmern erlaubt, im Schutz der Dunkelheit zwei Stunden lang am Strand vollkommen frei miteinander umzugehen. Mit Hilfe infraroter Filmtechnik konnten bei dieser Gelegenheit nicht weniger als zwei offensichtliche Kopulationen registriert und den Zuschauern präsentiert werden. Wer genau die Akteure waren, war dagegen nicht auszumachen, was umso mehr Platz für herrliche Spekulationen bot. Bereits jetzt – bei der dritten Sendung – war die Zuschauerzahl auf mehr als eine Million gestiegen: 1 223 650, eine nicht unwesentliche Zahl, da sie in Kronen ausgedrückt den ersten Teil der versprochenen Siegesprämie ausmachte.

In Sendung Nummer 4 sollten zwei Dinge verraten werden: zum einen die absolute Gewinnsumme (1 223 650 plus die Zuschauerzahl dieses Abends, die sich auf sagenhafte 1 880 112 belief, zusammen also gut über drei Millionen Kronen), zum anderen das Ziel der Sendung »Die Gefangenen auf Koh Fuk« überhaupt. Und darin zeigte sich die wirklich kreative Größe von Lindmanner-Krantze.

Es ging nämlich darum, einander zu befruchten. Ganz einfach.

Aus irgendeinem Grund waren die Abendzeitungen von Anfang an begeistert gewesen von Koh Fuk – oder Fucking Island, wie es bereits ziemlich am Anfang umgetauft worden war – und hatten nach der ersten Sendung alle einen festen Reporter und Fotografen (mit infraroten Möglichkeiten) hinuntergeschickt. Vielleicht lag das Interesse an einer halb bestätigten Geschichte, wonach zwei der weiblichen Schönheitsköniginnen jeweils, wenn auch zu unterschiedlichen Zeitpunkten, Kontakt mit einem landesweit bekannten Bankräuber gehabt hatten, was einen guten Synergieeffekt ergab. Vielleicht lag es auch daran, dass sich die übrigen Dokusoaps des Herbstes als ziemlich mittelmäßige Eintopfgerichte mit verstaubten Konflikten und platten, nur halbnackten Vorhersehbarkeiten herausstellten – vielleicht lag es aber auch an etwas ganz anderem. Auf jeden Fall war klar, dass Fucking Island der große Fernseherfolg des Herbstes war.

Und dass der Knackpunkt selbst einfach genial war, darin waren sich die meisten Kritiker rührend einig. Ein Kind zu zeugen.

Außerdem gab es anderthalb Millionen Kronen für die Mühe.

Drei, wenn man beschloss, zusammenzubleiben und eine Familie zu gründen. Aus Sicht der Frauen ging es darum, die Erste zu sein, die ihre Schwangerschaft von einem mitreisenden Ärzteteam bestätigt bekam. Von Männerseite: derjenige zu sein, der das Ei besagter Frau befruchtet hatte und das mittels einer DNS-Analyse des Fruchtwassers bestätigt bekam.

Kein Tauziehen mehr. Kein Handstand und keine Schubkarre. Sonnenbaden nur noch in Maßen.

Dafür: faulenzen, baden, Schnaps und freies Kopulieren, wo immer und wann immer sich die Gelegenheit bot.

Und eine Kameraüberwachung von selten erlebtem Umfang.

Und Interviews. Und Lügen. Und Zusammenbrüche. Und psychologische Beratung und Dreckschleudern und noch mehr Schnaps.

Ein Schwall von Leserbriefen. Moralische Entrüstung. Drei verschiedene Minister, die sich in drei verschiedenen Morgenprogrammen distanzierten.

Und annähernd zwei Millionen Zuschauer bei Sendung Nummer fünf, als es noch zu früh war, um irgendeine Schwangerschaft konstatieren zu können (was logisch war und ein Geniestreich in der Kunst intelligenter Verzögerung), bei der aber auf alle fünf Männer und Frauen getippt werden konnte. Sowohl individuell als auch als Paar der Woche. Bei den Frauen bekam eine großbrüstige, an nicht weniger als vierzehn Stellen silikonisierte, braunäugige Frau aus Schonen, die mit zwei der Männer, vielleicht sogar mit dreien gefilmt worden war, die höchste Quote – rund 2,40 –, während der äußerst virile Ruderer unter den Herren mit gut dreifacher Quote der Favorit war. Walter Hermansson pendelte zwischen 15 und 25 und kam eigentlich nie in die Nähe des Mannes auf dem vorletzten Platz, das war der Skifahrer, der sich meistens zwischen 8 und 12 hielt.

Nach der siebten Sendung, die am 5. November ausgestrahlt wurde, gab ein Doppel von Walter und einer entschieden aggressiven, halbnackten Luciakönigin aus Grums eine Quote von 158, nachdem es zu einer schallenden Ohrfeige gekommen war und einer kraftvollen Beschimpfung von Letzterer, wonach sie Walter die Hoden abbeißen werde, wenn er nur noch einmal in ihre Nähe käme.

Und es war dann in der folgenden, vorletzten Sendung (1 980 457 Zuschauer), in der festgestellt werden konnte, dass es jemandem gelungen war, Miss Hälsingland 1995 mit einer Quote von 4,82 zu schwängern. Und in der gleichen Sendung wurde der ehemalige Hindernisläufer Walter Hermansson in all seiner betrunkenen und frustrierten Jämmerlichkeit entlarvt, wie er am Ufer mit kräftigen Handgriffen, den Mond anheulend, onanierte. Ein Fernsehkolumnist schrieb in einer norrländischen Zeitung, das sei ein visueller Meilenstein gewesen.

Wichs-Walter bekam fast genauso große Schlagzeilen wie Miss Hälsingland, aber in der letzten Sendung (2 001 775) – in der der Eishockeyspieler etwas überraschend (Einzelquote: 6,60, Paarquote: 21,33) als der glückliche Zuchthengst und Kindesvater entlarvt wurde – nahm er gar nicht mehr teil. Er hatte Fucking Island verlassen und befand sich in einem Erholungsheim zur Krisenintervention an einem geheimen Ort im Königreich Schweden.

Walter zog sich die Mütze tiefer in die Stirn und setzte sich die gelbgetönte Sonnenbrille auf, bevor er in die Tankstelle ging und bezahlte. Außerdem kaufte er sich Kaffee und Zigaretten; es war ihm plötzlich aufgegangen, dass er es ohne eine konstant hohe Dosis Nikotin in den Adern mit seinem Vater oder seiner großen Schwester nicht aushalten würde.

Es war Viertel nach vier. Es war Montag, der 19. Dezember, und weniger als anderthalb Stunden Fahrzeit bis Kymlinge. Er umrundete viermal die Tankstelle, nur um die Zeit herumzubringen. Rauchte zwei Zigaretten. Er hatte versprochen, spätestens um sieben Uhr da zu sein. Es gab keinen Grund, schon um sechs oder halb sieben anzukommen. Als er wieder ins Auto stieg, hatte er immer noch das Gefühl, viel zu früh zu sein, aber vielleicht konnte er ja noch einmal anhalten? Warum eigentlich nicht? Sich eine Limonade und einen Kaugummi an einem anderen Kiosk kaufen und so noch zehn Minuten herausschinden.

Er fuhr auf die Straße und versuchte, sich das illusorische Bild von Jeanette Andersson vor Augen zu führen, die vielleicht zu seiner Retterin in der Not werden könnte, die er aber nur schwer zu fassen bekam. Allein der Gedanke, dass sie ihn bereits in der Jugend bewundert hatte, war verlockend, wurde immer verlockender, je länger er sich damit befasste. Fünfzehn, zwanzig Jahre zurückgehaltene, unterdrückte sexuelle Sehnsucht; welche Blume der Liebe konnte nicht auf so einem Nährboden sprießen?

Aber es war schwierig, mit den Gedanken bei ihr zu bleiben. Er war noch nicht mehr als zehn, fünfzehn Minuten gefahren, als er stattdessen von etwas ihm bis dahin Unbekannten überfallen wurde. Von einem schwächenden, fast lähmenden Gefühl des Unbehagens, so stark und unerbittlich, dass er auf einen Parkplatz abbiegen, wieder aus dem Wagen steigen und sich erneut eine Zigarette anzünden musste.

Er schaute sich um. Es war ein absolut gewöhnlicher Parkplatz, und außer seinem standen keine weiteren Autos in der graukalten, unwirtlichen Nachmittagsdämmerung, die herrschte. Der Asphalt glänzte und war schneefrei. Kein Eis, wahrscheinlich ein paar Grad über Null. Dichter Nadelwald zu beiden Seiten der Straße; der Verkehr war spärlich, ungefähr ein Auto pro Minute aus jeder Richtung, der Wind wehte schwach aus Norden, wenn er die Himmelsrichtungen richtig deutete.

Aber es war nicht die äußere Welt, die sich ihm aufdrängte. Das Gefühl, das langsam in ihm aufstieg, war gleichzeitig vertraut und unerhört fremd. Es kam unten von einem Punkt zwischen Magen und Brustkorb, vielleicht vom Solarplexus, und wuchs langsam an, zum überwiegenden Teil nach oben, wie ihm schien, und legte alles, was sich ihm in den Weg stellte, in Schutt und Asche. Ein inneres Wüstenfeuer, ein kalter Brand, den zu bekämpfen nicht möglich war, nur abzuwarten und zu akzeptieren.

Ich werde sterben, dachte Walter. Hier und jetzt auf diesem immer dunkler werdenden Parkplatz werde ich schließlich sterben. Das lässt sich nicht aufhalten, ich brauche nicht einmal auf die Straße vor ein Auto zu springen. Ich trage den Keim des Todes bereits seit langem in mir, er hat dort geruht, ist dort gewachsen und hat auf seine Stunde gewartet, und jetzt ist es soweit. Ich kann mich nicht bewegen. Ich kann mich tatsächlich nicht bewegen, alles ist erstarrt, das ist das Ende des Weges, es wird nie ein Roman von meiner Hand geschrieben veröffentlicht werden. Kein Mensch wird jemals *Mensch ohne Hund* zu lesen bekommen.

Er versuchte, die Zigarette an den Mund zu führen, doch die Hand gehorchte ihm nicht. Er versuchte, die Finger zu spreizen und die Zigarette auf den Boden fallen zu lassen, aber nicht das geringste Zittern verriet, dass das Signal des Gehirns durchdrang. Er versuchte, den Kopf zu drehen und das Auto sowie den unruhigen Himmel statt des dunklen Waldes ins Blickfeld zu bekommen, doch nichts geschah.

Absolut nichts.

Nichts, bis die Zigarette, fast ohne dass er es spürte, zwischen den Fingern herausrutschte und zehn Zentimeter vor seinem rechten Fuß landete. Dort lag und langsam vor sich hin schwelte, bis sie erlosch, er konnte es am Rande seines Gesichtsfelds sehen, ohne den Blick zu senken.

Mein Gott, dachte Walter Hermansson. Bin ich schon tot? Sterbe ich in diesem Moment? Verlasse ich … verlasse ich in diesem Augenblick meinen Körper und werde in etwas anderes verwandelt?

Aber alles erschien ganz und unteilbar. Der Schmerz in der

Brust hielt an, seine Atmung vollzog sich in kleinen, kurzen Stößen, der Wind kam weiterhin als leichte Brise aus Norden und fühlte sich kalt wie der Tod auf seiner feuchten Stirn an, das Licht eines Fahrzeugs begann, ihn zu blenden, es kam näher, fuhr vorbei und verschwand. Licht und Laute. Licht und Laute.

Eine unbekannte Anzahl an Fahrzeugen fuhr in dieser Art und Weise an ihm während einer unbekannten Anzahl von Minuten vorbei, eine unbekannte Anzahl von Ereignissen trat auf dieser Welt ein oder trat nicht ein; anschließend fiel er.

Schräg nach vorn in nordöstlicher Richtung, die Hände an den Seiten. Kurz bevor er auf dem Boden aufschlug, gelang es ihm, eine Drehbewegung zu vollführen und sich mit der rechten Schulter abzufangen. Mit ausgestreckten Armen und Beinen blieb er auf der rechten Seite liegen, fühlte keinen Schmerz, allein sein Unterkiefer begann zu zittern. Er versuchte, die Hände zu Fäusten zu ballen, ohne dass ihm das gelang, er versuchte den Unterkiefer zur Ruhe zu bringen, bis er es aufgab und das Bewusstsein verlor.

Ein kurzer Traum glitt zwischen zwei Sprossen seines Schlafgitters dahin. Er war noch ein Kind, vier oder fünf Jahre alt, er stand vor seinem Vater und hatte sich in die Hose gepinkelt.

»Das hast du mit Absicht gemacht«, sagte der Vater.

»Nein«, antwortete er. »Ich habe das nicht mit Absicht gemacht. Es ist einfach so passiert.«

»Doch«, beharrte der Vater. »Ich kenne dich, das hast du mit Absicht gemacht. Du hättest auf die Toilette gehen können, aber du wolltest deine Mutter quälen, indem du sie zwingst, deine vollgepisste Kleidung zu waschen.«

»Nein, nein«, versicherte er tränenerstickt. »Das stimmt nicht. Es ist einfach passiert, ich kann meine vollgepisste Kleidung auch selbst waschen.«

Der Vater ballte die Fäuste vor Wut.

»Und außerdem lügst du auch noch«, sagte er. »Erst pisst du

dir absichtlich in die Hose, erschöpfst deine Mutter, und dann lügst du auch noch. Was meinst du denn, warum wir dich wohl auf die Erde gebracht haben?«

»Ich weiß es nicht, ich weiß es nicht«, rief er verzweifelt. »Ich kann nichts dafür, es ist nicht so, wie du behauptest, ich liebe euch doch alle, lasst mich nur leben, dann werdet ihr es sehen.«

Doch sein Vater zog eine Schublade des großen Schreibtisches auf, hinter dem er gesessen hatte, und zog etwas hervor. Es war der Kopf seiner Schwester Kristina. Er war blutig, sah schrecklich aus, war vom Körper abgetrennt, der Vater hielt ihn mit ausgestrecktem Arm an den Haaren, so dass er von rechts nach links schaukelte, von links nach rechts über dem Schreibtisch. Kristina sah so unsagbar traurig aus, und schließlich warf der Vater den Kopf direkt zu Walter, der in diesem Moment Gefahr lief, sich erneut in die Hose zu pinkeln, und gerade als er den Kopf seiner geliebten kleinen Schwester auffangen wollte, in der Sekunde, als er die Hände wie ein Handballtorwart vorstreckte, um einen gut gezielten Schuss zu halten, doch noch bevor es ihm gelang, mit den Fingerspitzen ihr rotbraunes Haar zu berühren, wachte er auf.

Er kam schnell auf die Beine. Trat drei Schritte auf den Waldrand zu, knöpfte sich die Hose auf und pinkelte.

Als er wieder ins Auto stieg, fror er derart, dass er zitterte, und es gelang ihm nur mit Mühe und Not, den Zündschlüssel zu drehen und zu starten.

»Nein, nein«, sagte Ebba Hermansson Grundt, »wir warten mit der CD. Jetzt wollen wir erst einmal einen ausführlichen Bericht von Henrik hören. Das erste Universitätssemester ist immer ein Meilenstein in der persönlichen Entwicklung, ob man es nun will oder nicht.«

Leif Grundt schaltete seufzend den CD-Player aus. Was ihn betraf, so war seine persönliche Entwicklung nach der zweijährigen Gymnasialzeit auf dem wirtschaftlichen Zweig beendet gewesen. Natürlich interessierte es ihn, wie es seinem ältesten Sohn in Uppsala ergangen war, er bemühte sich, ein guter Vater zu sein, und war selbst in der Universitätsstadt aufgewachsen – in Salabacke, in gehörigem Abstand von den akademischen Lattenzäunen – aber dennoch. Henrik war Ebbas Territorium, ein abgesteckter Claim, der wahrscheinlich bereits im Mutterleib entsprechende Kraft verliehen bekommen hatte, und so war es geblieben. Besonders jetzt, mit dem Jurastudium, wohnhaft im Studentenwohnheim, der Teilnahme am studentischen Leben, Zechgelagen und Herrenessen, Nachmittagspunsch und jerum und wie es noch hieß.

Nun ja, dachte Leif Grundt, vielleicht wird aus ihm wenigstens noch ein Mann.

»Es ist gut gelaufen«, sagte Henrik Grundt.

»Gut?«, wiederholte Mama Ebba. »Jetzt bist du aber so lieb und führst das ein bisschen aus. Ihr habt also alle Semesterprüfungen im Januar? Erstaunlich, dass sie das Herbstpensum über Weihnachten und Neujahr hinausziehen, das war zu meiner Zeit nicht so. Vielleicht ein wenig, aber zwanzig Punkte zu prüfen? Nun ja, du hast ja auf jeden Fall drei Wochen zum Lernen vor dir. Nicht wahr?«

»Kein Problem«, erklärte Henrik. »Wir sind eine Gruppe von vier Leuten, die den ganzen Herbst zusammen gelernt haben. Am zweiten Januar treffen wir uns wieder und werden in zehn Tagen alles durchpauken.«

»Aber du hast doch trotzdem deine Bücher mitgebracht?«, wunderte Ebba sich mit einem Hauch mütterlicher Unruhe und Fürsorge in der Stimme.

»Ein paar«, beruhigte Henrik sie. »Ihr braucht euch deshalb keine Sorgen zu machen.«

Leif Grundt setzte zum Überholen eines schmutziggelben, deutschen Fernlasters an, und da Ebba Hermansson Grundt niemals während eines Überholmanövers sprach, blieb es zehn

Sekunden lang still im Wagen. Kristoffer warf einen schnellen Blick auf seinen Bruder, der auf dem Rücksitz neben ihm saß. *Deshalb?*, dachte er. Bildete er sich das nur ein, oder gab es tatsächlich einen Hintersinn in dem, was Henrik soeben gesagt hatte? Gab es tatsächlich etwas, um das man sich Sorgen machen musste? Etwas anderes?

Er konnte es sich nicht vorstellen. Super-Henrik hatte seinen Eltern noch nie Sorgen bereitet. Ganz gleich, was er sich auch vornahm, es gelang ihm; das galt für die Schule, das galt für Sportwettkämpfe, Klavierspiel, Trivial Pursuit und Fliegenfischen, es galt einfach für alles. Und so war es immer schon gewesen. Einmal, als Henrik elf Jahre alt war und Bezirksmeister in »Wir in der Fünften« wurde, hatte Leif, der Vater, gesagt, dass Henrik sicher nur ein Problem im Leben haben werde, und zwar sich zu entscheiden, ob er Nobelpreisträger oder Premierminister werden sollte. Worauf Ebba, die Mutter, sofort erklärt hatte, dass Henrik ohne Probleme beides erreichen werde – und Kristoffer, zu dem Zeitpunkt erst sechs Jahre alt, war gekränkt in sein Zimmer gegangen, da sich der große Bruder wie üblich jegliches Lob und beide Leckerbissen auf einmal schnappen würde. Premierminister und Nobelpreisträger. Verdammter Scheiß-Henrik, hatte er gedacht, ich werde König werden, und dann wirst du schon sehen. Dann wirst du dein ganzes Leben lang nur rohes Gemüse essen müssen, bis du zum Storch wirst.

Aber jetzt sollte es also – möglicherweise, wenn er diese leichte Dissonanz in der Stimme seines Bruders richtig gedeutet hatte – einen Grund zur Beunruhigung geben?

Ein frommer Wunsch, dachte Kristoffer, der Sünder, und starrte mit finsterem Blick auf den salzbespritzten Fernlaster, der langsam an den Seitenfenstern vorbeiglitt. Nein, so etwas passiert nicht in unserer Familie.

»Und dieses Mädchen?«, fragte Ebba und begann, ihre Fingernägel zu feilen, eine Beschäftigung, zu der sie nur Zeit hatte, wenn sie im Auto saß, ohne selbst am Steuer zu sein, und es deshalb auch nie versäumte, wenn sich ihr die Gelegenheit bot. »Ihr passt doch wohl auf?«

Was bedeutet, dass sie Kondome benutzen sollen, übersetzte Kristoffer lautlos für sich selbst. »Ja«, antwortete Henrik. »Wir passen auf.«

»Jenny?«, fragte Ebba.

»Jenny, ja.«

»Medizinerin aus Karlskoga?«

»Ja.«

»Ist sie auch im Studentenverband?«

»Ja, aber nicht im gleichen. Aber das habe ich doch schon mal erzählt.«

Ein paar Sekunden lang blieb es still. Verflucht, dachte Kristoffer. Da ist etwas.

»Du scheinst ein bisschen müde zu sein«, begann Papa Leif wieder das Gespräch. »Na, das liegt wohl an diesem blöden Pauken und Feiern, oder?«

»Leif«, ermahnte Mama Ebba ihn.

»Sorry, sorry«, sagte Leif Grundt und setzte zum nächsten Überholmanöver an. »Aber er wirkt ein bisschen erschöpft, findet ihr nicht auch? Natürlich nicht zu vergleichen mit Krille und mir, aber dennoch ...«

Kristoffer lachte heimlich in sich hinein und dachte, dass er seinen Vater, den Supermarktleiter, liebte. »Wie weit haben wir es noch?«, fragte er.

»Wenn Gott und Mama wollen, dann sind wir zum Abendmelken da«, stellte Leif Grundt fest und erntete dafür einen ausdruckslosen Blick seiner Ehefrau.

»Nur ein Glück, dass wir im Hotel wohnen werden«, sagte Kristina, als sie von der Autobahn abbogen und Gahns Industrieanlagen und Kirche im Blickfeld hatten. »Dann kann ich mir wenigstens einbilden, dass ich hier nicht zu Hause bin.«

Das war ein Gedanke, den sie niemals in Worte gefasst hätte, wäre sie nicht so müde gewesen, das war ihr selbst klar. Wenn sie müde war, konnte ihr leider alles Mögliche einfach so herausrutschen, und auch wenn es natürlich stimmte, dass sie inzwischen alles verabscheute, was mit dem Ort ihrer Kindheit zu tun hatte, so war es doch nicht nötig, noch Wasser auf Jakobs Mühlen zu gießen. Absolut nicht nötig.

»Ich habe sowieso nie verstanden, was eigentlich der Witz an Kleinstädten sein soll«, deklarierte er nun. »Irgendwie sind sie doch eine Art fehlendes Glied zwischen Dörfern und richtigen Städten, oder?« Er zeigte auf eine Reihe von Reihenhäusern, an denen sie gerade vorbeifuhren. Eine Familiengeschichte aus den frühen Siebzigern in Ziegeln mit deutlichen Wasserflecken und Adventsleuchtern in acht von zehn Fenstern und auf sieben Auffahrten ein südostasiatisches Kombifahrzeug. »Gott muss einen reichlichen Kater gehabt haben, als er das hier geschaffen hat.«

»Es gibt auch Menschen, die der Ansicht sind, dass Stockholm nicht der Mittelpunkt der Welt ist«, sagte Kristina. Sie stopfte Kelvin den Schnuller in den Mund, den dieser umgehend wieder ausspuckte. »Jedenfalls schön, angekommen zu sein. Wir checken ein und nehmen wie abgesprochen eine Dusche, nicht wahr?«

»Von meiner Seite aus gern, wenn wir es noch schaffen.«

»Es ist doch erst Viertel vor sechs. Es reicht, wenn wir gegen sieben da sind.«

»Dein Wille ist mir Gesetz«, sagte Jakob und hielt an einer roten Ampel. »Hast du das gesehen, verdammt, ich wusste gar nicht, dass sie hier auch Ampeln haben. Die machen sich.«

Halt die Schnauze, du verfetteter Östermalmer Angeber, dachte Kristina, aber trotz der Müdigkeit, die wie Blei an ihr hing, kam kein Wort über ihre Lippen.

»Muschi«, sagte Kelvin unerwartet.

6

Rosemarie Wunderlich Hermansson legte letzte Hand an die Schalentierpastete, schob sie in den Ofen und streckte vorsichtig ihren Rücken. Es war sechs Uhr am Montagabend, bis jetzt war noch kein Kind oder Enkelkind aufgetaucht, aber in einer Stunde würde das Haus voll sein. Ebba hatte kurz nach fünf angerufen und mitgeteilt, dass es etwas später werden würde, aber natürlich noch vor sieben, liebe Mama, kein Problem. Kristina hatte vor fünf Minuten von sich hören lassen und berichtet, dass sie in Kymlinge angekommen seien und im Hotel eingecheckt hätten. Man wollte nur den Reisestaub abduschen und dem kleinen Kelvin die Windeln wechseln.

Walter hatte nicht angerufen.

Etwas Warmes zu essen, Bier und ein kleiner Schnaps standen auf dem Programm. Weihnachtsmost für die Jungs. Vielleicht war Henrik ja schon groß genug für Bier, schließlich war er inzwischen an der Universität. Aber auf keinen Fall einen Schnaps. In diesem Punkt waren Rosemarie und Karl-Erik einer Meinung.

Ansonsten waren sie in den meisten Punkten uneins. Sie hatten zwar den ganzen Tag über so gut wie gar nicht miteinander gesprochen, aber sie hatte so ein Gefühl. Bis ins Rückenmark hinein spürte sie es. Nach vierzig Jahren Ehe braucht es keine Worte mehr, das war eine alte, erprobte Wahrheit. Es lag sozusagen in der Natur der Dinge – soweit sie noch irgendeine Art von Macht über ihren Ehemann besaß, ließ sich diese am besten in Form stummer Blicke und sprechenden Schweigens ausüben. Versuchte sie, die Sprache als Waffe anzuwenden, zog sie stets den Kürzeren, das hatte sie schon früh gelernt. Karl-Erik verfügte über einen Wortschatz, der die Anzahl der Moleküle im Universum weit überschritt, aber gleichzeitig war auch er nicht ungeschickt, wenn es um die Pirouetten des Schweigens ging – und wer nun letztendlich die meisten Siege davongetragen hatte, das konnte eigentlich auch vollkommen gleich sein.

Aber vielleicht stimmte es ja doch, was Vera Ragnebjörk einmal gesagt hatte: Es gab auch Duelle mit zwei Verlierern. Vielleicht war das die üblichste Form. Lange, sich dahinziehende Duelle, die so trist und in ihrer Form so alltäglich abliefen, dass man kaum noch bemerkte, dass sie vonstatten gingen.

Sie hatte sich nachmittags eine halbe Stunde Siesta gegönnt, und während dieser wohlverdienten Ruhepause hatte sie wieder geträumt, dass einer von ihnen sterben müsse. Sie hatten sich auf einer Insel befunden, umgeben von smaragdgrünem Wasser – wahrscheinlich war es Walters verdammtes Koh Fuk, das da noch herumspukte –, und es ging ums Überleben. Er oder sie. Karl-Erik oder Rosemarie. Sie hatten sich einer Art von Kräftemessen genähert, dem entscheidenden Schlag in einem alten Krieg mit höchst unklaren Voraussetzungen und Regeln – und mit ganz anderen Waffen als Schweigen und Blicke –, aber bis jetzt blieb es bei den Vorbereitungen, sie war aufgewacht, lange bevor es an der Zeit war, den ersten Stoß zu setzen oder den Ausfall des anderen zu parieren.

Aber der Gedanke lebte in ihr weiter. Er schwebte wie ein quallenartiges, diffuses Plasma in der halb durchscheinenden Schicht zwischen dem Wahrnehmbaren und dem nicht Wahrnehmbaren im Meer ihres Bewusstseins.

Was?, dachte sie verwirrt. War ich es, die so etwas gedacht hat?

Selbstgemachte Frikadellen. Geräucherter Lachs. Ein langweiliger grüner Salat mit fertig gekauftem, französischem

Dressing. Zwei Pasteten. Ein großer Kartoffelsalat. Hälften von Ei mit rotem und schwarzem Eismeerrogen.

Gott, wie phantasielos, stellte sie fest und überschaute die Lage. Doch es füllte zumindest den Küchentisch, und das erst recht, wenn sie noch Brot und den großen Cheddarkäse dazustellte. Aber es war ja Karl-Eriks Arrangement. Sowohl was den Montagabend als auch, was den Dienstag betraf. Er war derjenige, der 65 Jahre alt wurde, nicht sie. Kein gedeckter Esstisch im Speisezimmer heute Abend, das sollte für die morgige große Sitzung aufgespart werden. Die kleinen warmen Gerichte konnte man in Sesseln und Sofas im Wohnzimmer zu sich nehmen. Ganz formlos und familiär. Dabei nette Unterhaltung über dies und das. Über das Jahr, das hinter ihnen lag. Die Mühen des Herbstes, aber nicht das Fernsehen durchkauen, Gott bewahre. Lieber das Leben als solches betrachten. Karl-Erik konnte seine nunmehr abgeschlossenen pädagogischen Taten mittels erhellender, humoristischer Anekdoten bedenken. Ellinor Bengtssons Sonderaufgabe über Rote Beete von 1974. Das Feuer in der Kirche während der Luciafeier 1969, als eine der Jungfrauen kahlköpfig wie ein Schwendeland wurde. Studienrat Nilssons Autogeschäfte, mein Gott, sie hoffte, dass er zumindest Studienrat Nilsson aus dem Spiel lassen würde. Ebenso wie die Peinlichkeiten des stellvertretenden Schulleiters Grunderins in Zusammenhang mit der Abstimmung über die Atomkraft 1980.

Und während sie dort stand und ihren Blick zwischen dem traurigen Salat und der massiven Finsternis vor dem Küchenfenster hin und her wandern ließ, tauchte erneut Walter in ihrem Kopf als eine noch dunklere Wolke auf, und plötzlich wünschte sie sich mit aller Kraft, dass all das hier, ihr gesamtes Leben, nur ein alter englischer Landadelfilm wäre, in dem sie ohne weiteres hinaufgehen und sich schlafen legen könnte, eine Migräne oder eine andere nette Unpässlichkeit vortäuschend, um dann so lange im Bett zu bleiben, wie sie wollte.

Oder dass sie zu ihrer Schwester nach Argentinien fliehen und sich dort für alle Zeiten verstecken könnte. Aber mit der hatte sie seit mehr als zehn Jahren nicht gesprochen. Rosemarie und Regina waren gemeinsam mit ihren Eltern nach Schweden gekommen, als sie sieben beziehungsweise zwölf Jahre alt waren, vier Jahre nach dem Krieg. Auf Gedeih und Verderb hatte die Familie ein bombenzerstörtes Hamburg verlassen, und es war ihr gelungen, in Schweden Wurzeln zu schlagen. Zunächst in Malmö, später weiter das Land hinauf. Växjö, Jönköping, Örebro. Aber Regina hatte sich nie zurechtgefunden; sie hatte Elternhaus und Land verlassen, sobald sie achtzehn wurde, und dabei war es geblieben. Als ihre Mutter Bärbel 1980 starb, hatte man sich bei der Beerdigung gesehen; als der Vater Heinrich zwei Jahre später an der Reihe war, war sie gar nicht gekommen.

Aber sie wohnte jetzt seit zehn Jahren in Buenos Aires, jedes Jahr kam eine Weihnachtskarte von ihr. Keine Geburtstagsgrüße, nur Weihnachtskarten.

Buenos Aires, dachte Rosemarie Wunderlich Hermansson. Konnte man sich etwas Abgelegeneres denken? Konnte man sich ein besseres Versteck vorstellen?

Sie spürte, dass sie in den gleichen Spuren stapfte wie Karl-Erik, wenn er Spaniens rote Erde pflügte, und brummte verärgert über ihre eigenen Gedanken vor sich hin.

Stellte dabei fest, dass sie auf Deutsch brummte. Das lag natürlich daran, weil sie an ihre Familie dachte. Sie hatte nie eine Ausbildung zur Deutschlehrerin gemacht. Karl-Erik war derjenige gewesen, der vorgeschlagen hatte, sie solle es doch versuchen, als Mitte der Achtzigerjahre eine Stelle frei war und es der Schulleitung nicht gelang, jemand Entsprechenden zu finden. Wo sie die Sprache doch sowieso von Kindesbeinen an beherrschte.

Und so wurde sie Deutschlehrerin.

Was sie jetzt nicht mehr war, erinnerte sie sich. Das Ende des

Weges hatte sie vor drei Tagen erreicht. Was hatte sie noch vor gar nicht langer Zeit gedacht? Etwas Wichtiges oder vielleicht auch nur …

Karl-Erik kam in die Küche, um zu inspizieren.

»Sieht gut aus«, stellte er fest. »Und wo willst du das Bier hinstellen?«

»Auf die Anrichte«, sagte sie. »Aber es soll doch wahrscheinlich kalt sein, oder? Darum habe ich es noch nicht herausgeholt.«

»Ja, natürlich. Ich wollte nur wissen, wo es stehen soll.«

»Ach so«, nickte sie. »Ja, da also.«

»Ja, genau«, stimmte ihr 64 Jahre und 364 Tage alter Ehemann zu und ging ins Badezimmer, um sich den Schlips zu binden.

Ebba traf als Erste ein. Mit ihrem Supermarktleiter und ihren Teenagersöhnen. Rosemarie wurde beim Begrüßungsritual plötzlich verlegen, die Jungen erschienen ihr viel erwachsener, als sie gedacht hatte. Aber da sie Ebba umarmt hatte, umarmte sie auch Kristoffer, der schüchterner und verzagter wirkte als je zuvor, und zum Schluss auch Henrik und Leif. Henrik hatte seinen Vater in der Länge überholt, er musste mehr als eins neunzig messen, wie lange hatte sie die Familie nicht gesehen? Anderthalb Jahre? Henrik hatte die Augen und die Nase von seiner Mutter und Karl-Erik geerbt. Rosemarie sah eine schwindelerregende Sekunde lang ein, dass er fast genauso aussah, wie Karl-Erik ausgesehen hatte, als sie ihn vor fast einem halben Jahrhundert das erste Mal bei dem Schulfest auf Karro getroffen hatte. Eine Reprise von Karl-Erik Hermansson? Mein Gott. Das war ein in vielerlei Hinsicht schrecklicher Gedanke, aber glücklicherweise blieb keine Zeit, ihn zu vertiefen. Karl-Erik der Erste stand im Wohnzimmer und empfing die Gäste, hier gab es keine Umarmungen, nur feste, ritterliche Handschläge, während er ein Mitglied der Hermansson-

Grundtschen-Familie nach dem anderen prüfend musterte. Auf Armlänge Abstand, da er zu eitel war, um seine Brille zu tragen, wenn es nicht unbedingt sein musste – und mit seinem üblichen, verkniffenen Lächeln. Als Kristoffer an der Reihe war, konnte Rosemarie sehen, dass er kurz davor war, ein »Rücken grade, mein Junge!« zu schnarren, aber er unterließ es, alles zu seiner Zeit, sogar die Zurechtweisungen.

»So, das hätten wir also«, erklärte Leif Grundt unergründlicherweise. »Dann bringen wir unsere Siebensachen und die Geschenke nach oben, nehme ich mal an? Schön, da zu sein. Siebenhundert Kilometer sind nun einmal siebenhundert Kilometer, wie es im Koran steht.«

»War es glatt?«, fragte Karl-Erik.

»Nicht wirklich«, antwortete Leif.

»Viel Verkehr?«, fragte Rosemarie.

»Ja, wirklich«, antwortete Leif.

»Viel zu tun bei den Chirurgen, wie ich mir denken kann«, sagte Karl-Erik.

»Man muss die Verantwortung delegieren können«, sagte Ebba.

»Wie wahr«, stimmte Leif Grundt zu. »Ich habe letzte Woche vier Tonnen Schweinepopos delegiert.«

»Schweinepopos?«, wunderte sich Rosemarie, da sie annahm, dass diese Nachfrage erwartet wurde.

»Weihnachtsschinken«, sagte Leif Grundt und grinste dazu.

»Entschuldigt mich, ich muss mal«, flüsterte Kristoffer.

»Aber natürlich«, nickte Rosemarie geschäftig. »Und dann rauf in die Zimmer mit euch. Wie immer, ich hoffe, Henrik ist nicht zu groß fürs Bett geworden.«

»Kein Problem«, erwiderte Henrik und lächelte seine Großmutter freundlich an. »Ich bin an verschiedenen Stellen biegsam.«

Und darüber lachte zumindest der Großvater Karl-Erik richtig herzlich.

Kristina und Konsorten trafen zehn Minuten später als Zweite ein. Der kleine Kelvin drehte der versammelten Mannschaft augenblicklich den Rücken zu und klammerte sich an Mamas Bein fest. Kristina trug einen neuen, gelben und sehr großstädtischen Wollmantel, sah aber müde aus; Rosemarie machte sich sofort geistig eine Notiz, dass sie mit ihr über möglichen Blutmangel sprechen wollte – obwohl sie genau wusste, dass sie in dieser Beziehung nie zum Zuge kommen würde – oder es überhaupt wollte. Vertrauliche Gespräche mit Kristina gab es nicht mehr, seit das Mädchen so um die zwölf Jahre alt war, und vielleicht (so korrigierte Rosemarie ihren ersten Eindruck) war es ja auch gar nicht die Frage von tatsächlicher Müdigkeit. Vielleicht handelte es sich eher um Langeweile, wobei sie sich fragte, ob das mit dem Wiedersehen des Elternhauses zu tun haben konnte oder es tiefere Ursachen gab.

Jakob Willnius war auf routinierte Weise charmant und trug einen Wollmantel, der auch nicht so recht nach Kymlinge passte. Er brachte außerdem ein ganz besonderes Geschenk für den frischgebackenen Pensionär mit – und betonte immer wieder, dass das nicht das richtige Geschenk sei, das bekomme dieser natürlich erst am folgenden Tag –, worum es ging, war eine Flasche Otium, haha, nämlich ein Single Malt Whisky namens Laphroaigh. Gelagert in Eichenfässern seit Christi Geburt. Jeder Tropfen reines Gold; war man sparsam, konnte die Flasche ein halbes Jahr halten; trank man einen Zentiliter zu viel, konnte man fliegen, haha.

Um deutlich zu zeigen, wie wenig er diese hauptstädtische Rarität zu schätzen wusste, öffnete Karl-Erik umgehend die Flasche und bot allen an. Alle, ausgenommen die Enkelkinder (wovon die beiden Grundt-Jungen sich noch in ihrem Zimmer einrichteten und Kelvin unter dem Tisch saß und seinen rechten Daumen betrachtete), bekamen einen Schluck und murmelten artig etwas von dem charakteristischen Rauchgeschmack – ausgenommen Rosemarie, die ihren üblichen Kommentar abgab, dass sie noch nie verstanden habe, was eigentlich an Whisky so besonders sei.

»Die Frau ist ein Rätsel«, lächelte Jakob Willnius.

»Ist Walter noch nicht gekommen?«, fragte Kristina.

»Nein«, antwortete ihre Mutter. »Aber er hat gestern angerufen und versprochen, gegen sieben Uhr hier zu sein.«

»Es ist Viertel nach«, sagte Kristina.

»Das weiß ich auch«, erwiderte Rosemarie. »Nun, ich glaube, ich muss noch mal für einen Moment in die Küche.«

»Brauchst du Hilfe?«, fragte Ebba.

»Nein, nein, vielen Dank«, sagte Rosemarie und hörte selbst, dass das abweisender klang als beabsichtigt. War sie jetzt schon genervt? Hatte sie jetzt schon Probleme, es auszuhalten? Es wäre schrecklich, wenn ihre Kinder das spürten. »Aber du kannst vielleicht die Jungs in einer Viertelstunde herunterholen«, fügte sie in einer versöhnlicheren Tonlage hinzu. »Wir müssen ja nicht hungrig herumsitzen, nur weil Walter nicht kommt.«

»Nein, das finde ich auch«, stimmte Ebba zu.

»Hm«, räusperte sich Jakob Willnius. »Und jetzt soll es also nach Spanien gehen, wie ich gehört habe?«

»Andalusien«, präzisierte Karl-Erik und rutschte vertraulich zehn Zentimeter näher an seinen Schwiegersohn heran. »Ich weiß nicht, ob es dir bekannt ist, aber diese Gegend hat eine unerhört reiche Geschichte. Granada. Córdoba, Sevilla … Ronda nicht zu vergessen. Der maurische und der jüdische Einschlag, ich habe vor, in aller Bescheidenheit dort ein bisschen zu forschen. Eine Bestandsaufnahme des Erbes von …«

Es klingelte an der Tür.

Wichs-Walter war eingetroffen und die Schar somit vollzählig.

Die Brüder lagen auf ihren Betten in dem zwölf Quadratmeter großen Zimmer. Die Tapeten waren dunkelgrün mit schmalen, vertikalen Kanten in einem etwas helleren grünen Farbton. Es gab einen Schreibtisch mit drei Schubladen und zwei identische kleine Lampen, in deren Holzfuß in verschnörkelten Buchstaben der Ortsname »Smögen« eingebrannt war. An der Tür zu dem eingebauten Wandschrank hing ein großer Kalender von 1988 mit dem Motiv der hiesigen Fußballmannschaft Reimer. Grüne Trikots, grüne Hosen.

Kristoffer starrte an die Decke, die weiß war, und dachte an Linda Granberg. Henrik komponierte auf seinem Handy eine SMS. Ein gerade einsetzender, leiser Regen schlug gegen das Fenster, klang wie ein Flüstern aus dem Weltall oder etwas in der Art.

»Wem schreibst du?«, fragte Kristoffer.

»Einem Freund«, antwortete Henrik.

»Ach so«, sagte Kristoffer.

Er schloss die Augen. Es war schwer, nicht an Linda zu denken. Es war schwer, es auszuhalten. Es war schwer, sich nicht vorzustellen, wie es wäre, könnte man ein paar Tage überspringen.

Zwei, inzwischen würde es mit zweien reichen. Wenn es Mittwochabend wäre statt Montagabend, rechnete er sich aus, dann wäre er zurück in Sundsvall. Läge in seinem eigenen Bett in seinem eigenen Zimmer statt hier an diesem todlangweiligen Ort. Hätte Linda näher bei sich, schließlich wohnte sie nur ein paar hundert Meter von ihrem Haus im Stockrosvägen entfernt. Er könnte sie anrufen und sich mit ihr verabreden. Warum eigentlich nicht? Ihr sagen, er habe ein Weihnachtsgeschenk für sie.

Ja, verdammt, warum war ihm das nicht früher eingefallen. Linda anrufen, sie bitten, zu Birgers Kiosk zu kommen, ihr ein unglaublich unwiderstehliches Weihnachtsgeschenk überreichen, anschließend konnte man einen Hamburger essen, spazieren gehen und jeder eine Zigarette rauchen. Über Gott und die Welt reden und dann anfangen zu küssen, verdammt noch mal, wenn er nur wieder nach Hause käme, würde sich das mit Linda schon regeln. No doubt.

Er fluchte innerlich darüber, so tollpatschig zu sein, sein Handy zu verlieren, fragte sich, ob er wohl tatsächlich eines zu Weihnachten bekäme – aber vielleicht konnte er auch erst einmal Henriks leihen und ihr eine SMS schicken?

»Kann ich dein Handy leihen, wenn du fertig bist?«

»Mhm. Was?«

»Kann ich mir mal dein Handy leihen?«

»Du weißt, dass du das nicht kriegst.«

»Warum nicht?«

»Das weißt du auch.«

»Danke. Wozu braucht man Feinde, wenn es Brüder gibt.«

Keine Antwort.

»Ich habe gesagt: Wozu braucht man Brüder, wenn es Feinde gibt.«

»Das habe ich gehört. Aber meinst du es nicht umgekehrt?«

»Wieso umgekehrt?«

»Du hast gesagt: Wozu braucht man Brüder, wenn es Feinde gibt.«

»Das habe ich nicht gesagt.«

»Doch, hast du.«

»Nein.«

Schweigen.

»Nein.«

Schweigen.

»Nein.«

»Kristoffer, manchmal bin ich ziemlich genervt von dir. Kannst du nicht einfach die Klappe halten, damit ich das hier abschicken kann?«

»Wem schreibst du?«

Keine Antwort.

»Wem schreibst du? Deiner Freundin? Wie heißt sie noch … ist es diese Jenny?«

»Ja, stell dir vor, sie ist es. Kannst du dir nicht eine Freundin besorgen, Kristoffer, damit du mal etwas Sinnvolles zu tun hast?«

»Vielen Dank für den Tipp. Ich werde mir die Sache überlegen. Ist sie hübsch?«

»Was?«

»Ist sie hübsch, diese Jenny?«

»Ich habe keine Lust, mit dir darüber zu diskutieren.«

»Danke. Echt toll. Der einzige Bruder geht zur Universität und wird so hochnäsig, dass er nicht einmal mehr mit einem spricht.«

»Hör auf, Kristoffer. Lass mich das hier fertigschreiben und halt solange die Klappe, ja?«

»Kannst du nicht gleichzeitig simsen und reden? Ich kann das.«

»Das liegt daran, weil du nie etwas Wichtiges schreibst. Und nie etwas Wichtiges sagst.«

»Nochmals herzlichen Dank. Mit solchen Feinden braucht man keine Brüder.«

»Jetzt hast du es wieder falsch gesagt.«

»Wieso?«

»Du hast es verdreht.«

»Habe ich überhaupt nicht.«

Schweigen.

»Das habe ich überhaupt nicht.«

Schweigen.

Diese Tapeten sind das Hässlichste, das ich je gesehen habe, dachte Kristoffer Grundt. Eigentlich das ganze Zimmer, selbst ich muss hübsch wirken zwischen diesen vier Wänden.

Vielleicht könnte man mit dem Kopf voran gegen eine davon rennen und dann für zwei Tage bewusstlos sein?

Karl-Erik Hermansson hatte niemals in seinem Leben alkoholhaltige Getränke im Übermaß zu sich genommen – aber nachdem er allen anderen von Jakob Willnius' mitgebrachtem Angeberwhisky angeboten hatte, war er natürlich gezwungen gewesen, auch Walter etwas anzubieten, als dieser zwanzig Minuten nach sieben auftauchte. Das widerstrebte ihm wirklich, aber mangels anderer Möglichkeiten musste er sich den Sitten und Gebräuchen fügen. Er hatte das Gefühl, es habe zu regnen angefangen, und dem war tatsächlich so, ein kalter Regen, der sicher in Schnee übergehen würde, wenn die Temperatur nur um ein, zwei Grad sänke – es scheint den ganzen Herbst nur geregnet zu haben, dachte er stoisch, aber er merkte, dass es ihm in den Zähnen weh tat, als er seinem einzigen Sohn die Hand gab und ihn willkommen hieß. Auch wenn man allen anderen etwas vormachen konnte, sich selbst etwas vormachen konnte man nicht. Das war ihm jetzt klar.

Und nachdem er Walter von dem Lafroggen, oder wie zum Teufel der hieß, angeboten hatte, war er natürlich gezwungen, auch den anderen noch eine Runde auszugeben, da diese inzwischen ihre Gläser geleert hatten. Alle nahmen dankend an, ausgenommen Rosemarie, die ihre Litanei wiederholte, dass sie sich nie etwas aus besagtem Getränk gemacht habe, und außerdem vertrug sie es nicht so gut – und Kelvin, der dazu übergegangen war, unter dem Tisch auf dem Bauch zu liegen und das Teppichmuster zu untersuchen.

Und vielleicht lag es am anfänglichen Übermaß an diesem begnadeten Single Malt Whisky, dass der Abend sich so gestaltete.

Vielleicht lag es auch an etwas ganz anderem. Psychologisch unklare, aber einander naheliegende und sich beeinflussende Faktoren beispielsweise, über die keiner der Anwesenden einen Überblick hatte oder auch nur hätte haben können.

Oder – natürlich – an einer Kombination von beidem.

7

Also, etwas hat mich im Laufe der letzten Jahre verwundert«, erklärte Jakob Willnius, »und zwar, warum nicht mehr Menschen sich dafür entscheiden, dieses Land zu verlassen, wenn sie die Möglichkeit dazu haben. Ich meine, wer möchte schon an einem Dienstagmorgen im Februar in Tranås aufwachen, wenn man es in Sevilla könnte?«

»Es geht nur, wenn man genügend Polster hat«, erklärte Karl-Erik und sah aus, als widme auch er sich teilweise diesem populärpsychologischen Aspekt. »Das haben nicht alle, und das kann man wohl auch nicht verlangen.«

»Wann geht es los?«, fragte Leif Grundt.

»Wir können am ersten März ins Haus, im schlimmsten Fall am fünfzehnten. Und was wir nicht mitnehmen, lagern wir ein, ihr braucht euch nicht schon jetzt Gedanken hinsichtlich des Erbes zu machen.«

»Mein Gott«, sagte Kristina. »Wir würden doch nie ...«

»Spanien ist nicht schlecht«, sagte Leif Grundt. »Vierzig Millionen Spanier können sich ja wohl nicht irren.«

»Sogar zweiundvierzig«, erklärte Karl-Erik. »Am 1. Januar 2005. Aber sie haben einen Altersüberhang, fast vergleichbar mit unserem hier.«

»Die Sache wird sicher nicht besser dadurch, dass ihr dorthin zieht?«, warf Kristina ein.

»Das verstehe ich jetzt nicht«, sagte Karl-Erik und schnupperte vorsichtig an seinem leeren Glas.

»Das war aber nicht nett«, sagte Ebba und richtete drohend eine Gabel auf ihre kleine Schwester. »Aber du hast bisher nie davon geredet auszuwandern, Papa, oder? Ich hoffe wirklich, dass das nichts mit … mit den Ereignissen des letzten Herbstes zu tun hat.«

»Natürlich nicht«, betonte Rosemarie augenblicklich. »Ich verstehe gar nicht, wovon du redest. Will wirklich keiner mehr von der Pastete? Die zweite ist ja kaum angefangen.«

»Das lasse ich mir nicht zweimal sagen«, meinte Leif Grundt.

»Ich glaube, ich brauche noch ein Bier«, sagte Walter und kämpfte sich aus seinem Sessel hoch. »Aber mehr Pastete schaffe ich nicht, Mama, du musst entschuldigen.«

»Tu, was du willst, Walter«, sagte Mama Rosemarie und zeigte einen etwas schwer zu deutenden, wehmütigen Blick.

»Eier«, sagte Kelvin etwas überraschend unten auf dem Fußboden.

»Wir wollen natürlich auf keinen Fall in irgend so eine schwachsinnige Schwedenkolonie«, fuhr Karl-Erik fort, nachdem er sein Glas abgestellt und seiner Ehefrau einen kurzen Blick zugeworfen hatte. »Vergesst nicht, wenn wir die andalusische Hülle nur ein wenig ankratzen, dann finden wir eine Geschichte und einen Kulturschatz, der seinesgleichen sucht in Europa. Auf der ganzen Welt. Hier gibt es kein finsteres Jahrhundert, überall finden sich Spuren jüdisch-maurisch-christlicher Koexistenz, die sowohl in zeitlicher als auch in räumlicher Hinsicht wirklich einzigartig ist … wie ich behaupten möchte. Oben in Albaicín zu sitzen und über die Alhambra zu schauen, während jemand unter den Platanen klassische Gitarre spielt … ja, wahrscheinlich muss ich Jakob recht geben. Das ist etwas vollkommen anderes als ein Dienstag in Tranås.«

»Hm, ja«, räusperte sich Jakob Willnius.

»Jakob hat so einige Probleme mit schwedischen Kleinstädten«, sagte Kristina. »Das betrifft nicht nur Tranås.«

»Ich hoffe, die Pastete war nicht zu salzig«, warf Rosemarie Wunderlich Hermansson ein.

»Die Pastete war ausgezeichnet, liebste Mama«, sagte Ebba Hermansson Grundt.

»Ist es euch schon gelungen, das Haus zu verkaufen?«, wollte Leif Grundt wissen, als er mit einem frisch gefüllten Teller zurückkam. »Das ist ja verdammt noch mal nicht so einfach heutzutage.«

»Leif«, sagte Ebba.

»Es ist noch nicht ganz unter Dach und Fach«, sagte Rosemarie. »Aber mit dem Salz ist es heutzutage nicht einfach. Es gibt so viele verschiedene Sorten.«

»Wir werden am Mittwoch unterschreiben«, sagte ihr Ehemann.

»Und es will wirklich niemand mehr ein bisschen Eis oder Beeren? Es ist ja noch massenhaft übrig. Jungs, was ist mit euch?«

Rosemarie Wunderlich Hermansson betrachtete ihre beiden Enkelsöhne mit unglücklicher Miene. Henrik und Kristoffer schüttelten unisono den Kopf.

»Vielleicht reifen sie ja doch noch zum Manne«, schlug Jakob Willnius vor. »Früher oder später kommt der Zeitpunkt im Leben eines Mannes, da ist Schluss mit Gummibärchen und Bugg.«

»Bugg?«, fragte Kristoffer unwillkürlich. »Was ist Bugg?«

»Ein Kaugummi«, erklärte Leif Grundt engagiert. »Gibt es sogar noch, wird aber nicht mehr gekauft. Ihr kennt wohl nicht mehr ‚Vier Bugg und 'ne Coca-Cola?' Saustarker Song.«

»Holy cow«, brummte Kristina.

»Coca-Cola, das kenne ich«, sagte Kristoffer.

Karl-Erik räusperte sich und nahm Anlauf. »Was das sekundäre Kulturerbe angeht, vollzieht sich momentan ein Paradigmenwechsel, habt ihr das noch nicht gemerkt?«

»Was?«, fragte Kristoffer.

»Die Jugendlichen von heute wissen nicht mehr, wer Hasse oder Tage war. Sie haben nie von Gösta Knutsson, Lennart Hyland oder Monica Zetterlund gehört. Ausgenommen die Schüler, die ich selbst unterrichtet habe, aber insgesamt sind die ja in verschwindend geringer Zahl. Ja, bitte schön, nehmt euch von dem Málagawein, in ein paar Monaten werden wir den Keller voll davon haben.«

»Danke, gern«, sagte Leif Grundt. »Der ist richtig gut. Aber gewisse Dinge bleiben ewig jung, nicht wahr? Michel aus Lönneberga, der Konsum und so. Zum Wohl, ihr Lieben, zum Wohl, liebe Ehefrau. Nicht vorstellbar, dass du morgen vierzig wirst. In meinen Augen siehst du keinen Tag älter aus als neununddreißigeinhalb.«

»Danke schön«, sagte Ebba, ohne ihren Mann anzusehen. »Wie ihr sicher bereits bemerkt habt, hat Leif im Herbst einen kooperativen Charmekursus belegt.«

»Hehe, hm, jaha«, sagte Karl-Erik, knirschte kurz mit den Zähnen und kehrte zu seinem Paradigmenwechsel zurück. »Fucking Åmal ist da ein anderes, fast humoristisches Beispiel. Wisst ihr, was einer meiner Schüler gesagt hat, als der Film gerade Premiere hatte? Ja, fucking, da weiß ich, was das ist, aber was zum Teufel ist Åmal?«

Er gluckste zufrieden, und über die Familienmitglieder im Wohnzimmer legte sich einen Moment lang eine gedämpfte Munterkeit. Als hätte sich ein leicht berauschter Freudenengel ins Haus verirrt, verweilte dort eine Sekunde, um dann einzusehen, dass er falsch war, und dann umzukehren. Nur Kristina hörte Henriks leise vor sich hingemurmelten Kommentar: »Das stand in jeder schwedischen Tageszeitung zu lesen.«

Ich mag Henrik, dachte sie. Ja, er gefällt mir richtig gut.

»Dann habt ihr tatsächlich einen Keller im Haus?«, fragte Leif. »Ich meine, was den Wein angeht?«

»Ja, eine Art Vorratskeller«, erklärte Karl-Erik zufrieden.

»Zwölf, fünfzehn Kubikmeter, da werden wir genug Platz für die Getränke haben.«

»Soll ich Kaffee aufsetzen?«, fragte Rosemarie.

»Für mich bitte Tee, Mama«, sagte Ebba. »Ich werde dir helfen.«

Jakob Willnius kam aus dem ersten Stock herunter.

»Endlich«, rief Kristina aus. »Was um alles in der Welt hast du nur die ganze Zeit getan?«

»Ich habe unser Kind ins Bett gebracht, meine Geliebte«, erklärte Jakob Willnius tonlos und trank von seinem Málagawein, den er neben einem kleinen, in Glas gegossenen Stück Berliner Mauer auf der Eichenkommode abgestellt hatte. Und setzte sich dann zwischen Kristina und Henrik aufs Sofa.

»Das ist in drei Minuten geschehen.«

»Ja, aber dieses Mal hat es fünfundvierzig gedauert. Worüber unterhaltet ihr euch? Habe ich etwas Wesentliches verpasst?«

»Ich denke nicht«, sagte Kristina.

»Was sollte das denn sein?«, fragte Walter. »Und wann darf man ins Bett gehen, ohne dass jemand empört ist?«

Es wurde still im Zimmer. Ungewöhnlich still, wenn man bedenkt, dass sich dort trotz allem neun mehr oder minder erwachsene Menschen befanden.

»Entschuldigt«, sagte Walter. »Ich glaube, ich habe ein bisschen zu viel Wein abgekriegt. Entschuldige, Mama.«

»Ich weiß gar nicht, wovon du redest«, sagte Rosemarie fröhlich. »Es gibt doch nichts, wofür man sich entschuldigen müsste. So, jetzt gibt es gleich Kaffee und Tee.«

Sie ging in die Küche, dicht gefolgt von ihrer ältesten und wohlgeratensten Tochter.

»Verdammt, Walter«, versuchte Kristina theatralisch zu flüstern. »Was sollte das denn?«

Walter Hermansson zuckte mit den Schultern, sah bedrückt aus und trank aus seinem Glas. Anschließend schien es einen

Moment lang so, als wolle er etwas sagen, erklären oder etwas in der Art, aber die Gelegenheit verstrich, und es dauerte eine ganze Stunde, bis er zum Zuge kam.

»Ich nehme an, dass ihr auf irgendeine Art von Erklärung wartet.«

Er stellte sein Glas ab, nachdem er fast die letzten edlen Tropfen des Laphroaigh in sich hineingekippt hatte, der doch ein halbes Jahr lang hatte halten sollen. Aber wie dem auch sei, er war auf jeden Fall ziemlich brüderlich unter den Herren verteilt worden. Henrik und Kristoffer nicht mit eingerechnet. Kristina trank ein Glas Rotwein, Ebba weiterhin grünen Tee. Rosemarie wusch ab, Kelvin schlief. Die Uhr zeigte halb zwölf. Jetzt sind wir soweit, dachte Kristina. Jetzt sind die Vorpostengefechte erledigt.

»Oder eine Art von Entschuldigung«, fügte Walter hinzu.

Ein langer Moment des Schweigens folgte.

»Wir warten auf gar nichts, Walter«, erwiderte Kristina. »Ja, natürlich kannst du einen Schluck von meinem Wein trinken, Henrik.«

»Nein, das tun wir ganz und gar nicht, Walter«, erklärte Ebba entschieden, aber etwas zu spät, als dass es noch wirklich überzeugend klang. »Let bygones be bygones, um Himmels willen. Das Einzige, was wir daraus lernen können, ist die Kunst und die Wichtigkeit, etwas zu vergessen. Und zu hoffen, dass auch andere dieser Kunst fähig sind. Oder etwa nicht?«

Sie schaute sich nach Zustimmung um, aber alles, was sie erntete, war ein Achselzucken von Jakob Willnius. Sie wechselte das Thema. »Papa, bist du sicher, dass morgen kein Besuch kommen wird? Henrik, das reicht jetzt.«

»Nun ja, was heißt hier sicher«, brummte Karl-Erik. »Rosemarie hat extra drei Torten und fünf Kilo Kaffee auf Lager, für alle Fälle. Aber wenn jemand auftaucht, dann am Vormittag. Ihr könnt euch ja solange zurückhalten.«

»Woher kannst du wissen, dass sie vormittags kommen?«, wollte Kristina wissen.

»Weil ich es so in der Anzeige formuliert habe«, erklärte Karl-Erik mit einem Gähnen. »Von Gratulationen ist bitte abzusehen. Nach ein Uhr verreist.«

»Das ist ja genial«, sagte Jakob Willnius und hob sein Glas mit den allerletzten Tropfen des Edelwhiskys. »Übrigens kann ich dir Gibraltar empfehlen, wenn du Geschmack an diesem edlen Tröpfchen gefunden hast. Wenn ihr sowieso dort in der Nähe seid. Billigeren Schnaps gibt es in ganz Europa nicht.«

»Ach, wirklich?«, fragte Karl-Erik Hermansson mit neutralem Tonfall. »Nun ja, wir haben ja zwölf, fünfzehn Kubik, wie gesagt.«

»Dann wartet also niemand auf eine Erklärung?«, wiederholte Walter und schaute sich im Zimmer um. »Ich muss sagen, dass ich eine Art von Druck dazu verspüre.«

Kristina stützte sich auf Henriks Knie ab und stand auf. »Walter, komm mal kurz mit mir raus, bitte.«

»Aber gern«, stimmte Walter zu. »Ich brauche eine Zigarette.«

Sie verschwanden, und eine andere Art von Engel ging durch den Raum. Karl-Erik gähnte erneut, und Leif Grundt kratzte sich im Nacken. »Ich glaube, es wird langsam Zeit«, stellte Jakob Willnius fest. »Ich gehe nach oben und mache Kelvin fertig. Schließlich ist morgen ja auch noch ein Tag.«

»Wie ist eigentlich der Standard des Hotels jetzt?«, wollte Ebba plötzlich wissen. »Ich weiß nur, wie es früher war.«

»Du hast doch noch nie im Kymlinge Hotel gewohnt, oder?«, fragte Rosemarie, die gerade das Zimmer betrat. »Möchte noch jemand ein Brot oder etwas Obst?«

»Weder noch, vielen Dank, Mama«, sagte Ebba. »Zu meiner Zeit hatte das Hotel jedenfalls nicht den besten Ruf.«

»Jedenfalls sah es ganz respektabel aus, als wir eingecheckt sind«, versicherte Jakob Willnius. »Keine Huren und keine Kakerlaken, soweit ich es sehen konnte. Aber man weiß ja nie, wie es im Laufe der Nacht werden wird.«

»Obst?«, wiederholte Rosemarie mit einem Hauch von Resignation in der Stimme. »Ein Stück Brot? Irgendetwas?«

»Hast du nicht gehört, dass sie genug haben, mein Täubchen?«, fragte ihr Ehemann. »Nun, wenn ihr nichts dagegen habt, dann ist es jetzt Zeit für die verlorene Generation, sich zurückzuziehen. Aber ihr könnt gern so lange sitzen bleiben, wie ihr wollt.«

»Wo sind Walter und Kristina denn hin?«, fragte Rosemarie.

»Draußen, um zu rauchen und über die Moral zu diskutieren«, sagte Leif Grundt. »Hör mal, Ebba, wollen wir nicht auch in die Falle gehen? Schließlich muss ich morgen früh hoch und einem schönen Frauenzimmer ein Ständchen bringen.«

»Raucht Kristina?«, fragte Rosemarie. »Das habe ich ja noch nie …«

»Nein, nein, sie übernimmt die Moral«, erklärte Leif Grundt. »Gute Nacht allen Menschenkindern.«

»Nein, Jakob. Ich möchte noch ein bisschen bleiben. Ich möchte mich noch mit meiner Familie unterhalten, daran ist ja wohl nichts Merkwürdiges, oder?«

Sie hatte gehofft, dass er zumindest ein Anzeichen zeigen würde, dass er etwas dagegen hatte, aber dem war nicht so. Ihr war klar, dass er die Gelegenheit nutzte, sein schlechtes Gewissen wegen der Frühstücksverabredung am Mittwoch mit diesem amerikanischen Magnaten zu beruhigen, und dass sie ihm selbst in die Hände gespielt hatte. Das ärgerte sie. Wäre besser gewesen, er hätte die Waffen selbst schmieden müssen, dachte sie.

»Okay«, sagte er nur. »Ich nehme mit Kelvin ein Taxi. Komm du nur, wenn du möchtest.«

»So ungefähr in einer Stunde«, sagte sie. »Ich werde gehen, es sind ja nur zehn Minuten.«

»Du solltest nicht die Gefahren einer Kleinstadt unterschätzen«, sagte er.

Ich unterschätze nie etwas, dachte Kristina. Das ist ja das Problem.

Viertel nach zwölf war das Elternpaar, die verlorene Generation, zur Ruhe gekommen. Zumindest hatten sie sich hinter einer geschlossenen Schlafzimmertür verschanzt. Ebba Hermansson Grundt und der Supermarktleiter Leif Grundt hatten sich ebenfalls zurückgezogen. In das alte Kinderzimmer hinter eine weitere geschlossene Tür.

Jakob und Kelvin Willnius waren mit einem Taxi ins Kymlinge Hotel in der Drottninggatan abgefahren.

Noch immer im Erdgeschoss des Hermanssonschen Hauses in der Allvädergatan 4 befanden sich die Geschwister Walter und Kristina sowie die Geschwister Henrik und Kristoffer. Kristina schaute auf die Uhr.

»Noch eine halbe Stunde«, beschloss sie. »Sonst kriege ich jede Menge Ermahnungen von meiner großen Schwester zu hören.«

»Ach was«, sagte Henrik.

»Bestimmt«, widersprach Kristoffer. »Aber man muss nur lernen, damit fertig zu werden.«

»Das Weinregal in der Küche sieht ein bisschen überladen aus«, sagte Walter. »Ich glaube, wir sollten noch eine Flasche öffnen.«

Er verschwand aus dem Raum, ohne auf eine Antwort zu warten, und kehrte zehn Sekunden später mit einem Valpolicella in der Hand zurück.

»Erzähl von Uppsala«, bat Kristina und beugte sich etwas näher zu Henrik hinüber.

Es war ein äußerst harmloser Vorschlag, doch zu ihrer großen Verwunderung sah sie, wie sich der Junge auf die Unterlippe biss, und einen kurzen Moment lang schien es, als stiegen ihm Tränen in die Augen. Offensichtlich registrierten weder sein Bruder noch Walter diesen Zustand, doch für Kristina gab es keinen Zweifel.

Da nagte ein großer Kummer an ihrem Neffen.

8

Kristoffer fand das Handy seines Bruders dort, wo der es versteckt hatte. Unter dem Kopfkissen im Bett. Na also!, dachte er. Warum zum Teufel denke ich: »Na also!«, fragte er sich selbst später.

Es brummte leicht in den Schläfen. Auf der Uhr war es kurz nach halb eins. Er hatte zwei Gläser Wein getrunken, glaubte aber nicht, dass die anderen etwas bemerkt hatten, ihm selbst war jedoch klar, dass er offenbar ein wenig betrunken war. Sicher hatte er deshalb einen so albernen Gedanken wie: »Na also!« gehabt, als er Henriks Telefon fand.

Die anderen saßen noch unten. Kristina und Henrik und Walter. Kristina war nett. Sie war seine Patentante; falls seine Mutter aus irgendeinem Grund starb – verunglückte, wie man es nannte –, wäre Kristina diejenige, die an ihre Stelle rückte. Wow!, dachte er (wieder ziemlich albern), man stelle sich vor, Kristina als Mutter zu kriegen!

Anschließend durchfuhr es ihn heiß. Man durfte nicht einmal daran denken, dass die Eltern sterben könnten. Wenn es Gott gab, dann war das ein Gedanke, den dieser für alle Zeiten und Ewigkeiten aufs Minuskonto einritzte.

Aber Kristoffer glaubte nicht, dass es einen Gott gab. Und außerdem waren sie Schwestern, Kristina und seine Mutter, hatten jede Menge Gene, Aminosäuren und so einen Mist gemein, obwohl man sich dann hätte wünschen können, dass es auch im Äußeren etwas mehr Übereinstimmung gäbe.

Walter hatte natürlich die gleichen Gene, auch er. Er erinnerte vielleicht ein wenig an Kristina, wenn man es sich genauer überlegte, aber natürlich war er eine traurige Gestalt. So ein richtiger, verdammter Loser. Sich im Fernsehen hinzustellen und zu wichsen!

Doch an diesem Abend war darüber nicht viel gesprochen worden. Darauf lag in gewisser Weise ein Deckel. Ein dicker, fetter Skandal, um den man wie die Katze um den heißen Brei zu schleichen hatte. Kristoffer hatte natürlich die Sendung selbst nicht gesehen, derartige Programme schaute man bei Familie Grundt im Stockrosvägen in Sundsvall nun einmal nicht. Aber er hatte darüber im Aftonbladet gelesen, man hatte darüber in der Schule geredet – und Gott sei Dank, ja, Gott sei gepriesen, hatte er gleich von Anfang an Mamas Befehl gehorcht und kein Wort darüber verlauten lassen, dass er einen Onkel hatte, der auf dem Fucking Island dabei war. Manchmal hatte sie doch recht, das musste man ihr lassen.

Das Handy war eingeschaltet. Es war kein Code notwendig, um es zu benutzen. Ausgezeichnet, dachte Kristoffer. Jetzt bin ich vom Alkohol mutig geworden – wer hätte gedacht, dass es sich in dieser Stinktierhöhle in diese Richtung entwickeln würde? Jetzt werde ich eine freche, unwiderstehliche SMS an Linda schicken. Verdammte Scheiße, das werde ich!

Er formulierte sie zunächst in seinem Kopf, dazu brauchte er so gut wie keine Zeit, sie kam leicht und elegant, wie fließendes Wasser. *Hi Linda. Bin ein bisschen geil auf dich. Willst du mit mir Weihnachtsgeschenke tauschen? An Birgers Kiosk 21 Uhr Donnerstagabend.*

Das klang gut. Unwiderstehlich gut. Und dann noch: *Schreib nicht zurück, ist das Handy meines Bruders. Komm einfach. Kristoffer.*

Er schmunzelte vor sich hin. War das zu verwegen, zu schreiben, dass er geil auf sie war? Ach was, so was wollten Chicks wie Linda doch gerade hören. Man durfte nicht feige sein. Er war sein ganzes Leben lang viel zu feige gewesen, das war der Fehler. Wenn er so weitermachte, würde er nie erfahren, wie … wie es sich anfühlte, mit der Hand über den Schoß einer Frau zu streichen.

Er drückte auf einen Knopf, und das Display leuchtete auf. *Neue Mitteilung* stand da.

Mit anderen Worten: eine neue Mitteilung für Henrik. Hm, dachte Kristoffer. Soll man? Why not? *Jetzt lesen?* Man brauchte nur auf die YES-Taste zu drücken, Henrik würde es nie erfahren. Und er würde niemals erfahren, dass Kristoffer an Linda gesimst hatte, weil er seine Nachricht augenblicklich wieder löschen würde. Es konnte nur wenige Sekunden dauern, Henriks Nachricht zu lesen. Vielleicht war sie ja von dieser Jenny? Vielleicht war es etwas Freches? Er fragte sich, ob Henrik wohl mit ihr gevögelt hatte. Natürlich hatte er das, was tat man wohl sonst als Student in Uppsala. Rannte zu Treffen, feierte und vögelte in der Gegend herum. Paukte ein paar Stunden am Sonntagnachmittag, damit man mitkam. Kristoffer hoffte, dass er selbst bald dort wäre. Könnte man nur vier, fünf Jahre überspringen, dann … nein, jetzt war dieser Gedanke mit dem Überspringen wieder da. Weg damit, beschloss er, jetzt ging es um Linda Granberg. Hier und jetzt. Oder zumindest um Birgers Kiosk am Donnerstag. Er guckte aufs Display. *00.46* stand dort. *Jetzt lesen?* Er drückte die YES-Taste.

Henrik, mein Prinz. Ich sehne mich so nach dir. Die Arme um deinen Körper. Dringe in dich ein in meinen Träumen. J

Er las den kurzen Text drei Mal. Verdammte Scheiße, dachte er. *Dringe in dich ein?* Was hatte das denn zu bedeuten? Hieß das … hieß das nur, dass sie in seine Träume eindringen wollte? Nein, verflucht noch mal, so stand das nicht da. *J* musste ja wohl für Jenny stehen. Aber was zum Teufel meinte sie damit, dass sie …? War das irgendeine ganz besondere Variante des Beischlafs, die er noch nicht mitbekommen hatte? Aber eine Frau konnte doch wohl verdammt noch mal nicht in einen Mann eindringen? Kristoffer hatte in seinem vierzehnjährigen Leben noch nicht viele Pornofilme gesehen, aber vollkommen unschuldig war er in dieser Beziehung auch nicht. Er wusste ziemlich gut darüber Bescheid, wie die weiblichen Geschlechtsorgane aussahen, in all ihren Aspekten und Phasen, und wozu auch immer man sie benutzen konnte, so konnte man mit ihnen nicht irgendwo eindringen. Ganz im Gegenteil.

Und wo sollte man denn bei Henrik eindrin …?

Mein Gott, dachte er. Das sieht ja aus, als ob … das sieht ja aus wie …

Eine Sekunde lang war sein Bewusstsein durchscheinend wie ein frisch getauter Eisfleck. Dann begriff er, was er tun musste, um sich Klarheit zu verschaffen. Blitzschnell, fast bevor er sich überhaupt die Frage stellen konnte. Er schaute auf die Absendernummer, prägte sie sich ein und klickte sich durch zum Adressbuch. Dort begann er, unter A zu blättern, Henrik machte es offensichtlich genau wie er selbst: Er ging nach den Vornamen, verzichtete auf die Nachnamen. Kristoffer sprang direkt zu J, und dort, dort fand er es. Er starrte auf das kleine erleuchtete Display und wollte seinen Augen nicht trauen.

Jens, stand da.

Jens. Die Nummer stimmte.

Das gibt's ja wohl nicht, dachte Kristoffer Grundt.

Es gab gar keine Jenny.

Es gab nur einen Jens. Henrik war gar nicht mit irgend so einem süßen, Medizin studierenden Mädchen aus Karlskoga zusammen. Er war zusammen mit einem Typen. Einem, der Jens hieß und der … der sich danach sehnte, seinen Schwanz in Henriks Arschloch zu schieben!

Eine Vielzahl sich widersprechender Impulse und Gedanken begannen augenblicklich, ein leicht intoxiniertes Gehirn zu bombardieren, doch als das Unwetter vorbei war, musste er fast laut lachen.

Sein großer Bruder war schwul.

Super-Henrik bumste mit Jungs.

Zumindest mit einem, der Jens hieß.

Was ihm verdammt noch mal die Oberhand verschaffte! Ja, genau dieses Gefühl hatte er. Das war der erste spontane Kommentar, der sich in seinem Kopf einfand. Er hatte die Oberhand! Es war kein schöner Gedanke, das sah er selbst ein, aber endlich – zum ersten Mal überhaupt – schien es, als ob ... als ob er diesen Übermenschen von Bruder zu packen bekommen könnte. Danke, oh vielen Dank, du Schöpfer des Handys!, dachte Kristoffer Grundt. Das hier ändert die Lage, wie ich behaupten möchte! Verdammte Scheiße!

Er schrieb seine Mitteilung an Linda, schickte sie auf den Weg und löschte sie. Stellte das Gerät wieder in neutralen Betrieb und schob es zurück unter Henriks Kopfkissen.

Jens!

Er löschte die Smögenlampe auf seiner Seite des Schreibtisches, ließ Henriks aber brennen. Drehte sich zur Wand, betrachtete eine dieser schmalen hellgrünen, vertikalen Ränder aus nächster Nähe und dachte, dass diese Neuigkeit Mama Ebba und Papa Leif um zehn Jahre älter machen würde.

Und dieses Mal, dieses allererste Mal, war nicht er das Problem.

Rosemarie Wunderlich Hermansson lag mit angezogenen Beinen auf der Seite und betrachtete die roten Minuten des Radioweckers. 01.12. Karl-Erik befand sich platt auf dem Rücken liegend neben ihr und ließ die gleichen ruhigen, leicht zischenden Atemzüge hören, die sie seit vierzig Jahren vernahm. Wenn ich ein Kissen auf seinen Mund lege, dachte sie, würde er dann aufhören? Ist es so einfach?

Wahrscheinlich nicht. Auf diese Art und Weise konnte man

Kinder und zarte Jungfrauen ermorden, aber keine richtigen Männer. Er würde aufwachen und versuchen, sich zu verteidigen. Außerdem war es sein Geburtstag, er würde es ihr nie verzeihen, wenn sie versuchte, ihm an seinem 65. Geburtstag das Leben zu nehmen.

Sie schob den Gedanken beiseite. 01.13. Dann also selbst sterben. Obwohl er ihr das sicher auch nicht verzeihen würde. Wenn sie sich an seinem großen Tag das Leben nahm. Daran gab es nichts zu rütteln. Einen Tag länger musste sie sich noch zusammenreißen. Ebbas und Karl-Eriks großer Tag. Das sollte die Krönung sein, aber es sah eher aus wie … wie hieß das noch … wie ein Schlupfloch? Ja, tatsächlich. Doch woher kamen all diese finsteren Gedanken? Wieso wurde sie jetzt plötzlich von diesen morbiden Phantasien geplagt? Tag für Tag, Nacht für Nacht. Lag es nur an Walters unglückseligem Fernsehauftritt, oder war Walter ein Katalysator für etwas anderes? Früher hatte sie doch nicht in dieser Richtung gedacht.

Oder Spanien? Zog Spanien sie in die Tiefen der Depression? 01.14. Oder dass sie in Pension gegangen war? Waren Ziel und Sinn ihres Lebens verloren gegangen, nur weil sie keinen Job mehr hatte, zu dem sie gehen musste? Zu diesen verfluchten Gören in der Kymlinge-Schule?

Der ganze Abend war wie eine Wanderung im Tal des Todesschattens gewesen. Und ein Balanceakt; sie war nur den Bruchteil von Sekunden davon entfernt gewesen, ganz einfach Teller und Besteck an die Wand zu werfen und loszuschreien. Und dennoch hatte niemand etwas bemerkt. Liebste Mama hier und liebste Mama da, und deine warmen Moltebeeren sind die besten auf der ganzen Welt, Mama. Als ob viel Raffinesse erforderlich war, tiefgefrorene Moltebeeren aufzuwärmen. Sie hatte serviert, abgeräumt, abgewaschen und die Nahrungsmittel betreffenden Repliken aus einem Manuskript zitiert, das so alt und abgedroschen war, dass niemand überhaupt mitbekam, dass es nur ein Theaterstück war, was da vor sich ging. Sie hatte in den Tiefen ihrer Seele nach etwas Klugem geangelt, was sie hätte sagen können – oder nach warmen Gefühlen für eines ihrer Kinder (Enkelkinder und Ehemänner eingeschlossen) –, doch die Haken hatten nackt an den schlaffen Angelschnüren direkt nach unten in dieses Schlupfloch hineingehangen. 01.15. Kelvin war ein merkwürdiges, introvertiertes Kind, sie fragte sich, ob er wirklich gesund war. Autismus vielleicht oder Asperger-Syndrom, aber war das nicht nur eine Variante davon? Die einzelnen Worte, die er nach langen Perioden des Schweigens von sich gab, klangen merkwürdigerweise immer wie Geschlechtsworte. Wenn ich zwanzig wäre und gezwungen, mir unter allen einen auszusuchen, um mit ihm auf einer einsamen Insel zu leben, dachte sie – ja, er müsste dann natürlich auch zwanzig sein –, dann wüsste ich nicht, ob ich nicht Leif auswählen würde.

Das war eine etwas überraschende Schlussfolgerung, aber Leif war wenigstens kein Wolf im Schafspelz. Vielleicht ein Schwein in der Schweineschwarte, aber ein liebes Schwein, und bei ihm musste man sich nie anstrengen. Ebba hat Glück gehabt, dachte sie. Sie wird sich ihr Leben lang einbilden, dass sie abgestiegen ist, während sie doch den Hauptgewinn gezogen hat. Aufgeblasene Angeberschnepfe!, dachte sie plötzlich in kurz aufflammender Wut, du hättest Karl-Ebba heißen sollen! Das war ein Gedanke, der sie fast im Dunkeln zum Schmunzeln brachte, sie fragte sich, ob die beiden bis auf ein Vierteljahrhundert und unterschiedlich geformte Geschlechtsorgane überhaupt etwas unterschied. Vater und Tochter. Siamesische Zwillinge, verdammt noch mal! 01.16. Und die Jungs schienen beide bedrückt zu sein. Natürlich in erster Linie der kleine Kristoffer, aber schließlich war er ja auch im Schatten des Musterknabens von großem Bruder aufgewachsen. Ja, Henrik war wirklich die dritte Generation in direkter Folge. Karl-Erik, Karl-Ebba, Karl-Henrik. Es fehlte nur noch, dass auch Henrik morgen Geburtstag hatte. Aber trotz allem war er ja ein nicht geplanter Mensch gewesen, sie hoffte, dass diese schlichte Tatsache das Detail sein könnte, das ihn rettete.

Und was Kristina in Jakob Willnius sah – oder einmal gesehen hatte –, das war nicht schwer zu erraten. Stärke, Zielstrebigkeit, Reife. Charme und Sicherheit, falsch wie Wasser. Nein, das war ungerecht, aber der Vergleich mit Wasser hatte dennoch etwas an sich. Durchscheinend und anpassungsfähig vielleicht? Ach, was soll's, dachte Rosemarie. Warum liege ich eigentlich hier und analysiere einen nach dem anderen? Sie sind mir doch sowieso vollkommen gleichgültig.

Obwohl Walter und Kristina eher nach mir als nach Karl-Erik kommen, dachte sie trotz allem weiter, als könnte sie ihre Gedanken selbst nicht mehr steuern ... das wird von Jahr zu Jahr deutlicher. Und vielleicht war ja in Kristinas Umarmung doch eine Wärme zu spüren gewesen? Die Andeutung, eine stumme Botschaft einer Übereinstimmung und Versöhnung, trotz allem – auch wenn es jetzt noch nicht in Worte und Taten umzusetzen war – 01.17 –, doch zu gegebener Zeit könnte es heranwachsen und genutzt werden. Wenn sie nur zurechtkam, Kristina, und nicht auf halbem Weg zerbrach.

Wie Walter. Sie schob die Hände in die weiche Höhle oberhalb der Kniekehlen und betete zu Gott, an den sie ab und zu glaubte, meistens jedoch nicht, dass Walter nicht süchtig werden würde. In der Fernsehsendung war er sternhagelvoll gewesen, und auch am Abend hatte er viel getrunken. Gütiger Gott, murmelte sie leise, schütze meine Kinder ... zumindest die Jüngsten, die Älteste schafft es auch so ... schütze sie vor allem Bösen, das ihnen auf ihrem Lebenspfad begegnet und schütze mich vor mir selbst. Lass mich wenigstens jetzt ein wenig schlafen und anschließend noch eineinhalb Tage durchhalten. Wenn ich am Mittwochnachmittag im Krankenhaus lande, spielt das wirklich keine Rolle – ob wegen des Körpers oder der Seele, ist auch gleich, das wäre wirklich nicht schlecht. 01.18, ich muss jetzt auf jeden Fall aufstehen und mir eine Schlaftablette holen, verflucht noch mal, das hätte ich schon früher machen sollen, bevor das Gehirn überkocht. Vor dem Schlupfloch. Vor … ich hasse diese Nächte, ja, ich hasse sie wirklich, in letzter Zeit sind sie noch schlimmer als die Tage.

»Ich gehe eine Runde«, sagte Walter. »Ich muss mir die Beine vertreten und brauche Zigaretten, verflucht, dass es so schwer ist, das hier hinzukriegen.«

»Was hinzukriegen?«, fragte Kristina und füllte ihr eigenes und Henriks Weinglas aus der zweiten Flasche, die Walter aus der Küche geholt hatte. Verschüttete ein paar Tropfen auf dem Tisch. Mein Gott, ich bin betrunken, dachte sie. Das ist jetzt aber das letzte Glas.

Aber es war ein schönes Gefühl. Wenn sie sich recht besann, war sie nicht mehr betrunken gewesen, seit sie mit Kelvin schwanger war. Zwei Jahre, nein, mehr, zweieinhalb, kein Wunder, dass es sich so freudvoll und neu anfühlte.

Und merkwürdig, dass es ausgerechnet heute Abend sein soll.

»Die Heimkehr«, sagte Walter. »Es ist das Phänomen Heimkehr, von dem ich rede. Dieser ganze verfluchte Familiensumpf … ja, das betrifft natürlich dich nicht, Henrik. Du weißt, was ich meine, Kristina.«

»Natürlich«, nickte Kristina. »Du meinst wohl *Meine Familie*?«

Walter lachte auf. Das war ein Klassiker. Man schrieb das Jahr 1983. Ebba war 18 und ging in die letzte Klasse des Gymnasiums. Walter war 13. Kristina war neun, ging in die dritte Klasse und hatte die Hausaufgabe bekommen, einen Aufsatz mit der Überschrift *Meine Familie* zu schreiben.

> *Meine Familie ist wie ein Gefängnis. Papa ist der Gefängnisdirektor. Mama ist die Köchin. Meine Schwester Ebba, die in letzter Zeit so dick geworden ist, dass sie nicht mehr*

in ihre Jeans passt, ist Gefängniswärterin, und mein Bruder Walter und ich, wir sind die Gefangenen. Wir sind unschuldig verurteilt worden, müssen aber lebenslänglich einsitzen.
Jeden Tag bekommen wir Freigang, um in ein anderes Gefängnis in der Nähe zu gehen, das Kymlingschule heißt, und hier gibt es viele andere Gefangene und Gefangenenwächter. Es ist ganz nett hier, nicht so streng.
Papa, der Gefängnisdirektor, ist ein widerlicher Teufel und trägt immer Schlips und Kragen, nur sonntags nicht, dann trägt er sein Hemd offen. Mama, die Köchin, hat Angst vor ihm und tut alles, was er sagt. Das tun wir anderen auch, sonst schlägt er uns mit einem dicken Knüppel mit Nägeln dran.
Meine Schwester, die Gefangenenwärterin, umschmeichelt ihn und ist auch ein widerlicher Teufel. Manchmal kann sie nett zu uns Gefangenen sein, aber immer nur, wenn einer von uns Geburtstag hat.
Sobald Walter und ich groß genug sind, werden wir ausbrechen und vor dem Kinderschutzbund von unserer Familie berichten. Und vor dem König und Königin Silvia auch, die ja die Beschützer aller misshandelten Kinder sind. Der König wird auf seinem weißen Esel angeritten kommen, Mama, Papa und Ebba totschlagen und Walter und mich aus der Gefangenschaft befreien. Wir werden bis ans Ende aller Tage und Zeiten glücklich leben.
Das stimmt, das stimmt, das stimmt.

Der Aufsatz hatte eine gewisse Aufregung nach sich gezogen. Es war Mitte der Achtzigerjahre, Schulpsychologen und Sozialarbeiter besuchten Kurse und lernten die Sage von der DUNKELZIFFER kennen. Mindestens zwei Fälle von Inzest in jeder Klasse war die klare Botschaft. Mindestens drei weitere Fälle grober Misshandlung, man musste sie nur aufdecken. Die gesamte Familie Hermansson wurde zu einem Gespräch geladen; es fand im pastellfarbenen Büro der Sozialarbeiterin statt und wurde von Kristinas Klassenlehrerin eingeleitet, einer kräftigen Person aus der Gegend von Landskrona – die später die Lehrerlaufbahn beendete und Schwedens erster weiblicher Kampftaucher wurde –, indem sie Kristinas Aufsatz vorlas.

Mama Rosemarie fiel in Ohnmacht. Papa Karl-Erik Musterpädagoge begann zu schielen und zu stottern, Ebba war diejenige, die die Situation rettete, indem sie laut loslachte, ihre kleine Schwester umarmte und erklärte, dies sei das Verrückteste, das sie in ihrem ganzen Leben gehört habe.

Kristina gab zu, dass sie in dem Moment, als sie den Aufsatz schrieb, wütend war, weil sie eine Fernsehsendung über Massenmörder und Vergewaltiger in New York nicht hatte sehen dürfen, und dass sie deshalb ein wenig übertrieben habe.

Walter bekam überhaupt nicht die Gelegenheit, sich zu äußern, aber als Mama Rosemarie aus ihrer Ohnmacht erwachte, war alles Friede, Freude, Eierkuchen. Die Sozialarbeiterin war zufrieden, die Schulleiterin war zufrieden, und die zukünftige Kampftaucherin war zumindest soweit zufrieden, wie es in ihren Möglichkeiten stand, sie legte gerade in dieser Beziehung eine gewisse Schwäche an den Tag. Karl-Eriks Stammeln ging auch vorüber, wohingegen ihm das Schielen noch ein paar Tage anhing. Es wurde spekuliert, ob er eventuell eine leichtere Gehirnblutung gehabt haben könnte.

»Da hast du die Sache auf den Punkt gebracht«, sagte Walter. »Ich gehe mal kurz raus, wie gesagt. Wir sehen uns morgen, sitzt nicht mehr zu lange hier rum und grübelt.«

»Ich werde bald ins Bett gehen«, sagte Kristina.

»Ich auch«, sagte Henrik.

Es war fünf Minuten nach eins, als er den Marktplatz erreichte. Schön, dachte er. In diesen Gegenden gibt es um diese Uhrzeit keine Menschenseele mehr draußen. Niemanden, vor dem man den Blick senken muss, ja, ja, der Wanderer in der Nacht … und so weiter.

Dennoch beschlich ihn ein wohlvertrautes Gefühl, als er vor dem dunklen Eingang des Royalkinos stehen blieb und sich umschaute. Feuchte Polster und unterdrückte Gefühle. Diese Ecke der Ewigkeit war die ersten zwanzig Jahre der Nabel seines Lebens gewesen, kein Wunder, wenn er dabei Schaden genommen hatte. Kein Wunder, dass es den Bach runtergegangen war.

Er sah ein, dass es nach Selbstmitleid roch. Natürlich. Den äußeren Umständen der Kindheit die Schuld an der inneren Leere des Erwachsenenlebens zu geben, das konnten die gescheiterten Seelen ausgezeichnet, das war nichts Neues. Alle mussten schließlich irgendwo geboren sein. Und sich zu erheben, das zu lernen war allen gestattet. Er rechnete aus, dass er seit eineinhalb Jahren nicht mehr daheim gewesen war, und gleichzeitig wunderte er sich, wieso er es immer noch »daheim« nannte. Ein schwarzes Loch, das nie seine Anziehungskraft verloren zu haben schien, aber vielleicht ging es ja allen so? Es ging nur darum, sich nicht hineinziehen zu lassen. Es ging darum, die Distanz zu wahren. Er zündete sich eine Zigarette an und begann, die Badhusgatan hinaufzugehen. Was war dort auf dem Parkplatz mit ihm passiert? *Was?* Man konnte doch wohl nicht aus reiner Angst sterben? Nur durch Taten, die unter dem Einfluss von Angst ausgeübt wurden. Oder war es ganz einfach ein psychischer Kollaps gewesen? Fühlte der sich so an? Er war ja tatsächlich in Ohnmacht gefallen. Konnte es einem so schlecht gehen, dass man ganz einfach das Bewusstsein verlor? In dem Fall dann sicher kein dummer Verteidigungsmechanismus. Zu schlafen, nur zu schlafen, wie gesagt, um die Welt und die eigene Jämmerlichkeit zu vergessen.

Er hatte Mama Rosemarie den ganzen Abend nicht in die Augen gesehen. Den anderen auch nicht sehr oft, vielleicht überhaupt nur Kristina. Sie hatte die richtigen Worte gefunden, als sie draußen miteinander geredet hatten, daran bestand kein Zweifel: Du bist ein verdammtes Schwein, Walter, und ich liebe dich. Alle anderen hatten versucht, an einer bequemen Rettungsboje zwischen Schwein und Liebe anzudocken, allein Kristina hatte Größe genug, beide Extreme zu umfassen. Und auf alles dazwischen zu pfeifen. Ihm kam in den Sinn, dass auch Paula so eine Frau gewesen war. Eine Frau, die sowohl mit dem Dreck als auch mit der Schönheit vertraut war. Mit dem schmutzigen Goldglanz des Daseins, Hure und Madonna ... die Worte wirbelten haltlos in seinem Kopf herum, das lag natürlich am Whisky und dem Wein, er erreichte den Norra Kungsvägen, blieb eine Weile stehen und betrachtete den schönen alten Wasserturm. Rotbraune Ziegelsteine, vollkommen rund, wenn man doch alle hässlichen Wassertürme hier im Land einreißen und stattdessen solche bauen könnte. Mit ganz normalen kleinen Fenstern hier und da und einem patinierten grünen Kupferdach, das dürfte doch nicht so schwierig sein? Das wäre eine Welt, in der man leben könnte, dachte Walter, in einer Welt mit runden, rotbraunen Ziegelsteinwassertürmen könnte ich mich zu Hause fühlen.

Mit einer neuen Paula. Das bräuchte er, das wäre die Rettung. Und es sollte ja wohl nicht unmöglich sein, eine neue Frau zu finden, wenn er für drei Monate auf die Kanarischen Inseln fuhr? Da wimmelte es doch nur so von alleinstehenden Frauen. Gleichzeitig könnte er den alten, vielversprechenden Roman fertigschreiben, während er seine letztendliche Madonnahure fand, ja, es war weiß Gott an der Zeit. Beides. Er zündete sich eine neue Zigarette an und ging Richtung Kirche. Morgen werde ich meiner Mutter in die Augen sehen, beschloss er. Ihr sagen, dass sie nicht über verschütteten Samen (ich meine Milch, verdammt noch mal, Milch!) weinen soll, dass ich einen Plan habe.

Den ganzen Abend über hatte er Jeanette Andersson kaum einen Gedanken gewidmet, aber als er jetzt in die Fabriksgatan einbog, begriff er plötzlich, dass sie ja hier wohnte. Nummer 26, oder?

Warum nicht?, dachte Walter Hermansson.

Es war zwar schon zwanzig Minuten nach eins, aber es war ja nicht gesagt, dass sie morgen aufstehen und zur Arbeit gehen musste. Er holte seine Brieftasche heraus und fand den Zettel mit ihrer Telefonnummer.

9

Er ist so ein hübscher Junge, dachte Kristina. Ich hoffe nur, er kommt gegen seine Mutter an. Aber wieso mache ich mir deshalb Gedanken?

»Bist du glücklich, Henrik?«, fragte sie.

Das war die Art von Fragen, die sie kraft ihrer Stellung fragen durfte. Seine Freiheitstante. Er selbst hatte diesen Begriff geprägt; vor mehreren Jahren war das gewesen, als sie ein paar Sommerwochen gemeinsam in Skagen verbracht hatten. Ebba und Leif hatten für einen ganzen Monat ein Riesenhaus gemietet, aber Ebba hatte fast die Hälfte der Zeit Konferenzen zu führen und chirurgische Arbeiten zu erledigen, und so war Kristina als eine Art Ersatzmama für die Jungen eingesprungen. Henrik war zwölf gewesen, Kristoffer sieben. Kristina, weißt du, was du bist?, hatte er eines Tages gesagt, als sie am Strand waren, Sandburgen bauten und Coca Cola tranken. Du bist meine herrliche, gute Freiheitstante! Und er hatte sie umarmt, dass ihr fast die Luft wegblieb, und anschließend hatten sie alle drei miteinander gerungen, dass der Sand spritzte und die Burg in Ruinen zerfiel. Mit vereinten Kräften hatten Henrik und Kristoffer ihre Freiheitstante auf den Rücken gezwungen, ihr auf den Nabel gepustet und sie schließlich in tausend Tonnen Sand vergraben, so dass nur noch ihr Kopf herausguckte.

Das muss ein schöner Sommer gewesen sein, dachte sie überrascht. Aber vielleicht ist es auch nur die übliche Retusche der Erinnerung, die sich hier zeigt.

»Ich weiß nicht«, antwortete Henrik. »Nein, ich glaube, ich bin nicht besonders glücklich.«

»Das habe ich dir angesehen. Du weißt, ich höre zu, wenn du über etwas reden möchtest.«

Er saß da und drehte sein Weinglas. Wahrscheinlich war er leicht betrunken, er auch, aber das konnte doch wohl kaum ein unbekannter Zustand für ihn sein? Doch nicht nach einem ganzen Semester in Uppsala. Neunzehn Jahre, dachte sie. Zwölf Jahre jünger als sie selbst, und kein besonders erstrebenswertes Alter, wenn sie in ihren eigenen Rückspiegel schaute. Also, was stimmte da nicht? Hatte er keine Freunde? Ging das Studium den Bach runter? Drogen? Oder hatte er sich nur mit dieser Freundin überworfen? Ebba hatte erzählt, dass Henrik eine Freundin habe, die Medizin studiere.

»Hast du Prüfungen verhauen?«, versuchte sie ihm auf die Sprünge zu helfen.

Er schüttelte den Kopf. »Ich hatte noch keine. Wir haben die Hauptprüfung erst im Januar.«

»Dann musst du während der Ferien wohl reichlich lernen, oder?«

»Das ist eher vorlesungsfreie Zeit als Ferien.«

»Ach so. Aber du meinst, du schaffst es? Dass du im Herbst alles mitgekriegt hast und so?«

Er nickte. Es kam ihr in den Sinn, er könnte sie vielleicht für einfältig halten. Dass es einfältig wäre, Super-Henrik zu fragen, ob er sein Studium schaffe.

»Und du hast dir das richtige Fach ausgesucht?«

»Ich denke schon.«

Nein, das war es nicht, wo der Schuh drückte. Trink noch ein bisschen Wein, mein lieber Neffe, dachte sie, damit du dich traust, mir zu erzählen, was dich bedrückt. Sie hob leicht verschmitzt lächelnd ihr eigenes Glas. Zwinkerte ihm mit einem Auge zu.

Er trank einen Schluck. Warf ihr plötzlich einen Blick mit

einer neuen Art von Energie zu. Schätzte sie ab und schien ein paar Sekunden lang auf des Messers Schneide mit seinem Entschluss zu stehen. Plötzlich fiel es schwer, sich vorzustellen, dass er erst neunzehn Jahre alt war.

»Da ist eine Sache, über die ich, glaube ich, nicht reden kann«, sagte er schließlich. »Tut mir leid, aber so ist es nun einmal.«

»Nicht einmal mit mir?«, fragte sie. »Nicht einmal mitten in der Nacht?«

Er gab keine Antwort.

»Nun ja, ich hoffe nur, dass du jemanden hast, zu dem du Vertrauen hast, falls es etwas Ernstes ist. Damit du es nicht in dich hineinfrisst.«

Blöde Illustriertenpsychologie, dachte sie. Ich klinge ja wie eine Sozialarbeiterin aus der Schule. Sie betrachtete ihn. Er hatte den Blick gesenkt. Die Hände gefaltet, vor sich, seine langen, kräftigen Pianistenfinger, und saß schweigend da. Die dicke, dunkelbraune Haarmähne fiel herab und verbarg sein Gesicht. Sie konnte jetzt fast die Intensität seiner Gedanken spüren. Der Entschluss wogte zwischen Herz und Kehlkopf in ihm hin und her, die Worte waren fertig, es wäre nur das Werk eines Augenblicks, ihnen Töne zu geben. Sie wunderte sich darüber, dass sie sie tatsächlich so deutlich vernehmen konnte, fragte sich, ob sie nicht nur hier saß und sich etwas einbildete, was sie so gern gehabt hätte. Auf jeden Fall kam es jetzt darauf an; wenn er ihr nicht in diesem Moment erzählte, was ihn bedrückte, würde er es auch später nicht tun. Weder morgen noch nächste Woche noch irgendwann. Ich will es wissen, dachte sie. Ich mag diesen Jungen wirklich, und ich will, dass er mir sein Herz öffnet. Ich werde dir helfen, Henrik, begreifst du das nicht? Ich bin nicht deine Mama, ich bin deine Freiheitstante. Sie überlegte, ob sie ihm die Hand auf den Arm legen sollte, ließ es aber bleiben. Das Gleichgewicht war sehr labil, zu viel Druck konnte den Entschluss in die falsche Richtung kippen lassen.

Sie griff nach der noch halb vollen Weinflasche und füllte ihre Gläser erneut. Es verging eine halbe Minute, vielleicht eine ganze; sie hatte sich gerade dazu entschlossen, dass das alles hier nur eine blöde Situation war, in der sie sich übersensibel und weichherzig fühlte, was an zu viel Rotwein lag, als er seinen Rücken streckte, einen großen Schluck Wein trank und sie mit dieser entschlossenen Energie ansah.

»Ich bin homosexuell, Kristina«, sagte er. »Das ist das Problem.«

Als Walter bereits das Handy in der Hand hatte, kamen ihm plötzlich Zweifel.

Eine wildfremde Frau um halb zwei Uhr nachts anzurufen, war das noch gescheit? Und wenn sie jetzt einbeinig war und hundertvierzig Kilo wog? Wenn sie eine zahnlose Heroinsüchtige war?

Jeanette Andersson?

Andererseits – wenn sie nun seine Rettung war? Wenn sie dalag und auf ihn wartete? Seine neue Paula. Da sie ja offensichtlich über den Hermanssonschen Hundertfünfjahrestag informiert war, wusste sie sicher auch, dass er sich zu dieser Zeit in der Stadt befand. Dass er zurückgekommen war.

Aber dennoch. Wenn es wenigstens ein Freitag- oder Samstagabend gewesen wäre.

Er entschied sich für einen Kompromiss. Ein Spaziergang durch die Pampa, bis zum Sportplatz und zu den Eisenbahnschienen, genauer gesagt, damit er ein wenig Distanz bekam. Wenn er es in den zehn Minuten, die es bis dorthin dauern würde, nicht bereute, konnte er sie anrufen – und wenn sie tatsächlich dranging und ihn bat zu kommen, hatte er immer noch zehn Minuten, sich anders zu entscheiden, während er zurück in die Fabriksgatan ging.

Ein einfacher Plan, dachte Walter, zündete sich erneut eine Zigarette an und schüttelte sich. Schlau. Die Luft war feuchtkalt, er war dankbar, dass er zumindest genügend Alkohol im Blut hatte, dass er nicht frieren musste. Immerhin etwas.

Er zog die Schultern hoch und marschierte los.

Eine Flut automatischer und einander ziemlich widersprechender Gedanken fuhr ihr durch den Kopf. Sie trank von ihrem Wein und strengte sich an, keinerlei Reaktion zu zeigen. Etwas sagte ihr, dass es wichtig war, jetzt nicht falsch zu reagieren, und es ließ sie gleichzeitig wissen, dass es mindestens hundert verschiedene falsche Reaktionen gab, zwischen denen sie wählen konnte. Es verwunderte sie, dass ihr nichts spontan einfiel, was sie hätte sagen können. Dass kein Gefühl auftauchte, das sie in vollkommen reine, wahre Worte hätte kleiden können. Es war ja ganz offensichtlich, dass Henrik sich quälte. Sowohl aufgrund der Richtung seiner Sexualität als auch, weil er es zugegeben hatte; sie konnte nicht sagen, was davon schwerer wog in seinem angespannten Schweigen. Er hatte sich auf dem Sofa zurückgelehnt, die Hände im Nacken verschränkt und den Blick zur Decke gerichtet. Wollte sie ganz offensichtlich nicht ansehen. Sie durchforstete – und verwarf – eilig das gesamte Arsenal an oberschlauen politisch korrekten Äußerungen: »Das ist doch kein Grund, unglücklich zu sein.« »Alle haben einen Hang in diese Richtung.« »Deine Sexualität ist noch gar nicht fertig entwickelt.« »Ja und?« Stattdessen versuchte sie herauszubekommen, was sie wirklich dachte und fühlte; es sollte doch nicht so schrecklich schwer sein, wenn sie sich nur ein wenig anstrengte. Schließlich hatte sie es.

»Das bist du nicht«, sagte sie.

»Was?«, fragte er.

»Ich habe gesagt: Das bist du nicht.«

Er löste die Hände im Nacken. Beugte sich vor, die Arme auf den Knien abgestützt.

»Das habe ich gehört. Was soll das Gelaber? Glaubst du, ich selbst wüsste nicht, ob ich …?«

»Nein«, widersprach Kristina. »Ich glaube tatsächlich, dass du selbst es nicht weißt.«

»Und wie kannst du das so einfach behaupten? Ehrlich gesagt habe ich eine andere Reaktion erwartet, das muss ich zugeben.«

Plötzlich war der Ton schroff. Sie sah ihm eine Sekunde lang direkt in die Augen, bevor sie antwortete.

»Und welche?«

»Was?«

»Und welche Reaktion hast du erwartet?«

»Ich weiß es nicht. Jedenfalls nicht diese.«

»Ist meine Reaktion so wichtig?«

Er zuckte mit den Schultern und entspannte sich ein wenig. »Ich weiß nicht. Ja ... nein, das ist sie natürlich nicht. Ach, Scheiße, jetzt weißt du jedenfalls, dass ich schwul bin.«

Sie schüttelte den Kopf und lächelte ihn an. Rutschte näher zu ihm auf dem Sofa und strich ihm über den Arm.

»Henrik, hör mir mal zu. Ich habe mindestens ein halbes Dutzend Homosexueller in meinem Bekanntenkreis. Ich weiß, dass es verschiedene Arten gibt und dass man es aus den unterschiedlichsten Gründen wird. Aber ich bin mir sehr sicher, dass du nicht in diese Gruppe gehörst. Du hast sicher homoerotische Erfahrungen gemacht, aber das bedeutet nicht automatisch, dass du schwul bist. Ich habe ...« Sie hielt einen Moment lang inne, merkte aber dann, dass es keinen Platz gab, um zu zögern. »... ich bin selbst ein paar Mal in meinem Leben mit Frauen zusammen gewesen, es war schön, aber mir war ziemlich schnell klar, dass ich ins andere Lager gehöre.«

»*Du* bist lesbisch gewesen?«

Seine Verwunderung war hundertprozentig und zeigte sich in großen Augen.

»Ich habe gesagt, ich habe einige Erfahrungen mit lesbischer Liebe gemacht. In gleicher Weise, wie du wahrscheinlich Erfahrungen damit hast, wie es mit einem Mann ist.«

»Verdammte Scheiße«, sagte Henrik und trank einen Schluck Wein. »Das hätte ich nicht gedacht.«

»Hattest du beispielsweise nie ein Mädchen, als du aufs Gymnasium gegangen bist? War da nicht eine Hanna oder so?«

»Ich hatte sogar zwei«, gab Henrik zu. »Aber das hat nie so richtig gefunkt.«

»Hast du mit ihnen geschlafen?«

»Ja. Oder wie immer man es nennen will.«

Er lachte selbstironisch. Aber es klang gleichzeitig gutmütig; sie beugte sich näher zu ihm.

»Und da es mit diesem Typen besser geklappt hat, den du vermutlich in Uppsala kennengelernt hast, ziehst du daraus den Schluss, dass du homosexuell bist?«

»Nun ja, aber ...«

»Ziemlich viele sind ein bisschen bi, weißt du. Im Laufe der Zeit entscheidet man sich dann für das eine oder das andere, mehr ist es nicht. Das ist, als suchte man sich einen Beruf aus ... oder ein Auto, man braucht tatsächlich nicht gleichzeitig einen Bugatti und einen Rolls Royce.«

»Einen Bugatti und einen Rolls ...?«

Wieder lachte er, bremste sich aber schnell; das Traurige überfiel ihn erneut. Er sah sie mit leicht unsicherem Blick aus nächster Nähe an.

»Kristina, ich bin wirklich schwul. Ich bin dir dankbar dafür, dass du versuchst, Balsam auf die Wunde zu legen, aber das ändert nichts an der Ausgangslage.«

Sie hielt seinem Blick stand. Es vergingen fünf Sekunden. Fünf surrende Sekunden; es war merkwürdig, hier zu sitzen und in die blauen Augen des eigenen Neffen auf diese Weise und auf diese viel zu kurze Entfernung zu gucken. Es vergingen weitere Sekunden, der sie umgebende Raum schien auf gewisse Weise sowohl Form als auch Inhalt zu verlieren, langsam wölbte sich eine Glaskuppel, ein Brutkasten, über sie, und plötzlich schienen alle Grundbedingungen aufgehoben zu sein.

Nein, dachte sie, das ist nur ein Versuch, dem Rausch eine Goldkante zu verpassen. Dann sagte sie:

»Leg deine Hand auf meine Brust, Henrik.«

Er zögerte, rührte sich nicht.

»Nun komm, ich habe keinen BH an, das siehst du doch. Bitte.«

Er tat, was sie sagte. Zuerst auf ihre Bluse, dann darunter. Seine Hand war warm und vorsichtig. Ihre Brustwarze wurde augenblicklich steif.

»Was fühlst du?«

Er antwortete nicht. Seine Hand zitterte ein wenig. Vielleicht war sie es auch selbst. Warum soll ich jetzt aufhören?, dachte sie. Warum es bei Halbheiten belassen? Sie drückte die Hand auf seinen Schritt. Hielt sie dort, während sie spürte, wie er wuchs. Was mache ich?, schrie eine Stimme in ihr. Was zum Teufel tue ich hier?

Aber sie ignorierte sie. »Ich habe zwei Brüste«, flüsterte sie. »Bitte.«

Wieder gehorchte er. Sie knöpfte seine Jeans auf und schob die Hand hinein. Packte ihn.

»Was fühlst du?«

Er schluckte. Ließ sie nicht aus den Augen. Als wäre das der illusorische Faden, an dem alles hing. Jetzt streichelte er ihre Brust. Sie schaffte es, seine Unterhose unter die Hoden zu ziehen und besser zuzufassen. Bewegte ihn vorsichtig ein paar Mal auf und ab. Er öffnete den Mund und atmete schwerer.

»Mein Gott«, sagte er und schloss die Augen.

»Ja«, flüsterte Kristina. »Genau. Mein Gott.«

Walter beschloss, noch eine Runde um den nachtschwarzen Sportplatz zu drehen, bevor er das Telefon herausholte. Eine letzte Entscheidungsrunde. Ein dünner, diffuser Niederschlag hatte eingesetzt, ein leichter, frostiger Regen, der eine kühle Haut auf sein Gesicht und auf sein Haar legte, aber noch immer fühlte er sich nicht richtig kalt. In der letzten Viertelstunde hatte er nicht einen Menschen gesehen, nur zwei Autos waren vorbeigefahren, und eine herumstreunende Katze war vorbeigelaufen, die aus einem Winkel der Johanneskyrkogatan herausgesprungen war, ihm direkt vor die Füße.

»Einsamer kann es nicht mehr werden«, murmelte er vor sich hin, als er erneut den Haupteingang erreicht hatte – und in gewisser Weise war das ein tröstlicher Gedanke. Als hätte er endlich den Grund erreicht. Bei einsamen Streifzügen um den Sportplatz von Kymlinge in einer Dezembernacht. Er holte sein Handy heraus. Als er den Deckel aufklappte, sah er, dass es 01.51 geworden war.

Er blieb stehen, holte tief Luft und zündete sich eine Zigarette an. Stellte fest, dass nur noch zwei in der Packung waren, und wählte die Nummer.

Nach drei Freizeichen meldete sie sich.

»Ja, ich bin's.«

»Jeanette?«

»Ja.«

Es klang nicht, als hätte er sie geweckt, aber er wusste, dass so etwas schwer zu sagen war. Einige Menschen konnten fast im Schlaf reden und klangen trotzdem frisch und munter. Ihre Stimme war etwas schroff, leicht spitz. Aber warm, sie gefiel ihm – und eine idiotische Sekunde lang blitzte ein Zitat in seinem Gehirn auf.

I'm your long lost lover and there's snow on my hair.

Er konnte sich gerade noch zurückhalten, aber nicht mehr darüber nachdenken, woher um alles in der Welt dieser Satz stammte. »Entschuldige«, sagte er stattdessen. »Hier ist Walter, Walter Hermansson. Ich weiß, es ist mitten in der Nacht, aber ich habe Probleme einzuschlafen, und wenn du immer noch …«

»Komm«, sagte sie nur. »Ich warte auf dich.«

»Es war nicht meine Absicht …«

»Komm einfach«, sagte sie. »Schließlich habe ich dich ja eingeladen, und ich habe auch noch nicht geschlafen. Du weißt, wo ich wohne?«

»Ja«, sagte Walter. »Du hast es mir gesagt. Fabriksgatan 26 ... gibt es einen Türcode?«

»Neunzehn achtundfünfzig«, sagte sie. »Wo bist du jetzt?«

»Auf dem Sportplatz.«

»Auf dem Sportplatz? Was machst du mitten in der Nacht auf dem Sportplatz?«

»Ich habe einen Spaziergang gemacht. Und dann bist du mir eingefallen.«

»Gut«, sagte sie. »Dann bist du in zehn Minuten hier. Ich setze Tee auf. Oder möchtest du lieber ein Glas Wein?«

»Tee ist gut ... denke ich.«

»In Ordnung. Wir können ja beides trinken. Ich freue mich darauf, dich zu sehen, Walter. Neunzehn achtundfünfzig.«

Dann drückte er das Gespräch weg. Ihre Stimme blieb in ihm haften, plötzlich hatte er das Gefühl, sie hätte etwas vage Bekanntes an sich. Er schob das Telefon zurück in die Jackentasche, warf die halb aufgerauchte Zigarette weg und lenkte seine Schritte zurück in Richtung Fabriksgatan.

Sie trug nur ein Kleid und einen Slip und war leicht zugänglich wie nur irgendwas, aber als er sich zu ihrem empfindlichsten Punkt vorgetastet hatte, unterbrach sie die Tätigkeit.

»Wir müssen aufpassen, Henrik«, flüsterte sie ihm ins Ohr. »Wir dürfen andere Menschen nicht verletzen.«

»Mhm?«, fragte Henrik nur.

»Aber wenn du willst, dann gehen wir den Weg bis ans Ende. Ich hoffe, dass du gemerkt hast, dass ich eine Frau bin?«

»Du bist eine Frau«, gab er mit heiserer Stimme zu. »Lass mich weitermachen.«

Sie löste den Körperkontakt zu ihm, schob ihn von sich. Zog Slip und Kleid zurecht. Die Standuhr schlug zwei, der spröde

Schlag blieb wie eine eindeutige Erinnerung an die Existenz der Außenwelt im Zimmer hängen. Es gab nicht nur das Sofa und die beiden Menschen darauf auf der Welt. Es gab, dachte Kristina, überhaupt eine Unendlichkeit lähmender Verhältnisse und Umstände, auf die Rücksicht genommen werden musste. Wenn man wollte.

»Morgen Nacht, Henrik«, sagte sie. »Jakob fährt morgen spätabends zurück nach Stockholm. Wenn du willst, warte ich auf dich im Hotel.«

»Aber …?«, fragte Henrik. »Geht es denn wirklich, ich meine …?«

»Kelvin schläft immer wie ein Stein«, versicherte Kristina. »Ja, es geht wirklich. Du brauchst dir keine Sorgen zu machen … und ich möchte dir gern ein wenig über die Liebe beibringen, bevor ich mit dir fertig bin. Über die schönsten Seiten.«

»Mein Gott«, seufzte er und starrte sie an. »Ich kann es nicht fassen …«

»Was?«

»Ich kann es nicht fassen, dass du und ich, dass wir es sind, die hier sitzen, Kristina. Was meinst du mit den schönsten Seiten?«

»Die Kunst der Verzögerung«, sagte sie. »Die köstlichen Schmerzen der Verzögerung. Aber jetzt müssen wir uns trennen, ich muss heim zu Mann und Kind.«

»Kristina, ich …«

Sie legte ihm einen Zeigefinger auf die Lippen, und er verstummte. Sie gab ihm einen sanften Kuss in beide Handinnenflächen und stand auf. Schwankte kurz, als das Blut aus dem Kopf floss, konnte sich aber schnell fangen.

»Nein, folge mir nicht. Wir sehen uns morgen.«

Der Regen erschien ihr dicht und sonderbar, wie eine Art fließendes, dichtes Moos, und er folgte ihr die ganze lange, menschenleere Järnvägsgatan entlang. Wofür sie dankbar war. Für seine Kühle und seine Beharrlichkeit. Unter den tausend Gedanken und Gefühlen, die in ihr wüteten, gab es zwei, die mit lauterer Stimme riefen als alle anderen.

Wir werden wirklich morgen Nacht bis ans Ende des Weges kommen.

Das nimmt kein gutes Ende.

Und als sie im ersten Stock des Kymlinge Hotels auf dem Weg zu ihrem Zimmer über den Flur huschte – eine dritte Stimme, die nicht ihre eigene war: Ich bin so geil auf meinen Neffen, dass ich meinen Mann wecken muss, um mit ihm zu schlafen.

Es war zwanzig Minuten nach zwei, doch das spielte keine Rolle.

10

Karl-Erik Hermansson wachte zwanzig Minuten vor vier von einem deutlichen Klicken in seinem Kopf auf.

Das war noch nie vorgekommen. Weder das eine noch das andere. Es klickte nie in seinem Schädel, und er schlief immer wie ein Stein bis Viertel vor sieben. An Arbeitstagen wie an freien Tagen.

Aber jetzt gab es ja keine Arbeitstage mehr. Nur noch freie Tage. Das war ein sogenanntes unbestreitbares Faktum. Eine Tatsache, die es zu akzeptieren galt.

Nie wieder den Drei-Gänge-Crescent aus der Garage schieben und die eintausenddreihundertundfünfzig Meter bis zur Kymlinge-Schule strampeln. Nie wieder in einer einzigen, eleganten, fegenden Bewegung den Schlüsselbund aus der Jackentasche ziehen, den Schlüssel ins Schloss schieben und die Horde dazu einladen, in Raum 112 einzutreten. Nie wieder aus dem Gedächtnis Marcus Antonius' Rede an das Volk vom 15. März 44 v. Chr. zitieren.

Nur noch freie Tage. Eine Unendlichkeit von Morgenstunden, in denen er solange er wollte im Bett liegen bleiben und sich dann während der Tagesstunden welchen Dingen auch immer widmen konnte. Die Belohnung. Die süßen Tage nach einem ganzen Leben voller Mühen und Plagen und immer neuen Lehrplänen. Aber warum war er um zwanzig vor vier aufgewacht? Warum hatte es in seinem Kopf Klick gemacht? Außerdem war ein leichtes Sausen zu vernehmen, das er nicht zu kennen glaubte. Aber das war sicher eher die Heizung unter dem Fenster auf Rosemaries Seite. Sie hatte sie wahrscheinlich wie üblich heimlich aufgedreht.

Und dennoch, etwas war passiert, genau das Gefühl hatte er, etwas Beklemmendes, Stechendes, leicht Angestrengtes drückte ihm auf die Brust, war es nicht so? Er lag ganz still und versuchte in sich hineinzuhorchen. Und war es nicht ... war es nicht so, dass genau zu diesem Zeitpunkt – zwischen drei und vier Uhr morgens – die meisten Menschen starben? Die Zeit, in der das Lebenslicht ausgeblasen wurde, wenn es am schwächsten flackerte. Das hatte er mit großer Wahrscheinlichkeit irgendwo gelesen. Es konnte doch wohl nicht ...?

Karl-Erik Hermansson richtete sich kerzengerade im Bett auf. Kurz flimmerte es ihm vor den Augen, bis er sein Gehirn mit Sauerstoff versorgt hatte, doch als dieser Prozess erst einmal im Gang war, stellte er fest, dass er sich kerngesund fühlte. Zumindest einigermaßen kerngesund.

Und erst danach, nachdem er gelenkig und mit Schwung die Beine über die Bettkante geschwungen und die Füße auf den weichen, flauschigen Bettvorleger gestellt hatte, fiel ihm ein, was für ein Tag heute war.

Der Hundertfünfertag.

Fünfundsechzig für ihn selbst. Vierzig für Ebba.

Und dann wachten zehntausend andere Dinge gleichzeitig in ihm auf. Estepona. Rosemarie. Die rissige Haut an seinem linken Fuß. Aber Scheiß drauf, in Andalusien gab es keine rissige Haut. Muy bien. Whisky. *Whisky?* Ja, genau, dieser rauchige Angeberwhisky, den Kristinas Kerl angeschleppt hatte und dessen Geschmack er immer noch am Gaumen spüren konnte. Lundgren in der Bank, der tauchte auch auf, und der gehörte wohl auch dazu. Zu den Sachen, die er zu bedenken hatte. Das Papier, das am Mittwochnachmittag unterschrieben werden sollte, das war ja schon morgen, und diese aufgeblasene Familie, die hier einziehen wollte, er konnte drauf schwören, dass weder der Mann noch die Frau auch nur drei Minister mit Namen nennen konnten oder aber zwei schwedische Erfinder, die Bedeutung für die industrielle Entwicklung im neunzehnten und zwanzigsten Jahrhundert gehabt hatten. Kretins. Es würde schön werden, dieses geschichtslose Land zu verlassen. Wirklich schön; obwohl er im Augenblick selbst nicht drauf kam, wie Familie Aufgeblasen eigentlich hieß. Aber das war ja auch gleich, oder nicht?

Walter.

Walter. Nein, weg mit dem.

Rosemarie stattdessen. Kein Kommentar. Nein, zurück zu der frischen rissigen Haut an seinem linken Fuß, was sicher verschwinden würde, sobald er ihn auf Spaniens rote Erde setzte ... ja, natürlich nicht der Fuß, sondern die rissige Haut. Karl-Erik Hermansson war immer sehr genau gewesen mit den Bezügen, selbst in seinen Gedanken ... und dann wieder Walter.

Weg. Meine Gedanken haben eine andere Struktur zu dieser Tageszeit, stellte Karl-Erik Hermansson etwas verwundert fest, und es fiel ihm nichts anderes ein, als auf der Bettkante sitzen zu bleiben und das Bild mit dem Schloss von Örebro zu betrachten, das er bei einem Kreuzworträtselpreisausschreiben 1977 gewonnen hatte. Rosemarie hatte es nicht aufhängen wollen, aber nachdem er ihr erklärt hatte, welch außerordentlich wichtige Rolle das Schloss in der schwedischen Geschichte gespielt hatte, musste sie natürlich nachgeben.

Wieder Walter. Na gut, na gut. Der verlorene Sohn. Er hatte beschlossen, das große Gespräch mit ihm bereits am gestrigen Abend zu führen – um es hinter sich zu bringen –, aber dazu war es nicht gekommen. Zu viele Leute und keine passende Gelegenheit, ganz einfach. Und Whisky. Also musste er dafür sorgen, dass es heute stattfand. Möglichst so früh, wie es ging. Auf jeden Fall bevor man sich zum Geburtstagsessen zu Tisch begab. Es gab Dinge, denen konnte man nicht ausweichen.

Das Gespräch zwischen Vater und Sohn. Großer Vater und kleiner Sohn, genau so sah er es vor seinem inneren Auge geschrieben. Merkwürdig, aber es war etwas dran. Aber *Gespräch* war das falsche Wort, gerade ein Gespräch sollte es ja nicht werden; worum es ging, wenn man es genau betrachtete, war doch, einen Standpunkt klarzustellen. Dass man … die Gedanken drehten sich einen Moment lang im Kreis, bevor sie einen Halt fanden … dass man sich am absoluten Nullpunkt befand.

Schlimmer konnte es nicht mehr werden. Genau so würde er es formulieren. *Nullpunkt,* das war gut. Das verhinderte schon im Vorhinein, daß man über die Sache sprechen musste. Die Schande, die Walter über die Familie gebracht hatte, würde ihr ein Leben lang anhängen … nein, er wollte keinerlei Entschuldigungen oder Erklärungen hören. Das, was Walter getan hatte, ließ sich nicht relativieren, nein, nein und nochmals nein, wir hatten weiß Gott keinerlei Pläne, das Land zu verlassen, Mama und ich, das hatten wir nicht, aber nach all dem gibt es keinen anderen Ausweg mehr für uns. Eine andere Möglichkeit sehen wir nicht.

Schande, Walter, würde er sagen, in den Sumpf der Schande hast du uns gestoßen, und damit werden wir leben müssen, und jetzt will ich kein Wort mehr über diese Sache fallen lassen.

Angelegenheit? Sollte er lieber sagen, »in dieser Angelegenheit«? Nein, *Sache,* das war besser. *Angelegenheit,* das klang so … ja, er wusste es selbst auch nicht so genau.

Er stand auf und ging ins Badezimmer. Setzte sich auf die Toilettenbrille und pinkelte. Seit mehr als zehn Jahren pinkelte er morgens immer im Sitzen, das wollte er gar nicht leugnen. Aber nur morgens. Heute lief es noch langsamer als sonst, vielleicht lag es am ungewohnten Zeitpunkt, es kam noch nicht so recht ins Fließen, aber er konnte die gesamte Rede an Walter noch einmal durchgehen, während er dort saß.

Er hatte sie bereits seit mehr als einem Monat im Kopf. Die

Worte, die Formulierungen, die sorgsam abgewogenen Pausen. Es sollte ein … eine Art pädagogisches Meisterstück werden. In der Kürze zeigt sich der Meister. Walter würde schweigend dasitzen. Die Worte seines Vaters sollten sich zielsicher und entschlossen in ihn hineinbohren. *Wie Zecken in einen zotteligen Hund,* das hatte er irgendwo gelesen. Walter sollte begreifen, was er getan hatte. Er sollte es bitter bereuen, doch das würde nichts nützen. Er würde seinen Vater ansehen und begreifen, dass man für so etwas nicht um Verzeihung bitten konnte. Allein Schweigen und Vergessen konnten mit der Zeit einen Schleier über das legen, was gewesen war. Einen Schleier und Balsam. Ich hatte nur einen Sohn, Walter, wollte er sagen … Kunstpause … und ich habe immer noch nur einen Sohn. Das ist mein Los. Deine Mutter hat ziemlich gelitten, Walter, ich habe mehrere Male um ihr Leben gebangt. Nein, *Verstand* war besser. Um ihren Verstand gebangt. Du solltest dich schämen, und zwar ganz allein du, Walter, aber die Schande fällt auch auf deine Familie. Nein, du brauchst gar nichts zu sagen. Worte sind nach solchen Taten nur Schall und Rauch. Du solltest wissen, dass Schulleiter Fläskbergson deine Mutter und mich für den Rest des Schuljahres beurlauben wollte – aus Rücksicht auf uns –, aber wir haben es durchgestanden. Mit aufrechtem Rücken gingen wir zu unserer Arbeit, mit aufrechtem Rücken sahen wir unseren Arbeitskollegen in die Augen. Ich möchte, dass du das weißt, Walter. Wir werden das Land im Frühling verlassen, aber wir tun es erhobenen Hauptes. Ich möchte, dass du das weißt und nicht vergisst.

Er blieb noch sitzen und kaute an den Worten, obwohl es schon seit einer ganzen Weile aufgehört hatte zu tropfen. Anschließend stand er auf, zog die Pyjamahose hoch und spülte. Wusch sich die Hände und schaute in den Spiegel. Es war etwas mit seinem rechten Auge passiert, oder? Es war nicht auszumachen, was, aber es sah anders aus als sonst. Das Augenlid hing einen Millimeter tiefer als üblich. Oder war das nur Einbildung?

Er spritzte sich kaltes Wasser auf beide Augen und kontrollierte es noch einmal. Jetzt sahen beide ganz normal aus.

Natürlich, reine Einbildung.

Es war fünf vor vier. Er ging zurück ins Schlafzimmer, kroch ins Bett neben seine Ehefrau. Das leise Sausen der Heizung war immer noch zu hören. Das Schloss von Örebro hatte sich nicht gerührt.

Ich muss versuchen, wieder einzuschlafen, dachte er. Schließlich habe ich einen langen Tag vor mir.

Als Allererstes traf eine kleine Familienabordnung gegen neun Uhr ein. Es waren Karl-Eriks Cousin und Cousine aus Göteborg jeweils mit Ehegatten, der Weg führte sie sowieso vorbei, deshalb hatten sie beschlossen, an dem großen Tag für eine Stunde hereinzuschauen.

Eine halbe Torte und zwölf Tassen Kaffee gingen dabei drauf. Weder Walter noch Leif oder die Jungen waren aufgestanden (oder hatten zumindest Geistesgegenwart genug, sich im ersten Stock aufzuhalten); man saß in der Küche, die vier Vorbeifahrenden, die beiden Geburtstagskinder, Rosemarie sowie ein mitgebrachter Boxerwelpe, der Silly hieß und dreimal unter den Tisch pinkelte.

Das Gespräch verlief zäh und kreiste hauptsächlich um einen gemeinsamen, nach Amerika ausgewanderten Verwandten (Gunvald, 1947), die desolate Rentenlage sowie all die netten Menschen, die man kennen lernte, wenn man sich einen Hund anschaffte.

Die Fernsehserie »Die Gefangenen auf Koh Fuk« wurde nebenbei und nur aus Versehen erwähnt, der Faden aber nicht aufgenommen.

Nach verrichteter Arbeit reiste die Familienabordnung in zwei haargenau gleichen, metallicfarbenen kleinen Autos wieder ab, das eine weiß, das andere grauweiß, so ungefähr Viertel nach zehn. Die zurückgelassenen Geschenke: ein größeres gerahmtes Kunstwerk (100 x 70 cm) in Gestalt eines Meeresmotivs aus genoppter Wolle sowie ein kleineres, gerahmtes Strandmotiv (70 x 40) in genoppter Wolle. Der Künstler hieß Ingelund Sägebrandt, Rosemarie war sich nicht sicher, ob es sich um einen Mann oder eine Frau handelte. Nach Rücksprache mit Ebba beschloss sie, die Bilder bis auf weiteres in der Garage zu verwahren.

Als diese Wegräumaktion beendet war, ging sie hinaus und hob den Deckel des leeren Briefkastens an. Es hatte angefangen zu schneien, und sie spürte bereits die charakteristischen Zeichen einer einsetzenden Halsentzündung. Dieser Tag wird nie enden, dachte sie.

Um elf Uhr trafen acht Kollegen von der Kymlinge-Schule ein. Leif war aus dem ersten Stock heruntergekommen, Walter und die Jungs jedoch nicht. Und auch von Kristina, Jakob und Kelvin hatte man nichts gehört; Rosemarie nahm an, dass sie einen ausgedehnten Vormittag im Hotel genossen, und wenn sie es recht überlegte, war ihr das auch egal.

Unter den Kollegen befand sich die Possenreißerin und Mathematiklehrerin Rigmor Petrén, die genauso alt war wie Rosemarie, ihr waren beide Brüste amputiert worden, aber sie war still going strong. Vor fünfundzwanzig Jahren oder so hatte sie Ebba in Mathematik unterrichtet (ein Schuljahr lang auch in Physik), und jetzt hatte sie ein neues, witziges Lied komponiert, das sich sowohl an Karl-Erik als auch an seine prächtige Tochter richtete.

Es enthielt vierundzwanzig Verse, und während es achtstimmig vorgetragen wurde, widmete Rosemarie ihre Gedanken zwei Dingen: Zum einen stellte sie sich einen Marathonlauf unter Wasser im Dunkeln vor, das war ein neues, und in gewisser Weise interessantes Bild vom Leben; zum anderen hatte sie den Eindruck, als stimme etwas nicht mit Karl-Eriks Gesicht. Er sah nicht aus wie sonst, wie er da kerzengerade auf einem Küchenstuhl saß und lachte, dass die Kiefer erbleichten.

Aber vielleicht sollte man einfach alles auch nur unter diesem Aspekt betrachten, dachte sie. Als eine Frage des Erduldens. Rigmor Petrén gehörte zu den Lehrern, die immer und zu jeder Zeit ihren Unterricht gaben. Jahr für Jahr. Nicht einmal der Krebs bekam sie zu packen. Ihr Humor legte alles, was ihr in den Weg kam, in Schutt und Asche. Leif Grundt huschte bei Strophe sieben hinaus zur Toilette und kam zurück bei Strophe neunzehn.

Als das Lied beendet war, ging man ins Wohnzimmer und trank neunundzwanzig Tassen Kaffee, aß den Rest der Cousin/Cousinentorte auf und zwei Drittel der nächsten. Supermarktleiter Grundt unterhielt mit einer amüsanten Vergleichsstudie über die Schinkenpreise vor Weihnachten. Rosemaries Halsschmerzen schlugen jetzt voll aus.

Dann hielt Studienrat Arne Barkman eine gefühlvolle Rede über Karl-Erik. Ungefähr in der Mitte war er gezwungen, abzubrechen und die starke Rührung wegzuschneuzen, von der er in so einem Augenblick übermannt wurde, ob er nun wollte oder nicht. Er und Karl-Erik hatten fast dreißig Jahre im Lehrerzimmer Seite an Seite gesessen, und Arne fragte sich jetzt, ob es überhaupt möglich war, im Januar wieder an seinen Schreibtisch in der Kymlinge-Schule zurückzukehren. Der Leerraum, den Karl-Erik hinterließ, war nicht in Worte zu fassen, wie er behauptete. Deshalb wollte er es gar nicht erst versuchen. Danke, Karl-Erik, das war alles, was er sagen wollte. Danke für alles. Danke, danke, danke.

»Danke, Arne«, sagte Karl-Erik emsig und gab seinem Kameraden einen Stoß in den Rücken, dass das Taschentuch wieder herausgeholt werden musste.

Zwei Blumensträuße, ein größerer gelblicher und ein kleinerer rötlicher, waren bereits bei der Ankunft überreicht worden, doch jetzt war es Zeit für die Geschenke. Zuerst ein Buch von Richard Fuchs für Ebba, schließlich war sie trotz allem Ärztin und konnte sicher einen guten Lacher gebrauchen. Dann sieben Gaben für Karl-Erik, die Anzahl symbolisierte die Musen oder die Grazien oder die Tugenden oder welche Sieben man nun zu schätzen wusste, haha, und alle mit deutlichem Hinweis auf das Iberische.

Ein Stierkopf aus Bronze von gut einem Kilo. Ein Rioja Gran Reserva von 1972. Ein sechshundertseitiges Bildwerk über die Alhambra. Ein Tapas-Kochbuch. Eine spanische Reiseschilderung von Cees Nooteboom. Ein Paar Kastagnetten aus Edelholz. Eine CD mit dem Gitarristen José Muñoz Coca.

»Ich bin gerührt«, musste Karl-Erik Hermansson zugeben.

»Das ist doch viel zu viel«, sagte Rosemarie.

»Das ist natürlich auch zum Teil für dich, liebe Rosemarie«, erklärte Ruth Immerström, Sozialkunde, Religion und Geschichte. »Ja, ihr hinterlasst wirklich eine Lücke, genau wie Arne gesagt hat.«

Die Kollegen traten gesammelt kurz vor ein Uhr den Rückzug an. Rosemarie stellte alle Geschenke auf die Eichenkommode unter das Bild, das die Schlacht bei Gestilren darstellte, und Ebba begab sich unmittelbar ins Obergeschoss, um Fahrt in ihre beiden Söhne und ihren Bruder zu bringen.

»Walter ist nicht da«, stellte sie fest, als sie zehn Minuten später wieder in die Küche kam, um ihrer Mutter beim Abwasch zu helfen.

»Nicht da?«, fragte Rosemarie. »Was meinst du damit, dass er nicht da ist?«

»Ich meine, dass er nicht da ist, was sonst«, sagte Ebba. »Er hat sein Bett gemacht, aber er ist nicht oben. Und hier unten auch nicht.«

»Wer ist nicht da?«, wollte Kristina wissen, die im gleichen

Moment eintraf, zusammen mit ihrem Ehegatten im Armani- und ihrem Sohn im Matrosenanzug.

»Was für ein schönes Kleid«, sagte Rosemarie. »Du trägst wohl immer rot. Wie lustig, Ebba trägt meistens blau und du rot. Man könnte fast glauben, dass …«

»Danke, liebe Mama«, sagte Kristina. »Wer ist nicht da?«

»Walter natürlich«, sagte Ebba. »Aber er ist sicher nur raus, um spazieren zu gehen und zu rauchen. Er hat ja so einiges, über das er nachdenken muss. Habt ihr gut geschlafen im Hotel?«

»Danke, ausgezeichnet«, versicherte Jakob, dem Kelvin wie eine Stoffpuppe im Arm hing. Mit dem Jungen stimmt ernsthaft etwas nicht, dachte Rosemarie automatisch.

»Du siehst ein wenig müde aus, Kristina«, sagte sie mit der gleichen Automatik. Da war etwas am Aussehen der Tochter, worüber sie nicht schweigen konnte. »Ich dachte, ihr hättet mal so richtig ausgeschlafen.«

»Ich habe zu viel geschlafen«, entgegnete Kristina. »Herzlichen Glückwunsch, Papa. Herzlichen Glückwunsch, Ebba. Wo hast du das Paket gelassen, Jakob?«

»Verflucht noch mal«, rutschte es Jakob heraus. »Das liegt noch im Auto.«

»Ich hole es später«, sagte Kristina. »Wie ich mir denken kann, ist es jetzt sowieso noch nicht soweit. Kannst du Kelvin oben schlafen legen?«

Jakob und Kelvin verließen die Küche. Kommandiert sie ihn herum?, dachte Rosemarie. Wieso habe ich das gestern nicht gemerkt?

»Ist etwas mit deinem Gesicht passiert, Papa?«, fragte Kristina. »Ich habe den Eindruck, es ist irgendwie anders.«

»Das ist das Alter«, warf Leif Grundt ein.

»Ja, ich weiß nicht so recht«, sagte Karl-Erik und strich sich mit beiden Händen über die Wangen. »Ich bin letzte Nacht um halb vier aufgewacht und konnte nicht wieder einschlafen. Ich kann auch nicht sagen, warum, nein, ich fühle mich tatsächlich etwas müde.«

»Du musst dir die Nasenhaare schneiden«, sagte Rosemarie.

»Ich denke, Papa sollte ein kleines Nickerchen machen«, bestimmte Ebba. »Hier war schon einiges los heute Morgen, wie wir denjenigen berichten können, die nicht anwesend waren.«

Ich bin nicht die Einzige, die keine Gefühle für sie aufbringen kann, dachte Rosemarie, sie mögen sich auch gegenseitig nicht. Wenn ich jetzt nicht bald ein Glas Samarin kriege, verbrenne ich innerlich.

Die Brüder Grundt tauchten in der Türöffnung auf, ordentlich gekämmt und mit Schlips und Kragen.

»Guten Morgen, ihr Lausebengel«, begrüßte ihr Vater sie gemütlich. »Aber hallo, was habt ihr denn für einen Galgenstrick um den Hals?«

»Ich denke, jetzt, wo alle versammelt sind, könnten wir ein Tässchen Kaffee trinken und ein paar belegte Brote verdrücken«, sagte Rosemarie Wunderlich Hermansson.

11

Im Laufe des Nachmittags sank die Temperatur um fünf Grad, und der Schneefall wurde stärker. Der südwestliche Wind drehte sich außerdem auf Nordwest und frischte auf drei bis acht Meter pro Sekunde auf, aber nichts davon legte dem nächsten geplanten Programmpunkt auch nur das geringste Hindernis in den Weg: dem Spaziergang durch die Stadt.

Seit mindestens fünfundzwanzig Jahren hatte Karl-Erik Hermansson diesen knapp zwei Stunden langen Spaziergang mit den achten Klassen durchgeführt, die er in einem der sozialkundlichen Fächer unterrichtete – um der heranwachsenden Generation ein zumindest rudimentäres Wissen über die eigene Stadt und ihre Sehenswürdigkeiten beizubringen –, und so groß war der Unterschied zwischen Mai und Dezember ja nun nicht.

Das Rathaus. Das Schuhmachermuseum. Der alte Wasserturm. Der Hemmelbergsche Hof. Gahnsker Park und die gut erhaltene Rademacher Schmiede am Kymlingschen Wasserfall. Um nur einige Punkte zu erwähnen.

Für einige der Teilnehmer an diesem Tag war das meiste natürlich altbekannt, aber die Neue Bibliothek war erst vor acht Monaten eingeweiht worden, und noch keiner der Besucher hatte die Gelegenheit gehabt, das fertig restaurierte Altargemälde in der Kirche anzuschauen.

Außerdem war es schön, einmal rauszukommen. Die Gesellschaft war vollständig, abgesehen von Rosemarie, die in Zusammenarbeit mit ihrer Freundin und Hilfsköchin Ester Bräldin daheimblieb, um das bevorstehende Essen vorzubereiten, und Walter, der sich immer noch nicht hatte blicken lassen.

»Das ist ja wohl typisch, dass er sich nicht einmal hier anpassen kann«, sagte Ebba zu ihrer Schwester, als ihr Vater mit der Geschichte und den vielen Runden um das Schuhmachermuseum herum fertig war und Anstalten machte, in dem Schneetreiben weiter die Linnégatan hinaufzugehen.

»Wieso typisch?«, wollte Kristina wissen. »Er hat doch wohl seine Freiheiten genau wie alle anderen?«

»Freiheiten?«, wiederholte Ebba und breitete die Arme aus, als könne sie sich nicht so recht erinnern, was das für ein merkwürdiger Begriff war. »Wovon um alles in der Welt redest du?«

»Ich meine nur, dass wir ihn nicht verurteilen sollten, solange wir nicht wissen, welche Gründe er hat«, sagte Kristina.

»Ich würde nicht im Traum daran denken, jemanden zu verurteilen«, erklärte Ebba. »Da tust du mir aber unrecht, Kristina.«

»Dann entschuldige«, sagte Kristina und wischte den Rotz unter der Nase ihres Sohns mit einem Papiertaschentuch ab. »Es ist nur so einfach, Walter zu kritisieren.«

»Hmf«, schnaubte Ebba und schob den Arm unter den ihres Mannes.

»Nun, Jungs«, wandte sich Karl-Erik, die Pädagogikfichte, an die Brüder Grundt, »könnt ihr mir sagen, warum diese Jahreszahl hier über dem Tor eingraviert ist?«

»Achtzehnhundertachtundvierzig?«, las Henrik nachdenklich und blieb stehen. »Das Kommunistische Manifest. Obwohl, ich habe nicht gewusst, dass es in Kymlinge geschrieben wurde.«

»Haha«, dröhnte Karl-Erik, dem es trotz des geschäftigen Tages gelungen war, ein kurzes Nickerchen zu halten, und der jetzt in besserer Form zu sein schien. »Sehr gut, mein Junge.

Nein, Marx und Engels setzten, soweit bekannt, ihre Füße nie nach Kymlinge. Aber vielleicht kann deine Mutter das Rätsel lösen?«

»Der Stadtbrand«, antwortete Ebba prompt. »Ganz Kymlinge ist in dem Jahr abgebrannt. Seinerzeit gab es fast nur Holzgebäude, und das hier war das einzige Haus, das heil davongekommen ist. Das Lehrberger Haus also. Es heißt außerdem, dass in der betreffenden Nacht ein Mädchen allein zu Hause war und dass ihre Frömmigkeit und ihre Gebete sowohl sie als auch das Haus gerettet haben.«

»Exakt«, sagte Karl-Erik. »Und nach dieser Zeit, also nach 1848, wurde die moderne Stadt gebaut. Das Kymlinge, wie wir es kennen. Ein neues Straßennetz statt jenes aus der Zeit des Mittelalters. Zwei neue Märkte, den Södra torg und den Norra torg. Das Rathaus, wie gesagt … die Kaufhalle und …«

»Mein Gott, was für ein Schneefall«, sagte Leif Grundt. »Nur gut, dass wir Wintersohlen haben. Ist der Whisky gestern wirklich ausgetrunken worden?«

»Leif, ich bitte dich«, sagte Ebba und ließ seinen Arm los.

»Es scheint so, ja«, stellte Karl-Erik mit leicht bekümmerter Miene fest. »Ja, man muss sich wirklich fragen, wo Walter abgeblieben ist.«

Als ob ihm plötzlich in den Sinn gekommen wäre, dass diese beiden Tatsachen etwas miteinander zu tun haben könnten, dachte Kristina, und zum ersten Mal spürte sie einen Stich von Besorgnis um ihren Bruder. Es war schon nach halb fünf, er hatte sich den ganzen Tag noch nicht blicken lassen, das war schon etwas merkwürdig, oder? Selbst für Walter.

Aber vielleicht saß er auch daheim in der warmen Küche in der Allvädersgatan und zechte mit seiner Mutter und Ester Brälldin.

»Jetzt machen wir noch einen kurzen Abstecher zur Kirche, und ich denke, dann ist es an der Zeit, nach Hause zu gehen und zu schlemmen«, erklärte Karl-Erik, schob die Ohrenklappen seiner Fellmütze aus den frühen Sechzigern herunter und übernahm die Führung der bibbernden Schar.

»Puh, was für ein Wetter«, rief Rosemarie Wunderlich Hermansson eine Dreiviertelstunde später, als alle ins Haus stapften. »Sind alle wohlbehalten zurück? Nein, wo sind denn …?«

»Kristina und Henrik sind noch in den Supermarkt, um irgendwas einzukaufen«, erklärte Ebba. »Ist Walter aufgetaucht?«

»Nein«, sagte Rosemarie, während sie half, den schlafenden Kelvin aus dem Tragegurt am Bauch seines Vaters herauszuschälen. »Ich begreife wirklich nicht, wo er abgeblieben ist. Aber ihr müsst ja ganz durchgefroren sein. War es wirklich nötig, sie bei diesem schlechten Wetter überall hin mitzuschleppen, Karl-Erik?«

»Quatsch«, sagte Karl-Erik. »Schließlich bin ich der Älteste in der ganzen Versammlung. Wenn ich keinen Schaden davongetragen habe, dann verstehe ich nicht, warum es jemand anders haben sollte. Jetzt nehmen wir einen Grog vor dem Kamin im Wohnzimmer.«

»Natürlich tun wir das«, stimmte seine Ehefrau zu. »Das passt gut, wir können uns ungefähr in einer Stunde zu Tisch setzen. Übrigens hat Els-Marie angerufen und gratuliert. Euch beiden natürlich.«

»Danke«, sagte Ebba.

»Danke«, sagte Karl-Erik.

Da es nicht als angemessen angesehen wurde, dass der junge Kristoffer Grog trank, wurde es auch nicht als angemessen angesehen, wenn Henrik es tat. Aus Gründen der Geschwistersolidarität. Die Brüder nutzten die Gelegenheit und zogen sich für eine halbe Stunde in ihr grüngestreiftes Zimmer zurück.

»Übrigens, da ist eine Sache«, sagte Henrik, nachdem er eine weitere SMS komponiert und abgeschickt hatte.

»Mhm?«, brummte Kristoffer desinteressiert von seinem Bett aus.

»Ich … ich brauche deine Hilfe.«

Was?, dachte Kristoffer. Meine Hilfe? Verdammt, jetzt fürchte ich, dass die Welt zusammenbricht. Harmageddon oder wie hieß das noch?

»Öh … ja natürlich«, sagte er.

»Na, nicht so richtig deine Hilfe«, sagte Henrik. »Eher dein Schweigen.«

»Jaha?«

Er spürte, wie plötzlich sein Herz in der Brust galoppierte, und er hoffte bei Gott, dass sein Bruder nichts davon merkte.

»Einfach eine Verabredung, dass du die Klappe hältst, okay?«

»Und worum geht es?«, fragte Kristoffer und tat, als müsste er gähnen.

Henrik lag einige Sekunden lang schweigend auf seinem Bett und schien mit sich selbst zu Rate zu gehen. Kristoffer begann lässig zu pfeifen.

»Ich will kommende Nacht ein paar Stunden raus.«

»Was?«

»Ich habe gesagt, ich will kommende Nacht ein paar Stunden raus.«

»Und warum?«

»Und ich möchte, dass du nichts davon erzählst.«

»Ich verstehe … aber warum willst du denn raus?«

Wieder zögerte Henrik.

»Ich denke nicht, dass du das wissen musst. Ich will nur nicht, dass Mama etwas davon erfährt … oder sonst jemand.«

Kristoffer pfiff noch einige Töne. Stairway to heaven, tatsächlich, so klang es. »Wenn ich schweigen soll, denke ich, dass ich das Recht habe zu wissen, was du vorhast.«

»Das geht dich gar nichts an.«

Kristoffer dachte nach.

»Kann schon sein, aber für den Fall, dass …«

Henrik setzte sich auf die Bettkante.

»Na gut«, sagte er. »Ich will einen alten Freund treffen.«

»Einen Freund? Hier in Kymlinge?«

»Ja. Was ist denn daran so merkwürdig? Sie sind vor ein paar Jahren hierhergezogen.«

Verdammt, du kannst vielleicht lügen, lieber Bruder, dachte Kristoffer. Und dazu bist du noch schlecht im Lügen. Was zum Teufel soll ich tun?

»Ist es ein Mädchen?«, fragte er. Das kam fast automatisch, ohne vorher nachzudenken, doch in dem Moment, als ihm die Worte aus dem Mund hüpften, begriff er, dass es genau die richtige Frage war. In Hinblick auf die Umstände. *Alle* Umstände. Es vergingen drei Sekunden.

»Ja«, nickte Henrik. »Es ist ein Mädchen.«

Kristoffer spürte, wie es vor Aufregung in ihm pochte, und er war gezwungen, ein weiteres Gähnen zu simulieren, um sich zu tarnen. Junge, dachte er, du lügst wie ein Kesselflicker. Heißt das Mädchen zufällig vielleicht Jens? Aber wie war es möglich, dass Jens sich in Kymlinge befand? Wohnte Jens nicht in …?

Nein, natürlich nicht, dachte Kristoffer. Es war schließlich Jenny, die in Karlskoga wohnte, und das Besondere an Jenny war ja, dass sie offensichtlich gar nicht existierte.

»Nun?«, fragte Henrik.

»Äh … ja, natürlich«, sagte Kristoffer. »Ich werde schweigen. Kein Wort kommt mir über die Lippen.«

»Gut«, sagte Henrik. »Ja, es ist noch nicht sicher, dass ich abhaue, aber für den Fall.«

»Für den Fall«, wiederholte Kristoffer. »Ich verstehe.«

Nicht, fügte er in Gedanken hinzu. Nicht so richtig.

Aber als er nachdachte, gab es ja nichts, was dagegen sprach, dass Jens sein Elternhaus irgendwo in der Nähe von Kymlinge haben könnte. Oder sogar im Ort selbst. Absolut nichts, auch wenn es etwas unwahrscheinlich erschien.

Nun gut, dachte Kristoffer, jedenfalls ist das zweifellos eine interessante Reise hierher. Besser, als ich erwartet habe, das muss ich zugeben.

»Ich verstehe nicht, was du meinst«, sagte Karl-Erik verärgert. »Worauf willst du eigentlich hinaus?«

»Na, das ist ja wohl nicht so schwer zu verstehen«, erwiderte Rosemarie. Sie befanden sich in der Waschküche, wohin Rosemarie ihren Mann mit sanfter Gewalt geschoben hatte. »Walter ist immer noch nicht zurückgekommen.«

»Das habe ich auch bemerkt«, sagte Karl-Erik. »Aber es verhält sich nun einmal so, dass der Tisch gedeckt ist, und nach allem, was Ester sagt, ist die Vorspeise fertig, und alle sitzen da und warten. Bist du der Meinung, wir sollen uns alles von diesem verfluchten Bengel kaputt machen lassen ...?«

»Er ist dein Sohn«, unterbrach Rosemarie ihn. »Denk daran, was du sagst, Karl-Erik.«

»Pah«, wehrte Karl-Erik ab. »Ich habe jedes Wort überdacht, das ich in den letzten fünfzig Jahren von mir gegeben habe. Jetzt reicht es mir langsam. Geht das in deinen Schädel hinein?«

Was um alles in der Welt ist nur mit ihm los?, konnte Rosemarie gerade noch denken, bevor die Walter-Wolke sie erneut einhüllte und ihre Sinne trübte.

»Beruhige dich«, sagte sie. »Ich habe da noch etwas entdeckt.«

»Na, so was. Und was hast du bitte schön noch entdeckt? Es ist fast halb sieben, wir können nicht länger warten. Ich bin nicht der Einzige, der langsam die Geduld verliert.«

»Ich habe entdeckt«, berichtete Rosemarie mit erzwungener Ruhe, »dass er gar nicht in seinem Bett geschlafen hat.«

»Blödsinn. Natürlich hat er das. Wo hätte er denn sonst schlafen sollen? Und sein Auto steht schließlich draußen.«

»Ich weiß, dass sein Auto vor der Tür steht«, sagte Rosemarie und trat einen Schritt näher an ihren Mann, so dass sie nur noch mit zwanzig Zentimeter Abstand zu seinem Gesicht sprach.

Das war ungewöhnlich, aber es gab keine bessere Möglichkeit, herauszubekommen, wie viele Grogs er schon gekippt hatte.

»Jetzt hör mir zu, was ich zu sagen habe, Karl-Erik«, sagte sie. »Walter hat nicht in seinem Bett geschlafen. Ich habe einen seiner alten Pyjamas und ein Handtuch unters Kopfkissen gelegt, und die liegen immer noch genauso gefaltet dort, wie ich sie hingepackt habe. Walter muss bereits letzte Nacht weggegangen sein. Er ist überhaupt nicht schlafen gegangen.«

Karl-Erik zeigte Anzeichen von Nervosität über dem Auge, aber sie konnte nur einen gemäßigten Grogduft aus seinem Mund registrieren. »Hast du mit ... mit Kristina und den anderen schon darüber geredet?«, fragte er. »Ich glaube, er hat noch mit denen zusammengesessen ... wer immer es auch war ... die noch aufgeblieben sind, nachdem wir ins Bett gegangen sind.«

»Ich habe es noch niemandem gegenüber erwähnt«, erklärte Rosemarie und trat wieder einen Schritt zurück. »Ich habe es ja erst vor fünf Minuten entdeckt.«

Karl-Erik spannte den Brustkorb an und schaute verkniffen.

»Wir müssen natürlich die anderen fragen. Vielleicht hat er ja etwas gesagt ... und du meinst also, er ist gestern spätabends noch weggegangen?«

»Was glaubst du selbst denn?«, erwiderte Rosemarie. »Jedenfalls ist es nicht besonders lustig, sich so zu Tisch zu begeben.«

»Sein Handy!«, fiel Karl-Erik ein. »Wir rufen ihn einfach auf seinem Handy an.«

»Habe ich bereits getan«, sagte Rosemarie resigniert. »Sechs oder sieben Mal im Laufe des Nachmittags. Es scheint ausgeschaltet zu sein, es meldet sich immer nur der Anrufbeantworter.«

Karl-Erik seufzte. »Seine Tasche? Er hatte doch wohl gestern eine Tasche dabei?«

»Steht noch oben im Zimmer«, sagte Rosemarie. »Karl-Erik ...?«

»Ja?«

»Karl-Erik, es kann doch nicht sein, dass ihm etwas passiert ist?«

Karl-Erik Hermansson räusperte sich übertrieben laut, versuchte gleichzeitig zu lachen und den Kopf zu schütteln. Es klang und sah aus wie ein kranker Hund. »Blödsinn. Was sollte Walter denn hier in Kymlinge passieren? Jetzt gehen wir zu Tisch. Er wird schon noch auftauchen, und wenn er es nicht tut, beraten wir uns nach dem Essen mit den anderen. Es gibt schließlich im Augenblick wichtigere Dinge, auf die wir Rücksicht zu nehmen haben, da musst du mir doch zustimmen, Rosemarie, oder?«

»In Ordnung«, nickte Rosemarie ernst. »So müssen wir es wohl machen.«

In der Tür zu der wartenden Tafel blieb Karl-Erik noch für einen Moment stehen, als würde ihm plötzlich klar, wie es eigentlich um die Dinge stand und er das noch einmal unterstreichen wollte. »Eins musst du wissen, Rosemarie«, sagte er. »Momentan bin ich Walter verdammt leid. Wenn sich herausstellen sollte, dass er wieder nach Australien abgehauen ist, dann wäre niemand dafür dankbarer als ich.«

»Das ist mir schon klar, Karl-Erik«, antwortete Rosemarie und ging in die Küche, um Ester Brälldin mitzuteilen, dass es jetzt an der Zeit sei, die Blinis mit Frühlingszwiebeln, gedämpftem Spargel und zwei Sorten Steinbeißerrogen zu servieren.

Reden wurden gehalten.

Zu den Blinis und dem Riesling hieß der älteste Jubilar die ganze Fußballmannschaft willkommen (wobei er offensichtlich sich selbst, den abwesenden Walter wie auch Ester Brälldin in der Küche dazurechnete, sonst wären es kaum elf geworden). Das sei ein großer Tag, wie er erklärte. Für ihn selbst und für Ebba. Vierzig zu werden, das bedeute, dass man sich immer noch auf dem Sprung befinde, man hatte noch zehn Jahre bis zum Zenit des Lebens, bis zur Fünfzig. Fünfundsechzig zu werden, das bedeutete nicht nur, dass man gelandet war, man war auch im Ziel angekommen. Bildlich gesprochen natürlich nur, und wenn man denn bei der vorher gewählten Sportmetaphorik bleiben wollte.

Die letzten Sätze waren etwas verschachtelt, und Karl-Erik stockte ein wenig, was bei seiner Frau noch einmal die Frage aufkommen ließ, wie es eigentlich um ihn stand. Irgendwie war sie nicht so recht wiederzuerkennen, die zähe Pädagogenfichte, oder?

Auf jeden Fall ließ er sich in einem zwanzig Minuten langen Referat über die schwedische Grundschule seit 1968 aus, dem Jahr, in dem er begonnen hatte, brachte anschließend einen Toast auf »die gute Bildung, groß geschrieben«, aus, »die sich selbst genügt und sich nicht an irgendwelche gierigen Marktführer und zufälligen Modelle verkauft« (das muss doch wohl Moden heißen?, dachte Rosemarie) und hieß schließlich noch einmal alle herzlich willkommen.

Anschließend gab es Rentierrücken mit jungem Gemüse, eingelegten Zwiebeln, schwarzem Johannisbeergelee und Pommes duchesses, und vor dem zweiten Gang war Leif Grundt an der Reihe. Sein Beitrag zerfiel in drei Teile. Zunächst erzählte er die nur schwer verständliche Geschichte einer großbusigen Metzgerin im Konsumsupermarkt in Gällivare, anschließend lobte er seine Ehegattin für ihre Tugenden zwanzig Sekunden lang, und schließlich erklärte er, dass er persönlich seinen Schwiegervater nie älter als vierundsechzigeinhalb schätzen würde.

Beim Käse begann Rosemarie plötzlich zu weinen. Sie war gezwungen, den Tisch zu verlassen, und als sie zurückkam, erklärte sie, dass ihr Gefühlsausbruch auf der starken Gefühlserregung beruhe, die sie plötzlich überfallen habe. Jetzt, wo (fast) alle hier versammelt seien und so.

Zu aller Überraschung (Ebba vielleicht ausgenommen) stand Henrik in diesem Moment auf und sang ein Lied a cappella – höchstwahrscheinlich eine Art italienischer Serenade – ein Beitrag, der mit stürmischem Applaus aufgenommen wurde und deutlich die Stimmung hob.

Anschließend gab es Toscabirnen in Cognacsahne und eine elaborierte, aber eine Spur unpersönliche (was daran liegen mochte, dass er sie schon ungefähr zwanzig Mal zuvor in den unterschiedlichsten Zusammenhängen gehalten hatte, wie seine Frau registrierte) Dankesrede fürs Essen von Jakob. Zu diesem Zeitpunkt wurde auch Ester Brälldin aus der Küche geholt und mit einem Glas des gelobten Málagaweins bewirtet.

Schließlich war es Zeit für Kaffee, Torte und Geschenke. Was Ebba betraf, so lag dabei der Schwerpunkt auf einer ganzen Serie neuen Porzellans einer bekannten englischen Marke für den Hausgebrauch; Teller, flach und tief, Dessertteller, Kaffee- und Teetassen, Platten und Schüsseln und Suppenterrine – aber auch die sogenannten Erlebnisgeschenke: Hasseluddens Yasuragi inklusive Essen und dreißig Minuten Steinmassage sowie Selma-Lagerlöf-Spa in Sunne mit Body-Splash (wo sie bereits zweimal gewesen war, aber wer konnte das wissen?).

Was Karl-Erik betraf, ging es etwas gemischter zu: diverse Bücher verschiedener Genres, ein Morgenmantel, ein Stock mit Silberknauf, fünf Seidenschlipse (nach allem zu urteilen von Walter auf dem Flugplatz von Bangkok eingekauft), eine Digitalkamera sowie eine alte Lithographie, die Herbstschlacht bei Baldkirchenerheim 1622 darstellend.

Erst nachdem auch dieser Punkt der Tagesordnung abgehakt war, kam die Frage auf, wohin Walter wohl verschwunden sein konnte. Es ging auf elf zu, und die 105-Jahresfeier konnte in gewisser Weise als abgeschlossen betrachtet werden. Es sei an der Zeit, ein wenig die Garderobe zu lüften, wie Leif Grundt die Lage etwas ungeschickt ausdrückte und wofür er von seiner gerade vierzig Jahre alt gewordenen Ehefrau leicht zurechtgewiesen wurde.

»Er wollte spazieren gehen und eine rauchen«, erklärte Kristina. »Ich hab nicht auf die Uhr geschaut, aber es muss ungefähr halb eins gewesen sein.«

»Wie wirkte er?«, fragte Rosemarie.

»Ich weiß nicht«, sagte Kristina. »Wie üblich, nehme ich an.«

»Warum fragst du, wie er wirkte, Mama?«, wollte Ebba wissen.

»Das ist in diesem Zusammenhang ja wohl eine natürliche Frage«, erklärte Rosemarie.

»Klar«, stimmte Leif Grundt ihr zu. »Er hat bestimmt eine Frau getroffen, ganz einfach. Schließlich ist es ja wohl das, was er braucht.«

»Leif«, sagte Ebba scharf. »Jetzt reicht es.«

»Ja, ja«, sagte Leif. »Es ist ja nur eine Theorie. Was habt ihr anderen für Theorien?«

»Ich glaube, es war noch später als halb eins«, erwähnte Kristoffer vorsichtig. »Ich bin zwanzig vor eins ins Bett gegangen, und da war er noch da. Ich habe ihm Gute Nacht gesagt.«

»Okay«, sagte Karl-Erik. »Zehn Minuten früher oder später spielen ja wohl keine allzu große Rolle. Haben wir wirklich kein anderes Gesprächsthema?«

»Das haben wir ganz gewiss, Karl-Erik«, fiel seine Hausfrau ihm ins Wort. »Aber es ist nun einmal so, dass es hier einige gibt, die sich ein wenig Sorgen wegen Walter machen. Auch wenn du keiner davon zu sein scheinst.«

Karl-Erik trank seinen Kaffee aus und stand auf.

»Ich muss mal zur Toilette«, erklärte er.

»Shit happens«, sagte Leif Grundt.

»Sei ehrlich, Kristina, was meinst du, wie hat er gewirkt? Ihr wart doch vorher draußen gewesen und habt vertraulich miteinander geredet. War er betrunken, als er aufgebrochen ist?«

Kristina betrachtete das beunruhigte Gesicht ihrer Mutter und versuchte die Worte abzuwägen. Was sollte sie sagen?

Hatte Walter sich auf irgendeine Art und Weise merkwürdig verhalten? Betrunken? Nun ja, natürlich war er nicht mehr nüchtern gewesen.

Sie selbst auch nicht. Weiß Gott nicht. Aber um bei der Wahrheit zu bleiben, hatte sie auch auf nichts anderes abgezielt. Mein Gott, betrunken war sie wirklich gewesen, und ganz besonders, nachdem Walter gegangen war. Und heute hatte Henrik ihr mitgeteilt, dass er unbedingt vorhatte, sie im Hotel aufzusuchen. Wenn sie gedacht hätte, er würde nach einigem Nachdenken kneifen, dann hatte sie sich gründlich geirrt.

»Ich komme zu dir heute Nacht, Kristina«, hatte er erklärt, nachdem es ihnen wie verabredet gelungen war, nach dem Spaziergang im Supermarkt hineinzuspringen. »Oder hast du deine Meinung geändert?«

Sie hatte den Kopf geschüttelt. Nein, sie hatte ihre Meinung nicht geändert. Falls er sie nicht geändert hätte.

Dann hatten sie den ganzen Abend kaum ein Wort miteinander gewechselt. Vermieden, einander anzusehen, was wohl nicht so merkwürdig war. Und während des sich ewig hinziehenden Essens hatte sie eine merkwürdige Erregung gespürt, die sie an etwas erinnerte ... ja, die sie an die Zeit erinnerte, als sie eine hormonstrotzende Vierzehn-, Fünfzehnjährige und mal an dem einen, mal an dem andren pickligen Teenagerjungen interessiert gewesen war. Als Henrik sein Lied zum besten gab, hatte sie heftiges Herzklopfen verspürt.

Und gleichzeitig: Wenn Ebba auch nur eine Ahnung davon gehabt hätte, was da zwischen ihrem Sohn und ihrer Schwester vor sich ging, hätte sie keine Sekunde gezögert, Kristina zu töten. Kristina war davon genauso fest überzeugt wie ... wie ein winziges Tierchen es spürt, wenn es plötzlich Auge in Auge einer Löwin gegenübersteht, die ihre Nachkommen verteidigen will. Ja, das war gar kein so schlechtes Bild von der Situation.

Aber Walter? Nein, sie hatte wirklich nicht die geringste Ahnung, was Walter geplant haben könnte.

»Sag was, Kristina«, ermahnte ihre Mutter sie. »Steh nicht nur rum und grüble.« Sie befanden sich im Arbeitszimmer, jede mit einem kleinen Glas Baileys in der Hand. Rosemarie hatte sie dorthin dirigiert, und Kristina war klar, dass ihre Mutter sich einbildete, sie hätte irgendeine Art von geheimer Information zu bieten.

»Es tut mir leid, Mama«, sagte sie. »Aber ich weiß es wirklich nicht. Natürlich ging es Walter nicht so gut, aber wenn du glaubst, er wäre fortgegangen, um sich umzubringen, dann bin ich mir ziemlich sicher, dass du dich irrst.«

»Ich habe nie gesagt, dass ...«, setzte Rosemarie an, unterbrach sich jedoch selbst, indem sie mit dem Fuß aufstampfte. Starrte anschließend verwundert ihren Fuß an und schien wieder kurz vorm Weinen zu sein.

Kristina stand noch eine Weile schweigend da und betrachtete ihre Mutter. Sie tat ihr plötzlich schrecklich leid, und der unerwartete Impuls, sie zu umarmen, überfiel sie. Aber sie kam nicht einmal dazu, ihr die Hand auf den Arm zu legen, da stand Jakob bereits in der Tür.

»Kristina?«

»Ja?«

Mehr brauchte er nicht zu sagen. Sie wusste Bescheid. Er hatte den ganzen Abend dagesessen und Selters getrunken, und jetzt war er kurz vorm Platzen. Was sehr deutlich zu erkennen war für denjenigen, der die Zeichen deuten konnte. Er sehnte sich danach, von hier wegzukommen. Sehnte sich danach, seine Frau und seinen Sohn im Hotel abzusetzen und sich in einsamer Majestät ins Auto zu setzen. Auf nachtleeren Straßen nach Stockholm zurückzufahren, Dexter Gordon im CD-Player. Das war etwas anderes als die Situation hier, und Kristina konnte ihn sogar verstehen.

Und dieser kurz aufblitzende Moment von Zärtlichkeit für ihre Mutter verblasste und erstarb.

»Ja, gut, Jakob«, sagte sie. »Ja, dann ist es wohl an der Zeit.«

»Ihr wollt doch nicht schon los?«, rief Rosemarie aus. »Wir haben ja noch gar nicht …«

Aber sie fand keine Worte, die fiktiven Notwendigkeiten zu beschreiben, die noch ausstanden. »Ich mache mir nur solche Sorgen um Walter«, sagte sie stattdessen.

»Dafür gibt es sicher eine ganz natürliche Erklärung«, sagte Jakob. »Er wird jeden Moment hier auftauchen.«

»Glaubst du das wirklich?«, fragte Rosemarie und schaute ihren Schwiegersohn treuherzig an. Als ob Jakob Willnius, kraft der Tatsache, dass er Bewohner der Hauptstadt war und außerdem eine Chefposition bei Sveriges Television innehatte, auch hellseherische Fähigkeiten besäße, um sagen zu können, was mit verlorenen Söhnen geschehen war, die sich in einer Winternacht draußen in den Provinzorten verirrt hatten.

»Aber sicher«, bestätigte er. »Vielleicht ist ihm der Druck einfach zu groß geworden. Was ja in seinem Fall zu verstehen wäre. Oder?«

»Viel … vielleicht«, stotterte Rosemarie Wunderlich Hermansson. »Ich hoffe nur, es stimmt, was du sagst. Dass ihm nichts passiert ist. Ich bin nur so …« Sie ließ ihren Blick zwischen ihrer Tochter und deren sanft lächelndem Ehemann ein paar Mal hin und her wandern, wusste aber nichts mehr zu sagen.

Vor einer Sekunde, dachte sie, vor einer Sekunde hatte ich das Gefühl, dass Kristina mich umarmen wollte. Aber das war offensichtlich nur Einbildung.

»Ich gehe hoch und mache Kelvin fertig«, sagte Jakob. »In Ordnung?«

»Ja, natürlich«, nickte Kristina. »Mach das. Vielen Dank, Mama, es war ein schönes Fest.«

»Aber wollt ihr wirklich schon …?«, versuchte Rosemarie, doch es schepperte so schrill in ihren eigenen Ohren, dass sie sich zum dritten oder vierten Mal innerhalb kürzester Zeit selbst unterbrach und verstummte. Was ist mit mir los?, dachte sie. Ich kann nicht einmal mehr mit den Leuten reden.

12

Es gab insgesamt achtzehn Fotos von dem Haus in Spanien, und nachdem Kristina, Jakob und Kelvin in ihrem Mercedes ins Hotel gefahren waren, wurden sie gezeigt.

»Wer hat die gemacht?«, fragte Ebba.

»Ich natürlich«, antwortete Karl-Erik.

»Dann wart ihr also schon einmal da?«

»Nur ich«, erklärte Karl-Erik. »Ich bin für ein Wochenende hingeflogen. Zum ersten Advent. Es waren dreiundzwanzig Grad im Schatten, obwohl es keinen Schatten gab, ha ha. Blauer Himmel wie ein richtiger schwedischer Sommertag.«

Die Fotos machten die Runde. Achtzehn leicht unscharfe Bilder eines weiß gekalkten Flachdachhauses in einem großen Arrangement anderer weiß gekalkter Flachdachhäuser. Kahle Berge im Hintergrund. Vereinzelte Bougainvilleas. Hier und da eine Zypresse. Ein kleiner Pool mit weißen Plastikstühlen und hellblauem Wasser.

Auf einigen der Fotos sah man auch das Meer in der Ferne. Es lag gut zehn Kilometer entfernt, und ein Netzwerk moderner Verkehrstraßen führte dorthin.

»Keine Fotos von drinnen?«, fragte Leif Grundt.

»Die jetzigen Bewohner waren noch drin«, erklärte Karl-Erik. »Sie ziehen im Februar aus. Ich wollte mich natürlich nicht aufdrängen.«

»Ich verstehe«, sagte Ebba.

»Und ich hatte nur meine alte Spiegelreflexkamera mit«,

fügte er entschuldigend hinzu. »Die funktioniert nicht immer, wie sie soll, misst das Licht nicht richtig. Deshalb habe ich mir ja diesen digitalen Apparat gewünscht. Wir werden euch jede Woche Fotos schicken. Übers Internet.«

»Da freuen wir uns schon drauf«, sagte Leif Grundt.

»Wie viele Pixel?«, wollte Kristoffer wissen.

»Viele«, sagte Karl-Erik.

Eine Weile blieb es still, und die Wanduhr nutzte die Gelegenheit, zwölf Mal zu schlagen.

»Ich hoffe wirklich, dass ihr euch in diesem Entschluss einig seid und wisst, worauf ihr euch da einlasst«, sagte Ebba.

»Bist du schon einmal in Granada gewesen, mein Mädchen?«, fragte Karl-Erik mit einem leicht zurechtweisenden Ton in der Stimme. »Hast du schon mal auf der neuen Brücke von Ronda gestanden und in die Schlucht hinuntergeschaut? Hast du …«

»Papa, ich behaupte ja nicht, dass es ein Fehler ist, dorthin zu ziehen, ich hoffe nur, ihr habt keinen übereilten Entschluss gefasst.«

Karl-Erik sammelte die Fotos zusammen und schob sie in den Umschlag, in dem er sie aufbewahrte. »Ebba, wir wollen das jetzt hier nicht diskutieren«, sagte er verkniffen. »Ich brauche dich wohl nicht daran zu erinnern, was im Herbst passiert ist. Es gibt Momente im Leben, da muss man einen Entschluss fassen.«

»Man wird doch wohl noch fragen dürfen?«, bemerkte Ebba.

»Möchte noch jemand ein Stückchen Brot, bevor wir ins Bett gehen?«, fragte Rosemarie, die gerade aus der Küche kam. »Oder etwas Obst?«

»Bist du wahnsinnig geworden, Mama?«, erwiderte Ebba. »Wir haben doch gerade fünf Stunden am Stück gegessen.«

»Ich …«

Doch die Stimme brach wieder ab, sie holte tief Luft und machte einen neuen Versuch.

»Ich habe überlegt, ob wir nicht … ob wir nicht die Polizei anrufen sollten.«

»Das kommt überhaupt nicht in Frage«, erklärte Karl-Erik seiner Ehefrau, als sie eine Viertelstunde später allein im Schlafzimmer waren. »Du kannst alles Mögliche tun, aber nicht die Polizei benachrichtigen. Das verbiete ich dir.«

»Das verbietest du mir?«

»Ja, das verbiete ich dir.«

Sein Gesicht hatte eine Farbe angenommen, an die sich Rosemarie nicht erinnern konnte, sie jemals gesehen zu haben. Doch, bei Pflaumen und anderen überreifen Früchten, aber nie bei ihrem Ehemann.

»Mein lieber Karl-Erik«, versuchte sie es. »Ich dachte ja nur …«

»Du hast überhaupt nicht gedacht«, unterbrach er sie wütend. »Begreifst du nicht, was dabei herauskommen würde? Als wäre es nicht damit genug, was er bereits alles angestellt hat! Dass er die Stirn hat, herzukommen und neben allem anderen auch noch zu verschwinden, pfui Teufel, ich mag gar nicht daran denken … Wichs-Walter löst sich in Kymlinge in Luft auf! Kannst du die Schlagzeilen sehen, Rosemarie? Es ist dein Sohn, von dem wir hier reden!«

Rosemarie schluckte und ließ sich auf die Bettkante sinken. Sie hatte ihn noch nie zuvor so wütend gesehen. Die ganzen fünfundvierzig Jahre nicht. Wenn ich ihm jetzt widerspreche, dann kriegt er einen Herzinfarkt und stirbt, dachte sie.

»Sag nicht dieses Wort, ich bitte dich«, sagte sie nachgiebig, und er ging brummend und leise vor sich hinfluchend ins Badezimmer.

In gewisser Weise hatte er ja recht, das musste sie zugeben. Sie traute sich gar nicht, daran zu denken, was die Zeitungen schreiben und die Leute reden würden, wenn herauskäme, dass Walter tatsächlich verschwunden war. Hier in Kymlinge.

In Zusammenhang mit einer Geburtstagsfeier daheim bei seinen Eltern!

Und wenn sie die Polizei anrief, konnte man wohl sicher sein, dass es herauskam. Die Hälfte von dem, was in den Zeitungen stand, und die Hälfte der Nachrichten in Rundfunk und Fernsehen handelte von Dingen, mit denen die Polizei zu tun hatte. Auf welche Art und Weise auch immer.

Gütiger Himmel, was soll ich nur tun?, dachte Rosemarie Wunderlich Hermansson und faltete die Hände im Schoß – doch die einzige Antwort, die sie erhielt, war ein Bild, das auf ihre innere Netzhaut projiziert wurde: Es stellte Walter dar, verlassen und in einer Schneewehe erfroren. Gütiger Himmel, hilf mir, versuchte sie es noch einmal, ich kann bald nicht mehr.

Und sie erinnerte sich an diesen Traum, den sie gehabt hatte. Von den Vögeln mit diesen merkwürdigen Sprechblasen im Schnabel. Dass es um Karl-Eriks oder ihr Leben ging. Lass ihn leben, dachte sie jetzt. Nimm lieber mich dafür. Wenn ich morgen früh nicht aufwachen muss, werde ich nichts als eine große Dankbarkeit empfinden.

»Du willst nicht mitfahren?«, fragte Jakob Willnius, als sie vor dem schwach rot erleuchteten Eingang des Kymlinge Hotels standen.

»Ich denke nicht«, sagte Kristina.

»Es dauert sicher nur eine Viertelstunde, eben hochzuspringen und alles zusammenzupacken, weißt du«, meinte er.

Kristina nickte unentschlossen. Seine eigene Reisetasche lag bereits im Kofferraum, dieses Detail hatte er schon erledigt, als sie morgens losgefahren waren. Mit typischer Jakob-Willnius-Effektivität. Er dachte immer an alles; winzig kleine Details, die viele Stunden in der Zukunft liegen konnten – oder sogar Tage, die aber sinnvollerweise bereits im Vorfeld erledigt werden sollten.

Will er mich wirklich dabei haben?, fragte sie sich. Oder tut er nur so? Der Höflichkeit halber. Familienpolitische Korrektheit?

Sie konnte es nicht sagen.

»Nein«, erklärte sie dann. »Ich denke, wir bleiben noch bis morgen.«

»Ist es die Sache mit Walter, die dich zurückhält?«

»Unter anderem. Ich fände es gemein, einfach so zu verschwinden. Wenn er nicht wieder auftaucht, dann braucht Mama jemanden ... ja, nicht nur Ebba ... mit dem sie reden kann.«

Was für eine unglaublich bequeme Ausrede, dachte sie. Das heißt wirklich, seine niederen Motive veredeln. Aber er schluckte es natürlich.

»In Ordnung«, sagte er. »Ich verstehe. Aber wie wollt ihr denn zurückkommen, wenn der gute Walter nicht wieder auftaucht?«

»Es gibt die Eisenbahn«, sagte Kristina. »Aber ich habe erst einmal einfach das Gefühl, es wäre nicht in Ordnung, abzufahren, wenn sich herausstellt, dass Walter tatsächlich verschwunden ist. Ich meine, dann muss doch etwas passiert sein. Er kann das doch nicht *geplant* haben.«

Sie löste Kelvin aus seinem Kindersitz. Jakob stieg aus dem Auto und ging zur Beifahrerseite. »Nein, du brauchst nicht mit hochzukommen«, sagte Kristina. »Ich nehme Kelvin auf den Arm und die Tasche in die andere Hand. Das geht schon.«

»Und der Kindersitz?«, fragte Jakob. »Wenn du mit Walter fährst, dann brauchst du ihn doch ...?«

»Dann können wir auf der Rückbank sitzen. Und ich habe absolut keine Lust, ihn im Zug mitzuschleppen.«

Sie stieg aus und nahm Kelvin auf den Arm. Der Junge wachte auf und betrachtete seine Eltern mit seinem üblichen, wehmütigen Blick. Dann legte er den Kopf auf Kristinas Schulter und schlief wieder ein. Jakob strich ihm vorsichtig mit dem Handrücken über die Wange, während er abwechselnd das Kind und seine Frau ansah.

»Kristina«, sagte er. »Ich liebe dich. Vergiss das nicht. Ich fand es so schön, als du gestern nach Hause gekommen bist.«

Sie lächelte kurz voller Schuldbewusstsein. »Das fand ich auch. Und ich liebe dich auch, Jakob. Verzeih mir, wenn ich es dir nicht so deutlich zeigen kann.«

Sie stellte sich auf die Zehenspitzen und küsste ihn. »So, und jetzt los mit dir. Wir telefonieren morgen. Viel Glück mit deinem Amerikaner, aber fahr vorsichtig.«

»Ich verspreche es«, sagte Jakob Willnius, streichelte flüchtig mit den Fingern ihre Wange in der gleichen Art, wie er kurz zuvor die seines Sohnes berührt hatte. »Ein Glück, dass es aufgehört hat zu schneien, das meiste haben sie wahrscheinlich räumen können.«

Dann stieg er ins Auto und fuhr davon.

Als sie ins Zimmer kam, war es zwanzig nach zwölf. Sie legte Kelvin ins Zusatzbett im Alkoven, ohne dass er aufwachte, zog sich aus und ging duschen.

Was tue ich eigentlich?, dachte sie. Was treibt mich dazu? Sollte … sollte nicht Jakobs Liebe genügen, jetzt spüle ich seine letzte Berührung fort und bereite mich auf einen anderen vor.

Es ist eine Schande, dafür gibt es kein anderes Wort.

Es waren sicher berechtigte Gedanken, aber gleichzeitig wusste sie, dass alles nur ein rhetorisches Spiel war, ganz gleich, welche Anklagen sie gegen sich selbst richtete oder welche Urteile sie aussprach.

Es geschieht in solchen Momenten, dachte sie, wenn die Leute solche Entscheidungen treffen – dann ruinieren sie ihr Leben.

Und das Merkwürdige daran ist, dass es zutiefst menschlich ist.

Dennoch handelte es sich doch nur – in gewisser Weise –

darum, Henrik zu helfen, seine Sexualität zu finden. Das hatte den Stein ins Rollen gebracht. Auf jeden Fall wollte sie sich das einreden, und wenn … *wenn* alles gutginge, und das konnte es ja, das *sollte* es eigentlich … dann konnten sie, Neffe und Tante, irgendwann in der Zukunft vielleicht einmal darüber lachen und daran als eine schöne Erinnerung zurückdenken. Ein süßes Geheimnis, das sie miteinander teilten und für den Rest ihres Lebens eingekapselt im Herzen tragen konnten. Nur in kurzen, auserwählten Momenten würden sie es herausholen und betrachten.

Das habe ich im letzten Jahr in drei Romanen und fünf Illustrierten gelesen, dachte sie, trat aus der Dusche und begann sich mit dem knallroten Badelaken des Hotels abzutrocknen.

Dann betrachtete sie ihren nackten Körper im Spiegel in der gleichen neutralen, freundlich akzeptierenden Art, wie sie es vor kurzem in ihrem eigenen Badezimmer in Gamla Enskede getan hatte.

Sie versuchte sich vorzustellen, was für ein Gefühl es sein würde, wenn der erst neunzehnjährige Henrik seinen schlaksigen Körper an sie presste. In sie eindrang.

In einer Stunde vielleicht. Anderthalb?

Sie holte ihr Handy heraus und kroch nackt unter die angenehm kühle Hotelbettwäsche. Sie war seit gestern nicht gewechselt worden. Jakob und sie hatten heftig, fast brutal genau in diesem Bett miteinander geschlafen, genau in dieser Bettwäsche, vor weniger als vierundzwanzig Stunden. Und jetzt …

Sie fingerte über die winzigen Tasten des Apparats, doch etwas hielt sie zurück. Stimmen forderten sie auf, sich zu besinnen. Sie beschloss, noch zehn Minuten zu warten und zu überlegen, zumindest eine Art von Nachdenken zu simulieren.

Zwei Dinge ragten aus dem Wirrwarr von Widersprüchen hervor. Das eine war das Bild von Ebba als Löwin, die ihre Brut bis zum letzten Atemzug verteidigte. Wobei ihr das Blut zwischen den Zähnen hervorsickerte.

Das andere war etwas, von dem sie mit Sicherheit sagen konnte, dass sie seit vielen Jahren nicht mehr daran gedacht hatte. Es war etwas, das Jakobs Tochter Liza damals gesagt hatte, als sie aus London angerufen hatte.

Dass Jakob gewalttätig werden konnte. *Er ist nicht nur so ein vornehmer Klotz, wie du denkst, nur gut, wenn du das gleich weißt, damit du drauf vorbereitet bist.*

Jakob gewalttätig? Sie hatte es nicht geglaubt, es hatte nie auch nur das geringste Zeichen dafür gegeben. Außerdem verachteten die Zwillingstöchter ihren Vater und auch sie, daran hatte nie ein Zweifel geherrscht. Sie würden sich nicht scheuen, falsche Gerüchte zu verbreiten.

Warum also kam ihr das ausgerechnet jetzt in den Sinn?

Die Löwenmutter und der gewalttätige Klotz?

Kristina lachte auf. Sie hatte nicht die Absicht, sich dem einen oder anderen auszusetzen. Doch das Lachen knirschte und erstarb. Sie wog das Handy in der Hand. Sie hatten nichts wirklich Festes verabredet, aber sie hatte seine Handynummer. Vielleicht erwartete er ein Zeichen, dass die Luft rein war.

Ich traue mich nicht, dachte sie plötzlich.

Doch ihre Finger auf den winzig kleinen Tasten schienen sie zu lenken. Als sie die Nummer gewählt hatte, brauchte sie nur noch viermal kurz zu drücken.

Komm.

Und dann *Senden. Ja* oder *Nein*?

Sie drückte es weg. Das sollte seine Entscheidung bleiben.

13

Kristoffer Grundt hatte den ganzen Tag so gut wie gar nicht an Linda Granberg gedacht, doch während er auf seinen Schwanz starrte, als er dastand und pinkelte, bevor er im HZdW zu Bett gehen wollte (Hässlichstes Zimmer der Welt, wie die Brüder es einträchtig getauft hatten), tat er es.

Fragte sich, wie das wohl zusammenhing. Dass ihm Linda einfiel, während er mit dem Schwanz in der Hand dastand.

Doch bevor er diese Freudsche Spur weiterverfolgte (oh ja, Kristoffer Grundt wusste, was Sigmund Freud für eine Gestalt war, auch wenn er nicht älter als vierzehn Jahre war), stopfte er den Kleinen Lümmel (als den seine Mutter sein prächtiges Organ bezeichnet hatte, als er noch kleiner gewesen war) in die Unterhose und dachte, dass er ein Trottel war. Ein Stubenhocker und Langweiler, ein eingebildeter Hanswurst, you name it. Linda Granberg würde niemals dem Kleinen Lümmel in die Quere kommen, und das war auch nur gut so. Sollte es dennoch passieren, würde sie sich ja doch nur totlachen.

Aber als er fünf Minuten später im Bett lag, war sie doch wieder in seinem Kopf, und erst jetzt kam er auf die Idee, dass sie vielleicht irgendwie auf seine freche SMS vom Tag zuvor reagiert haben könnte.

Er wünschte, er wüsste, wie. Er wünschte sich außerdem, er hätte nicht nur geschrieben, sie solle zu Birgers Kiosk kommen, sondern wäre außerdem so schlau gewesen, sie zu bitten, ihm auf irgendeine Art und Weise eine Antwort zukommen zu lassen. Aber wie? Noch einmal: *wie*?

Vielleicht könnte er noch eine SMS schicken? Einfach fragen, ob er sich Henriks Handy ausleihen dürfte, jetzt, wo die Waagschale zwischen den Brüdern seit dem vergangenen Tag etwas zu seinen Gunsten gekippt war. Vielleicht würde Henrik es erlauben? Auch wenn Henrik natürlich die neue Chancenverteilung noch nicht so richtig verstanden hatte.

Er seufzte. So ein Mist, dass er sein eigenes Handy verbummelt hatte. Heutzutage ohne Handy zu leben, das war wie ein Dinosaurier in der Steinzeit, dachte Kristoffer Grundt. Man war dazu verurteilt, unterzugehen.

Andererseits war er sich gar nicht sicher, ob er es wirklich wissen wollte. Und wenn Linda jetzt stinksauer war und ihn zum Teufel wünschte? In dem Fall konnte er gern noch ein paar Tage mit der Nachricht warten. Wenn er länger darüber nachdachte, erschien es ihm dumm, Henrik unter Druck zu setzen. Dumm, überheblich zu sein und anzudeuten, man habe einen ungeahnten Trumpf in der Hand. Den konnte er sicher irgendwann in der Zukunft noch gebrauchen. Denn damit Linda es schaffen könnte, auf eine neue SMS zu antworten, musste er ja das Handy seines Bruders behalten. Und das war wohl ein wenig zu viel des Guten. Es war halb ein Uhr nachts; wenn sie jetzt die Nachricht bekam, würde sie sicher nicht vor morgen früh antworten. Und selbst wenn die Antwort schon in dieser Nacht einträfe, konnte er ja wohl kaum Henrik bitten, ihm das Telefon zu überlassen, jetzt, wo er sich bald auf den Weg zu Jens machen wollte.

Jens? Um den ging es ja wohl, oder?

Wer sonst sollte es sein? Kristoffer betrachtete verstohlen seinen Bruder, der soeben ins HZdW trat, und fragte sich, ob er vielleicht noch weitere Geheimnisse in sich trug. Vielleicht war es ja trotz allem nur ein alter Kumpel, den er treffen wollte, und er hatte nur behauptet, es sei ein Mädchen, um den Bruder ein wenig hochzunehmen? Das war nicht ausgeschlossen.

Ist mir auch egal, beschloss Kristoffer. Und sein Telefon ist mir auch egal.

Aber er bereute es, nicht gefragt zu haben, ob er es nicht den Tag über hätte haben können. Oder das von sonst jemandem. Kristinas oder das seines Opas beispielsweise. Weder sein Vater noch seine Mutter hatten ihres mitgenommen; Papa Leif, weil er Handys verabscheute (auch wenn er einsah, dass er gezwungen war, sie bei der Arbeit zu benutzen), Mama Ebba, weil sie die zehn täglichen Anrufe von Kollegen vermeiden wollte, die nicht wussten, was sie tun sollten, wenn sie operieren mussten.

Denn es wäre doch schön, hier zu liegen und zu wissen, dass Linda sich nach mir sehnt, dachte Kristoffer. Richtig schön.

Henrik kroch in T-Shirt, Unterhose und Strümpfen ins Bett.

»Wann willst du los?«, fragte Kristoffer.

»Das lass mal meine Sorge sein«, sagte Henrik. »Hauptsache, du hältst die Klappe. Und vielleicht wird ja auch gar nichts draus.«

»Woher willst du erfahren, ob es was wird?«

»Lieber Kristoffer. Jetzt schlaf schön und denk an was anderes. Wenn ich abhaue, dann frühestens in einer halben Stunde.«

Kristoffer löschte sein Licht und dachte eine Weile nach.

»Okay, Brüderchen«, sagte er. »Dann hab so oder so viel Spaß. Du kannst dich auf mich verlassen.«

»Danke, ich werde dir das nicht vergessen«, sagte Henrik und machte auch sein Licht aus.

Das klingt nicht schlecht, fand Kristoffer. Dass Henrik ihm dankte. Das pflegte er nur äußerst selten zu tun – ehrlich gesagt, gab es dazu auch nur selten einen Grund, aber jetzt gab es ihn ja. Ich muss auf jeden Fall heimlich wach bleiben, um mitzukriegen, ob er nun abhaut oder nicht, dachte Kristoffer und drehte das viel zu große und viel zu harte Kopfkissen um.

Doch als Henrik Grundt zwanzig Minuten später vorsichtig aus der Tür tappte, war Kristoffer Grundt bereits eingeschlafen und träumte, er fahre Tandem zusammen mit Linda Granberg. Sie saß vorn, er hinten; ihr nackter Hintern rutschte und tanzte vor seinen Augen hin und her, und das Leben war einfach herrlich.

»Da stimmt was nicht mit Henrik«, sagte Ebba. »Ich spüre es.«

»Henrik?«, murmelte Leif von seiner schmalen Hälfte des Bettes her. »Meinst du nicht Kristoffer?«

»Nein«, widersprach Ebba. »Wenn ich Henrik sage, dann meine ich Henrik.«

»Daran tust du gut«, sagte Leif. »Und was soll mit ihm sein?«

»Ich weiß es nicht. Aber irgendetwas stimmt da nicht. Er ist nicht mehr wie früher. Ich frage mich, ob in Uppsala irgendetwas passiert ist, über das er nicht sprechen will. Ist dir nicht aufgefallen, dass … ja, dass da etwas ist?«

»Nein«, antwortete Leif wahrheitsgetreu. »Das ist leider an mir vorbeigegangen. Aber ich habe mitgekriegt, dass Walter aus der Spur geraten ist.«

Das wurde mit Schweigen aufgenommen, und Leif überlegte kurz, ob es sich lohnen würde, eine Hand auf ihrer Hüfte zu platzieren. Er nahm es nicht an. Sie war fast vollkommen nüchtern und außerdem verärgert. Er selbst war ein wenig betrunken und ein wenig müde.

Und sie hatten sich schon einmal geliebt im Dezember.

»Sollen wir das Licht anmachen?«, fragte er, ohne selbst zu wissen, warum er ausgerechnet diese Frage stellte. Um ein Licht auf Henrik zu werfen vielleicht? Oder auf Walter und alles?

»Warum sollten wir Licht machen? Es ist fast ein Uhr.«

»Ich weiß«, sagte Leif Grundt. »Ich ziehe meinen Vorschlag zurück. Aber was meinst du, wo Walter steckt?«

Es vergingen ein paar Sekunden, bevor Ebba antwortete.

»In der Sache möchte ich dir recht geben«, sagte sie.

»Was?«, fragte Leif, ehrlich erstaunt. »Jetzt verstehe ich nicht, was du meinst.«

»Eine Frau«, seufzte Ebba. »Du hattest doch die Theorie, dass er eine Frau getroffen hat. Ich bin deiner Meinung, das klingt wirklich ziemlich logisch. Und natürlich hat er auch hier im Ort noch eine alte Flamme.«

»Hm«, sagte Leif Grundt und legte vorsichtig seine rechte Hand auf ihre Hüfte.

Aber es war genauso erfolglos, wie er es sich gedacht hatte.

Zwei richtige Theorien an ein und demselben Tag, dachte er fröhlich und ließ ein Kichern in der Dunkelheit vernehmen.

»Worüber lachst du?«, fragte Ebba. »Wenn es in dieser Situation etwas gibt, worüber man lachen kann, dann möchte ich gern mitlachen.«

»Geteilte Freude ist halbes Leid«, sagte Leif und drehte ihr den Rücken zu. »Nein, es war nichts, es hat mich nur in der Nase gekitzelt. Und jetzt schlafen wir drüber.«

Ich bin mit einem Idioten verheiratet, dachte Ebba Hermansson Grundt. Aber ich habe ihn mir selbst ausgesucht.

Oder etwa nicht?

Die Straßen stellten sich doch als weniger befahrbar heraus, als Jakob Willnius vermutet hatte, und er brauchte mehr als eine Stunde, um die ersten siebzig Kilometer zurückzulegen. Zwei Schneepflüge begegneten ihm, einen überholte er.

Was eigentlich nicht so entscheidend war. Es gefiel ihm, allein Auto zu fahren, besonders nachts; der Mercedes schnurrte wie eine Katze, und im CD-Player drehte sich eine Scheibe mit Thelonius Monk. Er dachte an Kristina. Musste sich eingestehen, dass er in letzter Zeit über ihre Beziehung etwas besorgt gewesen war, aber jetzt war wohl wieder alles gut. Es war ein paar Wochen her, seit sie das letzte Mal miteinander geschlafen hatten, aber sie hatte ihre Menstruation gehabt, und er wusste, dass das nichts war, worüber er sich Sorgen machen musste. Und letzte Nacht hatten sie einen herrlichen Beischlaf gehabt. Wieso benutze ich das uralte Wort »Beischlaf«?, dachte er, aber liebe Kinder haben natürlich viele Namen. Sie hatte sich in einer Form verhalten, wie sie es seit Kelvin so gut wie nie mehr getan hatte. Und dann, als sie sich vor einer guten Stunde vor dem Hotel voneinander verabschiedet hatten, da hatte er ihr angesehen, dass sie ihn auch in dieser Nacht gerne empfangen hätte.

Und sie hatte ihm gesagt, dass sie ihn liebe – auf diese Art und Weise, die besagte, dass sie es wirklich tat.

Du hast wirklich Glück, Jakob Willnius, dachte er. Verdammt großes Glück, vergiss das nicht.

Er wusste, dass es stimmte. Es gab keinen Zweifel daran, dass er ein Glückspilz war. Er hatte mehr bekommen, als er verdient hatte. Die Sache mit Annica hätte in einer Katastrophe enden können, o ja, aber er war mit heiler Haut davongekommen. Wäre es richtig schiefgelaufen, hätte es zum Prozess und Skandal kommen können, doch Gott sei Dank hatte er Geld. Annica und ihr Anwalt hatten eine finanzielle Lösung akzeptiert, unter der Voraussetzung, dass sie das Sorgerecht für die beiden Töchter bekam und ihn nie wieder sehen musste.

Aber Annica, das war eine andere Geschichte, dachte er, die sich in einem anderen Kapitel seines Lebens abgespielt hatte. Er hatte daraus seine Lehren gezogen.

Dennoch kam es vor, dass er von ihr träumte, Albträume wie auch das Gegenteil, heiße, erregende Träume, die manchmal so realistisch erschienen, dass er meinte, ihren Geruch noch zu spüren, wenn er hinterher aufwachte.

Im Augenblick jedoch hatte er Kristinas Geruch in den Nasenflügeln. Scheiße, dachte er, wie ich mich nach ihr sehne. Er wünschte, sie wäre mit ihm gekommen. Wenn nicht dieser verfluchte Walter verschwunden wäre, könnte sie jetzt neben ihm im Auto sitzen. Sie könnten gemeinsam durch die Nacht fahren, und er bräuchte nur seine Hand auszustrecken, um zu …

Das Telefon unterbrach seine Phantasien.

Das ist sie, dachte er. Das ist Kristina.

Aber sie war es nicht. Es war Jefferson.

»Jakob, I'm terribly, terribly sorry«, begann er.

Und dann bat er um Entschuldigung dafür, dass er noch so spät in der Nacht anrief, aber das war nicht der Grund, warum es ihm so leidtat. Nein, die Dinge hatten sich so infernalisch in Oslo verwickelt. *Infernally complicated.* Waren diese Norweger immer so umständlich in ihren Geschäften? Waren sie es nicht gewohnt, am Verhandlungstisch zu sitzen? Überall nur staatliche Verordnungen. Aber wie dem auch sei, darüber konnte er Jakob zu einem späteren Zeitpunkt informieren. Jetzt war die Lage so, dass er noch einen ganzen Tag in Oslo bleiben musste, um dann am Donnerstag direkt die Maschine nach Paris zu nehmen. Das Gespräch, das sie verabredet hatten, war einfach nicht mehr dazwischenzuschieben. Ob sie sich stattdessen Anfang Januar treffen könnten? In Stockholm, of course, er musste nur über den Atlantik, Weihnachten und Silvester erst noch in Vermont feiern – aber dann, so um den fünften, sechsten Januar herum, was hielt Jakob davon?

Du aufgeblasener, amerikanischer Harvardschwuler, dachte Jakob.

»Ja, natürlich«, sagte er. »Dem steht nichts im Wege.«

Jefferson bedankte sich, erklärte noch einmal, dass er terribly, terribly sorry sei, wünschte schöne Weihnachten und legte den Hörer auf.

Jakob Willnius fluchte und schaute auf die Uhr. Es war Viertel vor zwei. Er schob das Handy wieder in die Brusttasche seines Jacketts. Warf einen Blick auf die Benzinuhr und stellte fest, dass der Tank nur noch knapp zu einem Viertel voll war.

Es lagen mindestens noch drei Stunden Autofahrt nach

Stockholm vor ihm, eingedenk der Straßenlage wohl eher dreieinhalb. Plötzlich fühlte er sich müde.

Wenn er umkehrte, konnte er in einer guten Stunde zu seiner Ehefrau ins Bett schlüpfen.

In dem Moment, als ihm der Gedanke kam – und bevor er einen Entschluss fassen konnte –, tauchte eine geöffnete Tankstelle auf. Er bog von der Straße ab. Auf jeden Fall musste er tanken und eine Tasse Kaffee trinken.

Ich rufe sie an und frage, was sie davon hält, dachte er. Und wenn sie genauso drauf ist wie gestern, dann wird sie nicht nein sagen.

Aber als er sein Handy aus der Brusttasche herausfischen wollte, stießen seine Finger auf den Hotelschlüssel, den er vergessen hatte, an der Rezeption des Kymlinge Hotels abzugeben. Warum sie nicht einfach überraschen?

Er stieg aus dem Wagen und füllte 98-Oktan-Super, hochpotentes Benzin in den Tank.

Ja, warum nicht? Sich leise wie ein Dieb in der Nacht ins Zimmer schleichen, aus den Kleidern schälen und hinter ihren warmen Rücken ins Bett kriechen.

»Fuck you, Mister Bigmouth Shit-talking Jefferson«, brummte Jakob Willnius, als die Pumpe fertiggetickt hatte. Ging in den Laden, bezahlte das Benzin und holte sich einen doppelten Espresso aus dem Automaten. Dann setzte er sich wieder ins Auto und lenkte das Fahrzeug zurück nach Kymlinge.

14

Als Rosemarie Wunderlich Hermansson am Mittwoch, dem 21. Dezember, aufwachte, zeigte die Uhr ein paar Minuten nach sechs, und ihr schossen zwei klare Gedanken durch den Kopf.

Walter ist tot.

Heute Nachmittag werden wir das Haus los.

Aber keine Vögel. Und keine Sprechblasen. Sie blieb noch eine Weile im Bett liegen und starrte in die Dunkelheit, die sie umgab, während sie Karl-Eriks gleichmäßigen Atemzügen lauschte und versuchte, diese Gedanken abzuwägen. Ihren Wahrheitsgehalt zu beurteilen. Den ersten wagte sie nicht länger als einen möglichst kurzen Moment des Eintauchens festzuhalten. Walter tot? Er kam heran, und sie schob ihn von sich. Er kam zurück, sie schob ihn weg. Vielleicht lag er ja oben in seinem Bett? Vielleicht war er im Laufe der Nacht zurückgekommen? Sie beschloss, nicht hochzugehen, um nachzusehen. Denn wenn er nicht dort lag, wenn er tatsächlich seit zwei Nächten und einem Tag verschwunden war, dann konnte das nur bedeuten … nein, das war zu viel.

Dagegen der andere Gedanke. Das Haus. Heute Nachmittag um vier Uhr sollten sie in Lundgrens Büro in der Bank sitzen. Nun ja. Sie sollten auf seinen birkenfurnierten Bürostühlen sitzen und ihr Leben verkaufen. Sie und Karl-Erik. Achtunddreißig Jahre lang hatten sie in diesem Haus gewohnt. Ebba war zwei gewesen, als sie hier einzogen, Walter und Kristina waren hier geboren worden. Und sie hatten fast vierzig Jahre in

Kymlinge gelebt. Hier habe ich mein Dasein, dachte sie. Hier ist mein Zuhause. Was soll jetzt aus mir werden? Soll ich nie wieder draußen in der Laube sitzen und die ersten Kartoffeln des Jahres essen? Werde ich nie mehr erleben, wie der Pflaumenbaum, den wir vor sechs Jahren gepflanzt haben, Früchte trägt? Werde ich ... werde ich auf einem weißen Plastikstuhl auf einem kahlen Berg sitzen und dem Tod begegnen? Unter Spaniens glühender Sonne. Ist das der Sinn von allem? Ist es dieses Schicksal, das Gott für mich ausersehen hat?

Und was hat er sich gedacht, was ich mitnehmen soll? Meine dreiundsechzig weggeworfenen, dahinbröckelnden Jahre? Meinen Fernkurs in flämischer Stickerei? Mein Adressbuch, damit ich jede Woche meinen drei ... na gut, vier ... Freundinnen eine Ansichtskarte schreiben kann und ihnen von dem blauen Poolwasser, dem blauen Meereswasser und den weißen Plastikstühlen berichten kann?

Nein, dachte Rosemarie Wunderlich Hermansson. Ich will nicht.

Aber es war nur ganz leise in ihr zu hören, dieses Nein. So unverbesserlich leise und jämmerlich. Woher sollte sie die Kraft schöpfen, sich in dieser Sache gegen Karl-Erik zu behaupten? Und wo? *Wo* sollte sie ihre Widerstandspfosten einrammen?

Widerstandspfosten? Was um alles in der Welt sollte das sein? So ein Wort gab es doch gar nicht ... aber wenn Walter tot ist, dachte sie plötzlich. Wenn Walter wirklich tot ist, dann konnten sie doch nicht einfach zur Bank gehen und ihr Leben unter solchen Umständen abschreiben ...?

Sie stand auf. Plötzlich wütend auf sich selbst. Warum sollte Walter tot sein? Was waren das für lächerliche rabenschwarze Prophezeiungen, denen sie hier verfiel? Und es war auch noch so schrecklich typisch, oder etwa nicht? Als die Kinder noch klein waren, hatten sie immer Gedanken geplagt, sie könnten umkommen. Vor einen Bus geraten, in einen Graben fallen oder von tollwutkranken Hunden zu Tode gebissen werden.

Walter war fünfunddreißig Jahre alt, er konnte auf sich selbst aufpassen. Und war er nicht eigentlich den größten Teil seines Lebens fort gewesen? Das war doch seine Spezialität, wenn man ehrlich sein wollte. Jetzt hielt er sich schon wieder seit einigen Tagen verborgen, aus welchem Grund auch immer, was sollte denn daran so Besonderes sein? Und warum sollte sie hingehen, sich bei diesem gestreiften Lundgren hinsetzen und ihr Leben wie eine dumme Gans abschreiben? Warum nicht … warum nicht ihrer tyrannischen Pädagogenfichte erklären, er könne seine Tasche packen und allein nach Andalusien ziehen? Oder was immer er nun wollte. Ganz einfach.

Sie dagegen gedachte dort zu bleiben, wo sie hingehörte. In der Allvädersgatan in Kymlinge, Schweden. Fahr du doch an die Rentnerküste und bilde dir ein, dass du dich von den anderen sonnenverbrannten Alten unterscheidest! Das maurische und jüdische Erbe erforschen? Blödsinn, dachte Rosemarie Wunderlich Hermansson. Gelaber. Karl-Erik Telefonmast!

Sie ging in die Küche und setzte Kaffee auf. Und während sie dort saß, die Ellbogen auf den Küchentisch gestützt, und darauf wartete, dass die Maschine fertig geblubbert hatte, sackten Mut und Tatkraft in ihr wie ein Stein in einen Brunnen.

Wie üblich. Ganz genau wie immer.

Verdammt, ich bin doch nur eine feige Gans, dachte sie. Eine dreiundsechzigjährige alberne Kuh ohne jede Aufgabe, die sie zu erfüllen hätte.

Außer der, mir Sorgen zu machen. Dunkle Alltagsprophezeiungen zu spinnen und auf die nächste Enttäuschung zu warten.

Kleine Unglücksfälle und große Unglücksfälle. Vielleicht wurde ja eines Tages das Unglück groß geschrieben. Walter? War er derjenige, der die düstere Prophezeiung in Erfüllung gehen lassen sollte?

Der Tod? Ja, sie hatte das Gefühl, als lauere diese dunkle Gestalt hier irgendwo im Trüben. Nicht mehr und nicht weniger.

Aber nicht der eigene Tod. Der bekümmerte sie nicht die Bohne. Ich bin viel zu unbedeutend, als dass der Tod sich um mich kümmern würde, dachte sie resigniert. Ich werde bis ans Ende der Zeit wie eine schrumpfende Wollmaus leben.

Der Kaffee war fertig.

Das Haus schlief noch. Noch waren die kleinen Unglücke nicht aufgewacht.

Und die großen auch nicht.

»Nein, liebe Mama«, sagte Ebba Hermansson Grundt, »wir wollen wirklich nicht mehr mittagessen, bevor wir losfahren. Wir haben mehr als sechshundertfünfzig Kilometer zu fahren, wir essen unterwegs was. Wir brauchen nur ein ganz normales Frühstück.«

»Aber, ich dachte …«, versuchte Rosemarie einzuwenden.

»Ich werde Leif und die Jungs in einer halben Stunde wecken. Was Männer nur für eine Fähigkeit haben zu schlafen, findest du nicht auch, Mama?«

»Ich habe alles gehört«, sagte Papa Karl-Erik, der an der Küchenanrichte stand und sich sein Frühstücksmüsli mischte. »Alles Vorurteile, mein Mädchen. Vergiss nicht, dass der Wecker von einem Mann erfunden wurde. Von Oscar William Willingstone dem Älteren.«

»Ja, weil er nicht von allein aufgewacht ist, Papalein«, erwiderte Ebba. »Und was ist mit Walter? Ist er zurück?«

»Ich weiß es nicht«, antwortete Rosemarie.

»Du weißt es nicht? Was meinst du damit?«

»Na, dass ich es nicht weiß«, wiederholte Rosemarie. »Ich war noch nicht oben, um nachzusehen.«

Ebba betrachtete ihre Mutter mit einer Sorgenfalte zwischen den Augenbrauen. Es sah so aus, als wollte sie einen vorsichtigen Vorwurf loswerden, eine zarte Zurechtweisung von Tochter zu Mutter, aber was sie auch gedacht haben mochte, sie hielt es auf jeden Fall zurück.

»Irgendwelche Operationen noch vor Weihnachten?«, fragte Karl-Erik und setzte sich mit seinem Schälchen an den Tisch.

»Acht«, erklärte Ebba neutral. »Aber keine besonders komplizierten. Fünf morgen, drei am Freitag. Danach ein paar Tage Weihnachtsferien. Okay, Mama, ich werde raufgehen und nachschauen.«

Sie stand auf und verließ die Küche. Rosemarie schaute auf die Uhr. Es war kurz nach halb acht. Sie überlegte, ob sie ihre dritte Tasse Kaffee nehmen sollte, entschied sich aber lieber für ein Glas Samarin gegen das Sodbrennen. Ebenso gut, gleich das Übel bei den Hörnern zu packen. Karl-Erik blätterte inzwischen in seiner Zeitung. Ist er wirklich so unbekümmert, wie er tut?, dachte sie. Oder versucht er nur, sich den Anschein zu geben? Er wäre sicher nicht wenig überrascht, wenn sie ihm jetzt das Fleischmesser zwischen die Rippen schieben würde. Ob er es noch schaffte, etwas zu sagen, oder würde er nur wie ein Sack Kartoffeln auf dem Küchenboden zusammensacken?

Vielleicht hätte er gar nicht mehr die Zeit, überrascht zu sein.

Das werde ich nie erfahren, dachte sie müde. Sie mixte sich ihr Samaringetränk. Trank das Glas mit drei großen Schlucken leer und räumte anschließend die Geschirrspülmaschine aus. Karl-Erik saß schweigend da. Sie fragte sich, wie oft sie das schon getan hatte. Das saubere Geschirr aus der Geschirrspülmaschine geholt. Das war ihre dritte Maschine. Sie funktionierte ohne Probleme seit ... wie lange war das her? Vier Jahre? Nein, mehr, mindestens fünf ... sie versuchte nachzurechnen, während sie die Töpfe mit einem Küchenhandtuch abtrocknete, das war die einzige Sache, mit der sie nicht ganz zufrieden war, das Trocknen ... ja, fast sechs Jahre waren es tatsächlich schon. Einmal, manchmal zweimal am Tag sechs Jahre lang, was machte das? Ziemlich viel, obwohl Karl-Erik ab und zu auch zupackte, das musste sie widerstrebend einräumen.

»Kommen sie zum Frühstück?«

»Was?«

»Kristina und die. Sie werden doch noch vorbeikommen und ein Brot essen, bevor sie abfahren, oder?«

»Ich weiß es nicht«, antwortete Rosemarie wahrheitsgetreu. »Doch, ich glaube, das ist so verabredet.«

»Du glaubst?«, fragte Karl-Erik.

»Ich kann mich nicht mehr erinnern«, sagte Rosemarie. »Da ist ja die Sache mit Walter, da ist es schwer, alles andere unter Kontrolle zu behalten.«

Karl-Erik gab keine Antwort. Las weiter in seiner Zeitung.

In drei Tagen soll Heiligabend sein, dachte Rosemarie müde. Und in drei Monaten ist es geplant, dass ich in ein Supermercado gehen muss, wenn ich einkaufen will. Was haben sie wohl für Geschirrspülmaschinen in Spanien? Aber wenn Ebba zurückkommt und sagt, dass Walter da oben in seinem Bett liegt, kam ihr plötzlich in den Sinn, dann verspreche ich, Karl-Erik ohne das geringste Meckern zu folgen. Sowohl zur Bank als auch nach Spanien.

Was ist das für ein merkwürdiger Deal?, dachte sie gleich anschließend. Das hieß doch so? *Deal?* Kuhhandel hieß es früher, ein Wort, das ihr vertrauter erschien. Aber warum brauchte sie den Kuhhandel – Walter gegen Spanien? Was waren das für idiotische Stimmen in ihrem Inneren, die darauf bestanden, dass sie sich für das eine oder das andere entscheiden musste? Dass es um die Frage eines Gleichgewichts der Hoffnung ging: Walters Leben oder das Haus in Kymlinge. Als wenn es vermessen wäre, sich einzubilden, dass sich beide Fronten klären könnten. Als wenn sie gezwungen wäre …

Ebba kam zurück.

»Nichts«, sagte sie. »Mein kleiner Bruder ist auch heute nicht zu Hause gewesen.«

Rosemarie spürte, wie ihr schwarz vor Augen wurde, und einen kurzen Moment lang war sie sicher, dass sie in Ohnmacht fallen würde.

Aber sie hielt sich an der Spüle fest und fand wieder ihr Gleichgewicht. Schloss die Klappe der Geschirrspülmaschine, obwohl sie noch nicht alles ausgeräumt hatte. Streckte den Rücken und betrachtete ihre Tochter und ihren Mann, die beide am Küchentisch saßen; sicher in sich ruhend, wie es schien, in ihren einhundertundfünf Jahren, in ihrer angeborenen, vererbten Übereinstimmung – ohne sich auch nur im Geringsten zu beunruhigen, wie es schien. Sie holte tief Luft.

»Die Polizei«, sagte sie. »Jetzt bist du so gut und rufst die Polizei an, Karl-Erik Hermansson.«

»Nie im Leben«, erwiderte Karl-Erik, ohne von der Zeitung aufzuschauen. »Und ich verbiete dir, das zu tun. Und damit basta.«

»Papa, ich glaube, du solltest in diesem Fall doch mal auf Mama hören«, sagte Ebba.

Kristoffer wachte auf und starrte an eine dunkle Wand.

Wo bin ich?, war sein erster Gedanke.

Es vergingen einige Sekunden, bevor er es begriff. Ein sonderbarer Traum über Hyänen zog sich schnell zurück und verschwand in seinem Unterbewusstsein. Hyänen, die höhnisch lachten und in etwas herumsprangen, das aussah wie ein alter Steinbruch. Warum träumte er von Hyänen, er hatte doch noch nie eine gesehen, oder? Zumindest nicht lebendig.

Und so schrecklich viele Steinbrüche auch nicht.

Er schaute auf seine selbstleuchtende Armbanduhr. Es war Viertel vor acht. Er drehte sich um und knipste das Licht an. Die grüngestreiften Tapeten kehrten zurück. Henrik war bereits aufgestanden. Verflucht noch mal!, dachte Kristoffer. Ich muss gestern Abend wie ein Stein geschlafen haben. Habe nicht einmal bemerkt, ob er weggegangen ist oder nicht.

Nun gut, dachte er anschließend und knipste das Licht wieder aus. Ich werde ihn wohl einfach fragen, wie es gelaufen ist. Ich bleibe noch ein bisschen liegen, vielleicht ist er ja nur auf der Toilette und kommt gleich wieder.

Oder war Ebba bereits bei ihnen gewesen und hatte sie geweckt? Er versuchte sich zu erinnern, wie die Lage war, aber es erschien ihm sinnlos. Sie hatte ihn so oft geweckt, an so vielen Tagen frühmorgens in so vielen verschiedenen Tonlagen, dass es unmöglich war, den einen Fall vom anderen zu unterscheiden. Vielleicht war sie im Zimmer gewesen, vielleicht auch nicht.

Heute war jedenfalls Mittwoch, wie er sich erinnerte. Heute Abend würde er wieder daheim in Sundsvall sein. Und morgen würde …

Linda Granberg. Birgers Kiosk. Kristoffer drehte sich wieder um und knipste die Lampe erneut an. Sinnlos, noch liegen zu bleiben, er war hellwach wie ein Frühlingsfohlen. Außerdem etwas hungrig, das war sonst morgens nicht so. Also konnte er genauso gut aufstehen, wie er beschloss. Duschen und hinuntergehen, um zu frühstücken.

Während er in der engen, altmodischen Duschkabine stand und das Wasser kühler werden ließ, dachte er über Henrik nach. Welche Veränderung! Welcher absolute Umschwung innerhalb nur weniger Tage. Von dem perfekten, unfehlbaren Super-Henrik zu dem … wie nannte man das? Promiskuös? … zu dem promiskuösen Henrik, der es mit einem Jungen trieb, der Jens hieß, und der mitten in der Nacht abhaute, zu einem heimlichen, lichtscheuen Treffen!

Wenn er nun tatsächlich letzte Nacht losgekommen war. Das war natürlich nicht sicher. Aber in gewisser Weise hatte er trotz allem das Gefühl, seinem Bruder näher gekommen zu sein. Auch wenn Henrik noch nicht wusste, dass er wusste. Denn Henrik war nicht fehlerfrei, das war das Neue. Er hatte seine dunklen Seiten, genau wie jeder andere auch. Wie Kristoffer selbst. Er war … ja, menschlich, ganz einfach.

Erfreulich, dachte Kristoffer. Außerordentlich erfreulich.

Dann erhöhte er die Wassertemperatur um ein Grad und ging dazu über, über seinen Onkel Walter nachzudenken. Da war die

Promiskuität (schwieriges Wort, dachte Kristoffer, aber gut) schon seit langem dokumentiert. Er war schon lange, bevor er alle Rekorde auf Fucking Island schlug, das schwarze Schaf der Familie gewesen. Er hatte immer zu den Themen gehört, über die man am Mittagstisch im Stockrosvägen in Sundsvall nicht so gerne sprach.

Und jetzt war er verschwunden. Oder war er letzte Nacht zurückgekommen? Kristoffer ertappte sich selbst bei dem Wunsch, dass dem nicht so wäre. Es war cool, sich auf diese Art und Weise einfach in Luft aufzulösen. Die anderen Familienmitglieder machten sich Sorgen, besonders Großmutter, aber nicht Kristoffer. Wahrscheinlich war es genauso, wie Papa Leif gesagt hatte. Walter hatte eine Frau gefunden, und er hatte sich entschieden, lieber die Zeit mit ihr zu verbringen, als eine besonders langweilige Geburtstagsfeier durchstehen zu müssen. Ihm war es vollkommen gleichgültig, was die Leute dachten und meinten. Kristoffer wünschte sich, er würde eines Tages selbst soweit kommen. Dass man sein eigenes Schicksal und seine eigenen Handlungen bestimmte und nicht mehr abhängig war von ... ja, von Mama, kurz gesagt.

Denn so war es ja. Nicht des Vaters wegen hatte Henrik ihn gebeten, über seine nächtlichen Eskapaden zu schweigen, das war schon einmal klar. Papa Leif hatte auf Kristoffers eigene Regelverletzung am Samstag genauso reagiert, wie es ein guter Vater tun sollte. Er war wütend gewesen und hatte ihn ermahnt, sich doch verdammt noch mal zusammenzureißen und zu überlegen, was er da tat – ihn aber nicht mit jeder Menge Schuldgefühlen überhäuft. So sollte es zwischen Eltern und Kindern laufen. Schlicht und einfach, kein Herumgerede. Eine reelle Ermahnung und anschließend wieder Friede, Freude, Eierkuchen.

Aber wie er reagieren würde, wenn er herausbekäme, dass Henrik homosexuell war, ja, das war ein anderer Walzer, wie er immer zu sagen pflegte. Ein ganz anderer Walzer.

Dachte Kristoffer und drehte den Wasserhahn zu. Hörte dann, wie es an die Tür klopfte.

»Henrik?« Das war Mama.

»Nein, ich bin es, Kristoffer.«

»Gut, dass ihr schon auf seid. Kommt runter zum frühstücken, wenn ihr soweit seid.«

»Ja, natürlich«, antwortete Kristoffer und begann sein Gesicht im Spiegel zu inspizieren. Nicht mehr als vier, fünf Pickel. Wenn man bedachte, wie viel Schokolade er in den letzten Tagen in sich hineingestopft hatte, gab es allen Grund, zufrieden zu sein. Wenn er sich heute und morgen zurückhielt, würde er richtig präsentabel sein an Birgers Kiosk …

»Rosemarie, wir müssen versuchen, ein wenig realistisch zu sein«, erklärte Karl-Erik in seiner emphatischen, oberlehrerhaften Langsamkeit, die bedeutete, dass er die Absicht hegte, die kommende Mitteilung zu wiederholen. »Es gibt nichts, was dafür spricht, dass Walter etwas passiert sein soll. Sowohl du als auch ich … und Ebba … kennen seinen Charakter. Ich brauche da nicht ins Detail zu gehen. Wahrscheinlich fühlte er sich von der Umgebung hier ein wenig unter Druck gesetzt … vielleicht hat er sich geschämt, um es beim Namen zu nennen … und das nur zu Recht. Und dann hat ihn irgendein alter Kontakt hier aus der Stadt angerufen. Rud … wie hieß dieser Schulfreund noch? Rudström?«

»Rundström«, sagte Rosemarie. »Er ist vor vielen Jahren nach Gotland gezogen. Aber warum hat er uns dann nichts gesagt? Das ist es, was mich so beunruhigt, Karl-Erik. Walter würde doch nicht einfach so …?«

»Weil er sich schämt«, stellte ihr Ehegatte entschlossen fest. »Wie schon gesagt. Und er hat ja keinen wirklich triftigen Grund, einfach wegzubleiben. Was hätte er also sagen sollen?«

»Aber warum ist er dann überhaupt erst gekommen? Und sein Auto steht ja draußen … total eingeschneit.«

»Er braucht das Auto nicht«, erklärte Karl-Erik geduldig. »Wahrscheinlich wird er heute Nachmittag kommen und es abholen, wenn er weiß, dass alle anderen abgefahren sind. Ich begreife wirklich nicht, warum du Himmel und Hölle in Bewegung setzen musst, nur wegen dieser Bagatelle. Wirklich nicht, Rosemarie. Walter ist deine Aufmerksamkeit nicht wert.«

Kristoffer kam in die Küche und wünschte allen gut erzogen einen guten Morgen. Karl-Erik brach ab und schien zu zweifeln, inwieweit es angemessen war für die Ohren eines Vierzehnjährigen, die Diskussion über den moralisch Verdorbenen mit anzuhören. Offensichtlich war dem so, denn er fuhr fort.

»Mit anderen Worten, Rosemarie, erzähl mir doch bitte, was du dir einbildest, was unserem verlorenen Sohn denn zugestoßen sein soll?«

Kristoffer setzte sich an den Tisch. Rosemarie schaute Ebba an, um irgendeine Form von Unterstützung zu bekommen, konnte aber nicht so richtig entscheiden, ob sie die nun bekam oder nicht. Und schließlich war Ebba ja trotz allem Karl-Eriks Tochter, wie sie sich erinnerte. Das durfte man in aller Eile nicht vergessen.

»Alles, was ich will«, sagte sie schließlich, »ist, dass du die Polizei anrufst ... und das Krankenhaus ... und einmal nachfragst.«

»Dann glaubst du also, sie würden uns nicht informieren, wenn er dort irgendwo gelandet wäre?«

»Nicht, wenn er ...«

»Selbst Walter muss ja wohl irgendeine Form von Ausweis bei sich haben«, fuhr Karl-Erik fort. »Und wenn er das nicht hat, ja, dann ist es doch wohl anzunehmen, dass er trotzdem wiedererkannt wird. Oder etwa nicht?«

Rosemarie antwortete nicht. Ebba räusperte sich und setzte zu einer Rede an.

»Ich schlage vor, ihr wartet noch ein wenig. Du willst doch auch nicht, dass die Polizei ausrückt und nach ihm sucht,

Mama? Dann steht es morgen in den Zeitungen. Oder dass sie herkommen und uns verhören, das wäre doch auch keine lustige Entwicklung, oder?«

Das Telefon klingelte. Rosemarie nutzte die Gelegenheit und ging ins Schlafzimmer, um abzunehmen.

»Wo ist Henrik?«, fragte Ebba.

Kristoffer zuckte mit den Schultern und goss sich Fruchtjoghurt in einen tiefen Teller. »Weiß ich nicht.«

Ebba schaute auf die Uhr. »Wir müssen in einer Stunde los. Weißt du, ob Papa schon in der Dusche war?«

»Ich glaube schon«, sagte Kristoffer.

Karl-Erik faltete seine Zeitung zusammen und betrachtete seinen Enkelsohn einen Moment lang. Er schien abzuwägen, ob er ihm einen guten Rat – ein Stückchen Lebensweisheit – mit nach Sundsvall auf den Weg geben sollte, fand aber offenbar nicht die richtige Alternative zwischen Tausenden von denkbaren und stand stattdessen vom Tisch auf. Er ging ans Fenster, schob die Gardine beiseite und schaute hinaus.

»Zwölf Grad minus«, stellte er fest. »Ja, da ist nur zu hoffen, dass ihr Frostschutzmittel reingefüllt habt.«

»Aber selbstverständlich, Papa«, sagte Ebba. »Wie es dagegen um Walters Schneehaufen steht, das weiß ich natürlich nicht.«

»Eine dicke Schneedecke funktioniert gut als Schutz gegen die Kälte«, sagte Karl-Erik Hermansson. »Ich dachte, das wüsstest du.«

»Das wusste ich auch, lieber Papa«, sagte Ebba.

Rosemarie kam genau in dem Moment zurück, als auch Leif Grundt auftauchte, frisch geduscht und putzmunter. »Guten Morgen, liebe Christenschar«, grüßte er die Runde. »Ich weiß nicht, ob ihr es bemerkt habt, aber ein neuer Tag ist angebrochen.«

»Doch, das haben wir bemerkt«, sagte Ebba. »Wer war das, der angerufen hat, Mama? Du siehst besorgt aus.«

»Nein, nein«, wehrte Rosemarie mit einem kurzen Lächeln ab. »Das war nur Jakob. Sie kommen nicht zum Frühstück, es gibt da irgend so einen Termin in Stockholm, der plötzlich ganz eilig ist. Der Kaffee steht hier, Leif, soll ich dir eine Tasse einschenken?«

»Danke, schöne Schwiegermutter«, sagte Leif Grundt. »Na, es ist wohl das Beste, man isst einen Happen, damit man durchhält. Denn jetzt geht es ja bald wieder in den Norden. Ist der berühmte Fernsehstar inzwischen aufgetaucht?«

»Leif«, sagte Ebba.

Rosemarie seufzte tief und verließ die Küche. Kristoffer stopfte zwei Scheiben in den Toaster und dachte, dass sein Vater ein ziemliches Talent hatte, genau das Falsche zu sagen. Die Frage war nur, ob er es mit Absicht tat oder nicht; auf jeden Fall war es schon fast bewundernswert.

»Danke für das schöne Frühstück, lieber Papa«, sagte Ebba. »Ich gehe nach oben und packe die Sachen zusammen. Sag doch Henrik, dass er sich etwas beeilen soll. Brauchst du noch irgendeine Hilfe, bevor wir fahren, Papa?«

Das war gleichbedeutend mit einer Einladung einer medizinbewanderten Tochter, von irgendwelchen Zipperlein zu berichten, alten oder neuen, das verstand sogar Karl-Erik Hermansson, aber er schüttelte nur den Kopf und verschränkte die Arme vor der Brust.

Das einzige Symptom, das er spürte, war dieses schwache Sausen im Kopf, das nach dem Klick gestern Morgen eingesetzt hatte, wenn es nicht doch die Heizung gewesen war, und er hatte absolut nicht die Absicht, das mit irgendjemandem zu diskutieren. Und schon gar nicht mit Leuten, die möglicherweise mit irgendeiner nicht erwünschten Erklärung dafür kommen könnten.

»Mir ist es mein ganzes Leben lang nie besser gegangen, mein Mädchen«, sagte er und schob die Brust vor. »Und ich habe geschlafen wie ein Säugling.«

15

Kristoffer legte sich wieder aufs Bett im HZdW.

Es war halb zwölf, sie waren mehr als eine Stunde verspätet.

»Geh in dein Zimmer und warte dort, Kristoffer«, hatte Mama ihm beschieden. »Ich komme gleich zu dir hoch, aber vorher müssen wir Erwachsenen das hier erst einmal besprechen.«

Das hier bezog sich auf Henrik. Nach diversen Unklarheiten, Fragen und Zeugenaussagen – denn allen Anwesenden im Hermanssonschen Haus in der Allvädersgatan in Kymlinge: Mama Ebba, Papa Leif, Oma Rosemarie, Opa Karl-Erik und Kristoffer selbst – war so langsam klar geworden, dass Henrik tatsächlich nicht vor Ort war. Niemand hatte ihn den ganzen Morgen über gesehen. Jeder hatte gedacht, jemand anderes hätte mit ihm gefrühstückt, jemand anderes hätte gesagt, er oder sie habe ihn auf der Treppe getroffen, ihn im Badezimmer gehört, mit ihm gesprochen – aber nachdem alle Informationen unter Ebbas kompetenter Leitung methodisch zusammengetragen und verglichen worden waren, stellte sich heraus, dass sämtliche Vermutungen falsch waren.

Niemand hatte Henrik den ganzen Morgen über gesehen, das war der Stand der Dinge.

Schon ziemlich bald war in Kristoffers Kopf eine Ahnung gekeimt, und er hatte reichlich Zeit, sich zu entscheiden, welchen Weg er einschlagen sollte. Was nicht besonders schwer war.

»Nein, Mama, ich habe ihn auch nicht gesehen. Er war schon aufgestanden, als ich aufgewacht bin.«

Und dabei hatte er nicht einmal lügen müssen. Henrik war schon aufgestanden gewesen, als er aufwachte. Kristoffer hatte ihn den ganzen Morgen über nicht gesehen.

Dass er ein kleines Stückchen Information zurückhielt, nach dem ihn niemand ausdrücklich gefragt hatte, nein, das konnte man ihm nun wirklich nicht anlasten. Zumindest bis jetzt nicht.

Aber in zehn, fünfzehn Minuten würden sich die Positionen wahrscheinlich verschoben haben. Die Lage würde prekärer werden. Mama Ebba würde zu ihm heraufkommen und ein etwas eingehenderes Verhör veranstalten. Und diese Prüfung war es, auf die er sich jetzt vorbereitete.

Weißt du etwas, das darauf hinweisen kann, wohin Henrik gegangen ist?, würde sie beispielsweise wissen wollen, und dann wäre er gezwungen, offen zu lügen. Eine Grenze zu überschreiten. Genau die Grenze, die am Sonntag Gesprächsthema gewesen war, als er auf der Büßerbank gesessen hatte.

Obwohl ihm das eigentlich keine Sorgen machte. Auf jeden Fall nicht besonders viele, das stellte er fest, als er versuchte, die Lage etwas genauer zu betrachten. Henrik zu schützen – den neuen promiskuösen Henrik – war eine Selbstverständlichkeit. Das war der Deal, den sie miteinander eingegangen waren. Dieses Mal war es Henrik, der in der Patsche saß, nicht Kristoffer, und es war schwer, nicht eine gewisse Befriedigung aufgrund dieser einfachen, aber ungewohnten Tatsache zu empfinden. Und Henrik würde natürlich alles abkriegen, wenn er wieder auftauchte. Es würde nie herauskommen, dass sein kleiner Bruder mit Informationen hinterm Berg gehalten hatte. Kristoffer würde ungeschoren davonkommen. Er riskierte überhaupt nichts, wenn er seine Mutter anlog. Ganz im Gegenteil, es war seine Pflicht, die Abmachung einzuhalten, die er und Henrik eingegangen waren.

Brothers in Arms.

Aber es war natürlich etwas ungeschickt, das musste er schon zugeben. Und verwunderlich. Henrik war offensichtlich irgendwann in der Nacht zu seinem heimlichen Date aufgebrochen, und dann … ja, was genau er dann vorgehabt hatte, darüber wollte Kristoffer lieber nicht weiter spekulieren … aber später, als all das Unaussprechliche fertig und überstanden war, da hatten er und der andere, wer immer es auch sein mochte, sich vermutlich hingelegt, um eine Runde zu pennen – und verschlafen! Was für eine bodenlose Tollpatschigkeit, dachte Kristoffer. Und was für eine Geschichte würde er wohl auftischen, wenn er zurückkam?

Sein Handy hatte er offensichtlich ausgeschaltet. Man hatte in der letzten Stunde fünf oder zehn Mal versucht, ihn anzurufen, aber nur die Mailbox erreicht. Das sah Henrik überhaupt nicht ähnlich, sein Handy abzustellen. Kristoffer hatte nicht so ganz herausgefunden, was die Erwachsenen eigentlich glaubten. Sein Vater hatte die Idee verworfen, Henrik könnte auf Skitour gegangen sein, eine Theorie, die zunächst in eine Joggingrunde umgewandelt worden war, nachdem es im ganzen Haus keine passende Skiausrüstung gab – um dann aufgrund der Schneelage vollkommen verworfen zu werden.

Bis jetzt war noch niemand wirklich beunruhigt, aber vielleicht brodelte die Sorge ja unter der Oberfläche. Kristoffer spürte, dass er im Augenblick die Lage nicht so recht beurteilen konnte. Aber dass sie ihn ins HZdW geschickt hatten, bedeutete natürlich, dass man das Ganze als ernst betrachtete. Außerdem war es etwas merkwürdig, dass jetzt zwei Personen vermisst wurden, nicht mehr nur eine. Auch wenn Kristoffer nicht gehört hatte, dass die Erwachsenen über eine mögliche Verbindung gesprochen hätten. Was jedoch noch kommen konnte, sie wussten ja nicht, was er wusste.

Dieser verfluchte Tollpatsch von einem Bruder, murmelte Kristoffer vor sich hin und begriff gleichzeitig, dass es das Herablassendste sein musste, was er je über Henrik gedacht hatte. Dass er hier sitzen und seiner Mutter geradewegs ins Gesicht lügen musste, nur um seines Bruders willen! Das hätte er sich vor ein paar Tagen kaum träumen lassen.

Aber er würde es tun, ohne mit der Wimper zu zucken und bis zum letzten Schweißtropfen, so viel war klar. Wie gesagt. Trotzdem musste er darüber nachdenken, was zum Teufel Henrik vorgehabt hatte – und nachdem er das eine Weile in dem grünen Zimmer auf dem Bett liegend getan hatte, spürte er ein ziemlich unangenehmes Gefühl im Zwerchfell.

Etwas erschreckend und etwas – ja, tatsächlich, etwas traurig. Was geschieht da mit dir, Henrik, mein Bruder?, dachte Kristoffer. Er starrte an die Tapete, doch dort stand wie erwartet keine Antwort geschrieben.

»Kristoffer, wir müssen versuchen, das hier zu klären, darin sind wir uns doch wohl einig, oder?«

»Ja«, sagte Kristoffer.

»Henrik ist nicht hier, und wir wissen nicht, wo er ist.«

Kristoffer versuchte zu nicken und gleichzeitig den Kopf zu schütteln, alles, umso entgegenkommend wie möglich zu erscheinen.

»Es hat ja wohl den Anschein, dass er heute Morgen ganz früh aufgebrochen ist, oder …?«

Kristoffer fügte die fehlenden Worte nicht ein.

»… irgendwann heute Nacht«, ergänzte Ebba.

»Ja, ich weiß es nicht«, sagte Kristoffer. »Ich habe nichts bemerkt, weder heute Nacht noch heute Morgen. Ich fürchte, ich habe ziemlich fest geschlafen.«

Mama Ebba versuchte ihn mit ihren stahlblauen Augen zu durchlöchern, aber er fand selbst, dass er ihrem Blick erstaunlich locker standhielt. Er saß dieses Mal nicht auf der Anklagebank, und das machte die Sache einfacher. Bedeutend einfacher.

»Er hat dir nichts erzählt?«

»Was denn?«

»Ich weiß nicht, Kristoffer. Über irgendwelche Pläne, für ein paar Stunden wegzugehen, beispielsweise?«

»Nein«, sagte Kristoffer. »So etwas hat er nicht gesagt.«

»Sicher?«

»Ja, natürlich.«

»Aber ich muss sagen, du ...«

»Ja?«

»Du wirkst gar nicht verwundert darüber, dass er nicht hier ist.«

»Was?«

»Du wirkst gar nicht verwundert, und das ist doch etwas merkwürdig, wie ich finde ... ich versuche zu verstehen, was das bedeutet.«

Das war ein Angriff mit stark übertriebener Anspielung, und er parierte ihn auf die einzig mögliche Art und Weise. »Nicht verwundert? Jetzt kapiere ich nicht, wovon du redest. Ich habe keine Ahnung, wohin Henrik ist, und bin genauso verwundert darüber wie alle anderen.«

Sie zögerte eine Sekunde, dann zog sie sich zurück. »In Ordnung, Kristoffer. Ich glaube dir. Aber wenn du einmal nachdenkst, gibt es wirklich nichts, was er gesagt hat ... oder nur angedeutet hat ... das uns einen Hinweis darauf geben könnte, wo er steckt? Ihr müsst doch jede Menge miteinander geredet haben.«

Kristoffer biss sich auf die Unterlippe und simulierte eine Weile heftiges Nachdenken. »Nein«, erklärte er dann. »Nein, Mama, mir fällt nichts ein.«

»Findest du, dass Henrik in den Tagen hier wie immer war? Ich meine, ihr habt euch ja den ganzen Herbst über nicht gesehen. Du hattest nicht das Gefühl, dass er ... ja, dass er sich in irgendeiner Weise verändert hat?«

Bingo, liebste Mama, dachte Kristoffer. Wenn du wüsstest, wie sehr sich dein kleiner Goldschatz verändert hat, würde dich der Schlag treffen und du würdest einen Blutsturz kriegen. Und irgendwann, dachte er weiter, irgendwann, hoffe ich, dass ich mich traue, solche Sachen zu sagen, statt sie nur zu denken.

»Nun ja …«, sagte er. »Ich glaube nicht. Aber er kommt bestimmt bald zurück und wird alles erklären. Vielleicht hat er geglaubt, dass wir erst nach Mittag fahren oder so … vielleicht ist er nur los, Weihnachtsgeschenke kaufen?«

Ebba schien diese Idee ernsthaft in Erwägung zu ziehen, bevor sie ihn erneut mit ihren stahlblauen Augen fixierte. Aber er wich nicht einen Millimeter.

»Worüber habt ihr gestern Abend geredet?«

Das geht Sie gar nichts an, Frau Staatsanwältin, formulierte er in seinem Kopf. »Über nichts Besonderes«, kam aus seinem Mund. »Er hat nur ein bisschen von Uppsala erzählt.«

»Ach, ja? Und was hat er über Uppsala gesagt?«

»Dass es Spaß macht, dort zu studieren. Aber auch ziemlich viel Arbeit bedeutet.«

»Hat er von Jenny erzählt?«

Kristoffer dachte nach.

»Er hat sie wohl erwähnt. Aber nur so im Vorangehen.«

»Im Vorübergehen.«

»Was?«

»Im Vorübergehen. Du hast gesagt im Vorangehen.«

»Entschuldige.«

»Ja, das spielt ja keine Rolle. Und sonst noch etwas?«

»Worüber wir geredet haben?«

»Ja.«

»Wir haben noch ein bisschen über Onkel Walter geredet.«

»Wirklich? Und zu welchem Schluss seid ihr gekommen, was ihn betrifft?«

»Zu gar keinem«, sagte Kristoffer. »Außer dass er etwas sonderbar erscheint.«

»Ja, das ist wohl wahr«, murmelte Ebba. »Ja, im Augenblick bin ich eigentlich auch nicht sehr interessiert an eurer Meinung über meinen Bruder. Aber wenn dir noch etwas zu Henrik einfällt, dann möchte ich nicht – und Papa auch nicht ... oder Oma oder Opa ... dass du damit hinterm Berg hältst.«

»Warum sollte ich damit hinterm Berg halten?«, fragte Kristoffer mit einer Empörung in der Stimme, die fast echt klang. »Ich möchte auch weg hier. Wenn ich etwas wüsste, würde ich es natürlich sofort sagen.«

Sie machte eine letzte, kurze Pause.

»Gut, Kristoffer«, sagte sie dann. »Ich vertraue dir.«

Anschließend verließ sie das Zimmer.

Trottel-Henrik, dachte Kristoffer, als sie die Tür geschlossen hatte. Wo zum Teufel treibst du dich herum?

Er schaute auf die Uhr. Es war eine Minute vor zwölf.

Um zwei Uhr hatte es wieder zu schneien begonnen, und im Hermanssonschen Haus hatte man das Mittagessen beendet. Griebenwurst mit Kartoffelmus. Normalerweise Karl-Eriks absolutes Lieblingsgericht, doch an diesem Tag erschien es vollkommen fehl am Platze. Niemand aß mit größerem Appetit, und das angespannte Schweigen, das am Esstisch geherrscht hatte, folgte dem Kaffee und Schmalzgebäck im Wohnzimmer. Kristoffer trank keinen Kaffee, dafür einen Weihnachtsmost, und währenddessen versuchte er insgeheim die stummen Gesichtsausdrücke der Erwachsenen zu studieren: den seiner Mutter und seines Vaters, seiner Großmutter und seines Großvaters. Er fragte sich, was wohl hinter ihren Stirnknochen vor sich ging. Wahrscheinlich eine ganze Menge. Irritation, Unruhe. Befürchtungen, Frustration, you name it. Alle Fragen, die gestellt werden konnten, waren bereits gestellt worden, und niemand schien bereit zu sein, sie noch einmal zu wiederholen. Alle denkbaren Vermutungen waren ausgesprochen worden und alle Spekulationen spekuliert. Das Auto stand gepackt und reisebereit auf der Garageneinfahrt, es gab da nur das kleine Problem, dass ein Passagier fehlte.

Was noch niemand in Worte gefasst hatte, dachte Kristoffer, das war die Angst. Die wirklich düsteren Befürchtungen schienen noch tabu zu sein, und hier begann er zu spüren, dass sein Vorsprung den anderen gegenüber zu schrumpfen begann. Zwar wusste er, was er wusste: Henrik hatte sich irgendwann im Laufe der Nacht zu einem heimlichen Rendezvous davongeschlichen – möglicherweise zu einem unbekannten Liebhaber namens Jens (obwohl Kristoffer in diesem Punkt eine zunehmende Unsicherheit verspürte) –, aber warum um Himmels willen war er nicht im Laufe des Morgens oder des Nachmittags zurückgekehrt, ja, das war eine Frage, die mit jeder Minute, die verging, größer und unbegreiflicher wurde.

Henrik war verschwunden. Walter war verschwunden. Das hier ist ja wohl verdammt noch mal das Merkwürdigste, was ich je erlebt habe, dachte Kristoffer Grundt.

»Es ist jetzt fünf Minuten nach zwei«, sagte Rosemarie Wunderlich Hermansson, als könnte diese Information irgendein Licht auf die dunklen Fragen werfen. Aber das Einzige, was geschah: Eine Blutader in Karl-Eriks Schläfe begann sich wie ein Wurm zu winden. Das hatte sie im Laufe des Tages bereits ein paar Mal getan. Kristoffer hatte es beobachtet und begriffen, was es bedeutete: dass der Großvater verärgert oder aufgebracht war über irgendetwas. Etwas Merkwürdiges war auch mit seinem Augenlid passiert, es hing über dem einen Auge und ließ ihn ein wenig beschwipst aussehen, wie Kristoffer fand. Und er war sich ziemlich sicher, dass dem nicht so war.

Bei Leif, seinem Vater, wiederum hingen beide Augenlider herunter, und Kristoffer nahm an, dass er kurz davor war, einzuschlafen. Er war in der letzten halben Stunde ungewöhnlich schweigsam gewesen, es hatte den Anschein gehabt, dass er weit entfernt davon war, eine irgendwie tragkräftige Theorie über das Verschwinden seines prächtigen – und bis dato fast unfehlbaren – Sohnes zu haben.

Mama Ebba schaute verkniffen drein, als konzentrierte sie sich vor einer Operation, die komplizierter zu werden schien, als eigentlich erlaubt war. Oder als säße sie da und arbeitete an der neuen, paradoxen Gleichung Henrik im Kopf, und könnte einfach nicht auf die Lösung kommen, obwohl sie diese Aufgabe doch normalerweise schon vor langer Zeit gelöst haben sollte.

Kristoffer seufzte und nahm noch ein Schmalzgebäck, obwohl er pappsatt war. Das Kartoffelmus lag wie ein langsam anschwellender Kleisterkloß in ihm, und er überlegte, ob er sich nicht einfach die Treppe hochschleppen und ein kleines Nickerchen im HZdW machen sollte, solange alle auf die Rückkehr des verlorenen Sohnes warteten. Aber vielleicht war es doch am besten, auf seinem Platz à … wie hieß es noch … *jour?* … zu bleiben mit den Ereignissen, die eintreffen würden. Oder auch nicht eintreffen würden.

Was dann tatsächlich eintraf, genau in dem Moment: Großvater Karl-Erik erhob sich mühsam aus seinem Sessel und trat ans Fenster. Er schob die Hände in die Hosentaschen und wippte ein paar Mal auf Fersen und Hacken hin und her. Räusperte sich lautstark, immer noch mit dem Rücken zu den anderen. »Hm!«, intonierte er. »Jetzt ist es ja so, dass Rosemarie und ich um vier Uhr auf der Bank sein müssen. Wir müssen wohl schauen, ob ihr dann losgefahren seid oder nicht.«

»Es ist ja wohl klar, dass ihr …«, setzte Rosemarie an, doch ihr Gedankengang änderte plötzlich die Richtung und bekam einen neuen Inhalt. »Was redest du da, Karl-Erik? Wir können uns doch nicht bei der Bank hinsetzen, wenn …«

»Wenn was?«, wollte Karl-Erik wissen und drehte sich um. »Wir haben einen Termin. Lundgren erwartet uns, und die Familie Singlöv ist den ganzen Weg von Rimminge hergefahren.«

»Das sind höchstens dreißig Kilometer«, sagte Rosemarie.

»Die könnten ruhig wieder nach Hause fahren. Du verstehst ja wohl, dass ich Ebba und Leif jetzt nicht im Stich lassen kann … und Kristoffer … nein, wir bleiben hier, du musst anrufen und den Termin absagen.«

»Aber zum Kuckuck noch mal …«, begann Karl-Erik, und es zeigte sich eine bis dahin unbekannte Ader an seiner anderen Schläfe, doch noch bevor er seine Meinung ausführen konnte, wurde er von Ebba gestoppt.

»Bitte Papa, nicht jetzt«, sagte sie. »Und Mama, ihr braucht wirklich unseretwegen nichts abzusagen. Das ist doch lächerlich. Was hat es denn für einen Sinn, wenn fünf Personen hier sitzen und warten, wenn es doch mit dreien reicht … außerdem, nein, ich weiß nicht … ich weiß nicht mehr, was ich sagen wollte …«

Und dann fing Ebba an zu weinen.

Zuerst begriff Kristoffer nicht, dass es sich hier um ein Weinen handelte. Vielleicht lag es daran, dass er seine Mutter nie zuvor hatte weinen sehen. Zumindest konnte er sich nicht daran erinnern. Aber das war auch ein merkwürdiges Weinen; es erinnerte eher an irgendeine Art von Maschine, die nicht anspringen wollte, ja, wie ein kleiner Motor klang es. Ihre Schultern fuhren auf und ab, und sie stieß die Luft in kurzen, keuchenden Stößen aus. Der Kopf zuckte im Takt mit dem Keuchen vor und zurück, aber nicht im Takt mit den Schultern, ja, an diesem Punkt stimmte es sozusagen nicht, wie Kristoffer fand, ein Motor, der stotterte, es wieder versuchte und stotterte, aber bei dem die Zylinder, wie viele es auch immer sein mochten, nicht in der Lage waren, so miteinander zusammenzuspielen, dass es eine runde Sache wurde.

Als hätte sie nie zuvor in ihrem Leben geweint und wüsste nicht so recht, wie man dabei vorging.

Die anderen verstanden offensichtlich auch nicht, worum es sich handelte, denn es dauerte eine Weile, bevor Großmutter Rosemarie etwas unbeholfen begann, ihrer Tochter über Rücken und Arme zu streichen, um sie zu trösten. Leif kam kurz darauf zur Verstärkung herbei und strich ihr über den Kopf, während Karl-Erik mitten im Raum stehen blieb und aussah wie ein Boxerrüde, der sich die Pfote in einer Lifttür geklemmt hatte.

Das fand jedenfalls Kristoffer, der auch nicht auf die Idee kam, der Weinenden in irgendeiner Form zu helfen. Sie war zwar seine Mutter, doch er war überzeugt davon, dass es hier bedeutend mehr Geschicks bedurfte, als er aufzubieten hatte. Aber es war unangenehm, sie so unerwartet hilflos zu sehen, und als er einen Blick auf seinen Großvater warf und ihm in die Augen sah, entdeckte er die gleiche verwirrte Unsicherheit, die in ihm selbst herrschte.

Verdammt, verdammt, verdammt, dachte Kristoffer, während er die Zähne zusammenbiss, um nicht selbst loszuheulen. Meine Mutter weint, jetzt ist es ernst. Komm endlich zurück, du blöder Henrik. Das ist nicht mehr witzig.

Kurze Zeit später war das Weinen zum Erliegen gekommen, und man hatte eine Vereinbarung getroffen. Rosemarie und Karl-Erik sollten zu dem gestreiften Lundgren in die Bank fahren, wie es verabredet war. Der Papierkram würde höchstens eine Stunde in Anspruch nehmen, und sollte die Lage immer noch unverändert sein, wenn sie in die Allvädersgatan zurückkehrten, dann würde augenblicklich die Polizei unterrichtet werden.

So sollte es ablaufen. Es gab ja keinen Grund, etwas zu übereilen.

Kristoffer wurde zu diesem Aktionsplan überhaupt nicht gefragt, doch als er wieder auf sein Bett im Hässlichsten Zimmer der Welt zurückkehrte, konnte er etwas verkniffen feststellen, dass er nichts einzuwenden gehabt hätte, auch wenn man ihn gefragt hätte.

Der Schnee fiel weiterhin, und die Stunden vergingen. Rosemarie und Karl-Erik Hermansson fuhren zur Bank und kamen verrichteter Dinge zurück. Zu diesem Zeitpunkt hatte Kristoffer ungefähr eine Dreiviertelstunde geschlafen und doppelt solange untätig im Zimmer gelegen. Er kam in dem Moment aus dem ersten Stock herunter, als Großvater und Großmutter durch die Haustür traten. Wie sich seine Mutter und sein Vater die Nachmittagsstunden vertrieben hatten, das wusste er nicht, aber auch sie waren eine Minute später in der Küche zur Stelle.

Großmutter schaute Ebba an, Ebba schüttelte den Kopf. Ihre Augen waren rotgerändert, Kristoffer war klar, dass sie noch mehr geweint hatte, und er fühlte angesichts dieser Tatsache eine Hilflosigkeit, wie er sie noch nie in seinem Leben verspürt hatte. Eine Art festgefrorene Panik, ja, ungefähr so war es.

Nach äußerst kurzer Beratung fiel das Los auf Karl-Erik, die beschlossene Aufgabe umzusetzen.

Während er mit dem Hörer in der Hand dastand und auf eine Antwort wartete, schlug die Uhr im Speisezimmer zwei Mal, um zu unterstreichen, dass es halb sieben war. Es war Mittwoch, der 21. Dezember, und Walter Hermansson und Henrik Grundt waren verschwundener als je zuvor.

16

Inspektor Gunnar Barbarotti hätte auch ebenso gut Giuseppe Larsson heißen können.

Als er am 21. Februar 1960 zur Welt kam, waren sein Vater Giuseppe Barbarotti und seine Mutter Maria Larsson sich in einer einzigen Sache vollkommen einig. Sie wollten nie wieder etwas miteinander zu tun haben.

In allen anderen Dingen waren sie unterschiedlicher Meinung. Beispielsweise was den Namen des frischgeborenen Knaben (3880 Gramm, 54 Zentimeter) betraf. Giuseppe war der Meinung, er solle italienisch klingen, Schwedisch war die Sprache von Bauern und Trotteln, und wollte man dem Jungen einen guten Start ins Leben bieten, dann war es wichtig, dass er einen Namen bekam, der etwas taugte.

Mama Maria wollte nicht auf solch gefühlsduseliges südeuropäisches Geschwätz hören. Der Sohn sollte einen gesunden, urnordischen Namen bekommen. Mit einem Makkaroni- und Tangotänzernamen in die Schule zu kommen, würde ihn von Anfang an zum Außenseiter und Sündenbock stempeln. Giuseppe konnte seinen Schnurrbart färben und in wärmere Gefilde reisen, aber mit dem Namen des Jungen hatte er nichts zu tun.

Giuseppe erklärte, dass es sich hierbei um eine so wichtige Sache handle, dass er ernsthaft in Erwägung ziehen müsse, sie zu heiraten, wenn Maria weiterhin plane, sich querzustellen, um auf diese Art und Weise seinen rechtmäßigen Einfluss über den Namen seines Erstgeborenen zu erlangen. Und über alles andere auch.

Schließlich kam es zu einem Kompromiss, auf den klugen Rat von Marias älterer Schwester Inger hin, die ganz allein eine Würstchenbude in Katrineholm betrieb. Die italienische Sprache war trotz allem nicht zu verachten, wie sie meinte, und wenn man die Dinge miteinander kombinieren konnte, dann war das Ergebnis oft besser, als wenn man blind auf das Entweder-Oder starrte. Schließlich war Würstchen mit Brot ja auch Würstchen mit Würstchen vorzuziehen. Oder Brot mit Brot.

Also wurde es *Gunnar*, nach dem dahingeschiedenen und schmerzlich vermissten älteren Bruder der Schwestern, und *Barbarotti* nach dem Kindesvater – der, noch während die Mutter auf der Wöchnerinnenstation lag, es für das Beste hielt, seine Siebensachen zu packen und zurück nach Bologna zu ziehen. Beide Parteien schienen zumindest zur Hälfte mit der vorgeschlagenen Lösung zufrieden zu sein, und keiner fand, dass Giuseppe Larsson irgendwie vernünftig klang.

Was, wenn man genau sein wollte, besagte, dass sie sogar in zwei Dingen einer Meinung waren.

Als Gunnar Barbarotti von seiner Ehefrau Helena verlassen wurde – vor vier Jahren, im Alter von einundvierzig –, geschah es, dass er seinen Deal mit Gott machte.

Was die Frage der Existenz des Letztgenannten betraf. Seiner eigenen Existenz war sich Gunnar Barbarotti nur allzu schmerzlich bewusst. Er und Helena waren fünfzehn Jahre verheiratet gewesen, sie hatten drei Kinder, und plötzlich – praktisch von einem Tag auf den anderen – feststellen zu müssen, dass man sich auf verbranntem Boden befand, hatte ihn an allem zweifeln lassen. Gottes Dasein oder Abwesenheit stand sicher nicht an erster Stelle auf der Tagesordnung – dort standen eher Fragen nach dem Sinn, den es brachte, sich überhaupt weiterhin abzumühen, und was er falsch gemacht hatte, warum sie nicht früher etwas gesagt hatte, was zum Teufel er abends anfangen sollte, wenn er keine Überstunden machen konnte, und ob es nicht das beste wäre, ganz und gar den Job zu wechseln. Aber einen Monat nach dem tödlichen Schlag, als er bereits in seine düstere Dreizimmerwohnung in der Baldersgatan in Kymlinge gezogen war, tauchte also Gott in einer Reihe schlafloser Nächte auf.

Vielleicht hatte ja Gunnar selbst ihn herbeigerufen. Ihn aus seiner malträtierten Seele hervorprojiziert, um ihn zur Rede zu stellen – aber wie immer es sich auch verhielt, so war es jedenfalls ein langes, ergiebiges Gespräch gewesen, das wie gesagt in dem aktuellen Deal mündete.

Es gab so viele erbärmlich alberne Gottesbeweise, darin waren Gunnar Barbarotti und Der Herr sich einig. Mal wurde das eine, mal das andere kurzlebige Ereignis oder irgendeine theologische Spitzfindigkeit herangezogen, um das sogenannte Grundproblem in trockene Tücher zu packen. Anselm. Descartes. Thomas von Aquino. Was Gunnar suchte – und wofür Gott, wie er behauptete, vollstes Verständnis hatte –, war etwas Handfesteres. Eine einfache, rationale Methode, die die Frage ein für alle Mal beantworten konnte. Das durfte gern einige Zeit in Anspruch nehmen, wie Gott meinte. Ja, sicher, aber nicht allzu lang, meinte Gunnar, der auf seine begrenzte Lebensspanne Rücksicht zu nehmen hatte – und Gott hatte zugehört und war auch ohne unnötiges Palaver auf diese Bedingung eingegangen.

Zum Schluss – die Uhrzeiger näherten sich inzwischen fünf Uhr morgens, und ein vom Teufel georderter Schneepflug hatte angefangen, den Asphalt vor Gunnar Barbarottis Schlafzimmerfenster zu kratzen, dass es Funken schlug – war man sich über folgendes Beweismodell einig geworden:

Wenn Gott tatsächlich existierte, dann bestünde eine seiner wichtigsten Arbeitsaufgaben darin, den Gebeten der armen Menschheit zu lauschen – und diese so weit zu erhören, wie es ihm angemessen erschien. Natürlich besaß er das Recht, die unbefugten und eigennützigen Wünsche umgehend zu verwerfen. Gunnar Barbarotti seinerseits konnte sich nicht daran erinnern, ein einziges Mal in seinem Leben erhört worden zu sein. Tatsächlich?, hatte Gott erwidert. Und wie viele Gebete hast du reinen, ernsten Herzens zu mir herauf geschickt, du agnostische Kanaille? Barbarotti musste zugeben, dass er darüber keinen genauen Überblick hatte, aber so schrecklich viele konnten es natürlich nicht gewesen sein – doch Schluss mit dem Schnee von gestern, jetzt war er bereit, dem Ganzen eine reelle Chance zu geben.

In Ordnung, sagte Gott. We have a deal, sagte Gunnar – als ob die unbedeutende schwedische Sprache nicht in der Lage sei, eine Abmachung dieses Kalibers auszudrücken oder überhaupt zu erfassen.

Die äußere Zeitspanne wurde auf zehn Jahre festgesetzt. Während dieser Zeit sollte Gunnar Barbarotti die angebliche Existenz Des Herrn testen, indem er Gebete zu ihm sandte, so oft es angemessen und berechtigt erschien, um dann – in einem eigens für diese Zwecke angeschafften Notizbuch – zu notieren, inwieweit sie eingelöst worden waren oder nicht.

Es durfte sich dabei natürlich nicht um irgendwelche Idiotenwünsche handeln – große Geldgewinne beim Pferderennen oder Lotto, schöne Nymphen, die aus dem Nichts auftauchten und nichts mehr wünschten, als zu dem Kommissar ins Bett zu schlüpfen, oder ähnliche egoistische Ideen –, sondern sozusagen um uneigennützige, angemessene Wünsche. Die in Erfüllung gehen konnten, wenn man nur ein kleines bisschen Glück hatte, und die niemand anderen betrafen. Eine Nacht guten Schlafes. Gutes Wetter während einer Angeltour. Dass die Tochter Sara ihren Streit mit ihrer besten Freundin Louise in zufriedenstellender Art und Weise regeln würde.

Später hatte Gunnar Barbarotti (in Zusammenarbeit mit Gott natürlich) noch ein Punktesystem entwickelt im Hinblick darauf, wie groß die Wahrscheinlichkeit war, dass ein vorteilhaftes Ergebnis einträfe. Wenn Gunnar nicht erhört wurde, bekam Der Liebe Gott jedes Mal einen Minuspunkt – wurde er erhört, konnte er einen, zwei oder sogar drei Pluspunkte bekomme.

Ein Jahr nach der Scheidung existierte Gott nicht. Er hatte insgesamt 18 Pluspunkte gegen insgesamt 39 Minuspunkte erreicht, das heißt, ein Minusergebnis von 21.

Im folgenden Jahr lief es ein wenig besser, und die Balance stand bei minus 15. Im dritten Jahr fiel er wieder auf minus 18 zurück, aber dann im vierten – jetzt laufenden – Jahr kam der Umschwung. Bereits im Mai war der Abstand eingeholt worden, und Mitte Juli existierte Gott tatsächlich mit einem sicheren Vorsprung von sechs Punkten, eine Notierung, die jedoch von einer ziemlich finsteren, verregneten Ferienwoche in Schottland aufgezehrt wurde, einer Mittelohrentzündung sowie einem Herbst, der mit schwerer und nur zäh vorankommender Polizeiarbeit vollgestopft war.

Am heutigen Tag, Donnerstag, dem 22. Dezember, lag Gott zwei Punkte unter der Existenzlinie – neun Tage vor Jahresende. Es waren zwar noch gut sechs Jahre in diesem Marathonlauf zu absolvieren, aber es wäre dennoch lustig, Silvester in der frommen Hoffnung zu feiern, dass es doch eine dem Menschen wohlgesonnene höhere Macht gab, an die man sich in den Stunden der Not wenden konnte.

Fand Gunnar Barbarotti. Vielleicht war das auch der Grund, warum er am Tag zuvor spätabends eine etwas verzweifelte Drei-Punkte-Bitte hinaufgesandt hatte – denn wenn Gott schlau genug war, sie in Erfüllung gehen zu lassen, dann würde sozusagen die Gleichung aufgehen. Zwar nur mit einem einzigen jämmerlichen Punkt, aber in einem PS zu dem Gebet, das er wenige Minuten, nachdem er an diesem Morgen aufgewacht war, abgesandt hatte, also vor nicht einmal einer Stunde –, hatte Gunnar dem eventuell existierenden Allmächtigen versprochen, dass er ihn, so er nur dieses einzige Mal erhört würde, bis Neujahr nicht mit weiteren Bitten belästigen würde. Gott konnte sich also darauf freuen, mindestens zehn Tage in Ruhe gelassen zu werden. Über die Jahreswende hinaus, wäre das nicht eine Feder, die er sich an den Hut stecken mochte?

Worauf Gott geantwortet hatte, dass er zwar keine Kopfbedeckung trage, er sich aber der Sache mit dem üblichen Wohlwollen und der üblichen Redlichkeit annehme.

Es sei etwas eilig, hatte Gunnar angemerkt. Der Zug sollte um 13.25 abfahren, und wenn bis dahin nichts geschehen war, dann konnte man die Sache als gelaufen betrachten. Um es klar zu sagen.

I see, sagte Gott.

Good, sagte Gunnar.

Es ging um Weihnachten.

Seit Helenas plötzlichem Aufbruch – zwischen den Tagen vor vier Jahren – hatte Gunnar Barbarotti Probleme, die richtige Weihnachtsfreude aufzubringen. Die einstmaligen Ehegatten waren auch nicht auf die Idee gekommen, das Fest um der Kinder willen gemeinsam zu feiern, eine Lösung, die im Bekanntschaftskreis eher die Regel als die Ausnahme war. Stattdessen gab es eine Ein-Jahr-ums-andere-Regelung: alle drei Kinder die ersten Weihnachten bei Helena, alle drei bei Gunnar die zweiten und so fort. Dieses Jahr war Gunnar an der Reihe, Lars und Martin in seiner Dreizimmerwohnung in Kymlinge in Empfang zu nehmen, das älteste Kind, die Tochter Sara, die achtzehn Jahre alt war und die vorletzte Klasse auf dem Gymnasium besuchte, wohnte bereits beim Vater – ein Beschluss, den sie im Zusammenhang mit der Scheidung getroffen hatte und der ihn gleichermaßen überraschte wie erfreute.

Aber Lars und Martin – zu diesem Zeitpunkt neun beziehungsweise elf Jahre alt – wohnten bei ihrer Mutter in Södertälje.

Bei ihrer Mutter und Stiefvater Fredrik, wenn man es genau nahm. Bis vor kurzem jedenfalls. Fredrik Fyrehage war verdächtig schnell nach der Scheidung aufgetaucht, aber es war Barbarotti gelungen, sich in dieser Sache zurückzuhalten und nicht weiterzuforschen. Manchmal war die Würde wichtiger als das Wissen. Es hatte ihn einige schlaflose Nächte gekostet, aber es war ihm gelungen.

Auf jeden Fall hatte sich dieser Fredrik von Anfang an als ein Wunder von einem Menschen erwiesen, und er besaß im Großen und Ganzen ausnahmslos all die wichtigen Eigenschaften und Tugenden, die Barbarotti selbst fehlten – bis zum September dieses Jahres, als er ohne weitere Erklärung Helena wie auch Lars und Martin verlassen hatte, weil er eine farbige Bauchtänzerin von der Elfenbeinküste vorzog.

Nun ja, hatte Barbarotti seine frühere Ehefrau zu trösten versucht, als er von den Ereignissen erfuhr. Zumindest scheint er dann ja kein Rassist zu sein.

Helena hatte trotzdem einen Nervenzusammenbruch erlitten – und als Zugabe hatte auch noch ihr Vater oben in Malmberg gleichzeitig seinen ersten Schlaganfall erlitten. Den er verhältnismäßig glücklich überstanden hatte. Er überlebte, das jedoch mit deutlicher linksseitiger Lähmung – eine Ironie des Schicksals, wie Gunnar Barbarotti fand, war der alte Bergarbeiter doch sein Leben lang Kommunist gewesen. Diese beiden Dinge zusammengenommen – die schwarze Bauchtänzerin und der vom Schlag getroffene Grubenarbeiter – hatten Barbarotti weich werden lassen. Nach einigen tränenreichen Telefongesprächen war er damit einverstanden gewesen, mit Sara in die nördliche Bergbaustadt zu fahren und so ein richtiges Familienweihnachten unter dem Polarstern zu feiern. Großmutter und Großvater. Gunnar und Helena. Die drei Kinder.

Die Zusage war Mitte Oktober abgegeben worden, und seitdem hatte er sie jeden Tag aufs Neue bereut. Wenn es Menschen auf dieser Welt gab, mit denen Gunnar Barbarotti nur schwer auskam, dann waren es seine ehemaligen Schwiegereltern.

Deshalb das Gebet.

O Herr, du, der du für den Anwesenden nicht wirklich existierst, aber den es vielleicht doch gibt, mach diese Reisepläne zunichte. Lass mich davonkommen, lass Sara davonkommen, gönne mir und meiner Tochter ein ruhiges Weihnachtsfest hier in unserem Heim in Kymlinge mit Pasta, Hummer und Trivial Pursuit und ein paar guten Büchern – und einer Christmette, wenn wir es schaffen – statt dieses miserablen Familienbegräbnisses mit sieben Personen in einem engen Eternithaus mit vier Zimmern und Frostschäden, geistiger Finsternis und auf dem Gefrierpunkt angelangten Beziehungen und einem mürrischen Altkommunisten mit linksseitiger Lähmung und seiner vergrämten Frau. Tu, was du willst, o Herr, aber lasse niemanden deshalb zu Schaden oder Schande kommen, nur so als Tipp könnte ich mir vorstellen, auf dem Eis auszurutschen und mir einen kleineren Knochen im Leibe zu brechen oder einen nicht zu dicken Eiszapfen auf den Kopf zu bekommen, ich bin bereit, mich soweit zur Verfügung zu stellen, aber du weißt es am besten, o Herr. Der Zug geht um 13.25 Uhr, es bleibt nur noch wenig Zeit. Danke schon im Voraus, es geht wie gesagt um drei Punkte. Amen.

Gunnar Barbarotti schaute auf die Uhr. Es war zwanzig Minuten nach neun. Er hatte ein halbes Frühstück im Bett eingenommen und eine ganze Zeitung gelesen. Es war an der Zeit, aufzustehen und sich einen Kaffee zu kochen. Sich unter die Dusche zu stellen und auf ein Wunder zu hoffen.

Auf dem Weg zum Badezimmer kam er an Saras Zimmer vorbei, überlegte einen Moment lang, ihr einen ersten Weckruf zuteil werden zu lassen, ließ es dann aber sein. Sie konnte gut und gern noch eine Stunde schlafen. So wie er sie kannte, hatte sie ihre Tasche bereits am Abend zuvor gepackt, und morgens pflegte sie überdies immer ein Wunder an Effektivität zu sein.

Übrigens war sie überhaupt ein Wunder, dachte er, während er unter der Dusche stand, nicht nur morgens. Er hatte irgendwo gelesen (wahrscheinlich bei Klimke), dass unter allen Freuden auf der Welt, die einem Manne widerfahren können, keine sich mit der Freude messen ließ, die ihm eine kluge, gute Tochter schenken konnte.

Vollkommen richtig, konstatierte Gunnar Barbarotti und klatschte sich Shampoo in sein ausgedünntes Haar, und was könnte eine geruhsame Weihnachtszeit mit fünf freien Tagen mit so einer Tochter noch toppen?

Nichts, rein gar nichts, o Herr, also erhöre mein Gebet.

Das Wunder, das Gottes Existenz über Weihnachten sicherstellte, war zweigeteilt und ereignete sich zwischen Viertel vor zehn und fünf vor zehn.

Zuerst war es Kommissar Asunander, der anrief.

Asunander war Leiter der Kriminalabteilung bei der Kymlinger Polizei und Barbarottis direkter Vorgesetzter. Er bat ganz fürchterlich um Entschuldigung, und wenn Gunnar Barbarotti den Ball nicht selbst annehmen wolle, dann brauche er ihn nur an Backman weiterzugeben.

Barbarotti entschied sich, nichts zu den einleitenden Fußballmetaphern zu sagen. Eva Backman war seine Kollegin und eine gute Freundin, und auch ihr war es gelungen, über die Weihnachtstage frei zu bekommen. Was sie auch dringend brauchte, wie Gunnar wusste, da ihre Ehe vermutlich einen Punkt erreicht hatte, an dem die Gefahr bestand, das sie Schiffbruch erleiden konnte – aber es gab immerhin noch einen deutlichen Hoffnungsschimmer. Eva war mit einem gewissen Wilhelm verheiratet, üblicherweise Ville genannt und Gründer sowie Vorsitzender und Trainer der KUT, Kymlinge Unihockey Tiger. Das Paar hatte drei Söhne, vierzehn, zwölf und zehn Jahre alt, die alle Unihockey spielten und als verheißungsvolle Talente galten. Im Laufe des letzten Jahres hatte Eva Backman langsam, aber sicher angefangen, alles zu verabscheuen, was mit diesem Sport zu tun hatte, nachdem sie sich viele Jahre lang neutral verhalten hatte. Sie hatte Barbarotti anvertraut, dass sie sogar einen allergischen Ausschlag in den Achselhöhlen und am Hals bekam, wenn sie gezwungen wurde, ein Spiel anzusehen, was normalerweise zweimal die Woche der Fall war. Sie hatte das auch ihrem Mann anvertraut, und soweit Barbarotti verstand, hatte dieser nicht entsprechend darauf reagiert.

Aber Eva liebte ihren Mann, und sie liebte ihre Kinder. Sie wollte nicht, dass alles nur wegen dieses albernen Sports den Bach hinunterging. Oder aufgrund ihrer eigenen Starrköpfigkeit. Barbarotti und Backman hatten das Problem erst vor zwei Tagen diskutiert, er wusste, wie der Hase lief. Ein Arbeitswochenende statt eines Weihnachtswochenendes (nicht einmal eine klitzekleine Trainingsstunde war an den heiligen Tagen angesetzt) konnte fast etwas Schicksalhaftes für Eva Backman haben.

Aber Barbarotti oder Backman mussten den Fall übernehmen, das stand für den Hauptkommissar fest, es gab keine anderen Möglichkeiten. Eigentlich war ja eher Backman an der Reihe, aber da gab es ja Backmans Heimspiel ... nicht, dass man darauf Rücksicht nehmen musste, aber es sah doch wohl so aus, als ob ihr ein paar Tage im Schoße der Familie guttun würden, oder? Oder was dachte Barbarotti?

Barbarotti war der gleichen Meinung. Im Prinzip. Und wenn sogar Asunander um Backmans Situation wusste, dann war es vermutlich ernst. Worum es denn überhaupt gehe?

Hauptkommissar Asunander räusperte sich mit der Umständlichkeit, die nur dreißig Jahre beharrliches Pfeifenrauchen hervorrufen können, und erklärte, dass es sich um einen Vermissten handelte.

Falsch, um zwei Vermisste.

Dann machte er eine Pause und richtete sein Gebiss. Das rutschte immer zur Seite, wenn er zu viel redete. Dass er überhaupt ein Gebiss hatte, lag an seiner Arbeit. Vor knapp zehn Jahren war er im Zusammenhang mit einem dienstlichen Einsatz an einen angetörnten Bodybuilder geraten, der mit einem Baseballschläger bewaffnet war – der Schlag hatte Asunander über dem Mund getroffen, er hatte sechsundzwanzig Zähne innerhalb einer halben Sekunde verloren, was möglicherweise Weltrekord war und außerdem ein gutes Jahr umfassender Kieferoperationen nach sich zog mit nicht so recht befriedigendem Endresultat. Irgendwie wollte es einfach nicht passen, und das ständige Justieren führte dazu, dass er sich oft so kurz wie möglich fasste. Besonders wenn die Hände mit etwas anderem beschäftigt waren und er gezwungen war, die Pfeife im Mundwinkel mit den Zähnen festzuhalten. Manchmal klang es dann wie ein altmodisches Telegramm, besonders, wenn er schon Schiffbruch erlitten hatte. Bestimmte kleine Worte übersprang er gern, wenn sie für den Zusammenhang nicht unbedingt notwendig waren.

»Merkwürdige Geschichte«, sagte er jetzt. »Bisher nur Telefonkontakt – gestern Abend und heute Morgen.«

»Verstehe«, sagte Gunnar Barbarotti.

»Definitiv Zeit, jemanden hinzuschicken. Die Sache genauer untersuchen. Umgehend. Übernimmst du?«

»Gib mir eine Viertelstunde«, bat Gunnar Barbarotti. »Mein Zug fährt um halb zwei Richtung Norden. Das ändert so manches.«

»Verstanden«, sagte der Kommissar. »Ruf mich in zehn Minuten an. Frohe Weihnachten.«

Er hatte gerade das Gespräch beendet, als Sara in die Küche wankte.

Er starrte sie an. Etwas stimmte nicht. Ihr schönes rotbraunes Haar sah aus, als hätte jemand draufgepinkelt. Die Augen waren glasig und rot, sie atmete schwer mit offenem Mund, und das fußlange Nachthemd hatte sich in einen schmutzigen Lappen verwandelt. Ein Schweißtuch. Sie kam herein und hielt sich am Kühlschrank fest.

»Papa«, sagte sie mit matter Stimme.

Gunnar Barbarotti widerstand dem Impuls, sofort zu seiner Tochter zu eilen und sie in die Arme zu nehmen. »Aber kleine Sara«, sagte er stattdessen. »Was ist denn los mit dir?«

»Ich … glaube … ich … bin … krank.«

Die Worte suchten sich einzeln ihren Weg über die rissigen Lippen und erreichten nur mit Mühe und Not Barbarottis Trommelfell.

»Setz dich, Sara.«

Er zog einen Küchenstuhl heraus, und sie setzte sich. Er legte ihr die Hand auf die Stirn. Sie war heiß wie ein Bügeleisen. Sie schaute ihn mit leerem Blick und halb gesenkten Augenlidern an.

»Ich glaube … nicht … dass ich … in der Lage bin …«

»Hast du Fieber gemessen?«

»Nein.«

»Sara, geh wieder ins Bett. Ich komme mit etwas zu trinken und dem Thermometer. Du siehst wirklich nicht gesund aus.«

»Aber Mama … und Malmberg …?«

»Das ist abgeblasen«, sagte Gunnar Barbarotti. »Außerdem muss ich sowieso ein bisschen arbeiten. Wir bleiben hier und feiern Weihnachten hier in Kymlinge, du und ich.«

»Aber …«

»Kein aber. Soll ich dir helfen, wieder ins Bett zu kommen?«

Sie stand auf, schwankte ein wenig, er stützte sie, indem er ihr den Arm um die Taille legte.

»Danke, Papa, aber ich kann selbst gehen. Ich muss auch erst pinkeln … aber wenn du … wenn du mir etwas zu trinken bringen kannst, dann wäre ich … wäre ich dir dankbar …«

»Aber natürlich, mein Mädchen«, sagte Gunnar Barbarotti.

Er suchte zwei Kopfkissen mit sauberen Bezügen heraus. Schüttelte das Bett auf, stopfte es um seine Tochter herum fest, platzierte zwei Gläser auf dem Nachttisch – eines mit Wasser, das andere mit Preiselbeersaft – wartete, während sie Fieber maß – 39,2 –, und als er merkte, dass sie wieder eingeschlafen war, schlich er vorsichtig aus ihrem Zimmer.

Führte zwei Telefongespräche.

Das erste mit Hauptkommissar Asunander, um zu erklären, dass er den Fall mit den beiden Vermissten übernehmen würde.

Das zweite mit seiner früheren Ehefrau, um bedauernd mitzuteilen, dass leider etwas dazwischengekommen sei. Sara lag mit neununddreißig Grad Fieber im Bett und schaffte es nicht einmal, aufzustehen.

Als das erledigt war, ging er ans Fenster im Wohnzimmer und warf einen Blick auf den grauvioletten Dezemberhimmel.

»Ich danke ganz untertänigst«, murmelte er. »Und bitte, im Januar wiederkommen zu dürfen.«

Dann holte er sein schwarzes Heft heraus und machte sich Notizen.

17

Bevor er sich in die Allvädersgatan 4 begab, an den Punkt, von dem aus die Vermissten nach allem, was anzunehmen war, aufgebrochen waren, fuhr er im Polizeirevier vorbei und bekam ein Briefing von Sorgsen.

Sorgsen hieß eigentlich Borgsen, Gerald mit Vornamen, norwegisch von Geburt. Er arbeitete inzwischen seit fünf Jahren in diesem Bereich und legte – wie Backman es auszudrücken pflegte – eine bemerkenswert ausgeprägte Integrität an den Tag. Er war um die Fünfunddreißig, wohnte etwas außerhalb der Stadt, in Vinge, zusammen mit seiner Frau und zwei Kindern. Er nahm nie an irgendwelchen außerdienstlichen Aktivitäten mit den Kollegen teil, ging nie mit ein Bier trinken, er schien keine besonderen Interessen zu haben, und er machte fast immer den Eindruck, ein wenig sorgenvoll zu sein, deshalb der Spitzname.

War aber ein tadelloser und kompetenter Polizeibeamter, da gab es keinen Zweifel.

Das Briefing dauerte zehn Minuten. Sorgsen hatte eine Zusammenfassung auf zwei DIN-A-4-Seiten verfasst, und er ging noch einmal alles mündlich durch.

Zwei Personen waren von demselben Anzeigeerstattenden als vermisst erklärt worden, von einem gewissen Karl-Erik Hermansson, 65 Jahre alt, ehemaliger Oberstufenlehrer in der Kymlinge-Schule und frischgebackener Pensionär. Die beiden Vermissten waren zum einen sein Sohn Walter Hermansson, 35 Jahre alt, der im Zusammenhang mit einem Besuch bei seinen Eltern in der Allvädersgatan irgendwann im Laufe der Nacht zwischen Montag, dem 19., und Dienstag, dem 20. Dezember, verschwunden war – zum anderen der Enkelsohn Henrik Grundt, 19 Jahre alt, der im Laufe der folgenden Nacht verschwunden war, das heißt also zwischen dem 20. und 21. Dezember. Sowohl Walter als auch Henrik waren aus Anlass eines doppelten Festtages am 20. in Kymlinge zu Besuch, Karl-Erik Hermansson selbst war da 65 Jahre, seine Tochter Ebba (Henriks Mutter) 40 Jahre alt geworden.

Normalerweise hatte Walter Hermansson seinen Wohnsitz in Stockholm. Henrik Grundt war bei seinen Eltern in Sundsvall gemeldet, hatte aber außerdem ein Zimmer in einem Studentenwohnheim in Uppsala, wo er soeben das erste Semester seines Jurastudiums beendet hatte. Oder besser gesagt, es im Januar hatte beenden wollen, da die Prüfungen erst im neuen Jahr stattfanden.

Der Anzeige erstattende Karl-Erik Hermansson hatte nicht die geringste Ahnung, was mit den beiden vermissten Personen geschehen sein konnte, er vermochte auch nicht zu sagen, ob das Verschwinden der beiden in irgendeiner Weise miteinander zusammenhing.

Am Vorabend war gegen zehn Uhr eine Suchmeldung herausgegangen, aber bis jetzt hatte sich noch niemand gemeldet, der etwas gesehen hatte.

Ein Detail, das der Anzeigende selbst nicht erwähnt hatte, das aber schließlich doch zu Tage gekommen war, war die Tatsache, dass der zuerst Verschwundene, Walter Hermansson, identisch war mit dem Dokusoap-Teilnehmer der Fernsehsendung »Die Gefangenen auf Koh Fuk« gleichen Namens, der zwischenzeitlich Berühmtheit erlangt hatte.

»Wichs-Walter?«, hatte Barbarotti gefragt.

Sorgsen hatte diese Bezeichnung nicht selbst in den Mund genommen, aber zustimmend genickt.

Als er das Revier verließ, erinnerte er sich daran, wie Asunander den Fall beschrieben hatte: *Eine merkwürdige Geschichte.* Der Kommissar war nicht dafür bekannt, zu übertreiben, und er hat es auch dieses Mal nicht, dachte Gunnar Barbarotti, als er in sein Auto stieg und Kurs auf die Allvädersgatan hinten in Väster nahm.

Eine zweifache Vermisstenmeldung am dunkelsten Tag des Jahres? Ja, merkwürdig konnte man das wirklich nennen.

Karl-Erik Hermansson sah bleich, aber gefasst aus, seine Ehefrau Rosemarie wirkte eher gespalten. Barbarotti hatte einen Augenblick überlegt, inwieweit er der Grundregel folgen sollte, die Informanten immer nur einzeln zu befragen, beschloss aber, dieses Mal von ihr abzuweichen.

Zumindest für den Anfang. Wenn ein intensiveres Verhör notwendig sein sollte, konnte er sie immer noch einen nach dem anderen drannehmen. Man saß im Wohnzimmer, das etwas zu vollgestellt war, wie Inspektor Barbarotti fand – mit dieser Heterogenität an Stilen und Farben, die von einem langen gemeinsamen Leben der beiden Bewohner zeugte, die nicht nennenswert von dem kostspieligen Leitstern gestört worden waren, der guter Geschmack genannt wird. Die Sitzgruppe aus dunkelbraunem Leder war mitten aus den Siebzigern, die sahnefarbene Vitrine mit gedämpfter Beleuchtung von einem deutlich späteren Datum, an den Wänden hing ein Meer kunterbunter Bilder mit Rahmen, die dem Motiv jede Kraft aussogen, und die Tapeten gingen ins Blassgelbe und Bläuliche mit einer bordeauxfarbenen Blumengirlande als Bordüre. Auf dem gediegenen Kieferntisch hatte Rosemarie zum Kaffee gedeckt, einen weichen Kuchen vom Typ Pfefferkuchen sowie vier Sorten Kekse. Das Porzellan war blaugeblümt, die Servietten weihnachtlich rotgrün, aber Scheiß drauf, dachte Gunnar Barbarotti, er war ja nun weiß Gott nicht hergekommen, um einen Bericht über die Inneneinrichtung zu schreiben.

»Mein Name ist also Inspektor Barbarotti«, begann er. »Ich bin gekommen, um mich um den Fall zu kümmern und zu versuchen, ihn zur Zufriedenheit aller zu lösen.«

»Den Fall?«, sagte Rosemarie Hermansson und ließ ein Stück weichen Kuchen auf ihren Schoß fallen.

»Das hoffen wir doch«, sagte ihr Ehemann.

»Dann lassen Sie uns zunächst die Fakten durchgehen«, schlug Gunnar Barbarotti vor und klappte seinen Notizblock auf. »Sie hatten also die Familie zu einer kleinen Feier versammelt aus Anlass von …?«

»Aus dem Anlass, dass meine Tochter Ebba und ich am selben Tag Geburtstag haben«, erklärte Karl-Erik Hermansson prompt und richtete seinen glänzenden, grünmelierten Schlips. »Außerdem sind es in diesem Jahr auch noch runde Geburtstage. Ich bin fünfundsechzig geworden, Ebba vierzig.«

»An welchem Tag?«, fragte Barbarotti.

»Am Dienstag, dem zwanzigsten. Also vorgestern. Ja, es handelte sich nur um eine kleine Familienzusammenkunft in aller Schlichtheit. Wir haben uns nie etwas aus dem Pompösen gemacht, meine Frau und ich. Oder, Rosemarie?«

»Nein, ja«, stimmte Rosemarie Hermansson zu.

»Unsere drei Kinder und ihre Familien also. Insgesamt waren wir zehn Personen … darunter ein Eineinhalbjähriger, unser jüngstes Enkelkind. Ja. Alle sind am Montag eingetroffen, das Fest selbst fand also am nächsten Tag statt … am Dienstag, wie ich schon gesagt habe.«

»Aber da war bereits eine Person verschwunden?«, fragte Barbarotti und probierte vorsichtig den Kaffee. Zu seiner Verwunderung war er sowohl stark als auch gut. Ich habe Vorurteile, dachte er. In jeder Hinsicht.

»Ja, das stimmt, ja«, bestätigte Karl-Erik Hermansson und nickte nachdenklich. »Obwohl ich fürchte, dass wir zu diesem Zeitpunkt noch nicht so recht den Ernst der Lage gesehen haben.«

»Warum nicht?«

»Was?«

»Warum haben Sie nicht den Ernst der Lage gesehen? Hatte Ihr Sohn ... es war doch Ihr Sohn Walter, der zwischen Montag und Dienstag verschwunden ist, oder?«

»Ja, das war Walter«, warf Rosemarie Hermansson ein.

Gunnar Barbarotti schenkte ihr ein aufmunterndes Lächeln, wandte sich dann wieder ihrem Gatten zu.

»Sie sagen, dass Sie den Ernst der Lage nicht gesehen haben. Bedeutet das, dass Walter einen Grund gehabt haben könnte, sich fernzuhalten ... dass Sie vielleicht zu wissen glaubten, wohin er gegangen sein könnte?«

»Absolut nicht«, erklärte Karl-Erik Hermansson entschlossen. »Das Ganze ... ja, das erfordert vielleicht eine kleine Erklärung. Mein Sohn ... ich meine natürlich, *unser* Sohn ... war in letzter Zeit nicht mehr der Alte.«

Interessante Art, es auszudrücken, dachte Gunnar Barbarotti. Nein, wenn man sich im Fernsehen hinstellt und onaniert, dann ist man vermutlich nicht mehr der Alte. Er registrierte, dass Rosemarie dasaß und ihre rotgrüne Serviette im Schoß zerbröselte, und er ahnte, dass sie kurz vor dem Zusammenbruch stand.

»Ich kenne die Fernsehsendung«, sagte er. »Auch wenn ich sie nicht selbst gesehen habe. Überhaupt sehe ich nur sehr wenig fern. Nun gut, aber Sie stellten also sein Verschwinden in Zusammenhang mit ... ja, damit, wie er sich fühlte?«

Karl-Erik Hermansson schien zu zögern. Er warf seiner Ehefrau einen hastigen Blick zu und fummelte wieder an seiner Krawatte herum. Irgend so ein Seidenzeug, wenn Gunnar Barbarotti sich nicht irrte. Thaiseide, wenn er eine qualifizierte Vermutung wagen wollte. Vielleicht hatte er sie ja zu seinem großen Tag bekommen.

»Ich weiß nicht so recht«, sagte Karl-Erik Hermansson schließlich. »Ich habe ja nie so richtig mit ihm reden können.

Ich hatte es mir vorgenommen, aber es ist nicht dazu gekommen. Es kommt nicht immer so, wie man es sich denkt ...«

Als er das gesagt hatte, sank er ein wenig in sich zusammen. Als hätte er etwas gestanden, das er eigentlich gar nicht hatte gestehen wollen, dachte Barbarotti – und das bot seiner Ehefrau die Gelegenheit, zu Wort zu kommen.

»Walter kam am Montag gegen sieben Uhr«, erklärte sie. »Die anderen auch. Wir haben einen Happen gegessen, nichts Besonderes, einige sind noch aufgeblieben und haben sich unterhalten, nachdem Karl-Erik und ich ins Bett gegangen sind ... nein, es war so, wie Karl-Erik gesagt hat, an dem Abend war keine Zeit für Gespräche unter vier Augen.«

»Aber Walter gehörte zu denen, die noch länger aufblieben?«

»Ja. Ich glaube, er und Kristina, unsere Tochter. Sie haben ... ja, sie standen sich immer ziemlich nahe. Ebbas und Leifs Söhne waren auch dabei.«

»Und dann ist Walter verschwunden?«

Rosemarie wechselte einen Blick mit ihrem Mann, als wolle sie bestätigt bekommen, dass sie fortfahren durfte. »Ja«, sagte sie und zuckte etwas resigniert mit den Schultern. »Er ist wahrscheinlich rausgegangen, um spazieren zu gehen und eine zu rauchen. Das hat jedenfalls Kristina gesagt ...«

»Wie spät war es da?«

»Halb eins ungefähr ... vielleicht ein bisschen später.«

»Und wer war zu diesem Zeitpunkt noch auf, als Walter weggegangen ist?«

»Ich glaube, nur Kristina und Henrik. Kristoffer sagt ...?«

»Einen Moment. Wer ist Kristoffer?«

»Ebbas und Leifs jüngerer Sohn. Ja, Sie haben natürlich noch die Möglichkeit, alle drei zu sprechen, jetzt, wo ...«

»Ich verstehe. Und was sagt Kristoffer also?«

»Er sagt, er sei kurz nach halb eins hochgegangen, um sich schlafen zu legen. Und da waren Walter, Kristina und Henrik noch auf ... ja, hier im Wohnzimmer.«

Gunnar Barbarotti nickte und machte sich Notizen.

»Und Kristina?«

»Ihre Familie ist gestern zurück nach Stockholm gefahren.«

»Wann gestern?«

»Frühmorgens.«

»Aber Sie haben Walters Verschwinden auch mit ihr am Dienstag diskutiert?«

»Ja, natürlich. Obwohl, es hat eine Weile gedauert, bis wir gemerkt haben, dass er nicht da war. Es war ja auch gerade der Geburtstag. Es gab einige Gratulanten und so …«

»Wann haben Sie bemerkt, dass er nicht da war? Walter, meine ich.«

Das Ehepaar Hermansson schaute einander an. Karl-Erik runzelte kurz die Stirn.

»So gegen Mittag, nehme ich an …«

»Zuerst haben wir gedacht, er habe am Vormittag einen Spaziergang gemacht«, fügte seine Ehefrau hinzu. »Erst später am Nachmittag habe ich entdeckt, dass er gar nicht in seinem Bett geschlafen hat.«

Gunnar Barbarotti machte sich wieder Notizen. Und er trank von seinem Kaffee. »All right«, sagte er. »Dem müssen wir später noch im Detail nachgehen. Jetzt geht es erst einmal darum, einen Überblick darüber zu bekommen, was eigentlich passiert ist.«

»Es ist unbegreiflich«, stellte Karl-Erik Hermansson mit einem tiefen Seufzer fest. »Ganz und gar unbegreiflich.«

Gunnar Barbarotti gab dazu keinen Kommentar ab, aber in seinem Innersten spürte er, dass das eine Interpretation der Lage war, die er mit unterschreiben konnte. Zumindest bis jetzt.

Ganz und gar unbegreiflich.

»Ich werde natürlich auch mit Familie Grundt sprechen«, sagte er. »Aber vorher möchte ich hören, was Sie über Henrik zu sagen haben.«

Das Ehepaar Hermansson brauchte fünfundzwanzig Minuten, um über Henrik Grundt und sein Verschwinden zu berichten. Auf Gunnar Barbarottis Notizblock ergab es jedoch nur sechs Zeilen.

Der neunzehnjährige Junge hatte – aus unbekannten Gründen – sein Bett und sein Zimmer irgendwann in der Nacht vom Dienstag, dem 20., auf Mittwoch, den 21. Dezember, verlassen. Vermutlich nicht vor 01.00 Uhr, als sein Bruder Kristoffer, der im gleichen Zimmer war, schlief – und auf keinen Fall nach 06.15 Uhr, als Rosemarie Hermansson aufstand und bemerkt hätte, wenn sich jemand im ersten Stock bewegte.

Warum? Ja, davon hatten weder Großvater noch Großmutter die geringste Ahnung. Es war wohl das beste, Mutter, Vater und Bruder des Jungen dazu zu befragen. Sie selbst empfanden nur eine große Verwirrung und eine große Verzweiflung.

Inspektor Barbarotti beteuerte sein vollstes Verständnis für diese Gefühle, aber man solle doch nicht die Hoffnung auf einen glücklichen Ausgang aufgeben. Bevor er das Gespräch mit Herrn und Frau Hermansson abschloss, fragte er, ob einer von ihnen eine Art Verbindung zwischen den beiden merkwürdigen Fällen von Verschwinden sehen könnte.

Überhaupt keine, darin waren sich die Eheleute rührend einig.

»Meine Eltern hat das schwer getroffen, ich hoffe, Sie verstehen das.«

Ebba Hermansson Grundt hatte selbst darum gebeten, mit ihm unter vier Augen zu sprechen. Er wusste, dass sie Oberärztin der Chirurgie war, aber außerdem war sie die Schwester eines der beiden Vermissten und die Mutter des anderen. Es war ein wenig verwunderlich, dass sie das Gespräch damit einleitete, über ihre Eltern zu reden.

»Das habe ich auch gemerkt«, sagte Gunnar Barbarotti. »Ich habe gerade mit ihnen gesprochen.«

»Besonders meine Mutter, das ist Ihnen sicher aufgefallen. Sie hat die ganze Nacht nicht geschlafen. Ich habe versucht, ihr gestern Abend eine Schlaftablette zu geben, aber sie hat sich geweigert … sie steht kurz vor dem Zusammenbruch. Aber das haben Sie ihr vielleicht auch angesehen?«

»Das ist eine ganz normale Reaktion in so einer Lage, nicht wahr?«, sagte Gunnar Barbarotti. »Und wie geht es Ihnen selbst?«

Ebba Hermansson Grundt saß kerzengerade auf dem Stuhl und atmete ein paar Mal langsam durch weitgeöffnete Nasenflügel, bevor sie antwortete. Als wäre sie gezwungen, erst einmal nachzuforschen, bevor sie eine korrekte Antwort abliefern konnte. »Mir geht es genauso«, stellte sie dann fest. »Aber es würde alles nur noch schlimmer machen, wenn ich die Kontrolle verlöre.«

»Sie sind gewohnt, alles unter Kontrolle zu haben?«

Sie betrachtete ihn, schien nach einer Spur von Kritik oder Ironie zu suchen. Offensichtlich fand sie nichts davon, denn sie antwortete: »Ich bin nicht gefühllos, wenn Sie das glauben. Aber um meiner Eltern willen … und für Kristoffer … versuche ich ein wenig optimistisch zu bleiben.«

»Und Ihr Mann?«

Einen Moment lang zögerte sie. »Für ihn auch.«

Gunnar Barbarotti nickte. Danach hatte er eigentlich gar nicht gefragt. Er merkte, dass ihm diese äußerst beherrschte und durchtrainierte Frau, die ihm gegenübersaß, leidtat. Sie war vierzig Jahre alt, hatte zwei Kinder und war Oberärztin. Ein äußerst verantwortungsvoller Posten; er musste sie einiges gekostet haben, und trotzdem hätte er sie eher auf fünfunddreißig geschätzt.

»Ich verstehe«, wiederholte er. »Aber dennoch muss ich Sie mit einigen Fragen belästigen, ich hoffe, das sehen Sie ein?«

»Bitte schön, Herr Kommissar.«

»Inspektor. Ich bin nur Inspektor.«

»Entschuldigung.«

»Das macht nichts. Nun gut, zuallererst möchte ich wissen, ob Sie irgendeinen Zusammenhang zwischen den beiden Fällen sehen können. Gibt es etwas, das darauf hindeutet, dass sie in irgendeiner Form zusammenhängen könnten?«

Sie schüttelte den Kopf. »Ich habe schon den ganzen Tag darüber nachgedacht«, sagte sie. »Aber mir fällt nichts ein. Es ist ja schon merkwürdig genug, wenn eine Person verschwindet, aber dass ... ja, dass sich beide sozusagen in Luft auflösen? ... Nein, das ist vollkommen unbegreiflich.«

»Mir auch«, fügte sie nach einer kleinen Pause hinzu. Als ob Erscheinungen, die ihrer Mutter oder ihrem Mann unbegreiflich waren, nicht notwendigerweise damit auch für Ebba Hermansson Grundt unbegreiflich sein mussten.

Aber in diesem Fall war es also der Fall.

»Wenn Sie davon überzeugt sind, dann schlage ich vor, dass wir jeden Fall für sich durchgehen«, sagte Gunnar Barbarotti und blätterte seinen Notizblock um. »Vielleicht Walter zuerst? Was haben Sie zu ihm zu sagen?«

»Was ich zu Walter zu sagen habe?«

»Ja, bitte.«

»Allgemein oder im Hinblick auf sein Verschwinden?«

»Vielleicht beides?«, schlug Gunnar Barbarotti vorsichtig vor. »Können Sie sich beispielsweise ein Motiv denken, warum er weggegangen sein könnte? Wenn wir jetzt einmal von Ihrem Sohn absehen.«

Ebba Hermansson Grundt saß ein paar Sekunden lang schweigend da, schien aber nicht nach einer Antwort auf diese Frage zu suchen. Eher sitzt sie da und entscheidet, was sie sagen will und was nicht, vermutete Inspektor Barbarotti.

»Gut«, sagte sie schließlich. »Wenn ich vollkommen aufrichtig sein soll, dann habe ich von Anfang an geglaubt, dass er einfach abgehauen ist und sich irgendwo versteckt hält.«

»Abgehauen ist und sich versteckt hält?«

»Oder wie immer man es nennen soll. Walter ist ein ziemlich charakterschwacher Mensch. Wenn eine Situation unangenehm wird, dann kann es schon sein, dass er die Flucht ergreift. Sie wissen sicher, was im Herbst passiert ist.«

»Sie spielen auf diese Fernsehsendung an?«

»Ja. Das sagt doch eigentlich genug, oder? Wahrscheinlich ist es ihm in letzter Zeit ziemlich schlecht gegangen, und es wäre nicht verwunderlich, wenn diese Familienzusammenkunft für ihn zu viel geworden ist. Plötzlich all seinen nächsten Verwandten gegenüberzustehen, und ... ja.«

»Glauben Sie, dass er sich hier in Kymlinge aufhält?«

Sie zuckte mit den Schultern. »Ich weiß es nicht. Aber sein Auto steht ja immer noch draußen. Er ist hier im Ort aufgewachsen. Sicher hat er alte Bekannte, bei denen er Zuflucht suchen könnte.«

»Frauen?«

»Warum nicht? Aber das sind reine Spekulationen. Und vielleicht liege ich auch vollkommen falsch. Er muss ja gemerkt haben, dass er unsere Mutter schrecklich beunruhigt hat, und das hätte ich wirklich nicht von ihm gedacht.«

»Haben Sie am Montagabend länger mit ihm gesprochen?«

»Fast gar nicht. Es waren ja nur wenige Stunden, und das Haus war sozusagen voll. Mein Mann und ich sind außerdem ziemlich früh ins Bett gegangen.«

»Wie wirkte er?«

»Walter?«

»Ja.«

Sie machte eine kurze Pause, bevor sie antwortete. »Ich nehme an, wie es zu erwarten war. Eine Mischung aus Arroganz und Unsicherheit. Es ist klar, dass er auf irgendeine Weise die Maske zu wahren versuchte, aber in seinem Inneren kann es eigentlich nicht so schlimm ausgesehen haben. Unser Vater hatte uns gebeten, diese peinliche Sendung nicht zu erwähnen, und das haben wir dann auch nicht getan.«

»Aber Sie haben nie mit ihm unter vier Augen gesprochen?«

»Nein.«

»Hat das sonst jemand?«

»Ich glaube, Kristina, meine Schwester. Sie hatten immer …«

»Ja?«

»Sie standen sich immer etwas näher als Walter und ich.«

Gunnar Barbarotti schrieb *Kristina* auf seinen Block und unterstrich den Namen zwei Mal.

»Es ist zu viel Zeit vergangen«, sagte er.

»Wie bitte?«

»Sie haben angedeutet, dass Walter möglicherweise beschlossen hat, sich von hier fernzuhalten. Aber er ist schon Montagnacht verschwunden. Heute haben wir Donnerstag. Finden Sie nicht, dass …?«

»Ich weiß«, unterbrach sie ihn. »Doch, ich stimme Ihnen zu. Ein paar Stunden oder vielleicht auch ein Tag, aber nicht so lange. Es muss … es muss ihm etwas zugestoßen sein.«

Ihre Stimme zitterte ein wenig, und ihm war klar, dass diese letzte Schlussfolgerung auch auf ihren Sohn anspielte. Er blätterte wieder um und beschloss, zu dem Vermissten Nummer zwei überzugehen.

»Henrik«, sagte er. »Lassen Sie uns stattdessen ein wenig über Ihren Sohn sprechen.«

»Entschuldigen Sie mich«, sagte Ebba Hermansson Grundt. »Nur zwei Minuten, bitte.«

Ihre Stimme trug jetzt nicht mehr. Sie stand auf und eilte aus dem Zimmer. Gunnar Barbarotti lehnte sich zurück und schaute aus dem Fenster. Vereinzelte Schneeflocken fielen inzwischen, und die Dämmerung hatte sich zur Dunkelheit verdichtet. Von irgendwoher im Haus waren Nachrichten aus einem Radio zu hören. Aber die Türen zum Wohnzimmer waren sorgfältig geschlossen. Er hatte keine Ahnung, wo die übrigen Mitglieder der betroffenen Familie die Minuten totschlugen. Und die Stunden. Die Ärmsten, dachte er unfreiwillig. Das kann nicht leicht sein.

Dann schenkte er sich noch Kaffee ein und versuchte zu spüren, ob er eine Ahnung empfand, in welche Richtung der Fall sich entwickeln würde.

Aber es war nichts zu spüren.

18

Nein, ich habe keine Ahnung, wo Henrik sich befindet. Kann nicht einmal eine Vermutung äußern. Das widerspricht jeglicher Vernunft.«

Sie hatte sich wieder gefangen, aber er nahm an, dass sie geweint hatte. Aus den zwei Minuten waren fünf geworden, und ihr Gesicht sah frisch gewaschen aus.

»Hat Henrik noch andere Bekannte in Kymlinge außer seinen Großeltern?«

»Nein.« Sie schüttelte den Kopf, aber nur höchstens einen Zentimeter in jede Richtung. »Gar keine. Henrik ist in seinem ganzen Leben höchstens sieben, acht Mal hier gewesen. Und dann nie mehr als ein paar Tage. Er kennt keinen Menschen in dieser Stadt.«

»Da sind Sie sich ganz sicher?«

»So sicher man nur sein kann.«

»Henrik ist also neunzehn Jahre alt. Er studiert seit einem Semester Jura in Uppsala. Stimmt das?«

»Ja.«

»Können Sie ein bisschen mehr über ihn erzählen?«

»Was wollen Sie wissen?«

»Wir haben bisher nur ein allgemeines Bild. Ist er gewissenhaft? Ruhig oder eher lebhaft? Welche Interessen hat er? Hat er viele Kontakte?«

Sie schluckte und nickte. Wischte mit dem Knöchel des kleinen Fingers etwas aus dem äußersten Augenwinkel. »Wir haben immer sehr guten Kontakt zueinander gehabt, Henrik und ich. Und er ist gewissenhaft und tüchtig. Es fällt ihm leicht ... was das betrifft. Studium, Sport, Musik ...«

»Freunde?«

»Ob er Freunde hat?«

»Ja.«

»Er hat viele gute Freunde, und er ist mir gegenüber immer ehrlich gewesen. Ich bin ... ich bin stolz auf meinen Sohn, ich möchte, dass Sie das wissen, Herr Kommissar.«

Gunnar Barbarotti machte sich nicht die Mühe, sie zu korrigieren. Er klappte seinen Notizblock zu und legte ihn neben sich aufs Sofa. Schob den Stift in die Brusttasche und faltete die Hände über dem rechten Knie. Es war eine einstudierte Geste der Vertraulichkeit, und wie immer war es ihm ein wenig peinlich, als er sie ausführte.

»Da gibt es etwas, was ich nicht so recht verstehe«, sagte er.

»Und was?«

»Er muss ja in der Nacht weggegangen sein.«

»Ja, das nehme ich an.«

Wieder irritierte sie etwas im Auge, und er ließ ihr die Zeit, es wegzuwischen.

»Können Sie sich einen vernünftigen ... oder zumindest vorstellbaren ... Grund denken, warum Ihr Sohn aus seinem Bett aufgestanden sein soll und sein Zimmer ... und das Haus ... mitten in der Nacht verlassen hat?«

»Nein, ich ...«, zögerte sie.

»Ist er Schlafwandler?«

»Nein. Henrik ist noch nie im Schlaf aufgestanden.«

»Hat er ein Handy?«

»Ja ... ja, natürlich hat er ein Handy. Wir haben immer wieder versucht, ihn anzurufen ... ja, seitdem er verschwunden ist.«

»Keine Antwort?«

»Nein, keine Antwort. Warum fragen Sie danach? Das wissen Sie doch sicher schon?«

Gunnar Barbarotti machte eine kurze Pause und formulierte seine Erklärung. »Ich frage, weil ich zwei denkbare Alternativen vor mir sehe.«

»Zwei?«

»Ja, zwei. Entweder Ihr Sohn hat sein Zimmer verlassen, weil jemand ihn angerufen hat. Oder er hat beschlossen, das zu tun, noch bevor er ins Bett gegangen ist.«

»Ich ...«

»Was erscheint Ihnen am wahrscheinlichsten?«

Sie überlegte einen Augenblick lang.

»Ich halte beides für gleich unwahrscheinlich.«

»Können Sie sich denn etwas anderes denken, genauer gesagt, eine dritte Alternative?«

Sie runzelte die Stirn und schüttelte langsam den Kopf. Dieses Mal in deutlicherem Maße, aber immer noch kontrolliert, als wäre ihr äußerst bewusst, was sie gerade tat.

»Was mich betrifft, so könnte ich mir noch eine andere Lösung denken«, erklärte Gunnar Barbarotti und faltete zur Abwechslung die Hände über dem linken Knie. »Aber sie klingt nicht sehr wahrscheinlich.«

»Und welche Lösung?«

»Dass jemand ihn gekidnappt hat.«

»Das ist das Idiotischste, was ich je gehört habe«, sagte Ebba Hermansson Grundt mit einem Schnauben. »Wie sollte es denn jemand anstellen, einen erwachsenen ...?«

»Gut«, unterbrach Barbarotti sie. »Ich wollte diese Möglichkeit nur ausschließen. Ich bin Ihrer Meinung, dass es höchstwahrscheinlich nicht so abgelaufen ist. Wie ging es ihm in Uppsala?«

Die Frage überrumpelte sie.

»In Uppsala? Gut ... es ging ihm gut. Natürlich ist das erste Semester immer etwas überwältigend, aber so geht es ja allen.«

»Was meinen Sie damit?«

»Womit?«

»Ich hatte den Eindruck, dass Sie etwas andeuten wollen in der Richtung, dass es nicht ganz so wie gewünscht gelaufen ist.«

Sie sah ihn eine Sekunde lang an, den Mund zu einem verärgerten Strich zusammengekniffen. »Nein, das habe ich ganz und gar nicht«, erklärte sie dann. »Aber ich habe natürlich keine Informationen über alles, was er in Uppsala getan oder gelassen hat. Das Studentenleben beinhaltet ja das eine oder andere, das habe ich damit nur sagen wollen. Aber Sie wissen vielleicht nicht …«

»Ich habe acht Semester in Lund studiert«, informierte Gunnar Barbarotti sie und bekam dafür einen kurzen, verwunderten Blick zugeworfen. »Hat er eine Freundin, Henrik?«

Wieder zögerte sie. »Ja, er hat während des Semesters ein Mädchen kennengelernt … Jenny heißt sie. Aber sie ist nie bei uns in Sundsvall gewesen, ich weiß nicht, wie ernst es ist.«

»Haben Sie mit ihr am Telefon gesprochen?«

»Warum hätte ich das tun sollen? Henrik ist im Laufe des Herbstes nur zwei Mal zu Hause gewesen. Das Jurastudium ist ziemlich anspruchsvoll, deshalb …«

»Ich weiß«, sagte Gunnar Barbarotti. »Ich habe in Lund den jur. cand. gemacht.«

»Wirklich? Und dann sind Sie … Polizist geworden?«

»Genau«, bestätigte er. »Und dann bin ich Polizist geworden.«

Sie gab dazu keinen weiteren Kommentar ab, aber er sah, dass diese Gleichung für sie nur schwer aufging. Und wenn er etwas im Laufe des Gesprächs verstanden hatte, dann dass Ebba Hermansson Grundt es schätzte, wenn die Gleichungen aufgingen.

»Wissen Sie, ob Henrik irgendwelche Telefonanrufe erhalten hat, während Sie hier in Kymlinge waren?«, fragte er.

Sie überlegte und zuckte dann mit den Schultern.

»Darauf kann ich keine Antwort geben. Aber ich kann mich

nicht daran erinnern, ihn auch nur ein einziges Mal telefonieren gesehen zu haben. Wobei ich ihn nicht so oft gesehen habe. Vielleicht kann Kristoffer etwas dazu sagen. Die beiden haben ja ein Zimmer geteilt, da müsste er bemerkt haben, wenn Henrik jemand angerufen hat oder wenn er einen Anruf bekam.«

»Ich werde mit Kristoffer und Ihrem Mann noch darüber sprechen«, versicherte Gunnar Barbarotti. Er saß schweigend einige Sekunden lang da, während er eine kleine Fliege betrachtete, die auf der grünroten Tischdecke landete, offensichtlich nicht gewahr, dass es Dezember war und sie viel zu früh aufgewacht war. Oder zu spät.

Dann lehnte er sich auf dem Sofa zurück und nahm wieder seinen Block zur Hand.

»Was hat er mitgenommen?«, fragte er.

»Was?«

»Haben Sie nachgesehen, was er mitgenommen hat, als er weggegangen ist? Wintermantel? Zahnbürste? Telefon …?«

»Ja, natürlich, Entschuldigung. Jetzt verstehe ich, was Sie meinen. Doch, das stimmt, Jacke, Schal, Handschuhe und Mütze sind weg. Das Telefon und seine Brieftasche auch …«

»Aber die Zahnbürste ist noch da?«

»Ja.«

»War das Bett gemacht?«

»Nein.«

»Was glauben Sie, was das bedeuten könnte?«

»Das … das könnte wohl bedeuten, dass er zurückkommen wollte. Mein Gott, Herr Kommissar, das klingt ja, als würden Sie mich verhören. Ich hatte wirklich geglaubt, dass …«

»Entschuldigung«, sagte Gunnar Barbarotti. »Aber es interessiert mich, welche Schlussfolgerungen Sie selbst ziehen. Sie sind ja seine Mutter. Sie kennen Henrik vielleicht besser als irgendwer sonst. Es wäre vermessen von mir, wenn ich glaubte, ich könnte herausfinden, wie es sich hier verhält, bevor Sie es können. Oder?«

»Ich glaube nicht …«

»Wenn ich Sie etwas provoziere, dann fällt Ihnen vielleicht etwas Wichtiges ein, es ist doch nichts dadurch gewonnen, wenn ich hier nur sitze und Sie bedaure.«

»Ja, wenn Sie meinen«, sagte sie kurz, aber er sah, dass sie ihm zustimmte. Natürlich, dachte er. An ihre Muttergefühle und ihren Verstand gleichzeitig zu appellieren, das konnte nicht verkehrt sein.

»Also, worauf deutet das hin?«, wiederholte er.

Dieses Mal dachte sie lange nach. Neigte den Kopf ein wenig zur Seite, was ihn plötzlich an einen finnischen Skiläufer erinnerte, dessen Namen er vergessen hatte, der es aber in der Endphase seines Laufs auch immer so gemacht hatte.

»Ich verstehe, was Sie sagen wollen«, sagte sie dann. »Er ist weggegangen, weil er einen Grund dafür hatte, natürlich muss es so gewesen sein. Möglicherweise wollte er jemanden treffen … vielleicht jemanden, der ihn angerufen hat?«

»Es ist nicht möglich, dass dieses Mädchen …« Er war gezwungen, in seinem Block zurückzublättern. » … Jenny. Dass sie möglicherweise hier irgendwo in der Gegend wohnt?«

Er sah, dass ihr dieser Gedanke noch nicht gekommen war. »Jenny?«, rief sie aus. »Nein, ich glaube … mir ist so, als käme sie aus Karlskoga. Und warum sollte sie …?«

»Ich bin Ihrer Meinung, dass das weit hergeholt ist«, gab Gunnar Barbarotti zu. »Aber es muss ja nicht sie gewesen sein. Es kann ja auch ein Kommilitone gewesen sein, zum Beispiel. Als ich in Lund studiert habe, kamen sie wirklich aus ganz Schweden.«

»Hm«, sagte Ebba Hermansson Grundt und schaute plötzlich ziemlich kritisch drein. »Nein, ich muss sagen, dass ich das nicht glaube.«

Ich auch nicht, dachte Gunnar Barbarotti finster. Ich auch nicht. Aber die Frage ist, was wir dann glauben sollen.

Das Gespräch mit Leif und Kristoffer Grundt führte er unmittelbar, nachdem ihre Ehefrau und Mutter den Raum verlassen hatte, und anschließend fragte er sich, ob er sich nicht vorher lieber eine Pause und eine Mütze frischer Luft hätte gönnen sollen. Keiner der beiden hatte dem, was er von den drei zuvor Befragten erfahren hatte, viel hinzuzufügen, aber nach mehr als zwei Stunden Sofasitzung im Hermanssonschen Haus ließ seine Aufmerksamkeit auch etwas nach. Wenn es Dinge gegeben haben sollte, die er zwischen oder hinter den Zeilen hätte lesen sollen, dann war er sich absolut nicht mehr sicher, ob er dazu noch in der Lage war.

Jedenfalls war er noch nicht so abgestumpft, dass er nicht bemerkt hätte, wie abgestumpft er war, und mit diesem spärlichen Trost beschloss er, sich zufrieden zu geben.

Dass Leif Grundt Informationen zurückhalten könnte, die ein neues Licht auf die Lage der Dinge warfen, erschien ihm trotz allem wenig wahrscheinlich. Der Mann war groß und kräftig, machte einen ganz anderen Eindruck als seine Ehefrau und strahlte fast eine Art Gemächlichkeit aus – zumindest eine Gutmütigkeit. Aber vielleicht war das ja auch eine bewusste Entscheidung, eine Strategie, ein Modus vivendi. Was wahrscheinlich keinerlei Bedeutung für das Verschwinden der Personen hatte, aber Barbarotti konnte nicht umhin, er musste über die Rollen und die Machtverteilung in der Familie Grundt nachdenken. Dass die Mutter hier die Hosen anhatte und regierte, daran bestand kein Zweifel.

Wie würde ich selbst mit so einer Frau umgehen?, überlegte der Inspektor, schüttelte den Kopf und sah ein, dass er sich außerhalb der Grenzen der Relevanz verirrt hatte.

Kristoffer erwies sich als ein ziemlich schweigsamer Junge. Er war vierzehn Jahre alt, und Barbarotti ahnte, dass er zum größten Teil im Schatten seines fünf Jahre älteren großen Bruders aufgewachsen war. Henrik war offensichtlich einer dieser hochbegabten Jünglinge, denen alle ihre Vorhaben glückten, die in aller wünschenswerten Offensichtlichkeit Erfolg einheimsten – während Kristoffer ein …, ja, was schien er zu sein? In gewisser Weise ein Jüngling auf Abwegen, aber auf jeden Fall ein vollkommen normaler Vierzehnjähriger.

Er hatte während des Besuchs bei den Großeltern mütterlicherseits das Zimmer mit Henrik geteilt. Gunnar Barbarotti war oben gewesen und hatte es sich angesehen, ein enges, kleines Kämmerchen mit zwei Betten, einem Schreibtisch und Tapeten, die so schauerlich hässlich waren, dass man sich fragen konnte, ob Leute, die sich etwas Derartiges an die Wände klebten, wirklich bei Verstand sein konnten.

Was das Verschwinden des Bruders betraf, so hatte Kristoffer nicht viel beizutragen. Er war in der betreffenden Nacht irgendwann gegen halb eins eingeschlafen, und zu diesem Zeitpunkt hatte Henrik immer noch in seinem Bett gelegen. Kristoffer hatte nicht bemerkt, dass er aufgestanden und das Zimmer verlassen hatte, er hatte kein Telefon klingeln gehört, und als er morgens aufstand, war er davon ausgegangen, dass der Bruder vor ihm aufgewacht war und sich im Badezimmer oder unten in der Küche befand.

Nein, er konnte sich nicht daran erinnern, dass Henrik während des Aufenthaltes in Kymlinge auf seinem Handy telefoniert hatte. Vielleicht hatte er eine oder mehrere SMS geschickt, aber auch das konnte er nicht sagen.

Sie hatten sich natürlich miteinander unterhalten, aber nicht besonders viel. Ein wenig darüber, wie es war, in Uppsala zu leben, ein wenig über den Onkel Walter, aber es war nichts erwähnt worden, das in irgendeiner Weise einen Hinweis auf sein Verschwinden hätte geben können. In keiner Hinsicht.

Gunnar Barbarotti fand ansonsten, dass Vater und Sohn Grundt ein gutes, problemloses Verhältnis zueinander zu haben schienen, der Junge war natürlich angespannt, aber soweit er es beurteilen konnte, hatte das nichts mit der Anwesenheit seines Vaters während des Gesprächs zu tun. Dennoch beschloss er, bereits während sie noch miteinander sprachen, dass er sich mit Kristoffer im Laufe der nächsten Tage noch einmal allein zusammensetzen müsste – für ein weiteres und etwas stringenteres Verhör.

Einerseits wegen der eingestandenen Müdigkeit, andererseits, weil es ja wohl kaum schaden konnte.

Wenn die Dinge nicht bald eine glückliche Lösung fänden. Vater Leif ließ wissen, dass man unter keinen Umständen die Absicht habe, nach Sundsvall zurückzukehren, solange Henrik nicht wieder aufgetaucht war.

Falls sich das jemand eingebildet haben sollte.

Als Gunnar Barbarotti endlich draußen im Hausflur stand und alle fünf Familienmitglieder vor Augen hatte, war es inzwischen halb sechs geworden, und er suchte vergeblich nach optimistischen – oder zumindest tröstlichen Worten zum Abschluss, denn auch hierbei schien ihm seine Müdigkeit, vereint mit den einsetzenden Kopfschmerzen, einen Strich durch die Rechnung zu machen. Alles, worauf er kam, war:

»Wir arbeiten weiter an der Sache und werden sehen, was die Zeit uns bringt.«

Nun ja, dachte er, als er im Auto auf dem Weg nach Hause saß, zumindest habe ich nicht zu viel versprochen.

Sara schien es nicht besser zu gehen. Sie lag in ihrem Bett und schlief, als Gunnar Barbarotti vorsichtig bei ihr ins Zimmer schaute, aus ihrem offenen Mund waren schwere, rasselnde Geräusche zu hören, und eine Sekunde lang durchfuhr ihn ein Schrecken.

Und wenn das der Preis war? Gott hatte sein Gebet erhört, aber ein Opfer gefordert. Das Leben seiner Tochter; alles zusammen war eine böse, alttestamentarische Sage.

Er blieb in der Tür stehen und hielt sich am Rahmen fest, während er sie betrachtete und spürte, wie die Kopfschmerzen zu einer pulsierenden Wolke über den Schläfen anwuchsen.

Ich bin ja nicht ganz gescheit, dachte er. Ich muss aufhören, mit den höheren Mächten zu spielen, man darf nicht auf diese Art und Weise feilschen, hier geht es um die Hybris.

Aber als Allererstes … als Allererstes muss ich zwei Alvedon einwerfen, bevor mir der Schädel platzt.

Der Besuch bei Familie Hermansson hatte seine Lebensgeister ziemlich geschwächt, daran bestand kein Zweifel. Die Wohnung erschien ungeputzt und muffig. In Saras Zimmer roch es säuerlich, in der Küche stand schmutziges Geschirr herum. Er hatte nichts zu essen eingekauft und war gar nicht auf die Idee gekommen, einen Arzt anzurufen. In Gunnar Barbarottis Welt kroch man ins Bett, wenn man krank war. Man schlief und trank sich gesund, das war alles. Aber wenn es nun etwas Ernsteres war, wenn sie irgendwelche Medizin brauchte? Was war er eigentlich für ein Vater?

Er setzte sich auf ihre Bettkante. Schob seiner Tochter das verfilzte Haar aus dem Gesicht und legte ihr die Hand auf die Stirn.

Klebrig, wie gedacht. Aber nicht mehr so warm wie am Morgen, wie er festzustellen meinte. Sie schlug die Augen auf. Sah ihn einen Moment lang an und schloss sie dann wieder.

»Wie geht es dir?«, fragte er.

»Müde«, flüsterte sie.

»Schlaf nur, mein Schatz«, sagte er. »Hast du genug getrunken?«

Er hatte zwei frische Gläser neben ihr Bett gestellt, als er um zwei Uhr fortgegangen war – Wasser und Preiselbeersaft –, sie hatte beide zur Hälfte ausgetrunken. Sie bewegte leicht den Kopf, vielleicht nickte sie ja.

»Ich gehe eben zum Konsum, einkaufen. Bin in einer halben Stunde zurück. Ist das okay?«

Erneute Kopfbewegung, er strich ihr unbeholfen über die Wange und verließ sie.

Einfache Hausarbeiten – mit der Pflege der kranken Tochter als selbstverständlicher Schwerpunkt – beschäftigten ihn für den Rest des Abends. Er holte Kerzenhalter heraus und zündete hier und da Kerzen an, spielte immer und immer wieder die CD von Mercedes Sosa – es gab nicht viele Platten im Haus, die sowohl Sara als auch ihm gefielen, Mercedes Sosa war eine davon. Er bereitete ein Omelett mit gedämpftem Gemüse. Sara aß zwei Happen und erklärte, es sei einfach super. Sie maß die Temperatur, sie war auf 38,5 gesunken. Er fragte nach den Symptomen, und sie erklärte ihm, dass ihr der Hals weh tue. Irgendwie hatte sie keine Kraft, der ganze Leib tat ihr weh. Sie musste einfach nur schlafen.

Das tat sie dann auch, nachdem er vorher das Bett frisch bezogen und gelüftet hatte. Dann ließ er die Tür zu ihrem Zimmer einen Spalt offen stehen, das gab zumindest die Illusion einer Form von Beisammensein – aber dieser Kokon aus warmer, dämmriger Gemütlichkeit und leiser Vorfreude auf Weihnachten, mit ein wenig Geschäftigkeit, ein paar Nüssen und ein paar Süßigkeiten, wollte sich nicht einstellen. Nicht einmal ansatzweise. Was teilweise natürlich daran lag, dass die Zutaten fehlten – sowohl Nüsse als auch Süßigkeiten, und außerdem etwas, mit dem man sich hätte beschäftigen können. Wie auch begeisterte Akteure. Gewisse Dinge ließen sich ganz einfach besser auf Abstand und in der Phantasie bewerkstelligen.

Aber immerhin taten Mercedes Sosa und die Kerzen alles, was sie konnten. Und die Alvedon hatte auch gewirkt, die Kopfschmerzen waren verflogen. Gegen neun Uhr rief Helena aus Malmberg an und berichtete etwas säuerlich (aber nicht so sauer, wie er erwartet hatte), dass man sie vermisste, aber dass es allen gutging. Es lagen zwei Meter Schnee, es war fünfundzwanzig Grad kalt, und ihr Vater schien die Lage mit Gleichmut zu nehmen. Gunnar Barbarotti sprach mit seinen beiden Söhnen, mit jedem jeweils fünf Minuten, bekam zu hören, dass die

Oma ein Pfefferkuchenhaus gebacken hatte, das so schief war, als wäre eine Bombe eingeschlagen, und dass sie am nächsten Tag den Dundret hinunter Ski fahren wollten. Er erklärte, wie leid es ihm tue, dass er nicht bei ihnen sein könne, und dass sie ihre Weihnachtsgeschenke zum Neuen Jahr statt zum Heiligabend bekämen.

Als er das Gespräch beendet hatte, kontrollierte er noch einmal die Lage bei Sara im Zimmer. Sie schlief wie ein Stein. Er holte sich ein Bier aus dem Kühlschrank und ließ sich am Küchentisch nieder. Begann seine Notizen von den Gesprächen mit der Familie Hermansson durchzusehen und versuchte sich vorzustellen, was eigentlich passiert sein mochte.

Das war nicht leicht. Zwei Menschen waren aus demselben Haus mit einem Tag Zeitabstand spurlos verschwunden. Niemand von denen, mit denen er gesprochen hatte, hatte eine Ahnung, wohin sie gegangen sein konnten.

Mitten in der Nacht hatten sie sich irgendwohin aufgemacht. An den gleichen Ort?, fragte sich Gunnar Barbarotti. War das möglich?

Es fiel ihm schwer, das zu glauben. Alle Informationen, die er bekommen hatte, deuteten darauf hin, dass Walter Hermansson und Henrik Grundt nur sehr wenig miteinander zu tun hatten. Sie waren verwandt, aber das war auch alles, Onkel und Neffe, aber keines der übrigen Familienmitglieder konnte sich daran erinnern, dass sie am Montagabend überhaupt miteinander geredet hätten, während sie sich noch im Haus in der Allvädersgatan befanden.

Aber beide waren noch aufgeblieben, wie er sich erinnerte. Und wenn er es richtig verstanden hatte, dann war es ein Quartett gewesen, das noch zusammengesessen hatte, nachdem die anderen an diesem Abend ins Bett gegangen waren. Das Geschwisterpaar Walter und Kristina Hermansson und das Geschwisterpaar Kristoffer und Henrik Grundt.

Und dann war Walter Hermansson hinausgegangen, eine zu rauchen, und verschwunden.

Und in der folgenden Nacht hatte Henrik Grundt sein Bett verlassen und war verschwunden.

So sah es aus.

Warum? Gunnar Barbarotti schüttelte verärgert den Kopf und trank einen Schluck Bier. Wenn das kein merkwürdiger Fall war! Er hatte das Gefühl, dass es gar nicht möglich war, überhaupt sinnvolle Fragen zu stellen.

Aber es war zu hoffen, dachte er, es war wirklich zu hoffen, dass er zumindest einen Arbeitsplan skizzieren konnte. Was er tun musste, um zu versuchen, in dieser Geschichte weiterzukommen.

Suchmeldungen nach den beiden Verschwundenen waren natürlich die erste Möglichkeit. Diese Aufgabe war bereits erledigt. Morgen würden sich ihre Fotos in der Zeitung befinden, und vielleicht hatte ja irgendein aufgeweckter Mitbürger etwas gesehen. Einen Schimmer von dem einen oder dem anderen auf dem Weg zu etwas bisher noch Unbekanntem in Kymlinge.

Das war zumindest nicht ausgeschlossen. Und hoffen konnte man ja immer. Aber was sollte er selbst, der Leiter der Ermittlungen, Barbarotti – und bis auf weiteres der einzige ermittelnde Polizeibeamte – unternehmen?

Gemäß seinem Notizblock und seiner Routine begann Gunnar Barbarotti eine Liste aufzustellen.

Nach zehn Minuten war er bei vier Punkten angelangt, die alle gleich am folgenden Tag angepackt werden konnten.

1. *Telefonkontakt mit denen aufnehmen, die auch in der Allvädersgatan waren, bisher aber noch nicht befragt wurden: Jakob Willnius und Kristina Hermansson. Insbesondere mit Letzterer. Einen Termin verabreden, wann man später direkt miteinander reden kann.*
2. *Walter Hermanssons Bekannte in Kymlinge? Welche al-*

ten Freunde gibt es, mit denen er möglicherweise noch Kontakt hatte? Mit ihnen sprechen.

3. *Erneutes Gespräch mit Kristoffer Grundt. Wenn es jemanden gibt, der mit Informationen hinterm Berg hält (bewusst oder unbewusst), dann müsste er es sein. Die Brüder teilten sich ein Zimmer und müssen mehrfach miteinander gesprochen haben.*
4. *Die Handygespräche untersuchen.*

Das war alles. Und Punkt Nummer vier hatte Sorgsen sicher schon in Angriff genommen. Mobilfunkverkehr, das war Sorgsens Sache, war es aus irgendeinem Grund geworden, aber er musste natürlich kontrollieren, ob der Kollege sich auch in diesem Fall darum gekümmert hatte.

Denn sowohl Walter Hermansson als auch Henrik Grundt waren mit Handys ausgestattet gewesen. Natürlich. Gunnar Barbarotti hatte irgendwo gelesen, dass es im Land mehr Mobiltelefone als Menschen gab. Vor fünfzehn Jahren hatte es mehr Wölfe als Handys gegeben. So war es nun einmal, alles hatte seine Zeit.

Er trank sein Bier aus und schaute auf die Uhr. Zwanzig nach zehn. Er holte ein sauberes Küchenhandtuch aus dem Schrank, hielt es unter kaltes, fließendes Wasser und ging dann zu Sara und wusch ihr damit das Gesicht. Sie wachte mit einem Ruck auf.

»Papa, was um alles in der Welt machst du?«

»Ich helfe meiner geliebten Tochter bei der Abendtoilette«, erklärte er freundlich.

»Mein Gott«, stöhnte sie. »Gib mir lieber ein bisschen Wasser zu trinken, statt es mir ins Gesicht zu kippen.«

»Wie geht es dir?«

»Müde«, sagte Sara. »Ich habe von dir geträumt.«

»Was?«, wunderte Gunnar Barbarotti sich. »Hast du nichts Besseres, wovon du träumen könntest?«

»Im Augenblick nicht«, erklärte Sara. »Aber es war etwas eklig. Du bist weggegangen, um einzukaufen, und dann bist du verschwunden. Ich mag es nicht, wenn du einfach so verschwindest.«

»Aber ich sitze ja hier«, sagte Gunnar Barbarotti.

»Ja, das sehe ich«, nickte Sara und zeigte ein blasses Lächeln. »Und dafür bin ich dir auch dankbar. Und ich wäre dir noch dankbarer, wenn du mir Wasser holst und mich dann schlafen lässt.«

»Wird sofort erledigt, mein Mädchen«, sagte Gunnar Barbarotti. »Umgehend.«

19

Der Tag vor dem großen Tag begann mit starkem Schneefall in Kymlinge und Umgebung.

Gunnar Barbarotti wachte früh auf und schaute verwundert durch das Schlafzimmerfenster auf eine Landschaft, die genauso gut in Malmberg hätte liegen können. Oder in Murmansk. Eine dicke, weiße Schneedecke unter einem grauschwarzen Himmel. Dazwischen wirbelte es. Und dabei herrschte eine Art Totenstille.

Er stand auf und holte die Zeitung aus dem Flur. Schaute kurz bei Sara herein, sie schlief und hatte das ganze Wasserglas und das halbe Saftglas leergetrunken. Er holte sich einen Teller Joghurt und ein Glas Saft aus der Küche und kroch wieder zurück ins Bett. Begann die Zeitung durchzublättern.

Der Artikel über Walter Hermansson und Henrik Grundt stand auf Seite sechs. Ein Zweispalter und Fotos von beiden Vermissten. Die Rubrik trug kurz und knapp die Überschrift: *Vermisst.*

Es stand nur eine einzige Zeile da, dass einer der Verschwundenen an der nicht unbekannten Fernsehsendung »Die Gefangenen auf Koh Fuk« teilgenommen hatte, und es wurde mitgeteilt, dass die Polizei bis jetzt keinen Verdacht hatte, dass hinter dem Verschwinden ein Verbrechen liegen könnte.

Gunnar Barbarotti selbst hatte mit keinem Journalisten gesprochen, und er fragte sich, wer das wohl getan hatte. Sorgsen oder Asunander selbst wahrscheinlich. Und er fragte sich, wie lange es wohl dauern würde, bis die Boulevardblätter die Geschichte zu fassen kriegten. Sicher nicht lange, wenn sie arbeiteten, wie man es kannte. Und dann würde die Story nicht unter der Rubrik *Vermisst* bleiben, davon war er fest überzeugt. Besonders Frau Hermansson hatte ihn in dieser Beziehung eindringlich um Hilfe gebeten, aber er hatte ihr natürlich keinerlei Garantie geben können. Denn der Witz bei der Suche nach verschwundenen Personen war ja gerade, dass die Allgemeinheit informiert werden sollte, und wenn die Allgemeinheit informiert wurde, dann war es natürlich unmöglich, die Boulevardpresse außen vor zu lassen.

Unmöglich und vielleicht auch überhaupt nicht erwünscht, wie er zu erklären versucht hatte. Normalerweise jedenfalls. Wie man die Sache auch drehte und wendete, so war es schwierig, den Massenmedien eine gewisse Existenzberechtigung abzusprechen. Man musste Gutes und Schlechtes in Kauf nehmen.

So hatte Gunnar Barbarotti argumentiert. Frau Hermansson hatte sich damit zufriedengegeben, ihr Ehemann auch, der wenigstens hoffte, dass diese erbärmlichen Dokusoap-Schmierfinken in der königlichen Hauptstadt nicht den gleichen Spitznamen für Walter benutzten, wie sie es beim letzten Mal getan hatten. Außerdem hoffte er, dass sie sich etwas zu schade dafür waren, einen Tag vor Heiligabend in die Provinz zu fahren. Wo man doch das Fernsehprogramm des ganzen Wochenendes einschließlich Arne Weise analysieren musste.

Aber, wie gesagt, mehr als ein frommer Wunsch war es nicht. Und hatte Herr Weise nicht vor ein paar Jahren aufgehört? Oder war er gestorben? Bei bestimmten Dingen spürte Inspektor Barbarotti, dass er schrecklich schlecht unterrichtet war. Eher auf der Stufe des Wolfs als des Handys stand sozusagen.

Er las die Zeitung zu Ende und ging dazu über, den Tag zu planen. Was tun? Er sah die Liste durch, die er am Abend zuvor geschrieben hatte, und beschloss, den erneuten Besuch in der

Allvädersgatan auf den Nachmittag zu verschieben. Besser, ihnen ein wenig Zeit zu geben und stattdessen zu versuchen, den Kontakt mit der bisher nicht gesprochenen Schwester in Stockholm aufzunehmen. Außerdem das Revier anzurufen und sich zu vergewissern, dass sie auch nicht vergaßen, ihn zu informieren, wenn irgendwelche Hinweise hereinkamen. Das sollten sie eigentlich von sich aus tun, aber man konnte ja nie wissen. Wenn Jonsson am Telefon saß, konnte es um Stunden und Tage verzögert werden, das wusste er aus Erfahrung. Insbesondere jetzt noch mit dem Weihnachtsfest und so.

Er erreichte Sorgsen. Nein, es waren noch keine Hinweise eingegangen, erklärte er. Nicht einmal von dem alten Hörtnagel, der, was das betraf, ein notorischer Anrufer war. Während der U-Boot-Affäre in Härsfjärden hatte er mehrere Male von einem Periskop im Bach von Kymlinge berichtet, und sobald jemand irgendwo im Land geflohen war, entdeckte Hörtnagel ihn garantiert. Er war Österreicher und überzeugt davon, einen sehr viel besseren Überblick über die Lage der Dinge zu haben als die einfachen Schweden mit ihrem alten, zähen Bauernblut in den Adern.

»Vielleicht ist er ja im Herbst gestorben?«, schlug Gunnar Barbarotti vor. Er hatte schon die Frage auf der Zunge, ob Sorgsen vielleicht wusste, ob Arne Weise noch am Leben war, hielt sich aber gerade noch zurück.

»Das glaube ich nicht«, antwortete Sorgsen tonlos. »Letzte Woche ist er siebenundachtzig geworden, ich habe ihn vor einer Stunde auf Skiern im Stadtpark gesehen.«

Barbarotti schaute erneut aus dem Fenster. Vielleicht sollte man eine Runde drehen?, dachte er. Sauerstoff tanken und so weiter und so fort. »Wäre gut, wenn ich gleich informiert werde, sobald etwas hereinkommt«, sagte er.

Sorgsen versprach sich darum zu kümmern. Er versprach außerdem, sich um den Handyverkehr zu kümmern, wie erwartet hatte er bereits beide betreffenden Nummern notiert, und dann beendeten sie das Gespräch. Gunnar Barbarotti blieb noch eine Weile im Bett liegen und versuchte sich zu erinnern, ob er überhaupt noch ein Paar Skier besaß, kam aber zu keinem Ergebnis. Wahrscheinlich waren sie im Zusammenhang mit der Trennung von Helena verschwunden. Wie so vieles andere.

Er stand auf und stellte sich unter die Dusche. Es war höchste Zeit, den Arbeitstag zu beginnen.

»Kristina Hermansson?«

»Ja.«

»Mein Name ist Gunnar Barbarotti. Ich arbeite als Inspektor in Kymlinge.«

»Ja, bitte?«

»Es geht natürlich um Ihren Bruder und Ihren Neffen, die beide verschwunden sind. Haben Sie gerade Zeit, mit mir zu sprechen?«

»Ja … ja, natürlich.«

Sie klang verhalten und traurig. Er konnte sie kaum hören, nahm an, dass sie mit einem drahtlosen Telefon in weitem Abstand von der Basisstation telefonierte. Vielleicht waren es auch nur seine eigenen Ohren, die langsam genug gehört hatten. Sein Vater, der Italiener, war nach Informationen aus weiter Ferne in den letzten fünf Jahren stocktaub gewesen, also gab es die Anlage dazu.

»Ich muss mich wahrscheinlich einmal mit Ihnen treffen, für ein ausführliches Gespräch. Mit Ihnen und Ihrem Mann. Passt es Ihnen an einem der nächsten Tage?«

»Ja, natürlich. Wir feiern Weihnachten hier in Stockholm. Wie wollen Sie …?«

»Darauf kommen wir noch zurück. Aber im Augenblick habe ich einige Fragen, bei denen Sie mir vielleicht helfen können.«

Er hörte, wie sie etwas trank. Aber vielleicht war es auch nur etwas, das in seinen eigenen Ohrwindungen vor sich ging.

»Ja, natürlich. Ich möchte natürlich alles tun, was ich kann, damit … damit Klarheit in diese Sache kommt. Es ist ja einfach schrecklich, ich weiß überhaupt nicht, was passiert sein kann. Haben Sie eine Ahnung, wohin die beiden gegangen sein könnten?«

»Im Augenblick nicht«, sagte Gunnar Barbarotti.

»Stimmt, ich habe mit meiner Mutter gestern Abend telefoniert. Sie hat mir erzählt, dass Sie bei ihr waren und mit … ja mit allen gesprochen haben.«

Er meinte hören zu können, dass sie kurz vorm Weinen war.

»Fangen wir mit dem Montagabend an«, schlug er vor. »Sie sind also noch aufgeblieben und haben sich mit den beiden Vermissten unterhalten, nachdem die anderen schon ins Bett gegangen waren. Stimmt das?«

»Ja, das stimmt. Da waren ich, Walter und Henrik … und Kristoffer. Die anderen sind früher ins Bett gegangen.«

»Und Ihr Mann?«

»Jakob hat Kelvin mitgenommen … das ist unser Sohn … und ist zurück ins Hotel.«

»Sie haben im Kymlinge Hotel gewohnt?«

»Ja. Bei meinen Eltern war nicht genug Platz für alle. Wir haben uns dazu entschieden, im Hotel abzusteigen, um die Sache ein wenig zu vereinfachen.«

»Ja, das habe ich schon gehört«, sagte Gunnar Barbarotti. »Aber Sie haben sich also dazu entschlossen, noch zu bleiben und sich mit Ihrem Bruder und Ihren Neffen zu unterhalten, statt mit den anderen zurück ins Hotel zu gehen?«

»Ja.«

Er überlegte kurz, ob es sich lohnen könnte, an diesem Punkt einzuhaken. Hatten Kristina und ihr Mann sich in irgendeiner Art und Weise überworfen? Schon möglich, aber er beschloss, diese Frage aufzusparen, bis sie sich Auge in Auge gegenüberstanden.

»Aha«, sagte er. »Und warum sind Sie geblieben?«

»Weil ich mit ihnen reden wollte natürlich. Ich hatte seit langer Zeit weder Walter noch Henrik … oder Kristoffer … gesehen.«

»Und worüber haben Sie sich unterhalten?«

»Über alles Mögliche. Wie sich Verwandte eben miteinander unterhalten, wenn sie sich nach langer Zeit wiedersehen, nehme ich an.«

»Zum Beispiel?«

»Was?«

»Können Sie mir ein paar Beispiele dieser Gesprächsthemen geben?«

Ich gehe zu hart vor, dachte er. Warum wird es immer gleich ein Kreuzverhör, wenn ich ein paar Minuten weitermache? Sie steht doch in keiner Weise unter Verdacht, ich will ja nur ein paar Informationen von ihr.

»Ja …« Sie zögerte. »Wir haben über dies und das geredet. Ich vermute, Sie kennen Walters Situation … diese Fernsehserie, in der er dabei war?«

»Ich kenne sie«, bestätigte Gunnar Barbarotti.

»Es ging ihm schlecht. Wir haben ziemlich lange darüber geredet, nur wir zwei. Wir standen uns immer ziemlich nahe, Walter und ich. Es war ihm natürlich peinlich, und er hat ein bisschen zu viel getrunken, hat wohl versucht, die Unruhe zu dämpfen … ja, Sie verstehen?«

»War Walter an diesem Abend betrunken?«

»Nein, nicht betrunken. Vielleicht etwas beschwipst.«

»Wie spät war es, als er aufbrach?«

»Er sagte, er wolle eine rauchen und ein wenig spazieren gehen. Ungefähr halb eins.«

»Und das war das letzte Mal, dass Sie ihn gesehen haben?«

»Ja.«

»Und er war ein wenig betrunken?«

»Ja, okay, er war ein wenig betrunken.«

»Was haben Sie getrunken?«

»Bier und Wein zum Essen. Einen kleinen Whisky …«

»Waren Sie auch betrunken?«

»Nein, nicht besonders.«

»Aber ein bisschen?«

»Kann sein. Ist das verboten?«

»Ganz und gar nicht. Aber Sie waren jedenfalls diejenige, die am meisten mit Walter gesprochen hat. Sie waren auch eine Weile draußen, nur Sie beide, das hat Ihre Mutter berichtet. Worüber haben Sie da gesprochen?«

Sie machte eine kurze Pause, bevor sie antwortete.

»Er war ... ja, er war ziemlich fertig. Außerdem war er unserer Mutter gegenüber etwas unverschämt.«

»Unverschämt? In welcher Form?«

»Ach, es war nur eine Bagatelle. Er war einfach tollpatschig. Es herrschte eine Art Übereinkunft darüber, dass niemand etwas von seinem Fauxpas in dieser Fernsehserie sagen sollte, und er fand es merkwürdig, dass alle herumliefen und so taten, als wenn nichts gewesen wäre. Er wurde leicht grob.«

»Und darüber haben Sie mit ihm gesprochen, als Sie zu zweit draußen waren?«

»Ja.«

»Dass er sich beruhigen sollte?«

»Nein, das war ... das hatte nicht das Gewicht. Aber er tat mir leid. Ich hatte das Gefühl, dass er ein Gespräch unter vier Augen brauchte.«

Gunnar Barbarotti dachte nach. Er dachte, dass das Telefon in mancherlei Hinsicht eine praktische Einrichtung war, aber auch vieles verbarg. Von der Person, mit der man sprach. Er wünschte sich, er könnte stattdessen Kristina Hermansson an einem Cafétisch gegenübersitzen.

»Nun gut«, sagte er. »Gab es in all dem, was Sie mit Walter besprochen haben, irgendetwas, das ein Hinweis darauf sein könnte, wohin er gegangen ist?«

Sie holte tief Luft und ließ einen schweren Seufzer vernehmen, das war auch durch das Telefon zu hören.

»Nein«, sagte sie. »Ich bin jedes einzelne Wort, das wir gewechselt haben, in den letzten drei, vier Tagen durchgegangen, und da gibt es nichts, glauben Sie mir, nicht den Hauch von … ja, von etwas, das andeuten könnte, was passiert ist. Ich bin über das Ganze verzweifelt, Sie … Sie müssen das verstehen … beide, Walter und Henrik, das ist … das ist …«

Sie begann zu weinen.

»Entschuldigen Sie mich.«

Gunnar Barbarotti starrte auf den fallenden Schnee und dachte an nichts. Höchstens an Wölfe. Irgendwie hingen Wölfe und Schnee zusammen.

»Entschuldigen Sie. Es … es fällt mir so schwer, damit klarzukommen. Aber Sie haben also keine Neuigkeiten?«

»Leider nicht. Aber wir sind ja auch etwas spät eingeschaltet worden. Walter verschwand Montagnacht, und Ihre Familie hat die Polizei erst am Mittwochabend angerufen, als eine weitere Person verschwunden war. Wie kommt es, dass Sie so lange gewartet haben?«

»Ich weiß nicht. Alle haben wohl geglaubt, dass Walter … ja, dass er sich irgendwo versteckt gehalten hat. Dass er zu irgendeinem alten Bekannten in Kymlinge gegangen ist und beschlossen hat, diese Familienzusammenkunft nicht ertragen zu können. Das wäre ja … na, zumindest verständlich.«

»Und Sie haben das auch geglaubt?«

»Ich denke schon.«

»Wissen Sie, welche alten Bekannten Walter in Kymlinge hat?«

»Nein. Meine Mutter und ich haben darüber gesprochen, aber wir sind beide auf keinen möglichen Kandidaten gekommen … und jetzt sind ja fast vier Tage vergangen.«

»Wir werden der Sache genauer nachgehen«, versprach Gunnar Barbarotti. »Aber es stimmt, was Sie sagen. Warum sollte er sich so lange versteckt halten?«

»Ich weiß es nicht«, antwortete Kristina Hermansson mit einem Schluchzen. »Ich weiß es wirklich nicht.«

»Wenn wir jetzt zu Henrik kommen, Ihrem Neffen«, beeilte sich der Inspektor, um die nächste Unpässlichkeit abzubiegen. »Worüber haben Sie mit ihm gesprochen?«

»Über alles mögliche.«

Wunderbare Antwort, dachte er.

»Zum Beispiel?«

»Ja, wie es ist, von zu Hause auszuziehen unter anderem. Henrik hat ja angefangen, in Uppsala zu studieren … über das Studentenleben und so.«

»Haben Sie guten Kontakt zu Ihren Neffen?«

»Ja, ich denke schon. Wir mochten uns immer gern.«

»Bezieht das auch Kristoffer mit ein?«

»Aber natürlich.«

»Aber Sie haben in erster Linie mit Henrik gesprochen?«

»Ja, Kristoffer ist ins Bett gegangen … ja, ich denke, so gegen Viertel vor eins.«

»Dann waren es nur noch Henrik und Sie?«

»Ja, aber ich denke, wir sind auch nicht mehr länger als eine Viertelstunde aufgeblieben. Dann bin ich zurück ins Hotel gegangen.«

»Aber Sie haben eine Viertelstunde allein mit Henrik geredet?«

»Ungefähr. Ich habe nicht auf die Uhr geschaut, aber es war nicht besonders lange.«

»Ich verstehe. Und haben Sie während dieser Viertelstunde über etwas Besonderes geredet?«

»Nein … das Studium … einige alte Erinnerungen. Wie es war, als er und Kristoffer noch klein waren … so etwas in der Art.«

»Danke. Das war also am Montag. Und wie war es am Dienstag, haben Sie da viel mit Henrik geredet?«

»Fast gar nicht. Da war ja der Geburtstag … Papas und Ebbas großer Tag … nein, ich habe kaum ein paar Worte mit Henrik gewechselt.«

»Wie ging es ihm?«

»Wie bitte?«

»Wie ging es Henrik? War er fröhlich? Traurig?«

»Ich denke, es ging ihm gut. Er war froh, von zu Hause ausgezogen zu sein … es schien ihm in Uppsala zu gefallen.«

»Hat er etwas von irgendwelchen Freundinnen erzählt?«

»Nein … ich glaube nicht. Ebba, meine Schwester, hat ein Mädchen namens Jenny erwähnt, aber er selbst hat sie nie zur Sprache gebracht. Es war wohl auch nichts Ernstes.«

»Aber er war nicht deprimiert?«

»Deprimiert? Nein, das glaube ich nicht. Ernsthaft … er war ernsthaft, aber das ist er schon immer gewesen. Warum fragen Sie, ob …?«

»Und er hat nichts gesagt, was erklären könnte, warum er verschwunden ist?«

»Nein.«

»Oder dass er besondere Pläne hatte?«

Sie seufzte schwer.

»Ich bitte Sie, darüber habe ich Tag und Nacht nachgedacht. Wenn mir irgendetwas eingefallen wäre, hätte ich es natürlich sofort gesagt. Aber es ist mir genauso unbegreiflich wie allen anderen. Ich habe die letzten zwei Nächte kaum ein Auge zugetan, und …«

»Wann sind Sie zurück nach Stockholm gefahren, Sie und Ihr Mann?«

»Was? Wann wir … ja, wir sind am Mittwoch zurückgefahren. Morgens, mein Mann musste an einem Meeting teilnehmen, deshalb sind wir gegen acht Uhr abgefahren.«

»Und da wussten Sie noch nicht, dass Henrik verschwunden war?«

»Nein, das wussten wir nicht. Meine Mutter rief kurz nach Mittag an und erzählte es mir. Ich konnte es nicht glauben.«

Nein, dachte Gunnar Barbarotti, das war ein Urteil, das er bereit war, mit zu unterzeichnen. Es war tatsächlich nicht so leicht zu glauben, dass diese Geschichte wirklich wahr sein sollte.

»Ich möchte mich für Ihre Auskünfte bedanken«, sagte er. »Aber trotzdem würde ich Sie gern treffen. Und mit Ihrem Mann möchte ich auch sprechen. Was meinen Sie, wann würde es Ihnen passen?«

Nach einigem Hin und Her mit Tagen und Uhrzeiten einigten sie sich auf den Tag nach dem zweiten Weihnachtstag. Dienstag. Das hieß, wenn vorher nichts Schwerwiegendes einträfe, was er ganz bewusst betonte.

Er hatte um eine Liste von Walter Hermanssons möglichen Kontakten in Kymlinge gebeten, und als er kurz nach zwei Uhr wieder in der Allvädersgatan zur Stelle war, hatte Rosemarie Hermansson sie parat.

Sie umfasste vier Namen.

Inga Jörgensen
Rolf-Gunnar Edelvik
Hans Pettersson
Kerstin Wallander

Die beiden Frauen waren ehemalige Freundinnen, die beiden Männer ehemalige Klassenkameraden aus der Schulzeit, wie Frau Hermansson erklärte. Aber sie wohnten alle noch im Ort, wenn der Inspektor also glaubte, da könnte etwas dran sein …?

Das glaubte er kaum, aber das sagte er nicht, und natürlich musste der Sache nachgegangen werden. Als weitere Hilfe in dieser Richtung bekam er eine Klassenliste aus einem Schuljahrbuch des Gymnasiums, also blieb nur noch, sich hinzusetzen, auszusuchen und loszulegen.

Er nahm beide Listen entgegen und schob sie in seine Mappe. Stellte fest, dass er bereits Unterlagen genug hatte, um zwei, drei Kollegen zwei, drei Wochen auf Trab zu halten, wenn es denn sein sollte, aber er beschloss, diese Entscheidung Asunander zu überlassen. Es war nicht Gunnar Barbarottis Sache, zu entscheiden, wie groß der Einsatz angelegt werden sollte. Er bedankte sich bei Frau Hermansson und bat, mit Kristoffer Grundt sprechen zu dürfen. Es gab da ein, zwei Fragen, die nach dem gestrigen Gespräch noch aufgetaucht waren, und er wollte nichts versäumen.

Nichts durfte versäumt werden, da stimmte Rosemarie Hermansson ihm zu. Ob es in Ordnung sei, wenn sie sich im ersten Stock aufhielten? Sie hatte eine Freundin zu Besuch, und Familie Grundt war immer noch im Hause, und sicher war es doch am besten, wenn die beiden ungestört miteinander sprachen?

Aber natürlich, versicherte Gunnar Barbarotti. Der erste Stock, das war absolut kein Problem.

Kristoffer Grundt sah auch an diesem Tag aus wie ein ganz normaler Vierzehnjähriger. Gunnar Barbarotti hatte eigentlich keine rechte Vorstellung davon, wie sich Normalität gerade in dieser Altersgruppe präsentierte. Zumindest momentan nicht, es war einige Jahre her, seit er bei der Jugendpolizei gearbeitet hatte und seine Tochter achtzehn geworden war. Und dennoch. Er hatte irgendwo gelesen, dass die Jahre um die vierzehn die moralischsten überhaupt waren, die Zeit im Leben, in der man am deutlichsten sagt, was gut war und was schlecht, was richtig war und was falsch – nicht, dass man immer danach handelte, aber man hatte den Durchblick. Später, je älter man wurde, umso mehr verdunkelte es sich. Wurde trüber und schwerer auszumachen.

Verdammte Scheiße, dachte Gunnar Barbarotti und betrachtete den schlaksigen Jüngling, der ihm gegenübersaß.

»Wie geht es dir?«, fragte er.

»Ich habe nicht gut geschlafen«, sagte Kristoffer Grundt.

»Das kann ich mir vorstellen«, sagte Gunnar Barbarotti. »Dir gefällt es nicht besonders hier in Kymlinge, oder?«

»Nicht besonders«, gab Kristoffer Grundt zu. »Aber wenn nur Henrik zurückkommt, dann ...«

»Wir werden tun, was wir können«, versprach Gunnar Barbarotti. »Deshalb möchte ich dich noch einiges fragen. Über Henrik diesmal, im Augenblick lassen wir deinen Onkel beiseite.«

»Bitte schön«, sagte Kristoffer Grundt.

Er ist nicht dumm, dachte Gunnar Barbarotti. Ich muss das im Kopf behalten. »Ja, ich habe mir nämlich einiges überlegt«, begann er. »Trotz allem muss dein Bruder sich doch Dienstagnacht freiwillig von hier fortbegeben haben. Wir glauben nicht, dass ihn jemand gekidnappt hat. Also, wie beurteilst du die Sache, war das ein plötzlicher Einfall, dass er sich davongemacht hat?«

Kristoffer überlegte einen Moment.

»Nein«, sagte er dann. »Das glaube ich natürlich nicht.«

»Also muss er geplant haben, wegzugehen«, fuhr Gunnar Barbarotti fort. »Oder er hat einen Anruf von jemandem bekommen, der ihn gebeten hat, irgendwohin zu kommen.«

»Darüber haben wir doch gestern schon gesprochen.«

»Ich weiß. Aber es kommt ja vor, dass einem später noch bestimmte Dinge einfallen. Du bist dir sicher, dass du kein Telefonklingeln gehört hast, nachdem du am Dienstagabend eingeschlafen bist?«

»Ich habe nichts gehört.«

»Auch wenn man schläft, können ja solche Signale ... sozusagen durchdringen.«

»Ja, klar. Aber ich kann mich nicht erinnern, etwas gehört zu haben.«

»Weißt du, wie Henriks Handy klingelt?«

Kristoffer Grundt überlegte.

»Nein, ich glaube nicht. Ich weiß, wie es bei uns zu Hause in Sundsvall klang, aber er hat es bestimmt geändert … außerdem hat er ein neues Telefon.«

»Und du hast nie sein Handy klingeln gehört?«

»Doch, einmal, es hat geklingelt, als wir hergefahren sind … weder Mama noch Papa hatten ihr Handy dabei, und meine Oma … oder mein Opa haben einmal angerufen. Aber ich kann mich nicht mehr an das Signal erinnern. Es war wahrscheinlich ganz normal.«

»Ein ziemlich normales Signal?«

»Ja.«

»Nicht so etwas wie Pferdewiehern oder Kirchenglocken oder so etwas?«

»Nein, das wäre mir auf jeden Fall aufgefallen.«

»Gut. Dann lassen wir das erst einmal. Stellen wir uns stattdessen vor, dass Henrik plant, irgendwann nachts wegzugehen. Vielleicht liegt er nur da und wartet darauf, dass du einschläfst. Verstehst du?«

»Ja, natürlich.«

»Was ich mich frage: Warum hast du nichts davon gewusst?«

»Wieso? Warum sollte er mir etwas sagen?«

»Ich habe nicht gesagt, dass er etwas gesagt haben sollte. Aber dir hätte doch etwas auffallen müssen.«

»Und warum?«

»Weil ihr ein Zimmer teilt. Ihr müsst doch die ganze Zeit zusammengewesen sein. Müsst eine Menge miteinander geredet haben … ja, ich glaube wirklich, dass du mir etwas zu sagen haben müsstest.«

»Aber ich habe Ihnen nichts zu sagen.«

»Ich meine nicht, dass du es im Voraus gewusst hast. Aber wenn du dich erinnerst: Gab es wirklich nichts, was Henrik gesagt oder getan hat, das einen Hinweis darauf gegeben hat, welche Pläne er hatte?«

»Nein.«

»Ein noch so winziges Detail?«

»Nein.«

»Hast du darüber schon nachgedacht?«

»Ich habe ziemlich viel nachgedacht.«

»Hat er irgendwelche Personen hier in Kymlinge erwähnt?«

»Nein.«

»Weißt du, ob er außer euren Großeltern jemanden hier kannte?«

»Ich glaube, er kannte kein Schwein hier. Warum sollte er auch? Wir sind ja fast nie hier gewesen. Ich kenne jedenfalls niemanden.«

Gunnar Barbarotti machte eine kurze Pause. Er spürte einen Hauch von Hilflosigkeit vorbeiziehen und einen Abdruck auf seiner Seele hinterlassen. »Und dennoch muss es etwas geben«, sagte er langsam und mit Nachdruck. »Da musst du mir doch recht geben, oder? Henrik muss eine Art Plan gehabt haben, und ich finde es merkwürdig, dass dir überhaupt nichts aufgefallen ist … du verstehst doch, dass ich auf die winzigste Ahnung aus bin?«

Er wartete erneut ein paar Sekunden, um dem Jungen die Möglichkeit zu geben, seine Annahme zu bestätigen. Aber Kristoffer Grundt begnügte sich damit, den Blick zu senken und sich auf die Lippen zu beißen.

»Etwas, das so unbedeutend wie nur irgendetwas ist, wenn man es hört, das aber im Nachhinein den entscheidenden Hinweis bringen kann. Du bist dir klar darüber, worüber ich rede, oder?«

Kristoffer Grundt nickte. Dann sank er ein wenig über dem Tisch in sich zusammen und starrte mit leerem Blick vor sich hin. Gunnar Barbarotti lehnte sich zurück und betrachtete ihn. Das moralischste Alter überhaupt?, dachte er erneut. Entweder kommt jetzt was, oder es kommt nichts.

»Ich bin mir klar darüber, worauf Sie hinauswollen«, sagte

Kristoffer Grundt schließlich. »Aber mir fällt trotzdem nichts ein.«

Nun ja, das war's dann also, dachte Inspektor Barbarotti mit einem müden Seufzen.

20

Die Weihnachtsfeiertage kamen und gingen.

Sara ging es langsam besser. Den Heiligabend verbrachten Vater und Tochter größtenteils vor dem Fernseher. Weise hatte Geschlecht und Hautfarbe gewechselt und hieß jetzt Blossom. Sara hatte ihr Lager auf dem Sofa aufgeschlagen, er selbst lümmelte auf dem Sessel herum oder lief zwischen Küche und Wohnzimmer hin und her und versah sie mit kleinen Leckereien, die den Magen füllten. Sushi-Happen. Schwarze Oliven. Blinis mit Sahnefüllung und Kaviar. Er hatte alles binnen einer halben Stunde in der Kaufhalle erstanden, und ab und zu schickte er einen Gedanken voller Dankbarkeit hinauf zum existierenden Gott und versuchte sich vorzustellen, was an der Weihnachtstafel hoch oben in Malmberg eingenommen wurde. Er hatte das einmal mitgemacht und erinnerte sich mit Schaudern, wie er eine halbe Stunde dagesessen und an einer Schweinepfote geknabbert hatte. Nach Donald Duck rief er an und wünschte fröhliche Weihnachten, erfuhr, dass Martin sich beim morgendlichen Skilaufen bei zweiundzwanzig Grad Kälte auf dem Dundret das Handgelenk verletzt hatte, aber sonst alles okay war.

Ansonsten lasen sie die Bücher, die sie zu Weihnachten geschenkt bekommen hatten. Was Sara betraf, so handelte es sich dabei um Moa Martinson und Kafka, auf merkwürdige Weise Hand in Hand, wahrscheinlich lag irgendeine Schulaufgabe dahinter, aber er fragte nicht danach. Er selbst hatte den gewünschten Roman *Train* von Pete Dexter bekommen.

Der Fall mit den Vermissten trat auf der Stelle. Zumindest scheinbar. Beide Abendzeitungen brachten die Neuigkeit, aber auf barmherzige Art und Weise schien sie in der allgemeinen Weihnachtserstarrung untergegangen zu sein. Vielleicht hatten aber auch Dokusoap-Berühmtheiten eine so phantastisch kurze Halbwertzeit, dass sie nach zwei Monaten bereits vergessen waren. Eine Gnade, um die man schweigend bitten sollte?, fragte sich Gunnar Barbarotti. Er war mit der Allvädersgatan in Kontakt gewesen und hatte erfahren, dass ein paar Journalisten geklingelt hatten, ein Fotograf hatte offensichtlich das Haus abgelichtet, aber das war dann auch schon alles.

Weiteres Futter hatte er nicht bekommen. Die Familie Grundt blieb vor Ort und feierte Weihnachten im Elternhaus. Es war ihnen in jeder Hinsicht falsch erschienen, ohne Henrik zurück nach Sundsvall zu fahren, erklärte dessen Mutter. Aber früher oder später, wenn weiterhin nichts geschehen sollte, war man natürlich gezwungen, auch diesen Schritt zu machen.

Gunnar Barbarotti erklärte, dass er es für einen klugen Entschluss hielt, bis auf weiteres zu bleiben, und versicherte, dass die Polizei alle zur Verfügung stehenden Kräfte einsetzte, um herauszubekommen, was eigentlich geschehen war.

Das war natürlich eine Wahrheit der wachsweichen Art. In der Realität wartete man auf Tipps vom Kommissar Bevölkerung und auf die Informationen von den Mobilfunkbetreibern, offensichtlich hatte Weihnachten auch diesen Zweig ausgebremst, das ging normalerweise schneller – und außerdem waren Sorgsen und die Assistenten Lindström und Hegel damit beschäftigt, die Listen möglicher Bekannter von Walter Hermansson durchzugehen. Spät am Nachmittag des Ersten Weihnachtstages erhielt Gunnar Barbarotti einen ersten Bericht über die letztgenannte Inventarisierungsarbeit, und der Bescheid war ebenso deutlich wie negativ. Keine der bis dahin befragten dreizehn Personen (die vier, die die Bezeichnung »nahestehend« bekommen hatten, plus neun von der Klassenliste – alle immer noch wohnhaft in der Nachbarschaft und leicht zu erreichen) hatte überhaupt gewusst, dass Walter zu Besuch in Kymlinge war. Das behaupteten sie zumindest, und Sorgsen sah nicht den geringsten Grund, eine der Zeugenaussagen zu bezweifeln.

Soweit also dazu. Gunnar Barbarotti fragte Rosemarie Hermansson außerdem, ob man überhaupt jemandem gegenüber erwähnt habe, dass Walter und Henrik vor Weihnachten zu Besuch kommen sollten – irgendwelchen Außenstehenden gegenüber. Sie beriet sich eine Weile mit ihrem Mann, kam dann zurück an den Telefonhörer und erklärte, dass weder sie noch Karl-Erik darüber weiter geredet hätten. Wirklich nicht. Obwohl natürlich dennoch Leute darüber etwas erfahren haben konnten.

In der Schule beispielsweise. Wie sie annahm. Da machten früher oder später alle Neuigkeiten die Runde. Zumindest die schlechten.

Aber was Walter betraf, so hatte man sich doch sicher bedeckt gehalten?, wollte Gunnar Barbarotti wissen. Ja, räumte Frau Hermansson ein, was Walter betraf, so hatte man sich bedeckt gehalten.

Er bedankte sich und legte auf. Fühlte sich nicht sehr viel klüger, aber das war er gewohnt. Er nahm den letzten übriggebliebenen Sushi-Happen und wandte sich wieder Pete Dexter zu.

Am zweiten Weihnachtstag ging es Sara schon wieder so gut, dass sie sich anzog, ihr Zimmer aufräumte und einen Spaziergang mit einer Freundin machte, und Gunnar Barbarotti beschloss, bei Eva Backman durchzuklingeln. Die Kollegin hatte nun vier Tage im Schoße ihrer Familie zugebracht und konnte womöglich eine Abwechslung gebrauchen. Auch wenn die Zeit nicht täglich und stündlich dem Unihockey gewidmet wurde.

Eine Stunde bei einer Tasse Kaffee bei Storken vielleicht? Das war so ein Fall, zu dem er gern Backmans Meinung gehört hätte.

Eva Backman willigte sofort ein. Ville und die Jungs wollten sowieso ins Kino, wie sie erklärte, deshalb brauchte sie kein schlechtes Gewissen zu haben. Gunnar Barbarotti konnte nicht erkennen, ob sie log oder nicht, aber das Bedürfnis, mit einem gescheiten Menschen über die Geschehnisse in der Allvädersgatan zu sprechen, war so groß, dass er alle Skrupel beiseite schob.

Sie saßen eine Stunde und fünfundvierzig Minuten im Café Storken. Er legte alle Fakten auf den Tisch, und Inspektorin Backman hörte mit gefalteten Händen und den charakteristischen halb geschlossenen Augenlidern zu. Sie arbeiteten nun schon fast acht Jahre zusammen, und er wusste, dass das kein Zeichen dafür war, dass die Kollegin kurz davor war, einzuschlafen. Im Gegenteil, der verschwommene Blick bedeutete, dass sie konzentriert zuhörte.

»Verdammte Scheiße«, sagte sie, als er fertig war.

»Und das sagst du?«, bemerkte Gunnar Barbarotti.

»Ja. Das ist mit das Merkwürdigste, was ich je gehört habe. Hast du eine Idee?«

Gunnar Barbarotti schüttelte den Kopf. »Das ist ja das Problem. Nicht die geringste.«

»Überhaupt keine?«

»Überhaupt keine.«

Eva Backman sammelte mit einem angefeuchteten Zeigefinger ein paar Krümel vom Kuchenteller auf. »Wie wirken sie?«

»Wer?«

»Na, die Familie. Die ganze Truppe. Man kriegt doch einen Eindruck, ob ...«

Sie brach ab.

»Was für einen Eindruck, Eva?«

Eva Backman schwieg und zog eine Packung Zigaretten heraus.

»Du hast wieder angefangen zu rauchen?«

»Nein, das sieht nur so aus. Ich schaue mir die Packung nur eine Weile an, außerdem darf man ja drinnen gar nicht mehr rauchen, und ich denke überhaupt nicht daran, mich draußen in den Wind auf den Balkon zu begeben.«

»Entschuldige. Aber was für einen Eindruck hast du gekriegt?«

»Es ist doch so«, sagte Eva Backman, senkte ihre Stimme und beugte sich über den Tisch. »Wenn wir eine ermordete Frau finden, dann überprüfen wir, ob sie verheiratet war. Stellt sich heraus, dass sie es war, dann knöpfen wir uns ihren Ehemann vor. In acht von zehn Fällen ist er der Täter. Man soll nicht den Garten des Nachbarn umgraben, wenn der Hund im eigenen begraben liegt. It's all in the family. Das wollte ich damit sagen.«

»Glaubst du, ich bin ein Idiot?«, fragte Gunnar Barbarotti. »Glaubst du, ich hätte nicht auch schon daran gedacht?«

»Schon gut, ich bin nur ein bisschen nervös.« Sie lehnte sich zurück, zog eine Zigarette aus dem Päckchen und schnupperte daran.

»Hm«, sagte Barbarotti.

»Betrachten und riechen«, erklärte Eva Backman. »Das schadet nichts. Was hast du gesagt?«

»Ich weiß nicht mehr genau«, sagte Barbarotti ein wenig irritiert. »Aber ich glaube, ich habe zu erklären versucht, dass es etwas schwierig ist, sich dieser Familiengeschichte anzunähern.«

»Warum?«

»Meinst du, Rosemarie Hermansson hätte ihren eigenen Sohn sowie ihr Enkelkind erschlagen und unter der Garage vergraben, oder was willst du damit sagen? Verdammt, sie ist eine alte Handarbeitslehrerin, Eva. Handarbeitslehrerinnen laufen nicht rum und bringen ihre Angehörigen um.«

»Sie hat auch Deutsch unterrichtet. Ich hatte sie zwei Jahre lang.«

»Das spielt ja wohl verdammt noch mal keine Rolle. Jetzt reiß dich aber zusammen, sonst bezahlst du deinen Kaffee selbst.«

»In Ordnung«, sagte Eva Backman und steckte die Zigaretten ein. »Aber ich habe ja nicht gesagt, dass Frau Hermansson hinter allem stecken muss. Ich weise nur darauf hin, dass es vielleicht sinnvoll wäre, ein wenig in den Familienverhältnissen zu bohren. Das ist doch nichts, worüber man sich aufregen muss, oder?«

Barbarotti schnaubte.

»Willst du allen Ernstes behaupten, einer der anderen hätte Walter und Henrik entführt? Und warum? Und wie?«

Eva Backman zuckte mit den Schultern. »Ich weiß es nicht«, gab sie zu. »Ich versuche nur ein bisschen konstruktiv zu sein. Was glaubst du denn selbst?«

Gunnar Barbarotti seufzte und breitete die Arme in einer resignativen Geste aus. »Das habe ich doch gesagt. Ich glaube gar nichts.«

»Aha?!«, erwiderte Eva Backman und hatte eine Sekunde lang etwas sanft Tröstendes im Blick. Was aber schnell vorbeiging. »Aber du hast doch zumindest einen Arbeitsplan? Auch wenn man nicht weiß, was man machen soll, muss man doch etwas tun. Sonst stumpft man ab.«

»Es ist wirklich erbaulich, mit dir zu sprechen«, sagte Gunnar Barbarotti. »Zweifellos. Aber es stimmt, ich habe einen Arbeitsplan.«

»Ja?«

»Bedeutet das, dass du ihn hören willst?«

»Schließlich sitze ich ja hier. Also?«

»Die Schwester. Kristina.«

»Ich höre.«

»Ich fahre morgen nach Stockholm. Und Walters Wohnung, habe ich mir gedacht.«

»Gut.«

»Ja, es kann jedenfalls nicht schaden, sich umzuschauen. Ja, dann fahre ich weiter nach Uppsala und versuche mich ins Studentenleben zu stürzen.«

»Ist sicher viel los unter den Studenten zwischen den Tagen«, sagte Eva Backman, freundlich lächelnd.

»Sicher. Ich freu mich schon drauf.«

»Danke für den Kaffee«, sagte Eva Backman. »Ja, dann wünsche ich dir jedenfalls viel Glück für deine Ausflüge.«

»Bin seit Jahren nicht mehr in Stockholm gewesen«, sagte Gunnar Barbarotti.

Die Villa, in der Kristina Hermansson gemeinsam mit ihrem Ehemann und Sohn wohnte, lag im Musseronvägen in Gamla Enskede. Ein großes, altes Holzhaus aus den Zwanzigern oder Dreißigern, wie Gunnar Barbarotti schätzte, und es war wohl eher über als unter fünf Millionen Kronen wert. Ein kurzer Überschlag sagte ihm, dass seine eigene Drei-Zimmer-Wohnung in Kymlinge wahrscheinlich vier, fünf Mal unter das versetzte, rostrote Ziegeldach passen würde.

Der Ehemann, Jakob Willnius, war noch nicht zu Hause, sollte aber in einer Stunde kommen, wie Kristina Hermansson ihm erklärte. Er hatte darum gebeten, ebenfalls mit ihm sprechen zu dürfen, und dagegen war natürlich nichts einzuwenden. Sohn Kelvin befand sich drei Häuser weiter die Straße hinunter bei einer Tagesmutter, da er aber noch keine zwei Jahre alt war, hatte Gunnar Barbarotti beschlossen, bis auf Weiteres auf eine Befragung seiner Person zu verzichten.

Sie ließen sich in einer großen, mit Infrarotheizung erwärmten Glasveranda nieder, die auf den Garten zeigte. Kristina Hermansson war in den Dreißigern, sie hatte dunkelbraunes Haar im Pagenschnitt, und Barbarotti fand sie schön. Solch eine Ehefrau und solche Verhältnisse lagen außerhalb seiner Möglichkeiten, wie er nüchtern feststellte. Er war nie auch nur in die Nähe davon gekommen, und er fragte sich, warum ausgerechnet jetzt diese Unterschichtperspektive hochploppte. Normalerweise fiel er nicht in derartige gefühlsmäßige Schützengräben, aber vielleicht hatte es ja etwas mit der blauen Dämmerung zu tun, die schnell über die alten Obstbäume draußen im Garten fiel, mit dem Knarren der Korbstühle, mit den zerbrechlichen, schönen Tassen, in denen sie Tee servierte – Meißener Porzellan, wenn er sich nicht irrte –, wodurch er sich wie der dumme Vetter vom Lande fühlte.

»Bitte schön«, sagte sie. »Ich hätte vielleicht ein paar Häppchen für Sie fertig machen sollen, aber …«

Er schüttelte den Kopf. »Ich habe im Zug gegessen, kein Problem.«

» … ich bin über das alles so durcheinander. Es erscheint alles so unwirklich.«

Sie strich mit dem Daumen einen kleinen Fleck vom Tisch, es war eine vollkommen unbewusste Geste, aber ihm wurde dadurch plötzlich bewusst, dass Kristina Hermansson in diesem Milieu ebenso fremd war wie er selbst. Der Unterschied bestand nur in den Jahren, die sie Zeit gehabt hatte, sich daran zu gewöhnen.

»Sie haben ein schönes Haus«, sagte er. »Wie lange wohnen Sie hier schon?«

Sie rechnete nach. »Vier Jahre … ja, im April werden es schon vier Jahre.«

»Können Sie mir etwas über Henrik und Walter erzählen?«

»Ja … was wollen Sie denn wissen?«

Er faltete die Hände und betrachtete sie ernsthaft. »Alles, von dem Sie annehmen, es könnte von Bedeutung sein«, sagte er.

Sie trank einen Schluck Tee, sagte aber nichts.

»Es muss ja einen Grund dafür geben, warum sie verschwunden sind«, fuhr er fort. »Möglicherweise zwei Gründe, die ganz unterschiedlich sind, aber es ist im Augenblick noch zu früh, um sich ein Bild davon zu machen. Ich bin kein großer Freund von Zufällen. Es muss eine Erklärung geben … oder sogar zwei Erklärungen … und wenn ich wüsste, was die beiden gedacht und empfunden haben, und wie sie sich in den Stunden vor ihrem Verschwinden verhalten haben, ja, dann könnte ich vielleicht daraus schließen, wohin sie gegangen sind. Oder zumindest eine leise Ahnung davon erhalten. Verstehen Sie?«

Sie nickte.

»Von den Menschen, die bei Ihren Eltern zu Besuch waren, da waren Sie wohl diejenige, die Walter am nächsten stand. Zumindest habe ich diesen Eindruck gewonnen. Stimmen Sie mir zu?«

»Ich … ja, ich stimme Ihnen zu«, sagte sie und setzte sich ein wenig aufrechter hin. »Wir mochten uns immer gern, Walter und ich. Ich weiß, dass die meisten ihn für einen Idioten halten, aber das interessiert mich nicht. Er ist, wie er ist, aber zwischen uns hat es irgendwie immer gestimmt. Er hat sogar eine Weile hier bei uns im Haus gewohnt.«

»Tatsächlich?«

»Ja. Als er nach einigen Jahren aus Australien zurückgekommen ist, brauchte er einen Unterschlupf … er blieb nur für ein paar Monate.«

»Und Henrik?«

»Wie bitte?«

»Was für ein Verhältnis hatten Sie zu Henrik?«

»Ich habe ihn immer gern gemocht. Sowohl ihn als auch Kristoffer. Ab und zu bin ich früher als eine Art Ersatzmutter eingesprungen, meine Schwester hat die Gewohnheit, sich ihrer Arbeit ein bisschen zu sehr zu widmen. Aber in letzter Zeit haben wir uns natürlich nicht so oft gesehen.«

»Und wie ist die Beziehung zwischen Walter und Henrik?«

Sie dachte nach, aber nur kurz. »Es gibt keine. Nein, ich glaube, sie haben sich nie füreinander interessiert. Fragen Sie das, weil Sie glauben, es könnte einen Zusammenhang zwischen ihrem … ja, ihrem Verschwinden geben?«

»Was glauben Sie selbst?«

»Nein«, antwortete sie, ohne zu zögern. »Ich glaube nicht, dass es irgendeinen Zusammenhang gibt. Aber das würde ja nur bedeuten, dass wir es mit zwei Rätseln statt einem zu tun haben, deshalb weiß ich nicht ...«

»Wenn wir uns auf Ihre Beobachtungen beschränken könnten, statt zu spekulieren«, schlug er vor. »Fangen wir mit dem Montagabend an ... Sie saßen also mit Walter und Henrik zusammen und haben sich unterhalten, stimmt das?«

»Ja, sicher.«

»Und Sie waren draußen und haben Walter ins Gewissen geredet, nachdem er Ihre Mutter gekränkt hat?«

»Ich weiß nicht, ob wir ... doch, so ist es wohl gewesen.«

»Was haben Sie gesagt, möglichst genau?«

»Nicht viel. Er hat gesagt, dass es ihm schlecht geht, dass er es kaum ertrage, sich in diesem Haus aufzuhalten. Alles, was ihm peinlich war. Ich habe gesagt, dass er sich zusammenreißen und versuchen soll, mitzuspielen. Das hat früher ja auch geklappt. Ich habe ihn gefragt, ob er irgendwelche Pläne für die Zukunft hat, und er hat mir erzählt, dass er plane, irgendwohin zu fahren und seinen Roman zu Ende zu schreiben.«

»Seinen Roman?«

»Walter hat ein Romanprojekt seit ... ja, ich weiß gar nicht, wann er damit überhaupt angefangen hat ... Vielleicht vor zehn Jahren. Er hielt es wohl für angebracht, sich in irgendeine einsame Ecke in der Welt zurückzuziehen und das Buch fertig zu schreiben.«

»Ich verstehe. Er hat nichts davon gesagt, dass er sich das Leben nehmen will?«

Sie schüttelte den Kopf. »Nein, das hat er nicht. Ich habe natürlich auch darüber nachgedacht, aber ich bilde mir ein, dass er nicht suizidgefährdet war ... oder ist. Er ist nicht der Typ, obwohl man natürlich nie weiß. Aber Walter hat schon ziemlich viel durchgemacht, und ich kann mich nicht erinnern, dass er jemals etwas in der Richtung geäußert hat. Oder dass ich Angst gehabt hätte, er könnte es tun. Er weiß wohl, dass ...«

»Ja?«

Sie lachte kurz auf. »Ich glaube, er weiß, dass ich stinksauer auf ihn sein würde, sollte er diese feige Lösung wählen. Und ihn im Totenreich aufsuchen und zur Rede stellen und so.«

»Ihre Mutter meinte, er sei nach dieser Fernsehgeschichte zu einer Therapie gegangen. Wissen Sie, ob das stimmt?«

»Ich glaube, er ist ein paar Mal zu einem Psychologen gegangen.«

»Sie wissen nicht zufällig den Namen des Psychologen?«

»Bedaure.«

Gunnar Barbarotti nickte. »Und Henrik?«

»Meinen Sie damit, ob Henrik ... ob Henrik selbstmordgefährdet sein könnte?«

»Ja.«

»Nein, warum sollte er? Es ist natürlich klar, dass ich mir das auch überlegt habe, aber es erscheint vollkommen unpassend. Und wenn Walter oder Henrik ... oder alle beide ... sich das Leben genommen hätten, warum hat man sie dann nicht gefunden? Die beiden können sich doch nicht so einfach in Luft auflösen?«

»Man kann in den Bach von Kymlinge springen«, schlug Gunnar Barbarotti vorsichtig vor. »Aber wir haben noch nicht angefangen, ihn abzusuchen. Dazu wollen wir zuerst einen Anlass haben. Aber was ich noch gern wissen möchte: Worüber haben Henrik und Sie am Montagabend gesprochen? Und wie hat er auf Sie gewirkt? Haben Sie darüber nachgedacht seit unserem Telefongespräch?«

»Ich habe kaum etwas anderes getan«, antwortete Kristina Hermansson. »Und mir fällt nichts ein. Es ist, wie ich gesagt habe, wir haben in erster Linie über alte Zeiten gesprochen, als er und Kristoffer noch klein waren, ich war damals ziemlich oft mit ihnen zusammen. Auch ein bisschen darüber, wie es in

Uppsala ist, aber nicht viel … und, ja, es kann sein, dass er ein Mädchen erwähnt hat, das Jenny heißt, aber ich hatte nicht den Eindruck, dass es was Ernstes wäre. Es … es tut mir leid, aber ich kann mir doch nichts aus den Fingern saugen, was es nicht gab.«

»Und am Dienstag?«

»Am Dienstag haben wir sehr wenig miteinander gesprochen. Und überhaupt nicht unter vier Augen. Schließlich war das Papas und Ebbas großer Tag, es war immer etwas los und die ganze Zeit ein Kommen und Gehen. Ich habe wohl nicht besonders auf Henrik geachtet … obwohl: Beim Essen hat er gesungen. Er hat eine schöne Stimme.«

»Um wie viel Uhr sind Sie und Ihr Mann ungefähr zurück ins Hotel gefahren? Sie sind an dem Abend doch zusammen gefahren?«

»Ja, natürlich. Ja, es war kurz nach halb zwölf.«

»Haben Sie sich von Henrik verabschiedet?«

»Ja … ja, das habe ich natürlich.«

»Und Ihnen ist nichts Besonderes aufgefallen?«

»An Henrik?«

»Ja.«

»Nein, warum hätte mir etwas auffallen sollen? Da war nichts Besonderes an ihm. Worüber wir alle geredet haben, war natürlich Walters Verschwinden und die Frage, wo er geblieben sein könnte. Wir haben es während des Essens sozusagen beiseitegeschoben … um meinem Vater und Ebba nicht die Mahlzeit zu verderben. Aber als die Tafel aufgehoben worden war, da haben wir darüber diskutiert, wo er wohl sein könnte. Ich glaube, meine Mutter war am unruhigsten.«

»Und Sie selbst?«

»Natürlich habe ich mich auch gewundert. Aber, wie schon gesagt, ich habe ganz einfach geglaubt, er hätte es nicht mehr ausgehalten. Dass er irgendeinen alten Freund besucht hat und am nächsten Tag schon wieder auftauchen würde.«

»Ich verstehe. Und dann sind Sie ins Hotel gefahren und am nächsten Morgen nach Stockholm aufgebrochen?«

»Ja. Wir hatten überlegt, eventuell noch bei meinen Eltern zu frühstücken, aber dann stellte sich heraus, dass Jakob gegen zwölf Uhr einen Termin hatte, deshalb waren wir gezwungen, früh aufzubrechen.«

»Und wann haben Sie erfahren, dass Henrik verschwunden war?«

»Erst als wir nach Hause gekommen sind. Meine Mutter rief an und hat es mir erzählt … oder genauer gesagt, dass sie nicht wussten, wo er war. Anfangs klang das nicht so dramatisch …«

»Aber Walter war immer noch verschwunden. Da mussten Sie doch …?«

»Ja, natürlich. Mama war ziemlich aufgeregt, sie versuchte ruhiger zu erscheinen, als sie wirklich war.«

»Aber erst am Mittwochabend hat Ihr Vater die Polizei benachrichtigt. Haben Sie eine Erklärung dafür, warum er so lange gewartet hat?«

»Ja«, seufzte Kristina Hermansson. »Dafür gibt es leider eine ganz einfache Erklärung. Meinen Vater hat diese Fernsehserie, bei der Walter mitgemacht hat, sehr mitgenommen. Er wollte ihn ganz einfach nicht noch einmal in den Schlagzeilen sehen. Ich glaube, die anderen haben ihn überreden müssen, überhaupt anzurufen.«

»Ach so«, sagte Gunnar Barbarotti. »Ja, das ist wohl verständlich, wenn man die Umstände betrachtet.«

Er setzte sich im Korbsessel zurecht. Trank noch ein wenig Tee. Aber alles andere, dachte er, alles andere ist umso merkwürdiger. Ich komme mit dieser Geschichte einfach nicht weiter.

Nicht einen Zentimeter.

Das Gespräch mit Jakob Willnius dauerte eine halbe Stunde. Gunnar Barbarotti blieb im gleichen Korbsessel sitzen und schaute durch das gleiche Sprossenfenster nach draußen. Jakob Willnius trank ein Glas Wein, er selbst blieb bei Tee.

Das Ergebnis war mager. Reichlich mager. Fernsehproduzent Willnius bestätigte jeden Punkt der Version seiner Ehefrau hinsichtlich dessen, was sich während ihres letzten Besuches in Kymlinge zugetragen hatte, und er hatte wie erwartet nicht den geringsten Einblick in die Charaktere der beiden Vermissten. Henrik hatte er noch nie zuvor gesehen – und auch dieses Mal höchstens zehn Worte mit ihm gewechselt. Was Walter betraf, so war dieser ja vor einigen Jahren für ein paar Monate hier im Haus einquartiert gewesen, aber die beiden Männer hatten nie ein tiefergehendes Gespräch geführt, wie Jakob Willnius mit einem leicht entschuldigenden Achselzucken erklärte. Walter war Kristinas raison d'être, nicht seine.

Gunnar Barbarotti überlegte einen Moment lang, warum er ausgerechnet diesen französischen Begriff benutzte – soweit er es beurteilen konnte, auch noch an der falschen Stelle –, griff diese Fragestellung aber nicht auf. Es war wahrscheinlich auch so eine Art Klassending. Jakob Willnius machte insgesamt einen ruhigen, weltgewandten und harmonischen Eindruck. Er hatte in die Familie Hermansson eingeheiratet, und auch wenn ihm das keine größere Freude bereitete, so hatte er zumindest beschlossen, es mit Gleichmut zu sehen.

Und warum sollte er auch nicht?, dachte Gunnar Barbarotti, als er Abschied von dem Ehepaar Hermansson-Willnius nahm und sich auf den Weg zur U-Bahn-Station machte. Wo er eine Ehefrau wie Kristina bekommen hat. Was ihn selbst betraf, so hatte Gunnar Barbarotti sich seit seiner Scheidung von Helena voll und ganz von Frauen ferngehalten. Das heißt: bis vor einem Monat. Sie hieß Charlotte und war auch bei der Polizei. Sie hatten sich auf einer Konferenz in Göteborg kennen gelernt. Sie waren beide etwas beschwipst gewesen und hatten sich anschließend während des größten Teils der folgenden Nacht in Charlottes Hotelzimmer miteinander vergnügt.

Das Problem war nur, dass sie verheiratet war. Mit einem anderen Polizeibeamten. Sie wohnten in Falkenberg und hatten zwei Kinder, zehn und sieben Jahre alt. Das hatte sie am nächsten Morgen beim Frühstück erzählt, aber schließlich hatte er die Möglichkeit gehabt, sie den ganzen Abend danach zu fragen, und das hatte er nun einmal nicht getan.

Nach diesem einen Mal hatten sie sich nicht wiedergesehen, jedoch zweimal miteinander telefoniert. Charlotte hatte genauso peinlich berührt geklungen, wie er sich gefühlt hatte, und sie waren darin übereingekommen, bis auf weiteres nichts miteinander zu tun haben zu wollen. Vielleicht ließ man zum Sommer hin wieder von sich hören. Gunnar Barbarotti wusste nicht so recht, wie er die Situation einschätzen sollte – und wie es eigentlich um Charlottes Ehe stand –, aber bei beiden Telefongesprächen hatte sein Herz heftig gepocht, und die Nacht in Göteborg war zweifellos die für ihn bemerkenswerteste seit Jahren gewesen.

Aber einem Kollegen, wenn auch einem unbekannten, die Hörner aufzusetzen, das war definitiv nichts, worauf man stolz sein konnte, und er war dankbar, dass erst einmal der Deckel drauflag. Außerdem war die blasse Süße der Sehnsucht und der unausgesprochenen Hoffnungen auch nicht zu verachten.

Walter Hermanssons Wohnung lag in einem Wohnblock aus den Dreißigern in der Inedalsgatan auf Kungsholmen. Fünfter Stock. Auf einem Messingschild an der Tür stand Renstierna, und auf einem handgeschriebenen Zettel über dem Briefschlitz Hermansson. Gunnar Barbarotti verbrachte eine Stunde damit, in zwei kleinen Zimmern und einer noch kleineren Küche herumzulaufen und nach Informationen zu suchen, die Aufschluss darüber hätten geben können, was mit dem abwesenden Mieter passiert sein mochte. Ein Schutzmann Rasmusson von der Stockholmer Polizei leistete ihm Gesellschaft, die meiste Zeit, indem er auf dem winzigen Balkon zum Hof hin stand und rauchte.

Als sie die Wohnung verlassen und die Tür wieder verschlossen hatten – mit Hilfe des nur mäßig begeisterten Hausmeisters –, nahm Gunnar Barbarotti zwei Dinge in seiner Aktentasche mit. Zum einen ein Adressbuch, das er zwischen einer Packung Spaghetti und einer Teekanne auf einem Regal in der Küche gefunden hatte, und zum anderen eine Art Notizblock, der neben dem Telefon auf dem Nachttisch im Schlafzimmer gelegen hatte. Beide in Verwahrung genommenen Dinge enthielten ein Durcheinander von hingekritzelten Namen und Telefonnummern, und er freute sich nicht gerade darauf, sich hinzusetzen und sie durchzuarbeiten. Das erwähnte Romanmanuskript – *Mensch ohne Hund,* wie der Arbeitstitel wohl hieß – hatte sich in zwei Stapeln auf einem unordentlichen Schreibtisch befunden, Barbarotti hatte einen Blick darauf geworfen und beschlossen, es bis auf weiteres in Frieden ruhen zu lassen. Sechshundertfünfzig Seiten waren nun einmal sechshundertfünfzig Seiten ...

Es war Viertel vor sieben, als er wieder in seinem Zimmer im Hotel Terminus war, und nachdem er zu Hause angerufen und sich vergewissert hatte, dass Sara keine Not litt, beschloss er, genau zwei Stunden zu arbeiten, nicht eine Minute länger. Anschließend wollte er die Vasagatan überqueren, zwei dunkle Biere in der Bahnhofskneipe trinken und die Eindrücke des Tages verdauen.

Und genauso machte er es.

21

Beim Frühstück ließ Sorgsen von sich hören.

»Er hat in der Nacht einmal angerufen.«

»Wen?«

»Wir haben die Telefonliste bekommen. Walter Hermansson hat Montagnacht um 01.48 ein Telefongespräch geführt.«

»Mit wem?«

»Das wissen wir nicht.«

»Natürlich wissen wir das. Die Nummer muss doch gespeichert sein ...«

»Er hat ein anderes Handy mit Prepaid-Karte angerufen. Wir haben die Nummer, wissen aber nicht, wem sie gehört. Du weißt doch, wie das ist.«

»Verflucht noch mal.«

»Kann man wohl sagen.«

»Und Henrik? Henrik hatte doch auch ein Handy, oder?«

»Da haben wir noch nicht die Informationen. Es ist ein anderer Anbieter. Die werden wohl heute im Laufe des Tages eintrudeln.«

»Gut«, sagte Gunnar Barbarotti. »Walter Hermansson hat also ein Telefongespräch geführt mitten in der Nacht, in der er verschwunden ist. Dann wissen wir das. Und sonst noch was?«

»Im Augenblick nicht«, sagte Gerald Borgsen.

Ja und?, dachte er, als er sein eigenes Handy zurück in die Jackentasche schob. Und welche Schlussfolgerungen können wir daraus ziehen?

Überhaupt keine, so einfach war das. Und Hypothesen? Ja, schon möglich. Es gab zumindest eine höchst wahrscheinliche Vermutung: Walter Hermansson hatte beschlossen, jemanden in Kymlinge zu besuchen. Er hatte den Betreffenden angerufen – mitten in der Nacht – und gefragt, ob es in Ordnung sei, wenn er vorbeikomme. Und dann ...?

Ja, dann war er entweder dorthin gegangen, oder er war woandershin gegangen. Man brauchte nur zu wählen.

Andererseits, setzte Gunnar Barbarotti seine messerscharfe Deduktionsarbeit fort und köpfte sein Vier-Minuten-Ei mit einem gezielten Schlag, andererseits hätte er ja genauso gut eine alte Freundin in Hallonbergen anrufen können. Warum nicht. Nur um eine Weile zu reden und schöne Weihnachten zu wünschen, wo man sowieso schon etwas betrunken war. Wie war das noch, konnte man nicht inzwischen auch die Adressaten derartiger Gespräche lokalisieren? Zumindest ungefähr? Oder war das nur bei laufenden Gesprächen möglich?

Ich werde Sorgsen heute Nachmittag anrufen, beschloss er. Er muss das herausfinden.Es war erst Viertel nach neun Uhr am Morgen, aber er spürte bereits eine gewisse Müdigkeit aufkommen. Nicht diese physische Müdigkeit, er hätte problemlos acht oder zehn Kilometer laufen können – zwölf draußen am Meeresstrand –, nein, es war eine psychische Müdigkeit, eine Art zäher, trostloser Stress oder wie man diesen Zustand auch bezeichnen sollte. Das Gefühl ... ja, dem Übermächtigen gegenüber nicht genügen zu können. Der Übeltäter dabei war die Informationsmasse, darüber war er sich durchaus im Klaren – das heißt, die Möglichkeit moderner Zeiten, plötzlich mit unendlich vielen Informationen dazustehen, Tonnen von potentiellen und realen Informationen. So verlief die moderne Polizeiarbeit, es ging nicht darum, der Information, dieser leicht zu fangenden Beute, hinterher zujagen, es ging darum, sie zu sichten.

So könnte man beispielsweise mit allen siebenundsiebzig oder hundertelf Personen sprechen, die Henrik Grundt im Laufe der letzten zwei Monate angerufen hatte oder die ihn angerufen hatten, wenn man seine Telefonliste in den Händen hielt. Man könnte all seine Kommilitonen und all seine Lehrer an der juristischen Fakultät befragen, man könnte weitermachen mit den Studentenvereinigungen und seiner alten Gymnasialklasse in Sundsvall und dann alles zusammen ans Guinness Buch der Rekorde schicken, dachte Inspektor Barbarotti verbittert. Die größte und erfolgloseste Ermittlung der Welt, nun ja, beim Kampf um diesen Titel gab es sicher genügend Konkurrenten. Was Henriks Onkel Walter betraf, so hatte der Inspektor am gestrigen Abend drei Stunden (es wurde noch eine Stunde nach dem Kneipenbesuch) über dessen vollgekritzeltem Adressbuch und seinem noch schlimmer bekritzelten Notizblock gesessen und versucht, alles wegzukürzen, was vermutlich nicht von Belang war. Das Problem war, dass es keine derartige Streichungsmethode gab, nichts, was in diesem Fall funktionierte, aus dem ganz einfachen Grund, weil man nicht wusste, wonach man überhaupt suchte.

Und wenn er diese Arbeit in die Hände anderer gab, dann würden auch die nicht wissen, wonach sie zu suchen hatten ... er erinnerte sich, dass er irgendwo über diese Art von Informationsproblem in der alten DDR gelesen hatte. Da jeder vierte Mitbürger Informant der Stasi war und die wichtigste Aufgabe eines Informanten darin bestand zu informieren, bekamen sie derartige Massen von Berichten herein, dass sie kaum die Zeit hatten, sie alle zu lesen, geschweige denn sie zu analysieren und zu bewerten.

Und erst recht nicht, auf sie zu reagieren.

Und woher sollte er wissen, welche Telefonnummer oder welcher schnell hingeschmierte Name in diesem Fall wichtig war? Oder wer von den einhundertzweiundsiebzig eingebildeten Jungjuristen in Uppsala tatsächlich irgendetwas wusste?

So war es nun einmal mit der neuen Technik, der Heuhaufen wuchs immer nur noch höher, aber die Stecknadel wurde dadurch nicht einen Millimeter größer. Warum also nicht auch noch die Teilnehmer in Walters Dokusoap heranziehen, vielleicht handelte es sich hier ja um einen Rachefeldzug, der seinen Ursprung auf Koh Fuk hatte? Das würde zumindest einige Schlagzeilen mit sich bringen.

Eine andere Variante wäre, dass Walter Hermansson ganz einfach die ganze Aufmerksamkeit und diesen Mist leid geworden und gemeinsam mit irgendeiner alten Flamme untergetaucht war. Sich irgendwo versteckte. Im Hinblick auf die allgemeine Lage – und eingedenk dessen, dass auch sein Neffe verschwunden war und offenbar keinen Grund hatte, sich zu verstecken – erschien diese Lösung nicht besonders glaubhaft. Und dennoch, das Gewicht des Heuhaufens war deutlich zu spüren. Oder der beiden Heuhaufen, schließlich hatte man nach zwei Nadeln zu suchen.

Aber Backman hatte ein gutes Modell, wie er sich erinnerte. Zuerst entschied man, was zu tun war. Dann tat man es. Wenn man den Fall damit nicht gelöst hatte, musste man sich für einen nächsten Schritt entscheiden.

Backman ist klug wie eine Eule, dachte Gunnar Barbarotti. Und jetzt hole ich mir noch eine Tasse Kaffee, damit ich wenigstens wach bleibe.

Zumindest einen Erfolg konnte er an diesem Vormittag verbuchen. Er fand den Psychologen, den Walter Hermansson offenbar nach seinem Zusammenbruch auf Fucking Island aufgesucht hatte. Er hieß Eugen Sventander, hatte seine Praxis in der Skånegatan auf Söder und ließ über seinen Anrufbeantworter mitteilen, dass er über Weihnachten und Neujahr verreist war und nicht vor dem 9. Januar zurückzuerwarten sei. Sventander gehörte zu einer Gruppe von acht Psychologen und Therapeuten mit unterschiedlichen Adressen in Stockholm, die genau darauf spezialisiert waren: ausgebrannte Dokusoap-Teilnehmer wieder zu lebenstauglichen Mitbürgern zu machen. Normalerweise war das in sechs bis acht Monaten zu schaffen, mit zwei Besuchen in der Woche, gegen Ende nur noch einem, und meistens war es der betreffende Fernsehsender, der die Behandlung bezahlte.

Zufrieden mit dieser klaren und eindeutigen Auskunft eines der Kollegen Sventanders setzte sich Gunnar Barbarotti in den Zug und fuhr weiter gen Norden nach Uppsala.

Das Studentenwohnheim lag im Studentenviertel Triangeln am Rackarberget. Es beherbergte fünf Zimmer, jedes davon mit eigener Toilette und Dusche. Die Küche hatten sie gemeinsam, sie war geschmückt mit einem Che-Guevara-Plakat, einer halbnackten Schwarzen und einer Dartscheibe. Gunnar Barbarotti fragte sich, ob sich überhaupt etwas verändert hatte, seitdem er selbst vor fünfundzwanzig Jahren dagehockt und lauwarmes Dosenbier in einem Studentenwohnheim in Lund getrunken hatte.

Das Mädchen, das ihn empfing, hieß Linda Markovic und wohnte in einem der Zimmer. Sie war klein und schmächtig. Studierte Mathematik, ihre Eltern wohnten in Uppsala, aber sie zog es vor, zwischen den Jahren in ihrer Kammer in Triangeln zu bleiben. Sie musste lernen, und dazu brauchte sie Ruhe und Frieden. Die Mieter der anderen vier Studentenzimmer waren ausgeflogen, wie sie erzählte, und wurden erst im Januar zurückerwartet.

Sie fragte, ob er einen Kaffee wolle. Er sagte, gern, und ließ sich am Küchentisch nieder, der mit einer grauen, unverwüstlichen Resopalplatte versehen war, die vermutlich aus der gleichen Epoche stammte wie Herr Guevara.

»Henrik«, begann er. »Wie schon gesagt, geht es also um Henrik Grundt. Und ich sitze hier, weil er verschwunden zu sein scheint.«

»Verschwunden? Es gibt nur Pulverkaffee. Ist das in Ordnung?«

»Das ist in Ordnung. Ihr wohnt sozusagen Wand an Wand?«

»Ja. Ich wohne seit drei Semestern hier. Henrik wohnt zur Untermiete, es ist fast unmöglich, als Erstsemester einen Mietvertrag zu kriegen. Ja, er ist im September eingezogen.«

»Kennen Sie ihn gut?«

Sie schüttelte den Kopf. Sie hatte eine eigenartige, unzeitgemäße Frisur, wie er fand. Kurze, dunkelbraune Korkenzieherlocken, im Nacken kurz geschnitten. Aber vielleicht war er selbst auch unzeitgemäß, das war natürlich möglich. Sie goss heißes Wasser in zwei blaurote Becher, schob ihm das Kaffeepulver hin und öffnete eine Packung Kekse.

»Ich habe nicht so viel anzubieten, tut mir leid«, erklärte sie. »Aber Sie sind ja auch nicht gekommen, um sich satt zu essen, nicht wahr?«

»Stimmt«, bestätigte er. »Aber Sie kennen Henrik dann wohl nicht besonders gut?«

»Ja«, nickte sie und nahm einen Keks. »Das stimmt. Wir haben in dieser Wohnung relativ wenig miteinander zu tun, das ist ja immer verschieden. Wir sehen uns beim Frühstück und trinken abends meistens einen Tee zusammen. Mehr ist da nicht.«

»Aber Sie haben trotzdem häufiger mit ihm geredet?«

Sie zuckte mit den Schultern. »Ja, natürlich.«

»Was für einen Eindruck hatten Sie von ihm?«

»Er ist nett, finde ich. Nicht so angeberisch wie andere Typen … nein, er wirkte zuverlässig, wie ich finde. Ruhig. Was ist denn mit ihm passiert?«

»Wir wissen es noch nicht. Nur, dass er verschwunden ist.«

»Wie kann denn … ich meine, ist er einfach nur verschwunden?«

»Ja.«

»Das klingt gruselig.«

»Ja. Obwohl es ja Menschen gibt, die selbst beschließen zu

verschwinden. Oder sich aus irgendeinem Grund versteckt halten. Und gerade das versuche ich herauszubekommen.«

»Ob Henrik …?«

Sie hielt inne und sah ihn etwas verwirrt an. Er erwiderte ihren Blick und hatte keine Probleme, ihn zu interpretieren.

»Ich weiß, was Sie denken. Ja, es gibt auch welche, die sich das Leben nehmen. Nichts spricht dafür, dass Henrik das getan haben könnte, aber man weiß ja nie.«

»Ich kann mir nicht denken, dass er …«

Sie beendete den Satz nicht. Gunnar Barbarotti nahm einen Schluck Kaffee und verbrannte sich die Oberlippe.

»Gibt es andere in der Wohnung, die mehr Kontakt zu Henrik hatten?«

Wieder Kopfschütteln. Die Korkenzieherlocken tanzten. »Nein, Per und er gingen zu Beginn des Semesters wohl zu den gleichen Studententreffen, aber jetzt nicht mehr. Per ist … Per ist ein ziemlicher Raufbold. Wenn er betrunken ist, und das ist er ab und zu.«

»Hat Henrik eine Freundin?«

»Hier in der Stadt?«

»Ja. Oder woanders?«

»Das kann ich mir nicht vorstellen.«

»Wie meinen Sie das?«

»Dass ich mir nicht vorstellen kann, dass er eine Freundin hat.«

Gunnar Barbarotti dachte schnell nach. Beschloss, seiner Intuition zu folgen. »Ich habe den Eindruck, dass da noch mehr dahintersteckt.«

»Das verstehe ich jetzt nicht. Wie meinen Sie das?«

Er bemerkte, dass sie rot wurde. Sie versuchte es zu kaschieren, indem sie in einen weiteren Keks biss, plötzlich war sie nervös. Sie hatte etwas angedeutet, und jetzt wollte sie nicht dazu stehen. Was nur zum Teufel?, überlegte Gunnar Barbarotti.

»Linda, ich bin es gewohnt, herauszuhören, was Menschen sagen und was sie nicht sagen«, erklärte er langsam, während er versuchte, sie mit seinem Blick festzunageln. »Und was sie sagen, obwohl es ihnen gar nicht bewusst ist. Als Sie sagten, ›Das kann ich mir nicht vorstellen‹, da haben Sie eigentlich etwas anderes sagen wollen, oder?«

Etwas geschwollen, wie er selbst fand, aber es wirkte. Sie zögerte zwei Sekunden, biss sich auf die Lippen und zog an einem Korkenzieher.

»Ich wollte damit nur sagen, dass es mich nicht wundern würde, wenn Henrik schwul ist.«

»Ach ja?«

»Aber das ist nur meine höchst private Vermutung, vergessen Sie das nicht. Ich habe mit den anderen nie darüber gesprochen, und es interessiert mich eigentlich auch nicht. Nur manchmal hat man so den Eindruck … ja, Sie wissen schon, nicht?«

Er nickte.

»Natürlich nichts Tuntiges, und vielleicht irre ich mich ja auch. Es ist nichts, worüber ich mir länger Gedanken gemacht habe.«

»Ich verstehe«, sagte Gunnar Barbarotti. »Hat er häufiger Freunde zu Besuch … oder Kommilitonen … männliche oder weibliche?«

Sie dachte nach. »Ich glaube, sie haben hier ein paar Mal zusammen gelernt. Vier, fünf Stück, sie studieren Jura, ja, zwei Typen und zwei Mädchen, soweit ich mich erinnern kann.«

»Geht er viel aus?«

»Nein. Er war wohl ein paar Mal zu Studententreffen … der Studenten aus Norrland. Ich glaube, er singt da auch im Chor. Und bei Jontes natürlich, da gehen alle Juristen hin. Aber ich habe ihn nie richtig betrunken gesehen, er ist ziemlich strebsam.«

»Was man nicht von allen sagen kann?«

»Nein, das kann man wirklich nicht von allen sagen.«

Barbarotti lehnte sich zurück. Homosexuell?, überlegte er. Das hatte er bisher noch nicht gehört.

»Jenny?«, fragte er. »Haben Sie eine Bekannte von Henrik getroffen, die Jenny heißt?«

»Nein, nie.«

»Sicher?«

»Jedenfalls ist sie mir nie vorgestellt worden. Aber ungefähr jedes dritte Mädchen heißt heutzutage Jenny.«

»Gut«, nickte Gunnar Barbarotti. »Das reicht wohl fürs Erste. Sie haben für alle Zimmer einen Reserveschlüssel, haben Sie mir erzählt. Könnten Sie mir Henriks Zimmer aufschließen?«

Sie zögerte. »Haben Sie die Genehmigung dazu?«, fragte sie. »Müssten Sie mir dafür nicht ein Papier oder so zeigen?«

Er nickte und zog den Bescheid heraus. Sie warf einen Blick darauf, stand auf und zog eine der Schubladen neben dem Herd auf. Und plötzlich, während sie sich für eine Sekunde vorbeugte, sah er ihre Brust und ihre Brustwarze. Ihr weinrotes Hemd war an den Ärmeln weit ausgeschnitten, und darunter schaukelte ihre rechte Brust vollkommen frei herum.

»Wir haben sie freiwillig gemacht«, sagte sie. »Alle außer Ersan, er vertraut keinem, aber das würde ich mit seinem Hintergrund auch nicht.«

Gunnar Barbarotti schluckte und nahm einen Schlüssel entgegen. Beschloss, nicht nachzufragen, woher besagter Ersan kam. »Danke für den Kaffee«, sagte er stattdessen. »Jetzt will ich Sie nicht länger stören. Ich sage Bescheid, wenn ich fertig bin.«

»Kein Problem«, erwiderte Linda Markovic. »Es sind noch dreizehn Tage bis zur Prüfung, ich habe alle Zeit der Welt.«

»Ich kann mich noch erinnern, wie das war«, sagte Gunnar Barbarotti und spürte, dass er sie ein wenig beneidete.

Aber diese Brust wollte seine Netzhaut einfach nicht freiwillig verlassen.

Den Nachmittag und Abend über traf er nacheinander einen Chorleiter, eine Cousine von Leif Grundt sowie einen Studienberater an der juristischen Fakultät.

Der Chorleiter hieß Kenneth und konnte ein Urteil über Henriks Bariton abgeben. Der sei sehr schön, wie er behauptete, im Chor war er natürlich nur einer unter vielen, aber wenn er genügend Ehrgeiz hatte, könnte man ihn zum Solisten ausbilden.

Irgendeine Jenny? Nein, von der hatte er nie gehört.

Die Cousine hieß Berit, und Henrik hatte während der ersten zwei Wochen des Semesters bei ihr in Bergsbrunna gewohnt, bis er das Zimmer in der Karlsrogatan gefunden hatte. Seit Henriks Auszug hatten sie sich nur einmal gesehen, aber sie hatte den Eindruck, dass er ein außerordentlich strebsamer und netter junger Mann sei.

Jenny? Nein, von Mädchen wusste sie nichts.

Der Studienberater hieß Gertzén, und er wusste, dass Henrik Grundt immatrikuliert war und an der Fakultät studierte. Mehr wusste er nicht, aber es gab so viele Studenten, um die er sich kümmern musste, und besonders zu Anfang konnte es schon schwer sein, sich über Einzelne eine Meinung zu bilden.

Jenny? Inspektor Barbarotti stellte nicht einmal mehr die Frage.

Es war halb neun, als er zurück ins Hotel Hörnan ging, schön neben dem Fyrisån gelegen, der immer noch eine eisfreie Wasserlücke zeigte, auf der sich die Enten zusammendrängten. Er konnte sie von seinem Fenster aus beobachten, weiter im Norden waren das Kino und das Haus der Norrländer Studenten zu erkennen, wo Henrik wohl seine ersten zögerlichen Schritte ins Studentenleben zurückgelegt hatte. Wo er im Chor gesungen hatte und wo er möglicherweise auch … nein, Barbarotti war es leid, weiter zu spekulieren. Er lenkte seinen Blick zurück auf die Enten unten auf dem schwarzen Wasser und fragte sich, ob sein Gefühl der Resignation jetzt stärker oder schwächer war als am Morgen, als er im Zug zur Hochburg des Lernens gesessen hatte.

Schwer zu sagen. Henriks Zimmer hatte jedenfalls nicht viel ergeben. Keine Briefe. Keine Notizen. Nicht einmal ein Adressbuch. Er gehörte zu dieser jungen, rationalen Generation, die alle wichtigen Daten ins Handy oder in den Computer tippten. Die Dateien auf dem Computer, der unerhört neu und trendy aussah, wie Barbarotti fand, hatte er nicht öffnen können, und das Handy befand sich wahrscheinlich am gleichen Ort wie sein Besitzer.

Will sagen: *an unbekanntem Ort.* Es hatte sich nichts Kompromittierendes im Zimmer befunden. Keine erotische Literatur auf den Regalen (nicht einmal eine Herrenzeitschrift), die etwas über die sexuellen Präferenzen des Mieters hätte enthüllen können. Es war sauber und ordentlich, genau wie er erwartet hatte. Inzwischen meinte er Henrik Grundt ein wenig zu kennen. Hatte immer den gleichen wohlgeratenen, ordentlichen, ruhigen Eindruck bekommen. Seine eventuelle Homosexualität hatte bis jetzt nur Nahrung in den höchst privaten und höchst vagen Beobachtungen einer jungen Studentin gefunden. Dass Gunnar Barbarotti den Gedanken an diese Möglichkeit nicht unter den Tisch fallen lassen konnte, beruhte vermutlich in erster Linie darauf, dass es nicht viel anderes gab, an dem sich die Gedanken hätten festmachen können.

Er zog die schweren Gardinen vor und schaltete sein Handy ein, das er während des letzten Gesprächs dieses Tages mit dem Studienberater Gertzén ausgeschaltet hatte. Während er es noch in der Hand hielt, ertönte ein Piepsen, das verkündete, dass Mitteilungen für ihn bereitlagen.

Oder zumindest eine. Sie kam von Sorgsen. Er berichtete, dass er am Nachmittag Henrik Grundts Telefonliste erhalten hatte, und auf der gab es ein paar interessante Dinge. Wenn Barbarotti diese Nachricht vor neun Uhr abhörte, konnte er ihn zu Hause anrufen.

Er guckte auf die Uhr. Es war fünf vor.

»Sag nichts, ich weiß schon. Henrik hat die gleiche Nummer wie Walter genau vierundzwanzig Stunden später angerufen?«

»Falsch getippt«, sagte Sorgsen. »Nein, Henrik hat am Montag oder Dienstag nirgendwo angerufen. Und er hat nur ein einziges Gespräch entgegengenommen – von den Großeltern, nachdem Familie Grundt von Sundsvall losgefahren war. Aber es gibt einige SMS, die vielleicht interessant sein könnten.«

»Ich bin ganz Ohr«, sagte Gunnar Barbarotti.

»Aber nichts in direktem Zusammenhang mit seinem Verschwinden. Die letzte traf Dienstagabend um 22.35 Uhr ein, und die letzte hat er selbst zehn Minuten später losgeschickt. An die gleiche Nummer. Insgesamt hat er sieben SMS innerhalb von vier Tagen erhalten, sogar am Heiligabend, aber nicht eine einzige beantwortet. Die Texte sind leider gelöscht, sie werden maximal zweiundsiebzig Stunden gespeichert, aber trotzdem ...«

»Ich verstehe«, sagte Gunnar Barbarotti und spürte plötzlich, wie etwas Kaltes, Beunruhigendes in ihm die Seite wechselte. Es war nicht schwer, sich aufgrund der Information, die Sorgsen gerade vermittelte, ein Bild zu machen. Ein ziemlich düsteres Bild.

»Von der gleichen Nummer?«

»Fünf davon.«

»Und das ist der gleiche, der ...«

»Ja. Wenn wir nur die letzte Woche angucken, also vom 24. Dezember bis zum 27., dann hat die gleiche Nummer zweiundzwanzig SMS geschickt und Henrik hat vierzehn Mal geantwortet.«

»Und?«

»Was glaubst du?«

Es war so ungewöhnlich, dass Sorgsen sich eine derart dramatische Verzögerung leistete, dass der Inspektor nicht wusste, was er glauben sollte.

»Prepaid-Karte, die nicht zurückzuverfolgen ist?«, sagte er automatisch.

»Falsch«, erwiderte Sorgsen. »Wir haben den Namen des Teilnehmers.«

»Ausgezeichnet«, sagte Gunnar Barbarotti. »Dann rück ihn raus, oder willst du erst ein Küsschen? Dann musst du noch warten bis übermorgen.«

Das war blöd gesagt, aber Sorgsen nahm es hin, als wäre es ein schlechter zweiter Aufschlag.

»Der Name ist Jens Lindewall. Die Adresse ist Prästgårdsgatan fünf in Uppsala, falls du gerade mal vorbeikommst.«

»Das geht doch … warte, kannst du es noch einmal sagen, dann schreibe ich es mir auf.«

»Ich schick es dir als SMS«, sagte Sorgsen. »Dann hast du auch seine Nummer. Und tschüs.«

… mit dem Teufel zu, ergänzte Gunnar Barbarotti seinen Satz im eigenen Kopf. Manchmal fallen die Teile einfach an die richtige Stelle, das darf man nie vergessen.

Die SMS mit Jens Lindewalls Daten traf eine Minute später ein, und er brauchte noch weitere fünf, um zu entscheiden, wie er vorgehen sollte. Während dieser kurzen Zeit überlegte er in erster Linie, ob er Eva Backman anrufen sollte, um sich zunächst ein wenig mit ihr zu beraten, aber diese Idee verwarf er bald, da er sehr gut selbst wusste, welchen Rat die Kollegin ihm geben würde.

Und fast ebenso schnell entschied er sich, diesem Rat zu folgen.

Er öffnete die Gardinen erneut, bevor er die Nummer eingab. Der Himmel war schneelila, und die Enten da unten sahen eingefroren aus.

Er wartete sechs Signale ab. Dann kam noch ein Signal, mit der unverkennbaren leichten Senkung. Anschließend der Anrufbeantworter.

»Hej, du bist bei Jens gelandet. Ich bin nach Borneo gefahren und habe den Handyterroristen in der Schreibtischschublade zurückgelassen. Werde am 12. Januar zurückkommen. Ich wünsche euch allen ein richtig schönes Neues Jahr. Wenn du mir das Gleiche wünschen willst, kannst du es gern nach dem Piep tun. Bis dann und tschüs.«

Nein, danke, lieber Freund, dachte Gunnar Barbarotti wütend und schaltete das Telefon aus. Aber wehe dir, wenn du nicht bald zurückkommst, dann schicken wir dir die Bullen von Borneo auf den Hals, und mit denen ist nicht gut Kirschen essen!

Und wer hatte sich eigentlich vor ganz kurzer Zeit eingebildet, die Teile könnten an die richtige Stelle fallen?

Er zog die Gardinen wieder zu und bereute es, versprochen zu haben, noch drei Tage keine Gebete gen Himmel zu schicken.

Und als er das Licht löschte, tauchte das Bild von Linda Markovics Brust wieder auf. Das war jämmerlich, wie Gunnar Barbarotti fand. So dürftig ist mein Liebesleben inzwischen, dass ich von dem Blick auf die Brustwarze einer fremden Studentin träumen muss, der nicht einmal eine halbe Sekunde gedauert hat.

Und Gott behauptet, dass er existiert?

II

Januar

22

Gunnar Barbarotti mochte nicht fliegen.

Am schlimmsten fand er es, Charter zu fliegen, und am zweitschlimmsten die Inlandsflüge. Aber wenn die Inlandsflüge ihre Fahrpläne nicht einhalten konnten, dann war es fast noch schlimmer als Charter. Buchte man eine Reise nach Fuerteventura, konnte man so gut wie sicher sein, dass man früher oder später auf Fuerteventura landete. Flog man im Inland, konnte man sich sonst wo wiederfinden. Ganz wie die Umstände waren offenbar.

Wie jetzt. Er war eine Stunde vor Morgengrauen daheim losgefahren, hatte auf dem Flughafen Landvetter ein Flugzeug bestiegen und war gegen neun Uhr mit fünfzig Minuten Verspätung in Arlanda gelandet. Dort wurde er auf einen späteren Flug nach Sundsvall umgebucht, da sein geplanter bereits davongeflattert war – und bekam schließlich Viertel nach eins auf dem Östersunder Flughafen am Frösön wieder Boden unter die Füße, wegen Nebel über dem Midlanda Flugplatz zwischen Sundsvall und Härnösand. Er selbst hatte es durch das Kabinenfenster gesehen: Über ganz Schweden herrschte ein strahlender Wintertag, ausgenommen diese falsch platzierte Landebahn, auf der die Wettergötter eine Nebelwolke, dick wie Grießbrei, drapiert hatten.

Aber er hatte den Herrgott nicht um geglückte Landung gebeten, also war nicht die Rede von irgendwelchen Existenzpunkten in der einen oder anderen Richtung.

Von Östersund begab er sich auf eine zweieinhalbstündige Busreise nach Sundsvall, und als er in der Metropole von Medelpad am Busbahnhof ausstieg – mitten in Schweden laut lokalem Volksglauben –, zeigte die Uhr genau vier Uhr nachmittags. Die gesamte Verspätung betrug fünf Stunden und fünfundvierzig Minuten.

Aber nun ja, wenn nichts Unvorhergesehenes eintraf, hatte er immer noch eine Stunde Zeit für ein Gespräch mit Kristoffer Grundt, und wenn er gezwungen sein sollte, ein Taxi zu nehmen, um den letzten Flug zurück nach Arlanda noch zu erreichen.

Noch war es nicht an der Zeit, die Flinte ins Korn zu werfen und Leserbriefe zu schreiben. Und auf der anderen Straßenseite, vor dem Seven-Eleven-Laden – genau wie sie es schließlich, als alle Verspätungen einbezogen und abgezogen worden waren, abgesprochen hatten –, stand der junge Herr Grundt und stampfte nervös im Schneematsch. Zum ersten Mal seit langer Zeit hatte Gunnar Barbarotti den Eindruck, es könnte in dieser Sisyphusgeschichte, wie Eva Backman das Elend getauft hatte, etwas passieren. Nicht gerade ein Durchbruch. Nicht die Hoffnung auf eine schnelle, definitive Lösung, das war zuviel verlangt – aber vielleicht ein kleiner Schritt in eine Richtung, die möglicherweise mit der Zeit und ohne zu große Erwartungen sich als die richtige erweisen könnte.

Diese kleine Öffnung.

Er wusste nicht, wie viele Arbeitsstunden man bereits auf diesen Fall verwandt hatte, aber er wusste, dass sie bis zum letzten Schweißtropfen ergebnislos gewesen waren. Nichts war herausgekommen, das hätte erhellen können, was mit Walter Hermansson und Henrik Grundt geschehen war, die so ungezogen waren und sich geschmackloserweise mitten im Vorweihnachtstrubel aus der Allvädersgatan 4 in Kymlinge davongemacht hatten. Es waren inzwischen drei Wochen vergangen, und Gunnar Barbarotti und seine Kollegen kannten die verlässliche alte Polizeiwahrheit nur zu gut, die besagte, dass Verbrechen aufgeklärt werden, kurz nachdem sie begangen wurden.

Oder nie.

Und es lag eine Art von Verbrechen hinter den Ereignissen in der Allvädersgatan, daran bestand kein Zweifel mehr. Weder Barbarotti noch Backman oder Sorgsen zweifelten daran. Es war diese Troika, die die Ermittlungen in der Hand hatte, die gemeinsam Entscheidungen traf, die gemeinsam Anweisungen gab und anschließend all die ausgeworfenen, leeren Köder analysierte – und die in regelmäßigen Abständen, wenn auch meistens immer nur einer nach dem anderen, zu Kommissar Asunander in den dritten Stock gerufen wurden, um Rede und Antwort zu stehen.

Asunanders tränende Augen waren immer gelber und starrer geworden, seit sie die Jahresgrenze passiert und den Januar erreicht hatten. Einfach ausgedrückt – wenn man zu einer etwas groben Interpretation neigte – bedeutete das, dass er es in einer weniger zivilisierten und weniger geregelten Gesellschaft vorgezogen hätte, alle drei den Wölfen vorzuwerfen und sie durch Polizeibeamte zu ersetzen, die ein bisschen mehr Erleuchtung und Grips mitbrachten. Dann mach doch selbst einen Vorschlag, du Großmaul, pflegte Backman vorzuschlagen. Komm ein einziges Mal mit etwas Konstruktivem, du verfluchter, impotenter Schreibtischpascha! Diese Tipps gab sie indes nicht vor dem tagenden Gericht preis, sondern sparte sie sich wohlweislich bis zum Bier auf, das zwei Drittel der Troika von Geburt an als ungeschriebenes Gesetz ab und zu, jedoch nicht häufiger als zwei Mal die Woche, nach Ende eines langen, harten Arbeitstages in Maßen im Restaurant Älgen am Norra torg genossen. Man kann nicht erwarten, dass eine Hyäne Cognac pinkelt, pflegte Barbarotti zu erwidern. Oder goldene Eier legt. Der Kerl hat eine Wüstensteppe zwischen den Ohren, seine innere Landschaft ist steril wie … ja, wie eine Wüstensteppe.

Und darüber lächelte Backman dann.

Und so vollkommen ergebnislos waren sie ja auch nicht gewesen. Nicht so fruchtlos wie die inneren Domänen des Schreibtischkommissars. Es gab gewisse Sackgassen, die sich länger hinzogen als die meisten anderen.

Der Mobiltelefondschungel beispielsweise. Hier hatte man ja bereits den Weg bis zu Jens Lindewall gefunden, mit dem man zwar bis jetzt noch keinen Kontakt hatte aufnehmen können, da er sich dazu entschieden hatte, Weihnachten und Silvester in einem anderen Dschungel zu feiern – in der Provinz Sabah auf Borneo –, aber am kommenden Tag sollte er frühmorgens mit einem Flugzeug auf Arlanda landen, und wenn auch sonst niemand dastehen und ihn mit Blumen und Fähnchen in Empfang nehmen würde, dann hatte zumindest Gunnar Barbarotti geplant, es zu tun. Aber ohne Grünzeug, nur mit der einen oder anderen wohlabgewogenen Frage.

Wenn nur das Flugzeug von Midlanda heute Abend nicht in die falsche Richtung flog. Man war inzwischen vorsichtig geworden.

Auch was den anderen Vermissten betraf, so war man ein Stück weiter im Gestrüpp gekommen, hatte sich dann allerdings darin verfangen. Dass Walter Hermansson sein Handy benutzt hatte, um jemanden um 01.48 in der Nacht anzurufen, in der er verschwand, hatte man ja fast umgehend mittels der Anbieterlisten erfahren, und es war natürlich zu dumm, dass er jemanden mit Prepaid-Karte angerufen hatte. Aber noch war in dieser Beziehung nicht alles verloren. Der Angerufene war in Kymlinge ausgemacht worden, es war also nicht die Frage einer alten Flamme irgendwo im Land, wie Barbarotti befürchtet hatte. Walter hatte tatsächlich eine Person angerufen, die sich, zumindest in der betreffenden Nacht, in Kymlinge befunden hatte, und natürlich hatte man sich auch um diese Nummer gekümmert und sie näher untersucht. Leider mit dürftigem Ergebnis. Außer dem Gespräch mit Walter war die betreffende

Nummer nur vier Mal im Dezember benutzt worden, und zwar zwischen dem 5. und dem 15. Dezember, und immer um jemanden selbst anzurufen.

Einmal Walter Hermansson in Stockholm, zwei Mal eine Pizzeria in Kymlinge, einmal einen Damenfriseur in Kymlinge. Die Troika hatte sowohl mit der Pizzeria als auch mit dem Haarkünstler gesprochen. Bei Ersterem nahm man an, dass jemand eine Pizza bestellt hatte, bei Letzterem, dass jemand einen Termin abmachen wollte, um sich die Haare schneiden zu lassen. Beide Serviceeinrichtungen hatten zusammen einen Kundenkreis, der schätzungsweise zwischen 1200 und 1800 Personen betrug. Wie groß der gemeinsame Kundenkreis sein könnte, rein mathematisch und rein hypothetisch, auf diese Frage hatte Eva Backman einige Zeit verwandt, um sie rechnerisch zu lösen, und bei einem Donnerstagbier hatte sie etwas überraschend (zumindest für Gunnar Barbarotti, der in Mathematik seinerzeit nur eine anständige Drei gehabt hatte) die ziemlich genaue Ziffer 433 präsentiert.

»Wie zum Teufel bist du denn darauf gekommen?«, hatte der allzu kritische Barbarotti erbarmungslos gefragt.

»Kann dir doch gleich sein«, hatte Eva Einstein gekontert. »Walter Hermansson hat eine von vierhundertdreiunddreißig Frauen in Kymlinge angerufen. Vielleicht ist sie bei diesem verfluchten Friseur zu finden.«

Einstein-Backman hatte anschließend zwei Tage lang alle aufgelistet, die sich bei »Der Große Schnitt« zwischen dem 5. Dezember und dem Tag vor Heiligabend die Haare hatten schneiden lassen (nicht, dass man die Namen von allen hatte, aber doch von ziemlich vielen) – eine Summe, die bei angenehm zutreffenden 362 lag –, und gerade als sie mit dieser hochinteressanten Arbeit fertig war, hatte die Besitzerin dieser trendigen Institution angerufen und erklärt, dass man ebenso vielen leider hatte absagen müssen. Backman-Schafskopf hatte innerlich geflucht, eine ungemein feinfühlige Replik von sich gegeben und war noch einmal genau bei der Ziffer 433 gelandet.

»Siehst du?«

»Ich sehe, oh meine Meisterin«, hatte Gunnar Barbarotti zugegeben, aber gleichzeitig gespürt, wie eine mentale Erschöpfung ihn übermannte, die wie eine Lungenkrankheit angeschlichen kam.

Und dennoch, das musste er zugeben, war das eine ungewöhnlich lange und hoffnungsvolle Sackgasse gewesen.

Aber dass Kristoffer Grundt ihn am vergangenen Abend angerufen hatte und mit ihm etwas Wichtiges besprechen wollte – was er laut eigenen Angaben seinen Eltern bis jetzt verheimlicht hatte –, musste trotz allem als das bisher interessanteste Ereignis dieser Ermittlungen angesehen werden.

Oder war Backman anderer Meinung?

Nein, war Backman nicht. Zum Teufel auch.

»Ich habe nur eine Stunde Zeit, können wir hier ins Café gehen, dann nehme ich auf Band, was du mir zu sagen hast?«

Kristoffer Grundt nickte.

Der Junge bestellte eine Cola, der Inspektor einen doppelten Espresso. Nicht verkehrt, richtig wach zu sein, falls irgendein Mist nicht auf dem Band haften blieb. Das schien so ein Tag zu sein. Sie fanden eine Ecke hinter einer mausetoten Jukebox und einem Plastikficus und ließen sich dort nieder.

»Nun?«, begann Gunnar Barbarotti und drückte auf Aufnahme. »Was hast du mir zu sagen?«

»Ich möchte, dass Sie das möglichst meinen Eltern nicht sagen«, sagte Kristoffer.

»Ich kann nichts garantieren«, erklärte Barbarotti. »Aber ich verspreche zu schweigen, solange es möglich ist.«

»Sie wissen … es ist sonst nichts passiert?«

»Was meinst du damit?«

»Sie wissen nicht genauer, wohin Henrik gegangen ist?«

Kristoffer Grundt quälte sich, daran bestand kein Zweifel. Das tat er wahrscheinlich schon eine ganze Weile, wie Barbarotti schätzte. Er hatte Probleme, den Blick zu halten, die Hände flogen unruhig zwischen Colaglas, Flasche und Tischkante hin und her – ja, er hatte etwas auf dem Herzen, und das trug er schon viel zu lange mit sich herum. Außerdem hatte er dunkle Ränder unter den Augen, obwohl er erst vierzehn Jahre alt war, und eine Hautfarbe wie ein schmutziges Bettlaken.

Aber so sehen wahrscheinlich die meisten in diesem Land zu dieser gotterbärmlichen Jahreszeit aus?, überlegte Barbarotti. Wenn man es genau nimmt.

»Nein«, antwortete er. »Wir wissen immer noch nicht, was mit deinem Bruder passiert ist. Erzähl jetzt einfach, was du bisher verschwiegen hast.«

Der Junge warf ihm einen schnellen, scheuen Blick zu.

»Ja, da war eine Sache ...«, zögerte er. »Ich muss mich entschuldigen, dass ich das nicht früher erzählt habe, aber ich habe ihm versprochen ...«

»Henrik?«

»Ja.«

»Du hast ihm etwas versprochen? Okay, red weiter. Was hast du ihm versprochen?«

»Ich habe Henrik versprochen, nichts zu sagen. Aber jetzt ... ja, jetzt ist mir klar, dass ich wohl ...«

Er verstummte. Gunnar Barbarotti beschloss, ihm ein wenig auf die Sprünge zu helfen. »Du bist nicht länger an irgendein Versprechen gebunden, Kristoffer«, sagte er so freundlich er konnte. »Wenn Henrik könnte, würde er dich von dem Versprechen befreien. Wir müssen alles tun, was wir können, um ihn zurückzuholen, der Meinung bist du doch sicher auch?«

»Glauben Sie ... glauben Sie, dass er noch lebt?«

Es war ein leichter Hauch von Hoffnung in der Stimme zu vernehmen, aber nicht besonders viel. Er sieht die Sache so wie ich, dachte Gunnar Barbarotti. Er ist ja nicht dumm.

»Ich weiß es nicht«, erwiderte er. »Weder du noch ich können das wissen. Aber wir können nur hoffen, und wir wollen unser Bestes tun, um herauszubekommen, was passiert ist. Nicht wahr?«

Kristoffer Grundt nickte. »Ja, es war nämlich so, dass er … dass er in der Nacht abgehauen ist. Ich meine, er hatte geplant, wegzugehen.«

»Aha«, sagte Barbarotti. »Erzähl weiter.«

»Eigentlich ist es nur das. Er hat mir erzählt, dass er in der Nacht weggehen wollte, um jemanden zu treffen, und er bat mich, niemandem davon zu erzählen.«

»Und dann ist er weggegangen?«

»Ja, das muss er wohl. Aber ich weiß es nicht genau, weil ich eingeschlafen bin.«

»Du hast geschlafen, als er das Haus verließ?«

»Ja.«

»Zu wem wollte er?«

»Ich weiß es nicht.«

»Du weißt es nicht?«

»Nein. Er hat gesagt, er wollte einen alten Kumpel treffen, und da habe ich gefragt, ob es ein Mädchen ist.«

»Ja, und?«

»Und da hat er ja gesagt.«

»Ein Mädchen?«

»Ja.«

»Hm«, sagte Gunnar Barbarotti und verwandelte seinen doppelten Espresso in einen einfachen. Kristoffer Grundt trank ein wenig Cola. Es vergingen einige Sekunden, der Junge schaute auf die Tischplatte, und Barbarotti hatte eine kurze Vision, wie man sich wohl als katholischer Priester fühlt, der die Beichte abnimmt.

»Da ist noch etwas, oder?«, fragte er. »Du hast mir noch nicht alles gesagt?«

Kristoffer Grundt nickte.

»Es gibt noch was«, murmelte er.

»Du glaubst, dein Bruder hat gelogen?«

Kristoffer Grundt zuckte zusammen. »Wie ... wie können Sie das wissen?«

Gunnar Barbarotti lehnte sich zurück. »Ich mache das schon seit einigen Jahren. Da lernt man das eine oder andere. Also, was hast du noch zu sagen?«

»Ich glaube nicht, dass er sich mit einem Mädchen treffen wollte.«

»Aha. Und warum nicht?«

»Weil ... weil Henrik schwul ist.«

»Schwul? Wie kommst du darauf?«

»Weil ich mir sein Handy geborgt habe, und da habe ich es gesehen.«

»Kann man auf einem Handy sehen, dass jemand homosexuell ist? Jetzt machst du aber Witze!«

»Nein, das kann man natürlich nicht.« Kristoffer Grundt musste gegen seinen Willen lachen. »Ich habe mir Henriks Handy geliehen, um eine SMS zu schicken. Und da habe ich zufällig eine Nachricht gelesen, die für ihn gekommen ist. Und das, was in dieser Nachricht stand, war ziemlich ...«

»Eindeutig?«

»Ja, eindeutig. Es war von einem Typen, der ... ja, das habe ich im Adressbuch nachgeguckt ... von einem Typen, der Jens hieß. Deshalb glaube ich nicht, dass Henrik sich mit einem Mädchen treffen wollte.«

»Und was glaubst du, wen er wirklich treffen wollte?«

»Ich weiß es nicht.«

Gunnar Barbarotti hatte keine andere Antwort erwartet, spürte aber dennoch einen Stich von Enttäuschung darüber, dass Kristoffer in dieser Hinsicht keine Überraschung bieten konnte. »Und wenn du raten solltest?«

Der Junge überlegte einen Moment. »Ich habe tatsächlich keine Ahnung. Vielleicht war es ja dieser Jens, der zufällig in

Kymlinge war … aber es schien eigentlich … nein, ich wusste nicht, was ich davon halten sollte. Das war ja …«

»Ja?«

»Das war irgendwie so viel auf einmal. Ich hatte gerade herausgekriegt, dass Henrik schwul war, und jetzt wollte er mitten in der Nacht weg. Wo er doch immer so artig gewesen war. Es war schwer, das zu begreifen.«

»Das kann ich mir vorstellen«, nickte Gunnar Barbarotti. »Und das mit Henriks Homosexualität, darüber wusste niemand Bescheid?«

»Nein.«

»Und du hast ihm nicht gesagt, dass du es wusstest?«

»Dazu bin ich nie gekommen. Außerdem hatte ich mir sein Handy ohne seine Erlaubnis geliehen, deshalb wollte ich lieber nichts sagen.«

»Ich verstehe. Aber er hat also einen Plan gehabt, der Henrik. Wann hat er dir den erzählt?«

»Abends. Erst ein paar Stunden, bevor wir ins Bett gegangen sind.«

»Kannst du mir genau wiedergeben, was er gesagt hat?«

»Das kriege ich nicht mehr richtig zusammen. Aber es war eigentlich nicht mehr, als dass er nachts ein paar Stunden weg sein wollte und dass ich mich darum nicht kümmern sollte. Ich habe ihn gefragt, warum, und er hat nur gesagt, dass er jemanden treffen will. Und dann … ja, dann habe ich nach dem Mädchen gefragt. Mehr war nicht.«

»Warum hast du nach einem Mädchen gefragt, wenn du wusstest, dass er gar nicht an Mädchen interessiert ist?«

»Keine Ahnung. Das ist mir nur so rausgerutscht. Er hatte ja diese Jenny in Uppsala erfunden, also wollte er wohl nicht, dass wir etwas erfuhren von … ja, ich nehme an, dass es sie gar nicht wirklich gegeben hat.«

»Nun gut. Hast du das irgendjemand anderem erzählt, deinem Vater oder deiner Mutter beispielsweise?«

»Natürlich habe ich das nicht. Und ich will nicht, dass sie erfahren, dass …«

»Dass dein Bruder homosexuell ist?«

»Ja. Ich meine, es ist ja wohl nicht so schlimm, mich stört es nicht, aber sie würden sich sicher ziemlich aufregen … oder traurig sein … jetzt erst recht, wo er verschwunden ist. Nein, ich möchte nicht, dass sie das erfahren. Deshalb habe ich ja auch geschwiegen, es war nicht nur, weil ich es versprochen habe.«

»Ja, klar. Und du hast über diesen Jens nichts weiter in Erfahrung gebracht?«

»Nein, wie sollte ich …«

»Gut. Dann kann ich dir berichten, dass es stimmt, er war es nicht, den Henrik in dieser Nacht hat treffen wollen.«

»Aber woher … woher können Sie das denn wissen?«

»Weil wir Jens überprüft haben. Er hat ein Alibi. Er befand sich in der Nacht zwischen dem zwanzigsten und dem einundzwanzigsten Dezember fast tausend Kilometer von Kymlinge entfernt.«

Kristoffer Grundt klappte der Unterkiefer runter. Ganz buchstäblich. Er saß mit offenem Mund da und starrte Inspektor Barbarotti an.

»Dann habt ihr gewusst …? Sie haben gewusst, dass …?«

Gunnar Barbarotti holte sein Handy aus der Brusttasche seiner Jacke. »Darf ich dir einen guten Rat geben, junger Mann«, sagte er. »Wenn du irgendwann in deinem Leben planst, eine kriminelle Tat zu begehen und du willst sicher sein, dass sie dich schnappen, noch bevor du es tust, dann sieh zu, das hier zu benutzen.«

»Was?«, fragte Kristoffer Grundt.

»Sicher, wir hören unsere ehrenwerten Mitbürger nicht direkt ab«, fuhr Barbarotti fort. »Aber wir wissen, wen sie anrufen. Wann sie es tun, wie oft sie es tun, und wo sie sich bei jedem einzelnen Gespräch befinden. Wenn es beispielsweise zwei junge Männer in Uppsala gibt, die in einer Zeitspanne von zwei Wochen einander mehr als neunzig SMS schicken … ja, dann ziehen wir daraus unsere Schlussfolgerungen.«

»Ich verstehe«, sagte Kristoffer Grundt.

»Gut«, sagte Inspektor Barbarotti.

Und verflucht noch mal, dennoch kommen wir nicht weiter, dachte er, als er sich eine Stunde später auf einen Fensterplatz im freundlicherweise halbleeren Flugzeug nach Arlanda fallen ließ, das außerdem, allen Anzeichen nach, die Absicht hegte, sich planmäßig in die Luft zu erheben. Wir treten auf der Stelle. Wir sind … wir sind schlechter als die Inlandsflüge.

Was fast als das Ironischste angesehen werden musste – vor dem Hintergrund dessen, was er dem jungen Herrn Grundt gegen Ende des Gesprächs im Café Charm erklärt hatte –, war natürlich die Tatsache, dass Henrik sein Handy *nicht* benutzt hatte. Er hatte der Person, die er zu besuchen beabsichtigte, *keine* SMS geschickt und ihr mitgeteilt, »komme in einer halben Stunde«, und während Inspektor Barbarotti nun dasaß und durch das winzig kleine Kabinenfenster starrte und dem Lärm der Enteisungsspritzen lauschte, schien ihm, dass gerade diese Tatsache – diese nicht existierende Tatsache – das Merkwürdigste an diesem ganzen Fall war.

Denn was hatte es zu bedeuten? Wenn Henrik sich wirklich verabredet hatte, jemanden in der Nacht zu treffen, dann musste er doch eine Methode gehabt haben, diese Verabredung zu treffen? *Wie?*, kurz gesagt. Die Polizei hatte sich seines Computers in der Karlsrogatan in Uppsala angenommen und seine persönlichen Mails gewissenhaft gelesen – aus denen mit einer gewissen Deutlichkeit hervorging, dass er Ende November und Anfang Dezember homoerotische Erfahrungen gemacht hatte –, aber nichts hinsichtlich einer Verabredung, eines nächtlichen Treffens in Kymlinge gefunden. Henrik Grundt hatte nicht telefoniert, zumindest nicht von seinem eigenen oder dem

Telefon seiner Großeltern aus: Das Einzige, was noch blieb, soweit Gunnar Barbarotti die Lage deuten konnte, war, dass er den Betreffenden getroffen und die Sache mit ihm sozusagen von Angesicht zu Angesicht ausgemacht hatte.

Aber *wann*? Wann war in diesem Fall die Verabredung getroffen worden?

Und natürlich, noch grundlegender: *mit wem?* Wen zum Teufel hatte Henrik Grundt in Kymlinge treffen wollen? Sein kleiner Bruder hatte ja auch darauf hingewiesen: Er kannte keine Menschenseele dort. Konnte es sein, dass es sich um einen Bekannten aus Uppsala handelte, mit dem er das Stelldichein verabredet hatte? Ein Bekannter, der sich auch in dieser Landesecke aufhielt, um Weihnachten zu feiern?

Ein anderer homosexueller Partner als Jens Lindewall?

Verdammter Mist, wie schon gesagt. Und hing das wirklich nicht mit Walters Verschwinden in der Nacht davor zusammen? Wenn zwei Personen in einem Ort mit knapp 70 000 Einwohnern von derselben Adresse verschwinden, und das in einem Zeitraum von nur vierundzwanzig Stunden, konnte dann ein geistesschwacher Tölpel nicht den Schluss daraus ziehen, dass es einen Zusammenhang geben müsste?

Ich bin das Ganze so leid, stellte Gunnar Barbarotti fest, als er das Saftpäckchen und das eingeschweißte Butterbrot von der Stewardess entgegennahm. In dieser Geschichte lassen sich endlos viele Varianten finden. Aber keine erscheint auch nur im Geringsten glaubwürdig, und keine hat etwas mit den Tatsachen zu tun. Wie … ja, wie Phantasielandkarten eines unbekannten Kontinents, so erschien das alles.

Was?, dachte er verwirrt. *Phantasielandkarten eines unbekannten Kontinents?* Das war ein ziemlich treffendes Bild für alles Mögliche. Er wollte es in Erinnerung behalten, um es bei passender Gelegenheit anzuwenden, damit Eva Backman vor Verblüffung erblasste: Also, meine Liebe, jetzt entwirfst du aber Phantasielandkarten eines unbekannten Kontinents!

Nicht schlecht.

Aber etwas, zumindest irgendetwas musste doch »that damned elusive Lindewall« beitragen können, wenn er endlich am nächsten Morgen in aller Frühe aus dem Dschungel Borneos landete?

Man hatte zumindest das Recht, das zu wünschen.

Zufrieden mit diesen intelligenten Schlussfolgerungen, öffnete Inspektor Barbarotti die Pappverpackung und kippte sich Saft auf die Hose.

23

Das ist typisch, dachte Gunnar Barbarotti, nachdem er im Radisson in Arlanda Sky City eingecheckt war. Wenn man schon mal in einem ansehnlichen Hotel absteigt, kommt man erst um zehn Uhr abends an und muss morgens schon um sechs Uhr wieder hoch. Dann hätte ich mich ja gleich irgendwo auf einem Sofa aufs Ohr hauen können.

Als er unter die kühlen, frisch gemangelten Laken gekrochen war und das Licht gelöscht hatte, betete er ein Existenzgebet.

O großer Gott, wenn es dich wirklich gibt – was zur augenblicklichen Stunde ja der Fall ist, aber mit nicht besonders großem Vorsprung, vergiss das nicht –, dann sorge doch dafür, dass das Flugzeug aus Bangkok morgen früh so um die vier, fünf Stunden später landet, damit ein armer, hart arbeitender Kriminaler es schafft, ein einziges Mal in seinem geistlosen Leben ein ordentliches Hotelfrühstück zu sich zu nehmen! Mehr als einen Punkt kann ich für diese Kleinigkeit nicht bieten, aber ich wäre dankbarer dafür als du, o großer Gott, ahnen kannst. Gute Nacht, ich werde mich um Viertel vor sechs wecken lassen, dann kann ich die Fluginformationen abfragen, sobald ich die Augen öffne.

Das Flugzeug aus Bangkok landete fünf Minuten vor der angegebenen Zeit.

Bei Inspektor Barbarotti hatte es gerade fürs Duschen und eine Tasse Kaffee gereicht, das war alles. Jetzt saß er mit Tasse

Kaffee Nummer zwei auf dem Tisch in einem der Verhörräume der Polizei von Arlanda und wartete. Er spürte, dass er Jens Lindewall die Ohren abschneiden und ihn auf unbestimmte Zeit hinter Gittern bringen würde, sollte er sich nicht anständig benehmen.

Neben Barbarotti saß eine blonde Polizeianwärterin und feilte sich die Nägel. Sollte Lindewall nicht innerhalb der nächsten zwei Minuten auftauchen, sah Barbarotti sich möglicherweise gezwungen, ihr die Nagelfeile aus der Hand zu reißen, sie wegzuwerfen und ihr zu erklären, dass es verboten sei, sich im polizeilichen Vernehmungsraum die Nägel zu maniküren, und zwar gemäß Staatsgesetz, Ziffer vier, Paragraph sieben, dritter Absatz, vierter Zusatz.

Vermutlich fühlte er sich ein wenig überreizt.

Jens Lindewall war braungebrannt und sah gut erholt aus. Wenn auch ein wenig beunruhigt. Er war groß, blond und durchtrainiert, trug Khakikleidung, Wanderstiefel und hatte einen Rucksack dabei. Sah ungefähr so aus, wie ein kleiner Bruder von Bruce Chatwin wohl nach einem Monat am Äquator aussehen würde. Zwei Tage alte Bartstoppeln. Blaues Tuch um den Hals geknotet. Gunnar Barbarotti musste sich eingestehen – wenn auch mit einem gewissen Maß an Abscheu und gegen seinen Willen –, dass dieser junge Mann sich vermutlich Bettgesellschaft von welchem Geschlecht auch immer beschaffen konnte, ohne sich besonders dafür anstrengen zu müssen.

»Setzen Sie sich«, sagte er. »Ich bin Inspektor Gunnar Barbarotti. Willkommen daheim.«

Der junge Mann starrte ihn an, und ein paar Mal zuckte ein Wangenmuskel. Aber es kam kein Wort über seine Lippen. Er stellte seinen Rucksack ab, zog einen Stuhl heraus und setzte sich. Barbarotti betrachtete ihn ruhig. Die Anwärterin steckte die Nagelfeile weg.

»Worum geht's?«, fragte Jens Lindewall schließlich.

»Stimmt es, dass Sie eine sexuelle Beziehung mit einem jungen Mann namens Henrik Grundt hatten?«, fragte Gunnar Barbarotti.

»Henrik …?«, sagte Jens Lindewall.

»Henrik Grundt, ja. Sie hatten im Dezember eine Beziehung mit ihm, wir versuchen seit Weihnachten, Sie zu erreichen. Henrik Grundt ist verschwunden.«

»Verschwunden?«

»Genau. Warum haben Sie sich versteckt?«

»Ich habe mich nicht …« Er lockerte den Knoten seines Halstuchs und verschränkte die Arme vor der Brust. Schien ein wenig mutiger zu werden. »Ich habe mich nicht versteckt. Oder … vielleicht hat das den Anschein. Aber ich fahre jeden Winter für ein paar Wochen weg und bin dann nicht erreichbar, ich wusste nicht, dass das verboten ist. Das gehört zu meinem Lebenstil, auf diese Art und Weise erlebt man alles dort, wo man ist, viel stärker, wenn der Inspek … wenn Sie verstehen?«

»Das kann ich mir vorstellen«, sagte Gunnar Barbarotti. »Und wenn Ihre Eltern von einem Lastwagen totgefahren werden, während Sie weg sind, sollen sie sich gegenseitig begraben? Schon ganz richtig, mein Junge, Skrupel sind etwas für Spießbürger und andere Weicheier.«

Während er diese spritzige Replik abfeuerte, spürte er deutlich, dass seine sadistische Ader das bekommen hatte, was sie an diesem totgeborenen Morgen brauchte. »Darf ich Sie jetzt bitten, auf meine Fragen zu antworten und aufzuhören, so bockig zu sein?«, fügte er noch hinzu.

»Ja … ja, natürlich. Aber was ist denn …?«

»Sie hatten eine Beziehung mit Henrik Grundt im November, Dezember. Geben Sie das zu?«

»Ja.«

»In Uppsala?«

»Ja, ich wohne in Uppsala.«

»Das wissen wir. Und Sie sind am 22. Dezember abends nach Südostasien geflogen?«

»Äh ... ja, das stimmt. Aber Henrik ist also verschwunden? Ist das der Grund, dass Sie ...?«

»Seit drei Wochen, ja. Die Tage vor Ihrer Abreise, die haben Sie in Ihrem Elternhaus in Hammerdal verbracht?«

»Das stimmt, aber wie ...?«

»Ihre Reiseroute ging über Bangkok nach Kuala Lumpur, dann nach Kota Kinabalu und nach Sandakan auf Borneos Nordostseite. Und den gleichen Weg wieder zurück. Stimmt das?«

»Wie können Sie das alles wissen ...?«

»Ich weiß es. Es braucht Sie nicht zu interessieren, wie ich es herausbekommen habe. Nun?«

Jens Lindewall seufzte. »Ja, es ist so, wie Sie sagen. Ich bin in Sandakan vor ... ich glaube, jetzt vor achtundvierzig Stunden gestartet. Ich bin inzwischen ein wenig müde, wenn Sie entschuldigen.«

»Ich befand mich an den letzten Tagen auch diverse Stunden in der Luft«, konterte Gunnar Barbarotti. »Können Sie ein wenig über die Beziehung sagen?«

»Die zwischen mir und Henrik?«

»Genau die. Alle übrigen können Sie erst einmal außer Acht lassen.«

»Was wollen Sie wissen?«

»Ich will alles wissen«, sagte Gunnar Barbarotti.

Das wollte er natürlich nicht – und bekam es glücklicherweise auch nicht zu wissen –, aber als er den jungen Mann fünfundvierzig Minuten später aus dem Vernehmungsraum entließ, meinte er dennoch, genügend erfahren zu haben.

Jens Lindewall war 26 Jahre alt. Er arbeitete in einem Werbebüro in Uppsala, und er war ebenso lange homosexuell, wie er überhaupt ein Sexualleben hatte. Er hatte eine längere Beziehung gehabt (elf Monate), die im September zu Ende gegangen war, und im Kielwasser dieser Havarie war Henrik Grundt aufgetaucht. Sie hatten sich an einem Freitag im November in der Musikkneipe Katalin hinter dem Hauptbahnhof kennen gelernt, waren am gleichen Tisch gelandet und hatten angefangen, sich miteinander zu unterhalten. Henrik Grundt war sich über seine sexuellen Veranlagungen nicht so recht bewusst gewesen, aber das wurde er im Laufe des Abends – um eine ziemlich kurze Geschichte noch kürzer zu machen. Anschließend waren sie ungefähr einen Monat lang zusammen gewesen, sie hatten sich jedes Mal in Jens' Zweizimmerwohnung in der Prästgårdsgatan getroffen, nie in Henriks Zimmer im Triangeln. Jens gab unverblümt zu, dass er sich augenblicklich heftig in den jungen Jurastudenten verliebt hatte, und er hatte das Gefühl, dass seine Liebe erwidert wurde. Er gab gleichzeitig zu, dass Henrik Grundt gewisse Probleme hatte, seine Homosexualität zu akzeptieren. Offensichtlich hatte er frühere, ziemlich traurige Erfahrungen mit dem anderen Geschlecht gemacht, und wenn Jens eine Einschätzung wagen sollte, würde er behaupten, dass Henrik sich ungefähr im Verhältnis von 65:35 im Homo-Hetero-Bereich befand – was, wenn Barbarotti ihn richtig verstand, bedeutete, dass er in der besten aller Welten jedes dritte Mal mit einer Frau zusammen war, die anderen beiden Male mit einem Mann. Barbarotti war nie zuvor mit so einer Beurteilungsskala konfrontiert worden, notierte sie sich aber dennoch gewissenhaft auf seinem Notizblock. Kein Tag, an dem man nicht etwas Neues lernt, dachte er.

Das letzte Mal trafen Jens und Henrik sich am 17. Dezember, ein Tag, bevor beide heim zu ihren Eltern nach Hammerdal beziehungsweise Sundsvall fuhren. Nach diesem Datum hatten sie noch mehrere Male miteinander telefoniert und sich diverse SMS geschickt. Die vier letzten Mitteilungen waren von Jens Lindewall am 21. und 22. Dezember abgeschickt worden, er hatte jedoch keine Antwort darauf erhalten. Gunnar Barbarotti konnte sich nicht zurückhalten, er musste fragen, wie er es denn auf der Reise mit der Liebe gehalten habe, und Jens Lindewall antwortete offenherzig, dass es ihm gut gegangen sei.

»Dann waren Sie also kein Paar, Henrik und Sie?«

»Wir haben uns die Freiheit gelassen«, erwiderte Jens Lindewall. »Das ist eines der größten Geschenke.«

Als Barbarotti fragte, ob es ihn denn nicht beunruhige, dass Henrik verschwunden war, bekam er zur Antwort, dass dem natürlich so sei, aber er würde sicher wieder auftauchen. Menschen hätten nun einmal ab und zu das Bedürfnis, alleine zu sein, besonders junge Menschen, das hatte Jens Lindewall durch Erfahrung gelernt.

Nach dem Gespräch mit dem flotten Globetrotter eilte Inspektor Barbarotti zurück zum Frühstücksbüfett im Radisson, es blieben noch anderthalb Stunden bis zu seinem Abflug nach Landvetter, und er war hungrig wie ein Wolf.

Das Flugzeug war nur eine halbe Stunde verspätet, aber er hatte dennoch genügend Zeit, den Fall gedanklich durchzugehen. Oder *die Fälle.* Er konnte sich immer noch nicht entscheiden, ob es sich nun um einen Fall oder zwei handelte, aber da die Ermittlungen sowieso auf keinem der Gleise auch nur einen Zentimeter weiterkamen, war das auch schon egal.

Auf jeden Fall hatte er nicht das Gefühl, dass seine Gespräche mit Kristoffer Grundt und Jens Lindewall besonders viel Licht auf die Dinge geworfen hätten. Was an diesen Tagen in der Allvädersgatan in Kymlinge passiert war, blieb ein Rätsel. Als Henrik sich in der Nacht des 20. Dezember aus dem Haus begeben hatte, schien es sich um eine höchst bewusste und geplante Aktion gehandelt zu haben. Er hatte seinen Bruder gebeten, darüber zu schweigen, aber warum er das Haus seiner Großeltern verließ – und zu wem er wollte –, ja, darüber wusste man immer noch nicht die Bohne.

Und Jens Lindewall hatte nur bestätigt, was man bereits

wusste. Nicht mehr und nicht weniger. Henrik Grundt und er hatten einige Wochen lang im November und Dezember eine Beziehung gehabt. Henrik war verschwunden, Jens war nach Südostasien gefahren, diese beiden Dinge hatten nichts miteinander zu tun.

Was Walter betraf, war die Lage genauso hoffnungslos. Gunnar Barbarotti konnte nicht mehr sagen, mit wie vielen Personen in Kymlinge er in den vergangenen Wochen gesprochen hatte, sicher an die zweihundert – dafür wusste er aber, wie das Ergebnis aussah.

Null und nichtig. Als Walter Hermansson seine Elternstadt vor fünfzehn, sechzehn Jahren verlassen hatte, schien er auch alle Verbindungen gekappt zu haben. Kein einziger von den bisher Befragten war auch nur ein einziges Mal während der letzten zehn Jahre mit dem vermissten Dokusoap-Star in Kontakt gewesen. Wurde zumindest behauptet.

Wir stecken fest, dachte Inspektor Barbarotti. Wir stecken verdammt noch mal bombenfest.

Und wie eine Art umgekehrter Bestätigung gerade dieser Feststellung kam genau in diesem Moment die Stewardess und machte ihn darauf aufmerksam, dass er vergessen hatte, den Sicherheitsgurt anzulegen.

Rosemarie Wunderlich Hermansson eilte den Hagendalsvägen hinauf. Der Wind wehte ihr ins Gesicht, er kam aus Nordwest, es war zwölf Grad minus, und sie hatte das Gefühl, gleich zu sterben, wenn sie nicht bald ins Warme kam.

Vielleicht gar kein dummes Ende, wenn man es recht betrachtet? Auf dem vereisten Bürgersteig zwischen HSBs Regionalbüro und Bellis Blumenladen zusammenzusinken und seinen letzten Atemzug an einem dunklen, saukalten Januarnachmittag zu tätigen. Es war schwer zu sagen, was sie während des letzten Monats eigentlich am Leben gehalten hatte, wirklich schwer. Seit dieser schrecklichen Weihnachtswoche hatte sie das Gefühl, gar nicht mehr richtig zu existieren. Es war, als wäre die Seele aus ihrem Körper herausgezogen worden und nur noch die Hülle übrig, dieses zerbrechliche, fast vertrocknete, verlebte Gespenst aus Haut und Knochen, das sich momentan die letzten Meter zu Maggies Damenfrisiersalon an der Ecke zur Kungsgatan hinaufkämpfte – ohne selbst zu wissen, warum um alles in der Welt sie nicht angerufen und den Termin abgesagt hatte, den sie wie üblich schon bei ihrem letzten Besuch ausgemacht hatte.

Aber letztlich war das gleich, sie verstand sowieso nicht mehr viel von dem, was um sie herum vor sich ging, nicht, warum sie morgens aufstand, nicht, warum sie für das Mittag- und Abendessen einkaufte, nicht, warum sie jeden Abend zusammen mit Karl-Erik einen Spanischkursus besuchte – die Phrasen flatterten ihr wie verirrte, fremde Vögel durch den Kopf, ins eine Ohr rein, zum anderen Ohr wieder raus, ganz zu schweigen von den Verbformen. Bevor sie ins Bett ging, nahm sie eine Schlaftablette, die sie genau fünf Stunden schlafen ließ. Zwischen vier und halb fünf Uhr wachte sie auf und versuchte dann, diese vollkommen leeren Sekunden nach dem Aufwachen, wenn ihr Gedächtnis noch rein war, hinauszuzögern. Wenn sie sich nicht daran erinnerte, was passiert war, kaum wusste, wer sie war. Aber die Sekunden wurden nie mehr als Sekunden, manchmal sogar noch weniger.

Und dann lag sie da auf der Seite, die Hände zwischen die Knie geschoben, abgewandt von ihrem Ehemann und ihrem ganzen Leben – während sie in Richtung Fenster starrte, auf die summende Heizung und die traurigen Gardinen, und auf das Morgengrauen wartete, das ihr genauso fern erschien wie die Antwort auf die Frage, was mit ihrem Sohn und ihrem Enkelsohn an diesen schrecklichen Tagen im Dezember geschehen war, als ihr die Seele aus dem Körper gerissen worden war, so dass nur noch dieses leblose Gespenst zurückblieb … und auf diese Art und Weise flatterten ihr die Gedanken im Kopf herum wie eine andere Art äußerst erschöpfter Vögel, die kamen und wieder davonflogen, davonflogen und kamen, und wie war es eigentlich möglich, einen Morgen von dem anderen zu unterscheiden, das eine Aufwachen von dem vierten oder dem achten, das war auch eine dieser Fragen, die sich keinerlei Mühe gaben, ihre Antwort zu finden.

Sie schob die Tür auf und trat ein. Sah, dass alle vier Stühle vor den Spiegeln besetzt waren, aber Maggie Fahlén bedeutete ihr mit einem Nicken, sich doch hinzusetzen und zu warten, es sei nur noch eine Frage von ein paar Minuten. Sie hängte Hut und Mantel auf, ließ sich auf dem kleinen Stahlrohrsofa nieder und griff sich eine alte Nummer von Svensk Damtidning mit einem Sommerfoto von Prinzessin Victoria auf der Titelseite. Diese lächelte breit mit einem Meer glänzender Zähne und sah nicht besonders begabt aus, wie Rosemarie Wunderlich Hermansson fand, aber das war sie ja wohl auch nicht, das arme Mädchen, oder?

»Liebe Rosemarie, wie geht es dir denn überhaupt?«, leitete Maggie das Gespräch ein, als diese auf dem Stuhl Platz genommen hatte und ihr großes, flaches Gesicht in dem unbarmherzigen Spiegel anstarrte. »Das ist ja schrecklich, das Ganze. Und ihr habt immer noch nichts gehört?«

Das waren zwei Fragen und ein Kommentar im gleichen Atemzug, und Rosemarie unterdrückte den Impuls, sich kurz zu entschuldigen und wieder hinaus in die Kälte zu eilen. Sich dafür zu entschuldigen, dass Familie Hermansson aus der Allvädersgatan immer wieder für solche Unruhe sorgte – erst das eine, dann das andere, Fernsehen, Zeitungen und alles Mögliche sonst noch –, doch Maggie gelang es, ihr zuvorzukommen, schließlich plapperte sie schon seit dem frühen Morgen, ein unerschöpflicher und unermüdlicher Kommentar großer und kleiner Ereignisse in Kymlinge und der Welt. Heute, gestern und morgen. Im Jenseits auch, wenn die Kundin es wünschte.

»Wer hat dir denn letztes Mal um Gottes willen die Haare geschnitten?«, fragte sie und verdrehte die Augen, während sie Rosemarie im Spiegel ansah.

»Das war wohl ... ja, ich glaube, das war das neue Mädchen«, versuchte Rosemarie Hermansson dazwischenzukommen. »Vielleicht war sie ja nur eine Vertretung für jemanden, der krank war, ich weiß es nicht mehr so genau ...«

»Almgren«, schnitt Maggie sie ab. »Jane Almgren, ja, meine Güte, wie die mit den Leuten umgegangen ist, nur gut, dass sie nicht länger bleiben musste. Aber ich hätte sie auch rausgeschmissen, wenn Kathrine nicht so schnell wiedergekommen wäre.«

»Ach ja«, sagte Rosemarie Hermansson. »Ja, ich weiß nicht genau ... ich glaube, sie war so dunkelblond.«

»Das war sie«, bestätigte Maggie und schnitt wütend mit der Schere ein paar Mal in der Luft. »Behauptete, sie hätte eine Friseurausbildung gemacht und alles ... ja, vielleicht hat sie das ja auch, heutzutage kommt da ja jeder durch. Und Kathrine hatte am selben Morgen angerufen, sie hatte es mit dem Blinddarm, was soll ein armes Mädchen aus Hudiksvall machen, wenn nur noch zwei Wochen bis Weihnachten sind?«

Hudiksvall?, dachte Rosemarie verwirrt. War Maggie nicht ebenso gebürtige wie ... war sie nicht die Tochter des alten Pedells Underström da hinten in ...?

»Das ist eine Redensart«, kam die Erklärung, bevor sie fragen konnte. »Ich weiß nicht, woher die stammt ... ja wenn man es genauer überlegt, dann kommt sie sicher aus Hudik selbst. Nun ja, sie ist hier nur drei Tage geblieben, diese Jane, dann kam Kathrine zurück, stell dir vor, heutzutage darf man nicht einmal mit einem Blinddarm länger krank bleiben, aber ich war natürlich dankbar. Auf jeden Fall möchte ich dir sagen, Rosemarie, dass ich es dir dieses Mal einen Hunderter billiger mache, soll keiner kommen und behaupten, Maggie würde ihre Kundinnen nicht pflegen. Wie willst du es haben?«

»Mach, wie du es willst«, sagte Rosemarie und schloss die Augen. »So, wie es passt.«

»Aber sie wohnt offensichtlich hier in der Stadt«, fuhr Maggie fort und schob den Kamm in Rosemaries ergraute Locken. »Ich habe sie nie zuvor gesehen, aber letztens habe ich sie bei Gunder getroffen, da hat sie Heringe gekauft, vielleicht hat sie ja eine Katze. Aber mein Gott, was interessiert es mich, ob diese Person eine Katze hat oder nicht, Hauptsache, sie setzt ihren Fuß nicht mehr über meine Schwelle und lässt ihre Schere von den Haaren meiner Kundinnen.«

»Ich kann mich erinnern, dass ich mich mit ihr unterhalten habe …«, sagte Rosemarie, um nicht unhöflich zu erscheinen. »Sie war zumindest nicht wirklich unangenehm. Meine Güte, was bin ich müde, ist es schlimm, wenn ich ein wenig die Augen zumache, während du Hand an mich legst?«

»Schlaf nur ein bisschen, mein Liebling«, antwortete Maggie. »Und schließ die Ohren, wenn du meinst, ich plappere zu viel. Mein Arne sagt immer, dass ich mich eines schönen Tages noch totquatschen werde. Ach, übrigens, soll ich sie vorher waschen?«

»Ja, bitte«, seufzte Rosemarie schläfrig. »Ich glaube, das wäre ganz schön.«

24

Dass zwei Menschenkörper in einem Gefrierschrank Platz finden konnten.

Das hätte sie nie gedacht. Und dabei hatte sie noch Platz für ein paar Eispackungen und ein paar Tüten mit Beeren auf dem obersten Regal.

Ein Körper, sicher, aber zwei? Das war schon ein wenig sonderbar. Von allen Jobs, die sie einmal ausprobiert hatte, fiel ihr plötzlich ausgerechnet ihre Vertretung eines Mathematiklehrers in einer Oberstufenschule ein, die sie ein paar Wochen ausgeübt hatte. Sie hatte gelogen und erklärt, sie habe jede Menge Urkunden von der Universität, und niemand hatte es kontrolliert, wie üblich. Vor acht, zehn Jahren ungefähr, in einem westlichen Vorort von Stockholm, sie konnte nicht mehr sagen, welchem, und es war auch nicht besonders glücklich gelaufen. Eines Nachmittags hatte sich die Lehrerschaft versammelt, um eine gemeinsame Matheprüfung zusammenzustellen, sie hatte dabeigesessen, peinlich berührt und dumm, weil sie nichts hatte beitragen können. Jetzt wusste sie haargenau, welche Aufgabe sie den Schülern gegeben hätte:

Du hast zwei tote Körper. Sie wiegen x und y Kilo. Du hast einen Gefrierschrank mit zweihundertfünfzig Liter Inhalt. In wie viele Teile musst du die Körper zerteilen, damit sie Platz darin finden?

Sie saß am Küchentisch und schaute auf die Straße hinaus. Es war Abend, ein grauer, feuchter und windiger Januarabend, die Leute eilten mit ihren Einkaufstüten und ihren Hunden gebückt durch die Straßen. Aber nur wenige, die meisten waren klug genug, drinnen zu bleiben. Sie hatte die ganze Wohnung geputzt. Es gab kein Staubkörnchen mehr, sogar die Fußbodenleisten hatte sie mit einem feuchten Lappen, der in Ajax getränkt war, abgewischt. Sie hatte geduscht und sich die Haare gewaschen. Sie hatte mit ihrer Mutter am Telefon gesprochen, von all den positiven Dingen im Leben berichtet, die diese so gerne hörte.

Alles war in bester Ordnung.

Die Mutter war wieder eingewiesen worden, sie selbst frei. Immer für einen Monat am Stück krankgeschrieben, so lief es bereits seit dem Sommer. Da oben im Krankenhaus wechselten die Ärzte ununterbrochen, und jeder neue Doktor gab ihr einen Monat, die alten, üblichen Medikamente und Gespräche mit dem einen oder anderen Therapeuten, der mit der Tagesklinik verknüpft war. Und auch die Therapeuten kamen und gingen.

Das war gut so. Keiner hatte wirklich die Kontrolle, sie lebte im Grenzbereich und kam mit dem zurecht, was sie an Krankengeld bekam. Die Beschäftigungslosigkeit gab ihr genügend Zeit, um nachzudenken und Pläne zu schmieden.

Um abzuwägen, ob noch einer nötig war. Ob sie sich auch um Germund kümmern musste.

Oder ob Mahmot der Meinung war, dass sie bereits genug für die Versöhnung getan hatte? Das war nicht leicht zu sagen, er war nicht immer so deutlich, wie man es sich wünschte, dieser Mahmot.

Der Erste war selbstverständlich gewesen. Er war ein Schwein. Daran war nicht eine Sekunde lang zu zweifeln. Keine Ordnung auf der ganzen Welt wäre denkbar, solange er noch am Leben war.

Der Zweite war ganz plötzlich zu ihr gekommen. Sie hatte keine Ahnung gehabt, welch böse Kraft er repräsentierte, bis er sich plötzlich wie ein Pfahl in ihrem Fleisch befand. Mahmot hatte ihr nur das Wort ins Ohr flüstern müssen: *töten*, und sie hatte sofort verstanden, dass so, genau auf diese Art, der Knoten gelöst werden konnte.

Ich will zurück zu meinen Kindern, hatte sie sich erdreistet zu wünschen. *Alles zu seiner Zeit*, hatte Mahmot geflüstert. *Zu gegebener Zeit wirst du alles zurückbekommen. Ich habe große Pläne mit dir, Jane, und habe ich dich jemals enttäuscht?*

Nein, großer Mahmot, murmelte sie, während sie gleichzeitig einen kleinen Fleck entdeckte und sofort anfing, die eichenfurnierte Tischplatte mit der Handfläche blankzureiben, runde, weiche Bewegungen, aber ich habe keinen Platz für noch einen im Gefrierschrank. Ich muss auch ein bisschen praktisch denken, kann mich nicht nur die ganze Zeit dem Leidvollen und Schönen widmen. Ich muss Germund und meine Kinder finden, sie haben mir meine Kinder weggenommen, Mahmot. Sie verstecken sie vor mir, ich weiß nicht, wo sie sind.

Schon gut, mein Mädchen, flüsterte Mahmot. *Denk jetzt nicht daran. Schließ die Augen, dann werde ich vortreten und dir einen Kuss auf die Stirn geben, und dann werde ich mich in deinen Fingern niederlassen. Du weißt, was ich tun kann, wenn ich mich dort niederlasse?*

Danke, großer Mahmot, flüsterte sie erregt. Danke, vielen Dank! Ich wünschte, alle Männer wären tot, und es gäbe nur noch dich. Willst du, dass ich …?

Er antwortete nicht, aber sie wusste auch so, wie sie weiter vorgehen sollte.

III

August

25

Ebba Hermansson Grundt träumt.

Sie träumt, dass sie ihren Sohn Henrik trägt. Sie hat den gleichen Traum schon in vielen Nächten in diesem Sommer geträumt, und er tut ihr weh.

Er ist schwer, ihr Sohn. Er hängt an ihrem Schlüsselbein, schaukelt frei in ihrem Körper; zwischen Herz und Magen gibt es einen großen Hohlraum, von dem sie nicht wusste, dass er in ihr existiert.

In zwei grünweißen Plastiktüten hängt er dort, und er ist in kleine Stückchen zerschnitten, ihr Sohn Henrik.

Es ist nicht leicht, sein erwachsenes, zerstückeltes Kind während der Hundstage zu tragen, und als Ebba frühmorgens schweißgebadet aufwacht, faltet sie die Hände und betet zu Gott. Sie hat niemals in ihrem Leben an irgendeinen Gott geglaubt, dennoch bittet sie ihn um Hilfe nach diesen Träumen. Irgendwie gibt es keine andere Möglichkeit.

Sie arbeitet nicht mehr. Die ersten Monate ohne Henrik hielt sie sich an den üblichen Rhythmus. Den ganzen Januar und Februar über bis in den März hinein. Die Kollegen im Krankenhaus wunderten sich. Wie konnte eine Frau, die ihren Sohn verloren hatte – oder deren Sohn zumindest verschwunden war –, einfach weitermachen, als wenn nichts wäre? Eine Operation nach der anderen, Visite für Visite, Schicht für Schicht, und zehn, fünfzehn Überstunden jede Woche. Als wäre nichts passiert. Wie ist das möglich? Wie ist so ein Mensch gebaut?

Aber dann trifft sie ihre alte Studienfreundin Benita Ormson, die die gleichen Fähigkeiten und die gleichen hervorragenden Möglichkeiten wie Ebba gehabt hatte, als sie beide in Uppsala studierten. Ihre einzige richtige Konkurrentin eigentlich, sie wechselten sich bei den Prüfungen ab, wer die Beste war: Anatomie, Zellbiologie, innere Medizin, Chirurgie, Infektionen, Gynäkologie – aber zur Überraschung aller entschied sich Benita nach der Ausbildung in Allgemeinmedizin für die Psychiatrie als Spezialfach. Ein schwer zu verstehender Schritt die Karriereleiter hinunter, aber vielleicht hatte es in dieser dunklen, schweigsamen jungen Frau aus Tornedalen Tiefen und Dimensionen gegeben, die noch niemand richtig erfasst hatte. Nicht einmal Ebba, als sie sich auf einer Wochenendkonferenz in Dalarna Mitte März zum ersten Mal seit sechs, nein, seit sieben Jahren wiedersehen.

Und in Benitas Armen bricht Ebba Hermansson Grundt endlich zusammen. Am dreiundachtzigsten Tag nach dem Verschwinden ihres Sohnes kommt der Zusammenbruch, und das ist ein Gefühl wie ein Fallschirmsprung ohne Fallschirm.

Inzwischen sind fünf Monate vergangen. Seit dem 12. März hat sie nicht mehr gearbeitet. Nicht einen Tag, nicht eine Stunde. Jeden Morgen geht Leif in den Konsum und Kristoffer in die Schule, genau wie immer, aber Ebba befindet sich im inneren Exil. Zwei Mal die Woche besucht sie einen Therapeuten, zwei Mal im Monat einen Psychiater. Letzterer ist nicht Benita Ormson, was ein Manko ist. Unter Benita Ormsons Obhut könnte sie gesund werden und weiter kommen, was immer das bedeuten würde – unter Erik Segerbjörks schläfriger Führung kommt sie höchstens nirgendwohin. Du bist ein Lemur, Erik, hat sie ihm bei einigen ihrer Zusammenkünfte anvertraut, aber er hat das nur angenommen wie ein Kamel – das er ist – in der Wüste, freundlich unter seinem Bart gelächelt und ein wenig lässig mit den Augenlidern geklimpert.

Aber ehrlich gesagt will sie gar nicht weiterkommen. Zumindest nicht in der Richtung, die sich die psychiatrische Wissenschaft denkt.

Mit ihrer Therapeutin, einer scharfsinnigen Frau in den Sechzigern, geht es besser. Sie ist intelligent, hört angemessen zu und hat Humor. Außerdem hat sie keine eigenen Kinder, was, wie Ebba fast umgehend feststellt, ein entscheidender Vorteil ist. Das Gefühlsmäßige bekommt auf diese Art und Weise festeren Boden unter den Füßen. Sie ist sich nicht klar darüber, warum das so ist – aber sie will unter keinen Umständen dasitzen und mit einer anderen Frau reden, die einen Sohn oder eine Tochter hat, die im Prinzip jeden Moment auch verschwinden könnten. Das wäre unerträglich.

Benita Ormson hat auch keine Kinder. Sie telefonieren im Schnitt einmal in der Woche miteinander. Ebba Hermansson Grundt kann nicht über fehlende Unterstützung klagen. Sie bekommt von ihrer Umgebung und dem Krankenhausmilieu den Halt, den man erwarten kann. Sie hat ein Netzwerk, ein Wort, das sie insgeheim verabscheut.

Aber nichts bringt sie auch nur einen Millimeter weiter in Richtung Heilung, denn darum geht es nicht. Ebba will nicht gesund werden.

Sie will zurück zu ihrem Sohn. Wenn er tot ist, dann will sie seinen Körper zurückhaben und ihn auf dem Friedhof begraben.

Wenn jemand ihn umgebracht hat, dann will sie denjenigen in die Finger kriegen.

So einfach ist das. Alles andere interessiert sie nicht die Bohne.

Weder Leif noch Kristoffer.

Stellt keine Ansprüche an mich, denkt sie. Sie sagt es nicht, aber sie denkt es. Bleibt ihr, wo ihr seid, Henrik und ich bleiben in unseren Kreisen, und respektiert freundlicherweise die

Spielregeln. Es ist nicht Ebba selbst, die diese Regeln verfasst hat, sie bilden ein Fundament, das sie aus eigener Kraft und eigenem Willen nicht verlassen kann und will. Sie und Henrik gehören zusammen, haben immer zusammengehört, das ist keine Frage irgendwelcher Bevorzugung, nicht die Frage, ein Kind dem anderen vorzuziehen, ganz und gar nicht. Leif und Kristoffer gehören auf die gleiche selbstverständliche Art und Weise zusammen. So ist es immer gewesen. Wenn sie zu viert Whist oder Monopoly gespielt haben, wenn sie Essen gekocht oder den Abwasch gemacht haben. Beim Skifahren. Ebba und Henrik, Leif und Kristoffer, und deshalb ... deshalb hat der verschwundene Sohn ein größeres, ein unendlich viel größeres Loch in der Seele seiner Mutter hinterlassen als in der seines Bruders und seines Vaters. Das ist eine Selbstverständlichkeit, Leif und Kristoffer wissen das genauso gut wie sie selbst. Sie reden nicht darüber, das ist nicht nötig.

Aber es tut so weh, von diesen Plastiktüten zu träumen, die an ihrem Schlüsselbein hängen, die in diesem Hohlraum des Mangels in ihr hin und her schwingen, der mit jeder Stunde, die verstreicht, nur größer zu werden scheint. Jeden Tag, jede Woche und jeden Monat, an diesem Montag während der Hundstage ist es 244 Tage her, seit sie vierzig wurde, und jeder Tag, jeder einzelne dieser unerträglichen Tage, die seither vergangen sind, ist so unumgänglich allen anderen gleich.

Ich weiß, dass ich wahnsinnig bin, denkt sie ab und zu, aber es ist ein vollkommen uninteressantes Etikett. Leif und Kristoffer betrachten sie inzwischen mit einer anderen Form der Aufmerksamkeit als vorher, das sieht sie, sie registriert es, aber es spielt keine Rolle. Nur eine einzige Sache spielt eine Rolle. Sie muss ihren Sohn zurückbekommen. Sie muss ... und wenn das nicht geht, dann muss sie zumindest wissen, was mit ihm geschehen ist. Die Ungewissheit ist schlimmer als alles andere.

Die Ungewissheit und die Untätigkeit.

Und die Sache in die eigenen Hände nehmen?, überlegt Ebba

Hermansson Grundt, und das ist zumindest einmal ein einigermaßen neuer Gedanke: nichts, was es schon immer gegeben hat während all dieser Tage, während all dieser Dunkelheit.

Dass sie selbst etwas tun muss. Dass die Lösung das Einzige ist, was verhindern kann, dass dieser Hohlraum wächst.

Denn Gott hilft nur denen, die sich selbst helfen. Diese Wahrheit pulsiert bereits seit einigen Tagen in ihr, und an diesem Morgen, als sie an einem blassen, leicht bewölkten Augusttag aufsteht, weiß sie, dass es Zeit ist, damit zu beginnen. Eine Mutter sucht ihren verlorenen Sohn, darum geht es. Eine Mutter und ein Sohn. Und nichts anderes.

Den Vormittag über telefoniert sie mit diesem Polizeibeamten. Sie kann sich noch ziemlich deutlich an ihn aus Kymlinge erinnern. Ein Mann mittleren Alters mit einem leicht schwermütigen Gesichtsausdruck. Lang und mager, er hat einen guten Eindruck auf sie gemacht. Vielleicht war er sogar intelligent, aber so etwas ist bei schweigsamen Menschen nur schwer auszumachen.

Auf jeden Fall hat er nicht viel zu erzählen. Die Ermittlungen gehen weiter, aber er macht kein Geheimnis daraus, dass nicht besonders viel Energie auf sie verwandt wird. Aber es ist etwas in seiner Stimme, das dennoch Vertrauen einflößt. Man sei allem nachgegangen, was nur irgendwie denkbar war, erklärt er, doch es habe zu keinem Ergebnis geführt. Er persönlich habe mit mehr als hundert Menschen gesprochen, die in irgendeiner Art und Weise eine Verbindung zu Henrik oder Walter hatten – doch das Rätsel, was an diesen Dezembertagen geschehen ist, bleibt weiterhin ebenso ungelöst, wie es von Anfang an war. Das sei natürlich bedauerlich, das sei *äußerst* bedauerlich, aber so sehe es nun einmal aus. Es komme vor, dass man in derartige Situationen gerate, was aber keinesfalls bedeute, dass man die Hoffnung aufgeben müsse. Gottes Mühlen mahlen langsam, er habe schon Fälle erlebt, bei denen die entscheidenden Dinge zwei, fünf oder sogar zehn Jahre, nachdem man eigentlich aufgehört hatte, sich damit zu befassen, aufgetaucht seien.

Bedeute dass, dass sie aufgehört hätten, an Henriks Fall zu arbeiten?, will Ebba wissen. Dass sie nur dasäßen und warteten? Keinesfalls, versichert Inspektor Barbarotti. Keinesfalls.

Ebba bedankt sich und legt den Hörer auf. Sie bleibt eine Weile regungslos sitzen und schaut aus dem Fenster hinaus. Der Rasen muss geschnitten werden. Kristoffer hatte versprochen, es letztes Wochenende zu tun, aber irgendetwas kam dazwischen. Immer kommt irgendetwas dazwischen, wenn es um Kristoffer geht. Aber es ist ihr auch nicht so wichtig. Das Grundstück läuft auf einen schmalen Waldstreifen zu, sie erinnert sich, dass Henrik Angst vor den Bäumen hatte, als er noch richtig klein war. Zwei oder drei Jahre, die Bäume und die Dunkelheit. Es ist eine kurz aufblitzende Erinnerung und außerdem nicht besonders repräsentativ. Henrik war ein kecker Junge, hatte eigentlich weder vor dem Teufel noch irgendwelchen Geistern Angst, da war Kristoffer viel zögerlicher. Die Plastiktüten schaukeln in ihr, es tut so jämmerlich weh, aber sie kann nicht länger sitzen bleiben, eine gute Mutter bleibt nicht sitzen und wartet auf ihren verlorenen Sohn, eine gute Mutter geht hinaus mit einem Licht und sucht nach ihm. So soll es sein.

Doch wo? Wohin soll Ebba Hermansson Grundt ihre Schritte lenken, und wo soll sie ihre Suche beginnen?

In Kymlinge? Ja, das wäre natürlich am logischsten, wenn es das Elternhaus noch gäbe. Aber dem ist nicht mehr so. Karl-Erik und Rosemarie haben die Allvädersgatan am ersten März verlassen und ihr neues Leben in Spanien angetreten, so sehen die Tatsachen aus. Sie schlagen im Herbst ihres Lebens eine neue Seite auf. Ebba bekommt jede Woche eine Ansichtskarte und einen Telefonanruf, die Karte von der Mutter, den Anruf von ihrem Vater. Die Sonne scheint immer, sie sitzen immer draußen auf der Terrasse und schauen auf die Berge und einen Streifen Meer, sie trinken süßen Wein aus Málaga mit Eiswürfeln, ja, das ist wirklich ein ganz anderes Leben, in das sie sich da gestürzt haben. Wäre da nicht die Sache mit Walter und Henrik, es wäre wirklich das Paradies, wie Karl-Erik meint. Ob Rosemarie der gleichen Meinung ist, kann Ebba nicht richtig herausfinden, aber sie gibt sich diesbezüglich auch keine besondere Mühe. Ihre Mutter und ihr Vater sitzen da unten in der Sonne, sie schlürfen Wein und versuchen, ihre Kinder, ihr Kymlinge und ihr altes Leben zu vergessen, so ist es nun einmal, und das ist doch eigentlich eine merkwürdige Entwicklung, die da vor sich gegangen ist. Wer hätte vor einem Jahr ahnen können, dass die Familie Hermansson einmal so aussehen würde? Im August letzten Jahres war noch alles normal, und jetzt ... jetzt?, denkt Ebba. Wie zerbrechlich das Leben doch ist, wir wissen so wenig darüber, was der nächste Tag wohl bringt. Das nächste Jahr.

Wie ein Ei, das aus dem Kühlschrank fällt und auf dem Küchenfußboden zerbricht, so zerbrechlich sind unsere Kinder.

Nein, sie will nicht zurückfahren und anfangen, in Kymlinge herumzuwühlen, das versteht sich von selbst. Das wäre sinnlos. Und dennoch würde sie es am liebsten wieder auferstehen lassen, diese Gemeinschaft, die direkt vor dem Geburtstag herrschte, damals, als noch alle dort waren – denn wenn es tatsächlich so ist, denkt Ebba, dass die Dinge zusammenhängen, dass es eine funktionierende Ursachen-Wirkung-Kette im Leben gibt, dann muss der Keim zu dem, was anschließend passiert ist – was immer das auch sein mag – sich bereits am ersten Abend dort befunden haben. Am zweiten vielleicht auch, an dem Walter zwar bereits verschwunden war, aber Henrik sich immer noch vor Ort befand. Es muss etwas in der Luft gelegen haben, es muss möglich sein, dies zu fassen zu bekommen, und wenn es nur die Spur irgendeiner Bewegung oder welcher Gedanken oder welcher Beweggründe auch immer ist, die in diesen Räumen an diesen Tagen im Dezember vorhanden war.

Für einen aufmerksamen Beobachter muss es möglich gewesen sein, sie zu verstehen.

Oder? Wie ist es denn tatsächlich gewesen? Wusste Henrik bereits, als sie im Auto auf dem Weg nach Kymlinge saßen, dass er in dieser Nacht weggehen wollte? Wusste Walter es? Gab es einen Plan? Gibt es einen Zusammenhang? Wer war diese merkwürdige Jenny, die die Polizei offenbar nie zu fassen bekommen hatte? War sie nur erfunden? Und wenn ja, warum? Was hatte Henrik vor seiner Mutter verbergen wollen, es musste Dinge in seinem Leben geben, von denen sie nichts wusste. Was war während seines ersten Semesters in Uppsala passiert? Es musste da etwas gegeben haben ...

Immer die gleichen Fragen, das gleiche sterile Herumtasten, es ist merkwürdig, wie schnell und leicht die Synapsen in ihrem Gehirn von diesem Virus zerstört werden. So ein Gefühl muss es sein, wenn es dem Ende zugeht, denkt Ebba Hermansson Grundt, genau so eins. Sinnlose, verwirrende Fragen und keine Antwort. So empfindlich sind wir, wenn unser Bewusstsein schließlich überdreht, wenn unsere eigene Eierschale zerbricht – aber hier geht es ja nicht um sie oder ihr Bewusstsein. Also weg damit, weg mit diesen verzärtelten Betrachtungen, es geht um Henrik, der in ihrem Inneren schreit, ob nun zerstückelt oder nicht, hängend an ... nein, jetzt drehen ihre Gedanken wieder durch. Wo hatte sie angefangen? Was hatte sie gerade eben vorausgesetzt? Sie schaut wieder auf den wuchernden Rasen draußen, auf den Garten, die zerfallene Sonnenuhr, auf die der vorherige Besitzer des Hauses, der alte Herr Stefansson, so ungemein stolz gewesen war, die dunklen Bäume, den sich ankündigenden Herbst ... und versucht, diesen optimistischen Gedankenfaden zu fassen zu bekommen, den sie doch erst vor kurzem in Besitz gehabt hatte. Was war es noch gewesen?

Die Sache in die eigenen Hände nehmen, das war es. Den Abend, bevor alles geschah, wieder herstellen. Handeln, agieren, handeln. Genau das. Sie steht auf und geht in die Küche.

Das Telefon klingelt, doch sie lässt es klingeln. Kristina, denkt sie. Ich muss mit meiner Schwester sprechen. Kristina, Walter und Henrik sind an dem Abend noch aufgeblieben und haben sich unterhalten. Vielleicht hat Kristina eine Ahnung von etwas ... nein, das hätte sie natürlich dann schon der Polizei erzählt. Und uns anderen auch. Aber es kann Dinge gegeben haben ... nein, nicht Dinge, *Zeichen* ... Zeichen, die ihr nicht aufgefallen sind, Zeichen, die dieser begabte oder einfach nur schweigsame Polizeibeamte nicht hat aufspüren können ... Zeichen, die nur eine Mutter verstehen und deuten kann, ein Wort, etwas, das er gesagt hat, etwas in seinem Verhalten ... etwas zwischen Walter und Henrik sogar, das vielleicht im Nachhinein an die Oberfläche treten kann, in einem Gespräch zwischen zwei Schwestern, zwei betroffenen Schwestern, warum eigentlich nicht?

Sie musste mit ihrer Schwester sprechen, ganz einfach. Irgendwo musste man anfangen, und man sollte mit dem Einfachen und Natürlichen anfangen.

Einfach und natürlich war es zwischen Ebba und Kristina natürlich nie gewesen, aber das durfte für den Moment keine Rolle spielen.

Innerhalb von zwanzig Minuten hat sie eine Fahrkarte für die Bahn und ein Hotelzimmer für drei Nächte in Stockholm gebucht. Der Zug geht noch am selben Nachmittag, und natürlich hätte sie bei Kristina und Jakob übernachten können, aber das will sie nicht. Sie will sich Kristina vorsichtig nähern, es gibt einen zu großen Abstand zwischen ihnen, schon seit sie klein gewesen sind, vielleicht ist das jetzt die Gelegenheit für eine Versöhnung – aber langsam vorzugehen ist immer noch am besten. Vorsicht ist eine Tugend. Sie ruft auch nicht vorher an, es genügt, wenn sie morgen früh vom Hotel aus von sich hören lässt. Sie will nicht, dass Kristina herumlaufen muss, sich Gedanken macht, Pläne entwirft und im Voraus nach Formulierungen sucht. Wenn das Gedächtnis einem zu großen Druck ausgesetzt wird, können diese flüchtigen Erinnerungen sich verkapseln.

Endlich, denkt Ebba Hermansson Grundt und geht unter die Dusche. Endlich etwas.

Eine Stimme in ihr warnt, dass aus dieser Reise nichts Gutes herauskommen wird. Sie und Kristina haben nie miteinander reden können, sie waren immer wie Öl und Wasser, aber Ebba stellt sich taub. Sie hört auf gar keine Stimmen, die geplante Fahrt und Aktion geben ihr die Kraft dazu. Natürlich muss eine Schwester der anderen in der Stunde der Not zu Hilfe eilen. Die Plastiktüten hängen ruhig in ihrem inneren Dunkel, sie packt eine Tasche, schreibt für Leif und Kristoffer eine Nachricht.

Nichts über den Zweck oder so, sie würden es ja doch nicht verstehen, nur dass sie nach Stockholm gefahren ist, um ihre Schwester zu treffen.

Ein segensreicher Herbstregen zieht genau in dem Moment auf, als sie zum Bahnhof gehen will. Sie bestellt ein Taxi. Sie hat das Gefühl, nie wieder zurückzukehren.

26

Eine gute Stunde nach dem Gespräch mit Ebba Hermansson Grundt fährt Inspektor Gunnar Barbarotti mit dem Fahrstuhl hinunter in die Cafeteria des Polizeipräsidiums, um zwei Tassen schwarzen Kaffee zu trinken und über das Leben nachzudenken.

Es ist der dritte Arbeitstag nach vier Wochen Urlaub, und er kann sich nicht daran erinnern, dass es ihm vorher jemals so schwer gefallen ist, nach den Ferien wieder in Gang zu kommen. Er ist bereits mit mehreren verschiedenen Ermittlungen beschäftigt, unter anderem mit einer traurigen Geschichte, bei der ein türkischer Pizzeriabesitzer es leid war, von einer Bande fremdenfeindlicher Jugendlicher traktiert zu werden und einen neunzehnjährigen Jüngling mit einem Golfschläger erschlug. Zwei gut gesetzte Schläge, einer auf jede Schläfe, ein Eisenhieb. Soweit Gunnar Barbarotti verstanden hat, beruft er sich auf Notwehr.

Nur dumm mit zwei Schlägen, wenn es doch einer getan hätte, wie Eva Backman meint. Das wird ihn sechs Jahre extra kosten. Andererseits gut, wenn Einwanderer anfangen, Golf zu spielen. Damit sind sie auf dem besten Weg in die schwedische Gaunergesellschaft.

Gunnar Barbarotti seinerseits war nie Mitglied eines Golfclubs, aber er hat fünfzehn Fotos von dem zerschmetterten Schädel des Jungen gesehen und weiß nicht, was er davon halten soll.

Außerdem ist es heiß. Der Hochsommer glüht wie ein vergessenes Bügeleisen, obwohl man schon bald Mitte August hinter sich hat, es ist ein Gefühl … ein Gefühl, als wäre es einfach nicht in Ordnung, zu arbeiten. Barbarotti hat die ersten Wochen seines Urlaubs mit seinen drei Kindern in einer gemieteten Hütte in Fiskebäckskil verbracht, die letzten beiden in Griechenland. In Kavalla und auf der Insel Thasos genauer gesagt, dort war es zwar noch heißer, aber dort gab es auch ein verdammt blaues Meer und eine Frau namens Marianne. Letztere traf er bereits am zweiten Abend in einer Taverne. Sie war auf der Flucht vor einem havarierten Verhältnis mit einem manisch-depressiven Physiklehrer, zumindest behauptete sie das, und ausnahmsweise dachte Gunnar Barbarotti: ja, warum nicht? Sie trennten sich auf dem Flugplatz von Thessaloniki vor gerade sechs Tagen mit der Abmachung, erst nach einem Monat wieder von sich hören zu lassen. Dann wollte man sehen.

In Kymlinge gibt es kein Meer und keine Marianne.

Aber einen Kommissar Asunander, der unter außergewöhnlich schlechter Laune leidet, was möglicherweise damit zusammenhängt, dass seine Zähne bei der Hitze noch schlechter sitzen. Er ist mundfauler und schärfer als je zuvor an diesem infam heißen Augusttag, es gibt Stimmen, die behaupten, sein Hund hätte im Urlaub außerdem noch vier tote Welpen geboren, aber niemand traut sich, ihn zu fragen.

»Hermanssons!«, faucht er beispielsweise und rollt mit den Augen, als Gunnar Barbarotti mit größter Vorsicht das Thema anschneidet. »Nicht eine Minute darf mehr verstreichen, bevor die Person gefunden wird! Oder beide! Prioritäten setzen oder Job wechseln! Fundbüro sucht Leute.«

»Ich wollte nur wissen, ob während meines Urlaubs etwas passiert ist«, sagt Gunnar Barbarotti.

»Ist genug passiert, um deine Nase nicht in einen Fall zu stecken, der schon halb ein …!«, stänkert der Polizeichef, »… gestellt ist! Zwei Schulen abgebrannt, vier ungeklärte Vergewaltigungen, acht Miss ... handlungen und Einbruch bei einer Gärt ... nerei. Und ein Türke bringt Leute mit Golfschläger um!«

»Danke«, sagt Gunnar Barbarotti. »Ich verstehe.«

Aber warum überfällt man eine Gärtnerei?, überlegt er, als er im Fahrstuhl auf dem Weg nach unten ist. Haben die Banken kein Geld mehr? Und sind acht Monate nicht etwas kurz, um einen Fall mit zwei Verschwundenen ad acta zu legen?

Aber der Fall Hermansson-Grundt rührt sich wie gesagt nicht vom Fleck. Soll man zwischen Zimtschnecke und Berliner entscheiden, nimmt man die Zimtschnecke und bereut es sofort. Wenn er darüber nachdenkt – über den Fall und nicht über die Zimtschnecke natürlich, jetzt vermischen sich die Gedankenströme, und offensichtlich stimmt etwas mit der Klimaanlage hier unten in der Cafeteria nicht, es ist heiß und feucht wie in einer Sauna –, und er hat den ganzen Frühling und Sommer immer wieder darüber nachgedacht, dann hat er das Gefühl, dass das Ganze an so ein blödes Rätselspiel erinnert, das niemand lösen kann. Gunnar Barbarotti hatte in der Oberstufe einen Lehrer, der es liebte, seinen Schülern derartige Rätsel zu servieren, möglichst am Freitagnachmittag, damit alle das Wochenende über etwas zu grübeln hatten. Barbarotti kann sich nicht mehr daran erinnern, ob es überhaupt jemandem jemals gelungen war, eines dieser verzwickten Probleme zu lösen, immer war es der Lehrer selbst – hieß er nicht Klevefjell? –, der die wahrhaft elegante Lösung am Montag präsentierte. Und nicht immer verstand man es dann.

Ein Rätsel also: Wir haben zwei Personen, einen Onkel und einen Neffen. Gemeinsam mit einigen weiteren Verwandten kommen diese ein paar Tage vor Weihnachten zusammen, um ein Familienfest zu feiern. In der ersten Nacht löst sich der Onkel spurlos in Rauch auf. In der nächsten Nacht löst sich der Neffe spurlos in Rauch auf. Warum?

Zum Teufel auch, denkt Gunnar Barbarotti, wischt sich den

Schweiß von der Stirn und beißt von seiner Zimtschnecke ab. Asunander hat recht, es hat keinen Sinn, noch mehr Zeit auf diese Ermittlung zu verschwenden. Ich habe noch nie einen Fall gehabt, bei dem so viele Arbeitsstunden mit einem so schlechten Ergebnis vergeudet wurden. Aber ist nicht ... ja, es sollte einen nicht wundern, wenn sie PVC in den Kuchen gemengt hätten? Jedenfalls knirscht der Teig an den Zähnen.

Aus irgendeinem Grund baut dieser Verdacht eine Brücke zu seiner Ex-Frau Helena. Dort ist jedenfalls eine ganze Menge passiert. Im Zusammenhang mit der Aktion, dass er die Kinder für die Reise an die Westküste abgeholt hat, hat sie ihn zwei Dinge wissen lassen. Zum einen hat sie einen neuen Mann gefunden. Zum anderen steht sie im Begriff, mit ihm nach Kopenhagen zu ziehen. Er arbeitet dort als Yogalehrer. Bis jetzt hat sich – aus verschiedenen Gründen – noch nicht die Gelegenheit ergeben, die Jungs, Lars und Martin, über diese neue Entwicklung zu informieren, und sie hat Gunnar das Versprechen abgenommen, diese Sache während ihres Aufenthalts in Fiskebäckskil nicht zur Sprache zu bringen.

Was er auch nicht getan hat, und seitdem hat er nichts Neues mehr gehört in dieser Hinsicht. Vielleicht sind die Umzugskartons bereits auf dem Weg? Lars und Martin?, überlegt Gunnar Barbarotti. Was wird aus ihnen werden? Werden sie in fünf Jahren Dänisch mit mir reden?

Er beißt erneut in das PVC. Wenn Söhne nicht mehr die Sprache ihrer Väter sprechen, wo kommen wir da hin?

Das ist ein Gedanke, den er nur schwer abschätzen kann. Vielleicht ist es ja nur ein Vorurteil, und vielleicht ist es für viele bereits Alltag. Auf jeden Fall nichts, worüber man an so einem Tag nachdenken sollte. Es müssen über dreißig Grad in der Kantine herrschen. Er will sich gerade Tasse Kaffee Nummer zwei und ein Glas Wasser holen, als Inspektorin Backman heranrauscht.

»Ach, hier hältst du dich versteckt!«, stellt sie fest und stemmt die Hände in die Hüften. »Wir haben gerade eine Nachricht über zwei Leichen in einem Gefrierschrank erhalten. Willst du mitkommen?«

Gunnar Barbarotti überlegt eine halbe Sekunde. Dann nimmt er die Einladung an. Über das Leben nachdenken kann er ein anderes Mal, und genau genommen ist ein Gefrierschrank genau das Richtige an so einem Tag.

Ebba hat dem Impuls, in Uppsala den Zug zu verlassen, widerstanden und ist weiter nach Stockholm gefahren. Ein junger Mann und eine junge Frau waren zugestiegen und hatten sich auf die Plätze ihr gegenüber gesetzt. Beide hatten kurze, dunkle Haare, beide trugen eine Brille, offensichtlich waren es Studenten, sie fingen sofort an, ihre Unterlagen zu studieren, vor sich hin murmelnd und unterstreichend. Ebba betrachtete sie verstohlen und konnte es nicht lassen, sie musste mit dem Gedanken spielen, es könnten tatsächlich Kommilitonen von Henrik sein. Das Semester würde zwar erst in ein paar Wochen beginnen, aber trotzdem. Sie schloss die Augen und versuchte sich Henrik ins Gedächtnis zu rufen. Ihn vor ihr Mutterauge zu holen, doch es klappte nicht so, wie sie wollte, er zeigte sich zwar für einen kurzen Moment, doch dann verschwand er wieder. Und als sie sich anstrengte, ihn wieder zurückzuholen, kam er zwar zurück, aber nur für eine flüchtige Sekunde. Das war irritierend, aber so war es in letzter Zeit immer gewesen. Henrik wich ihr aus. War immer schwerer zu fangen. Bin ich dabei, meinen Sohn zu vergessen?, dachte sie erschrocken. Warum kannst du nicht länger bei mir bleiben, Henrik? Warum erscheinst du mir nur in diesem zerstückelten Zustand in den Plastiktüten als real? Ein Schaudern durchfuhr ihren Körper, und sie sah ein, dass es höchste Zeit gewesen war, diese Reise anzutreten. Zweifellos.

Sie hatte Leif auf dem Handy angerufen, aber nur eine halbe Minute mit ihm sprechen können, bevor das Gespräch unterbrochen wurde. Er hatte nicht besonders überrascht geklungen, doch das tat er ja eigentlich nie. Begnügte sich damit, ihr zu versichern, dass Kristoffer und er keine Not leiden würden, und zu fragen, wie lange sie denn fortbleiben wolle.

Ein paar Tage, hatte sie geantwortet, war sich aber nicht sicher, ob er es verstanden hatte. Nun ja, dachte sie. Er kann ja anrufen, wenn es ihn interessiert.

Der Zug hielt in Knivsta. Plötzlich erinnerte sie sich, dass sie hier einmal in einer Schule Vertretungsstunden gegeben hatte. Es war in einem Januar gewesen, im zweiten – oder vielleicht vierten? – Semester ihrer Ausbildung zur Ärztin, sie hatte einen Kursus frühzeitig fertig bekommen und wollte ein wenig Geld verdienen. Mathematik und Biologie. An was sie sich noch am besten erinnerte, war die bedrohliche Menge feindlich gesinnter Jugendlicher und das Gefühl, Kräften ausgeliefert zu sein, die sie nicht kontrollieren konnte. Es hatte einer enormen Anstrengung bedurft, die Stunden zu geben, und als alles überstanden war – es konnte sich nicht um mehr als insgesamt acht oder zehn Tage gehandelt haben – und sie sich wieder ihrem Medizinstudium widmen konnte, hatte sie eine Welle der Dankbarkeit gespürt, dass sie nicht in die Fußstapfen ihres Vaters getreten war und den Lehrerberuf gewählt hatte.

Aber mein Gott, sie war damals erst zwanzig oder einundzwanzig gewesen, es gab Schüler, die nur fünf Jahre jünger als sie selbst waren.

Aber was ihr jetzt merkwürdig erschien: Diese Schule musste sich irgendwo dort draußen vor den Zugfenstern befinden. Die Klassenräume, in denen sie unterrichtet hatte, dieses kiefernfurnierte Lehrerzimmer mit seinen stummen Ledersofas und halbtoten, verstaubten Topfpflanzen – und diese Lehrer, zumindest die jüngeren ... all das existierte immer noch und hatte die ganze Zeit seit damals existiert, an all diesen Tagen, während all dieser Stunden, seit jetzt fast zwanzig Jahren, während sie selbst voll beschäftigt war mit ihrem Leben, ihrer Familie und ihrem Beruf ... und aus irgendeinem Grund fand sie diesen Gedanken, diese Einsicht, einfach schrecklich, nahezu obszön, und sie sagte zu sich selbst, dass ihr Leben die Spur wechseln und sie die Möglichkeit haben würde, noch einmal neu anzufangen, am damaligen Punkt, wenn sie jetzt aus dem Zug eilte, die Schule fand und hineinging – wenn es ihr gelänge, beispielsweise den Klassenraum mit dem großen Wasserfleck an der Decke zu finden und mit den unbegreiflich hässlichen grünen Verdunklungsgardinen. Mitten in den Achtzigern, vor zwanzig Jahren, ja, 1985 musste das gewesen sein, im gleichen Jahr, in dem Leif Grundt in ihr Leben trat, bevor ihre Kinder auf die Welt kamen, bevor alles die unwiderrufliche Bahn einschlug, die bis zu den schrecklichen Ereignissen an ihrem vierzigsten Geburtstag geführt hatte ... aber wenn sie in diesem Moment nun einfach aus dem Zug sprang und in den Ort Knivsta lief, dann würde sich die Zeit wie eine Möbiusschleife um ihre eigene Schulter winden, und sie bekäme die Möglichkeit, ihr Leben noch einmal zu beginnen und es in eine vollkommen andere Richtung zu lenken, in der sie niemals ihren geliebten Sohn verlöre und in diesem schwarzen Vakuum hängenbliebe zwischen zwei grünweißen ...

Etwas ist mit meinen Gedanken los, unterbrach sie sich, als der Zug ruckte und sich wieder in Bewegung setzte. Irgendetwas stimmt nicht. Jede Idee, wie verrückt auch immer, kann Zutritt zu meinem Kopf begehren. Und bekommt ihn. Ich muss meine Grenzen finden. Ich muss dem ein Ende setzen. Ich muss ... ich kenne ja meine eigene Gedankenwelt nicht wieder, und was ... was für ein Ich bleibt dann noch zurück? *Wer* ist es dann eigentlich, der *was* nicht mehr erkennt?

Sie nahm eine zurückgelassene Anzeigenzeitung als Gegengift hoch, begann in ihr zu blättern, las aber nicht eine Zeile. Blieb stattdessen in ihrem erschrockenen Inneren verhaftet und wandte sich an den Gott, an den sie nicht glaubte.

Hilf mir, bitte, betete sie. Lass mich nicht wahnsinnig werden. Lass zumindest das Gespräch mit meiner Schwester einen kleinen Schritt in die richtige Richtung sein. Strafe mich nicht für meinen Hochmut.

Letzteres war ein Gedanke, der sie in den letzten Tagen immer wieder gestreift hatte. Hochmut. Der Verlust von Henrik – oder seine Abwesenheit – war eine Art Quittung dafür, dass sie die falschen Dinge in ihrem Leben wertgeschätzt hatte. Dass sie egoistisch gewesen war, dass sie die Karriere über ihre Familie gestellt hatte, dass sie durchgehend andere Dinge vorgezogen hatte. Rein medizinisch und rein intellektuell konnte sie das natürlich als einen automatischen Zwangsgedanken abtun, so dachte man nun einmal in Situationen wie dieser – doch im Innersten ihres Herzens erschien er wie eine Gleichung, die immer größere Gültigkeit erlangte, je mehr Zeit verstrich. So sah die Waagschale aus. Das war die Strafe für ihre Versäumnisse.

Es war kurz nach halb acht, als sie im Hotel Terminus gegenüber vom Hauptbahnhof eincheckte. Das Zimmer lag im fünften Stock, sie hatte den Blick auf das gesamte Gleisareal, über das Stadthaus und Kungsholmen – über Wasser, Brücken und Gebäude, die sie nicht einmal mit Namen kannte. Ich könnte nach Stockholm ziehen, kam ihr in den Sinn. Wenn ich meinen Sohn nicht finde, kann ich ebenso gut alles andere hinter mir lassen. Ich suche mir eine Stelle bei Danderyd oder im Karolinska und gehe in der absoluten Anonymität auf.

Sie zog die Gardinen vor, wandte sich dem Zimmer zu und biss die Zähne zusammen, um nicht weinen zu müssen. Wozu zum Teufel war es gut, sich solchen illusorischen Wahnvorstellungen hinzugeben?, dachte sie. Warum sich einbilden, es wäre möglich, weiterzuleben? Warum sich einbilden, dass Kristina auch nur einen Funken von Licht auf die Dinge werfen könnte?

Warum überhaupt noch etwas hoffen?

In der Minibar fand sie zwei kleine Fläschchen Whisky. Besser als nichts, dachte sie und schraubte von einem die Kapsel ab.

Gestärkt von der kleinen Menge Alkohol rief sie zwanzig Minuten später ihre Schwester an. Erzählte ihr kurz und knapp, dass sie seit einiger Zeit krankgeschrieben war und es ihr nicht so gut gehe, das war zweifellos eine Neuigkeit für Kristina, dennoch kommentierte sie sie nur sehr knapp. Sagte, dass das eingedenk der Umstände ja nur natürlich sei. Oder etwas ähnlich Triviales. Ebba erklärte ihr, dass sie aus anderen Gründen für ein paar Tage in Stockholm sei, und fragte Kristina, ob diese etwas dagegen habe, sich für ein Gespräch zu treffen.

»Worüber?«, wollte Kristina wissen.

»Über Walter und Henrik«, erklärte Ebba.

»Und wozu soll das gut sein?«, wunderte Kristina sich.

Plötzlich bekam Ebba Atemnot. Als gäbe es mit einem Mal in dem engen Raum keinen Sauerstoff mehr. »Weil ... weil du damals so guten Kontakt zu Henrik gehabt hast«, brachte sie heraus. »Du hast doch immer guten Kontakt zu ihm gehabt. Mir ist in den Sinn gekommen, dass er vielleicht ... dass er dir vielleicht etwas gesagt hat an dem Abend, als er verschwunden ist.«

Ein paar Sekunden lang blieb es still im Hörer, bevor Kristina antwortete. Nein, erklärte sie dann, das habe Henrik nicht. Natürlich nicht, sonst hätte sie es ja gesagt. Ebba oder der Polizei oder allen, die sich wunderten, was bilde Ebba sich eigentlich ein? Aber falls sie am nächsten Tag nachmittags hereinschauen wolle, könnten sie gern eine Tasse Tee zusammen trinken und sich unterhalten. Zwischen eins und drei passe es am besten, dann sei sie garantiert frei von Mann und Kind.

Nur irgendwelche Hilfe dürfe sie nicht erwarten.

Ebba bedankte sich – als wäre ihr eine Art von Gnade zuteil geworden – und legte den Hörer auf. Blieb ein paar Sekunden lang unentschlossen sitzen. Stellte den Fernseher an und schaute sich eine Weile die Nachrichten an. Spürte, wie sie schrumpfte. Stellte den Fernseher wieder aus, duschte und ging ins Bett. Es war erst halb zehn. Sie löschte das Licht und holte fünfmal tief Luft, wie sie es immer tat, um die Unruhe und Mühen des Tages loszuwerden.

Doch der Schlaf kam nicht zu ihr wie geplant. Stattdessen kam eine Erinnerung. Sie kristallisierte sich aus ihrer eigenen Dunkelheit und der kompakten Finsternis des Hotelzimmers, und sie schien nicht zur Heilung gedacht zu sein.

Ein Sommer vor mehreren Jahren. Die Jungen waren wohl zwölf und sieben Jahre alt. Sie hatten für den ganzen Sommer ein Haus auf Jütland gemietet. Sie war diejenige, die das arrangiert hatte, ein Kollege vom Krankenhaus war zu Forschungszwecken in den USA und wollte nicht, dass sein Sommerhaus leerstand. Leif und die Jungen fuhren gleich nach Schulende hin, sie selbst arbeitete noch eine Woche im Juli. Aber es war abgemacht, dass sie über die Mittsommernacht ebenfalls für vier, fünf Tage kommen sollte.

Leif hatte Kristina zur Hilfe bekommen. Nicht, dass das notwendig war, eher war es so, dass Kristina für ein paar Wochen ein wenig Halt brauchte. Sie stand nach einer weiteren gescheiterten Liebesbeziehung ohne Wohnung da, es war lange bevor Jakob Willnius ins Bild trat.

Zu dieser Mittsommernacht war Ebba den ganzen Weg von Sundsvall gefahren. Hatte die Nachtfähre über den Skagerrak zwischen Varberg und Grenå genommen. Erreichte das Haus, ziemlich weit unten am Nordseestrand, kurz vor Ringköbing, frühmorgens. Alle schliefen noch, es war ja auch erst sechs Uhr. Es war ein großes Haus, das sich hübsch in die Dünenlandschaft einfügte, es war ihr von dem Arzt, dem es gehörte, nur beschrieben worden, und von Leif am Telefon, und es dauerte eine Weile, bis sie sich zurechtfand. Sie tappte von Raum zu Raum, treppauf, treppab, und fand schließlich ihre

Familie schlafend in einem gigantischen Doppelzimmer unter einem breiten Dachfenster in der Dachetage. Alle vier: ihren Ehemann Leif, ihre Schwester Kristina, ihre Söhne Henrik und Kristoffer. Die Jungs lagen in der Mitte, Kristina und Leif jeweils auf einer Außenseite, und dieses Bild, diese Anordnung, hatte etwas, das ihr Herz stolpern ließ. Alle vier lagen in der gleichen Richtung, wie Teelöffel in einer Küchenschublade, Leif ganz hinten, die Decke lag zusammengeknüllt zu ihren Füßen, sie konnte die schlafenden Körper beobachten, die Jungs in kurzen Hosen, ihr Supermarktleiter im Pyjama, Kristina in Unterhose und T-Shirt, und wie sie alle ihren Nachbarn leicht berührten, aber nur leicht, im Schlaf – und das Ganze strahlte so eine tiefe Harmonie und so eine Sicherheit aus, dass etwas in ihrem Hals anschwoll. Es war wie ein Gemälde, ein idyllisches Bild der glücklichen Familie.

Sie blieb davor stehen und musste immer wieder schlucken, doch die Fragen, die sie zu unterdrücken versuchte, tauchten immer wieder auf: *Warum liege ich nicht auch dort? Wie kommt es, dass ich und Leif nie – niemals – in dieser Form mit den Jungen geschlafen haben? Warum stehe ich hier?*

Oder: *Warum bin ich diejenige, die hier steht?*

Sie weckte sie nicht. Schlich sich die Treppe hinunter, fand ein Bett in einem anderen Zimmer und kroch unter eine Decke. Vier Stunden später wurde sie von Leif geweckt, der mit einer Tasse Kaffee und einem Kopenhagener hereinkam. Er schaute sie ein wenig verwundert an und fragte, ob sie eine Allergie bekommen habe, sie behauptete, es müsse an irgendwelchen Pollen in der Luft liegen, sie habe während der Fahrt ein ganzes Päckchen Papiertaschentücher verbraucht.

Nein, zur Heilung war diese Erinnerung wahrlich nicht geeignet.

27

Die Frau war klein und rötlich.

Gunnar Barbarotti hatte kurz die Assoziation einer Marathonläuferin. Dünn wie eine Weidenrute, nicht ein Gramm Fett zu viel am Körper, saß sie kerzengerade auf dem Stuhl, die Hände vor sich auf dem Tisch gefaltet. Der Blick ihrer grünen Augen war offen und wachsam.

Fünfunddreißig, schätzte er. Willensstark, hat sicher schon so einiges durchgemacht.

Er nickte ihr zu. Sie stand auf, und sie schüttelten die Hände. Erst er, dann Eva Backman. Anwärter Tillgren schloss die Tür hinter ihrem Rücken.

»Lassen Sie uns damit anfangen, dass Sie sich uns ein wenig vorstellen«, schlug er vor. »Ich heiße wie gesagt Gunnar Barbarotti, und das hier ist meine Kollegin Eva Backman.«

Sie setzten sich. Eva Backman stellte das Aufnahmegerät an und übernahm die Formalitäten. Gab der Frau ein Zeichen, dass sie anfangen könne.

»Ich heiße Linda Eriksson. Ich wohne in Göteborg.«

Eva Backman streckte einen Daumen in die Luft als Zeichen, dass die Aufnahme funktionierte.

»Ich arbeite als Krankengymnastin im Sahlgrenschen Krankenhaus. Ich bin vierunddreißig Jahre alt, verheiratet und habe zwei Kinder … genügt das?«

»Das genügt«, bestätigte Gunnar Barbarotti. »Können Sie uns berichten, warum Sie hier sind?«

Sie räusperte sich und nahm Anlauf.

»Ich bin hier, weil ich eine Schwester habe«, begann sie. »Oder besser gesagt, eine Schwester hatte. Jane, sie hieß Jane … wir hießen Andersson als Kinder, aber als sie geheiratet hat, hat sie den Namen Almgren angenommen. Ich weiß nicht so recht, wie ich … hm. Entschuldigen Sie.«

»Trinken Sie einen Schluck Wasser«, sagte Eva Backman.

»Ja, danke.«

Sie goss sich Ramlösa ins Glas und nahm einen Schluck. Seufzte und faltete wieder die Hände. »Ja, meine Schwester Jane ist also vor ein paar Wochen ums Leben gekommen. Sie ist in Oslo von einem Bus überfahren worden, ich weiß … ich weiß nicht, was sie dort zu tun hatte. Sie wohnte seit ein paar Jahren hier in Kymlinge. Meine Schwester war … nicht ganz gesund.«

»Nicht ganz gesund?«, wiederholte Barbarotti.

»Nein, sie hatte eine Persönlichkeitsstörung, wie man so sagt, und das schon ziemlich lange Zeit.«

»Wie alt war Ihre Schwester?«, fragte Eva Backman.

»Sechsunddreißig. Zwei Jahre älter als ich. Ich weiß nicht, wo ich anfangen soll, es ist eine so lange Geschichte.«

»Wir haben genügend Zeit«, versicherte Gunnar Barbarotti. »Fangen Sie doch mit dem Anfang an.«

Linda Eriksson nickte und trank wieder ein wenig Wasser.

»Gut«, sagte sie. »Man kann wohl sagen, dass ich aus einer Problemfamilie stamme.«

Sie versuchte es mit einem entschuldigenden Lächeln, als wolle sie sich dafür entschuldigen, dass es so etwas überhaupt gab. Barbarotti spürte eine Welle der Sympathie für diese schmächtige und dennoch starke Frau. Er beschloss, ohne sich dessen eigentlich bewusst zu sein, nichts von dem, was sie sagen würde, in Frage zu stellen.

»Aber das kostet natürlich seinen Preis«, fuhr sie fort. »Wir sind drei Geschwister, ich bin die Jüngste. Meine Mutter ist seit mehreren Jahren in der Psychiatrie, mein Bruder Henry, er ist der Älteste, hat noch mindestens zwei Jahre von seiner letzten Gefängnisstrafe abzusitzen ... ja, und dann ist da Jane. Meinen Vater habe ich nie gesehen, Henry und Jane haben einen anderen, aber der ist tot. Wir sind also Halbgeschwister. Es heißt, dass mein Vater Engländer war ... ich weiß nicht, ob das stimmt, aber meine Mutter hat es immer behauptet.«

»Aber Sie sind zusammen aufgewachsen?«, warf Eva Backman ein. »Sie und Ihre Halbgeschwister?«

»Mal ja, mal nein.«

»Und wo?«, fragte Gunnar Barbarotti.

»Überall. Ich glaube, in meinen ersten fünfzehn Lebensjahren habe ich an zehn verschiedenen Orten gewohnt«, erklärte Linda Eriksson mit einem flüchtigen Lächeln. »Darunter auch zwei Jahre hier in Kymlinge. Henry ist acht Jahre älter als ich, er ist ziemlich früh von zu Hause abgehauen. Aber Jane und ich ... ja, wir sind wie Geschwister aufgewachsen. Wir hatten sozusagen nur einander.«

»Wenn wir uns jetzt auf Jane konzentrieren«, schlug Barbarotti vor. »Hatten Sie auch als Erwachsene weiterhin guten Kontakt zueinander?«

Linda Eriksson schüttelte den Kopf. »Nein, leider nicht. Es hat nicht geklappt. Den Kontakt mit Jane aufrechtzuerhalten, das wäre wie ... ja, als wenn man von jemandem hinuntergezogen wird, der dabei ist zu ertrinken.«

»Wieso?«, fragte Eva Backman.

»Weil sie so ist, wie sie ist. Das fing schon in den letzten Schuljahren an, sie hat schon früh alle möglichen Drogen ausprobiert. War immer nur mit sich und den eigenen Problemen beschäftigt, was zu dem Krankheitsbild gehört. Seit sie achtzehn war, ist sie in verschiedenen Therapieeinrichtungen gewesen, und da haben wir so langsam den Kontakt verloren. Aber zum Schluss gab es wohl eine Behandlung, die zu funktionieren schien, jedenfalls kam sie von den Drogen los und hat einen Mann gefunden ... zu der Geschichte gehört, dass es unserer

Mutter auch schlecht ging. Als ich das letzte Jahr aufs Gymnasium ging, bin ich zu Hause ausgezogen, die Sozialbehörde und eine Schulpsychologin haben dafür gesorgt, dass ich eine eigene Wohnung gefunden habe.«

»Und Jane?«, fragte Gunnar Barbarotti.

»Ja, sie kam zusammen mit diesem Germund. Die beiden haben geheiratet und zwei Kinder gekriegt. Sind nach Kalmar gezogen. Ich dachte, es ginge ihnen gut, aber als ich sie nach ein paar Jahren einmal besuchte, sah ich, dass ich mich geirrt hatte. Keiner von beiden hatte eine richtige Arbeit, er war natürlich auch mal drogenabhängig gewesen, sie gehörten zu so einer Art Sekte und machten jede Menge merkwürdiger Dinge. Ich habe sie nur dieses eine Mal besucht, und ein halbes Jahr später habe ich erfahren, dass es zur Katastrophe gekommen war. Jane hatte versucht, ihren Mann und ihre Kinder umzubringen, dahinter lag irgend so eine Eifersuchtsgeschichte, und alles endete damit, dass sie schließlich in die Psychiatrie zwangseingewiesen und ihr verboten wurde, Kontakt zu ihren Kindern aufzunehmen.«

»Und der Mann erhielt das Sorgerecht?«

»Ja. Man ging offenbar davon aus, dass er dazu in der Lage sei. Aber ich weiß nicht, später gab es da jede Menge Ärger … was aber vielleicht auch in erster Linie an Jane lag.«

»Hatten Sie Kontakt zu ihr … oder zu ihnen … während dieser Zeit?«, fragte Eva Backman.

»So gut wie keinen. Meine Mutter hat mich mit den Informationen versorgt. Und die waren natürlich nicht immer besonders zuverlässig. Auf jeden Fall ist Germund mit den Kindern vor … es muss inzwischen wohl schon zwei Jahre her sein … ins Ausland gezogen, und ich glaube, Jane ist es nie gelungen herauszukriegen, wo sie jetzt leben. Sie ging ein und aus in den verschiedenen Heimen, aber vor gut einem Jahr kam sie endgültig frei, und seitdem hat sie sich irgendwie gehalten. Sie war natürlich krankgeschrieben, aber soweit ich weiß … oder ich sollte wohl besser sagen, soweit ich wusste, ist sie allein zurechtgekommen. Ich hatte natürlich keine Ahnung von … davon.«

Sie breitete die Arme aus und sah wieder bedauernd drein. Als wäre sie diejenige, die versagt hatte, und als wäre es dieses Versäumnis, das zur Katastrophe geführt hatte.

»Wann hatten Sie das letzte Mal Kontakt zu Ihrer Schwester?«, fragte Barbarotti.

»Ich habe sie seit mehr als einem Jahr nicht mehr gesehen. Aber ich habe mit ihr telefoniert … das letzte Mal im März.«

»Worüber haben Sie gesprochen?«

»Sie wollte sich Geld leihen. Ich habe das abgelehnt, und sie hat den Hörer aufgeknallt.«

»Wann haben Sie erfahren, dass sie tot ist?«

»An dem Tag, an dem sie gestorben ist. Sie haben mich vom Krankenhaus in Oslo angerufen. Sie hatte anscheinend meine Nummer auf einem Zettel in ihrem Portemonnaie.«

»Am 25. Juli?«

»Ja. Wir kamen gerade von zwei Wochen Urlaub in Deutschland zurück. Mein Mann stammt von dort.«

»Erzählen Sie uns, was dann passiert ist«, bat Eva Backman.

»Ja, ich musste mich dann ja um das Praktische kümmern. Ich bin nach Oslo gefahren und habe die Leiche identifiziert. Ich habe Kontakt mit Fonus aufgenommen und eine Erdbestattung und eine Auflistung ihres Besitzes und so beauftragt. Ich habe gar nicht erst versucht, Hilfe von meinem Bruder oder meiner Mutter zu kriegen … aber sie waren jedenfalls zur Beerdigung da. Drei Trauernde plus zwei Gefängniswärter und ein Pfleger, es war keine besonders fröhliche Gesellschaft.«

»Wann fand die Beerdigung statt?«

»Am 4. August.«

»Hier in Kymlinge?«

»Ja. Sie hat ja die letzten Jahre hier gelebt.«

»Und dann?«

»Ja, dann musste ich mich noch um die Wohnung kümmern.

Ich hatte erreicht, nur noch die halbe Monatsmiete zahlen zu müssen, wenn ich alles bis zum 15. geräumt hätte, und deshalb bin ich letzten Montag hingefahren und habe angefangen auszuräumen …«

Eva Backman schaute auf ihren Notizblock. »Fabriksgatan 26, stimmt das?«

»Ja, das stimmt. Ich hatte dafür drei Tage veranschlagt, sie hatte natürlich keine großen Besitztümer, aber das dauert ja dennoch seine Zeit. Ich hatte beschlossen, alles wegzuschmeißen. Habe ein Fuhrunternehmen beauftragt, das alles abholen und zu den verschiedenen Sammelstellen fahren sollte oder direkt auf die Müllhalde … sie war zwar meine Schwester, aber ich habe mich einfach nicht in der Lage gesehen, mich hinzusetzen und in ihrem trüben Leben herumzuwühlen. Sie hatte auch nichts aufbewahrt, was wert war, es mitzunehmen. Kein Fotoalbum oder so.«

»Und ihre Kinder und ihr früherer Mann?«

»Ich habe mit der Polizei und einigen Sozialarbeitern gesprochen, und wir waren uns einig, dass wir die in Ruhe lassen wollten. Es brachte irgendwie nichts, Jane wieder in deren Leben hineinzuziehen. Das klingt vielleicht etwas zynisch, aber so haben wir es entschieden.«

»Wie alt sind die Kinder, was sagten Sie?«, fragte Eva Backman.

»Zehn und acht.«

»Klingt wie eine vernünftige Entscheidung«, stellte Gunnar Barbarotti fest. »Aber Sie haben dann also die Wohnung Ihrer Schwester geputzt, und dabei haben Sie …?«

Linda Eriksson schloss für einen Moment die Augen. Sie holte tief Luft, um sich zu wappnen. Die schmalen Schultern in dem grünen Baumwollkleid hoben und senkten sich. Gunnar Barbarotti dachte erneut, das sei eine Frau, die zu bewundern war. Ihr Leben hatte von Beginn an die schlechtesten Ausgangsmöglichkeiten geboten, aber sie hatte es geschafft. Er schaute kurz zu Eva Backman hinüber, die seinen Blick erwiderte, und meinte in ihrem lesen zu können, dass sie genauso empfand.

»Ja. Ich habe zuerst die Zimmer gemacht, mit der Küche bis zuletzt gewartet. Das war heute Morgen, und da ... ja, als ich anfing, den Gefrierschrank zu leeren, da habe ich diese ... diese Finger entdeckt. Entschuldigen Sie ...«

Ihr dünner Körper schüttelte sich, und für eine Sekunde glaubte Barbarotti, sie könnte sich über dem Tisch erbrechen. Aber sie fasste sich. Schüttelte den Kopf und trank ein wenig Wasser. Eva Backman legte ihr eine Hand auf den Arm.

»Danke. Entschuldigen Sie, aber ich bin noch immer etwas schockiert. Es war so schrecklich, als mir bewusst wurde, was da in den Plastiktüten lag ...«

Gunnar Barbarotti wartete und gab seiner Kollegin ein Zeichen, ebenfalls zu schweigen.

»Das war ein Arm. Am Ellenbogen abgeschnitten. Die Tüte war von ICA, so eine rotweiße, ich glaube, ich habe sie zehn Minuten lang angestarrt, bevor ich etwas tun konnte. Ich hatte ja alles aus dem Gefrierschrank in einen Plastiksack geworfen, um es in den Müll zu tun, und wenn nicht diese Finger rausgeguckt hätten, dann hätte ich vielleicht gar nichts gemerkt ... aber dann habe ich noch eine Tüte geöffnet. Zuerst wusste ich nicht, was es war, aber dann erkannte ich, dass es ein Stück des Beckens war.«

Sie verstummte. Es vergingen einige Sekunden.

»Ein Mann?«, fragte Eva Backman.

»Ja, ein Mann.«

Eine Bewegung draußen vor dem Fenster erregte kurz Gunnar Barbarottis Aufmerksamkeit. Er drehte den Kopf und sah eine Elster, die angeflogen kam und sich auf dem Fensterblech niederließ. Warum landest du da?, dachte er verblüfft. Bist du ein Bote des Teufels oder was?Einen Zweifel daran, dass der Teufel existierte, hatte Gunnar Barbarotti nie gehegt. Es war Gottes mögliche Existenz, die für ihn das Problem darstellte.

»Hm, ja«, räusperte sich Eva Backman. »Und was haben Sie dann gemacht? Ich kann mir vorstellen, dass Sie unter Schock gestanden haben müssen.«

»Ich war wirklich vollkommen geschockt«, gab Linda Eriksson zu. »Zuerst bin ich zur Toilette gelaufen und habe mich übergeben, dann habe ich mich aufgerafft und die Polizei angerufen. Ja, und dann, während ich auf sie gewartet habe, habe ich noch eine Tüte geöffnet … ich weiß nicht, warum ich das getan habe, vielleicht weil ich schon den Verdacht hatte, was es sein könnte, und ihn bestätigt haben wollte … auf jeden Fall war das ein Kopf. Ich bin auf die Toilette gelaufen und habe mich noch einmal übergeben, und dort bin ich geblieben, bis die Polizei kam.«

Gunnar Barbarotti richtete sich auf seinem Stuhl auf. »Sie sind in der Wohnung geblieben, während diese den Rest ausgepackt hat?«

»Ich habe währenddessen in einem der Zimmer gewartet. Zusammen mit einer Polizistin.«

»Und da haben Sie erfahren, dass es sich um zwei Körper handelte?«

»Ja.«

»Die Ihre Schwester aus irgendwelchen Gründen in ihrem Gefrierschrank aufbewahrt hat.«

»Ja.«

»Haben Sie irgendeine Ahnung, warum sie das getan haben könnte?«

»Nein.«

»Haben Sie irgendeine Ahnung, zu wem die Körper gehört haben könnten?«

»Nein.«

»Haben Sie sie angesehen?«

»Ja. Die Polizei hat mich gefragt, ob ich in der Lage sei, das zu tun, und ich habe gesagt, ich würde es versuchen … ja, ich habe mir die Köpfe angesehen.«

»Und?«

»Nein, ich habe keinen von beiden gekannt. Sie waren ziemlich schlimm mitgenommen, aber man sah, dass es zwei Männer waren.«

»Ich verstehe.« Gunnar Barbarotti warf erneut einen Blick auf die Elster, die offenbar genug gesehen und gehört hatte, denn sie flatterte mit den Flügeln und machte sich dann davon. Er fühlte, dass es ihm ähnlich ging. Er hatte genug gehört. Wünschte sich für einen Moment, auch Flügel zu besitzen. Eva Backman hatte sich vorgebeugt und erneut eine Hand auf Linda Erikssons Arm gelegt.

»Hat Ihre Schwester in ihrem Leben irgendwelche Anzeichen für Gewalttendenzen gezeigt?«

Linda Eriksson zögerte. Sie ließen sie zögern.

»Ich weiß nicht so recht, was ich dazu sagen soll«, erklärte sie schließlich. »Wie ich schon gesagt habe, so hat sie ja versucht ihre Familie umzubringen. Ich glaube, ... ich glaube, dass man ...«

»Ja?«

»... dass man sich darüber hat klar sein müssen, dass Jane ernsthaft krank war. Sie hätte nicht frei herumlaufen dürfen ... um ihrer selbst willen und wegen der anderen. Aber Sie wissen sicher auch, wie es in diesem Land um die psychiatrische Betreuung bestellt ist, nicht wahr? Möglichst raus auf die Straßen mit den Verrückten. Sie verursachen da zwar ein paar Schäden und ein wenig Leid, aber das dauert nicht so lange. Und auf die Dauer ist es billiger für die Gesellschaft.«

Gunnar Barbarotti war in vielerlei Hinsicht der gleichen Meinung, und er wusste, dass auch Eva Backman ihnen zustimmte, aber er entschloss sich, Linda Erikssons Analyse nicht weiter zu kommentieren.

»Ja, so ist es nun einmal«, sagte er stattdessen. »Und vieles sollte natürlich anders eingerichtet sein, als es der Fall ist ... ich meine, was die Krankenbetreuung in diesem Land betrifft.

Aber was uns betrifft, so müssen wir jetzt versuchen herauszufinden, was tatsächlich passiert ist. Wir werden wahrscheinlich noch ein paar Mal mit Ihnen sprechen müssen. Wie können wir Sie erreichen?«

Linda Eriksson begann zum ersten Mal zu weinen. Eva Backman schob ihr einen Stapel Papiertaschentücher hin, sie putzte sich die Nase und wischte sich die Augen trocken.

»Ich würde gern zu meiner Familie nach Göteborg fahren«, sagte sie mit leiser Stimme. »Wenn das möglich ist.«

Barbarotti wechselte erneut einen Blick mit Backman und bekam einen bestätigenden Daumen als Antwort. »Das ist kein Problem«, sagte er. »Wir haben ja Ihre Adresse und Ihre Telefonnummer. Wahrscheinlich werden wir Sie morgen anrufen. Wie kommen Sie nach Göteborg?«

»Mein Mann holt mich ab, wenn ich ihn anrufe. Es dauert nur eine Stunde ... zwei, wenn man hin und zurück fahren muss.«

Gunnar Barbarotti nickte. Eva Backman nickte.

»Es gibt hier einen Ruheraum. Ist es in Ordnung, wenn Sie sich dort solange hinlegen und warten?«

»Danke«, sagte Linda Eriksson und folgte Eva Backman durch die Tür nach draußen.

Armer Teufel, dachte Gunnar Barbarotti. Und ... und hätte sie in der Küche angefangen, dann hätte sie zumindest den Rest der Wohnung nicht mehr sauber machen müssen.

»Was hältst du davon?«, fragte Eva Backman eine halbe Stunde später, als sie sich in den Besuchersessel in seinem Arbeitszimmer hatte sinken lassen.

»Und du selbst?«, parierte Gunnar Barbarotti.

»Grotesk«, sagte Eva Backman. »Vollkommen grotesk.«

»Glaubst du, sie hat sie in der Küche zerstückelt?«

»Im Badezimmer, wie Wilhelmsson sagt. Es waren deutliche Spuren zu finden.«

»In der Badewanne?«

»Eher an den Kacheln. Die Schwester hat ziemlich gründlich sauber gemacht, vielleicht Jane ja auch schon. Aber Blut ist nun einmal Blut.«

»Und wie lange ist es her?«

»Das konnte er nicht sagen. Aber offenbar schon eine ganze Weile.«

»Und wir sind uns da ziemlich sicher?«

»Du hast ihn doch selbst gesehen?«

Gunnar Barbarotti nickte. Auch wenn das Gesicht ein wenig mitgenommen gewesen war, so gab es doch keinen Zweifel. Einer der Köpfe gehörte Walter Hermansson, der am 20. Dezember letzten Jahres verschwunden war. Fast auf den Tag genau vor acht Monaten.

»Und du meinst nicht, wir hätten sie nach einer möglichen Verbindung fragen sollen?«

»Zwischen ihrer Schwester und der Familie Hermansson?«

»Ja.«

»Nein, das meine ich nicht. Nicht, bevor wir es nicht zu hundert Prozent wissen. Aber wenn wir den definitiven Bescheid bekommen, bevor sie wegfährt, gehe ich zu ihr und stelle ihr noch ein paar Fragen. Und was hältst du von dem anderen?«

Eva Backman zuckte mit den Schultern. »Dazu kriegen wir in den nächsten Stunden Bescheid. Ich habe keine Ahnung. Es kann Henrik Grundt sein, es kann aber auch jemand anderer sein. Wilhelmsson behauptet, dass der Körper verwester ist. Besonders der Kopf. Er scheint ein paar Tage gelegen zu haben, bevor sie ihn zerteilt und in den Gefrierschrank gepackt hat.«

Inspektor Barbarotti lehnte sich zurück und verschränkte die Hände im Nacken. Mit einem Mal spürte er, wie sich eine ungeheure Müdigkeit über ihn senkte. Und eine Hilflosigkeit. Er holte tief Luft, um die Sauerstoffzufuhr zu verbessern.

»Und wenn es nicht Henrik Grundt ist, mit dem wir es hier zu tun haben«, sagte er mit einer Art verhaltener, perverser Gründlichkeit, »dann gibt es also noch einen armen Kerl, der das Vergnügen hatte, von unserer kleinen Freundin Jane Almgren getötet und zerteilt zu werden. Willst du das damit sagen?«

»Nein, das sagst du«, stellte Eva Backman in ungefähr dem gleichen Ton fest. »Aber im Prinzip bin ich deiner Meinung. Entweder es ist Henrik Grundt oder es ist nicht Henrik Grundt. Und in letzterem Fall haben wir noch ein Fragezeichen mehr zu klären.«

Gunnar Barbarotti schaute auf die Uhr und dachte nach.

»Bergman ist dabei, eine Liste aufzustellen«, sagte er. »Über die Leute, mit denen wir reden sollen. Nachbarn, Sozialarbeiter, Therapeuten und so weiter …«

»Der Ehemann?«

»Der auch. Wenn wir ihn finden. Und die Mutter und der Bruder. Bergman war vor einer Stunde bei zweiundfünfzig Namen. Genau wie beim Kartenspiel. Ich frage mich nur …«

»Ja?«

»Ich frage mich nur, ob du nicht auch Lust hättest, im Älgen auf ein Bier und ein Brot vorbeizuschauen, bevor wir anfangen? Das sieht sehr nach Nachtarbeit aus.«

Eva Backman seufzte. »Ein kaltes Bier vor dem Krieg«, sagte sie. »Ja, das ist sicher keine dumme Idee. Ich muss vorher nur zu Hause anrufen und die Familie informieren.«

»Gut«, sagte Gunnar Barbarotti. »Ich muss auch ein paar Worte mit Sara reden.«

Eva Backman stand auf, doch statt das Zimmer zu verlassen, blieb sie einen Moment lang mitten im Raum stehen und schaute mit leicht abwesendem Blick nach draußen. Dann richtete sie ihre kornblauen Augen auf ihren Kollegen.

»Weißt du, was ich denke, Gunnar?«

Gunnar Barbarotti breitete die Arme aus.

»Ich denke, dass das alles ziemlich krank ist. Mein Gott, was werden die Zeitungen bringen, wenn sie diese Geschichte zu fassen kriegen. TV-Star tot in Gefrierschrank gefunden! Erstochen und zerteilt! Verdammte Scheiße, Gunnar, ich hätte doch tun sollen, was sie mir damals geraten haben. Papas Schuhgeschäft übernehmen und Rojne Walltin heiraten.«

»Wer zum Teufel ist denn Rojne Walltin?«

»Habe ich dir nie von Rojne erzählt?«

»Nein, nie.«

»Er hat eine Schuhladenkette in Borås und Vänersborg. Wenn wir uns zusammengetan hätten, dann hätten wir fast das Monopol gehabt. Und er hat sogar um mich angehalten.«

»Habt ihr irgendwelche Probleme, Ville und du?«

»Nicht die Bohne. Nun ja, jedenfalls nicht mehr als sonst.«

»Aha. Dann geh jetzt, ruf ihn an und sag ihm, dass du heute Nachtschicht fahren musst. Dann kommst du jedenfalls ums Unihockey rum.«

Eva Backman nickte und verließ das Zimmer. Gunnar Barbarotti blieb eine Weile mit den Füßen auf dem Schreibtisch sitzen und überlegte, ob er ein Existenzgebet für Den Herrn beten sollte. Doch es wollten sich weder die richtigen Worte noch die richtige Tippquote einstellen, deshalb ließ er es sein. Momentan lag Gott deutlich über der Grenzlinie, was in erster Linie an Marianne und Griechenland lag, durch die er seine Position deutlich verbessert hatte – und tief in seinem Inneren konnte Gunnar Barbarotti mittlerweile eine Stimme hören, die in regelmäßigen Abständen die bestechende Wahrheit aussprach, dass man leichter in der Welt zurechtkam, wenn es tatsächlich eine den Menschen wohlgesonnene höhere Macht gab. Und dass besagte Macht vielleicht nicht – langfristig betrachtet – unbedingt davon begeistert war, ihre Existenz die ganze Zeit in Frage gestellt zu sehen. Zufrieden mit seiner Fünfzig-Öre-Analyse wählte er die Nummer daheim, um ein paar Worte mit seiner Tochter zu wechseln. Sie ging jedoch nicht dran, worauf er die Nachricht hinterließ, dass er noch arbeiten müsse und es wohl spät werde. Dass es sich bei der Arbeit um ein Puzzle mit tiefgefrorenen Körperteilen zweier Menschen handelte, erwähnte er lieber nicht, als der gute, rücksichtsvolle Vater, der er trotz allem war.

28

Ebba Hermansson Grundt stieg aus der U-Bahn an der Station Skogskyrkogården aus. Ging den Nynäsvägen hinunter getreu der Anweisungen, die sie bekommen hatte, und erreichte Gamla Enskede. Sie war noch nie zuvor zu Besuch bei ihrer jüngeren Schwester gewesen und war erstaunt über die Klasse der Gegend. Leif und die Jungen waren vor ein paar Jahren einmal hier gewesen, sie selbst war damals verhindert gewesen. Vermutlich ein Kollege, der krank geworden war, sie konnte sich nicht mehr genau daran erinnern.

Die alten Holzhäuser waren größer und ansprechender, als sie gedacht hatte, auf großzügig gemessenen Grundstücken, mit gediegenem Obstbaumbestand. Als sie die Häuser unwillkürlich mit ihrem eigenen Standard daheim in Sundsvall verglich, begriff sie, dass Kristina sich um einige Stufen höher auf der Aufstiegsleiter der Gesellschaft befinden musste.

Aber es war nur eine äußerst automatische Beobachtung, nichts, was sie bekümmerte oder ihr einen Stich versetzte. Nach Henriks Verschwinden gab es keinen Platz mehr für weitere Stiche. Was sie selbst betraf, so war sie bereit, für den Rest ihrer Tage in einer Zweizimmerwohnung in einem Vorort zu leben, wenn nur ihr Sohn zurückkäme. Oder das eigene Leben zu verkürzen – warum eigentlich nicht? –, wenn auf diese Art und Weise Henrik wieder leben könnte.

Aber diese Art von Gleichungen hatten natürlich einen Haken: Sie funktionieren einfach nicht.

Sie bog in den Musseronvägen ein, und da fiel ihr ein, dass sie ein paar Blumen hätte kaufen sollen. Das könnte nicht schaden. War sie nicht vor nur fünf Minuten an einem Blumenladen vorbeigekommen? Bei dem kleinen Marktplatz. Sie blieb stehen und schaute auf die Uhr, stellte fest, dass es noch früh war, und kehrte um.

Stellte fest, dass sie für einen ganz kurzen, aber erschreckenden Moment vergessen hatte, warum sie hier war.

»Danke«, sagte Kristina, und es gelang ihr, auf irgendeine Art und Weise aufrichtig überrascht zu klingen. »Das wäre doch nicht nötig gewesen. Ich habe einfach keine Hand für Topfpflanzen.«

»Es ist eine Orchidee. Die braucht nur einmal im Monat Wasser.«

»Ausgezeichnet«, sagte Kristina. »Dann wird sie zumindest einen Monat lang überleben.«

»Es gibt mehr als dreitausend verschiedene Arten«, sagte Ebba.

»So viele?«, erwiderte Kristina.

Gut, dass ich sie gekauft habe, dachte Ebba. So haben wir wenigstens etwas, worüber wir zu Anfang reden können.

Kristina ging vor auf die Glasveranda, die zum Garten zeigte. Kaffee und irgendeine Art weicher Kuchen standen bereits auf dem Tisch. Sie machte Ebba ein Zeichen, sich in einen der beiden Korbstühle zu setzen. Keine Hausbesichtigung, keine Rituale. Das hatte sie auch nicht erwartet. Erst als der Kaffee eingeschenkt und probiert worden war, stellte Ebba fest, dass ihre Schwester schwanger war. Es war noch kein Bauch zu sehen, aber es war etwas mit ihrer Art zu sitzen, mit leicht gespreizten Beinen und geradem Rücken.

»Du bekommst ein Kind?«

Kristina nickte.

»Herzlichen Glückwunsch. Wie weit bist du?«

»Zwölfte Woche.«

Da ist noch etwas anderes, dachte Ebba plötzlich. Ihre Augen sehen irgendwie anders aus. Sie macht sich wegen irgendetwas Sorgen. Und ihr Kiefer ist angespannt, es sieht aus, als fühle sie sich hier nicht wohl. Es wunderte sie, dass sie in der Lage war, diese Beobachtungen zu machen, eingedenk dessen, wie sehr sie doch mit ihren eigenen Problemen beschäftigt war. Aber vielleicht ist das ja so bei Geschwistern, dachte sie. Wir können einander mit einem Blick durchschauen. Ob wir nun wollen oder nicht, es liegt in der Natur der Sache.

Andererseits war es vielleicht nicht besonders merkwürdig, dass Kristina über den Besuch nicht sonderlich erfreut war. Was Ebba verstehen konnte. Ihr ganzes Leben lang war sie ihrer großen Schwester unterlegen gewesen, so musste sie es jedenfalls empfunden haben, besonders in der Jugend – aber sie hat zumindest ein gutes Verhältnis zu den Kindern gehabt. Zu Ebbas Kindern wohlgemerkt. Henriks Verschwinden hatte sie natürlich auch getroffen. Und Walters. Kristina und Walter hatten einander immer sehr nahe gestanden, wie Ebba sich plötzlich erinnerte, sie selbst war diejenige, die sich von den beiden entfernt hatte. Sie war es, die einen Abstand geschaffen und darauf geachtet hatte, dass er erhalten blieb. Während sie hier saß und darauf wartete, dass sie einen Weg in eine Art von Gespräch finden würden, schoss ihr diese unleugbare Wahrheit durch den Kopf, und sie spürte, wie ihr etwas langsam die Kehle zuschnürte. Reiß dich zusammen, dachte sie mit einer Mischung aus Wut und Angst, mach was du willst, aber fang um Himmels willen nicht an, hier zu heulen!

Vielleicht spürte Kristina die Zerbrechlichkeit ihrer Schwester – las sie mit genau der gleichen schwesterlichen Automatik aus ihrer Haltung –, denn plötzlich tat sie etwas Ungewöhnliches. Ebba konnte sich nicht daran erinnern, jemals etwas Derartiges erlebt zu haben. Kristina beugte sich auf ihrem Stuhl vor und strich Ebba über den Arm.

Ganz einfach.

Es war eine Geste, die nicht mehr als eine Sekunde benötigte, um ausgeführt zu werden, die aber davon zeugte, dass … dass es etwas gab, das momentan nicht in Worte zu fassen war, dachte Ebba. Sie spürte einen kurzen Schwindel. Zwinkerte ihn fort und schaute Kristina in die Augen. Sah erneut diese Unruhe dort, diesen angespannten Ausdruck, der in keiner Weise mit dem Streichen über den Arm zusammenpasste. Ich muss jetzt anfangen, dachte sie. Ich muss jetzt reden, das Schweigen hat seine Grenzen.

»Ich weiß nicht, warum ich hier sitze«, sagte sie. »Ehrlich gesagt.«

»Ich auch nicht«, erwiderte Kristina.

»Vielleicht ja nur, weil ich diese Untätigkeit nicht mehr ertragen kann.«

»Du konntest Untätigkeit noch nie ertragen«, sagte Kristina.

Ebba räusperte sich. Das mit ihrer Kehle wollte nicht verschwinden.

»Es fällt mir so schwer, es zu ertragen, Kristina. Ich dachte, man könnte sich mit der Zeit daran gewöhnen, aber ich kann es nicht. Es wird nur immer schlimmer.«

Kristina erwiderte nichts. Sie saß nur da und biss sich auf die Unterlippe, den Blick irgendwo über und hinter Ebbas Kopf gerichtet.

»Mit jedem Tag wird es schlimmer. Ich muss versuchen herauszubekommen, was mit Henrik passiert ist.«

Kristina hob die Augenbrauen um einen Millimeter. »Ich verstehe nicht so richtig.«

»Was verstehst du nicht?«

»Was für einen Sinn das haben soll.«

»Ich weiß auch nicht, was für einen Sinn das haben soll, aber das Warten bringt mich zum Wahnsinn.«

»Zum Wahnsinn?«

»Ja, Untätigkeit macht mich wahnsinnig. Es muss …«

»Ja …?«

»Es muss doch an diesen Tagen etwas an Henrik gewesen sein. Etwas, das … ja, das ich nicht bemerkt habe.«

»Was meinst du?«

»Ich meine, dass er schließlich beschlossen hat, in dieser Nacht rauszugehen.«

»Ja, das scheint ja so.«

»Vielleicht hatte er es schon lange vorher beschlossen. Und … und da du doch mit ihm ziemlich viel geredet hast, ist dir vielleicht etwas aufgefallen? Das sind so meine Überlegungen.«

»Mir ist nichts Besonderes aufgefallen, Ebba«, sagte Kristina, den Blick immer noch auf diesen Punkt fixiert. »Und ich habe das schon hundert Mal gesagt.«

»Ich weiß, dass du das gesagt hast. Aber wenn du alles noch einmal im Nachhinein betrachtest, gibt es da wirklich nichts, was in deinem Gedächtnis auftaucht?«

»Nein.«

»Aber es müsste doch …«

»Liebe Ebba, glaubst du denn nicht, dass ich darüber schon nachgedacht habe? Seit es passiert ist, habe ich doch kaum etwas anderes getan. Ich habe mich Tag und Nacht gefragt.«

»Das kann ich mir denken. Aber worüber habt ihr geredet?«

»Wie bitte?«

»Worüber hast du mit Henrik geredet?«

»Wir haben über alles Mögliche geredet.«

»Alles Mögliche?«

»Ja.«

»Zum Beispiel?«

»Zum Beispiel über Uppsala. Es gefällt mir nicht, wenn du mich verhörst, Ebba.«

Der Klumpen im Hals drohte zu platzen. »Aber was soll ich denn tun, Kristina? Sag mir das. Du bist mir überhaupt keine Hilfe.«

Kristina zögerte eine Sekunde lang. Sie senkte den Blick und schaute ihrer Schwester in die Augen. »Ich bin dir keine Hilfe, weil ich dir nicht helfen kann«, erklärte sie langsam, fast als spräche sie mit einem Kind. »Es gibt wirklich nichts, was Henrik gesagt oder getan hat, was erklären kann, was passiert ist. Warum sollte ich dir etwas verheimlichen, Ebba, bist du so gut und sagst mir das?«

»Ich weiß es nicht«, sagte Ebba. »Nein, natürlich verheimlichst du nichts. Habt ihr ... habt ihr über mich geredet?«

»Über dich?«

»Ja. Oder überhaupt über die Familienbeziehungen? Vielleicht habt ihr Dinge angesprochen, die zu erfahren mir peinlich sein könnten? Wenn dem so ist, Kristina, dann bitte ich dich, alle Rücksichtnahmen in dieser Beziehung fahren zu lassen. Es ist vollständig unwichtig, ob ...«

»Wir haben nicht über dich geredet, Ebba. Und über die Familie auch nicht.«

Ebba machte eine Pause und fummelte an ihrer Kaffeetasse herum. Stellte sie zurück auf die Untertasse, ohne getrunken zu haben.

»Uppsala? Was habt ihr über Uppsala gesprochen?«

»Henrik hat ein wenig über sein Studium erzählt. Wie er wohnt und so weiter.«

»Und Jenny?«

»Ja, er hat sie erwähnt.«

»Ja und?«

»Ich habe es nicht als etwas Ernsthaftes aufgefasst.«

»Weißt du, dass die Polizei sie nicht gefunden hat?«

»Ja .... nein ... wie meinst du das?«

»Sie haben diese Jenny nicht gefunden.«

»Ja und?«

»Findest du das nicht etwas merkwürdig?«

»Warum sollte das merkwürdig sein?«

»Er hatte nicht einmal ihre Telefonnummer notiert.«

»Was meinst du damit, Ebba?«

»Ich meine gar nichts. Ich sage nur, dass ich es merkwürdig finde.«

»Glaubst du, Jenny hat etwas mit Henriks Verschwinden zu tun?«

Ebba zuckte resigniert mit den Schultern. »Ich weiß es nicht. Es ist ja alles so fürchterlich merkwürdig. Und wie passt Walter da ins Bild?«

Kristina seufzte. »Liebste Ebba, das führt doch zu nichts. Es stimmt schon, das, was passiert ist, ist einfach unbegreiflich. Es war letztes Jahr unbegreiflich und ist es immer noch. Aber es bringt nichts, darin herumzuwühlen, kannst du das nicht begreifen? Wir müssen weitermachen mit dem, was wir haben, und uns auf andere Dinge konzentrieren … wenn wir jemals erfahren werden, was mit Walter und Henrik passiert ist, dann wird das nicht an dem liegen, was wir selbst herauskriegen oder gekriegt haben. Du musst deine Energie nutzen, um vorwärtszugehen, Ebba, nicht rückwärts.«

»Willst du damit sagen, dass du mir nicht helfen willst?«

»Ich *kann* dir nicht helfen, das will ich damit sagen.«

»Aber was glaubst du dann, Kristina? So viel kannst du mir doch wohl anvertrauen. Was glaubst du selbst, was wohl mit Walter und Henrik passiert ist?«

Kristina lehnte sich in ihrem Korbsessel zurück und betrachtete ihre Schwester mit einer Miene voller … ja, voller was?, dachte Ebba. Mitleid? Distanzierung? Ekel?

»Ich glaube gar nichts, liebe Ebba. Ich glaube absolut gar nichts.«

»Leben sie … du kannst mir doch zumindest sagen, ob du glaubst, ob einer von ihnen noch lebt?«

Die Stimme trug nicht, es wurde eher ein Flüstern. Kristina hatte wieder diesen Ausdruck in den Augen, der nicht richtig zu deuten war, jetzt umklammerte sie dabei auch noch mit den Händen die Armlehnen. Ein paar Sekunden lang sah es aus, als könne sie sich nicht entscheiden.

Ob sie aufstehen sollte oder nicht. Ob sie antworten sollte oder nicht. Schließlich holte sie tief Luft, entspannte sich und ließ die Schultern sinken.

»Ich glaube, sie sind tot, Ebba. Es wäre einfach dumm, weiterhin rumzulaufen und sich etwas anderes einzubilden.«

Zehn Sekunden lang blieb es still.

»Danke«, sagte Ebba dann. »Danke, dass ich wenigstens mit dir reden durfte.«

Sie blieb am Fenster stehen und sah, wie ihre Schwester durch die Pforte hinausging. Als sie den Musseronvägen hinunter verschwunden war, spürte sie plötzlich, dass sie sich nicht bewegen konnte. Eine eiskalte Lähmung pflanzte sich von den Fußsohlen bis hinauf zur Kopfhaut, und gleichzeitig begann auch ihr Blickfeld zu schrumpfen. Sie wurde rückwärts durch einen sich schnell zusammenziehenden Tunnel gezogen, und Sekunden, bevor sie in Ohnmacht fiel, gelang es ihr noch, den Fall ein wenig abzumildern, indem sie die Knie beugte und sich nach vorn kippen ließ.

Kurze Zeit später wachte sie auf dem Flurfußboden wieder auf, krabbelte auf allen Vieren zur Toilette und übergab sich. Übergab sich, als müsste nicht nur der Mageninhalt hinaus, sondern alles andere auch. Gedärme, Eingeweide, das Leben selbst.

Ihr ungeborenes Kind.

Doch sie zerriss nicht. Bekam von irgendwoher ungeahnte Kräfte, das Kind blieb in ihr, sie spritzte sich kaltes Wasser ins Gesicht, fuhr sich mit einer Bürste durchs Haar, richtete sich auf, schaute sich im Spiegel an. Ich habe es geschafft, dachte sie verwundert. Es hat geklappt.

Dann kehrte sie zurück zur Terrasse. Deckte Kanne, Tassen und Kuchen ab.

Warf die feingliedrige Orchidee in den Mülleimer und brachte ihn hinaus in den Abfall. Alle Spuren waren beseitigt.

29

Die Boulevardzeitungen feierten Orgien.

BERÜHMTER FERNSEHSTAR ERSTOCHEN

stand auf dem Titelblatt der einen.

WICHS-WALTER ZERSTÜCKELT IN GEFRIERBOX

behauptete die andere. Insgesamt waren der Geschichte sechzehn Seiten gewidmet, und nachdem die Dokusoap Fucking Island inzwischen glücklicherweise im Volksgedächtnis in Vergessenheit geraten war, wurde sie nunmehr zur erneuten Begutachtung wieder hervorgeholt. Einigen zur Freude, anderen zur Warnung, wie man wohl annehmen konnte. Unter anderem wurde – in beiden Zeitungen – die traurige Neuigkeit bekannt gegeben, dass Miss Hälsingland '96, die zusammen mit dem Eishockeyhengst Gurkan Johansson vor so ziemlich genau neun Monaten den Pott mit 3.1 Millionen Kronen nach Hause getragen hatte und die just in diesen Tagen mit der Frucht der geglückten Liebesgeschichte des Paares niederkommen sollte, im Februar eine Fehlgeburt gehabt hatte – und im gleichen Atemzug Gurkan verlassen hatte zugunsten eines zwanzigjährigen, reichlich tätowierten Sängers einer Gothic-Hardrock-Band aus Skene.

Während er ein fünfzehnminütiges, verspätetes Mittagessen

zu sich nahm – bestehend aus einem Käse- und einem Schinkenbrot, einer Banane sowie zwei Dezilitern Apfelsaft –, überflog Gunnar Barbarotti kurz beide Zeitungen und warf sie anschließend mit einer verärgerten Geste in den Papierkorb.

»Ja, wir sind Tagesgespräch, das lässt sich nicht leugnen«, stellte Eva Backman fest, die in diesem Moment durch die Tür hereinkam. »Wann ist die Pressekonferenz?«

»In einer Viertelstunde. Warst du bei den Vernehmungen dabei?«

Eva Backman zuckte mit den Schultern. »Nur kurz. Es scheint nichts dabei rauszukommen.«

»Nichts?«

»Zumindest nicht auf den ersten Blick.«

»Was sagen die Ärzte?«

Eva Backman setzte sich. »Wir haben mit dreien geredet, zwei haben möglicherweise etwas zu erzählen. Aber es gab wohl eine ziemliche Fluktuation. Die drei meinen auf jeden Fall, es wäre wünschenswert gewesen, wenn Jane Almgren größtenteils in geschlossenen Einrichtungen gewesen wäre.«

»Tatsächlich?«, fragte Gunnar Barbarotti. »Ja, zu dem Schluss wäre ich wohl auch gekommen.«

»Aber nachdem die Politiker jede Art von psychologischer Betreuung wegreformiert haben, ist es halt so gekommen, wie sie behaupten. Andererseits gab es nichts in Jane Almgrens Krankheitsbild, das darauf hinwies, dass ... ja, dass sie so verrückt war.«

»Keine besonders überraschenden Standpunkte, oder?«

»Nein, wohl kaum. Die Geschichte, dass sie versucht hat, ihre frühere Familie umzubringen, hat auch keine größere Relevanz, wie zumindest einer von ihnen meinte. Dagegen ist eine Medikation angeordnet worden.«

»Ach, und wenn sie die Medikamente nicht nimmt ..?«

»Das ist dann etwas, was niemandem zur Last gelegt werden kann. Ja, ich glaube auf jeden Fall, dass wir nichts gewinnen, wenn wir hier anfangen, Sündenböcke zu suchen und das Pflegesystem angreifen. Eigentlich …«

»Ja?«

»Eigentlich weiß ich nicht so recht, worauf wir uns eigentlich konzentrieren sollen. Schließlich haben wir trotz allem den Mörder gefunden. Oder was meint der Herr Inspektor? Der Fall ist auf jeden Fall gelöst.«

Gunnar Barbarotti schaufelte einen Stapel Papiere vom Schreibtisch, damit Platz für seinen Ellenbogen blieb. Stützte den Kopf in die Hände. »Vielleicht nicht so ganz«, wandte er ein. »Du vergisst, dass wir ein nicht identifiziertes Opfer haben.«

»Danke, dass du mich daran erinnerst«, sagte Eva Backman, schob sich zwei Kaugummistreifen in den Mund und begann nachdenklich zu kauen. »Was glaubst du, wer es ist? Oder war?«

»Gute Frage«, sagte Gunnar Barbarotti und nahm eines der Papiere hoch, die sich immer noch auf seinem Schreibtisch befanden. Warf kurz einen Blick darauf. »Laut Wilhelmsson handelt es sich um eine männliche Person um die Fünfunddreißig, Vierzig. Vermutlich eine etwas verkommene Existenz. Kaputte Zähne, Spuren von Injektionsspritzen …«

»Ja, das habe ich gehört. Kurz und gut ein Junkie. Wie lange lag er im Gefrierschrank?«

»Lange. Vielleicht sogar länger als unser Freund Walter. Es wird noch ein paar Tage dauern, aber wir werden auch auf diese kleine Frage demnächst eine Antwort bekommen.«

»Gibt es eine Verbindung?«

»Was für eine Verbindung?«

»Zwischen ihm und Walter.«

Gunnar Barbarotti kratzte sich am Kopf. »Woher zum Teufel soll ich das wissen? Wahrscheinlich haben wohl beide Jane Almgren gekannt, wie zu vermuten ist. Da hast du jedenfalls eine Verbindung.«

Eva Backman verzog kurz den Mund. »Schon gut, Herr Schutzmann, sei nicht so empfindlich. Lass uns lieber freuen, dass wir zumindest eine Mörderin haben. Auch wenn sie tot ist. Irgendwie ist es ein bisschen falsch herum dieses Mal, findest du nicht auch? Das Puzzle scheint fertig zu sein, obwohl ein Teilchen fehlt.«

»Fertig?«, schnaubte Gunnar Barbarotti. »Was zum Teufel redest du da? Wir können ... jetzt hör mal zu, wir können aus guten Gründen annehmen, dass Jane Almgren Walter Hermansson ermordet hat. Aus genauso guten Gründen können wir annehmen, dass sie ihn zerteilt und in den Gefrierschrank gestopft hat. Zusammen mit einem anderen armen Teufel, der wahrscheinlich bereits drinnenlag. Soweit ich verstehe, ist das alles, was wir bis jetzt mit einigermaßen großer Sicherheit wissen. Wir haben tausend Fragen und nur eine Antwort, nämlich, dass die Mörderin Jane Almgren heißt. Und nicht einmal dessen können wir wirklich sicher sein, deshalb denke ich ...«

»Beruhige dich«, unterbrach Backman ihn. »Ich meine doch nur, dass es ungewöhnlich ist, dass wir wissen, wie der Täter heißt, bevor wir wissen, wer das Opfer ist. Normalerweise läuft das doch andersherum. Aber es ist auch mir vollkommen klar, dass Henrik Grundt immer noch als verschwunden zu betrachten ist.«

»Gut«, sagte Gunnar Barbarotti. »Dann sind wir uns darin wenigstens einig.«

»Und wir werden schon herauskriegen, wer der Mitbewohner von Walter war, davon bin ich überzeugt. Es gibt ein paar hundert Vermisste, die nur darauf warten, überprüft zu werden ... du bist doch trotz allem meiner Meinung, dass wir dank Jane Almgren ein Stück weiter gekommen sind?«

»Ja, ja«, seufzte Gunnar Barbarotti. »Aber in welcher Richtung? The road to hell, oder worum handelt es sich hier?«

Eva Backman warf ihren Kaugummi in den Papierkorb und stand auf.

»Ich versuche doch nur, dich ein bisschen aufzumuntern«, sagte sie. »Aber das bringt anscheinend nichts. Dann viel Glück mit der Pressekonferenz. Ich denke, du solltest dich langsam auf den Weg machen. Und pass auf, dass du nicht mit den Zähnen knirschst, das macht keinen guten Eindruck.«

Gunnar Barbarotti zog sich das Jackett über und folgte ihr durch die Tür hinaus.

»Wenn dieser glatzköpfige Idiot von GT da ist, dann erwürge ich ihn«, erklärte er verbissen.

»Mach nur, Superbulle«, sagte Eva Backman. »Ich kann ihn dann für dich zerteilen und einfrieren, wenn du zu beschäftigt bist.«

So sollte eine Frau nicht reden, dachte Gunnar Barbarotti, doch er sagte es nicht.

Als er an diesem Abend nach Hause kam, war es halb elf Uhr, und Sara saß in der Küche mit einem Franzosen. Der hieß Yann und hatte in Kymlinge auf dem Weg vom Nordkap zurück nach Paris Station gemacht. Sie fuhren in einem alten, umgebauten VW-Bus, wie Sara erzählte, vier junge Männer aus Paris – man hatte sich im Gartencafé des Stadthotels getroffen, wo Sara mit einigen Freundinnen die Sommerferien ausklingen ließ, und sie hatte Yann zu einer Tasse Tee zu sich eingeladen, da sie ihn außerordentlich nett fand.

Gunnar Barbarotti, der ungefähr zwanzig französische Floskeln sowie einen dreizehnstündigen Arbeitstag im Gepäck hatte, brummte ein phantasievolles »Bonsoir« und versuchte dem jungen Adonis zuzulächeln. Er sah, dass Sara seine Verlegenheit bemerkte, aber ihm trotzdem nicht zu Hilfe kam.

»Eine Frau hat angerufen«, sagte sie stattdessen.

»Eine Frau?«

»Ja. Sie heißt Marianne und hat behauptet, sie sei eine Bekannte von dir. Aus Helsingborg. Sie klang sympathisch, du musst vergessen haben, mir von ihr zu erzählen, Paps.«

»Nein, ja …«, sagte Gunnar Barbarotti.

»Ich habe ihr gesagt, dass du noch bei der Arbeit bist, sie meinte, sie würde dann später wieder anrufen.«

Der Franzose sagte etwas, was er nicht verstand, und Sara lachte. Gunnar Barbarotti flocht ein vorsichtiges »Salut« ein und verließ die Küche.

Wenn ich in einer halben Stunde höre, dass er immer noch da ist, werfe ich ihn hinaus, beschloss er, als er sich unter die Dusche stellte. Kommt hierher und schmeißt sich mit seinen französischen Vokabeln an meine Tochter ran.

Sie rief tatsächlich an. Er war gerade ins Bett gekrochen, und sie entschuldigte sich dafür, dass es schon so spät war.

»Das macht nichts«, versicherte Gunnar Barbarotti ihr. »Ich bin sowieso noch nicht im Bett.«

»Das kann ich mir denken. Ich habe dich im Fernsehen gesehen. Du hast so flott ausgesehen, dass ich mich nach dir gesehnt habe. Und du machst so einen talentierten Eindruck, weißt du das eigentlich? Wie geht es dir?«

Gunnar Barbarotti schluckte. Eine heiße Mittelmeernacht unter einem klaren, sternenübersäten Himmel kam plötzlich über ihn. Eine Terrasse mit Matratzen auf dem Boden – und Ouzogläser und Oliven und eine nackte Frau mit wogenden Brüsten, die auf ihm ritt … mein Gott!

»Gut«, brachte er heraus. »Und wie geht es dir?«

»Auch gut. Aber ich sehne mich ein wenig nach dir … wie schon gesagt.«

Wir hatten doch vereinbart, einen Monat nichts voneinander hören zu lassen, dachte er. Es sind nicht einmal zwei Wochen vergangen. Aber es erschien etwas kleinlich, darauf hinzuweisen. Eva Backman hatte behauptet, er sei kleinlich.

»Ich hätte auch nichts dagegen, dich zu sehen«, hörte er sich sagen. »Obwohl ich im Augenblick gerade sehr viel zu tun habe.«

»Das kann ich mir vorstellen«, sagte sie. »Ich wollte nur anrufen und dir eine gute Nacht wünschen. Und dich daran erinnern, dass es mich gibt.«

»Ich weiß, dass es dich gibt«, versicherte er poetisch.

»Und wenn ich Samstag wieder anrufe und dir vorschlage, dass wir uns treffen, dann sagst du nicht nein?«

»Würde mir nie im Leben einfallen«, sagte Gunnar Barbarotti. »Schlaf gut, Marianne.«

Eineinhalb Stunden später war er immer noch nicht eingeschlafen. Allen Anzeichen nach war der Franzose fortgegangen. Was Gunnar Barbarotti jedoch beunruhigte, war die Möglichkeit, dass auch Sara gegangen sein könnte. Aber er wollte es nicht kontrollieren. In den letzten zwanzig Minuten hatte er kein Geräusch gehört, weder aus der Küche noch aus ihrem Zimmer – aber er hatte auch nicht bemerkt, dass die Wohnungstür geöffnet und geschlossen worden war. Zum Teufel noch mal, dachte er. Und wenn seine eigene Tochter jetzt in ihrem Bett lag und von einem zweifelhaften Franzosen verführt wurde!

Das war mehr, als er ertragen konnte. Er hatte sich selbst klargemacht, dass Sara inzwischen achtzehn Jahre alt war und dass er selbst sein sexuelles Debüt im Alter von sechzehn gehabt hatte. Aber das war irrelevant, und Letzteres war kein Erlebnis gewesen, das er seiner geliebten Tochter wünschte.

Andererseits wünschte er auch nicht das Erlebnis, dass er seinen Kopf bei ihr ins Zimmer steckte, während sie gerade nackt in den Armen eines Franz … verflucht noch mal!, dachte er. Ich ertrage es nicht. Ich bin primitiv wie ein Gorillamännchen und vorurteilsvoll wie ich weiß nicht was. Wer bin ich denn, dass ich mich in ihr Leben mische? Vor gar nicht langer Zeit habe ich in meinem Gedächtniskino gesehen, wie eine nackte Frau auf mir saß. Es ist ja wohl vollkommen normal, wenn …

Aber dieser Pferdeschwanz! Er hatte einen Pferdeschwanz,

dieser Yann. Wenn es etwas gab, das Gunnar Barbarotti nur schwer ertrug, dann war es ein Mann mit Pferdeschwanz. Das war wie …

Blödsinn!, protestierte sein Über-Ich. Du bist nur eifersüchtig, du väterliche Glucke! Misch dich nicht in das Leben deiner mündigen Tochter ein!

Und so weiter. Die Gedanken rumpelten nur halb ausgegoren und fast hysterisch in seinem Kopf herum, aber mitten in diesem trostlosen Ringkampf hörte er plötzlich das Klicken der Wohnungstür. Er setzte sich im Bett auf und lauschte angestrengt … das war … das war Sara, die nach Hause kam. Nur eine Person? Er lauschte weiter, spitzte die Ohren und versuchte die Geräusche vom Flur zu analysieren. Ja, nur eine.

Gut. Erleichtert seufzte er tief. Sara hatte mit dem Franzosen einen kleinen Spaziergang gemacht. Sie hatten sich vor dem VW-Bus getrennt, und er hatte die Erlaubnis bekommen, ihr einen kleinen Kuss auf die Wange zu geben. Sie hatten sich versichert, Kontakt zu halten, hatten ihre E-Mail-Adressen ausgetauscht, und morgen würde er sich bereits auf der Autobahn durch Dänemark und Deutschland befinden. Ausgezeichnet.

Gunnar Barbarotti schaute auf die Uhr. Zwanzig Minuten vor eins. Jetzt lege ich mich mit gefalteten Händen auf den Rücken und denke so lange über den Fall Jane Almgren nach, bis ich einschlafe, beschloss er.

Das dauerte noch einmal fünfundvierzig Minuten, und als er einschlief, gab es immer noch genauso viele Fragezeichen wie vorher. Aber er hatte sie zumindest in seinem Kopf aufgelistet, immerhin.

Und sie gezählt. Vier Stück. Natürlich Hunderte kleiner, aber genau besehen waren es nur vier große Fragezeichen.

Das erste betraf die Verbindung zwischen Jane Almgren und Walter Hermansson. Obwohl inzwischen anderthalb Tage vergangen waren, seit Linda Eriksson ihre makabre Entdeckung in der Wohnung ihrer Schwester in der Fabriksgatan gemacht hatte, war es ihnen nicht gelungen, irgendeinen Zusammenhang zu finden.Falls es überhaupt einen gab. Vielleicht hatten die beiden sich einfach in dieser Nacht irgendwo in der Stadt getroffen, und Jane hatte Walter mit nach Hause geschleppt. Ihn getötet und zerstückelt. Es gab einiges, was für diese Version sprach, wie Gunnar Barbarotti fand, und er meinte zu wissen, dass auch Eva Backman diese Theorie vertrat. Zwar hatte Jane schon früher in ihrem Leben eine Zeit lang in Kymlinge gelebt. Das war vor vielen Jahren gewesen – während Walter Hermansson noch in der Allvädersgatan daheim bei seinen Eltern wohnte. Aber sie waren nie in dieselbe Schule gegangen. Außerdem war Walter zwei Jahre älter – und von den Menschen, mit denen sie bisher hatten sprechen können, hatte niemand eine Beziehung zwischen den beiden herstellen können.

Vielleicht, dachte Gunnar Barbarotti, während er dalag, ins Dunkel starrte und dem Regen lauschte, der vorbeizog und einen Rap aufs Fensterblech trommelte, vielleicht war es auch ganz einfach nur so, dass sie ihn vom Fernsehen wiedererkannte? Konnte es so infam sein? War das der Grund für sein trauriges Schicksal gewesen?

Wenn sie ihn sich überhaupt gezielt ausgesucht hatte. Wenn es nicht nur der reine Zufall gewesen war, dass ausgerechnet er hatte dran glauben müssen, wie gesagt. Man durfte nicht vergessen, dass sie nicht ganz normal war.

Auf jeden Fall Fragezeichen Nummer zwei. *Der andere?* Wer war er? Gab es eine Verbindung zwischen ihm und Walter Hermansson? Zwischen ihm und Jane? Und wann war er gestorben? Es gab überzeugende Gründe dafür, anzunehmen, dass Walter seine Tage irgendwann um den 20. Dezember herum beendet hatte – aber wie war es mit seinem Unglückskameraden im Eis? Wie lange hatte der dort gelegen? Es würde ein paar Tage dauern, das herauszufinden, aber in gut einer Woche würde man das wohl sagen können.

Ein Junkie? War es Walter Hermansson so schlecht gegangen, dass er in diese Kategorie passte? Barbarotti nahm das nicht an, es gab nichts, was darauf hindeutete, dass er Drogen in größerem Umfang genommen hatte, es wäre sehr überraschend gewesen, wenn ihnen so etwas entgangen wäre, nachdem sie mehr als ein halbes Jahr in seinem Leben gewühlt hatten.

Wenn es überhaupt einen Sinn hatte, nach Berührungspunkten zwischen den Gefrierschrankkumpanen zu suchen.

Nummer drei ... Gunnar Barbarotti hatte schon immer leidenschaftlich gern Listen aufgestellt, in jüngeren Jahren hatte er Schreibhefte voll mit Aufzeichnungen über alles Mögliche: alle Fußballspieler der höchsten Spielklasse, italienische Städte, Astronauten, afrikanische Tiere, die höchsten Gebäude der Welt und Staatsoberhäupter, die ermordet wurden ... Nummer drei also: *Warum?*

Das war eine außerordentlich wichtige Frage – wobei er sich fragte, ob sie wohl jemals eine befriedigende Antwort darauf bekommen würden. Die Antwort darauf, warum man zwei Männer tötet, sie zerteilt und in seinem Gefrierschrank aufbewahrt ... ja, so ein Motiv lag wahrscheinlich ziemlich gut verborgen in den inneren finsteren Höhlen solch einer Täterin. Wie üblich. Das war nichts, was ein einfacher Kriminaler so einfach verstehen und verdauen konnte. Und die Tatsache, dass sie außerdem selbst tot war, bedeutete, dass man sie nicht mehr fragen konnte – und vermutlich, dachte Gunnar Barbarotti, vermutlich war es ebenso gut, es gar nicht zu wissen.

Es gab natürlich eine geringe Chance, dass Jane Almgren nicht die Täterin war. Wie er Backman schon erklärt hatte. Dass sie sozusagen einfach nur ihren Gefrierschrank zur Verfügung gestellt hatte – aber momentan hatte er keine Lust, sich ernsthaft eine andere Lösung vorzustellen. Das würde das Bild nur noch komplizierter machen, und es war schon so schlimm genug. Mehr als genug.

Und zum Vierten? Ja, wenn man es genau betrachtete, dann war das natürlich die wichtigste Frage überhaupt. Die ihm keine Ruhe ließ. Daran bestand kein Zweifel.

Henrik Grundt. Als die Nachricht morgens eintraf, dass der zweite Körper im Gefrierschrank nicht Walter Hermanssons Neffen zuzuordnen war, hatte Gunnar Barbarotti ein sonderbar gespaltenes Gefühl aus Frustration und Erleichterung verspürt.

Frustration darüber, dass man immer noch ein Rätsel zu lösen hatte. Erleichterung darüber, dass es immer noch die winzige Chance gab, dass der Junge am Leben war.

Aber sie war nicht groß, diese Chance, er war der Erste, der das zugab. Er hatte die Wahrscheinlichkeit, dass Henrik Grundt noch lebte, sehr eingehend mit Eva Backman diskutiert, und sie waren sich darin einig gewesen, dass die Möglichkeit bei rund einem Prozent lag. Höchstens. Menschen verschwanden, um ein neues Leben anzufangen, das kam vor. Sie besorgten sich neue Identitäten an neuen Orten aus dem einen oder anderen Grund – aber dass Henrik Grundt, neunzehn Jahre alt, so einen Grund gehabt haben sollte und so eine Entscheidung getroffen hätte … nein, das erschien ihnen wirklich nicht besonders wahrscheinlich. Sicher, er hatte ein Geheimnis mit sich herumgetragen, was seine sexuelle Veranlagung betraf, sie hatten diese Tatsache seinen Eltern bis jetzt noch nicht mitgeteilt – wobei etwas unklar war, warum sie diese Entscheidung getroffen hatten, aber vielleicht handelte es sich einfach darum, dass sie die Sache für Vater und Mutter nicht noch schlimmer machen wollten.

Dass dieses Geheimnis Henrik dazu hätte bewegen können, einen so drastischen Schritt zu tun und alles hinter sich zu lassen – seine Eltern und seinen Bruder in der Vorhölle der Verzweiflung zurückzulassen, in der sie sich jetzt zweifellos befanden –, erschien aus guten Gründen unwahrscheinlich. Sie hatten das vor acht Monaten so gesehen, und die gleiche Einschätzung teilten sie auch heute, nachdem sie erfahren hatten, welch schreckliches Schicksal Henriks Onkel ereilt hatte.

Und dennoch. Zu guter Letzt – oder eher Fragezeichen Nummer 4b: Gab es tatsächlich keinerlei Verbindung? Gab es wirklich keinen Zusammenhang? Konnte es tatsächlich so sein, dass zwei Menschen aus der gleichen Familie und von der gleichen Adresse innerhalb von vierundzwanzig Stunden verschwanden? Ohne dass das eine mit dem anderen zu tun hatte? Wie hoch war die Trefferquote, dass so etwas passieren konnte?

Auch das war ein Problem der Wahrscheinlichkeitsrechnung, das er seit mehreren Monaten mit Eva Backman diskutierte, natürlich nicht ununterbrochen, aber ab und zu und in regelmäßigen Abständen – und kurz bevor er an diesem sich so lang hinziehenden Donnerstag einschlief, beschloss Gunnar Barbarotti, wenn es eine wissenschaftliche Behauptung gab, die *nicht* mit den Ereignissen in der Allvädersgatan in Kymlinge zu tun hatte, dann war es folgende: die Wahrscheinlichkeitsquote. Was er am nächsten Tag Kollegin Backman erklären wollte.

Zufrieden mit dieser Feststellung und diesem Beschluss drehte er das Kopfkissen um und begann von einer nachtwarmen Dachterrasse in der griechischen Stadt Helsingborg zu träumen.

30

Karl-Erik hatte ein Mietauto am Flughafen reserviert, und als sie auf die Autobahn bogen, hoffte Rosemarie Wunderlich Hermansson, dass sie mit einem Elch zusammenstießen.

Sie war nicht mehr hier gewesen, seit sie am ersten März fortgezogen waren. Fast sechs Monate, doch es erschien ihr wie sechs Jahre. Oder vielleicht auch nur sechs Sekunden. Schweden schien unverändert fremd und aufdringlich vertraut zugleich zu sein wie … wie eine Eiterbeule, die man wegoperiert hatte und die trotzdem wiederkam. Oder wie ein Krebsgeschwür.

Mein altes Leben ein Krebsgeschwür?, dachte sie. Ist es mir so erschienen? Und warum tauchten diese merkwürdigen Bilder überhaupt in ihrem Kopf auf? Elche und Krebsgeschwüre? Auf dem Weg zur Beerdigung ihres Sohnes. Obwohl das vielleicht gar nicht so merkwürdig war. Ein drückend heißer Sommermonat schien über der Landschaft zu liegen, durch die sie fuhren, die gelobte Zeit der Kanadagänse und der Algenblüte in den Lehmseen, vielleicht widmeten ja die Leute derartigen Dingen ihre Gedanken, wenn sie der Wahrheit nicht mehr in die Augen sehen mochten und konnten. Suchten sich die Rosinen aus dem Kuchen.

Sarg oder Urne?, waren sie gefragt worden. Wie wünschen Sie es?

Kann man einen zerstückelten Körper in einen Sarg legen? Fügte man ihn in diesem Fall irgendwie zusammen, oder was machte man? Hatte man Walter bereits zusammengefügt? Ihn irgendwie zusammengeleimt? Seinen Kopf auf seinen Hals gesetzt und sein … jedes Mal, wenn sie sich diesen Gedanken und diesen Fragen näherte, hatte sie das Gefühl, als wollten ihre eigenen Eingeweide zerbersten.

Ablenkung, hatte der braungebrannte Therapeut in Nerja gesagt. Frau Hermansson braucht Ablenkung. Etwas, womit sie sich beschäftigen kann, das ist übrigens ein ziemlich übliches Leiden hier unten. Die Untätigkeit. Dann können sich leicht trübsinnige Gedanken einstellen, wenn man nichts Sinnvolles hat, dem man seine Zeit widmen kann.

Sinnvolle Ablenkungen?, hatte sie gedacht. Nein, danke. Im Mai war sie zu dem Mann gegangen. Nach dem zweiten Besuch hatte sie die Therapie abgebrochen. Süßer Málagawein funktionierte in jeder Hinsicht besser, und für den Preis einer Konsultation konnte sie sich acht Flaschen kaufen. Und nicht von der billigsten Sorte.

Sie hatte sich daran gewöhnt und einen gewissen Rhythmus eingeführt. Immer zwei Eiswürfel. Ein Glas morgens. Nummer zwei draußen am Vormittag, während Karl-Erik unterwegs war, um irgendetwas zu erledigen. An der Schlafzimmerwand hing eine Karte über ganz *Andalucía*, und mit Hilfe von Stecknadeln mit kleinen blauen oder gelben Köpfen markierte er jeden Ort, den er besucht hatte. Frigiliana. Medosa Pinto. Servaga. Natürlich auch die richtigen Städte. Ronda. Granada. Córdoba. Wenn er daheim war, saß er meistens und schrieb irgendetwas, sie wusste nicht, was. Sie sprachen immer weniger miteinander, suchten nie körperlichen Kontakt, aber sie hatte nichts gegen den Zustand der Dinge einzuwenden. Überhaupt nichts.

Den dritten als Dessert nach dem Mittagessen.

Anschließend kam die beste Zeit des Tages, die drei Stunden lange Siesta. Und dann drei Gläser am Abend, das letzte direkt vor dem Schlafengehen. Wenn ihr jemand vor einem Jahr – in diesem früheren, entfernten Krebsgeschwür – prophezeit hätte, dass sie gut eine Flasche Wein am Tag tränke, hätte sie den Betreffenden nicht ernst genommen.

Aber soweit war es also gekommen. Manchmal, wenn die Nachbarin, eine gewisse Deirdre Henderson aus Hull, anwesend war – auf der eigenen oder der Nachbarterrasse –, konnten es noch mehr werden. Und das besonders, wenn Mister Henderson und Karl-Erik sich auf dem Zwanzig-Loch-Golfplatz befanden. Es war so viel einfacher mit ein paar Gläsern im Leib, Englisch zu sprechen, es war sogar schon vorgekommen, dass Deirdre angefangen hatte, Deutsch zu sprechen.

Ich bin eine besoffene alte Handarbeitslehrerin, dachte sie häufig, wenn sie nach so einem Abend ins Bett wankte.

Und es gibt niemanden, den das interessiert. Außerdem hatte sie innerhalb eines halben Jahres fünf Kilo zugenommen.

Aber jetzt saß sie hier im Auto ohne einen Tropfen Málagawein im Blut. Nur ein paar beruhigende Tabletten – die sie schläfrig machen sollten, aber nicht taten. Das war wohl auch der Grund dafür, dass sie sich diesen Elch wünschte. Es war erst Viertel nach elf vormittags, und wie sie diesen Tag durchstehen sollte, daran wagte sie gar nicht zu denken. Die Beerdigung war auf drei Uhr festgesetzt. Anschließend Kaffee und Kuchen im Gemeindehaus. Danach ein kleines Essen in aller Schlichtheit mit der Familie im Hotel – und irgendwann, irgendwann nach dieser unendlichen Aneinanderreihung von Sekunden, Minuten, von Menschen, Stunden und unerträglichen Gedanken, irgendwann würde der Zusammenbruch kommen, das wusste sie. Es erschien ihr so unausweichlich wie ein … ja, wie ein Gewitter nach einem heißen Julitag am See Tisaren in Närke, wo sie einige der schönsten Sommer ihrer Kindheit verbracht hatte, aber woher kam nun wieder diese Erinnerung?

Der Tisaren? Wie witzig, dachte sie, dass mein Leben so früh im Zenit stand. Mit elf, zwölf Jahren, der Rest war eine abschüssige Ebene gewesen, ging es allen Menschen so? Beinhaltete der Verlust der Kindheit bereits den eigentlichen Tod?

Wieder diese sonderbaren Gedanken. *Der eigentliche Tod?* Vielleicht lag das an diesen Tabletten? Dass sie alle möglichen Fenster und Türen in der Seele öffneten, die eigentlich verschlossen bleiben sollten.

Sie sollte noch zwei weitere im Laufe des Tages nehmen, das war ihr von dem alten schwedischen Arzt verordnet worden, den sie aufgesucht hatte, er lebte bereits seit vierzig Jahren in Torremolinos, und er erinnerte sie an einen gealterten Gregory Peck ... oder vielleicht Cary Grant, sie hatte schon immer Probleme gehabt, diese beiden Größen auseinanderzuhalten ... aber bis jetzt hatten sie nicht geholfen, diese Tabletten, und sie hatte nur wenig Hoffnung, dass sie es noch tun würden.

Während also Karl-Erik leicht vorgebeugt über dem Lenkrad hing, vor sich hin murmelte und versuchte P1 im Autoradio zu finden, entschied sie sich für die doppelte Dosis. Komme, was da wolle, er würde sich nicht gerade darüber freuen, wenn sie zusammenbräche, ihr Karl-Erik. Aber am allerbesten wäre ein Elch. Wie schon gesagt. Peng, geradewegs in die Windschutzscheibe, und dann runter mit den Rollos für alle Zeit und Ewigkeit. Auf dem Weg zur Beerdigung des eigenen zerstückelten Sohnes zu sterben, das waren genau die richtigen Wünsche, die man an einen Gott richten konnte, an den man nicht glaubte.

Der junge Mann an der Rezeption trug Schlips und Haare im gleichen Farbton. Blass Karotte. Sie meinte ihn wiederzuerkennen, vermutlich handelte es sich um einen früheren Schüler. Die tauchten ja immer auf, sie fragte sich, ob er den Schlips nach der Haarfarbe gekauft hatte oder umgekehrt: sich später erst gefärbt hatte. Sieben junge Männer von zehn haben sich schon einmal die Haare gefärbt, das hatte sie in der Zeitschrift gelesen, die sie in der Sitztasche im Flugzeug gefunden hatte. Wobei sie sich fragte, ob das wohl stimmte.

»Mein aufrichtiges Beileid«, sagte er jedenfalls, und das klang, als hätte er es aus einem alten Film. Ihr kam der Gedanke, dass genau das ihr ausgezeichnet passen würde: dass all das hier nur ein alter Film wäre, den man nicht zu Ende sehen musste. Jeden Moment konnte man sich entscheiden, von dem unbequemen Stuhl aufzustehen und den Saal zu verlassen.

Sie erwiderte nichts. Karl-Erik schleppte eine Reisetasche hinter ihrem Rücken irgendwohin. Schien sich vor den Blicken des jungen Mannes unsichtbar machen zu wollen, vielleicht war es ja auch einer *seiner* alten Schüler, und vielleicht, kam ihr plötzlich in den Sinn, fühlte sich Karl-Erik genauso unwohl wie sie. Es war gar nicht seine Art, ihr das ... wie hieß es noch mal ... das Einchecken zu überlassen.

Nicht, dass sie einen größeren Teil ihres Lebens dem Einchecken gewidmet hätten.

»Nur für eine Nacht?«

»Ja.«

»Sie haben sogar dasselbe Zimmer.«

»Wie bitte?«

»Dasselbe Zimmer, das Kristina und ihre Familie damals im Dezember hatten«, erklärte der Mann an der Rezeption mit einem unsicheren Lächeln.

»Ach ja?«, erwiderte Rosemarie und fragte sich, ob da die Verbindung war. Dass er ein alter Schulfreund von Kristina war. Aber sah er dafür nicht ein wenig zu jung aus, Kristina war immerhin schon zweiunddreißig?

»Ja, ich habe in der besagten Woche vor Weihnachten auch gearbeitet, es ist ... es ist ja eine schreckliche Geschichte. Wenn Sie etwas brauchen ...«

Er suchte eine Weile nach den passenden Worten, fand sie aber offensichtlich nicht, denn er räusperte sich und schob ihr stattdessen ein Formular hin, das sie ausfüllen sollte.

»Das Leben ist kein Zuckerschlecken«, sagte sie. »Dann kennen Sie Kristina und Jakob?«

»Nicht ihren Mann«, versicherte er. »Ich habe ihn nur ganz kurz gesehen, als er nachts zurückkam.«

»Er kam nachts zurück?«

»Ja, das war etwas überraschend. Um drei Uhr. Und dann sind sie noch vor acht Uhr abgereist.«

Wovon redet er?, dachte sie verwirrt und versuchte zu verstehen, was sie da ins Formular eintragen sollte. Er bemerkte ihre Hilflosigkeit und zeigte auf zwei Rubriken. Name und Unterschrift, das reichte.

»Wir waren in derselben Klasse«, sagte er. »Sie sind noch nicht eingetroffen.«

Dann war zumindest diese Frage geklärt. Und Kristina und Jakob würden natürlich auch im Hotel wohnen. Genau wie Ebba und ihre Familie, oder das, was davon noch übrig war. Sie erinnerte sich daran, dass es die Allvädersgatan nicht mehr gab. Das hatte sie sich seit den Morgenstunden hundert Mal ins Gedächtnis gerufen. Diese Zeit, diese Sorgen und dieses Krebsgeschwür waren vorbei. Wenn sie sich heute hier versammelten, um die leiblichen Überreste von Walter beizusetzen, war das Kymlinge Hotel gefragt. Das erschien ebenso provisorisch und beliebig wie das Leben selbst.

Wie der Tod selbst. Wenn ich noch zehn Sekunden länger hier am Tresen stehen muss, fange ich an zu heulen, sagte sie sich und streckte flehend die Hand nach dem Zimmerschlüssel aus. Oder zu schreien. Oder ich falle zu Boden, als wäre ich erschossen worden.

»Ja, natürlich. Nummer einhundertundzwölf. Erster Stock. Ich bedaure wirklich die Umstände.«

»Danke.«

»Wenn es etwas gibt, wobei ich Ihnen behilflich sein kann, zögern Sie nicht, es zu sagen.«

Er schob ein kleines, zusammengefaltetes Papier mit zwei Plastikkarten über den Tresen. Ach ja, natürlich, fiel ihr ein, es gibt ja keine Hotelschlüssel mehr. Nicht einmal das. Sie nickte ihm zu, Karl-Erik wartete bereits mit den Taschen vor dem Fahrstuhl. Vier Tabletten, fiel ihr ein. Das ist das Erste, was ich tun muss, wenn wir im Zimmer sind, vier Tabletten schlucken. Und dann werde ich Karl-Erik sagen, dass ich eine Stunde schlafen muss.

Olle Rimborg, hieß er nicht so, dieser Karottenempfangsmann?

Am Hornborgasjö hielt sie auf einem leeren Parkplatz an und übergab sich. Das war schon fast zur Gewohnheit geworden. Sich zu übergeben. Ein dünner Nebel schwebte über der flachen, kahlen Landschaft, die Sonne drang mit Mühe und Not durch, und die Hitze ließ alles am Leib kleben. Die Hundstage, dachte sie, ich habe ein Kind in meinem Leib, kein Wunder, dass es mir schlecht geht. Wenn jemand kommt, reicht das als Erklärung.

Es waren noch drei Stunden bis zur Beerdigung, aber nur noch anderthalb Stunden Autofahrt. Sie wusste, dass sie rechtzeitig an der Kirche ankommen musste – aber nur zehn, fünfzehn Minuten vorher, denn wenn sie zu früh dort war, konnte alles zusammenbrechen. Sie hatte eine begrenzte Anzahl von Phrasen in ihrem Kopf gespeichert, die sie von sich geben konnte. Etwas darüber hinaus zu erklären, dazu sah sie sich nicht in der Lage.

Nein, es tut mir leid, aber Jakob ist ganz plötzlich verhindert. Es geht dabei um eine amerikanische Gesellschaft. Um Millionen von Kronen.

Nein, ich wollte Kelvin nicht den ganzen Weg im Auto mitnehmen.

Ja, ich muss wieder zurückfahren, sobald es vorüber ist.

Geliebter Walter, ich habe seit mehreren Nächten kaum ein Auge zugetan. Geliebter Walter, warum?

Nein, liebe Mama, ich ertrage es einfach nicht, noch zu bleiben. Es ist zu schrecklich.

Wie unbeholfene Redeanweisungen aus einer dieser Soaps, die sie früher geschrieben hatte. Und niemals unter vier Augen mit Ebba. Darauf musste sie achten. Lieber auch nicht unter vier Augen mit irgendjemand anderem. Nutze die Trauer aus, hatte Jakob sie instruiert. Wenn du denn unbedingt hinfahren musst. Aber don't fuck it up, was immer du verdammt nochmal auch tust, don't fuck it up.

Sie wusste, was das zu bedeuten hatte, wenn er anfing, Englisch zu sprechen.

Es ist mein Bruder, hatte sie erwidert. Walter war mein Bruder.

Er bekam diese falsche Nachsicht im Blick. Erklärte, dass er das wisse, genauso wie er wisse, dass Henrik ihr Neffe gewesen sei. Ja, er wusste von den engen Familiengefühlen in der Familie Hermansson. Aber er brauchte sie doch wohl nicht an ihre Lage zu erinnern?

Nein, das brauchte er nicht. Wenn es etwas gab, an das Kristina nicht erinnert werden musste, dann war es ihre Lage.

Wenn ich sterbe, hatte sie ihn gefragt, nachdem die Schockwellen der ersten Wochen langsam verebbt waren, ungefähr Mitte Januar, wirst du es dann den anderen auch erzählen?

Er hatte nur wenige Sekunden Bedenkzeit gebraucht.

Wir werden zusammenleben, bis wir beide eines natürlichen Todes sterben, du und ich, Kristina, hatte er erklärt, fast freundlich. Wenn es anders kommt, werde ich mich gezwungen sehen, es ihnen zu erzählen.

Sie musste sich erneut übergeben. Dieses Mal kam nur Galle. Es tat weh. Sie lehnte ihre schweißnasse Stirn an den rostigen Deckel der Mülltonne, und ihr war klar, dass sie ihm glaubte. Genau so war er, Jakob Alexander Willnius, und nirgendwo auf dieser Welt war Gnade zu finden.

Sie schaute auf ihre Uhr. Es war zehn Minuten nach eins. Sie setzte sich wieder ins Auto, kippte die Rückenlehne etwas nach hinten und schloss die Augen.

Kristoffer Grundt war in seinem fünfzehnjährigen Leben schon einmal auf einer Beerdigung gewesen. Vor ziemlich genau einem Jahr hatte ein Junge aus der Parallelklasse sich einen Tag vor Beginn der Prüfungen des Herbsthalbjahres erhängt, und die halbe Schule hatte in der Kirche gesessen und geschluchzt. Alle wussten, dass Benny Bjurling seit der Grundschule ein Mobbingopfer war, aber jetzt war er plötzlich zu einer Art pervertiertem Held geworden.

Wen die Götter lieben, den lassen sie früh sterben, hatte Schulleiter Hovelius deklamiert, und Kristoffer hatte gedacht, dass, falls es einen Gott gab, genau das wohl seine wichtigste Aufgabe war.

Die zu lieben, die sonst niemand liebte. Während er da auf der steinharten Kirchenbank saß, hatte er gespürt, dass das ein großer, ein richtiger Gedanke war, etwas, aus dem man sogar ein wenig Trost schöpfen konnte – und jetzt, auf den ebenso harten Bänken der Kymlinger Kirche und vor dem geschlossenen Sarg, der da vorn auf einer kleinen Erhöhung stand und der nach allem zu urteilen den zerstückelten Körper von Onkel Walter enthielt, versuchte er das gleiche Gefühl wieder hervorzurufen.

Aber es wollte sich nicht einstellen. Er war sich zwar ziemlich sicher, dass Walter in seinen fünfunddreißig Jahren auf Erden ziemlich wenig geliebt worden war, aber Kristoffer fiel es schwer, sich vorzustellen, dass ihn auf der anderen Seite irgendeine Form von besonderer Gnade erwartete. Benny Bjurling war ein Opfer gewesen, und das war natürlich ein Plus, aber Onkel Walter war … ja, was war er gewesen?, dachte Kristoffer. Ein richtig verdammter Loser? Man soll nicht schlecht über die Toten reden, und er persönlich hatte nie etwas gegen ihn gehabt, aber sich hinstellen und besoffen im Fernsehen zu wichsen und sich anschließend auch noch umbringen und zerstückeln lassen, ja, offensichtlich war wohl nicht besonders viel mit ihm los gewesen. Er erinnerte sich, dass er seinen Onkel Walter schon als ziemlich cool empfunden hatte, damals, zu Weihnachten, als er verschwand, aber inzwischen fand er das nicht mehr.

Der Pfarrer, der mager und hochgeschossen war, sicher an die zwei Meter, kriegte jedenfalls irgendwie die Kurve. *Es ist nicht an uns zu richten. Was wissen wir davon, was sich im Innersten eines Menschen rührt, und was in Gottes Auge? Es mag sein, dass Walter Hermansson ein Licht war, das von beiden Enden brannte, aber es sind doch viele, die jetzt zum ersten Mal sehen, welche Lücke er hinterlassen hat.*

Kristoffer konnte nicht umhin, er fand das ziemlich gut ausgedrückt. Er hörte, wie seine Mutter zu seiner Rechten schluchzte, und von seiner Großmutter zu seiner Linken kam etwas, das ein Zwischending zwischen einem Schluckauf und einem Rülpser zu sein schien. Er fragte sich, ob sie wohl ganz klar im Kopf war. Sie hatte so merkwürdig ausgesehen, als sie vor der Kirche aus dem Auto stieg. Den Mund halb offen und die Augen schielend. Der Großvater war gezwungen gewesen, sie ordentlich hinzustellen, wie es schien, damit sie nicht gleich umfiel – und sie gleichzeitig in Gang zu bringen, sonst wäre sie einfach stehen geblieben. »Wie geht es dir, liebe Mama?«, hatte Tante Kristina gefragt, und Oma hatte etwas in der Art geantwortet: »Er hat immer die meisten Osterbriefe von allen gemalt. Er hatte so niedliche Knie.« Wenn Kristoffer richtig gehört hatte.

Nein, wahrscheinlich hatte die Großmutter ein wenig zu viel Beruhigungsmittel genommen, was ja zu verstehen war. Niedliche Knie?

Er versuchte seine Gedanken so lange wie möglich bei Oma, dem Pfarrer und Benny Bjurling zu lassen – und bei Onkel Walter natürlich –, doch zum Schluss war das nicht mehr möglich. Henrik schlich sich durch das rechte Ohr in seinen Kopf, und nachdem er schließlich dort Fuß gefasst hatte, füllte er bald jeden Winkel aus. Genau wie immer.

Hej, sagte Henrik. Da bin ich wieder in deinem Schädel.

Ja, vielen Dank, das habe ich schon gemerkt, antwortete Kristoffer.

Du hast doch hoffentlich nichts dagegen?

Nein, nein, warum sollte ich?

Schließlich bin ich dein Bruder.

Ja, du bist mein Bruder.

Und Brüder müssen zusammenhalten.

Das stimmt, Henrik.

Im Leben wie im Tode.

Ich weiß, aber verrate mir eins, Henrik.

Aber gern doch, mein Bruder.

Bist du tot oder lebst du?

Das ist eine gute Frage.

Dann beantworte sie doch, ja?

Eine gute Frage, aber auch eine schwierige Frage. Nicht leicht zu sagen.

Du musst doch wissen, ob du lebendig bist oder tot?

Den Anschein kann es haben. Aber was ist mit dir selbst, Kristoffer?

Ist doch scheißegal, wie es mir geht. Aber wenn du in meinen Kopf eindringst und ich dir das erlaube, dann möchte ich zumindest wissen, was los ist.

Was los ist?

Ja, ob du lebst oder nicht.

Ist mir schon klar, dass du dich das fragst. Aber es ist mir leider nicht möglich, auf deine Frage zu antworten.

Wieso? Mama wird langsam wahnsinnig, Papa kann auch bald nicht mehr. Wenn sie zumindest wüssten, was los ist, dann, vielleicht …

Ich verstehe ja deine Frage, unterbrach Henrik ihn, und es tut mir weh, dass es euch so geht. Aber wie ich schon versucht habe zu erklären, so liegt es unter den augenblicklichen Umständen nicht in meiner Macht …

Augenblickliche Umstände? Kristoffers leichte Verärgerung ging in Wut über. Was ist das für ein Gerede, seit Ewigkeiten herrschen schon die gleichen Umstände! Und wenn du es wissen willst, dann befinde ich mich momentan auf dem absteigenden Ast. Und zwar reichlich. Meine Schulnoten sinken wie ein Stein im Brunnen, ich saufe jede Woche, und ich bin es wirklich leid, dass du mich die ganze Zeit okkupierst. Ich halte es nicht mehr länger aus …

Tut mir leid, mein geliebter Bruder, aber ich habe nun einmal im Augenblick keinen anderen Ort, wo ich mich aufhalten könnte.

Was?

Ich weiß sonst nicht, wo ich hin kann, außer in deinen Schädel, erklärte Henrik geduldig und ein wenig traurig.

Wieso denn?

Henrik seufzte.

Weil Mama mit Walter beschäftigt ist. Oma ist total durcheinander, da gibt es nicht einmal Platz für eine Briefmarke. Papa versucht im Mahlstrom den Kopf über Wasser zu behalten, du solltest wirklich auf ihn achten, Kristoffer, und Kristina hat geschlossen, wie üblich. Opa, ja, von Opa reden wir lieber nicht, der sitzt da und brabbelt irgendetwas auf Spanisch …

Wieso hat Kristina geschlossen?

Woher soll ich das denn wissen?

Ich dachte, du wüsstest alles?

…

Warte, verschwinde nicht … nein, du hast wohl recht, Papa sieht wirklich nicht aus wie sonst, was hast du gesagt, was macht er?

Leif Grundt merkte nie, wenn er anfing zu weinen, aber es wurde ihm bewusst, als ihm die Tränen bereits eine Weile auf die gefalteten Hände tropften. Ungefähr zur gleichen Zeit spürte er, wie er langsam, aber sicher in eine bodenlose Verzweiflung hinuntergezogen wurde. Ja, genau so ein Gefühl war es – ein ihn anziehender, bodenloser Mahlstrom der Verzweiflung war es –, und zum ersten Mal seit acht Monaten gab er nach und gestand sich ein, dass sein Sohn tot war. Es war zwar das schwarze Schwagerschaf Walter, das da vorn in dem Eichenfurniersarg fast der billigsten Sorte lag, aber es hätte ebenso gut Henrik sein können. Sein Sohn war tot. Ebbas und sein erstgeborener Sohn, Kristoffers Bruder. Tot, tot, tot – und er, der Leiter des Supermarkts, Leif Grundt, durfte sich nicht länger anmaßen, etwas anderes zu glauben. Das Gegenteil zu behaupten. Weder gegenüber seiner immer verrückter werdenden Ehefrau noch vor Gott oder irgendjemandem sonst.

Es war nicht mehr Leif Grundts Aufgabe, optimistisch und stark zu sein – nicht dieses verfluchte, trostlose Leben Tag für Tag fortzusetzen, Stunde für Stunde in irgendeiner Form absurder Normalität, als gäbe es immer noch irgendeinen Faden, an dem man anknüpfen könnte, irgendeine Art von Hoffnung oder Sinn. Jeden Tag zur Arbeit zu fahren, die Angestellten aufzumuntern, morgens und abends mit Kristoffer zu scherzen, ihn zu fragen, wie es in der Schule lief, so zu tun, als wüsste er nicht, dass der Junge heimlich rauchte und Bier trank … dafür zu sorgen, dass Essen auf den Tisch kam, dass die Kleidung gewaschen, die Rechnungen bezahlt wurden, all diese kleinen, praktischen Details und unerträglich minutiösen Tätigkeiten, die notwendig waren, um eine Familie, die einen Sohn verloren hatte, in Gang zu halten, auf einer immer kleiner und dünner werdenden Eisscholle, bis schließlich alles zugrunde ging und versank.

Er hatte mit seiner Frau seit neun Monaten nicht mehr geschlafen, dachte nicht einmal mehr daran. Das Leben war zu Ende gegangen, so einfach war das. Es war vorbei. Sie konnten sich ebenso gut gleich da vorn neben Walter legen.

Der Tod. Warum ihn aufschieben? Was sollte das für einen Sinn haben?

Doch dann drehte sich der Wind. Tatsächlich, auf irgendeine merkwürdige Art und Weise. Unerschütterlich wie ein Korken stieg Leif Grundt aus dem Mahlstrom auf, holte sein Taschentuch aus der Brusttasche und putzte sich mit einem resoluten Trompetenstoß die Nase, so dass der Pfarrer vorne eine nicht geplante Denkpause einlegte. Denn derjenige, der den Wahnsinn zuerst als seine Domäne in Anspruch nimmt, dachte Supermarktleiter Grundt – was Ebba zweifellos getan hatte –, der kann damit für alle Zukunft das Recht darauf beanspruchen. Und zwar das alleinige Recht.

Wenn der eine schwach wird, muss der andere stark werden.

Das war eine unleugbare Wahrheit, die so verdammt ungerecht war, wie Leif Grundt fand, doch dann fiel ihm ein, was er Bischof Tutu einmal im Fernsehen hatte sagen hören.

Oder war es sogar Mandela selbst?

Die es schaffen, sind es sich schuldig, es weiter zu schaffen.

Genau darum ging es. *Es weiter zu schaffen.*

Aber er war im Mahlstrom herumgewirbelt worden, und das zum ersten Mal.

Er schnäuzte sich noch einmal, dieses Mal etwas diskreter, und dieses Mal war der Pfarrer bereits darauf gefasst.

»Dieser Olle Rimborg«, sagte Rosemarie Wunderlich Hermansson.

»Ja?«, sagte Kristoffer Grundt. »Wer?«

»Olle Rimborg, ich hatte ihn in Deutsch, jetzt fällt es mir ein.«

»Beeil dich ein wenig«, sagte Karl-Erik. »Wir müssen rüber zum Gemeindehaus.«

»Warte noch«, erwiderte Rosemarie. »Ich rede doch gerade mit Henrik … ich meine, mit Kristoffer … ja, so hieß er, und er war sogar damals schon rothaarig, wenn ich es recht bedenke. Rimborg. Ein aufgeweckter Knabe.«

»Jaha?«, sagte Kristoffer.

»Er arbeitet jetzt im Hotel.«

»Ja?«

»Es passiert im Augenblick so viel auf einmal, aber er hat gesagt, dass er nachts zurückgekommen ist.«

»Was?«

»So, jetzt wollen wir aber mal«, sagte Karl-Erik.

»Er ist in der Nacht zurückgekommen. Jakob, meine ich. Hörst du, Kristoffer? In dieser schrecklichen Nacht, als dein Bruder verschwunden ist ... er ist es zwar nicht, der hier beerdigt wird, das ist Walter, aber Henrik ist verschwunden. Er hat das gesagt, als wir da standen und ... wie heißt es noch? ... eingecheckt haben. Olle Rimborg, wie gesagt. Kristinas Mann ist um drei Uhr zurückgekommen, hat er gesagt. Die sind in dieselbe Klasse gegangen, er und Kristina, aber ich hatte Kristina natürlich nicht im Unterricht, sie hatte kein Deutsch, man soll ja nicht der Lehrer der eigenen Kinder sein ...«

»Ach, jetzt fängt es auch noch an zu regnen«, sagte Karl-Erik ungeduldig. »Was zum Teufel redest du da eigentlich? Du musst Oma entschuldigen, Kristoffer, sie ist etwas verwirrt.«

»Das macht doch nichts«, sagte Kristoffer.

»Ich sollte Kristina danach fragen, das sollte ich wirklich«, fuhr Rosemarie fort. »Ich weiß nicht, warum er das gesagt hat. Und du, Karl-Erik, unterbrich mich nicht die ganze Zeit. Du hättest dir die Nasenhaare schneiden sollen, konntest du nicht wenigstens jetzt daran denken, bei einer Beerdigung und allem. Und ich finde wirklich, der Pfarrer war viel zu groß. Er muss ja ... ja, wie groß kann er gewesen sein? Was meinst du, Kristoffer?«

»Hundertachtundneunzig Zentimeter«, sagte Kristoffer.

»Da kommt Ebba, um uns anzutreiben«, sagte Rosemarie Wunderlich Hermansson. »Hagel und Granaten, jetzt müssen wir aber die Beine in die Hand nehmen. Wohin geht es eigentlich?«

»Wir gehen ins Gemeindehaus und trinken dort Kaffee, Mamilein«, sagte Ebba Hermansson Grundt. »Wozu immer das auch dienen mag.«

»Ich weiß selbst, dass wir ins Gemeindehaus wollen, davon redet Karl-Erik ja schon den ganzen Tag«, erklärte ihre Mutter prompt. »Diese Pillen, die ich gekriegt habe, sind wirklich nicht schlecht. Ich fühle mich vollkommen klar im Kopf. So, also, hundertachtundneunzig sagst du, Henrik, ja, ich glaube, da triffst du den Nagel auf den Kopf … ich meine, Kristoffer. Olle Rimborg, der war das, jetzt fällt es mir wieder ein. Vergiss das nicht, Kristoffer! Aber wo ist Kristina geblieben?«

31

In Ordnung«, sagte Gunnar Barbarotti. »Was hast du rausgekriegt? Aber bitte langsam, dann brauchst du es mir nicht zwei Mal zu erzählen. Ich komme gerade von einer Beerdigung und bin noch langsamer von Begriff als sonst.«

Gerald Borgsen verzog den rechten Mundwinkel um einen Zentimeter als Zeichen, dass er die Selbstironie verstanden hatte. Zwinkerte einige Male hinter den leicht getönten Brillengläsern und begann.

»Eine ganze Menge«, sagte er. »Vielleicht das Wichtigste zuerst?«

Gunnar Barbarotti nickte.

»Gut. Es war tatsächlich Jane Almgrens Anschluss, den Walter Hermansson in der Nacht, in der er verschwunden ist, anrief. Und er hat sie schon einmal angerufen, einige Tage vorher. Wir hatten ja die Nummer bereits im Dezember, aber ...«

»Prepaid«, ergänzte Gunnar Barbarotti.

»Genau. Und da sind wir nicht weitergekommen. Oder wir haben nicht genügend Arbeit darauf verwandt, vielleicht sollte ich es so ausdrücken ...«

Es war eine allgemein bekannte Tatsache, dass Sorgsen der Auffassung war, dass die Abteilung unterbesetzt war. Gunnar Barbarotti legte den Kopf schräg wie dieser finnische Skiläufer, auf dessen Namen er immer noch nicht gekommen war, und versuchte mitleidig auszusehen.

»In diesem Land wird täglich mehr als dreißig Millionen Mal

irgendwo angerufen«, fuhr Sorgsen vor. »Auf Walter Hermanssons Handy hatten wir beispielsweise, wenn wir uns nur auf den Dezember konzentrieren, vierundsechzig verschiedene Nummern zu untersuchen. Worunter die von Jane Almgren nur eine war. Jede Nummer führt dann weiter zu hundert, hundertfünfzig neuen, aber wenn wir wirklich zugesehen hätten, dass ...«

»Ich weiß, Gerald, verdammt noch mal«, unterbrach Gunnar Barbarotti ihn. »Es ist wirklich ein Skandal, dass du das hier alles allein bearbeiten musst, aber was ist jetzt mit dem Telefon? Mit dem von Jane Almgren, meine ich. Da waren nicht so viele Gespräche im Dezember drauf, wenn ich mich recht erinnere?«

»Nur sechs«, bestätigte Sorgsen. »Zwei mit einer Pizzeria, ein Anruf bei einem Damenfriseur, noch einer und die zwei von Walter Hermansson.«

»Daran kann ich mich erinnern«, nickte Barbarotti. »Aber wie war es vorher? Beispielsweise im November?«

»Rund fünfundzwanzig verschiedene Nummern«, erklärte Sorgsen geduldig. »Die meisten von anderen Prepaid-Handys oder Geheimnummern, aber nicht alle. Es hat sogar den Anschein, als hätte sie im Dezember ein paar Tage bei dem Friseur zur Probe gearbeitet. Unsere Freundin Jane, meine ich. Aber nach Walters Verschwinden nicht ein einziges Gespräch ... deshalb sind wir ja auch nicht weitergekommen.«

»Wären wir auch nicht bei mehr Leuten.«

»Das will ich nicht gehört haben. Aber es gibt auch ein paar Gespräche ins Festnetz.«

»Im November?«

»Ja.«

»Wie viele?«

»Vier. Ich habe alle vier untersucht. Drei gehen an Privatpersonen, eins an eine Autovermietung. Zwei der Privatpersonen wohnen in Stockholm, beides Männer, ich habe natürlich ihre Namen und Adressen, aber beide behaupten, sie hätten keine

Ahnung, wer Jane Almgren ist. Die dritte Privatperson kennt ebenfalls keinen Menschen mit diesem Namen, aber ich bin dennoch der Meinung, dass sie von Interesse für die Ermittlungen ist.«

»Ach ja?«

»Ihr Name ist Sylvia Karlsson. Sie ist siebzig Jahre alt und wohnt in Kristinehamn. Am 22. November letzten Jahres bekam sie einen Anruf von ihrem Sohn ... von dieser Nummer hier ... und seitdem hat sie nichts mehr von ihm gehört.«

Ach?, dachte Gunnar Barbarotti und spürte, wie die Konzentration langsam nachließ. Wandte den Blick von Sorgsen ab und schaute stattdessen aus dem Fenster. Stellte fest, dass es regnete. Ließ einige Sekunden verstreichen, während er die schlangenlinienförmige Spur der Regentropfen auf der Fensterscheibe verfolgte.

»Vergiss nicht, dass ich etwas müde bin«, rief er in Erinnerung. »Du behauptest also ...«

»Ganz genau«, stellte Sorgsen fest. »Ich sehe, dass du mitdenkst. Das kann darauf hinweisen, dass wir mit dieser Frau bereits im Dezember in Kontakt gewesen sind ... oder vielleicht Anfang Januar ... aber da wussten wir natürlich noch nicht, dass sie einen verschwundenen Sohn hat. Die beiden haben nicht so viel Kontakt zueinander. Aber im Juni ist sie siebzig geworden, und normalerweise meldet er sich immer zu ihrem Geburtstag.«

»Hm«, sagte Gunnar Barbarotti. »Ein Ganove?«

»So kann man es nennen, wenn man sich etwas altmodisch ausdrücken will.«

»Was ist denn schlecht daran, ein bisschen altmodisch zu sein?«, wollte Gunnar Barbarotti wissen. »Wie heißt er? Hat er was auf dem Kerbholz?«

»Sören Karlsson. Ich habe nachgeforscht, und er hat so einiges vorzuweisen.«

»Als da wären?«

»Diverser Kleinkram. Drogenmissbrauch. Misshandlung. Beihilfe zum Bankraub. Hat insgesamt zweiundzwanzig Monate gesessen. Das letzte Mal vor drei Jahren.«

»Eine Verbindung zu Jane Almgren?«

»Die haben wir bisher noch nicht gefunden. Aber er war in der Zeit, als sie in Kalmar lebte, dort auch gemeldet. Es ist also möglich, dass es einen Zusammenhang gibt. Um nicht zu sagen, wahrscheinlich.«

Gunnar Barbarotti faltete die Hände und dachte nach.

»Gut«, sagte er. »Und wenn wir ihn in der Kartei haben, dann gehe ich davon aus, dass wir ihn identifizieren können.«

»Dessen kannst du dir sicher sein«, sagte Gerald Borgsen mit ungewöhnlicher Begeisterung. »Wenn er derjenige ist, der Walter Hermanssons Zimmergenosse im Gefrierschrank war, dann wirst du das innerhalb von vier Stunden erfahren. Ich wollte …«

»Warte mal«, unterbrach Barbarotti ihn. »Ich muss mir das selbst noch mal klar machen. Es könnte also so gewesen sein, dass Jane Almgren diesen Sören Karlsson irgendwann getötet hat, bevor sie mit Walter Hermansson Kontakt aufgenommen hat? Und dann sein Handy behalten und es mehrere Wochen lang benutzt hat … und dann plötzlich aufgehört hat, es zu benutzen?«

Sorgsen nickte. »Ungefähr so, ja. Vielleicht waren die Batterien ja leer. Oder das Geld auf der Karte. Das letzte Gespräch war tatsächlich Walters Anruf in der Nacht, als er verschwand.«

»Und das alles haben wir …«

»Der Handygesprächsregistrierung zu verdanken«, ergänzte Sorgsen. »Wieder richtig.«

Hättest du dir das nicht schon im Dezember ausrechnen können?, dachte Gunnar Barbarotti, unterließ es aber, diese Frage zu stellen. »Vielen Dank, Gerald«, sagte er stattdessen und stand auf. »Bleibst du hier, bis du Bescheid kriegst?«

Sorgsen räusperte sich und machte eine vielsagende Geste zum überfüllten Schreibtisch hin. »Wie du siehst, habe ich einiges aufzuarbeiten. Ja, ich bleibe hier. Ich rufe dich an, wenn ich es weiß.«

»Tu das«, sagte Gunnar Barbarotti und verließ das Zimmer seines Kollegen. Schaute auf die Uhr. Es war zehn Minuten nach sechs. Es gab Kollegen, die behaupteten, dass Gerald Borgsen im Durchschnitt zwanzig Überstunden pro Woche schob, aber Barbarotti hatte sich noch nie die Mühe gemacht, zu überprüfen, ob es sich tatsächlich so verhielt. Vielleicht war das auch nur die Untergrenze.

Was ihn selbst betraf, so hatte er nicht vor, Überstunden zu machen. Jedenfalls nicht mehr, als er an diesem Tag schon gemacht hatte. Lieber wollte er tausend Meter schwimmen und eine Stunde in die Sauna gehen. Es war Freitagabend, und Sara hatte versprochen, gegen halb neun ein Pastagericht zu kochen. Wenn er auf dem Weg zum Schwimmbad nicht über eine Leiche stolperte, sollte er es schaffen.

Vielleicht auch noch einmal in Helsingborg anzurufen.

Es dauerte bis Samstagvormittag, bis die Identifizierung feststand. Warum es so lange gebraucht hatte, wusste Gunnar Barbarotti nicht, und er machte sich auch nicht die Mühe, es herauszufinden.

»Ich habe einen Zettel auf deinen Schreibtisch gelegt«, erklärte Sorgsen mit müder Stimme am Telefon. »Da kannst du alles über unseren Freund Sören Karlsson lesen. Er ist ungefähr neununddreißig Jahre alt geworden. Wir wissen nicht genau, ob er es noch bis zu seinem letzten Geburtstag im November geschafft hat oder nicht, da wir nicht genau sagen können, wann er gestorben ist. Und ich habe seine Mutter noch nicht angerufen, ich dachte, du könntest das tun. Ich bin nicht so gut am Telefon. Ja, dann tschüs.«

Zwei Minuten später rief er noch einmal an.

»Es kann noch hinzugefügt werden«, begann er mit einem schweren Seufzer, »es kann noch hinzugefügt werden, dass der Grund, warum Jane Almgren das Handy ihres Opfers benutzt hat, wahrscheinlich der war, dass ihr Festnetzvertrag von Telia am fünfundzwanzigsten November gekündigt wurde. Nur zur Information.«

»Danke, Gerald«, sagte Gunnar Barbarotti und legte den Hörer auf.

Eine Stunde später saß er in seinem Arbeitszimmer mit Sören Karlssons Vorleben in der Hand. In Sorgsens minimalistischer Schrift – er war einer der letzten noch lebenden Menschen, die immer noch gern mit der Hand schrieben – umfasste es gut einen halben Din-A4-Bogen und gab darüber Auskunft, dass SK 1965 in Karlstad geboren worden war, dass er nach zwei Jahren auf dem Gymnasium 1984 sein Zuhause verlassen und nach Stockholm gezogen war. Dass er an zehn verschiedenen Orten im Lande gewohnt hatte, an die zwanzig verschiedene Jobs ausgeübt hatte, sowie dass seine erste dokumentierte kriminelle Tat in der Misshandlung einer 76jährigen Frau im Zusammenhang mit einem Handtaschenraub in der Västerlånggatan in Gamla Stan bestanden hatte. Das war im Sommer 1988 gewesen. Er war nie verheiratet gewesen und hatte soweit bekannt keine Kinder. Während einer Periode von achtzehn Monaten Ende der Neunziger hatte er in Kalmar gewohnt, während er bei einer kleineren Reinigungsfirma gearbeitet hatte, und es gab eine verlässliche Zeugenaussage darüber, dass er während dieser Zeit für einen kürzeren Zeitraum mit einer gewissen Jane Almgren zusammengewesen war – die damals noch verheiratet war, zwei Kinder hatte und bei dem gleichen Putzunternehmen arbeitete.

Aha, dachte Gunnar Barbarotti, und seufzte schwer. Das war es also.

Ganz unten auf der Seite hatte Sorgsen eine Telefonnummer und einen Namen vermerkt. Barbarotti schloss die Augen und holte ein paar Mal tief Luft durch die Nase. Zweifellos war es an der Zeit, Frau Sylvia Karlsson in Kristinehamn anzurufen. Sie anzurufen und ihr zu erklären, dass es ganz und gar kein Akt der Vergesslichkeit war, dass ihr einziger Sohn es unterlassen hatte, sie an ihrem siebzigsten Geburtstag anzurufen.

Ich hoffe nur, dass sie nicht zu Hause ist, dachte er und wählte die Nummer.

Aber er ließ sich nicht auf irgendwelche Wetten mit Gott ein, und Sylvia Karlsson antwortete munter bereits nach dem zweiten Klingelton.

»Wie war die Beerdigung?«, fragte Eva Backman.

Es war Montagmorgen. Es regnete. Gunnar Barbarotti hatte einen großen Teil des Sonntags in Helsingborg und Helsingör (und Louisiana) verbracht und war erst gegen zwölf Uhr nachts wieder zu Hause gewesen. Insgesamt fast zehn Stunden im Auto, aber was machte man nicht alles?

»Sehr nett«, sagte er. »Nur schade, dass du es versäumt hast. Und Sören Karlsson wird wahrscheinlich in Karlstad begraben, vielleicht kannst du ja stattdessen dorthin gehen?«

»Ich werde es mir überlegen«, antwortete Eva Backman. »Du siehst aus, als ob es dir gut ginge … verregneter Montag und elf Monate bis zum nächsten Urlaub, nimmst du Valium oder Helium oder was sonst?«

Gunnar Barbarotti schüttelte den Kopf.

»Hm«, sagte Eva Backman. »Geht mich ja auch nichts an. Sind wir uns einig, dass der Fall damit erledigt ist?«

»Abgesehen von der kleinen Nebensache Henrik Grundt ist der Fall glasklar«, stimmte ihr Gunnar Barbarotti zu. »Aber du darfst mir gern The Jane Almgren Story fertigerzählen, wenn du Lust hast. Wie war das mit den neuen Zeugenaussagen? Wir haben doch noch einige ergänzende Informationen gekriegt, oder?«

»Ja, ein paar«, bestätigte Eva Backman und trank den letzten

Schluck aus ihrem Kaffeebecher. »Wie gesagt kam gestern eine Frau, die erzählt hat, dass Jane wahrscheinlich in ihrer Jugendzeit eine kleine Affäre mit Walter Hermansson gehabt hat … wenn man es überhaupt so nennen kann. Sie waren eine ganze Truppe gewesen, und Walter hatte offenbar … ja, zu dieser Zeugin gewechselt, mitten in der Nacht.«

»Ach was.«

»Das kann man wohl sagen. Und dann noch im gleichen Schlafsack.«

»Was?«

»Ja, so hat sie sich ausgedrückt. Sie waren irgendwo außerhalb von Kymmen zum Zelten, ich weiß nicht, ob das wichtig ist, aber die Zeugin, die damals also eine Freundin von Jane war, behauptet, dass Jane fast wahnsinnig geworden ist und davon geredet hat, sie wolle Walter umbringen. Hat es offenbar auch versucht.«

»Damals schon?«

»Damals schon. Sie war sechzehn Jahre alt, das kann in dem Alter anfangen … Auf jeden Fall gibt es also eine alte Verbindung zu Walter. Vielleicht ist es ja so, wie du gesagt hast, dass ihr wieder eingefallen ist, wie er sie im Stich gelassen hat, als sie ihn zwanzig Jahre später im Fernsehen gesehen hat. Und Sören Karlsson war die direkte Ursache dafür, dass ihre Ehe in Kalmar zerbrochen ist, wir können also davon ausgehen, dass es ein Rachemotiv gibt. Was beide Opfer betrifft.«

»Eine alte Geschichte in einem Zelt?«

»Weißt du, so etwas kann lange schwelen. Und nach zwanzig oder dreißig Jahren wieder aufflammen, besonders in verdrehten Köpfen.«

»Ja, danke, das weiß ich. Aber wie war das dann mit ihrem Mann … ihrem Ex-Mann, meine ich?«

»Ja, genau. Er muss auch ein denkbares Opfer gewesen sein. Aber er und die Kinder haben eine Art geschützte Identität. Sie wohnen in Drammen, in Norwegen – was meinst du, was Jane

Almgren in Oslo wollte? Wäre sie nicht überfahren worden, hätte sie ihn vielleicht auch noch ins Visier genommen.«

Gunnar Barbarotti kaute auf der Unterlippe und dachte eine Weile darüber nach.

»Verdammte Scheiße«, sagte er.

»Ja«, bestätigte Eva Backman. »Damit fasst du die Situation ziemlich gut zusammen. Aber du und ich, wir können sie jetzt vielleicht ad acta legen. Oder?«

Barbarotti nickte. »Ich denke schon. Berggren und Toivonen werden sicher noch die Lücken füllen. Es geht ja wohl nur noch darum, den psychischen Zustand einzuschätzen, und Toivonen ist ja ein Fuchs in solchen Dingen.«

Eva Backman lächelte kurz. »Und worin bist du ein Fuchs?«, fragte sie. »Sei mal ehrlich?«

Gunnar Barbarotti streckte sich und wich ihrem Blick aus. Er verzog das Gesicht und überlegte. »Ich bin froh, dass du das ansprichst«, sagte er. »Ich habe selbst schon darüber nachgedacht.«

»Und zu welchem Ergebnis bist du gekommen?«

»Ich glaube … ich glaube, ich bin ein Fuchs darin, nicht locker zu lassen.«

»Tatsächlich?«

»Ja. Einmal, als ich noch zur Schule ging, habe ich zwei Wochen damit verbracht, das Problem mit den Brücken in Königsberg zu lösen. Wir hatten damals einen Lehrer, der uns immer solche Rätsel aufgegeben hat. Das sagt dir doch was, die Brücken in Königsberg?«

»Ich dachte, das wäre nicht zu lösen.«

»Stimmt. Und das hat der Lehrer auch gesagt. Aber ich habe mich nicht darum gekümmert, ich habe trotzdem versucht, es zu lösen.«

Eva Backman nickte und kaute auf einem Fingernagel. »Ich verstehe«, sagte sie. »Und Henrik Grundt, denn auf den willst du doch wohl hinaus?«

»Alles andere als nicht zu lösen«, sagte Gunnar Barbarotti. »Gib mir nur ein wenig Zeit.«

Eva Backman schwieg eine Weile.

»Wie viel Zeit?«

Er zuckte mit den Schultern. »Das spielt keine Rolle. Ein paar Monate oder ein paar Jahre. Irgendwie habe ich das Gefühl, dass es klappt. Sie sahen ziemlich heruntergekommen aus, nicht wahr?«

»Heruntergekommen? Wer?«

»Die Familienmitglieder. Alle da auf der Beerdigung. Ich kann nicht sagen, wem von ihnen es am schlimmsten ging. Aber eines ist sicher: Es war nicht Walter, den sie da in der Kirche betrauert haben. Der arme Teufel, es ist ihm nicht einmal gelungen, auf seiner eigenen Beerdigung die Hauptperson zu sein. Du musst doch zugeben, dass das wirklich das Kümmerlichste überhaupt ist.«

»Existenzielle Niete«, bestätigte Eva Backman. »Aber du glaubst doch wohl nicht, dass Henrik Grundt noch am Leben ist?«

»Kann ich mir nur schwer vorstellen«, antwortete Gunnar Barbarotti. »Sehr schwer.«

»Ebenso schwer wie sich vorzustellen, dass er eines natürlichen Todes gestorben ist?«

»Fast ebenso schwer«, seufzte Barbarotti. »Aber wenn ich Asunander überzeugen kann, würde ich mich gern drei Tage hinsetzen und den ganzen Fall noch einmal durchgehen. Alles, was wir haben. Alle Vernehmungen, jedes Wort von allen Seiten betrachten und jeden armen Schlucker in Frage stellen.«

»Wäre es nicht besser umgekehrt?«

»Was?«

»Jedes Wort in Frage zu stellen und jeden armen Schlucker von allen Seiten betrachten.«

»Frau Backman ist eine scharfe Beobachterin, wissen Sie das?«

»Mein Mann sagt das auch immer«, bestätigte Eva Backman. »Aber geh jetzt und rede mit dem Chef. Ich habe ihn heute Morgen schon gesehen.«

»Asunander? Und wie war er drauf?«

»Wirkte ziemlich finster. Ungewöhnlich finster.«

»Dann warte ich bis morgen«, entschied Gunnar Barbarotti. »Der Herr hat die Eile nicht erfunden.«

»Bist du vertraut mit dem Herrn?«, wunderte Eva Backman sich. »Das hätte ich nun nicht gedacht.«

»Nur ein wenig«, gab Inspektor Barbarotti zu. »Nur ein wenig.«

IV

November

32

Kristina stieg am Gullmarsplan aus, während der Zug weiter Richtung Farsta Strand fuhr. Sie stemmte sich gegen die Windböen, überquerte den menschenleeren Markt und ging durch den vollgepissten Fußgängertunnel zum Globen. Der Regen schlug ihr in frostigen Kaskaden entgegen, und sie fragte sich, warum sie nicht auf Jakob gehört, in der Östermalmshalle eingekauft und dann ein Taxi nach Hause nach Enskede genommen hatte.

Aber vielleicht sah sie ja gerade in diesen unwichtigen Ungehorsamkeiten ihre Widerstandsnester. Hier und nur hier. Warum nicht? Irgendwoher muss man den Sauerstoff zum Überleben holen.

Sie sollten Gäste haben. Zwei dänische Filmproduzenten mit ihren Frauen, genauer gesagt, einen schwedischen Fernsehboss ohne Begleitung und eine lesbische finnische Regisseurin. Es musste Essen gekocht werden, es sollte fürstlich getrunken werden. Es ging um ein gesamtnordisches Projekt. Blinis, falscher Kaviar und Schnaps. Rentier und Barolo. Karamellisierte Feigen und Chèvre und Kaffee und Calvados und der Teufel und seine Großmutter.

Sie war müde bis ins innerste Mark. Aber nun hatte sie sich einmal dazu entschlossen, in der Globenarkade einzukaufen. Wenn man schon gezwungen war, die junge, perfekte – und kleidsam schwangere – Hausfrau zu spielen, dann sollte man zumindest das Recht haben, darüber zu entscheiden, wo die

Zutaten eingekauft wurden, oder? Die im Laufe des Nachmittags zubereitet und veredelt werden sollten, um dann im Laufe des Abends in die Schlünde der ausgehungerten Medienmogule und ihrer zugespachtelten Ehefrauen geworfen zu werden. In die des TV-Bosses und der finnischen Lesbe.

Simulierter Widerstand, sonst nichts. Es war erst elf Uhr am Vormittag. Noch reichlich Zeit, fünf, sechs Stunden, für die gourmetmäßigen Vorbereitungen. Jakob hatte sogar versprochen, Kelvin bei der Tagesmutter abzuholen, niemand sollte behaupten können, er würde seiner schwangeren Ehefrau nicht die entsprechende Aufmerksamkeit und Fürsorge zuteil werden lassen.

Sie ging durch McDonald's in die Einkaufsarkade. Dort war es brechend voll, sie musste sich mit den Ellenbogen durchkämpfen, wollte aber nicht eine Sekunde länger als notwendig draußen im Eisregen bleiben. Sie spürte, dass sie sich hinsetzen und eine Weile ausruhen musste, bevor sie ans Einkaufen gehen konnte. Fand ein Espressocafé, zog sich die Regenjacke aus und bestellte einen Cappuccino. Ließ sich auf einem hohen Stuhl an einem winzigen Tisch mitten im Gewühl nieder. Letzte Woche hatte sich der Appetit auf Kaffee wieder eingestellt. Mitten im siebten Monat, es war genau wie beim letzten Mal.

Beim letzten Mal?, dachte sie, und während sie gedankenverloren mit dem traurigen Holzstab im Schaum rührte, versuchte sie sich daran zu erinnern, wie es war, als sie ihr erstes Kind erwartet hatte. Den schweigsamen und introvertierten Kelvin. Versuchte sich dieses Gefühl ungenauer Erwartung und naiven Optimismus' ins Gedächtnis zu rufen, fand zumindest seine Tonart, aber es war sinnlos. Alles hatte sich so schrecklich verändert. Die Lebensbedingungen hatten sich so vollkommen in ihr Gegenteil verkehrt, dass sie sich ab und zu fragte, ob sie tatsächlich noch der gleiche Mensch war. War das das gleiche Gehirn, das diese Gedanken dachte, das genau in diesem Moment der Hand den Befehl gab, den Becher zu heben und von der viel zu heißen, geschäumten Milch zu kosten? Eine gute Frage, wie man so sagte. Sie hatte jetzt seit fast einem Jahr in einem ständigen Albtraum gelebt, und es gab keinerlei Anzeichen, die darauf hindeuteten, dass er irgendwann aufhören könnte. Kein einziges Zeichen.

»Du siehst nicht glücklich aus«, hatte Marika in der Schwangerschaftsberatung gesagt. Dort hatte sie den Vormittag zugebracht. Zumindest eine halbe Stunde. Natürlich hätte sie zur Schwangerenberatung in Gamla Enskede gehen sollen, aber sie hatte sich an Marika gehalten, als sie Kelvin erwartete, und Marika arbeitete in der Artillerigatan. Jakob hatte Enskede vorgeschlagen, doch sie hatte sich für Marika entschieden. Widerstand.

»Nein«, hatte sie geantwortet. »Ich bin nicht glücklich. Ich will das Kind nicht.«

Sie begriff nicht, was in sie gefahren war. Sie hatte so etwas noch nie zuvor zugegeben. Aber gerade das war wohl Marikas Stärke. Eine ihrer Stärken, den Leuten die Wahrheit zu entlocken.

Sie hatte ihre raue Hand auf Kristinas Arm gelegt und ihr aus nur zwanzig Zentimetern Entfernung tief in die Augen geschaut.

»Es findet sich Rat«, hatte sie mit ihrem leicht anklingenden finnischen Akzent gesagt. »Glaube mir, kommt Zeit, kommt Rat. Du brauchst dich nicht zu beunruhigen, meine Liebe.«

Dann hatte sie gefragt, ob mit der Vaterschaft etwas nicht in Ordnung war. In welcher Hinsicht auch immer. Kristina hatte den Kopf geschüttelt und gedacht, dass hier nicht die Vaterschaft das Problem war, sondern der Vater selbst. Dort war der Wahnsinn beheimatet. Sie war mit einem Mörder verheiratet, und es war das Kind eines Mörders, das sie unter ihrem Herzen trug. Aber sie war in der Gewalt dieses wahnsinnigen Ehemann-Mörders, es war einfach nichts daran zu rütteln. Das war die Strafe der Götter, weil sie ein verbotenes Spiel gespielt hatte, und für den Rest ihres Lebens würde sie dem nicht entkommen können.

Doch nichts davon hatte sie Marika anvertraut. Auch das gehörte zu den Bedingungen, das Schweigen.

Sie nahm noch einen Schluck von ihrem Kaffee und schüttelte jetzt wieder in der Gegenwart angekommen den Kopf. Schluckte das heiße Getränk und auch den Kloß im Hals hinunter, wie sie es inzwischen schon gewohnt war. Betrachtete eine Weile zwei junge Frauen, die sich munter und eifrig am Nebentisch unterhielten, und dachte, wenn sie zehn Jahre später geboren worden wäre, dann hätte sie eine von ihnen sein können. Die Dunkelhaarige, wenn sie hätte wählen dürfen, sie hatte so ein ansprechendes Gesicht. In gewisser Weise sorglos, mit grenzenloser Zukunft vor sich und ohne schweres Gepäck.

Dann verging eine leere Sekunde, und danach tauchte der Plan wieder in ihrem Kopf auf.

Oder der *PLAN*, an den letzten Tagen hatte er sich in Versalien und kursiv gezeigt, was immer das zu bedeuten hatte. Wie ein Schild, das plötzlich von einem Scheinwerfer in ihrem Kopf beleuchtet wurde, mit genau diesen sieben Buchstaben in blutroter einprägsamer Schrift.

So war es anfangs noch nicht. Ganz im Gegenteil, als er sich das erste Mal gezeigt hatte, kam er wie ein Dieb in der Nacht, sich taktvoll heranschleichend, überhaupt nicht in der Absicht, bemerkt zu werden. Aber dann hatte er plötzlich auf eigentümliche Art und Weise an Rückgrat gewonnen, ließ sich plötzlich nicht mehr so einfach abweisen, blieb da und forderte Gehör, es war schon merkwürdig, wie ein … ja, wie ein Kavalier, der ihr den Hof machte und dem gegenüber sie sich nicht entscheiden konnte, ob sie ihn nun abweisen sollte oder nicht.

Ich bin deine einzige Alternative, pflegte er zu sagen. Dein einziger Weg hier heraus, Kristina. Du weißt das, du kannst selbst wählen, es jetzt zugeben oder in zehn Jahren. Aber früher oder später wirst du mich umarmen. Deine Feigheit bestimmt den Zeitpunkt, nichts sonst, du entscheidest selbst, wie viele Tage du noch weiter unter seinem Druck leben willst.

Mord, dachte sie. Ihn umbringen. Das ist es, was der Kavalier vorschlägt.

Doch keines dieser präzisierenden Worte stand vor ihrem inneren Auge in Kursiv oder Leuchtschrift geschrieben. Eher war das Gegenteil der Fall, sobald sie sie dachte, verblassten sie und verschwanden in ihrer eigenen Sinnlosigkeit.

Oder im Nebel ihrer Feigheit oder was immer das auch war.

Und dennoch war es doch genau das, was der *PLAN* beinhaltete. Das und nichts anderes.

Der Traum hingegen verblasste nie. Er wiederholte sich drei oder vier Nächte im Monat, und jedes Mal lag jedes einzelne Detail unverrückbar an seinem Platz. Nichts wurde verändert, alles war vorhanden ... Jakob tritt ins Zimmer. Henriks entsetztes Einatmen, die sich lang hinziehenden Sekunden absoluten Schweigens und vollkommener Reglosigkeit ... Jakobs Hände, die den Jungen aus dem Bett reißen, ihn brutal zu Boden werfen, das Knie auf dem Brustkorb, ihr eigener, unterdrückter Schrei.

Jakobs drei, vier harte Schläge mit der Faust, seine Hände um Henriks Hals, die Augen, die aus ihren Höhlen zu quellen scheinen, ihre eigene Unfähigkeit, irgendetwas zu tun, ihre in Ohnmacht zusammengebissenen Zähne und Jakobs letztendlichen Worte: So, ja, nun ist er tot.

Seine schallende Ohrfeige und seine Spucke in ihrem Gesicht.

Dokumentiert. Das war kein Traum, keine Aufnahme. Das war eine authentische – vollkommen authentische und detailgetreue – Erinnerungssequenz dieser Nacht. Wie Henriks toter Körper in das Laken gewickelt wird. Wie er über den kleinen Feuerbalkon in die Büsche gekippt wird. Zum Auto geschleppt wird. Niemand hat sie gesehen. Danach schlug er ihr noch einmal ins Gesicht und vergewaltigte sie. Um sieben Uhr saßen sie bereits im Speisesaal und frühstückten. Kelvin auch, in den rotlackierten Kinderstuhl gezwängt, er hatte die ganze Nacht wie ein Stein geschlafen. Um Viertel vor acht verließen sie Kymlinge.

Um die Beerdigung des Körpers kümmerte er sich allein. Bis heute wusste sie nicht, wo Henriks Grab lag. Er war die ganze folgende Nacht fort gewesen, es war ihr klar, dass er sehr bedacht vorgegangen war. Vielleicht das Meer, vielleicht irgendein Wald in der Gegend von Nynäshamn, er kannte sich dort aus. Sie fragte nie, er würde es ihr sowieso nicht sagen.

Und als er ihr die Rahmenbedingungen für die Fortsetzung ihres Lebens erklärte, war sie bereits vorher mit ihnen einverstanden gewesen.

Wenn du mich entlarvst, dann entlarve ich dich.

Ein paar Wochen später hatte er noch etwas hinzugefügt.

Wenn du mich umbringst, dann gibt es Informationen in meinem Testament.

Wenn du mich umbringst, dann gibt es Informationen in meinem Testament.

Lange Zeit hatte sie das geglaubt. Lange Zeit hatte sie von diesem Dokument geträumt. Seiner Authentizität vertraut.

Dass er es wirklich aufgeschrieben hatte. Zu einem Notar gegangen war und diesem einen zugeklebten Umschlag überreicht hatte: *Erst nach meinem Tode zu öffnen.* Oder: *Zu öffnen in dem Fall, dass mein Tod durch unklare Umstände eingetreten ist.*

Jetzt zweifelte sie. Seit einiger Zeit hatte sie angefangen zu ahnen, dass es so ein Dokument gar nicht gab. Welches Interesse sollte Jakob haben, nach seinem Tod als Mörder entlarvt zu werden? Gab es tatsächlich irgendeinen Grund, sich selbst diesen Nachruf zu schreiben?

Es war eine verdammt schwierige Frage. Tage und Wochen war sie mit ihr herumgelaufen und hatte sie gedreht und gewendet. Und es gab Folgefragen.

Hasste er sie wirklich so sehr?, zum Beispiel. So sehr, dass er sie noch bestrafen wollte, wenn er selbst nicht mehr am Leben war?

Warum sorgte er dann überhaupt dafür, sie an sich zu binden? Sie in diese Zwickmühle zu setzen. War es tatsächlich so einfach? Dass er eine Ehefrau haben wollte, die ihm niemals etwas verweigern konnte? Der gegenüber er das moralische Recht empfand, sie Nacht für Nacht zu vergewaltigen, so oft er Lust hatte.

Vielleicht? Vielleicht war es ja so? Vielleicht war Jakob Willnius tatsächlich so beschaffen, so krank, dass er auf diese Art und Weise leben konnte – und wollte. Es gab einiges, das darauf hindeutete. Gewisse Männer haben so einen Kern.

Aber es gab eine interessantere Folgefrage. Mit der Zeit, nachdem sie ein paar Mal darauf gewartet hatte, sie einige Wochen abgewogen hatte, wagte sie fast, sie zu einer Tatsache zu erklären.

Das Wichtige, das wirklich Wichtige – von Jakob Willnius' Standpunkt aus gesehen – war natürlich nicht, tatsächlich ein Dokument besagter Art zu verfassen, sondern *seine Ehefrau davon zu überzeugen, dass ein derartiges Dokument existierte.* Durch Letzteres band er ihr die Hände und verschaffte sich eine Lebensversicherung, nicht durch Ersteres.

Oder?, fragte Kristina sich. Oder nicht? Oder? Oder nicht?

Und durch dieses vorsichtige Aussprechen der Dinge, leise und kaum hörbar, durch die bejahende Antwort auf diese halb rhetorische, halb verzweifelte Frage, öffnete sich der Plan. Der *PLAN.*

Sie trank einen Schluck Kaffee und schaute auf die Uhr. Es war zwanzig Minuten vor zwölf. Die schnatternden Freundinnen am Tisch nebenan waren durch einen müden Mann mit einem Berg von Einkaufstüten zu seinen Füßen ersetzt worden. Die Einkaufspassage wimmelte von Leuten. Jung, alt. Trocken, regendurchnässt. Männer, Frauen. Ich würde gern, dachte Kristina Hermansson und strich gedankenverloren mit der Hand über ihren angespannten Bauch, ich würde gern ohne auch nur eine Sekunde zu zögern, mit einem dieser Menschen die Identität tauschen, ganz gleich, mit welchem.

Dann stand sie auf, ließ ihren halb leergetrunkenen Pappbecher auf dem Tisch zurück und begab sich zu ICA, um ihren hausfraulichen Pflichten nachzukommen.

Aber wie?, dachte sie. *Wie?*

Leif Grundt fuhr den Volvo auf die Garagenauffahrt und schaltete den Motor aus. Er blieb sitzen, die Hände auf dem Lenkrad, nicht in der Lage auszusteigen. Es war halb zehn Uhr abends. Es war ein Donnerstag im November. Es regnete.

Das Haus lag im Dunkeln, abgesehen von Kristoffers Zimmer, ein bläuliches Licht verriet, dass er den Fernseher laufen hatte. Leif Grundt war müde, bis ins Mark hinein. Er war vor sieben Uhr aus dem Haus gegangen, hatte den Laden elf Stunden später verlassen und anschließend noch zwei Stunden lang in Vassrogga bei Ebba gesessen.

Sie verbrachte die Wochen dort, die Wochenenden mit der Familie. Ein privates Pflegeheim. Eine Art Intensivtherapie, er konnte nicht sagen, worum es sich dabei eigentlich handelte. Zwölf, fünfzehn Kilometer landeinwärts, irgendwo am Indalsälv. Das lief jetzt seit drei Wochen so, sollte noch weitere drei Wochen dauern. Jeden Donnerstagabend war ein Familiengespräch, er fuhr hin und versuchte nett und verständnisvoll zu sein. Das Nette kriegte er noch ganz gut hin, schlimmer war es mit dem Verständnisvollen. Er hatte nicht den Eindruck, als hätte seine Frau sichtbare Fortschritte gemacht.

Als er das vorsichtig dem Therapeuten darlegte, erwiderte dieser, ein sehr sanfter und sehr bärtiger Mann in den Sechzigern, dass Frau Grundt einen Sohn verloren habe und dass das seine Zeit brauche.

Leif Grundt hätte am liebsten geantwortet, dass dieser verlorene Sohn auch sein verlorener Sohn sei. Aber ihm war klar, dass man das dort nicht so sah.

Morgen Abend sollte Ebba nach Hause kommen, und er spürte, dass er dem mit gemischten Gefühlen gegenüberstand. Als bekämen Kristoffer und er plötzlich eine Verantwortung aufgebürdet. Die Verantwortung, Ebba bei Laune zu halten. Oder ihr unter die Arme zu greifen oder wie immer man es sehen wollte. Seit einiger Zeit tauchte immer wieder die gleiche Phrase in seinem Kopf auf. *Manchmal bin ich deiner so leid, Ebba, verstehst du das nicht?* – aber er wusste genau, wenn diese Worte es jemals schaffen würden, ihm über die Lippen zu rutschen, dann würde nichts mehr zu reparieren sein. Das würde der Nagel an ihrem ehelichen Sarg sein. Das Ende der Familie Grundt.

Aber vielleicht, dachte er, während seine Finger etwas gleichgültig das Lenkrad umklammerten, vielleicht ist sie schon gar nicht mehr zu retten.

Manche Familien ertragen eine Katastrophe, hatte er irgendwo gelesen, andere nicht.

Und nach allem zu urteilen, gehörte die Familie Hermansson Grundt zur zweiten Gruppe. Elf Monate hatte es gebraucht, vor einem Jahr hatte alles noch nach Wohlbefinden und eitel Sonnenschein ausgesehen, zumindest nach normalen Maßstäben und seinem eigenen bescheidenen Verstand. Eine Oberärztin, ein Supermarktleiter, ein Student in Uppsala und ein einigermaßen wohlgeratener Oberstufenschüler. Heute war der Student verschwunden, mit höchster Wahrscheinlichkeit tot, die Oberärztin auf dem Weg in ihre eigene Finsternis, und er selbst saß hier und schaffte es nicht einmal, aus dem Auto zu steigen.

So war die Lage. So war es gekommen.

Und Kristoffer?

Er traute sich gar nicht so recht, an Kristoffer zu denken. Klar war, dass der Junge angefangen hatte zu rauchen, dass er in ziemlich schlechten Kreisen verkehrte und dass sein Einsatz in der Schule zu wünschen übrig ließ. Sicher trank er auch ab und zu Bier und anderes. Leif wusste davon, und Kristoffer wusste, dass er es wusste, aber beide zogen es vor, so zu tun, als wenn nichts wäre. Zumindest kein Wort darüber fallen zu lassen. Es war schlimm genug mit allem anderen, bitte nicht noch mehr Probleme auf den Tisch. Immer noch war er in der Lage, den Jungen ab und zu in den Arm zu nehmen und ihm ein aufmunterndes Wort zukommen zu lassen, er hoffte, dass das auf die Dauer reichte. Sie hatten eine Art gentlemen's agreement, das im Groben gesehen darauf hinauslief, dass sie nicht über das sprachen, was unangenehm war, und so taten, als regnete es.

Und regnen, das tat es wirklich. Leif Grundt konnte sehen, wie die Tropfen auf die Motorhaube spritzten und sich in einen dünnen Nebel verwandelten, der sich augenblicklich ins Nichts auflöste. Der Motor war noch warm. Warum sitze ich hier?, dachte er. In meinem dreiundvierzigsten Jahr sitze ich in meinem eigenen Auto in meiner eigenen Garagenauffahrt und glotze in den Regen. Missmutig wie ein gefangener Hummer. Warum? Warum sitze ich hier? Und was ... was haben Hummer mit dieser Tatsache zu tun? Aber natürlich, das waren diese tiefgefrorenen argentinischen, die sie nach einer Klage von diesen Tanten hatten wegwerfen müssen, weil ... nein, jetzt verlor er den Faden wieder. Woran hatte er gerade gedacht?

Ja, natürlich. An Kristoffer. Er glotzte wieder Fernsehen, der Junge, der bläuliche Schimmer aus seinem Fenster war nicht zu übersehen. Abgesehen davon, dass er ab und zu etwas zu essen in sich hineinstopfte und rausging, um heimlich zu rauchen, war das wohl das Einzige, was er zu Hause tat.

Womit er beschäftigt war, wenn er nicht zu Hause war, beispielsweise größere Teile des Wochenendes, darüber wollte Leif Grundt lieber nicht nachdenken.

Und es schien, als träfen ihre Blicke sich nicht mehr direkt. Nicht wie früher. Aber das lag wahrscheinlich auch in der Natur der Sache. Zu vermeiden, einander anzusehen, alles hatte seinen Preis.

Langsam halte ich es nicht mehr aus, dachte Leif Grundt, öffnete die Wagentür und stieg hinaus in den Regen. Verdammte Scheiße.

Er eilte die wenigen Schritte zur Haustür und trat schnell in den dunklen Eingang. Hängte seine Jacke auf, ohne Licht zu machen, und ging weiter in die Küche. Dort machte er das Licht über der Spüle an und stellte fest, dass Kristoffer Butter, Käse und Kaviar hatte draußen stehen lassen und dass die Geschirrspülmaschine wahrscheinlich voll war, da ein schmutziger Nudeltopf und ein Sieb in der Spüle lagen.

Es dauerte eine Viertelstunde, die Dinge in Ordnung zu bringen, danach ging er zu seinem Sohn. Wie erwartet lag der da und schaute sich einen Film an, aber immerhin war er auf Schwedisch. Einer der Schauspieler sagte: »Fahr zur Hölle, du verdammte Hure«, gerade als Leif Grundt die Tür öffnete. Immerhin etwas, dachte er und wunderte sich gleichzeitig darüber, was so beruhigend daran sein sollte, dass der Film auf Schwedisch war.

»Grüße von Mama«, sagte er.

»Okay«, sagte Kristoffer.

»Sie kommt morgen Abend nach Hause.«

»Ich weiß nicht, ob ich dann da bin«, sagte Kristoffer.

»Ja«, sagte Leif Grundt. »Nein, ich denke, ich werde mich aufs Ohr legen. Wann fängst du morgen früh an?«

»Morgen erst um zehn.«

»Soll ich dich wecken, wenn ich gehe?«

»Nicht nötig. Ich komme allein hoch.«

»Na gut. Dann sehen wir uns morgen Abend, nicht wahr?«

»Ich denke schon«, sagte Kristoffer Grundt.

Ich wünsche dir einen guten Nachtschlaf, mein geliebter Sohn, dachte Leif Grundt. Möge dich nichts Böses ereilen.

Doch er sagte nichts. Gähnte und schloß die Tür hinter sich, das war alles.

Er musste irgendwann im letzten Drittel des Films eingeschlafen sein, denn er wachte von der Musik auf, die das Schlussbild eines brennenden Hauses mit dem Nachspann begleitete. Es erschien etwas blöd, dem Text ausgerechnet diesen Hintergrund zu verpassen, dachte Kristoffer, da ziemlich viele Namen fast nicht zu lesen waren. Aber andererseits war es überhaupt ein ziemlich bescheuerter Film gewesen. Typisch schwedischer B-Film. Aber vielleicht lag es gerade daran – dass man die Namen all dieser Schauspieler und Kameraleute und Inspizienten und Regieassistenten und Tontechniker nicht so einfach erkennen konnte –, dass er im Bett liegen blieb und es trotzdem versuchte. Normalerweise verschwendete er keine Konzentration auf so etwas. Ein Name nach dem anderen ... dass so verdammt viele Leute notwendig sein können, um so einen albernen Film zu drehen, dachte Kristoffer. Das hatte er sich noch nie richtig klargemacht. Dass es wirklich so viele waren. Cutter und Castingleute und Scriptgirl und Maskenbildner ... während er dalag und mit halbem Auge all die Namen dieser unbekannten Menschen an sich vorbeiziehen ließ, dieser anonymen Filmunderdogs, da tauchte plötzlich ein Name auf, den er wiedererkannte.

Rimborg. Olle Rimborg.

Verdammt nochmal, dachte Kristoffer. Wo habe ich den denn schon mal gesehen? Oder gehört?

Bevor er hatte registrieren können, was dieser Olle Rimborg für eine Aufgabe in der wunderbaren Welt des Films gehabt hatte, war der Name bereits vom Bildschirm verschwunden.

Rimborg?

Er wühlte unter seinem Kopfkissen nach der Fernbedienung und schaltete den Fernseher aus. Wünschte, er hätte einen neuen Film, den er sich hätte ansehen können, aber es war keiner auf Lager. Nur alter Plunder, den er schon x-mal angeguckt hatte. Es war erst Viertel vor elf, es wäre noch genügend Zeit für ein nettes Video, bei dem man einschlafen konnte.

Rimborg?

Er stand aus dem Bett auf. Beschloss, eine letzte Zigarette am Fenster zu rauchen und dann auf jeden Fall zu versuchen einzuschlafen. Der nächste Tag war ein Freitag. Doppelstunde in Sport zu Beginn, aber das wollte er schwänzen. Er hatte zwar im Halbjahreszeugnis schon eine Verwarnung wegen seiner Fehlstunden bekommen, aber zwei Stunden in einer stinkigen Schwimmhalle waren wahrlich kein passender Auftakt für einen Freitag. Zumindest nicht nach Kristoffer Grundts Vorstellungen von der Welt und ihren Bedingungen.

Seiner momentanen Vorstellung hinsichtlich der Welt und ihrer Bedingungen, sollte man hinzufügen. Er war sich wohl bewusst, dass er augenblicklich nicht ganz so lebte, wie er gern gelebt hätte. Dass er *eine Phase durchlief,* wie es der Sozialarbeiter vorsichtig Klassenlehrer Stahke im Zusammenhang mit besagter Konferenz zu erklären versucht hatte. Wie konnte man nur Stahke heißen?

Er lehnte sich hinaus in den Novemberschauer und zündete die Zigarette an. Glücklicherweise lag der Balkon des ersten Stocks direkt über seinem Fenster, so dass zumindest die Zigarette nicht nass wurde.

Olle Rimborg?

Das war … nach zwei Zügen kam der erste Faden, ja, ja, der positive Einfluss des Nikotins auf das Denkvermögen … das war irgendetwas mit Oma. Etwas, das sie gesagt hatte … wann nur? Bei der Beerdigung? Ja, natürlich, das war es. Sie hatten vor der Kirche gestanden – es war übrigens das einzige Mal, dass er sie im letzten Jahr getroffen hatte, deshalb war es nicht schwer, sich das auszurechnen –, und sie hatte etwas von jemandem gebrabbelt, der Rimborg hieß.

Und dann hatte sie gesagt, dass er zurückgekommen war.

Er war zurückgekommen. Wer zum Teufel war *er*? Oma war zwar etwas gaga bei der Beerdigung von Onkel Walter gewesen, aber über diesen Olle Rimborg hatte sie ziemlich deutlich geplappert, und darüber, dass jemand in der Nacht zurückgekommen sei. Jemand *anderes,* nicht Olle Rimborg. Richtig hartnäckig war sie gewesen, die Oma, also war wohl etwas an der Sache dran. Obwohl sie so verwirrt gewesen war.

Dachte Kristoffer Grundt, während er heftig an seiner Zigarette zog. Was hatte sie noch gesagt? Nicht, dass das eine Rolle spielte, aber wo er sowieso keinen anderen Film hatte … wo er sowieso nichts anderes zu tun hatte, als an einem regnerischen, hoffnungslosen Novemberabend heimlich aus dem Fenster zu rauchen, dann konnte er ebenso gut seine Denkmaschine ein wenig anstrengen … Ja, genau! Jetzt kam es wieder! Olle Rimborg arbeitete am Empfang im Hotel von Kymlinge. So war es … zumindest, wenn man Oma glauben durfte, und er war derjenige, der gesagt hatte, dass jemand zurückgekommen sei … und das Ganze war irgendwie wichtig, also, Oma hatte versucht, ihm das zu erklären, aber sie war so durcheinander gewesen, dass er ihr eigentlich gar nicht richtig zugehört hatte, es war ein wenig peinlich gewesen. Ja, so war es, jetzt erinnerte er sich, dass er die arme Oma als ein wenig peinlich empfunden hatte.

Und dann … dann taucht dieser Name zwei, drei Monate später auf seinem Fernsehbildschirm auf, wenn das nicht merkwürdig ist? Als hätte er nur darauf gewartet. Olle Rimborg hat offensichtlich nicht nur einen Arbeitsplatz, er ist sowohl Hotelportier als auch irgendeine Art von Filmmitarbeiter, wenn es stimmte, dass …

Der nächste Zug geriet ein wenig zu tief, es surrte in seinem Kopf, und schon hatte er schwupps Henrik wieder bei sich.

Hej Brüderlein, sagte Henrik.

Selber hej.

Rauchen ist nicht gut.

Danke. Das weiß ich.

Wie geht es dir?

Danke, gut.

Stimmt das wirklich?

Mm …

Henrik nistete sich eine Weile bei ihm ein, ohne etwas zu sagen.

Okay, Brüderlein, kam schließlich. Es ist mir scheißegal, wie es um deinen Lebenswandel steht. Vielleicht ist es ja wirklich nur eine Phase, wie behauptet wird. Aber ich hätte es gern, wenn du dich ein wenig für diesen Olle Rimborg interessieren könntest.

Was?, fragte Kristoffer.

Das mal nachprüfen würdest, sagte Henrik. Das kann nichts schaden.

Und warum?

Du weißt, dass ich dir gewisse Dinge nicht erzählen kann, darüber haben wir ja früher schon gesprochen.

Ja, ich weiß, aber …

Kein Aber. Wenn du etwas Nützliches tun willst, außer rauchen, Bier trinken und die Schule vernachlässigen, dann überprüfe mal diesen Olle Rimborg. Du hast doch schon rausgekriegt, wo er zu finden ist, oder?

Ja, sicher, aber … versuchte es Kristoffer noch einmal.

Dann ist das abgemacht, entschied Henrik. Und drück jetzt diese verfluchte Zigarette aus, du musst dich wirklich ein bisschen zusammenreißen, Brüderchen.

Kristoffer Grundt seufzte und nahm einen letzten Zug. Warf die Kippe in den Regen hinaus, für dieses Jahr war Schluss mit Rasenmähen, sein Vater würde sie nicht finden. Er schloss das Fenster und kroch ins Bett.

Wasch dich und putz dir die Zähne!, fügte Henrik hinzu. Nur weil Linda Granberg nach Norwegen gezogen ist, musst du doch nicht wie ein Biber stinken?

Kristoffer seufzte noch einmal, strampelte die Decke weg und kam auf die Füße. Brüder, dachte er.

33

Gunnar Barbarotti wachte auf und wusste nicht, wo er war.

Er spürte, dass eine warme Hand auf seinem Bauch lag. Nicht die eigene.

Die Hand. Es war eine Frauenhand. Während des Bruchteils einer Sekunde tauchten all die Frauen in seinem morgenmüden Unterbewusstsein auf, mit denen er im Laufe seines sechsundvierzigjährigen Lebens gemeinsam aufgewacht war. Der Film blieb bei der richtigen stehen.

Marianne.

Immerhin. Aber der Weg zu Marianne war auch nicht besonders weit. Abgesehen von seiner früheren Ehefrau hatte er höchstens mit einem Dutzend Frauen geschlafen. Mit der Hälfte von ihnen nur ein oder zwei Mal, mit fast allen vor mehr als zwanzig Jahren. In der Studienzeit in Lund.

Aber jetzt lag er hier neben Marianne. So, so. Sie schlief immer noch, holte leicht schnuppernd durch die Nase Luft, er betrachtete ihr Gesicht aus nur zwanzig Zentimetern Entfernung und fragte sich, wie um alles in der Welt so eine schöne Frau einem solchen Langweiler wie ihm hatte verfallen können.

Aber das war wohl ein Teil des weiblichen Mysteriums. Gott sei Dank.

Malmö. Er schaute sich vorsichtig im Zimmer um und stellte fest, dass er sich im Hotel Baltzar in Malmö befand. Ein großer Eckraum im vierten Stock. Seine Studentenjahre lagen tatsächlich nicht mehr als zehn Kilometer entfernt. So waren die Tatsachen, und nachdem er das registriert hatte, fiel der Rest der Puzzleteilchen schnell an seinen Platz.

Es war Morgen. Es war Samstag. Es war Mitte November. Sie waren gestern Abend angekommen, wollten bis Sonntag bleiben. Es ging um eine Hochzeit.

Nicht ihre eigene, das wäre ja nun wirklich noch zu früh gewesen. Es waren nicht einmal vier Monate vergangen, seit sie sich während dieser magischen Wochen auf Thasos kennen gelernt hatten, und Eile war das Letzte, was für sie beide geboten war. Ganz im Gegenteil, zuerst wollen wir einander wie leckere Bonbons kosten, hatte sie gesagt, und dann werden wir sehen. Gunnar Barbarotti hatte nichts dagegen einzuwenden gehabt, hatte höchstens ein wenig Mühe, sich selbst als ein leckeres Bonbon anzusehen, aber wie auch immer. Und es herrschte kein Zweifel daran, dass das Verlangen nach Süßigkeiten im Laufe des Herbsts kräftig zugenommen hatte. Sie hatten sich mindestens zehn Mal getroffen, er hatte Marianne Sara vorgestellt, und sie hatten bei zwei Gelegenheiten Mariannes Kinder getroffen – einen Jungen von vierzehn und ein Mädchen von zwölf. Es waren keine nennenswerten Reibungen entstanden. O, großer Gott, hatte er erst am vorigen Tag gedacht, ich habe zwar nicht um sie gebeten, aber ich bin fast gewillt, dir zehn Existenzpunkte zuzuerkennen dafür, dass du sie mir gesandt hast.

Der Herr hatte geantwortet, dass es soviel einfacher wäre, das eine oder andere Gute zu tun, wenn die Menschen genügend Verstand hätten, um das zu bitten, was sie wirklich benötigten – und Gunnar Barbarotti hatte sich mit dem Argument verteidigt, dass er davon ausgegangen sei, dass es in der Verantwortung des existierenden Gottes lag, die Menschen genau mit derartigem Verstand auszustatten.

Was das betraf, so bat der liebe Herrgott darum, später die Antwort darauf geben zu dürfen.

Aber jetzt war also eine Hochzeit angesagt. Mariannes

Schwester Clara, achtundzwanzigjährige Art Directorin – Gunnar war sich nicht wirklich sicher, was das eigentlich bedeutete –, hatte endlich ihren Prinzen gefunden, einen dänischen Architekten namens Palle. Marianne selbst arbeitete als Hebamme, ein Beruf mit deutlich klarerem Inhalt. Sie war außerdem zwölf Jahre älter als ihre Schwester Braut (es gab nicht weniger als vier Schwestern und drei Brüder in der Familie, die meisten davon Halbgeschwister), und Gunnar Barbarotti hatte zuerst Panik empfunden bei dem Gedanken, auf eine jugendliche Hochzeitsfeier zu gehen und dort einhundertachtunddreißig Menschen zu treffen, von denen er nur einen einzigen kannte. Aber dankend abzulehnen erschien noch schlimmer, und als sich zeigte, dass das Arrangement sich auf ein ganzes Wochenende in Malmö erstreckte – privat im Hotel wohnend, nur er und Marianne –, da war ihm alles schon in einem deutlich sanfteren Licht erschienen.

»Natürlich fährst du hin, du alter Bock«, hatte Sara ihn ermahnt. »Du sollst dir auch mal was Schönes im Leben ansehen.«

Meine allerliebste Tochter, dachte Gunnar Barbarotti und gähnte glücklich. Wenn du nur wüsstest.

Die Zeremonie fand in der Sankt Petri Kirche statt, sowohl Braut als auch Bräutigam antworteten mit Ja, und anschließend gab es ein Essen im zugehörigen Festsaal, eine Minute Fußweg entfernt. (Und nur drei, vier zurück zum Hotel Baltzar, eine Tatsache, die Marianne nicht versäumt hatte zu betonen.)

Die Sitzung wurde lang. Man ging kurz nach sechs Uhr zu Tisch, und fünf Stunden später saß man immer noch dort. Gunnar Barbarotti hatte vierundzwanzig Reden und Darbietungen gezählt, und laut Toastmaster – einem fülligen Jüngling in hellblauem Smoking, der auch selbst das Wort ergriff – waren noch mindestens ein halbes Dutzend zu erwarten, bevor Tanz und Getränke auf der Tagesordnung standen.

Aber der Herr Inspektor Barbarotti litt keine Qualen, das musste man einräumen. Er war in einer lebhaften, uneitlen Ecke gelandet, wo munter getrunken und geplaudert wurde – und er hatte Marianne im Blickfeld und fast in Hörnähe diagonal auf der anderen Seite einer schönen Tischdekoration aus gelbem Laub, Heide und Vogelbeeren. Als Tischdame hatte er eine Cousine des Bräutigams, sie stammte aus einem kleinen Dorf auf Jütland und sprach ein merkwürdiges Dänisch, das auch nach sieben Glas Wein nicht leichter zu verstehen war. Zu seiner Linken saß eine Zahnärztin aus Uddevalla, eine Freundin der Braut und mit einer Gesangsstimme gesegnet, die ihm eine Gänsehaut versetzte, als sie ein eigens selbstkomponiertes Liebeslied für die beiden sang. A cappella, mit einem erotischen Anstrich, möglicherweise wurde seine Gänsehaut auch dadurch verstärkt, dass er während der gesamten Darbietung direkten Augenkontakt zu Marianne hatte.

Wie erwartet wurde viel über seinen Beruf geredet. Ein leibhaftiger Kommissar oder Inspektor war immer spannend, und das halt auch auf einem Hochzeitsfest. Als das Eis serviert wurde, waren die spektakulärsten Verbrechen in Schweden, vom Palme-Mord aufwärts, der Reihe nach oder auch kunterbunt gemischt abgehandelt worden. Catrin da Costa, Fadime Sindhari, Åmsele und Knutby. Tomas Quick. Ein immer stärker beschwipster EU-Sekretär neben Marianne behauptete mit immer kräftigerer Verve, je weiter der Abend fortschritt, dass er dem Hörby-Mörder während einer Radtour auf Österlen Mitte der Neunziger begegnet war. Und dass er weiß Gott nicht Olsson hieß. Die Frau an seiner Seite, offensichtlich kannten sie sich schon ein wenig, wurde sein Gerede mit der Zeit etwas leid, sie bat ihn, doch rauszugehen und in den nahegelegenen Kanal zu springen, um etwas nüchterner zu werden. Um den Ernst ihrer Aufforderung zu unterstreichen, es war gerade zwischen der fünfundzwanzigsten und der sechsundzwanzigsten Rede, trank sie seinen Dessertwein aus, der gerade erst serviert worden war – ein Ereignis, das große Fröhlichkeit unter den Umsitzenden auslöste.

Gunnar Barbarotti hatte den Namen dieser resoluten Dame nicht verstanden, sie trug ein hochgeschlossenes Kleid, war rothaarig und nur wenige Jahre jünger als er selbst, wie es schien, aber da entdeckte er, dass ihre Tischkarte zwischen ihnen auf der Festtafel lag, und er warf einen schnellen Blick darauf.

Annica Willnius.

Willnius? In seinem leicht vergifteten Kopf läutete eine Glocke.

Es brauchte zwei weitere Reden und ein weiteres Glas Wein, bevor die Verbindung geknüpft war.

Jakob Willnius. So hatte er geheißen, Kristina Hermanssons Ehemann. Es gab doch immer noch Synapsen, die funktionierten.

Aber es waren inzwischen ... er war gezwungen nachzurechnen ... gut zehn Monate vergangen, seit er mit ihm in dem schönen Haus in Gamla Enskede gesprochen hatte. Der Name Willnius konnte doch wohl kein Zufall sein? Nein, er erschien zu ungewöhnlich, sie mussten in irgendeiner Weise miteinander verwandt sein.

Und innerhalb weniger Sekunden, während er sich zurücklehnte und vorsichtig von dem süßen Wein kostete – und die Konzentration nicht auf die siebenundzwanzigste Rede des Abends richtete –, segelte ihm der ganze Fall durch den Kopf. Oder besser gesagt der halbe Fall. Walter Hermanssons traurige Geschichte war ja inzwischen definitiv ad acta gelegt.

Blieb noch Henrik Grundt. Blieb noch, überhaupt zu irgendeinem Ergebnis zu kommen. Gunnar Barbarotti seufzte und trank noch ein Schlückchen. Offiziell gesehen liefen die Ermittlungen immer noch, doch der existierende Gott musste wissen, dass sie nur mit halber Kraft liefen. Oder einem Viertel. Oder einem Achtel. Seit August war nicht die Bohne passiert, an polizeilicher Arbeit war eigentlich nur zu vermelden, dass die Inspektoren Barbarotti und Backman den Fall ein oder zwei Mal in der Woche diskutierten. Ihre Frustration ausdrückten und feststellten, dass nichts Neues passiert war.

Aber, wie Eva festzustellen pflegte, wie zum Teufel sollte auch etwas in einer Ermittlung passieren, wenn niemand etwas tat? Warten wir auf einen neuen Busunfall in Oslo oder was?

Er merkte, dass die Gedanken an den Fall Gefahr liefen, seine Lebensgeister deutlich zu dämpfen. So war es immer. Über unlösbare Probleme zu grübeln, hatte er sich vielleicht während der Schulzeit erlauben dürfen, aber es war definitiv nichts für einen Kriminalbeamten im Erwachsenenalter. Er trank sein Glas aus. Dachte an die goldene Regel, dass ein Rausch so lange positiv wirkt, solange die Alkoholmenge im Blut ansteigt, und negativ, wenn sie zu sinken beginnt. Die Rede lief immer noch weiter, es war ein jovialer Kindheitsfreund des Bräutigams, der ein fast ebenso unverständliches Dänisch sprach wie Barbarottis Tischdame – aber zum Schluss wenigstens einen Toast ausbrachte. Gunnar hob sein leeres Glas, schaute nach rechts, nach links und geradeaus, wie es ihm beigebracht worden war … und gerade als er das Trinken simulierte, bekam er Augenkontakt mit dem rothaarigen Gegenüber. Sie blinzelte ihm lächelnd zu.

Ich muss sie fragen, dachte er. Das ist das Mindeste, was ich tun kann.

Aber ich glaube, ich mache es erst einmal besser unter vier Augen.

»Ein bisschen frische Luft tut gut.«

Ihre Behauptung wurde ein wenig dadurch Lügen gestraft, dass sie im gleichen Moment einen tiefen Zug von ihrer Zigarette nahm. Sie standen draußen auf dem großen Balkon, es war wenige Minuten vor zwölf. Die Tafel war aufgehoben worden, und im Festsaal wurde für den bevorstehenden Tanz nach Leibeskräften umgeräumt. Der Regen hatte aufgehört, er lehnte die Ellbogen auf die brusthohe Steinbalustrade, schaute auf die nassglänzenden Straßen, die Nebelfäden und das gelbe Licht und dachte, dass auch Novemberabende ganz schön sein können. Auf eigenartige Art und Weise weichherzig. Marianne hatte ihn allein gelassen, um sich in der Puderschlange einzureihen, und er hatte sich eine Flasche Bier an der soeben eröffneten Bar besorgt.

»Zweifellos. Aber es war schön da drinnen.«

Sie nickte.

»Ich muss Sie nach Ihrem Namen fragen.«

»Meinem Namen?«

»Ja. Sie heißen Annica Willnius, oder?«

»Kommt da wieder der Kriminaler durch?«

»Nein, nein. Aber ich bin vor einer Zeit auf einen Jakob Willnius gestoßen. Es muss ein Verwandter von Ihnen sein, oder?«

Sie nahm einen neuen Zug. Schien etwas abzuwägen.

»Mein früherer Mann.«

»Ach?«

»Was hat er angestellt?«

Gunnar Barbarotti musste lachen. »Nichts. Er war nur Betroffener bei einer Ermittlung. Man trifft unglaublich viele Menschen in meinem Job.«

»Das kann ich mir denken. Nun ja, wir haben uns vor fünf Jahren scheiden lassen. Ich habe nichts mehr mit ihm zu tun. Er wohnt wohl immer noch in Stockholm, mit seiner Neuen, wie ich annehme … und ich wohne mit meinem Neuen in London. That's life, oder wie man so sagt, nicht?«

»Im einundzwanzigsten Jahrhundert, ja«, vervollständigte Gunnar Barbarotti. »Ja, ich bin sozusagen auf dem gleichen Weg.«

Das war dreist gesagt, ihm war klar, dass der Alkohol ihm dabei geholfen hatte. Sie nickte und schaute ihn einen Moment nachdenklich an. »Aber ich habe seinen Namen behalten. Als Mädchen hieß ich Pettersson wie die Hälfte aller Schweden, und meine neue Flamme heißt Czerniewski. Was halten Sie von Annica Czerniewski?«

»Ich selber heiße Gunnar Barbarotti«, sagte Gunnar Barbarotti.

Sie lachte. Er lachte. Wie schön es doch ist, wenn Leute ein wenig beschwipst sind, dachte er. Dass wir immer diese Hemmungen mit uns herumschleppen müssen. Sie hatte ein Weinglas mit hinausgenommen, jetzt hob sie es.

»Prost. Sie scheinen ein netter Bulle zu sein, wie es aussieht.«

»Sie auch ... aber Sie sind sicher nicht bei der Bullerei?«

Er nahm einen Schluck aus der Flasche.

»Nicht ganz. Theater ist mein Broterwerb. Aber nur hinter den Kulissen.«

»Ach so.«

»Aber ich muss Ihnen was gestehen.«

»Und was?«

»Es würde mich nicht im Geringsten wundern, wenn Jakob die Grenzen überschritten hätte. Nicht im Geringsten.«

»Was meinen Sie damit?«

Sie zog wieder an ihrer Zigarette und zögerte. Stieß den Rauch in einem dünnen, nachdenklichen Streifen aus. Sie sieht aus wie eine Femme fatale in einem französischen Film, kam ihm in den Sinn. Aber sie arbeitet ja in dieser Branche, vielleicht färbt das auch ab und zu auf die Wirklichkeit ab.

»Ich meine nur, dass Jakob Willnius ein richtiges Schwein ist. Ein widerliches, verdammtes Schwein. Das ist nicht von außen zu sehen, aber wenn man acht Jahre lang mit ihm verheiratet gewesen ist, dann weiß man das.«

»Geht es dir gut?«

Marianne schob ihren Arm unter seinen und gab ihm einen leichten Kuss auf die Wange.

»Oh je. Lippenstift.«

Sie wischte ihn mit einem feuchten Zeigefinger ab.

»Ja, danke. Und dir?«

»Auf jeden Fall. Wer war die Frau in Rot?«

»Weiß ich nicht. Ich kannte nur ihren Namen. Sie saß mir gegenüber.«

»Ach so. Jetzt ist der Hochzeitswalzer, danach musst du mit deiner Tischdame tanzen. Aber hinterher darfst du nur mit mir tanzen.«

»Ich würde nie auf die Idee kommen, mit jemand anderem tanzen zu wollen«, versicherte Gunnar Barbarotti. »Hm.«

»Was bedeutet ›Hm‹?«

»Was?«

»Du hast ›Hm‹ gesagt. Klingt, als grübelst du über irgendetwas nach.«

»Ich wüsste nicht, was das sein könnte«, entgegnete Gunnar Barbarotti. Legte den Arm um die Taille seiner Liebsten und führte sie behutsam in den Ballsaal.

»Hallo«, sagte Kristoffer Grundt. »Spreche ich mit Olle Rimborg?«

»Höchstpersönlich.«

»Was?«

»Ja, ich bin Olle Rimborg.«

»Äh … gut. Ich heiße Kristoffer Grundt. Ich rufe aus Sundsvall an. Du arbeitest doch im Hotel in Kymlinge, oder?«

»Ja, ab und zu arbeite ich da an der Rezeption … worum geht es?«

»Da ist eine Sache«, sagte Kristoffer. »Aber ich weiß nicht so recht …«

»Ja?«

»Also, mein Name ist Kristoffer Grundt. Unsere Familie war im Dezember letzten Jahres bei meinen Großeltern in Kymlinge zu Besuch, und da … ja, da ist mein Bruder Henrik verschwunden. Mein Onkel auch, aber er wurde gefunden …«

»Ich weiß, wer du bist«, unterbrach ihn Olle Rimborg mit plötzlicher Begeisterung. »Natürlich. Ich kenne die ganze Geschichte. Wichs- … ich meine, dein Onkel wurde zerstückelt im August gefunden. Dann bist du also der Bruder von …?«

»Von Henrik Grundt. Dem anderen Verschwundenen.«

»Und er ist nie zurückgekommen?«

»Nein … nein, er ist immer noch verschwunden.«

»Hast du nicht jetzt im August hier im Hotel gewohnt? Als Walters Beerdigung war. Mit deiner Mutter und deinem …«

»Ja.«

»Das habe ich mir doch gedacht. Ich habe zu der Zeit auch hier gearbeitet. Vielleicht haben wir uns ja gesehen.«

»Kann sein«, sagte Kristoffer.

Ein paar Sekunden lang blieb es still.

»Äh … was wolltest du eigentlich?«

Kristoffer räusperte sich.

»Es geht da nur um eine Sache, die meine Großmutter gesagt hat … und ich dachte, ich frage dich mal danach. Es ist sicher nichts Wichtiges, aber wir haben hier in der Familie eine kleine Krise, und ich …«

»Das kann ich mir denken«, gelang es Olle Rimborg einzuwerfen.

»… und man möchte ja gerne sozusagen Klarheit haben, auch wenn das bedeuten könnte …«

»Ja?«

»… auch wenn das bedeuten könnte, dass mein Bruder tatsächlich tot ist.«

»Ich verstehe«, sagte Olle Rimborg. »Aber was hat nun deine Großmutter eigentlich gesagt?«

»Sie hat gesagt, dass sie mit dir gesprochen hat … und du hättest gesagt, dass jemand zurückgekommen ist.«

Wieder blieb es einen Moment still, aber Kristoffer konnte hören, wie Olle Rimborg tief Luft holte.

»Das stimmt«, sagte er, nachdem er die Luft wieder abgelassen hatte. »Jetzt verstehe ich. Ja, ich habe kurz mit Frau Hermansson gesprochen, als sie während der Beerdigung hier wohnten, und ich habe wohl etwas erwähnt ... ja, etwas, über das ich ein paar Mal nachgedacht habe.«

»Ja, und?«, hakte Kristoffer Grundt nach.

»Weißt du, man denkt ja darüber nach, wenn so etwas passiert. Schließlich verschwinden nicht jeden Tag zwei Personen aus Kymlinge. Zumindest nicht unter ... unter solchen Umständen.«

»Das ist mir schon klar«, sagte Kristoffer Grundt. »Aber wer war das nun, der zurückgekommen ist ... ich habe eigentlich gar nicht so richtig verstanden, wovon meine Großmutter geredet hat, wenn ich ehrlich sein soll. Es war sicher auch nichts Wichtiges, aber ich hatte einfach das Gefühl, dass ich dich zumindest anrufen und noch einmal nachfragen sollte.«

»Es war ihr Mann«, erklärte Olle Rimborg. »Ich meine, Kristina Hermanssons Mann. Die wohnten ja damals im Dezember hier im Hotel. Und Kristina und ich sind sogar in dieselbe Klasse im Gymnasium gegangen, sie war also sozusagen eine alte Bekannte von mir ... ja, sie ist also deine Tante, oder?«

»Stimmt«, bestätigte Kristoffer Grundt.

»Nun ja, worüber ich nachgedacht habe ... und was ich deiner Großmutter gegenüber erwähnt habe, ist die Tatsache, dass er mitten in der Nacht zurückgekommen ist, Kristinas Mann. Es hieß, er wolle spätabends noch nach Stockholm fahren, und das tat er ja wohl auch. Irgendwann gegen Mitternacht. Sie und das Kind blieben die Nacht über hier. Aber dann ist er kurz vor drei zurückgekommen ...«

»Warte mal«, bat ihn Kristoffer. »Von welcher Nacht reden wir jetzt? Ist das ...?«

»Die Nacht, in der dein Bruder verschwunden ist«, erklärte Olle Rimborg. »Ich hab ziemlich genau verfolgt, was die Zeitungen geschrieben haben, das ergibt sich ja fast von selbst. Dein Onkel verschwand in der Nacht von Montag auf Dienstag, und dein Bruder ist in der folgenden Nacht verschwunden. Zwischen Dienstag und Mittwoch mit anderen Worten. Das stimmt doch, oder? Und zwar in der Woche vor Weihnachten.«

»Vollkommen richtig«, räumte Kristoffer ein, und gleichzeitig spürte er, wie sein Herz heftiger zu schlagen begann. »Du behauptest also …«, versuchte er seine Frage zu formulieren. »… du willst damit sagen, dass Jakob … wie heißt er noch … Jakob Willnius zuerst um zwölf Uhr nachts weggefahren ist … das muss direkt nach dem Ende der Feier bei meinen Großeltern gewesen sein … und dass er um drei Uhr zurückgekommen ist. Stimmt das?«

»Genau«, bestätigte Olle Rimborg.

»Und was ist dann passiert?«

»Dann? Ja, dann sind sie am nächsten Morgen früh abgereist, die ganze Familie. Kristina und … wie hieß er noch?«

»Jakob Willnius.«

»… Jakob Willnius und ihr Kind. Ja, sie sind früh am nächsten Morgen abgefahren. Haben um sieben Uhr gefrühstückt und ungefähr um Viertel vor acht ausgecheckt.«

Eine Weile blieb es wieder still.

»Und?«, fragte Kristoffer Grundt dann.

»Ja, das war alles«, sagte Olle Rimborg. »Es ist sicher nichts Besonderes, aber ich habe trotzdem ab und zu darüber nachgedacht. Hatte schon überlegt, Kristina während der Beerdigung jetzt im August danach zu fragen, aber sie sah so traurig aus, dass ich mich nicht aufdrängen wollte. Wir sind zwar Klassenkameraden gewesen, aber so richtig habe ich sie eigentlich nicht gekannt. Du weißt, wie das ist, man geht mehrere Jahre lang in dieselbe Klasse, aber man spricht fast nie miteinander.«

»Ich weiß«, bestätigte Kristoffer Grundt.

»Deshalb hast du also hier angerufen?«

»Ja, ich denke schon«, sagte Kristoffer Grundt.

»Na, eigentlich war es ja nichts. Aber es passiert ja nicht besonders viel hier in Kymlinge … wenn du verstehst, was ich meine.«

»Ich verstehe«, sagte Kristoffer Grundt. »Auf jeden Fall vielen Dank.«

Doch als er den Hörer aufgelegt hatte, fragte er sich, ob dem wirklich so war.

Verstand er es?

Wenn es da überhaupt etwas zu verstehen gab? Es schien nicht so. Jakob Willnius war in dieser Nacht ins Hotel zurückgekommen. War weggefahren und zurückgekommen. So what? Kristoffer schaute auf die Uhr. Es war zwanzig Minuten vor zehn am Vormittag. Zeit, sich in die Schule zu begeben, wenn man nicht noch eine Stunde versäumen wollte. Nun ja, dachte er, jetzt habe ich jedenfalls meinem Bruder einen Gefallen getan.

Fast erwartete er, dass Henrik wieder in seinem Kopf auftauchte und sich bedankte. Das konnte man ja wohl erwarten?

Aber es kam kein Bruder.

Aus der Richtung war es still wie im Grab.

34

Wer ist sie?«, fragte Eva Backman. »Ich finde, so langsam ist es an der Zeit, damit herauszurücken.«

Gunnar Barbarotti biss in eine Karotte und versuchte unergründlich auszusehen. Sie saßen im Kungsgrill, einen Steinwurf vom Präsidium entfernt – Spezialität Hausmannskost: alte, in Vergessenheit geratene Gerichte wie Kohlrübenmus und Eisbein, Heringskroketten in Korinthensoße, Kohlrouladen, Hecht in Meerettich mit ausgelassener Butter. Heute stand Kartoffelbrei und Griebenwurst auf dem Programm, sowohl für Barbarotti als auch für Backman, und dazu rote Beete und Tomatensalat. Es war Mittwoch, normalerweise gingen sie ein oder zwei Mal die Woche zum Kungsgrill, und Gunnar Barbarotti musste sich eingestehen, dass Eva Backman ihre Frage schon länger zurückgehalten hatte, als er eigentlich erwartet hatte. Sehr viel länger, und im Kungsgrill kamen die Fragen etwas delikaterer Natur immer viel leichter auf den Tisch. Er kaute auf einem Wurststück.

»Marianne. Sie heißt Marianne.«

Eva Backman betrachtete ihn kritisch.

»Ich weiß, dass sie Marianne heißt«, stellte sie fest. »Das hast du gestern schon erwähnt. Ist das alles, was du über sie zu sagen hast? Ist dein Blick für Frauen so eingeschränkt, dass du eine von der anderen nur durch den Namen unterscheidest?«

»Was soll das denn nun?«, fragte Gunnar Barbarotti. »Ich dachte, wir wollten über die Arbeit diskutieren. Und nicht über mein eventuelles Liebesleben. Aber gut, sie ist vierzig. Geschiedene Hebamme aus Helsingborg mit zwei Teenagerkindern.«

Eva Backman seufzte.

»Ausgezeichnet. Vielen Dank für die Aufklärung. Du bist wirklich Romantiker bis in die Zehenspitzen, liebster Herr Kriminalbefruchter. Ist sie hübsch?«

»Habe nie etwas Schöneres gesehen.«

»Weiße Zähne?«

»Yes.«

»Veilchenblaue Augen?«

»Yes.«

»Tolle Brüste?«

»O yes. Zwei Stück.«

Eva Backman lachte. »Und sie hat eine Seele?«

»Eine große, starke«, sagte Gunnar Barbarotti. »Aber ich denke, das reicht jetzt als Information. Sie hat trotz allem noch nicht um meine Hand angehalten, und es ist ja wohl nicht so außergewöhnlich, dass ich mal wieder eine Frau treffe?«

»Außergewöhnlicher, als du denkst«, widersprach Eva Backman und lächelte geheimnisvoll.

»Ach, ja? Nun ja, auf jeden Fall wirst du sie wohl demnächst mal kennen lernen … wenn wir zusammenbleiben, heißt das.«

»Ist das ein Versprechen?«

»Nein, es wird unvermeidbar sein. Aber jetzt Schluss damit. Ich wollte nämlich über eine Sache, die bestimmte Ermittlungen betrifft, mit dir sprechen. Und wenn ich zu leckerer Griebenwurst einlade, musst du dich auch für Fachgespräche zur Verfügung stellen.«

»Ich verstehe«, sagte Eva Backman. »Du brauchst also wie üblich Hilfe. There is no such thing as a free easter band. Um wen geht es?«

»Henrik Grundt.«

»Ach, ja?«

»Was bedeutet ›ach, ja‹?«

»Ich weiß nicht. Wahrscheinlich, dass ich ein wenig verwundert bin. Du hast den Fall seit mehr als zwei Wochen nicht mehr zur Sprache gebracht.«

»Das bedeutet doch nicht, dass ich nicht darüber nachdenke.«

»Ich denke auch darüber nach. Also?«

»Hm. Ja, da war diese Frau auf dieser Hochzeit, weißt du.«

»Die Braut?«

»Nein, nicht die Braut. Es waren mindestens noch siebzig andere Frauen dort.«

»Ich verstehe.«

»Sie saß mir beim Essen gegenüber.«

»Ja, und?«

»Hinterher haben wir ein wenig miteinander geredet. Es kam heraus, dass sie Willnius heißt.«

»Willnius?«

»Ja. Annica Willnius.«

Eva Backman hob eine fragende Augenbraue.

»Sie ist Jakob Willnius' erste Frau. Jakob Willnius ist inzwischen verheiratet mit Kristina Hermansson. Kristina Hermansson ist ...«

»Danke. Ich weiß, wer Kristina Hermansson ist. Dann hast du also die Ex-Frau getroffen von ... wie noch mal? ... von dem Mann von Henrik Grundts Tante? Willst du das damit sagen?«

»Ja.«

»Beeindruckend. Und wie bist du vorgegangen?«

»Halt die Klappe, Kollegin Backman. Wenn du stattdessen ein wenig Wurst kaust, werde ich es dir erzählen.«

»You have a deal.«

»Du guckst zu viele schlechte Polizeiserien. Aber das ist dein Problem. *Mein* Problem ist, dass sie etwas hinsichtlich Jakob Willnius erzählt hat, seine Ex-Frau.«

»Mhm?«

»Sie hat gesagt, er sei ein ekliger Typ. Es würde sie nicht verwundern, wenn er jemanden getötet hätte.«

Eva Backman schluckte einen Kloß Kartoffelbrei und trank einen Schluck Ramlösa. »Das hat sie gesagt?«

»Zumindest etwas in der Richtung.«

»Und?«

»Das war es eigentlich schon. Vielleicht bedeutet es ja gar nichts, aber ich muss immer wieder darüber nachdenken.«

»Worüber musst du nachdenken, genauer gesagt?«

Gunnar Barbarotti machte eine Pause und lehnte sich auf seinem Stuhl zurück.

»Ich weiß nicht genau. Darüber, ob wir diesen sogenannten Familienaspekt in diesem Fall vielleicht etwas zu leichtfertig beiseitegeschoben haben, beispielsweise?«

Eva Backman legte ihr Besteck hin und wischte sich umständlich die Mundwinkel mit einer Serviette sauber. Betrachtete ihn noch kritischer als zuvor und seufzte.

»Worauf du dich berufst«, sagte sie langsam – und nicht ohne einen irritierenden Hauch von Amüsement im Ton, wie es Inspektor Barbarotti schien –, »ist also die Aussage einer früheren Ehefrau auf einem Hochzeitsfest. Ehemalige Ehefrauen lieben nicht immer ihre ehemaligen Ehemänner, vielleicht ist das neu für dich, aber …«

»Verdammt nochmal«, unterbrach er sie mit einer plötzlichen Verärgerung, die erstaunlich echt erschien. »Ich habe ja gesagt, dass das nur eine Überlegung ist. Es ist fast ein Jahr vergangen, seit Henrik Grundt aus der Allvädersgatan verschwunden ist, und wir wissen nicht mehr darüber, was da passiert ist, als … als was Asunanders Dackel über Frauenemanzipation weiß. Wenn du bessere Fäden hast, an die wir anknüpfen können, bist du herzlich willkommen, sie zu präsentieren.«

»Interessanter Vergleich«, sagte Eva Backman. »Und sorry, wirklich. Ich habe vergessen, dass du da eine schwache Stelle hast. Natürlich ist die Familienspur interessant.«

»Danke.«

»Aber ehrlich gesagt haben wir sie nie vergessen. Oder? Ich dachte nur, dass wir darin übereingekommen sind, dass es eine Sackgasse ist. Welches Motiv sollte dahinterliegen, dass einer von ihnen Henrik tötet? Oder dass dieser Jakob Willnius es getan hat? Haben sie sich überhaupt schon mal vorher gesehen, Henrik und dieser eklige Ex-Ehemann?«

Gunnar Barbarotti breitete die Arme in einer resignierten Geste aus.

»Keine Ahnung. Nein, ich nehme an, dass es wohl ein ziemlich optimistischer Gedanke war. Aber ich dachte, ich erwähne ihn dir gegenüber zumindest einmal.«

»Danke für das Vertrauen.«

»Bitte, bitte. Es wäre doch dumm, alle Einfälle in einem erbärmlichen Kopf eingesperrt zu lassen. In dieser Beziehung kannst du mir wohl wenigstens zustimmen?«

»Sehr dumm«, bekräftigte Eva Backman. »Und besonders in so einem Kopf. Ich verspreche dir, über die Sache nachzudenken. Geht das Dessert in die glamouröse Essenseinladung mit ein?«

»Kaffee geht mit ein«, sagte Gunnar Barbarotti entschieden. »Sonst nichts.«

Die ersten Tage – sogar die ersten Wochen –, nachdem sie mit dem Gedanken, ihren Mann zu töten, herumlief, spürte Kristina Hermansson eine Art sanfter Euphorie. Nicht viel, nicht mehr als ein dünner Hauch von Hoffnung eigentlich, doch der lichtete das Dunkel, und sie fühlte, wie ihr roboterartiges Dasein eine Spur von … von etwas Menschlichem gewann. Ihr Bewusstsein hatte eine Richtung gefunden. Der verkrampfte Zustand, an den sie sich schon gewöhnt hatte, diese langsam kreisenden Fäuste, eine im Magen, eine im Schlund – sollten sie vielleicht doch nicht für den Rest ihrer Tage mit zwingender Notwendigkeit verfolgen.

Wenn Jakob aus dem Weg geschafft war, konnte sie ihre eigene Buße angehen und sich ihrer eigenen Trauer widmen. Möglicherweise.

Doch dieser Zustand ging vorüber. Die Fäuste ballten sich erneut. Wenn sie mit ihrem zweieinhalbjährigen Kelvin auf dem Schoß dasaß und ihm in seine kalten, abwesenden Augen schaute, spürte sie, wie ihr ganzes Dasein von Dunkelheit und Hoffnungslosigkeit erfüllt wurde. Es war erschreckend und trostlos. Das Leben war ein jämmerlicher Scherz. Ein zynisches Melodrama, dachte sie, das irgendein verbitterter, gescheiterter Fernsehdramatiker während betrunkener früher Morgenstunden zusammengekritzelt hatte, um Rache dafür zu nehmen, dass er selbst zu kurz gekommen war. Ja, an genau so einen Gott konnte sie tatsächlich glauben, einen vergrämten Clown, der die gesamte Schöpfung als Farce und eine einzige Verhöhnung ansah.

Sie hatte jetzt seit einem Jahr nicht mehr gearbeitet. Vielleicht hatte das mit Kelvin zu tun. Er war nicht wie andere Kinder; das war eine Wahrheit, die sie lange von sich gewiesen hatte, die aber inzwischen kaum noch von der Hand zu weisen war. Er hatte erst mit zwei Jahren angefangen zu laufen, und jetzt, ein gutes halbes Jahr später, sprach er immer noch nicht – nicht mehr als einzelne, zusammenhanglose und unbegreifliche Worte, die zu den überraschendsten Momenten auftauchen konnten. Er spielte nicht mit anderen Kindern, nicht einmal mit Emma, Julius und Kasper, die er jeden Tag bei der Tagesmutter drei Häuser weiter im Musseronvägen sah. Er spielte kaum allein, konnte zwar eine Weile mit Legosteinen bauen oder mit Fingerfarben malen, aber es gefiel ihm sehr viel besser, das kaputt zu machen, was jemand gebaut hatte – aber meistens, fast die ganze Zeit, saß er nur da und starrte mit leerem Blick vor sich hin, während seine Finger sich mechanisch und ziellos umeinanderbewegten. Als brütete er etwas aus, wie ihr immer wieder in den Kopf kam, als gäbe es eine Art finsteres Geheimnis, das er in sich trug, aber nicht richtig zu fassen bekam. Fast wie sie selbst, kam ihr in den Sinn. So steht es um uns, um mich und meinen Sohn.

Und er schlief. Kelvin konnte vierzehn, fünfzehn Stunden am Tag schlafen, das war nicht normal.

Vielleicht hätte sie ihn trotzdem lieben können. Kelvin tut niemandem etwas zu Leide, und wenn nicht alles andere in Schutt und Asche gelegen hätte, hätte sie mit seinem ruhigen Wesen zufrieden sein können. Wenn es nur sie und ihn gegeben hätte.

Vielleicht.

Aber er beschäftigte sie nicht. Was sie am meisten an diesen dunklen Tagen Mitte November beschäftigte, das war die Möglichkeit, diesen Streifen von Euphorie wiederzufinden.

Die Möglichkeit, Jakob zu töten.

Zumindest sich zu trauen, daran zu glauben. Es sich als eine reelle Möglichkeit vorzustellen, solange es nur möglich war. Denn irgendwo auf dem Weg, an irgendeinem Punkt während der schweren Novembervormittage hatten die Gedanken eine Art Deutlichkeit erlangt. Eine Schärfe, die sie erkennen ließ, dass es möglich war. Zwar hatte sich der Streifen, der die Dunkelheit zerteilt hatte, wieder geschlossen, aber sie erinnerte sich noch an ihn. Und sie wusste, dass es genau dieser Schritt war, den sie tun musste. Früher oder später, wenn sie zurechtkommen wollte.

Töten.

Denn es gab kein Dokument, das hatte sie für sich entschieden. Jakob hatte nichts bei irgendeinem Notar oder sonst irgendwo hinterlassen. Wenn er starb, würde nichts ans Licht kommen und den Hintergrund der Tragödie um Henrik entlarven. Er würde nicht sich selbst als Mörder präsentieren, nicht einmal nach seinem Tod. Nicht einmal, um sich an ihr zu rächen.

Sie wusste nicht ganz genau, ob diese Überlegungen wirklich

standhielten, aber sie hatte beschlossen, sich zunächst einmal daran zu halten. Wenn sie in der Lage sein sollte, sich in welche Richtung auch immer fortzubewegen, dann musste es so vor sich gehen.

Ihn töten.

Aber wie?

Und wann?

Und wie jeden Verdacht vermeiden? Verdacht gegen sie selbst und Verdacht dahingehend, dass Jakobs Tod etwas mit den Ereignissen in Kymlinge zu tun haben könnte? Wenn er starb und alles kam heraus, dann wäre die Schlacht ja trotz allem geschlagen.

Jakobs Tod war der einzige Weg, aber wie sollte sie ihn betreten, ohne einen Fehltritt zu begehen?

Tage und Nächte lang grübelte sie über diesem Problem, und als sie meinte, einer Lösung nicht einen Zentimeter näher zu kommen, öffnete sich – das redete sie sich zumindest ein – eine Möglichkeit.

Vielleicht war es auch nur Einbildung. Vielleicht hatte es nur etwas mit dem Abstand zu tun. Damit, Dinge von sich zu schieben und zu glauben, es wäre leichter, etwas anderes zu tun. Zu vergessen, dass man immer, wo immer man sich auch befand, sich selbst mit sich herumschleppen musste – die eigene Gegenwart und die eigene Unschlüssigkeit.

Thailand. Jakob war mit der Idee gekommen. Zwei Wochen im Dezember. Nur er und sie, Kelvin bei der Tagesmutter, das hatte schon früher geklappt, der Junge war ja keine Last, und die Tagesmutter brauchte das Geld.

Sie hatte weder ja noch nein gesagt, und am nächsten Tag hatte er die Reise gebucht, zwei Nächte in Bangkok, zwölf Nächte auf den Inseln vor Krabi. Es waren ein paar Jahre seit dem Tsunami vergangen, konnte doch ganz interessant sein zu sehen, was inzwischen schon wieder aufgebaut war, wie Jakob meinte. Er war seit zwölf Jahren nicht mehr in Thailand gewesen, Kristina hatte zwei Wochen in Phuket vorzuweisen, 1996, vielleicht auch 1997.

Jedenfalls Abflug am 5. Dezember, Rückkehr am 20., und bereits am selben Abend sah sie die Möglichkeit.

Schwedische Touristen waren schon früher in Thailand verschwunden. Nicht nur im Zusammenhang mit Flutwellenkatastrophen. Sie hatte darüber in den Zeitungen gelesen, und es war nicht schwer, sich vorzustellen, wie sie weinend dasaß und einem ortsansässigen Polizisten mit höchst rudimentären Kenntnissen im Englischen erzählte, wie ihr Mann *had gone missing.* Dass sie ihn seit mehr als einem Tag nicht mehr gesehen hatte und fürchtete, es könnte ihm etwas zugestoßen sein.

Sah sehr deutlich vor ihrem inneren Auge, wie die hilflosen, aber freundlichen Thailänder nicht in der Lage waren, Klarheit in die Geschichte zu bringen, und wie sie weinend an Bord eines Flugzeugs stieg, das sie fünf Tage früher als geplant zurück nach Schweden brachte. Wie die Boulevardpresse hier im Lande dem Fall eine Spalte oder zwei widmete, mehr nicht. Wie aufgewühlte Freunde anriefen und ihr Beileid ausdrückten.

Was sie brauchte?

Ein Messer und einen Spaten, dachte sie. Beides konnte man sicher überall in Thailand kaufen, und der Boden im Dschungel war zweifellos locker und leicht auszuheben, davon war sie überzeugt.

Auch die Tat selbst konnte sie vor sich sehen. Ein Messerstich in den Rücken während ihrer Nachtwanderung, vielleicht sollte sie zu einem Beischlaf unter den Palmen verlocken ... sein Stöhnen, sein überraschter (hoffentlich entsetzter) Blick und das Blut, das aus ihm herausgurgelte, noch einige Stiche, dann eine Stunde graben und schließlich ein reinigendes Bad im Meer.

So einfach. So befreiend.

Als Leif Grundt einen Praktikumsplatz für Kristoffer im Konsum in Uppsala organisierte, hielt er das selbst für eine ausgezeichnete Idee. Die Praktikumswoche fiel auf den Monatswechsel November/Dezember, und wenn der Junge in diesem traurigen Herbst etwas brauchte, dann war es ein vorläufiger Ortswechsel. Darin hatten der Klassenlehrer und der Praktikumsberater ihm zugestimmt. Kristoffer auch, auf seine übliche, etwas lustlose Art.

Aber als er dann den Jungen in den Zug gesetzt hatte, am Samstag, dem 27. November, und anschließend selbst ins Auto stieg, um heim in den Stockrosvägen zu fahren, da spürte er plötzlich einen Kloß im Hals. Es war später Nachmittag. Schmutziges Dämmerlicht und ein feiner Nieselregen. Das Haus würde vollkommen leer sein. Kein Kristoffer. Kein Henrik. Nicht einmal eine Ebba. Seine Ehefrau hatte – auf Rat ihres bärtigen Therapeuten – beschlossen, das Pflegeheim an den letzten beiden Wochenenden ihrer Behandlung nicht zu verlassen. Offensichtlich meinte man, dass es ihr wieder schlechter ging, wenn sie zu Hause war. Leif Grundt hatte keinen Überblick darüber, was man da eigentlich in Vassrogga so tat, aber auf eine unbestimmte Art und Weise hatte er doch das Gefühl, dass man, was die Wochenenden betraf, die richtige Entscheidung getroffen hatte. Ebba hatte bis jetzt nie Freude darüber gezeigt, freitagabends zurück zu ihm und Kristoffer zu kommen, und wenn er sie am Sonntagnachmittag wieder zurückfuhr, zögerte sie keinen Moment, die beiden wieder allein zu lassen. Ganz im Gegenteil, auch wenn sie weder das eine noch das andere äußerte, so gab es doch Zeichen dafür, dass sie es schön fand, wieder zurückzufahren.

Auf jeden Fall meinte Leif Grundt derartige Zeichen entdeckt zu haben.

Vielleicht konnten drei Wochen vollkommene Trennung sie auf bessere Gedanken bringen? Vielleicht waren zwanzig Tage ohne ihre gemarterte Familie genau das, was nötig war, damit etwas in Ebba Hermansson Grundt erschüttert wurde?

Aber wahrscheinlich eher nicht. Leif Grundt machte sich da keine Illusionen. In den letzten Tagen war diese gestickte Bordüre, die seine Oma über ihrem Bett im Krankenhaus hängen gehabt hatte – und die er Buchstabe für Buchstabe entziffert hatte, als er fünf Jahre alt war –, in immer kürzeren Abständen in seinem Kopf aufgetaucht.

Es ist genug, dass jeder Tag seine eigene Plage hat.

Kluge Worte, die in der Stunde der Not Trost bieten konnten, dachte Leif Grundt. Wenn auch nicht besonders optimistisch gedacht.

Auf jeden Fall war die Lage nun einmal so. Er sollte eine ganze Woche allein im Haus sein. Während er die vertrauten Straßen zur Hemmanshöjden hochfuhr, durch einen immer stärker werdenden grauen Regen, versuchte er sich daran zu erinnern, wann so etwas schon einmal vorgekommen war.

Es war auf jeden Fall lange her. Unglaublich lange her. Und ganz allein war er nie im Stockrosvägen gewesen, das wusste er mit Sicherheit. Vielleicht ein paar Stunden, einen Nachmittag, aber eine ganze Woche? Nie.

Deshalb der Kloß im Hals. Es war natürlich kein Wunder. Leif Grundt hatte immer Probleme gehabt mit Menschen, die sich als Opfer sahen. Die den Umständen die Schuld gaben und sich selbst das Recht, verbittert zu reagieren. Aber gerade jetzt fühlte er, dass er diesem Empfinden verdammt nah kam, es war nicht leicht, einen optimistischen Blickwinkel zu finden, wenn es darum ging, die Lage zu beurteilen. Er war *getroffen.* Daran herrschte kein Zweifel. Seine Familie lag in Trümmern. Es hatte angefangen mit Henriks Verschwinden und war seitdem immer weiter bergab gegangen. Kaum ein Jahr war vergangen. Leif Grundt hatte sich ganz einfach niemals vorstellen können, dass so etwas eintreffen könnte, dass es überhaupt im Rahmen der Möglichkeiten lag. Manchmal musste er sich einfach fragen, wie es wohl in einem Jahr aussehen würde, wenn es in dieser Form weiterging. Wie würde es um Familie Grundt im Dezember nächsten Jahres stehen? Und des übernächsten?

Gleichzeitig hatte er ein schlechtes Gewissen. Er konnte nicht so recht sagen, warum. Es war ja wohl kaum seine Schuld, dass Henrik verschwunden war? Oder dass seine Frau auf dem besten Wege war, wahnsinnig zu werden? Oder dass Kristoffer abrutschte?

Dennoch war es so. Es nagte an seinem Gewissen. Vielleicht war es nur das, was Bischof Tutu gesagt hatte oder wer immer es gewesen war.

Diejenigen, die die Kraft haben, sind es sich schuldig, durchzuhalten.

Aber wenn er nun nicht mehr die Kraft hatte?

Er stellte den Wagen wie üblich in der Garagenauffahrt ab. Wie er es schon tausend Mal zuvor gemacht hatte. Stieg aus und eilte die wenigen Schritte zur Haustür durch den Regen. Dachte, er hätte zumindest das Licht anlassen sollen, um die Leere zu kaschieren. *Die Leere kaschieren?* Woher kamen solche Ausdrücke? Etwas war mit seinen Gedanken passiert, mit den Worten, die ihm in den Sinn kamen. Sie schienen aus irgendeinem geheimen Vorrat in ihm zu stammen, den er noch nie zuvor wahrgenommen hatte. Noch nie hatte wahrnehmen müssen.

Aber er hatte nun einmal kein Licht brennen lassen. Tat es aber jetzt, lief im Obergeschoss und im Erdgeschoss herum und schaltete überall die Lampen ein. Dann ging er ans Telefon und rief Berit in Uppsala an, um ihr mitzuteilen, dass Kristoffer wie geplant abgefahren war.

Bei Berit sollte der Junge während des Praktikums wohnen. Leif Grundt hatte keine Geschwister, aber er hatte zwei ihm nahestehende Cousinen. Berit in Uppsala und ihren Zwillingsbruder Jörgen in Kristianstad. Henrik hatte im letzten Herbst auch ein paar Wochen bei Berit verbracht, bevor er das Zimmer im

Triangeln bekommen hatte. Sie war geschieden, wohnte aber immer noch in einem jetzt viel zu großen Haus etwas außerhalb in Bergsbrunna zusammen mit ihrer zehnjährigen Tochter. Es war für sie selbstverständlich, Kristoffer aufzunehmen, genau wie sie Henrik vor einem guten Jahr aufgenommen hatte.

Wie geht es ihm eigentlich?, hatte sie gefragt, und Leif Grundt hatte nicht gewusst, was er hätte antworten sollen.

Nach dem Gespräch sank er am Küchentisch in sich zusammen und überlegte, wie er den Samstagabend herumbringen konnte. Und den Sonntag.

Und wie man mit diesem bohrenden Gefühl, etwas versäumt zu haben, fertig werden könnte. Seine Ehefrau und seinen Sohn vernachlässigt zu haben.

Ich hätte ihn nicht wegschicken sollen, dachte er plötzlich. Ich habe es ja nur getan, um eine Woche Ruhe zu haben. Wenn ich ein guter Vater wäre, dann hätte ich das Problem nicht auf diese Art und Weise gelöst.

Aber ich bin so müde. Ich bin so todmüde.

Er schaute auf die Uhr. Es war zwanzig Minuten vor fünf. Er stützte den Kopf in die Hände und begann zu weinen.

35

Kristina nahm die U-Bahn bis Fridhemsplan und ging das kurze Stück zurück zur Inedalsgatan. Es war ein Sonntagnachmittag. Totensonntag, genau genommen. In drei Tagen war der erste Dezember, und am ersten Dezember sollte Walters Wohnung geräumt sein. Das hatte sie so mit dem Vermieter abgemacht, oder genauer gesagt mit demjenigen, der den Hauptmietvertrag unterschrieben hatte. Erik Renstierna.

Sie hatte es schon zwei Mal verschoben. Hatte sowohl zum ersten Oktober als auch zum ersten November versprochen, die Wohnung zu räumen, hatte es aber nicht geschafft. Beim ersten Mal hatte Jakob Verständnis gezeigt – oder zumindest Gleichgültigkeit –, beim zweiten Mal war er nur noch wütend gewesen.

»Welchen Sinn hat es, wenn wir die Miete für den Wichs-Tarzan für den Rest unseres Lebens zahlen?«, hatte er wissen wollen.

Aber jetzt hatte sie die Sache geregelt. Morgen, am Montag, würde ein Umzugsunternehmen kommen und alle Besitztümer ihres Bruders in einen Lagerraum bringen, übermorgen kämen dann zwei diplomierte Putzleute. Falls sie noch etwas durchsehen oder sich eine Erinnerung mitnehmen wollte, dann war heute die letzte Chance. Beim Aufsetzen des Nachlassverzeichnisses war man sich über diese Vorgehensweise einig geworden. Tochter Lena-Sofie hatte keine unmittelbaren Ansprüche, weder sie selbst noch durch ihre Mutter, die anderen möglichen

Erben – die Eltern Rosemarie und Karl-Erik – hatten das gleiche Desinteresse gezeigt, und Notar Brundin hatte sich damit begnügt, Walters pekuniäre Hinterlassenschaft aufzulisten, gut viertausend Kronen, die er in zwei gleiche Teile geteilt und (erst nachdem er sein eigenes Honorar von dreitausendsechshundert Kronen abgezogen hatte) unter den Geschwistern verteilt hatte.

Und Kristina hatte es also übernommen, sich um die Räumung der Wohnung zu kümmern.

Walter war bereits einmal zerstückelt worden. Irgendwie fiel es ihr schwer, auch noch seine Hinterlassenschaft zu zerstückeln.

Ein Stapel Reklame lag im Flur. Die Wohnung roch muffig. Sie hatte noch nie zuvor einen Fuß hineingesetzt, obwohl Walter anderthalb Jahre hier gewohnt hatte, in derselben Stadt wie sie. Es hatte keinen Sinn, sich jetzt deshalb Vorwürfe zu machen, und sie gab sich alle Mühe, das schlechte Gewissen beiseitezuschieben. Lief eine Weile herum und schaltete alle Lampen ein, die sie finden konnte. Zwei kleine Zimmer und eine winzig kleine Küche, das war alles. Sie waren seit elf Monaten nicht mehr betreten worden – bis auf einige Polizeibesuche. Sie beschloss, lieber nicht die Kühlschranktür zu öffnen.

Wie erwartet war die Tristesse mit Händen zu greifen. Schmutzig und unordentlich. Billige Möbel, ausgefranste Kunstdrucke an den Wänden, nichts von Wert. Es gab natürlich einen Grund dafür, warum sie nie zu Besuch gekommen war, so lange er am Leben war. Gute Gründe, sie mochte ihren Bruder, wahrscheinlich mehr als alle anderen, doch das hieß nicht, dass sie sich in sein Leben einmischen wollte. *Sich hatte einmischen wollen.* Seit langer Zeit hatte sie sich nicht mehr vorgestellt, er könnte noch leben, aber gerade jetzt war es wieder so. Plötzlich fiel es ihr schwer, sich einzugestehen, dass er tot war. Dass er es bereits seit fast einem Jahr war. Walter, der Tollpatsch.

Was mache ich hier?, dachte sie und biss sich auf die Lippe, um nicht anzufangen zu weinen. Was ist das für ein sinnloses Ritual, von dem ich glaube, ich müsste es hier absolvieren, indem ich seine Habseligkeiten durchwühle? Pflicht? Wohl kaum. Walter war nie ein Pflichtmensch, ganz im Gegenteil. Und sie auch nicht. Verbrenne den Mist, Kristina!, würde er sie wahrscheinlich auffordern, wenn sie die Möglichkeit hätte, ihn zu fragen. Wühl nicht im Dreck herum, du machst dich nur schmutzig!

Im Wohnzimmer gab es zumindest ein einigermaßen geordnetes Bücherregal. Walter hatte einiges gelesen, vielleicht konnte sie ja ein paar Bücher mitnehmen? Aber warum? Welchen Sinn sollte das haben? Sie richtete ihren Blick auf den Schreibtisch. Er war groß und voll mit Gerümpel, aber ganz rechts, neben dem Computer, lagen zwei Stapel Papier, der eine kopfüber, wie es hieß, mit dem Text nach unten, der andere auf dem Rücken. War das etwa …? Plötzlich fiel ihr ein, dass Walter von einem Roman gesprochen hatte. Das konnte doch nicht …? Sie drehte das auf dem Bauch liegende Bündel um, so dass die Titelseite zum Vorschein kam. Legte die Stapel aufeinander und schaute auf die erste Seite.

Mensch ohne Hund, stand dort

Roman von Walter Hermansson.

Natürlich, dachte sie, und etwas, das an Freude erinnerte, durchzuckte sie. Er hat doch erzählt, dass er daran arbeitet. Damals, vor Weihnachten, hat er davon berichtet.

Hier, murmelte sie, während sie vorsichtig den dicken Stapel geradeschob, hier liegt deine Seele, Walter. Hier hast du sie hingelegt, damit ich sie nehmen soll. Danke, jetzt weiß ich, warum ich hergekommen bin.

Sie stopfte das Manuskript in ihre Schultertasche, blieb noch einen Moment stehen und überlegte, ob sie damit ihre Schuldigkeit getan hatte. Ob nicht noch etwas anderes von ihr erwartet wurde als nur das? *Mensch ohne Hund?* Das geistige

Testament ihres Bruders. Damit sie sich darum kümmerte und es für die Nachwelt verwaltete? Merkwürdig, zumindest merkwürdig erschien ihr das.

Und während sie noch dastand, in dem schlampigen Wohnzimmer ihres Bruders mit seinem hinterlassenen Roman in der Tasche, klingelte ihr Handy in der Jackentasche im Flur. Eine Sekunde lang zögerte sie, beschloss dann aber, dranzugehen.

Es war Kristoffer.

Ihr Neffe Kristoffer Grundt.

»Hallo, Kristoffer«, sagte sie überrascht. »Wie schön, dass du anrufst. Was hast du auf dem Herzen?«

»Hallo«, sagte Kristoffer. »Ja, ich wollte dich etwas fragen.«

»Ja? Und was?«

»Es geht um diese Nacht.«

»Welche Nacht?«

»Die Nacht, in der Henrik verschwunden ist.«

Etwas passierte in ihrem Kopf. Ein Ton begann zu klingen, schrill und hartnäckig. Wie das Geräusch eines weit entfernten Sägeblatts, sie fragte sich, wieso. Sie hatte sicher seit zwanzig Jahren kein Sägeblatt mehr gehört.

»Ja?«

»Es gibt jemanden, der behauptet, dein Mann wäre zurückgekommen.«

»Was?«

»Der Portier im Hotel in Kymlinge. Er sagt, dein Mann sei mitten in der Nacht zurückgekommen. Ich dachte nur, ich wollte mal bei dir nachfragen.«

Offenbar verlor sie für ein paar Sekunden das Bewusstsein, doch sie fiel nicht. Spürte nur, wie ihr Blickfeld kleiner wurde und wie sie mit schneller Fahrt in einen langen, dunklen, sich zusammenziehenden Tunnel gezogen wurde. Und sah das Licht am anderen Ende. Die Sägeklinge erstarb.

»Hallo?«

»Ich bin noch da …«

Bin ich das wirklich?, dachte sie verwirrt. Bin ich wirklich noch da?

»Mehr ist eigentlich nicht«, fuhr Kristoffer fort und hustete etwas nervös in den Hörer. »Ich habe jedenfalls gedacht, ich frage mal.«

Das Blut kam zurück in die Schläfen gerauscht, sie konnte es regelrecht hören. »Ich verstehe«, sagte sie. »Rufst du aus Sundsvall an?«

»Nein«, erklärte Kristoffer. »Ich bin in Uppsala. Soll für eine Woche hier ein Praktikum machen, ich wohne bei Berit, das ist Papas Cousine …«

»In Uppsala?«

»Ja.«

Sie holte tief Luft. »Kristoffer, glaubst du … glaubst du, dass wir uns mal sehen könnten, du und ich? Irgendwann im Laufe der Woche. Du könntest ja abends den Zug nach Stockholm nehmen, oder ich könnte …«

»Ich komme«, sagte Kristoffer.

»Schön. Dann können wir irgendwo im Restaurant essen gehen und uns ein bisschen unterhalten. Ist das in Ordnung?«

»Ja, in Ordnung«, sagte Kristoffer. »Wann?«

Sie überlegte. »Dienstag?«

»Dienstag«, sagte Kristoffer. »Soll ich dich anrufen, wenn ich die Zeit weiß … ich meine, wann ich Arbeitsschluss habe und so?«

»Ja, tu das. Dann hole ich dich am Bahnhof ab.«

»Ja, danke. Dann erst mal tschüs«, sagte Kristoffer.

»Ja, tschüs.«

Sie ließ sich auf dem Flurteppich ihres toten Bruders niedersinken, sie hatte das Gefühl, ein wenig zu schwanken. Eine ganze Minute lang war ihr Bewusstsein leer wie ein ausgeschalteter Bildschirm. Wieso passiert das ausgerechnet jetzt?, dachte sie dann. Sieben Tage vor Thailand?

Am Totensonntag?

Als wäre der rachsüchtige und alles lenkende Clowngott plötzlich zu neuem Leben erwacht und hätte beschlossen, an ein paar weiteren Fäden zu ziehen.

Es gab eine alte Regel. Gunnar Barbarotti wusste nicht, wo er zum ersten Mal auf sie gestoßen war, doch das spielte auch keine Rolle.

Wenn du über etwas nicht aufhören kannst nachzudenken, dann musst du es anpacken.

Was ja nur stimmte. Wenn es nicht allzu große Anstrengungen erforderte, versuchte er meistens, sich daran zu halten. Und sei es nur um des eigenen Seelenfriedens willen.

Gewisse Dinge kosteten natürlich zu viel. Es gab genügend Fragen, über die Gunnar Barbarotti sich gern den Kopf zerbrach, aber sie wirklich anzupacken, hätte doch einen nicht zu unterschätzenden Einsatz bedeutet.

Das Wesen der Liebe, beispielsweise.

Oder der Palme-Mord.

Oder der Begriff Demokratie. War es wirklich angemessen, dass Leute, die auf die idiotischsten Reklamekampagnen hereinfielen, über das Schicksal des Landes entscheiden sollten? Die ihre Präsidenten nach deren Augenfarbe wählten und sich für Parlamentarier entschieden, wenn sie einen guten Herrenwitz zum Besten geben konnten?

Nein, das waren vielleicht gute Fragen, die aber kaum der Mühe wert waren, darüber nachzudenken. Das konnte sich doch jeder ausrechnen, sogar er. Es ging darum, seine Grenzen zu kennen.

Aber es ging auch darum, seine Möglichkeiten zu nutzen. Mit seinen Pfunden zu wuchern. Das war wie mit der alten Bitte um Gelassenheit. Gunnar Barbarotti war nie bei den Anonymen Alkoholikern gewesen, doch er hatte zwei Freunde, die dort gewesen waren.

Die immer noch dort waren, soweit er wusste, aber von ihnen wohnte keiner mehr in Kymlinge, und er hatte keinen Kontakt mehr zu ihnen.

Gott, gib mir die Gelassenheit, das zu akzeptieren, was ich nicht ändern kann.

Den Mut, das zu verändern, was ich verändern kann.

Und Verstand genug, zwischen beidem zu unterscheiden.

Eigentlich eine richtige Bitte für zehn Punkte, wenn er es sich genauer überlegte, und da er den Herrgott seit fast drei Wochen nicht mehr mit einer Existenzbitte belästigt hatte, tat er es jetzt. O Herr, mache mich weise wie einen nüchternen Alkoholiker, bat er. Gib mir genügend Verstand, um entscheiden zu können, ob es sich lohnt, hinter diesem verfluchten Jakob Willnius herzuschnüffeln oder nicht.

Er sah ein, dass beide dieser einfachen Bitten gewisse Unklarheiten beinhalteten, aber es war Sonntagabend, und er war müde. Richtig müde. Das lag sicher daran, dass er am Nachmittag sieben Kilometer gelaufen war, und in letzter Zeit war es schlecht um sein Training bestellt gewesen. Um die Bedingungen etwas deutlicher werden zu lassen, fügte er hinzu:

Na gut, packen wir es an, lieber Gott. Wenn ich mich wirklich dafür entscheide, der infamen Behauptung der Ex-Ehefrau nachzugehen – dann kriegst du drei Punkte, wenn es etwas bringt, aber du verlierst zwei, wenn es in einer Sackgasse endet. Okay?

Der Herr antwortete nicht, obwohl er im Augenblick nicht weniger als elf Punkte über der Entscheidungslinie lag, aber selbstsichere Anführer waren schon früher in der Weltgeschichte übermütig geworden und kläglich gescheitert, das war nichts Neues. Es lag keine besonders komplizierte Psychologie hinter einer derartigen Einschätzung.

Dachte Inspektor Barbarotti, schaltete die Nachttischlampe aus und drehte das Kopfkissen um.

36

Den Montag und Dienstag über fühlte Kristoffer Grundt sich nicht wirklich anwesend.

Oder besser gesagt, alles um ihn herum erschien ihm unwirklich. Fremd. Morgens wachte er in einem großen, hellen Zimmer mit einem Klavier, einem Elchkopf und merkwürdigen grünen Pflanzen auf. Nach dem Frühstück mit Berit und Ingegerd (wie zum Teufel konnte man ein Kind nur Ingegerd taufen?) nahm er den Bus ins Zentrum von Uppsala. Stieg am Busbahnhof aus, zündete sich eine Zigarette an und überquerte eine vielbefahrene Straße. Drückte die Zigarette aus, durchquerte ein Einkaufszentrum und gelangte in ein weiteres. Hier lag der Konsum, sein Arbeitsplatz. Er begann damit, sich eine grüne Jacke überzuziehen und irgendwelche Gefrierartikel hin und her zu schleppen, danach Kühlwaren, dann Konserven bis zur Mittagspause. Anschließend ging er ins Einkaufszentrum und aß eine Schale Thainudeln. Lief eine Weile in der Stadt herum, rauchte und guckte sich Leute an, die er nicht kannte. Um ein Uhr kehrte er zurück in den Laden, zog sich die grüne Jacke an und schleppte Waren hin und her bis fünf Uhr. Der Bus nach Bergsbrunna fuhr um Viertel nach.

Der Gedanke, er könnte ebenso gut irgendjemand anderes sein, nagte an ihm. Ein anderer Mensch. Niemand würde einen Unterschied bemerken. Vermutlich nicht einmal Berit und Ingegerd, sie hatten ihn seit mehreren Jahren nicht gesehen und hätten sicher sonst jemanden akzeptiert, der vor ihrer Tür gestanden und behauptet hätte, er heiße Kristoffer Grundt.

Aber am Dienstagnachmittag nahm er nicht den Bus zurück nach Bergsbrunna. Er bestieg stattdessen den Vorortzug nach Stockholm – und das erschien ihm noch unwirklicher. Während er dasaß und durch das schmutzige Fenster hinaus auf die dunkle Landschaft starrte, die vorbeihuschte (mit erstaunlich geringer Bebauung, wie er fand, obwohl man doch auf dem Weg nach Stockholm war, es sah hier fast aus wie in Norrland), wünschte er, Henrik würde in seinem Kopf auftauchen. Mit ihm sprechen und ihm das eine oder andere Wort mit auf den Weg geben. Das könnte er gebrauchen, nicht weil Henrik besonders viel mit der Wirklichkeit zu tun hatte, aber es wäre schön gewesen. Henriks Stimme – Henriks *eingebildete* Stimme – hatte etwas an sich, das beruhigend auf ihn wirkte. Aber momentan war sie nicht herbeizurufen, es nützte nichts, dass er die Augen schloss und sich intensivst konzentrierte. Henrik war fort, wie schon seit den letzten zwei Wochen. War er dabei, für immer zu verschwinden? Dieser Gedanke versetzte Kristoffer einen Stich, er gab auf und versuchte sich stattdessen auf die Zukunft zu konzentrieren. Die konkrete, sehr naheliegende Zukunft.

Mit Tante Kristina in Stockholm essen gehen! Wieso das? Wieso hatte sie vorgeschlagen, dass sie sich in dieser Form trafen? Das war schon ein wenig unverständlich, wie der alte Nachbar Månsson im Stockrosvägen immer sagte. Kristoffer hatte Kristina noch nie vorher allein getroffen. Und wenn er mit ihr über Henrik und Walter und all das reden wollte – jetzt wo er sich sowieso in Uppsala so ganz in der Nähe befand –, dann wäre es doch wohl natürlicher gewesen, wenn sie ihn zu sich nach Hause eingeladen hätte? In den Musseronvägen in Enskede, er war dort vor ein paar Jahren einmal mit seinem Vater und Henrik zu Besuch gewesen und konnte sich noch erinnern, wie es aussah. Seine Mutter war in letzter Minute verhindert gewesen, sicher irgendeine Operation, so war es meistens. Damals.

Aber jetzt wollte Kristina ihn also am Hauptbahnhof treffen, sie würden in ein Restaurant in der Nähe gehen und sich dann dort miteinander unterhalten.

Über was um alles in der Welt sollten sie sprechen?

Was hatte Kristina davon, in der Kneipe mit einem ungepflegten, ängstlichen Fünfzehnjährigen zu sitzen?

Und alles … alles nur, weil er ihr erzählt hatte, was der Nachtportier gesagt hatte. Olle Rimborg. Oder?

Ja, genauso war es. Sie hatten am Telefon nicht länger als eine Minute gesprochen, er und Kristina. Sobald er Olle Rimborgs Beobachtungen erwähnt hatte, hatte Kristina vorgeschlagen, dass sie sich treffen sollten. Wenn er sie aus einem anderen Grund angerufen hätte (welcher immer das auch sein mochte), wäre sie sicher nicht mit so einem Vorschlag gekommen, dessen war er sich aus irgendeinem Grund ziemlich sicher.

Was bilde ich mir eigentlich ein?, dachte Kristoffer Grundt.

Was bilde ich mir ein?

Und er wusste, dass das Gefühl von Unwirklichkeit, das ihn wie eine dunkle Wolke umgab, vielleicht auch ein wenig mit Uppsala, mit dem Konsum, mit Berit und Ingegerd zu tun hatte – aber in erster Linie doch mit der denkbaren Antwort auf genau diese Frage.

Er hatte vergessen, dass sie schwanger war.

Vielleicht hatte er es auch gar nicht gewusst. Bei der Beerdigung im August war nichts zu sehen gewesen, und er konnte sich nicht daran erinnern, dass seine Mutter oder sein Vater jemals etwas in der Richtung erwähnt hätten.

Aber wahrscheinlich fiel es ihm nur nicht ein. Auf jeden Fall hatte sie jetzt einen richtig dicken Bauch. Zuerst erkannte er sie fast nicht wieder, was aber nicht am Bauch lag. Sie trug einen roten Dufflecoat und eine rote Baskenmütze, und irgendetwas war anders mit ihrem Haar.

»Kristoffer.«

Mit ihrem Gesicht auch. Sie sah … sie sah älter aus. Oder irgendwie erschöpft.

»Hej«, sagte er und streckte die Hand vor. Sie ignorierte sie und nahm ihn stattdessen in den Arm.

»Schön, dich zu sehen, Kristoffer.«

Das klang nicht so, als ob sie es wirklich meinte. Wenn sie überhaupt etwas meinte, dann sicher nicht, dass es schön war.

»Ja … danke … gleichfalls.«

Er hatte Probleme, die Worte herauszubringen. Spürte, wie sie in seiner Kehle festsaßen. Er war gezwungen, sie Stück für Stück herauszuholen. Schade, dass man nicht gelernt hat, sich in Rauch aufzulösen, dachte er finster. Dann würde ich das jetzt tun.

Aber als er sie verstohlen betrachtete, musste er sich eingestehen, dass es ihr noch schlechter ging als ihm. Tatsächlich. Wenn Kristoffer fand, die Situation sei peinlich, so war das nichts gegenüber dem, was Kristina empfand. Eigenartige nervöse Zuckungen durchfuhren ihr Gesicht, und die ganze Zeit zwinkerte sie mit den Augenlidern. Zu behaupten, die Situation sei ihr unangenehm, war untertrieben.

Sie sagte nichts. Nach der flüchtigen Umarmung standen die beiden wie festgewurzelt einander gegenüber und starrten sich an. Mit einem Meter Abstand. Das empfanden beide als ziemlich merkwürdig, aber ihr ging es damit am schlechtesten, daran herrschte kein Zweifel.

»Wie geht es dir?«, brachte er ganz automatisch hervor.

Sie schluckte angestrengt. Dann legte sie ihm eine Hand auf den Arm.

»Komm, ich weiß, wo wir hingehen können.«

Sie sagte es nicht laut. Ihre Stimme trug nicht, es wurde nur ein Flüstern.

Das Restaurant hieß Il Forno, es dauerte nur wenige Minuten bis dort. Keiner von beiden sprach auf dem kurzen Fußweg ein Wort. Es war noch nicht einmal sechs Uhr abends, so dass sie problemlos eine abgetrennte Nische ganz hinten in dem großen Lokal fanden. Kristoffer stellte fest, dass es italienisch war, rotweißgrüne Flaggen hingen vereinzelt herum, und eine Standarte für Juventus. Aber es gab nicht nur Pizza, es schien kein besonders billiges Lokal zu sein.

»Lass uns erst etwas bestellen. Du hast doch Hunger?«

Sie bestellten sich etwas, zwei Mal Lasagne, ein Mineralwasser und eine Cola. Dann entschuldigte Kristina sich und ging zur Toilette.

Sie blieb mindestens zehn Minuten fort, und inzwischen kam das Essen. »Entschuldige«, sagte sie, als sie zurückkam. »Entschuldige, Kristoffer.«

Er murmelte etwas als Antwort und betrachtete sie verstohlen. Ihr Gesicht sah rot geschwollen aus. Was ist denn bloß mit ihr los?, dachte er. Sie muss auf dem Klo gesessen und geheult haben. Sie räusperte sich und holte tief Luft. Sah ihn geradewegs mit glänzenden Augen an.

»Kristoffer, ich schaffe es nicht mehr.«

»Nein …?«, fragte er gedehnt.

»Als du angerufen hast …«

»Ja?«

»Als du vorgestern angerufen hast, da hatte ich ein Gefühl, als würde ich erschossen.«

»Was?«

»Oder als würde ich aus einem schlechten Traum aufwachen.«

»Ich verstehe nicht …«

»Nein, du kannst das nicht verstehen. Aber ich lebe seit elf Monaten in einer Hölle, Kristoffer. Ich lebe immer noch in ihr, aber gestern Abend ist mir klar geworden, dass ich es nicht mehr aushalte.«

Er erwiderte nichts. Begriff nicht, wovon sie sprach, und gleichzeitig hatte er das Gefühl, als ob ... ja, er wusste nicht so recht, was für ein Gefühl es war, aber plötzlich meinte er, das alles wäre ihm vertraut. Etwas sehr Bekanntes, als ob ... als ob jemand endlich die Lösung eines Rätsels sagte und man selbst einsah, dass man doch auch allein hätte drauf kommen können.

Aber nicht in diesem Augenblick, sondern in dem Augenblick *davor.*

»Wovon redest du?«, fragte er.

Kristina schüttelte den Kopf und saß eine Weile schweigend da. Sie sah ihn nicht an. Starrte auf ihre nicht angerührte Lasagne und hatte die Schultern hochgezogen, als fröre sie. So blieb sie eine Weile sitzen, vollkommen regungslos, dann räusperte sie sich und schien Kraft zu schöpfen. Zumindest ein wenig.

»Was wolltest du mich fragen, als du am Sonntag angerufen hast?«

»Das war ... das habe ich doch gesagt«, erklärte Kristoffer.

»Sag es noch einmal«, bat Kristina.

»Okay. Es fing an mit Walters Beerdigung ... im August. Als wir aus der Kirche kamen, erzählte Oma mir von einem, der Olle Rimborg hieß ... und davon, dass er ihr etwas gesagt hat.«

»Oma?«

»Ja. Olle Rimborg arbeitet im Hotel in Kymlinge, und er hat Oma erzählt, dass dein Mann ... also Jakob ... dass er mitten in der Nacht zurück ins Hotel gekommen ist ... in der Nacht, als Henrik verschwunden ist.«

Er machte eine Pause, aber Kristina gab ihm ein Zeichen, doch fortzufahren.

»Ich habe mir erst nicht so viel dabei gedacht, und ich weiß wirklich nicht, warum Oma mir das erzählt hat. Sie war ja etwas durcheinander ... nein, ich habe mich erst einmal nicht drum gekümmert, aber vor ungefähr einer Woche habe ich im Fernsehen einen Film gesehen ...«

»Einen Film?«

»Ja, und da tauchte Olle Rimborgs Name auf … in … wie heißt das … im Abspann. Und da ist es mir wieder eingefallen. Daraufhin habe ich diesen Olle Rimborg angerufen, das war … das war einfach so eine Idee.«

»Und?«, fragte Kristina, und obwohl es doch nur ein einziges kurzes Wort war, brach ihre Stimme wieder.

»Und er hat gesagt, dass es stimmt. Dass dein Mann um drei Uhr zurück ins Hotel gekommen ist und dass er sich gefragt hat, wieso …«

»Ja?«, flüsterte Kristina.

»Ja, das war alles. Plus, dass ich auch angefangen habe, darüber nachzudenken.«

»Darüber, warum Jakob um drei Uhr nachts zurück ins Hotel gekommen ist?«

»Ja.«

Kristina schob ihren Teller zur Seite und faltete die Hände vor sich auf dem Tisch. Es vergingen fünf schweigsame Sekunden. »Warum?«, fragte sie dann.

»Was?«, erwiderte Kristoffer.

»Warum hast du darüber nachgedacht, Kristoffer?«

»Ich … ich weiß nicht.«

»Doch, Kristoffer, ich glaube, du weißt es.«

Er spürte, wie ihm das Blut in den Kopf schoss. Und seine Schläfen pochten.

»Ich habe momentan nicht viel anderes, worüber ich nachdenken könnte«, sagte er. »Das hat sich irgendwie so festgesetzt. Und es war ja …«

»Ja?«

»Es war ja genau die Nacht, in der Henrik verschwunden ist.«

»Sprich weiter.«

»Ich habe gedacht, dass es … dass es vielleicht einen Zusammenhang gibt.«

Bei den letzten drei Worten trug plötzlich seine Stimme nicht mehr. *Einen Zusammenhang gibt*, zischte er, und in dem Moment, als er sie hervorgebracht hatte, wusste er, dass das stimmte. Das war die Lösung des Rätsels. Das war die schreckliche Lösung, die Simsalabim dastand und an die Tür hämmerte, und es war Kristina, die ihre Hand auf der Klinke auf der Innenseite liegen hatte und sie jetzt öffnete … nein, das war ein merkwürdiges Bild, schließlich war es ja Kristina selbst, die die Wahrheit wusste, er konnte es ihr ansehen, sie starrte ihn mit einem Blick an, der bis zum Bersten voll war mit … ja, er wusste nicht so recht, womit, nur, dass es etwas schrecklich Grauenhaftes war, nackt und ungeschützt, und jetzt, genau in diesen unwiderruflichen Sekunden, beugte sie sich weit über den Tisch zu ihm vor, ihre verzweifelten Augen schwebten nur fünfzehn, zwanzig Zentimeter vor seinen, und jetzt … jetzt sagte sie das, das, von dem er plötzlich wusste, dass er es bereits gewusst hatte. Nein, sie *sagte* es nicht, sie *flüsterte,* denn in ihr gab es keine Stimme mehr.

»Kristoffer, es war Jakob, der deinen Bruder getötet hat.«

Es verging eine Weile. Lang, kurz, er wusste es nicht. Sie rührte sich nicht, er rührte sich nicht. Eine Gruppe, zwei Frauen, zwei Männer, betrat das Lokal und ließ sich an einem Tisch in der Nähe nieder – aber das war ein Tisch in einer anderen Welt, und die Menschen gehörten auch in eine andere, äußerst fremde Welt. Unter der Glaskuppel gab es nur ihn und Kristina, seine Tante, die die Wirklichkeit mit ihrem geflüsterten, unerbittlichen Wahrheitshammer zertrümmert hatte … genau diese sonderbaren Worte und Bilder flatterten in seinem Kopf vorbei und versuchten sich verständlich zu machen, wie unbekannte Zugvögel auf dem Irrweg. *Glaskuppel? Wahrheitshammer? Zugvögel?*

Und Fragen. In der gleichen Art und Weise, wie die Worte in ihm vor einer Stunde gestockt hatten, stockten jetzt die Fragen, eine andere Art fremder, unruhiger Vögel, plötzlich verspürte er Atemnot und gleichzeitig etwas, das in seiner Brust tickte, etwas, das damit drohte, ihn von innen zu zersprengen, wenn er nicht aus der Lähmung herauskäme, die schnell unter der Glaskuppel anwuchs. Zum Schluss drangen die selbstverständlichsten Fragen an die Oberfläche.

»Warum?«

Sie starrte ihn an.

»Weil …«

Sie zögerte. Suchte seinen Blick für eine Art Bestätigung offenbar. Bestätigung dafür, dass er … dass er alt genug war, ja, genau mit der Überlegung schienen ihre grünen Augen in ihn eindringen zu wollen, sie suchte nach einem Zeichen dafür, ob es für ihn möglich war, zu verstehen. Und er verstand, dass er damit würde leben müssen. Was sonst konnte er tun? Ihre unausgesprochene Frage beantworten. Ich bin bereit, versuchte er zu sagen, wortlos. Erzähl mir jetzt, was passiert ist, Kristina.

Sie holte tief Luft, ließ die Luft in einem feinen, langsamen Strom wieder nach draußen, und ganz am Ende dieses Stroms, kurz bevor die Luft zu Ende war, kam es.

»Weil er uns überrascht hat, Kristoffer.«

»Was?«

»Henrik und mich.«

»Henrik und …?«

»Ja. Jakob ist zurückgekommen und hat mich und deinen Bruder im Bett gefunden.«

Nachdem das gesagt war, konnte er unmöglich entscheiden, ob er das vorher bereits geahnt hatte oder nicht. Vielleicht hatte er des Rätsels Lösung in einer Art Luftblase in sich getragen, die dagelegen hatte – einfach nur dagelegen hatte – und darauf gewartet, zu platzen. Auf jeden Fall war es nicht Verwunderung, die er spürte, nein, eher … Bestätigung? War dem so? Hatte er es eigentlich, in irgendeinem dunklen Winkel seines hoffnungslosen Gehirns, gewusst?

Nein, dachte er. Nicht in meinen wildesten Träumen hätte ich mir denken können, dass …

Aber das waren auch nur wieder fremde Wortvögel. Kristina unterbrach ihre unkontrollierte Flucht, indem sie sich noch weiter über den Tisch beugte. Sie ergriff seine beiden Hände.

»Ich trage so eine große Schuld, Kristoffer. Ich bin es nicht wert, weiter zu leben. Und trotzdem habe ich damit fast ein Jahr gelebt. Ich fordere gar nicht Vergebung oder Verständnis, es ist meine Schuld, dass Henrik tot ist, ich habe … ich habe euer aller Leben auf dem Gewissen. Ich bin diejenige, die schuld ist an all der Trauer. Wenn du wissen willst, wie verzweifelt ein Mensch sein kann, dann schau mich an, Kristoffer.«

Er schaute sie an und begriff, dass es stimmte.

»Ich habe ja nichts davon erzählen können. Ebba … deine Mutter … hätte es nicht ertragen. Ich weiß nicht, ob du es erträgst, Kristoffer, aber als du angerufen und mich gefragt hast, ja … Ich habe gedacht, die beste Lösung … die einzige Lösung … könnte nur sein, dass niemand jemals erfährt, was passiert ist. Das ist keine Feigheit, Kristoffer, denk nach, es war aus Rücksicht auf … auf euch alle. Es … es ist mir so schlecht gegangen.«

Sie ließ seine Hände los und fiel vornüber auf den Tisch, aber fast augenblicklich richtete sie sich wieder auf. »Verzeih mir, Kristoffer, ich benehme mich erbärmlich.«

»Nein«, widersprach Kristoffer leise. »Du benimmst dich nicht erbärmlich.«

Er wusste nicht, ob er das ernst meinte. Aber plötzlich sah er ganz deutlich vor sich ein erschreckend klares Bild: Kristina und Henrik, die heftig in einem fremden Hotelbett miteinander vögeln, und dann wird die Tür aufgerissen, und da steht Jakob, es ist genau wie in einem Film, in dem das Liebespaar vom eifersüchtigen, wahnsinnigen Ehemann entlarvt wird, der unerwartet nach Hause kommt.

»Wie?«, fragte er. »Wie hat er Henrik getötet?«

Sie sah ihn wieder mit diesem prüfenden Blick an. Es vergingen drei Sekunden.

»Mit seinen bloßen Händen, Kristoffer. Mit seinen bloßen Händen.«

Kristoffer starrte sie an. Fühlte, wie eine Welle von Übelkeit in ihm aufstieg. »Verdammte Scheiße«, sagte er.

»Ja«, nickte Kristina. »Ich würde mein Leben dafür geben, wenn ich alles ungeschehen machen könnte. Ich hoffe, du verstehst das, Kristoffer. Wenn ich mein Leben mit Henriks tauschen könnte, ich würde es machen, ohne eine Sekunde zu zögern. Aber es ist ein Gefühl, als ob … als ob ich dazu verdammt wäre zu leben. Ich weiß nicht, ob du das verstehst?«

»Warum bist du dann immer noch mit ihm zusammen? Mit Jakob … ich meine …«

»Weil er mich dazu zwingt.«

»Er zwingt dich?«

»Ja.«

»Das verstehe ich nicht.«

»Er hat Henrik getötet, aber ich bin diejenige, die die Schuld trägt. Wenn man seine Frau mit einem anderen Mann im Bett findet, hat man ein gewisses Recht … ja, den anderen Mann zu töten. Seine Ehre zu verteidigen, es ist ein uraltes Recht, in gewissen Kulturen nicht einmal strafbar.«

»Ehrenmord?«

Sie nickte. »Etwas in der Art. Und dass ich es mit meinem eigenen Neffen getrieben habe … nein, wenn ich meinen Mann verlasse, dann verrät er mich. Er weiß, dass seine Schuld geringer ist als meine. Solange er will, hat er mich in der Hand.«

»Aber du willst eigentlich …?« Unfreiwillig warf er einen Blick auf ihren Bauch. Fühlte sich verlegen und verlor den Faden.

»Ich hasse ihn, Kristoffer. Jakob ist ein Ungeheuer.«

Er wartete.

»Ein berechnendes Ungeheuer, ich habe schon vorher gewusst, dass da etwas nicht stimmt. Unsere Ehe war im letzten Jahr auf dem besten Weg, kaputt zu gehen, aber jetzt … aber jetzt …«

Sie verstummte. Sah ihn wieder mit ihren unheimlichen, nackten Augen an. Einige Sekunden verstrichen.

»Warum habt ihr das getan?«, fragte Kristoffer. »Du und Henrik.«

Sie schüttelte den Kopf. »Es war wie ein Spiel. Ein verbotenes Spiel … wir haben die Grenze überschritten.«

»Die Grenze. Ach so.«

»Entschuldige. Aber manchmal überschreitet man in seinem Leben Grenzen, von denen man weiß, dass man sie nicht überschreiten dürfte. Manchmal geht es gut, manchmal wird man bestraft. Das haben wir nicht gewollt, aber es nützt natürlich nichts, hier zu sitzen und sich rechtfertigen zu wollen. Es fing damit an, dass Henrik mir etwas erzählt hat.«

»Ja?«

»Nein, das kann ich nicht sagen.«

Ein Geistesblitz durchfuhr Kristoffer. »Hat er dir erzählt, dass er homosexuell ist?«

Erstaunt hob sie die Augenbrauen.

»Du hast es gewusst?«

»Nein. Nicht direkt. Aber ich habe gedacht, dass es so sein könnte.«

»Ach so. Ja, jedenfalls hat Henrik es mir erzählt, und ich habe ihm nicht geglaubt. Erinnerst du dich, dass wir an dem Abend einiges getrunken haben?«

»An dem ersten?«

»Ja, an dem Abend vor der Feier. Das entschuldigt nichts, aber ich war ein wenig betrunken, und … ja, ich hatte die Idee, Henrik beweisen zu wollen, dass er sich irrte. Dass er zumindest auch auf Frauen scharf sein konnte … nein, verzeih mir, Kristoffer, ich habe schon zu viel gesagt. Das muss reichen.«

Kristoffer nickte. Sie hatte recht. Das genügte, er fühlte, dass er nicht das Bedürfnis hatte, mehr zu erfahren.

Und plötzlich, während sie wieder schweigend dasaßen und einander nur ansahen, fuhren ihm zwei Gedanken durch seinen erschöpften Kopf.

Ich verstehe ihn, lautete der erste. Ich verstehe dich, mein Bruder Henrik.

Der andere Gedanke war schwärzer als jede Trauer.

Und ich verstehe dich auch, Jakob Willnius. Doch das nützt nichts, du musst sterben.

Du musst sterben, wiederholte es sich leise in seinem Kopf.

Dann war es lange Zeit vollkommen leer und still, und schließlich spürte er, dass er sich wahnsinnig nach einer Zigarette sehnte.

Aber dazusitzen und vor Kristinas Augen zu rauchen, erschien aus guten Gründen unmöglich. Außerdem war hier im Restaurant wahrscheinlich Rauchverbot wie in allen anderen.

»Wollen wir gehen?«, fragte er. »Ich möchte nichts essen.«

Sie sah ihn erstaunt an.

»Kristoffer …?«

»Danke, dass du es mir erzählt hast«, sagte er, und er spürte, dass plötzlich ein erwachsener Mann aus seinem Mund sprach. »Ich verspreche dir, niemandem zu verraten, was du mir gesagt hast. Du kannst dich auf mich verlassen.«

Sie versuchte etwas zu sagen, aber er kam ihr zuvor. Offenbar musste er die Zeit nutzen, solange die Erwachsenenstimme in ihm war. »Ich muss wieder zurück nach Uppsala. Darf ich dich anrufen, wenn ich über alles nachgedacht habe?«

»Was? Ja, natürlich, Kristoffer, du kannst mich jederzeit anrufen. Natürlich kannst du das.«

»Gut. Ich … ich muss erst mal darüber nachdenken, wie gesagt.«

»Das kann ich verstehen.«

Dann verließen sie Il Forno und gingen hinaus in die Novemberdunkelheit. Keiner von beiden hatte das Essen angerührt. Keiner von beiden sagte ein einziges Wort auf dem Weg zurück zum Hauptbahnhof.

»Nein, sie ist nicht zu Hause«, sagte Jakob Willnius. »Sie wollte jemanden in der Stadt treffen. Wird wohl in einer Stunde oder so wieder auftauchen, kann ich ihr etwas ausrichten?«

»Ich bin nur ein Kollege von ihr. Nichts Wichtiges. Ich rufe wieder an.«

Das Gespräch wurde unterbrochen. Er schaute auf die Nummernanzeige. *Unknown.* Wer's glaubt, dachte Jakob Willnius.

Ein Kollege?

Kristina hatte seit mehr als einem Jahr nicht mehr gearbeitet.

Und wenn es etwas gab, womit er sich brüsten konnte, dann war es sein außergewöhnlich gutes Gedächtnis für Stimmen.

Er löschte das Licht und starrte auf die schwarzen, knorrigen Obstbaumsilhouetten vor dem Fenster. Fühlte, wie sich etwas in ihm verhärtete.

Gunnar Barbarotti blieb eine Weile mit dem Telefonhörer in der Hand sitzen und schaute ins Dunkel.

Ich hätte überhaupt nicht mit ihm sprechen sollen, dachte er. Das war dumm von mir.

V

Dezember

37

Ebba Hermansson Grundt träumt.

Es ist früh am Morgen, lange vor der Morgendämmerung, es ist der erste Dezember, und vor ihrem Fenster schneit es reichlich – aber davon weiß sie nichts, denn das Rollo ist sorgsam heruntergezogen, und die Uhrzeit interessiert sie nicht. Sie liegt in ihrem Bett im vollkommen weißen Zimmer im Pflegeheim, und sie träumt von ihrem Sohn.

Er baumelt in ihrem Körper, er ist zerstückelt und in zwei grünweiße Konsumplastiktüten eingepackt, hängt an ihrem Schlüsselbein und schaukelt wie die schweren, rostigen Klöppel einer vergessenen Kirchenglocke hin und her. Man träumt alles Mögliche, und das kann einem nicht zur Last gelegt werden, aber an diesem Morgen gibt es etwas, das nicht stimmt. Ein merkwürdiger Zug von Unruhe durchfährt ihren schlafenden Körper, ein eisiger Windzug lässt ihre Haut erzittern, sie tastet mit den Händen über Brust und Bauch, sie ist es so gewohnt, ihren Sohn auf diese Art die Nächte hindurch zu tragen. Monat für Monat hat sie das getan. Aber an diesem Morgen stimmt etwas nicht mit Henrik, etwas ist anders, fremd.

Das *ist* nicht Henrik. Das ist Kristoffer. Er, ihr jüngerer Sohn, ist es, der sich an diesem Morgen in ihr Inneres begeben hat, was hat das zu bedeuten? Innerhalb weniger Sekunden ist sie hellwach. Sie wirft die Beine über die Bettkante und setzt sich auf, die Füße auf den kalten Boden. Was soll das? Warum hat Kristoffer Henriks Platz eingenommen?

Das muss etwas bedeuten, denn Träume sind Schlüssel. Immer ist es so, es geht nur darum, das dazu passende Schloss zu finden.

Es aufzuschließen oder abzuschließen. Am liebsten würde Ebba Hermansson Grundt es abschließen, daran hat sie den ganzen Sommer und den ganzen Herbst über hartnäckig gearbeitet. Alles beiseiteschieben, nur diesen kleinen innersten Raum erhalten, in dem die Zeit nicht existiert, der jedoch das Allerwichtigste beinhaltet. Vergangene Sommer, ein Segelboot, ein blaues Dreirad, eine Schramme am Knie, die versorgt wird, kleine, klebrige Kinderfinger, die ihr Haar umklammern, und seine schönen Augen.

Dieser Raum, den zu schließen die Therapeuten so sehr bemüht sind, den sie dagegen jeden Abend mit behutsamer, sicherer Hand öffnet.

Aber Kristoffer? Wie ist der da hineingekommen? Wer hat ihn über die Schwelle gelassen, warum ist er derjenige, der jetzt zerstückelt in einer Plastiktüte an ihrem Schlüsselbein baumelt? Zwei Tüten, waren es nicht zwei Tüten? Was will er ihr in diesen dunklen Stunden lange vor der Morgendämmerung sagen?

Sie kommt auf die Beine, lässt das Rollo hochschnappen und schaut aus dem Fenster. Draußen ist es rabenschwarz, aber es fällt Schnee, schwer und dicht.

Kristoffer?, denkt sie. Du nicht auch noch.

Kristina Hermansson liest. Fern von allen Sorgen der Welt, in einer anderen, die sie nicht kennt. Es ist der erste Dezember, und es fällt Schnee. Es hat die ganze Nacht geschneit, leise, und es schneit noch weit in den Vormittag hinein. Der Apfelbaum vor ihrem Fenster bekommt ganz neue Formen und Strukturen, die Johannisbeerbüsche sind große, struppige Moschusochsen.

Jakob ist in die Fernsehanstalt nach Värtahamn gefahren,

Kelvin ist bei der Tagesmutter. Sie wartet darauf, dass Kristoffer von sich hören lässt, sie wartet darauf, dass ihr Leben endgültig zerbricht, aber in der Zwischenzeit liest sie in Walters Buch.

In den Schatten meiner Hände wohnte eine Sehnsucht, schreibt er. *In einer fünfzehnjährigen Feigheit verbarg sich eine Hoffnung. Wo ist sie hin?*

Sie versteht nicht immer, was er schreibt, ihr Bruder, aber sie findet es schön. Von der anderen Seite des Grabs aus spricht er zu ihr, hinter den Worten hört sie seine Stimme. Sie ist erst bis Seite 40 von 651 gekommen, dennoch hat sie das Gefühl, als wäre er bei ihr im Zimmer. Als könne sie mit ihm sprechen, ihm Fragen stellen, die während der Lektüre in ihrem Kopf auftauchen.

Was meinst du damit, Walter, mein Bruder? Was ist das für eine Sehnsucht? Was für eine Art von Hoffnung, die du auf dem Weg verloren hast? Er antwortet nicht, aber vielleicht hat er die Antwort weiter hinten im Buch versteckt.

Ich wurde geboren als ein Verlierer, habe jedoch diese Tatsache mein ganzes Leben lang im Vergessen vergraben, schreibt er auf Seite 42. *Doch wenn Wissen und Wahrheit ihre hässlichen Köpfe zeigen, erkenne ich sie sofort wieder. Man kann nicht aus seiner Haut heraus.*

Trotzdem ist sie sich nicht sicher, ob Walter über sich selbst spricht. Vielleicht ist es ja eine andere Person. Das Buch ist in Ich-Form geschrieben, zumindest zu Anfang. Die Hauptperson heißt Michail Barin, eine merkwürdige, nicht nur im Raum, sondern auch in der Zeit herumwandernde Kreatur, wie es scheint. Nach allem zu urteilen ein Russe, mal taucht er in der Gegenwart auf, mal weit zurück im 19. Jahrhundert, vielleicht ist er gar kein richtiger Mensch, wenn man es genau betrachtet. Vielleicht ist er nur eine Idee.

Aber sie liest fasziniert, und Walters Stimme ist mit jeder Seite, die sie umblättert, deutlicher zu hören.

Wenn ich ins Gefängnis komme, denkt sie, dann wird es Walters Buch sein, das mich am Leben erhalten und beschäftigen wird.

Aber vielleicht zerbricht das Leben ja gar nicht. Vielleicht ist das alles gar nicht nötig. Heute ist Mittwoch. Der Flug nach Bangkok und Thailand geht am Sonntag, es sind nur noch vier Tage. Vier lächerliche Tage, und wenn dieser kurze Zeitabschnitt ohne Zwischenfälle verrinnt, dann kann sie die Dinge in die eigenen Hände nehmen. Wenn sie endlich zusammen mit ihrem Mann im Flugzeug sitzt, wird sie wissen, wie es weitergehen muss. Dann sind alle Hindernisse überstanden, und alles wird sich so auflösen, wie sie es geplant hat.

Aber sie ziehen sich hin, diese Tage. Kristoffer wird anrufen, etwas wird geschehen, das weiß sie, sobald sie ihren Blick und ihre Gedanken von Walters Buch hebt – aber momentan, genau in diesem Augenblick, ist es nur der Schnee, der fällt.

Kristoffer Grundt hat die Lösung in der Hand.

Es ist Mittwochabend. Der erste Dezember, ein Tag, an dem der Schneefall von morgens bis abends immer dichter wurde. Der Bus hinaus nach Bergsbrunna brauchte eine halbe Stunde länger als üblich und war mehrere Male kurz davor, in den Graben zu rutschen. Marktleiter Luthman hatte während der Nachmittagspause erzählt, dass im ganzen Land Chaos herrsche, ganz besonders in Skåne, wo fast keine einzige Straße mehr befahrbar sei, und in Dalsland seien mehr als fünftausend Häuser von der Umwelt abgeschnitten. Wie es an der Küste nach Roslagen hin aussah, wagt sich keiner vorzustellen. Seit Menschengedenken hat es nicht mehr so viel geschneit, und das jetzt seit sechzehn Stunden.

Doch das alles bekümmert Kristoffer Grundt nicht, denn er steht im Keller des Hauses der Cousine seines Vaters in Bergsbrunna und hält die Lösung in der Hand.

Sie ist glatt und kalt, und er nimmt an, dass sie ungefähr ein halbes Kilo wiegt. Das Fabrikat Pinchmann ist im Kolben eingraviert, wo sie auch geladen wird, indem man ein Magazin von unten hineinschiebt. Jedes Magazin enthält zwölf Patronen, er hat es schon ausprobiert, und er schickt in Gedanken seinen Dank an Ingegerd, denn Ingegerd war es, die ihm die Waffe und das Versteck gezeigt hat, als er hier vor vier Jahren zu Besuch war. Sie hatte es gezeigt, um Henrik und Kristoffer zu imponieren, wie man denken kann, diesen Vettern aus Sundsvall. Der Waffenschein ist natürlich auf Berits Mann Knut ausgestellt, von dem diese sich hat scheiden lassen, als Ingegerd nicht älter als drei Jahre war, er hatte immer alles Mögliche gejagt, aber wenn zwei Frauen allein in einem Haus außerhalb der Stadt wohnen, dann braucht man eine Waffe, um sich zu verteidigen. Für den Fall aller Fälle, das versteht sich von selbst.

Doch wenn Kristoffer fertig ist, will er den Pinchmann in einen See werfen oder irgendwo vergraben, niemand wird ihn je finden, niemand wird Kristoffer verdächtigen, er glaubt nicht, dass Berit und Ingegerd die alte Waffe ab und zu herausholen, auf dem Kasten lag eine dichte Staubschicht, als er sie aus dem Verschlag im Keller herausgenommen hat. Er hat den ganzen Tag über den Plan nachgedacht, seit ihm auf der Fahrt in die Stadt im Bus morgens die Idee gekommen ist. Es gibt keine Haken, im Laufe des Nachmittags hat er tief in seinem Inneren etwas gehört, das Henriks Lachen ähnelte, er hat es nicht richtig ausmachen können, so ganz deutlich ist es leider nicht, aber dennoch vermittelt es ein warmes, gutes, starkes Gefühl, und er weiß, dass die Lösung, die er gefunden hat, genau die richtige ist. Dass er Henriks volle Unterstützung hat. Ehrlich gesagt verhält sich eigentlich nichts besonders real, seit er gestern das Gespräch mit Kristina geführt hat, und als er vorsichtig mit den Fingerspitzen über das kalte Metall streicht, denkt er, dass das alles eigentlich nur ein Film ist. Er ist ein Schauspieler, der das auszuführen hat, was im Manuskript steht, ja, genau so ist es. Er gehorcht einer Regie. Oder einer Choreographie. Wenn er die Dinge von diesem Gesichtspunkt aus betrachtet, wird alles deutlich und verständlich. Manchmal ist das Leben so groß, dass man sich diese Hilfe holen muss.

Und er ist überhaupt nicht unruhig. Er wickelt Pistole und Patronenschachtel in ein Handtuch und legt das Päckchen in eine Plastiktüte vom Konsum. Geht mit ihr in der Hand in sein Zimmer hoch, versteckt die Lösung im Schrank. Berit und Ingegerd sind auf einem Klassentreffen, sie werden nicht vor neun Uhr zurück sein – wenn es überhaupt möglich sein wird, sich bei diesem Unwetter, das gar kein Ende zu nehmen scheint, heimzubegeben. Nein, er spürt keinerlei Unruhe, er wird den Mörder seines Bruders töten, da gibt es keinen Grund, Angst zu haben. Denn für den, der nur seine Pflicht erfüllt, ist alles einfach und problemlos.

Wenn auch nicht wirklich real. Der Schnee fällt immer noch, während er unten in der Küche steht und sich einen Tee und Brote macht. Es ist zehn Minuten nach neun, immer noch kein Schimmer von Berit und Ingegerd.

Gunnar Barbarotti sitzt in einer Schneewehe fest, und während er auf Hilfe wartet, die niemals zu kommen scheint, trifft er eine Entscheidung. Neben sich im Auto sitzt seine Tochter Sara, und als sie erzählt, dass sie plane, am Wochenende zu Freunden zu fahren, ist die Sache beschlossen. Der notwendige Spielraum eröffnet. Zum Teufel mit Backman, denkt er. A man's gotta do what a man's gotta do. Ich brauche ja niemandem zu erzählen, dass ich fahre. Zum Teufel mit Logik und Gründen, ich muss noch einmal mit ihr sprechen.

Aber kein Wort zu ihm. Es gibt nur den Bruchteil eines Verdachts, den Bruchteil eines Bruchteils. Wenn der falsch ist, wäre es eine Katastrophe.

Wenn er stimmt, wäre es eine doppelte Katastrophe.

»Woran denkst du, Papa?«, fragt Sara. »Wieder an die Arbeit?«

Er lacht. »Überhaupt nicht, mein Mädchen. Ich überlege, ob es für dich nicht besser wäre, wenn du zu Fuß nach Hause gehst. Das könntest du in zehn Minuten schaffen, hier holst du dir nur eine Blasenentzündung.«

Auch sie muss lachen. »Soll ich etwa meinen Vater im Auto allein in einer Schneewehe lassen? Was wäre ich dann für eine Tochter?«

Er startet den Motor erneut und schaltet die Scheibenwischer ein. Es ist Viertel vor zehn Uhr abends. Der Schnee tanzt. »Erzähl mir, was du werden willst, wenn du groß bist«, bittet er.

Leif Grundt ist vor dem Fernseher eingeschlafen, wird aber vom Telefonklingeln geweckt. Zuerst denkt er falsch und meint, die Fernbedienung sei das schnurlose Telefon. Doch dann findet er es doch noch im Flur und meldet sich.

Es ist Ebba.

Seine Ehefrau Ebba, sie haben seit mehr als einer Woche nicht mehr miteinander gesprochen.

»Ich möchte mit Kristoffer sprechen«, sagt sie.

»Kristoffer ist nicht zu Hause«, sagte Leif Grundt.

»Wo ist er denn?«, fragt Ebba.

»Er ist in Uppsala, bei Berit«, erklärt Leif. »Ich habe es dir doch erzählt. Sie machen von der Schule aus ein Praktikum, er arbeitet in einem Laden dort …«

»Ich mache mir Sorgen um ihn.«

»Das brauchst du nicht.«

»Den ganzen Tag schon mache ich mir Sorgen um ihn, du musst dich um Kristoffer kümmern, Leif. Du darfst ihn nicht vergessen.«

Ich?, denkt Leif Grundt mit plötzlich hochschießender Wut. *Ich* darf Kristoffer nicht vergessen? Das geht jetzt aber zu weit. Am Ende werde noch ich …

»Es gefällt mir nicht, dass du ihn nach Uppsala geschickt hast.«

»Aber ich bitte dich, Ebba …«

»Du weißt doch, was passiert, wenn wir unsere Kinder fortschicken.«

»Ebba, er wohnt bei Berit. Er arbeitet für eine Woche in einem Konsum-Supermarkt, es kann ihm nichts passieren.«

Lange Zeit bleibt es still in der Leitung. Dann ist ein Klicken zu hören. Sie hat aufgelegt. Leif Grundt hängt das Telefon an seinen Platz an der Wand. Unentschlossen bleibt er eine halbe Minute lang stehen, während Wut und Trauer sich immer wieder abwechseln. Anschließend geht er hinaus und räumt noch einmal die Auffahrt. Es ist nach zehn Uhr, es muss jetzt seit gut vierundzwanzig Stunden schneien.

»Dieser Polizeibeamte, wie hieß er noch?«

»Wer?«

Jakob Willnius kommt aus dem Badezimmer. Mit einem gelben Frotteehandtuch um die Hüften. Kristina liegt bereits im Bett. Es ist halb zwölf Uhr, er war essen mit einem dänischen Produzenten. Oder einem deutschen. Oder war es nur ein schwedischer? Eine leichte Fahne umgibt ihn, aber nicht besonders kräftig. Er ist absolut nicht betrunken. Vielleicht ist er geil, ja, wahrscheinlich, das Handtuch steht ab. Sie holt tief Luft und wappnet sich, streicht sich über den gespannten Bauch. Von hinten, er wird sie von hinten nehmen, das war aufgrund der Umstände im letzten Monat immer so.

»Aus Kymlinge.«

»Was … was redest du da?«

»Barotti? Hieß er nicht so? War das nicht ein italienischer Name? Der, der hier war.«

Sie schüttelt verständnislos den Kopf.

»Ach der? Doch, der hieß irgendwie so. Warum erwähnst du ihn?«

Er zieht das Handtuch herunter und enthüllt einen prächtigen Ständer. »Du hast nicht von ihm gehört?«

»Nein, warum sollte …?«

Er kriecht unter die Decke und legt ihr eine Hand auf die Hüfte.

»Da hat ein Typ gestern angerufen und nach dir gefragt. Ich denke, dass er das war. Du weißt, ich kann mir gut Stimmen merken.«

»Warum sollte er denn hier anrufen? Ich meine, es ist inzwischen ein Jahr vergangen …«

»Ich weiß es nicht«, erwidert Jakob Willnius. »Ich weiß nicht, welchen Grund er gehabt haben könnte, hier anzurufen. Aber jedenfalls wollte er mit dir sprechen, nicht mit mir.«

»Mit mir?«

»Ja.«

»Und er hat sich nicht vorgestellt?«

»Nein, hat er nicht.«

»Das verstehe ich nicht. Es ist doch wohl nichts passiert, was …?«

»Was meinst du?«

Er knetet jetzt ihre Pobacken. Knetet sie und drückt sie auseinander.

»Das etwas ändert. Soll ich das Licht löschen?«

»Nein, ich will dich sehen, das weißt du doch. Aber er hat also nicht wieder angerufen, dieser Inspektor Barbotti oder wie immer er auch hieß?«

»Nein.«

»Ich möchte, dass du es mir sagst, wenn er anruft.«

»Ja, natürlich.«

»Und ich möchte, dass du das nicht vergisst.«

»Ich verspreche dir, es nicht zu vergessen.«

»Na gut. Ich habe meine Meinung geändert. Mach das Licht aus.«

Und während er von hinten in sie eindringt, sieht sie durch das Fenster, dass es endlich aufgehört hat zu schneien.

38

Gerade als Kristoffer am Donnerstagmorgen in Bergsbrunna in den Bus gestiegen war, klingelte sein Handy.

Es war sein Vater.

»Wie sieht es bei euch mit dem Schnee aus?«, wollte er wissen.

»Es ist ziemlich viel«, antwortete Kristoffer.

Dann sprachen sie eine Weile über den Job. Falls Kristoffer vielleicht überlegte, in die Fußstapfen des Vaters zu treten, war es auf jeden Fall nicht schlecht, von ganz unten anzufangen, meinte Leif. Damit er wusste, worauf er sich einließ.

Aber vielleicht hatte er gar keine derartigen Pläne?

Kristoffer musste zugeben, dass es zumindest momentan keine direkten Pläne in dieser Richtung gab, und dann fragte sein Vater, wann er denn nach Hause kommen wolle.

»Samstag«, erklärte Kristoffer. »Ich nehme irgendwann vormittags den Zug. Ich ruf noch an und sag dir, wann ich komme.«

»Du hast noch genug Geld für die Fahrkarte?«

»Ja.«

»Und auf deinem Handy?«

»Es reicht.«

»Gut. Wenn du mir Bescheid gibst, dann hole ich dich am Bahnhof ab. Also dann bis Samstagnachmittag, ja?«

»Samstagnachmittag«, bestätigte Kristoffer.

»Grüß Berit und Ingegerd von mir.«

Das versprach Kristoffer, und dann legte er auf.

Die Wirklichkeit?, dachte er. Was ist eigentlich die Wirklichkeit? Das war die erste Frage, die sich nach dem Telefongespräch in seinem Kopf formte. Aus welchem Grund auch immer. Er versuchte aus dem beschlagenen Busfenster zu schauen. Der Schneefall hatte im Laufe der Nacht offenbar aufgehört, und die Schneepflüge hatten meterhohe Wände zusammengeschoben. Er hatte das Gefühl, als hätte der viele Schnee irgendwie mit der ganzen Geschichte zu tun. Mit *dem Plan* und *der Lösung.* Diese weiße Welt war eine andere Wirklichkeit, und es war eine andere Wirklichkeit, in der er seine Tat ausüben würde. Später, wenn es vorbei war, würden die Dinge wieder normal werden. Wieder ihre üblichen Formen annehmen. Endlich. Nachdem er seinen Bruder gerächt hatte, würde es wieder möglich sein, nach vorn zu schauen. Er hatte fast ein Jahr in diesem merkwürdigen Zustand gelebt, bei dem alles nur aus Unklarheiten und Fragezeichen zu bestehen schien. Ein zäher Wachtraum, der einen auf sonderbare Art und Weise gefangen hielt. Er hatte den Kontakt zu seinem alten Leben verloren, das zu behaupten war nicht übertrieben. Er schwänzte die Schule, nichts war mehr wichtig, die Freunde, die er in der Siebten und Achten gehabt hatte, hatte er verloren, und seine Familie lag in Scherben. Er rauchte wie ein Schlot und betrank sich mindestens einmal die Woche … aber jetzt sollte das alles, diese ganze Trostlosigkeit, ein Ende haben. Ein Ende und eine Grenze, das war ihm jetzt klar. Indem er den Mörder seines Bruders tötete, würde er an diese Grenze gelangen. Es war … es war, dachte Kristoffer Grundt, als gäbe es eine Hand, die den Lauf der Dinge lenkte … oder einen Regisseur, einen Macher, der dafür sorgte, dass das, was geschehen sollte, auch wirklich durchgeführt wurde.

Der dafür sorgte, dass die Oma diese Worte bei Walters Beerdigung sagte beispielsweise. Und zwar genau ihm, Kristoffer … und der ihn dann ausgerechnet diesen albernen Fernsehfilm bis zum Schluss ansehen ließ, nur damit er Olle Rimborgs Namen entdeckte ... und dass er den Mut fand, seine Tante anzurufen.

Und dass sein Vater auf die Idee kam, ihn für dieses Praktikum nach Uppsala zu schicken.

Während er das überlegte, während die Gedanken diesen ausgetretenen Pfaden folgten, spürte er plötzlich einen Schwindel. Er saß zwar in einem Bus, vollgestopft mit unbekannten morgenmüden, schlecht gelaunten Menschen, der sich durch eine fremde, weiße Winterlandschaft durchkämpfte – aber gleichzeitig, gleichzeitig war er Teil von etwas anderem. Einer ganz anderen Geschichte, die so viel größer und so viel wichtiger war. Einer langen Kette von Ereignissen, bei denen das eine Glied zum nächsten führte und bei dem es unmöglich war, stehen zu bleiben oder zurückzugehen, wenn man sich einmal entschlossen hatte, welchen Schritt man tun wollte. Denn es war nicht möglich, eventuelle Fehler zu korrigieren oder einen neuen Versuch zu wagen – und plötzlich begriff er, während der Bus sich an diesem Wintermorgen Anfang Dezember langsam durch die eingeschrumpfte Kungsgatan manövrierte, dass genau so das Leben aussah. Das hier war das Modell schlechthin. Das, was geschieht, geschieht, und es ging nur darum zu verstehen, was man zu tun hatte.

Und es zu akzeptieren.

Und als er sich schließlich, mehr als zwanzig Minuten verspätet, an der Haltestelle aus dem Bus zwängte und zu dem ersten Einkaufszentrum hinüberstapfte, konnte er zum ersten Mal seit langem Henriks Stimme in sich hören.

Das ist gut, mein Bruder, sagte dieser, und er klang gleichzeitig etwas entfernt und ungewöhnlich ernst. *Sehr* ernst.

Das ist gut, du bist dabei, eine ganze Menge zu lernen, Kristoffer.

»Ich bin aus einem anderen Grund in Stockholm, und da habe ich gedacht, es würde doch gut passen.«

Er hatte sich genau diese Einleitung zurechtgelegt, es ging darum, es in genau der richtigen Schwebe zwischen Schwere und Leichtigkeit zu halten.

Nicht zu ernst. Dennoch mit einem gewissen Gewicht.

Er konnte hören, wie sie schluckte, zumindest wollte er sich das gern einbilden. Eine Art von Zögern, oder?

»Ich verstehe nicht. Ermitteln Sie immer noch?«

»Aber natürlich. Solange wir nicht herausgefunden haben, was passiert ist, bleiben die Ermittlungen am Laufen.«

»Aber …«

»Ja?«

»Aber ist denn etwas Neues passiert?«

»Das ist schwer zu sagen. Auf jeden Fall würde ich mich freuen, wenn ich noch einmal mit Ihnen sprechen könnte. Am Freitag oder Samstag, eine Stunde würde schon reichen.«

»Aber was … ich meine, können wir das nicht am Telefon klären?«

»Besser nicht.«

Da ist etwas, dachte er und spürte, wie die Erregung in seinem Kopf zu pochen begann. Sie hat vor irgendetwas Angst. Verdammt nochmal.

Sie schwieg einige Sekunden lang. »Ich denke … ja, ich denke, ich könnte Sie irgendwann morgen Nachmittag treffen. Wo wollen wir denn …?«

Es war ihm klar, dass es nicht in Frage kam, sie noch einmal draußen in Enskede zu besuchen, und er war dankbar, dass sie das gar nicht erst vorgeschlagen hatte. »In der Lobby vom Royal Viking«, schlug er vor. »Am Hauptbahnhof. Da können wir ungestört reden. Was halten Sie von zwei Uhr?«

»Zwei Uhr«, wiederholte sie. »Ja, ich denke, das geht. Aber ich verstehe immer noch nicht, wozu das gut sein soll. Sie haben doch … Sie haben doch keine neue Spur oder so?«

»Spur wäre zu viel behauptet«, sagte er. »Lassen Sie uns sagen, es handelt sich um eine kleine Idee.«

»Eine Idee?«

»Ja. Aber ich werde Ihnen das alles morgen erklären. Dann also um zwei Uhr im Royal Viking, ja?«

»Ja, ich werde kommen«, sagte sie, und ihm schien, als klänge ihre Stimme spröder als altes Porzellan. Wie die eines Schulmädchens fast, das dabei ertappt worden ist, wie es geraucht oder den Sportunterricht geschwänzt hat oder etwas in der Art, und das jetzt zum Rektor für einen Tadel bestellt wird.

Das bilde ich mir ein, dachte er, als er den Hörer aufgelegt und zehn Sekunden seinen unordentlichen Schreibtisch angestarrt hatte. Ich will, dass das hier einen Durchbruch darstellt, und ich interpretiere alle Zeichen so, dass sie mit meiner Hypothese übereinstimmen. Ich bin ein richtig jämmerlicher Kriminalpolizist.

Dann nahm er den Hörer wieder auf, um eine Bahnfahrkarte und ein Hotelzimmer zu bestellen.

Am Donnerstagabend – nach Berits Meisterleistung im Essenkochen: Kartoffelgratin mit Ochsenfiletstreifen und Sauce béarnaise – lag Kristoffer in seinem Bett in dem Zimmer mit den großen grünen Pflanzen und feilte an seinem Plan.

Morgen. In der Nacht von Freitag auf Samstag, da musste es passieren. Das war zwingend. Er hatte Berit gesagt, er wolle die letzte Nacht bei einem Kumpel in Uppsala übernachten und dann am Samstagmorgen den Zug nach Hause nach Sundsvall nehmen. Kumpel?, hatte Berit sich gewundert. Ja, da war ein netter Typ, der an der Kasse arbeitete, erst neunzehn, hatte Kristoffer erklärt. Sie wollten sich einen Film im Kino ansehen und anschließend nach Hause zu ihm und seinen Eltern, die am Vaksala torg wohnten. Er hieß Oskar und spielte Eishockey in Almtuna.

Er wusste, dass Berit seine Angaben nicht kontrollieren würde, und mit größter Wahrscheinlichkeit würde sie davon auch seinem Vater gegenüber nichts erwähnen. Nicht, dass das eine

Rolle gespielt hätte, er war natürlich gezwungen, seinem Vater gegenüber die gleiche Platte aufzulegen, wenn es notwendig sein sollte. Sie wollten von der Arbeit gemeinsam losgehen, er und Oskar, also war es am besten, wenn Kristoffer seine Tasche schon morgens aus Bergsbrunna mitnahm. Er hatte bereits gepackt, alles war bereit.

Aber es gab natürlich keinen Oskar. Zumindest keinen, der an der Kasse im Supermarkt arbeitete und den Kristoffer kannte. Stattdessen ... stattdessen wollte er morgen Abend im Zug nach Stockholm sitzen, seine Tasche am Hauptbahnhof einschließen, vielleicht ins Kino gehen, wenn ihm danach war. Er hatte genug Geld, sowohl fürs Kino als auch für ein paar Hamburger.

Und für die U-Bahn-Fahrkarte hinaus nach Enskede etwas später. So gegen zehn, elf oder so. Man musste in Sandsborg oder am Skogskyrkogården aussteigen, daran konnte er sich noch erinnern. Die grüne Linie. Aber sicherheitshalber würde er sich am Hauptbahnhof einen Plan besorgen. Die Adresse war Musseronvägen 5, das hatte er überprüft.

Es würde dunkel sein, wenn er ankam. Nicht vor Mitternacht, besser noch später, wollte er sich dem Haus nähern. Erst eine Weile in der Gegend herumlaufen und alles überprüfen. Sichergehen, dass niemand draußen war und dass Kristina und ihre Familie zu Hause waren. Vielleicht, wenn er sich traute, hatte er schon früher am Abend Jakob Willnius angerufen. Den Hörer aufgelegt, nachdem dieser rangegangen wäre. Oder, falls Kristina sich gemeldet hätte, die Stimme verstellt und gebeten, mit ihrem Mann sprechen zu dürfen.

Aber nur wenn er sich traute, sonst sollte es andere Möglichkeiten geben, sich zu vergewissern, dass das Opfer zu Hause war. Vielleicht konnte er ihn ganz einfach durchs Fenster sehen. Das schien ihm kein größeres Problem darzustellen.

Überhaupt erschien ihm nichts besonders problematisch, während er in dem großen, stillen Zimmer lag, das Essen verdaute und versuchte, in die Zukunft zu schauen. Das Gefühl, er wäre dabei, einen Auftrag auszuführen, und er würde einem Muster folgen, dem er gehorchen musste, hing ihm noch nach. Es hatte ihn den ganzen Tag beschäftigt, es gab keinen Platz für Zögern oder Feigheit in ihm. Er würde tatsächlich nach Stockholm fahren, sich hinaus zu den reichen, alten Holzvillen in Gamla Enskede begeben, und dort, im Musseronvägen 5, da würde er Jakob Willnius erschießen. Er würde den Mörder seines Bruders ermorden, das war ganz einfach seine Pflicht. Eine Art Ehrenmord.

Und da es sich um so eine Form der Pflicht handelte, musste er ihr auch Genüge tun. Wie es genau ablaufen würde, ließ sich nicht vorhersagen, nicht im Detail. Er würde gezwungen sein, seiner Urteilskraft zu folgen und seiner … wie hieß das? … seiner Intuition? Er musste es wie einen Einbruch aussehen lassen, das war schon einmal klar. Musste wahrscheinlich eine Fensterscheibe einwerfen, um reinzukommen. Er würde noch einige Zeit verstreichen lassen, nachdem es im Haus dunkel geworden war, ihnen viel Zeit geben, um einzuschlafen, aber vielleicht war es auch unvermeidlich, dass er viel Lärm machte, um hineinzukommen. Vielleicht würde er Jakob Willnius bereits im Erdgeschoss begegnen. Er musste die ganze Zeit mit seiner Waffe bereit sein. Sobald er im Haus war, musste er sie schussbereit halten. Er wusste, dass sie ihr Schlafzimmer im ersten Stock hatten, es war nicht auszuschließen, dass Jakob die Treppe heruntergelaufen kam – oder geschlichen. Er würde ihm keine Sekunde Zeit geben. Wenn er oben auftauchte, würde er sofort schießen. Zwei Schüsse direkt in die Brust, so dass er umfiel. Dann ein weiterer Schuss in den Kopf, damit er sicher sein konnte, dass Jakob tot war.

Und dann fort von dort. Vielleicht, wenn noch Zeit war, konnte er das eine oder andere mitgehen lassen, damit es wie ein Einbruch aussah. Ein Einbrecher, der erwischt worden und geflohen war.

Wenn Jakob nicht die Treppe herunterkam, würde Kristoffer sich ins Schlafzimmer begeben und ihn dort erschießen. Im Bett. Das war fast noch reizvoller, denn schließlich hatte Jakob Henrik auch im Bett getötet. Wenn er Kristina richtig verstanden hatte.

Aber Kristina musste natürlich irgendwie erst aus dem Spiel sein. Er wollte sich nicht von ihr hindern lassen, auf keinen Fall. Obwohl er eigentlich nicht glaubte, dass sie das tun würde. Sie würde nicht versuchen, ihn aufzuhalten. Sie wollte Jakob Willnius ebenfalls tot sehen, daran gab es kaum einen Zweifel. Vielleicht war sie geschockt, dass Kristoffer auftauchte, doch das spielte keine Rolle. Er würde sich auf keinerlei Diskussionen einlassen, es war wichtig, daran zu denken, weder mit Kristina noch mit Jakob. Nur nicht anfangen zu reden.

Ihn nur ganz einfach erschießen. Kein Pardon, nicht eine einzige Sekunde des Zögerns.

Und zum Schluss, wenn das erledigt war: mit schnellem Schritt aus dem Haus und fort von Gamla Enskede.

Keine U-Bahn. Langsam und auf Umwegen würde er sich wieder Richtung Innenstadt bewegen. Sich der Pistole entledigen, indem er sie irgendwo ins Wasser warf. Stockholm hatte so viele Wasserläufe, es war kein Problem, die Waffe irgendwo von einer Brücke oder irgendeinem Kai ins Wasser fallen zu lassen. Das Einzige, worauf er achten musste, war, nicht in eine Polizeikontrolle zu geraten. Ein einsamer Fünfzehnjähriger, der um drei, vier Uhr nachts draußen unterwegs war, konnte Verwunderung hervorrufen. Aber vielleicht war das ja auch Alltag in Stockholm, das konnte er nicht sagen. Vielleicht wimmelte ja die ganze Stadt um diese Uhrzeit nur so von Jugendlichen. Auf jeden Fall musste er vorsichtig sein, sich zum Hauptbahnhof begeben, der öffnete bereits um fünf oder sechs Uhr morgens, wie er zu wissen meinte. Vielleicht ein kleines Frühstück – und dann in den erstbesten Zug nach Sundsvall springen.

Er würde sein Handy einschalten, wenn er ein Stück weit gekommen war, ungefähr bis Gävle. Dann seinen Vater anrufen und ihm erzählen, dass er unterwegs sei. Und wann er ankomme.

Wenn sein Vater – gegen alle Erwartungen – etwas von einem Mord in der letzten Nacht in Enskede gehört hatte und wenn er ihn erwähnte, dann würde Kristoffer den Verständnislosen mimen. Wenn sein Vater erzählte, dass es Kristinas Mann war, der erschossen worden war, ja, dann würde er den noch Unwissenderen spielen.

That's it, dachte Kristoffer Grundt. Du wirst bald Frieden in deinem Grab haben, mein Bruder. Das hier wird laufen wie geschmiert.

Er lag noch eine ganze Weile da und versuchte nach Unruhe und Zweifeln in sich zu suchen, aber wie sehr er auch suchte, er fand nichts dergleichen.

Es war fast etwas merkwürdig. Ein Gefühl von guter Laune, fast Freude, erfüllte ihn mehr und mehr. Begann sich zwischen Rinderfilet, Sauce béarnaise und Gratin zu zwängen.

Er schaute auf die Uhr. Viertel vor zehn. Vielleicht gab es doch noch ein wenig Platz für ein bisschen Tee und ein paar Pfefferkuchen. Vielleicht musste sein Magen richtig voll sein.

Denn es war da noch ein Detail. Ein winziges Detail. Er musste heute Nacht hoch und probeschießen. Musste wissen, dass die Waffe funktionierte. Aber das dürfte kein Problem sein. Er hatte den Wecker seines Handys auf drei Uhr gestellt. Dann nur eben raus aus dem Bett, in die Kleider, in den Wald gerannt und dort einen Schuss abgefeuert. Vielleicht zwei kurz hintereinander. Ein paar hundert Meter vom Haus entfernt, niemand würde ein paar entfernte Schüsse mitten in der Nacht beachten. Kein Problem.

Aber es war nötig. Nicht mit den Details pfuschen.

39

Freitag, der 3. Dezember, begann erneut mit heftigem Schneefall. Nicht ganz von dem gleichen Kaliber wie der, welcher Anfang der Woche im ganzen Land Chaos verursacht hatte, aber dennoch richtete er einigen Schaden an. Unter anderem war der öffentliche Verkehr in Süd- und Westschweden erheblich beeinträchtigt, und Gunnar Barbarotti dankte seiner Voraussicht, dass er eine Fahrkarte für einen Zug gelöst hatte, der bereits um sechs Uhr morgens von Kymlinge abfuhr. Unter normalen Verhältnissen wäre er gegen zehn Uhr in Stockholm gewesen, jetzt war es stattdessen kurz nach zwölf, und seine früheren Eskapaden mit Inlandsflügen noch gut im Gedächtnis, konnte er nicht umhin, sich zu fragen, ob man in Zukunft nicht doch klein beigeben und souveräner Privatautofahrer werden sollte.

Aber andererseits gab es an diesem Vormittag auf den Straßen sicher auch kein Durchkommen – und er hatte noch zwei Stunden Zeit bis zu seiner Verabredung mit Kristina Hermansson. Er überquerte Centralplan und Vasagatan und checkte im Hotel Terminus ein – das Zimmer war noch nicht fertig, also musste er zunächst einmal seine Tasche in der Rezeption stehen lassen –, und anschließend ging er weitere hundert Meter im herumwirbelnden Schnee und aß in Jensen's Bøfhus zu Mittag. Frikadelle mit Zwiebeln, aber auf dänische Art.

Und während er dort saß und aß, spürte er, wie die Anspannung hinsichtlich des bevorstehenden Treffens zunahm. Sogar seine Kopfhaut begann zu jucken, und das tat sie eigentlich nur, wenn etwas ganz Besonderes passierte.

Vielleicht bekam er ja auch Schuppen. Das war ein Problem gewesen, das er im Zusammenhang mit seiner Scheidung erlebt hatte, aber als alles überstanden gewesen war, als er und Helena glücklich getrennt waren und nicht mehr zusammenlebten – als alle Papiere unterschrieben waren und alle offenen Wunden Schorf angesetzt hatten –, da hatte sich auch seine Kopfhaut beruhigt. Seine Friseurin, eine junge Dame mit achtundvierzig makellosen Zähnen und Augen wie tiefe Brunnen, hatte behauptet, das wäre psychosomatisch. Sie konnte das Wort nicht richtig aussprechen, aber dennoch. Leute, denen es gut ging, hatten einfach keine Schuppen, das hatte sie in zweieinhalb Jahren in diesem Beruf gelernt.

Aber mir geht es doch gut, dachte Gunnar Barbarotti und bestellte sich einen doppelten Espresso und ein Stück Torte. Es ist mir nicht mehr so gut gegangen, seit ich das mit Veronica auf dem Gymnasium hingekriegt habe.

Also waren es keine Schuppen. Es war das bevorstehende Treffen, das juckte. Es war die Anspannung. Er schaute auf die Uhr. Immer noch eine dreiviertel Stunde Zeit. Das Royal Viking lag schräg gegenüber auf der anderen Straßenseite, falls er hier sitzen bleiben und beobachten wollte, wann Kristina Hermansson eintraf. Wenn sie aus der richtigen Richtung kam. Aber vielleicht war es besser, sich ins Hotel zu setzen und dort auf sie zu warten, vielleicht gewann er dadurch die Oberhand?

Auf jeden Fall war es höchste Zeit, sich eine Taktik zurechtzulegen. Was um alles in der Welt sollte er sagen?

Nun ja, es ist nämlich so, dass ich gehört habe, dass Ihr Mann ein widerlicher Kerl sein soll. Stimmt das?

Nicht genau so, beschloss er. Vermutlich erforderte die Situation eine etwas subtilere Herangehensweise. Es war so leicht, dass der Faden riss, das hatten ihn deutlich mehr als zweieinhalb Jahre in diesem Beruf gelehrt.

Andererseits – andererseits gab es Leute, die behaupteten, dass Gunnar Barbarotti einer der besten Vernehmungsleiter war, die dieses Land (zumindest Westschweden) zu bieten hatte –, das hatte er aus verschiedenen, normalerweise gut unterrichteten Kreisen gehört, wobei er sich manchmal fragte, ob man ihn nicht doch mit jemand anderem verwechselte.

O Herr, dachte Gunnar Barbarotti. Vergib mir, wenn ich dir einen kleinen Deal vorschlage.

Und der Herr lauschte, wenn auch ein wenig verärgert.

»Wie meinst du das?«, fragte Jakob Willnius. »Warum hast du keine Zeit?«

»Ich will jemanden treffen«, sagte Kristina.

»Aber ich habe dir doch gesagt, dass Zimmerman in der Stadt ist und mit uns zu Mittag essen will.«

»Tut mir leid. Das habe ich vergessen.«

»Und wen willst du treffen?«

»Eine Freundin.«

»Eine Freundin? Wen denn?«

»Sie heißt Henriette. Du kennst sie nicht. Wir waren befreundet, bevor wir zusammengekommen sind.«

»Du weißt, was Zimmerman bedeutet? Und wann sollst du diese Henriette treffen?«

»Um zwei.«

»Und wo?«

»Im … im Royal Viking.«

»Na gut. Dann essen wir mit Zimmerman im Rydbergs um halb eins. Von dort schaffst du es zum Viking, es sind ja nur fünf Minuten. Außerdem kann sie sicher eine halbe Stunde warten, wenn es sich ein wenig hinzieht, nicht wahr?«

»Ich weiß nicht …«

»Ich muss los. Sieh zu, dass du spätestens um halb eins da bist. Und zieh dir was mit ein bisschen Ausschnitt an, du weißt, er ist der Typ dafür.«

»Mein Gott, Jakob, ich bin im siebten Monat schwanger.«

»Aber dein Busen ist nicht geschrumpft, oder? Um halb eins im Rydbergs, Kristina, und jetzt Schluss mit dem Genörgel.«

Als sie sah, wie er sich ins Taxi setzte, stieg die Übelkeit wie ein Pfahl im Fleisch in ihr hoch.

Offensichtlich hatte er einen guten Eindruck hinterlassen, denn als es am Freitagnachmittag halb zwei war, kam sein Ausbilder, Greger Flodberg – den er seit Montag nicht mehr gesehen hatte – und sagte ihm, er könne für den Tag Schluss machen. Außerdem gab er ihm eine Plastiktüte, eine normale grünweiße Konsumplastiktüte, und erklärte, da er eine ganze Woche ohne Lohn gearbeitet habe, dürfe er sich die Tüte jetzt mit Süßigkeiten füllen.

Greger Flodberg hatte einen Bruder, der Zahnarzt oben in Sundsvall war, und bei ihm wurde es langsam etwas dünn mit Patienten, wie er erklärte.

Er lachte, dass es im Laden widerhallte, und schlug Kristoffer auf den Rücken – und Kristoffer tat sein Bestes, so laut zu lachen, wie er konnte. Dann füllte er pflichtschuldig die Tüte mit fünf Kilo losen Süßigkeiten, verabschiedete sich von Urban, von Lena und Margarete, die in dieser Woche seine Chefs gewesen waren, und lieferte seinen grünen Kittel ab.

Nahm seine Tasche, seine Süßigkeitentüte und ging.

Er schaffte einen Zug, der um drei Uhr aus Uppsala abfuhr (er sollte zwanzig Minuten früher fahren, aber der hartnäckige Schneefall des Vormittags hatte seine Spuren im Fahrplan hinterlassen), und eine knappe Stunde später hatte er all sein Gepäck im Stockholmer Hauptbahnhof verstaut – bis auf seine Waffe, seine Munition und ein Pfund Süßigkeiten, die er in die geräumigen Taschen seiner Jacke gestopft hatte. Wegen der Pistole spürte er eine leichte Unruhe. Aber nur eine leichte. Mit dem Probeschießen hatte es nicht wie geplant geklappt, er musste irgendetwas falsch gemacht haben, als er den Wecker am Handy stellte. Es hatte in der Nacht nicht geklingelt – oder aber er hatte ihn ausgeschaltet, ohne wach zu werden. So etwas war schon früher passiert. Auf jeden Fall hatte er mit dem Pinchmann noch keinen Schuss abgefeuert. Er hatte nur ein paar Mal mit leerem Magazin abgedrückt, aber mein Gott, dachte er, natürlich funktioniert das genauso gut mit einem Schuss im Lauf. Er glaubte nicht, dass sich ihm eine Gelegenheit bieten würde, irgendwo draußen in Gamla Enskede Probe zu schießen, bevor es Zeit für den Ernstfall war. Das Risiko, entdeckt zu werden, war einfach zu groß, es wohnten fast eine Million Menschen an diesem Ort.

Er kaufte sich ein Päckchen Prince im Zeitungskiosk und trat dann hinaus in die nasskalte Dezemberdämmerung. Der Schneefall war nicht mehr so heftig, hatte aber noch nicht aufgehört.

Nun gut, dachte er. Jetzt gilt es, ein wenig Zeit totzuschlagen, bevor ich tatsächlich jemanden totschlage.

Als Kristina Hermansson das Royal Viking verließ, war es ein paar Minuten nach drei, und sie wusste nicht, was sie glauben sollte.

Aber etwas spürte sie. Ihr eigener psychischer Kollaps war nicht mehr weit entfernt. Wie hieß er noch, dieser Almodóvar-Film, der vor ein paar Jahren gelaufen war? *Frauen am Rande des Nervenzusammenbruchs?* Sie hatte ihn nie gesehen, aber so fühlte sie sich zumindest im Augenblick. *Am Rande des Nervenzusammenbruchs.* Sie bestieg ein Taxi am Centralplan, nannte ihre Adresse draußen in Enskede und begann zu weinen. Der Fahrer, ein irakischer Einwanderer um die Fünfzig, betrachtete sie einen Augenblick lang mitleidig im Rückspiegel, sagte aber nichts. Nickte nur freundlich und konzentrierte sich dann aufs Fahren.

Der Anfall ging nach einer halben Minute vorbei. Sie zog zwei Papiertaschentücher aus ihrer Handtasche, putzte sich mit einem die Nase, wischte sich mit dem anderen die Tränen ab. Lehnte den Kopf gegen die kühle Nackenstütze und versuchte sich das Gespräch wieder ins Gedächtnis zu rufen – und zu verstehen, was eigentlich gesagt worden war.

Offen und zwischen den Zeilen.

Er hatte so vorsichtig angefangen. Sich fast entschuldigt.

»Ich wollte nicht so schroff am Telefon klingen.«

Sie hatte ihm erklärt, dass das nicht schlimm war. Sie hatte sowieso noch etwas in der Stadt zu erledigen. Eine schwindelerregende Sekunde lang stellte sie sich vor, dass er gar nicht von der Polizei war, sondern ihr heimlicher Liebhaber. Dass sie erst etwas trinken wollten und dann in ein Zimmer im achten Stock gehen, sich dort einschließen und zwei Tage lang lieben. Oder mindestens zwei Stunden lang. Dann fiel ihr Blick auf ihren Bauch und ihre rauen Hände, und sie kam wieder in der Wirklichkeit an.

»Es fällt mir schwer, die Ermittlungen ganz fallen zu lassen«, sagte er. »Das passiert manchmal in meinem Geschäft.«

Sie behauptete, ihn zu verstehen. Ein Kellner kam vorbei, und beide bestellten sich ein Selters.

»Ich fand es schon von Anfang an merkwürdig«, erklärte er. »Wir sind ja ziemlich lange zunächst davon ausgegangen, dass Walter Hermanssons und Henrik Grundts Verschwinden miteinander zu tun haben könnten.«

»Das klingt logisch. Ich meine, dass Sie davon ausgegangen sind.«

»Ja, sicher. Aber nachdem sich herausgestellt hat, dass dem nicht so ist, hat sich die Lage natürlich verändert.«

Sie räusperte sich verhalten.

»Sind Sie sicher, dass es sich nicht so verhält?«

»Wie?«

»Dass Walters Tod und Henriks Verschwinden nichts miteinander zu tun haben?«

Da kamen die Seltersflaschen auf den Tisch, und er fummelte

umständlich an ihnen herum, bevor er antwortete. Schenkte sich ein und trank. Stellte das Glas wieder ab. Faltete die Hände vor sich auf dem Tisch und betrachtete sie mit einer Miene, die sie nicht deuten konnte. Auf jeden Fall war es nicht der Blick eines Liebhabers. Eine Welle der Unlust durchfuhr sie.

»Ja«, sagte er dann. »Dessen sind wir uns ziemlich sicher. Sind Sie denn anderer Meinung?«

»Ich?« Sie spürte, wie ihre Stimme ein paar Töne zu hoch landete. »Ich habe dazu gar keine Meinung.«

Er blieb ein paar Sekunden schweigend sitzen und schien ihre Antwort abzuwägen.

»Ein anderer Aspekt kommt und geht immer wieder«, sagte er dann, »man könnte ihn als den Familienaspekt bezeichnen.«

»Familien…?«

»Egal. Wir haben natürlich in den verschiedenen Phasen der Ermittlungen immer wieder darüber diskutiert, aber vielleicht … ja, vielleicht hat er ein wenig neue Aktualität gewonnen, nachdem der Mord an Ihrem Bruder im August aufgeklärt worden ist.«

»Ja?«

Mehr brachte sie nicht heraus. Er trank erneut einen Schluck und zog dann einen Stift aus der Brusttasche seiner Jacke, drehte ihn eine Weile in der Luft, während er überlegte und blicklos vor sich hin starrte.

»Sollte Henriks Verschwinden eine … sozusagen eine interne Lösung haben, dann hätte das ja unweigerlich gewisse Konsequenzen für die Ermittlungen.«

»Eine interne Lösung?«

»Ja.«

»Ich verstehe nicht richtig.«

»Entschuldigen Sie, ich drücke mich unklar aus. Was ich sagen will, ist, wenn Henrik beispielsweise ermordet worden ist und dies etwas mit der Situation in Ihrer Familie zu tun hat, dann könnte es doch sein, dass jemand … oder sogar mehrere … außer dem Mörder … darüber gewisse Kenntnisse haben.«

Während der letzten, etwas zerstückelten Behauptung sprach er übertrieben langsam und unterstrich außerdem das Stakkato, indem er vorsichtig mit dem Stift auf den Tisch klopfte. Sie musste sich automatisch fragen, ob er das trainiert hatte.

Und ob gedacht war, dass sie jetzt zusammenbräche. Ob er tatsächlich dasaß und darauf wartete, dass sie aufgeben und gestehen würde. Wahrscheinlich, dachte sie, wahrscheinlich läuft es darauf hinaus. Er glaubt, ich habe etwas zu verbergen, und er glaubt, dass er mich dazu bringen kann, zusammenzubrechen, indem er genau die richtigen Andeutungen von sich gibt.

Irgendwie gaben diese Gedanken ihr Kraft. Die Annahme, er unterschätze sie, reizte sie wiederum. Sie setzte sich aufrecht auf ihrem Stuhl hin und beugte sich ein wenig über den Tisch.

»Inspektor Barbarotti, ich muss Ihnen etwas gestehen.«

»Ja?«

»Ich verstehe überhaupt nicht, wovon Sie sprechen. Und auch nicht, warum Sie mich heute treffen wollten. Ich hatte den Eindruck gewonnen, es sei etwas Neues passiert, was Henrik betrifft, deshalb bin ich hergekommen. Aber bis jetzt …«

Er unterbrach sie, indem er eine Hand hob.

»Ich bitte noch einmal um Verzeihung. Aber Sie müssen die Spielregeln kennen.«

»Die Spielregeln?«

»Ja. Vergessen Sie bitte nicht, dass ich Polizeibeamter bin und dass ich die Umstände um das Verschwinden Ihres Neffen aufzuklären versuche. Deshalb will … oder kann … ich wahrscheinlich nicht alles auf den Tisch legen, was mir im Laufe der Ermittlungen zugetragen wurde. Meine Aufgabe ist es, die Wahrheit herauszubekommen, und es ist nicht immer sicher, dass es der Wahrheit dient, wenn man alle Karten auf den Tisch legt.«

Da merkte sie, dass sie tatsächlich dasaß und ihn anstarrte.

Was zum Teufel redete er da? Brabbelte er nur irgendein Zeug dahin, oder wusste er wirklich etwas? Bluffte er? Hatte er deshalb die Kartenspielmetapher benutzt?

»Was um Himmels willen wollen Sie damit eigentlich sagen?«, fragte sie. »Und was soll ich dazu beitragen?«

»Ihr Mann«, sagte er, und sie hatte ein Gefühl, als drücke er plötzlich ihren Kopf unter Wasser. Mit einem Mal waren alle Kraft und jeder Wille zum Widerstand weggeblasen.

»Mein Mann?« Das Gefühl der Übelkeit nahm Gestalt an.

»Wie ist er eigentlich?«

Hätte sie die Elektroden eines Lügendetektors auf der Haut gehabt, wäre sie augenblicklich entlarvt worden. Sie spürte selbst, wie der Puls zu rasen begann und wie ihr ganz heiß an den Schläfen wurde. Warum bin ich auf so etwas nicht vorbereitet?, fragte sie sich. Genau dieser Angriff war doch das Einzige, was ich zu befürchten hatte. Warum fühle ich mich plötzlich vollkommen wehrlos?

»Ich liebe Jakob«, brachte sie krächzend heraus. »Warum zum Teufel fragen Sie nach ihm?«

Sie konnte nicht ausmachen, ob die Wut ihre Panik ausreichend kaschierte. Vielleicht ja, vielleicht auch nicht. Er betrachtete sie nachdenklich.

»Weil ich gewisse Informationen bekommen habe«, sagte er. »Informationen, auf die ich leider nicht näher eingehen kann.«

»Über Jakob?«

»Ja.«

»Und das ist alles, was Sie zu sagen haben?«

»Nicht ganz. Aber ich muss Sie fragen, ob Sie glauben, dass Ihr Mann imstande ist, jemanden zu töten?«

»Wie bitte?«

»Rein rhetorisch. In einer zugespitzten Situation? Was glauben Sie?«

Sie hatte darauf nicht geantwortet. Nur den Kopf geschüttelt und von ihrem Wasser getrunken. Gefragt, ob er noch weitere Unterstellungen habe oder ob sie gehen dürfe.

Er hatte ihr erklärt, dass es ihr freistehe zu gehen, es ihm aber leidtäte, wenn sie die Sache falsch auffasse. Sie hatte sich für das Gespräch bedankt, war aufgestanden und hatte ihn allein gelassen.

Die Sache falsch aufgefasst?, dachte sie, als das Taxi gerade am Johanneshover Eisstadion vorbeifuhr. Was zum Teufel hatte er denn gedacht, wie sie es auffassen sollte?

Und das Wichtigste: Wie hätte sie reagiert, wenn sie wirklich nicht gewusst hätte, wovon er sprach? Genauso, wie sie es getan hatte oder ganz anders?

Die Frage war unmöglich zu beantworten, aber ihr war klar, dass er jetzt im Royal Viking saß und genau zwischen diesen Zeilen nach einer Antwort suchte. Auf jeden Fall spürte sie, dass die Gefahr eines Nervenzusammenbruchs für den Moment überstanden war. Zwar nur unter den Teppich gekehrt, aber mehr konnte man momentan ja wohl auch nicht erwarten. Sie schaute auf die Uhr und stellte fest, dass sie in nicht einmal zwei Tagen im Flugzeug nach Bangkok sitzen würde. Das war ein Gefühl ... das war ein ziemlich unwirkliches Gefühl.

Erst als sie den sanften, dunkeläugigen Taxifahrer bezahlt und im Musseronvägen den Hausflur betreten hatte, tauchte eine andere Frage auf.

Wo um alles in der Welt hatte er Informationen über Jakob her? Oder konnte er sich das einfach nur ausgedacht haben?

40

Kristoffer Grundt wanderte ziellos durch Stockholms City. Es war halb sieben Uhr abends. Noch fünfundvierzig Minuten, bis der Film im Rigoletto anfing. The Usual Suspects, er hatte gehört, dass der gut sein sollte. Oder gelesen. Die Zeit verging nur langsam. Er hatte bei McDonald's einen Hamburger gegessen und ein bisschen in den Geschäften herumgeguckt. Åhléns und PUB und einige Einkaufszeilen. Hatte Süßigkeiten gegessen, bis ihm übel wurde, zum Schluss hatte er den Rest in einen Papierkorb geworfen. Wenn er wieder Lust bekam, hatte er ja immer noch vier Kilo, eingeschlossen in ein Schließfach auf dem Hauptbahnhof.

Es schneite nicht mehr, die Straßen und Bürgersteige waren matschig. Viele Leute und viel Verkehr. Plötzlich kam er auf einen Platz, den er wiedererkannte. *Kreatima?* Hieß der nicht früher anders, als es passiert war? Das meinte er zumindest. Auf jeden Fall gab es einen großen Farbladen, das stimmte. Hier war Olof Palme erschossen worden. Kristoffer blieb stehen. Das war ein paar Jahre vor seiner Geburt gewesen, aber er hatte den Platz mindestens bei drei früheren Gelegenheiten bemerkt. Jedes Mal, wenn er in Stockholm gewesen war.

Und dann floh der Mörder in die Tunnelgatan. Oder? Er starrte auf die enge Passage. Die Treppen hoch, das war der Fluchtweg gewesen.

Damals. Und jetzt stand er selbst im Begriff, ein Mörder zu werden. Er zündete sich eine Zigarette an und schaute sich um. Die Leute hasteten in allen Richtungen an ihm vorbei. Alle schienen es eilig zu haben. Alle schienen auf dem Weg zu einem wichtigen Termin zu sein. Die Autos spritzten Schneematsch hoch. Niemand kümmerte sich darum. Niemand dachte auch nur eine Sekunde daran, dass genau hier Schwedens Ministerpräsident ermordet worden war. Aber das war ja kein Wunder, schließlich war es mehr als zwanzig Jahre her. Kristoffer umklammerte seine Waffe in der Jackentasche. Und hier stehe ich, dachte er, hier stehe ich mit einer Pistole in der Tasche. Falls Göran Persson vorbeispazieren sollte, könnte ich auch ihn erschießen. Ich könnte es tatsächlich. Das gäbe vielleicht einen Aufstand.

Es war so verflucht einfach zu töten. Daran hatte er früher nie gedacht. Man brauchte nur die Waffe zu heben und abzudrücken. Er zog an seiner Zigarette und musste insgeheim lachen. Man muss nicht krank im Kopf sein oder Terrorist oder vollgedröhnt, um rauszugehen und zu morden – alles, was nötig war: man musste einfach nur seine Waffe ziehen und abdrücken.

Es genügte eine Sekunde, um einem Menschen das Leben zu nehmen, das war die bittere Wahrheit. Eine einzige lächerliche Sekunde, um einer ganzen Reihe von Tagen, Abenden und Nächten ein Ende zu bereiten. Und es spielte keine Rolle, wer es war, der der Kugel da im Wege stand. König oder Bettler. Ein Zug mit einem Zeigefinger. Dann war Schluss, es nützte nichts, ob man hundert Millionen besaß oder der berühmteste Filmstar der Welt war. Oder einfach nur ein armes Würstchen.

Das war erregend. Und irgendwie auch ein wenig gerecht. Wenn ich die Pistole herausziehe und die Frau da in der roten Jacke erschieße und dann genauso weglaufe wie Olof Palmes Mörder, dachte Kristoffer, dann wird mich kein Schwein kriegen. Zwanzig, dreißig Meter wie der Teufel rennen, dann die Treppe hoch, um die Ecke biegen und dann ganz normal weitergehen. Er starrte wieder in die Passage hinein, es wäre so leicht wie nur irgendwas.

Die Frau in der roten Jacke kam ihm entgegen, sie sah nicht so gestresst aus wie die meisten, ganz im Gegenteil, sie sprach in ihr Handy und lachte. Sie ist nicht besonders hübsch, dachte Kristoffer. Sicher so an die vierzig, obwohl sie versuchte, jünger auszusehen. Stiefel mit hohen Absätzen und schwarze, eng sitzende Jeans. Blondiert. Vielleicht war sie eine Hure. Warum nicht, es wimmelte ja nur so von Huren in Stockholm, das wusste doch jeder. Sie kam ihm entgegen, und er merkte, dass er unbewusst die Pistole in der Tasche fest umklammerte.

Jetzt, dachte er. Jetzt mach ich's. Probeschießen auf dem Platz, auf dem Palme ermordet wurde, verdammte Scheiße!

»Hallo, Gittan!«

Ein Mann kam über den Zebrastreifen gelaufen. Ein Auto bremste und hupte wütend. Die Frau blieb stehen.

»Jörgen? Was zum Teufel …?«

Sie umarmten sich. Lachten, umarmten sich erneut. Kristoffer schluckte und ging weiter. Mein Gott, dachte er. Was ist nur mit mir los? Was mache ich? Ich hätte ja fast …

Vielleicht war es auch nicht so nahe gewesen. Die Gedanken, das war eine Sache, die Durchführung eine andere. Vielleicht gab es ja doch noch eine Sperre in ihm. Vielleicht gab es sogar mehrere, ja, es konnte durchaus so sein, dass es eine ganze Reihe von Sperren gab, die dazu führten, dass … dass man eben nicht so eine Wahnsinnstat beging. Dass der Finger sich weigerte, dem Befehl des Gehirns zu folgen. Sich weigerte, im entscheidenden Moment abzudrücken.

Plötzlich wurde ihm ganz kalt. Und wenn dem nun so war? Er zog an seiner Zigarette und warf sie dann fort, obwohl sie erst halb geraucht war. Ging wieder weiter. Wenn er jetzt nicht abdrücken konnte, wenn er Jakob Willnius gegenüberstand! Wenn … wenn ihn dann der Mut verließ? Ein paar Sekunden lang spürte er, wie die Angst vor so einer Entwicklung ihm die Luft nahm, fast wurde ihm schwarz vor Augen, und Süßigkeiten und Nikotin umarmten einander in seinem Bauch –

doch da, gerade in diesem kritischen Moment, hörte er Henriks Stimme tief in sich.

Immer mit der Ruhe, Kristoffer, sagte er. Du wirst das schaffen. Ich bin bei dir, vergiss das nicht.

Das genügte. Augenblicklich fiel die Unruhe von ihm ab. Es war Henrik, um den es hier ging, nichts sonst, wenn er sich das nur die ganze Zeit klar machte, dann konnte nichts schiefgehen.

Henrik, sein großer Bruder und sein Vorbild. Plötzlich musste er an die Brüder Löwenherz denken, Jonathan und Krümel, tatsächlich!

Jetzt war er außerdem am Rigoletto angekommen. Er schaute auf die Uhr. Sieben Uhr genau. *The Usual Suspects* sollte in fünfzehn Minuten anfangen. Er schob die Glastür auf und schlüpfte hinein in die Wärme.

Inspektor Barbarotti war wütend.

Er lag seit mehr als einer Stunde auf seinem Hotelbett und starrte an die Decke. Genau das Gefühl ist es, dachte er. Genau so fühlt es sich an, jetzt fällt es mir ein.

Was ihm einfiel, war das Problem, das jemand das Dilemma des Ermittlers getauft hatte – *The Detective's Dilemma,* und es stammte zweifellos von der anderen Seite des Atlantiks. Wahrscheinlich von irgendeinem dieser hartgesottenen Kerle aus den Vierzigern. Gunnar Barbarotti war nicht weiter in der kriminalliterarischen Flora bewandert, aber Hammett und Chandler hatte er zumindest gelesen. Und den einen oder anderen Crumley.

Zwei Dinge mussten gegeben sein. Das war die Voraussetzung für das Dilemma.

Zum einen, dass man ein Wissen besaß, das den Schlüssel für den Fall bildete, an dem man arbeitete.

Zum anderen, dass es nicht die Möglichkeit gab, dieses Wissen anzuwenden.

Inkompatibel, wie es heutzutage hieß.

Aber vielleicht war Wissen ein etwas zu starkes Wort in diesem Zusammenhang? In diesem Zusammenhang hier und heute, vielleicht konnte hier gar nicht die Rede von einem wirklichen Dilemma sein, wenn man es genau betrachtete. Denn wenn er wirklich wagte, daran zu glauben, dass etwas mit Kristina Hermansson nicht stimmte – etwas ernsthaft nicht stimmte –, dann müsste er doch auch eine Möglichkeit finden, es herauszufinden? Oder?

Wenn nur die Intuition etwas schwerer wiegen könnte.

Da war etwas mit ihr, das war klar. Kein vernünftiger Mensch mit reinem Gewissen hätte sich so verhalten, wie sie während des Gesprächs im Royal Viking. Sie hatte ihn angesehen wie … ja, wie einen Gegner; das Gespräch war eine Art Kräftemessen gewesen, und genau das war das Entscheidende. Warum war sie so nervös gewesen? Warum hatte sie ihm nicht helfen wollen, wenn es stimmte, dass es eine neue Spur in den Ermittlungen um das Verschwinden ihres Neffen gab? Wäre es nicht natürlich gewesen, dass auch sie den Mörder fassen wollte – falls der Junge wirklich ermordet worden war? Warum bremste sie? *Warum?*

Aber hier musste er innehalten und sich selbst ein wenig hinterfragen. Vielleicht hatte es an ihm gelegen, dass es so gelaufen war. Er hatte fast als Erstes den Familienaspekt angeführt, und ein Angriff, gerichtet auf die Familie Hermansson Grundt, wurde vielleicht automatisch zu einem Angriff, der direkt auf sie gerichtet war. Auf Kristina. Und auf ihren Mann. Vielleicht war es nur die natürlichste Sache der Welt gewesen, dass sie auf Abwehr schaltete?

Denn was hatte er eigentlich behauptet? Was waren das für angebliche Fakten, die sie hinter seinen Rauchschleiern zu vermuten hatte?

Dass ihr Ehemann, Jakob Willnius, auf irgendeine Art und Weise mit dem Verschwinden etwas zu tun hatte? Hatte er nicht genau das behauptet? Gab es überhaupt Raum für andere Interpretationen?

Und war das nicht auch genau das, was er in seinem tiefsten Inneren glaubte – wobei er alles tat, um so zu erscheinen, als glaubte er es nicht?

Verdammte Scheiße, dachte Gunnar Barbarotti und stand vom Bett auf. Wenn ich selbst nicht einmal beurteilen kann, welches Motiv und welche Beweggründe ich habe, wie soll ich dann entscheiden können, was jemand anderes denkt und meint? Und was zum Teufel sollte Jakob Willnius für einen Grund gehabt haben, sich des Jungen zu entledigen? Er kannte ihn ja kaum.

Zweifellos war das der springende Punkt. Barbarotti warf sich den Mantel über und verließ das Zimmer. Es war kurz nach sieben Uhr, ein Spaziergang zwischen den Schneewällen und ein Essen in einem nicht zu überfüllten Restaurant konnten vielleicht etwas die Schlacke aus dem Schädel schaufeln. Auf jeden Fall musste er versuchen, das Bild des Staatsanwalts von Klampenberg loszuwerden, der ihn auslachte, wenn er ankam und ihm die Fakten in dem Fall präsentierte.

»Und was hast du gegen diesen Willnius anzuführen?«

»Seine ehemalige Ehefrau behauptet, er sei unglaublich unsympathisch, verehrter Herr Staatsanwalt.«

Nein, dachte Gunnar Barbarotti und schob die Hände in die Manteltaschen, als er auf die Straße trat. Das läuft so nicht.

Er merkte, dass er überhaupt nicht hungrig war, und entschied sich zunächst einmal für eine halbe Stunde Spaziergang. Mindestens. Nahm den Weg an Åhléns und Sergels torg vorbei und dann weiter Richtung Norden. Als er den Sveavägen am Konzerthaus überquerte, fiel sein Blick auf ein Filmplakat. *The Usual Suspects.* Das Kino hieß Rigoletto.

Er schaute auf die Uhr. Halb acht. Schade, dachte er, der läuft schon eine Viertelstunde. Hätte ich mir gern noch einmal angesehen.

Er zuckte mit den Schultern und ging weiter die Kungsgatan zum Stureplan hinunter. Merkte, wie er langsam fror, und musste feststellen, dass er Handschuhe und Schal im Hotel vergessen hatte.

Und die Irritation nagte an ihm.

»Du bist spät«, sagte sie. »Ich dachte …«

»Natürlich bin ich spät«, unterbrach Jakob Willnius sie und hängte seinen Mantel auf. »Zimmerman hat die gesamte Übersetzung abgelehnt. Ich begreife nicht, wofür wir diese verfluchten Manuskriptwäscher bezahlen. Und es war ja nun ziemlich wichtig, dass es heute geklärt wurde, nicht wahr?«

»Wie meinst du das?«

»Hast du vergessen, dass wir am Sonntag nach Thailand fliegen? Du glaubst doch wohl nicht, dass ich diese Sache in die Hände von Törnlund oder Wassing legen will?«

»Nein, das kann ich verstehen. Willst du gleich was essen?«

»Nein, vorher brauche ich einen riesigen Laphroaigh. Und ich würde vorschlagen, dass du dir auch einen genehmigst.«

»Jakob, ich bin im siebten Monat.«

»Das weiß ich. Ich dachte nur, du könntest einen für die Nerven gebrauchen.«

»Was meinst du damit? Wieso für die Nerven?«

Er ging zum Barschrank und holte eine Flasche heraus. »Ja, ja, du hast schon richtig gehört. Für die Nerven. Damit …«

»Ja?«

»Damit du deine Zunge im Zaume hältst.«

»Jetzt verstehe ich gar nichts.«

»Nein? O doch, ich denke schon, dass du verstehst. Es ist nämlich so, dass ich heute Nachmittag am Royal Viking vorbeigekommen bin. Zimmerman wohnt nämlich immer dort, wenn er in der Stadt ist, und er musste etwas aus seinem Zimmer holen. Das war ungefähr Viertel nach drei, und da hast du da drinnen gesessen und mit deiner Freundin geredet … wie hieß sie noch?«

»Henriette.«

Plötzlich war sie sich nicht mehr sicher, ob das der richtige Name war. Hatte sie Henriette gesagt oder Josefin? Beide existierten in ihrer Phantasiewelt, sie war so schlecht im Lügen, dass sie sogar in einer Situation wie dieser alte Freundinnen zu Hilfe nehmen musste.

»Henriette, ja. Das Lustige ist … ja, kannst du nicht raten, was so lustig ist?«

»Nein, ich verstehe nicht … Wovon redest du, Jakob?«

Er schenkte sich vier Zentimeter ein, bevor er antwortete. Drückte umständlich den Korken in die Flasche und nahm einen Schluck. »Das Lustige ist«, sagte er dann, »dass ich, während ich im Auto saß und auf Zimmerman wartete, sah, wie ein Bekannter aus dem Hotel herauskam. Ich nehme an, dass du nicht errätst, wer es war.«

Sie schüttelte den Kopf. Presste die Fingernägel in die Handfläche und wünschte, man könnte sich so selbst töten. Oder sich unsichtbar machen.

»Dieser verfluchte Polizeibeamte. Der neulich angerufen hat. Bist du dir sicher, dass du nicht doch einen kleinen Whisky möchtest? Ich denke, wir haben heute Abend noch so einiges zu bereden.«

41

Die Zeit verging so langsam.

Als Kristoffer über die grüne Linie der T-centralen trat, fiel ihm der merkwürdige Wunsch ein, den er vor fast einem Jahr gehabt hatte. Als seine ganze Familie im Auto auf dem Weg nach Kymlinge saß und noch nichts passiert war.

Ein Stück seines Lebens überspringen zu können.

Wenn er sich recht erinnerte, hatte er damals drei oder vier Tage streichen wollen. Nur um schneller nach Hause, nach Sundsvall und zu Linda Granberg zu kommen. Linda Granberg, die ihn später zuerst mit einem der Brüder Niskanen aus Liden betrogen hatte und dann nach Drammen gezogen war.

Wie lächerlich unreif er doch damals gewesen war. Dabei war es noch nicht einmal ein Jahr her. Aber inzwischen ist ja so einiges passiert, dachte Kristoffer Grundt. Das lässt sich nicht leugnen.

Aber gerade jetzt, an diesem dunklen, schicksalhaften Dezemberabend, genau in der Sekunde, als der Zug anruckte und sich wieder in Bewegung setzte, tauchte also wieder der gleiche Wunsch in seinem Kopf auf. Die Zeit überspringen zu können. Aber heute Abend wünschte er nicht so viel. Keine vier Tage, es würde reichen mit … ja, eigentlich mit zwei Stunden.

Dass er die Dunkelheit und Kälte umgehen konnte.

Und das Warten. Er würde sicher irgendwann zwischen halb zehn und zehn Uhr am Skogskyrkogården ankommen. Das war viel zu früh. Wenn es doch möglich wäre, ein bisschen an den Stunden herumzumanipulieren, so dass es jetzt Viertel vor zwölf wäre. Das würde reichen, dachte Kristoffer. Jetzt konnte er sich noch nicht direkt zum Musseronvägen aufmachen. Nicht vor Mitternacht. Nicht einmal zum Observieren, es war zu riskant. Jemand konnte ihn sehen und sich sein Aussehen merken. Der Einbruch selbst durfte nicht vor ein Uhr stattfinden, das hatte er so beschlossen. Oder vielleicht sogar noch später, wenn sich herausstellte, dass Jakob und Kristina so lange aufblieben. Mindestens eine Stunde, nachdem das Licht gelöscht worden war, so hatte er es beschlossen. Es ging darum, sich an den Plan zu halten. Wenn man das tat, musste man im Fall der Fälle keine übereilten, falschen Entscheidungen treffen.

Aber jetzt waren also noch mindestens zwei Stunden totzuschlagen, bevor es soweit war. Es erschien wie eine Ewigkeit. Natürlich könnte er die ganze Zeit in der U-Bahn verbringen, zwischen den verschiedenen Haltestellen hin und her fahren, ein paar Mal aus- und wieder einsteigen, aber er mochte die U-Bahn nicht. Fühlte sich dort nicht zu Hause. Es herrschte da unten ein Gefühl von Angst und Feindseligkeit, das er nicht mochte.

Etwas, das in der Luft lag und jeden Moment zu explodieren drohte, wie ihm schien. Ein Trupp laut grölender Jugendlicher randalierte etwas weiter in seinem Waggon, der Typ, der sich neben ihm niedergelassen hatte, war offensichtlich high, ein schielendes Riesenbaby, das auf seiner Unterlippe kaute und sich die Handrücken kratzte. Wog sicher hundertfünfzig Kilo, und wenn ein falsches Bild in seinem kurzgeschorenen Kopf auftauchte, könnte er wohl auf die Idee kommen, Kristoffer eins zu verpassen. Nur weil er dasaß und so unverschämt guckte oder so. Oder weil zu erkennen war, dass er aus Norrland kam.

Aber dann erschieße ich den Idioten, dachte Kristoffer, und ein verzweifeltes Lachen versuchte sich den Weg die Kehle hinauf zu bahnen.

Er musste es unterdrücken. Beschloss, lieber so zu tun, als schlafe er, daran konnte sich ja wohl niemand stören, oder? Er schloss die Augen und lehnte den Kopf an die Fensterscheibe. Der Zug bremste. Eine metallische Stimme teilte mit, dass man Skanstull erreicht hatte. Noch fünf Stationen, dachte Kristoffer. Er hatte sie auswendig gelernt. Gullmarsplan. Skärmarbrink. Blåsut. Sandsborg. Dann Skogskyrkogården. Dort musste er aussteigen. Vielleicht konnte er eine Runde über den Friedhof machen, nach dem die Station ihren Namen hatte. Eine Weile zwischen den Gräbern herumstreifen, der Friedhof sollte nach allem, was er gehört hatte, ziemlich groß sein. Vielleicht war das eine gute Vorbereitung für einen Mörder? Und dort vielleicht ein Schießversuch?

Nein, das war zu viel. Man läuft nicht auf einem Friedhof herum und schießt scharf. Aber dort herumstreifen und sich sammeln, so würde es wohl ablaufen. Ein paar Zigaretten rauchen, etwas später irgendwo ein Würstchen und einen Schokoriegel kaufen, er hatte genug Geld, und sich dann wirklich konzentrieren. Versuchen, warm zu bleiben.

Und dann zum Nynäsvägen, wenn es zwölf wurde. Nach Gamla Enskede und weiter zum Musseronvägen. Findest du, es ist ein guter Plan, Henrik?, fragte er in sich selbst hinein.

Der Zug bremste erneut schrill quietschend, und Henrik antwortete, das sei ein verdammt guter Plan.

Es gab im Vassrogga-Heim keine offiziellen Besuchszeiten, und eigentlich war Besuch überhaupt nicht erwünscht. Man ging davon aus, dass ungeplante Besuche von der Außenwelt die Behandlung störten, aber im Falle Benita Ormson machte man am Freitagabend eine Ausnahme. Benita Ormson war nicht nur eine gute alte Freundin von Ebba Hermansson Grundt, sie war außerdem selbst als Psychiaterin tätig. Vielleicht ein wenig zu stark in die kognitive Richtung orientiert, sie war jedenfalls kein unbekannter Name – aber es wurde davon ausgegangen, dass es die Patientin nicht nennenswert negativ beeinflussen würde, wenn eine Stunde Besuchszeit erlaubt wurde. Es war sowieso Freitag, und anfangs war ja geplant gewesen, dass Frau Hermansson Grundt die Wochenenden gemeinsam mit ihrer Familie verbringen sollte.

Benita Ormson brachte ihrer alten Freundin und Studienkollegin zwei Geschenke mit, und als sie allein im Zimmer waren, packte sie sie aus. Das eine war eine Tüte Mariannekaramellen, das andere war eine Bibel.

»Ich bin nicht gläubig«, erklärte Ebba.

»Ich auch nicht«, nickte Benita Ormson. »Würde nie auf die Idee kommen. Aber mit der Bibel ist es etwas anderes, weißt du.«

»Hm«, sagte Ebba.

»Wie geht es dir?«, wollte Benita Ormson wissen. »Wirklich?«

»Was meinst du mit ›wirklich‹?«

»Ich meine, dass ich es so verstanden habe, dass du gern hier bist und dass du intelligent genug bist, dir dafür einen Grund zu beschaffen.«

Ebba schwieg und dachte eine Weile nach.

»Ein scharfer Intellekt ist wirklich ein überschätzter Weggefährte.«

»Da stimme ich dir zu«, sagte Benita Ormson. »Das Herz findet Wege, die die Vernunft nicht kennt.«

»Das habe ich auch schon gehört«, sagte Ebba. »Aber ich glaube, mein Problem ist, dass ich nicht den geringsten Grund sehe, warum ich weiterleben sollte.«

»Warum tust du es dann?«

»Weiterleben?«

»Ja.«

»Ich weiß es nicht so genau. Vielleicht sehe ich es als eine Art Pflicht an. Dass man bis zum Ende leben muss, wenn man schon mal ein Leben zugeteilt bekommen hat.«

Benita Ormson nickte. »Und diese Einsichten sind dir gekommen, nachdem dein Sohn verschwunden ist?«

»Ja. Mir ist schon klar, dass das Einsichten sind, die eigentlich allen kommen müssten … in größerem oder kleinerem Grad … und dass die meisten sie verarbeiten können und dann weitermachen. Aber was mich betrifft, so geht das einfach nicht. Der Fall war … ja, ich glaube, es war einfach zu brutal.«

»Du gehst davon aus, dass Henrik tot ist?«

»Ja, ich denke, das tue ich.«

»Und warum hat ausgerechnet Henrik alles für dich bedeutet?«

»Das ist auch so eine Sache, über die ich nicht bestimmen kann. Darf ich eine Marianne nehmen?«

»Ja, bitte schön.«

»Stell dir vor, ich habe keine Marianne mehr gegessen, seit wir für die Prüfungen gelernt haben.«

»Ich auch nicht. Aber warum gerade Henrik? Wenn man sich Kinder anschafft, gehört zu den Bedingungen, dass sie vor uns sterben können. Es gibt keine Garantien, das weißt du genauso gut wie alle anderen Eltern.«

»Ich … ich glaube, das habe ich vergessen.«

Benita Ormson lachte auf. »Ja, das hast du bestimmt, meine liebe Ebba. Es gibt sicher das eine oder andere, was du auf dem Weg vergessen hast. Aber das geht uns allen so. Du bist da in bester Gesellschaft.«

»Ich habe keine Lust, in irgendeiner Gesellschaft zu sein.«

»Das kann ich mir denken. Du bist kein Gesellschaftsmensch, Ebba, aber in gewissen Situationen schafft man es allein nicht. Deshalb habe ich dir die Bibel mitgebracht.«

»Mein Gott, Benita, du weißt doch, dass ich …«

»Mit irgendjemandem musst du Kontakt haben, Ebba. Mit jemandem musst du sprechen. Du hast vierzig Jahre lang nur mit dir selbst Kontakt gehabt, und jetzt bist du erschöpft. Du musst entscheiden, andere Menschen oder der liebe Gott.«

»Ich bedanke mich für diese Art …«

Benita Ormson hob eine Hand, und Ebba unterbrach sich selbst. Nahm noch ein Bonbon und betrachtete ihre Freundin voller Skepsis. Es vergingen einige Sekunden.

»Schon gut«, sagte Benita Ormson. »Du ziehst es also vor, alle Türen geschlossen zu halten. Auch mir gegenüber. Aber das ist deine Entscheidung, Ebba, und es geht hier nur um dich. Ich bin nicht im Geringsten religiös, das weißt du. Vielleicht bin ich nicht einmal gläubig. Aber in diesem Buch sind zehntausend Jahre menschlicher Erfahrung gesammelt. Es ist keine Propagandaschrift, es ist Weisheit. Und was du brauchst, das ist Trost. Trost, Liebe und eine reichliche Dosis Gnade, es gibt nichts anderes, was dir helfen könnte. Alle anderen Fragen haben ganz einfach zu wenig Gewicht, ich glaube, du bist einsichtig genug, um das zu verstehen. Aber weise bist du nicht. Du bist verbohrt, Ebba, du hat beschlossen, dich mit Henrik in einem verschlossenen Raum zu verbarrikadieren, in einer engen Finsternis. Sieh zumindest zu, dass sie etwas größer wird, lass ein wenig Licht hinein. Aber noch einmal, du entscheidest, was du tust, und ich …«

»Und du?«

»Ich bin nur der Bote. Don't shoot the messenger, Ebba.«

»Das ist mir schon klar.«

»Gut.«

»Die sind wirklich gut, diese Mariannen. Dass das schon so lange her ist … und dass es sie immer noch gibt.«

»Natürlich gibt es sie noch, Ebba.«

Schweigen. Langes Schweigen. Ein Pfleger kommt und öffnet die Tür einen Spalt. Schließt sie wieder, als er die beiden Frauen jeweils auf einer Seite des Bettes sitzen sieht.

»Woran denkst du, Ebba?«

»Ich denke … ich denke an Kristoffer. Entschuldige mich, Benita, aber ich glaube, ich muss eben meinen Mann anrufen.«

»Du weißt am besten, was du tun musst, Ebba. Heute wie an allen anderen Tagen.«

»Danke, Benita. Danke, dass du gekommen bist, aber ich muss das jetzt wirklich tun.«

»Natürlich, Ebba. Aber natürlich. Ich lasse dir die Bibel und die Marianne-Bonbons hier, und dann werde ich ein andermal wiederkommen.«

Irgendwie gelang es ihr, dagegenzuhalten.

Es verwunderte sie selbst, dass sie es schaffte. Dass es ihr trotz Jakobs mehr oder weniger zielgerichteter Attacken gelang. Vielleicht lag es daran, dass sie nüchtern war, ganz einfach. Jakob trank Laphroaigh, ein Glas nach dem anderen, seine Stimme wurde immer lauter, aber er brauste nicht auf. Die Ruhe war in ihm, lag wie eine Kobra im Sonnenschein da und wartete. Das ist sein Problem, dachte sie, das Problem seines Lebens. Dass er seine Gefühle lagern kann, eins auf das andere, bis er plötzlich ganz ausgefüllt ist von ihnen und explodiert.

Aber diese Explosionen waren auch auf eigentümliche Weise kalt. Berechnend. Er verlor nie die Kontrolle, nicht wirklich. Selbst als er Henrik tötete, hatte er die Kontrolle darüber behalten, was er da tat.

Selbst damals. Wenn sie es sich recht überlegte, war das wohl das Widerlichste. Die Kontrolle. Diese unmenschliche Ruhe.

»Was hast du von ihm gehalten?«, fragte er jetzt.

»Von wem?«

»Von dem Bullen. Als er im Januar hier war?«

Es war Viertel nach elf. Sie saßen in den Sesseln vor dem Kamin. Kelvin schlief seit zwei Stunden oben in seinem Bett. Jakob zündete sich einen schwarzen Zigarillo an. Barrinque, das war die einzige Marke, die er rauchte. Extra nur für ihn von einem kleinen Geschäft in der Hornsgatan importiert.

»Ich kann mich kaum noch an ihn erinnern. Jakob, können wir nicht über etwas anderes reden?«

»Und über was dann?«

»Vielleicht über Thailand? Wir müssen ja wohl morgen in die Stadt und uns Reiseführer kaufen, oder?«

»Habe ich schon gemacht. War bei Hendegrens und habe drei Stück gekauft. Dieses Detail ist also erledigt. Aber was hältst du nun von ihm?«

»Ich kann mich nicht mehr erinnern, Jakob. Mein Gott, ich habe doch schon gesagt, dass ich mich nicht mehr erinnere. Was für einen Verdacht hast du eigentlich?«

»Verdacht?«

»Ja.«

»Gibt es denn einen Grund für einen Verdacht?«

»Nein, aber du klingst, als hättest du einen Verdacht.«

»Es fällt mir nur einfach schwer, an einen Zufall zu glauben. In bestimmten Situationen.«

»Ich verstehe nicht.«

»Das tust du wohl.«

»Nein, Jakob, das tue ich nicht. Was willst du eigentlich von mir hören? Ich habe nichts zu verbergen.«

Er trank einen Schluck und nahm einen Zug. Schärfte seine Argumente.

»Nun hör mal«, sagte er. »Dieser Bulle ruft Anfang der Woche hier an und fragt nach dir. Er wohnt unten in Kymlinge, das liegt vierhundert Kilometer von hier entfernt. Drei Tage später sehe ich ihn aus dem Royal Viking kommen, genau zu dem Zeitpunkt, als meine Ehefrau da drinnen sitzt und sich angeblich mit einer Freundin unterhält, von der ich noch nie gehört habe …«

»Wie viele meiner Freundinnen kennst du, Jakob?«

»Die eine oder andere.«

»Das stimmt nicht. Können wir jetzt nicht ins Bett gehen, ich bin wirklich müde …«

»Ich würde mich gern noch eine Weile mit dir unterhalten, Kristina. Aber gut, lass uns das Thema beenden. Kannst du nicht das große Licht ausmachen, und wir setzen uns aufs Sofa? Und dazu ein wenig Coltrane?«

Er wird geil, dachte sie. Dann spricht er besonders laut. Aber das war natürlich auch gleich. Sie seufzte. Lautlos und vorsichtig. Noch zwei Tage, das müsste sie schon schaffen.

Inspektor Barbarotti kam um elf Uhr wieder im Hotel an. Obwohl er zwei Gläser Rotwein und ein Glas Cognac getrunken hatte, fror er. Stockholm war nasskalt, ein nördlicher Wind fegte durch die Straßen und wirbelte den Schnee auf, der es nicht geschafft hatte, auf den beheizten Straßen zu schmelzen. O je, dachte Gunnar Barbarotti. Ich bin nur froh, dass ich nicht hier wohne. Was machen die Obdachlosen eigentlich? Die müssen ja jede Nacht erfrieren.

Als er wieder auf seinem Zimmer war, rief er Marianne an. Das Wetter in Helsingborg war nicht viel besser, wie sie mitteilte. Drei Grad plus, Regen und kräftiger Westwind.

Ein Mann und ein Glas Rotwein, um sich dran zu wärmen, wären nicht schlecht, wie sie außerdem mitteilte.

Gunnar Barbarotti fragte, ob nicht vielleicht in ungefähr einer halben Stunde ein Nachtzug von Skåne nach Stockholm gehe. Er war bereit, sie morgen in aller Frühe am Hauptbahnhof abzuholen, und er hatte das Hotelzimmer für noch eine weitere Nacht reserviert.

»Ich dachte, du arbeitest?«, entgegnete Marianne.

»Nicht die ganze Zeit«, erklärte Inspektor Barbarotti.

»Ich fürchte, meine Kinder brauchen mich das ganze Wochenende«, sagte Marianne. »Wie wäre es mit etwas besserer Vorausplanung?«

Gunnar Barbarotti versprach, sich in Zukunft Mühe zu geben, dann tauschten sie noch eine Weile sinnlose Turteleien aus, um dann aufzulegen.

Arbeit?, dachte er, stellte sich ans Fenster und blickte auf den Bahnhof und die Gleisanlagen. Doch, so war es ja wohl gedacht. *War so gedacht gewesen.* Aber es war ein wenig schiefgelaufen.

Oder etwa nicht? War das nur seine übliche Abenddepression, die ihm einen Streich spielte? Was hatte er eigentlich von dem Gespräch mit Kristina Hermansson erwartet? Dass sie zusammenbräche und etwas gestände, weiß der Teufel, was?

Wohl kaum. Aber genau besehen, dachte er mit einer ebenso plötzlich wie unerwartet auftauchenden Welle des Optimismus, während er den Verschluss der kleinen Rotweinflasche in der Minibar abschraubte ... war es nicht genau besehen so, dass sein Verdacht Wasser auf seine Mühlen bekommen hatte? Genau besehen. Als sie da in der Lobby des Royal Viking gesessen und deutlich etwas zurückgehalten hatte?

Oder etwa nicht? Und war es nicht genau das gewesen, was er hatte bestätigt haben wollen? Dass mit dem Paar Hermansson-Willnius da draußen im Idyll in Gamla Enskede etwas im Argen lag. Dass etwas nicht stimmte, was er nicht einfach so auf sich beruhen lassen konnte, jetzt, wo er schon einmal hergefahren war.

Er trank einen Schluck aus der Plastikflasche und kippte dann den Rest ins Waschbecken im Badezimmer. Was für ein Rattengift, dachte er. Und für den Mist muss ich 65 Kronen bezahlen, wenn ich abreise.

Aber zurück zu Jakob Willnius. Wäre es nicht ebenso gut, den Stier gleich bei den Hörnern zu packen?

Er zog sich aus, ging zurück ins Badezimmer und stellte sich unter die Dusche. Drehte den Heißwasserhahn auf und beschloss, hier stehen zu bleiben, bis er einen Beschluss gefasst hatte.

Das dauerte zwanzig Minuten, und als er ins Bett kroch, war er sich alles andere als sicher, den richtigen Beschluss gefasst zu haben – aber er hatte zumindest einen gefasst, und er fühlte sich ein wenig besser als vor einer Stunde, als er im kalten Wind durch die Straßen der Hauptstadt marschiert war.

42

Kristoffer Grundt fror.

Es war zwanzig Minuten nach zwölf. Endlich. Langsam ging er am Haus Musseronvägen 5 vorbei. Jetzt zum zweiten Mal, vor einer Viertelstunde war er aus der anderen Richtung vorbeigegangen, auf der anderen Straßenseite. Alle Fenster waren dunkel, nur eine kleine, gelbrote Lampe über der Haustür brannte. Das war vor einer Viertelstunde auch schon so gewesen. Sie schliefen, aller Wahrscheinlichkeit nach schliefen Kristina und Jakob, genau wie ihre Nachbarn. Kristoffer musste zugeben, dass das hier kaum eine Gegend war, in der man bis spät in die Nacht hinein feierte. Ganz so wie in seinem eigenen Viertel in Sundsvall eigentlich. Wenn man da abends nach zwölf Uhr nach Hause kam, waren alle Häuser kohlrabenschwarz. Nicht eine Menschenseele war mehr auf.

Während er auf dem Skogskyrkogården und auf den Straßen auf der anderen Seite des Nynäsvägen herumgelaufen war, war ihm der Gedanke gekommen, er könnte das richtige Haus im Musseronvägen nicht wiedererkennen – doch als er es erblickte, erkannte er es sofort. Ihm war klar, dass das nur Phantasien waren, welche die Dunkelheit, die Kälte und die Einsamkeit ihm ins Gehirn pflanzten. Den falschen Kerl erschießen, das wäre noch was!

Aber es gab gar keinen Zweifel. Er erkannte vieles wieder. Den Weg hin zu der kleinen Treppe, wo Henrik und er vor zweieinhalb Jahren mit dem Ball gespielt hatten. Das kleine Gartenhaus, jetzt vollkommen mit Schnee bedeckt, hinten auf dem Rasen. Die Terrasse, auf der sie Saft getrunken und Kuchen gegessen hatten. Doch, natürlich wohnten sie hier, Tante Kristina und ihr Mann, den er töten wollte. Kristoffer ging weiter am Haus vorbei und spürte, wie ihm allein von dem Gedanken fast ein wenig warm wurde.

Dem Gedanken, zu töten. Das war merkwürdig, aber vielleicht war es ja immer so. Vielleicht floss das Blut in den Adern schneller, wenn man an gewisse Dinge dachte. Und nicht nur an Mädchen.

Ansonsten hatte er schon ziemlich lange gefroren. Vor ungefähr einer Stunde hatte er sich an einem Kiosk eine Wurst und einen Becher Kaffee gekauft, aber sonst hatte er nichts zu sich genommen. Natürlich wurde einem ein bisschen wärmer, allein dadurch, dass man sich bewegte, aber das funktionierte auch nicht endlos. Und dennoch war es immer noch nicht ganz an der Zeit, zur Tat zu schreiten. Er beschloss, noch eine Runde durch die ganze Gegend zu machen, und wenn alles ruhig war, wenn er zurück zum Haus kam, würde er zuschlagen.

Okay, mein Bruder?, fragte er.

Okay, antwortete Henrik.

Fünf Minuten vor eins. Er hatte nicht eine Menschenseele getroffen. Das Haus lag genauso dunkel da wie vor einer halben Stunde. Aus irgendwelchen Gründen fror er nicht mehr ganz so stark, vielleicht lag es ja an der Anspannung.

Gut, dachte er. Dann legen wir mal los, it's now or never. Er schaute sich nach links und rechts um, zwängte sich durch die Hecke in den Garten hinein. Er hatte sich die Terrassentür ausgesucht. Unnötig, sich auf ein Fensterbrett hochzuziehen, wenn man direkt hineinplatzen konnte. Vielleicht war es ja sogar möglich, die Türen aufzudrücken, indem man sich mit der Schulter dagegenlehnte, so war es zumindest daheim im Stockrosvägen.

Er stapfte durch den Schnee, der hier im Garten fast einen halben Meter hoch lag, draußen auf der Straße war schon fast alles wieder geschmolzen. Oder geräumt worden. Er gelangte auf die Terrasse. Stellte fest, dass die Doppeltüren genau so konstruiert waren, wie er es sich gedacht hatte. Direkt davor war ein Holzboden, und es lag kein Schnee, weil das Dach darüberragte. Es knarrte ein wenig, aber nicht viel. Kein Problem, dachte Kristoffer. Er versuchte durch die Scheibe hineinzusehen, aber es war fast nicht möglich, drinnen etwas zu erkennen. Es gab keine Klinke auf der Außenseite, aber es sah so aus, als gingen die Türen nach innen auf. Fünf Sekunden lang blieb er vollkommen regungslos stehen, dann versuchte er es mit vorsichtigem Schulterdruck.

Nichts geschah. Er formte die Hände zu einer Schale, beugte sich vor und versuchte zu erkennen, wie die Türklinke auf der Innenseite aussah. An einer der Türen gab es eine normale Druckklinke, soweit er beurteilen konnte. Er drückte noch einmal, etwas fester. Hatte das Gefühl, sie gäbe ein wenig nach. Aber es war offenbar ein ziemlicher Stoß nötig, damit das Holz nachgab.

Und es würde reichlich Krach geben. Er beschloss die andere Alternative zu wählen. Ein kleines Loch mit dem Pistolenkolben schlagen und dann so viel Glas wie nötig herausbrechen. Er war sich nicht ganz sicher, ob das klappte, aber vor ein paar Monaten hatte er in einem Film gesehen, wie elegant das funktionieren konnte. Das Wichtigste war, dass man kein größeres Glasstück fallen ließ, sonst würde es schrecklich klirren.

Aber ein kurzes Schmettern würde niemanden wecken. Nicht, wenn man im ersten Stock schlief. Und wenn man doch wach wurde, würde man sich fragen, was das wohl gewesen war, würde beschließen, dass es nur eine Katze war, und weiterschlafen. Es war also wichtig, ein wenig Zeit vergehen zu lassen, bevor man das Loch vergrößerte. Und wichtig, nicht noch mehr Lärm zu machen.

Er zog die Pistole aus der Tasche. Zählte bis fünf und schlug zu. Es klirrte, als die Glasscherben hinunterfielen. Er ließ sich direkt an der Wand auf die Knie nieder, um nicht entdeckt zu werden, falls jemand drinnen Licht machte. Hielt seine Waffe schussbereit. Wenn Jakob Willnius die Türen öffnete und herauskam, würde er ihn sofort ummähen.

Von drinnen war nichts zu hören. Kein Licht wurde eingeschaltet. Er wartete fast zwei Minuten, bevor er wieder aufstand und hineinguckte. Schaute durch das Loch in der Scheibe, es war gerade groß genug, um eine Hand hindurchzuschieben, aber erst jetzt stellte er fest, dass es eine Doppelscheibe war, dass er mit anderen Worten gezwungen war, noch ein Loch hineinzuschlagen.

Wie kann man nur so blöd sein?, dachte Kristoffer verärgert. Ist doch klar, dass die Doppelscheiben haben. Dieser Film hat wahrscheinlich in einem wärmeren Land gespielt.

Aber drinnen war es still wie im Grab, und nach einer Weile hatte er fast die ganze äußere Scheibe herausgeholt, ohne eine Scherbe fallen zu lassen. Es funktionierte. Zeit für einen neuen Schlag, dachte er. Hob die Waffe und schlug zu.

Fast in der gleichen Sekunde, in der die Glasscherben drinnen auf den Boden fielen, wurde Licht gemacht. Jakob Willnius stand da, in der Türöffnung zum Flur, splitterfasernackt, und starrte ihn an. Kristoffer zögerte kurz. Dann zwängte er sich mit der linken Schulter zuerst durch die Tür. Er hörte Holz, das zersplitterte, und Glasscherben, die um ihn spritzten. Er kam in den Raum und blieb stehen. Jakob Willnius rührte sich nicht, Kristoffer sah, dass er etwas in der Hand hielt. Einen Feuerhaken. Er spürte, wie ihm ein wilder Triumph in den Kopf stieg, gleichzeitig sah er Kristina hinter ihrem Mann auftauchen. Sie war nicht nackt, hatte sich ein rotes Badelaken umgeschlungen und hielt etwas in der Hand, er konnte nicht sehen, was.

Aber ein Feuerhaken gegen eine Pistole! Das war ja lächerlich! Kristoffer hob seine Waffe. Kristina schrie auf, und endlich bewegte Jakob Willnius sich. Er hob die Arme – immer noch den Feuerhaken fest gepackt – in einer irgendwie albernen Geste, die anscheinend … ja anscheinend bedeuten sollte, dass er sich ergab. Kristoffer musste lachen. Er zielte direkt auf die Brust und drückte ab.

Die Pistole klickte.

Er drückte noch einmal ab.

Wieder nur ein Klicken. Jakob Willnius senkte die Arme und trat einen Schritt vor.

Ein drittes Mal. Nicht einmal ein Klicken. Der Mechanismus hatte sich verhakt. Kristoffer starrte die Waffe an – und die Hand, die die Waffe hielt – und dann seine Tante Kristina, die da in dem roten Badelaken über ihrem vorstehenden Bauch stand, sie hielt etwas in der Hand und schien vor Schreck wie erstarrt zu sein – und plötzlich hörte er, wie jemand laut losschrie.

Das war er selbst. Es klang nicht wirklich menschlich. Jakob Willnius war nur einen Meter von ihm entfernt.

43

Das Handy klingelte, während er frühstückte.

Es war Eva Backman.

»Wo bist du?«, wollte sie wissen. »Du bist doch nach Stockholm gefahren, oder?«

Er zögerte eine Sekunde. Dann gab er zu, dass sie richtig vermutete.

»Gut«, sagte Eva Brackman. »Ja, vielleicht hattest du doch recht, wenn man alles zusammen betrachtet.«

»Wie meinst du das?«

»Ich habe heute Morgen mit Sorgsen gesprochen. Ja, also, er hat mich angerufen. Er hatte offensichtlich vorher versucht, dich zu fassen zu kriegen, aber du bist nicht rangegangen.«

Gunnar Barbarotti musste zugeben, dass *Neue Mitteilung* auf dem Display gestanden hatte, als er das Handy herausgezogen hatte. »War ich wohl unter der Dusche«, sagte er.

»Ach so. Ja, auf jeden Fall hat ein gewisser Olle Rimborg hier bei der Polizei in Kymlinge vor ... ja, vor ungefähr einer Stunde angerufen.«

Er guckte auf die Uhr. Es war Viertel vor zehn.

»Olle Rimborg?«

»Ja. Du scheinst nicht zu wissen, wer das ist?«

»Keine Ahnung«, gab Gunnar Barbarotti zu.

Eva Backman räusperte sich. »Er ist ... unter anderem ... Nachtportier im Kymlinge Hotel. Er hat die Polizei schon früher anrufen wollen. Hat es offensichtlich auch schon gemacht, ist dann aber abgewimmelt worden, das ist natürlich unmöglich, aber dem werden wir später nachgehen.«

»Was wollte er?«, fragte Gunnar Barbarotti. »Ich habe hier ein Ei, das kalt wird.«

»Gekocht?«

»Ja, gekocht. Nun zur Sache, Frau Backman.«

»Man soll gekochte Eier nicht heiß essen. Aber das können wir vielleicht auch ein andermal besprechen. Dieser Olle Rimborg hat auf jeden Fall in der Nacht gearbeitet, als Henrik Grundt verschwunden ist. In der Nacht zwischen dem 20. und 21. Dezember ...«

»Ich weiß, in welcher Nacht Henrik Grundt verschwunden ist.«

»Gut. Olle Rimborg war in dieser Nacht an der Rezeption, und er behauptet, dass Jakob Willnius um drei Uhr nachts zurück ins Hotel gekommen ist.«

»Was?«

»Ich wiederhole: Olle Rimborg, der Nachtportier vom Kymlinge Hotel, behauptete heute Morgen in einem Gespräch mit Polizeiinspektor Gerald Borgsen, dass Jakob Willnius, nachdem er sich kurz vor Mitternacht Richtung Stockholm aufgemacht hat, ungefähr gegen drei Uhr wieder im Hotel aufgetaucht ist ... in besagter Nacht.«

»Was sagst du da?«

»Genau. Was sage ich da? Oder besser: Was ist es, das Olle Rimborg da sagt?«

Gunnar Barbarotti blieb fünf Sekunden stumm.

»Das muss nichts bedeuten«, sagte er dann.

»Darüber bin ich mir vollkommen im Klaren«, erwiderte Eva Backman. »Aber wenn ... *wenn* es etwas bedeutet, was bedeutet es dann? Das war die Frage, die ich gestellt habe.«

»Danke, ich habe es gehört«, sagte Gunnar Barbarotti. »Und dann ... dann sind sie also am nächsten Morgen ganz früh alle beide nach Stockholm gefahren?«

»Alle drei. Der Herr Kollege vergisst den kleinen Kelvin. Aber sie haben das Hotel gegen Viertel vor acht verlassen, das ist richtig.«

Inspektor Barbarotti betrachtete sein Ei. Ich wünschte, ich hätte zwanzig Zentiliter Rotwein weniger im Blut, dachte er. Worauf läuft das hier eigentlich hinaus?

»Worauf läuft das hier eigentlich hinaus?«, fragte er. »Wie lange hast du gebraucht, um darüber nachzudenken?«

»Eine Viertelstunde«, sagte Eva Backman. »Gut eine Viertelstunde. Aber die Analyse ist noch nicht ganz fertig.«

»Hat er noch mehr gesagt, dieser Olle Rimborg?«

»Offensichtlich nicht viel.«

»Du hast nicht mit ihm gesprochen?«

»Nein. Nur mit Sorgsen.«

»Warum hat er denn überhaupt angerufen? Ist ihm Jakob Willnius in dieser Nacht irgendwie merkwürdig vorgekommen?«

Eva Backman überlegte einen Moment, bevor sie antwortete.

»Ich glaube nicht.«

»Du *glaubst* nicht?«

»Nein. Aber allein die Tatsache, dass er um zwölf Uhr abfährt, um drei Uhr zurückkommt und dann wieder noch vor acht Uhr wegfährt … in derselben Nacht, in der der Sohn seiner Schwägerin verschwindet … ja, das hätte ich gern gewusst. Und zwar etwas früher. Auf jeden Fall fand ich es doch praktisch, jetzt, wo du in Stockholm bist und so. Aber vielleicht hast du ja schon mit dem Herrn Fernsehproduzenten Willnius gesprochen?«

»Nur mit seiner Frau«, gab Gunnar Barbarotti zu.

»Ach, ja? Aber vielleicht solltest du dann auch ein Gespräch mit ihm führen. Vielleicht ist ja doch etwas dran an dem, was seine Ex-Frau über ihn gesagt hat.«

»Ich werde ihn heute Nachmittag aufsuchen«, sagte Gunnar

Barbarotti. »Keine Sorge. Hast du eine Telefonnummer von diesem Rimborg?«

Er bekam sie, und sie beendeten ihr Gespräch.

Merkwürdig, dachte Gunnar Barbarotti und köpfte sein lauwarmes Ei. Ich hatte mich ja schon vorher dazu entschieden. Aber wie gesagt: Was hat das hier zu bedeuten?

Was?

Leif Grundt war aufgeregt.

»Was meinst du damit, du weißt nicht, wo er ist?«, rief er in den Hörer.

»Er sitzt sicher im Zug«, sagte Berit Spaak. »Immer mit der Ruhe. Oder er ist noch bei seinem Freund und schläft. Es ist ja erst zehn Uhr.«

»Viertel nach«, sagte Leif Grundt. »Zumindest hier oben in Sundsvall. Hast du die Telefonnummer von diesem Freund?«

»Nein, tut mir leid. Aber er ist ein Arbeitskollege aus dem Laden. Er heißt wahrscheinlich Oskar.«

»Er heißt wahrscheinlich Oskar! Bist du nicht ganz gescheit, Berit? Du musst doch wissen, bei wem er übernachtet. Ich habe jetzt seit mehr als einer Stunde versucht, ihn übers Handy zu erreichen ...«

»Wahrscheinlich ist der Akku leer. Warum regst du dich so auf, Leif? Wenn du so besorgt um ihn bist, dann wäre es wohl das Beste gewesen, ihn die ganze Zeit in Sundsvall zu behalten. Kristoffer ist fünfzehn Jahre alt und hat mich gefragt, ob er die letzte Nacht bei einem Freund in Uppsala schlafen darf. Das ist doch wohl nichts, worüber man sich aufregen muss?«

»Mir hat er von diesen Plänen nichts erzählt.«

»Nein. Ja, das ist dann wohl dein Problem, nicht meins.«

»Danke schön. Kapierst du nicht, dass ich mir Sorgen mache? Ich will doch ... ich will doch eigentlich nur wissen, wann er heute Nachmittag ankommt, damit ich ihn am Bahnhof abholen kann.«

»Vielleicht sitzt er ja schon im Zug. Wie gesagt. Du weißt doch selbst, wie schwer es sein kann, aus dem Zug anzurufen? Übrigens, wie geht es Ebba?«

Leif Grundt berichtete, dass es um Ebba immer noch so ziemlich unverändert stand, und legte den Hörer auf. Anschließend stand er vom Schreibtischstuhl auf, blieb dann aber stehen. Stimmte das eigentlich?, fragte er sich. Stand es um Ebba wirklich immer noch so ziemlich unverändert?

Gute Frage. Noch eine gute Frage.

Gab es überhaupt irgendetwas, das wie früher war?

Auf jeden Fall war Ebba der Grund gewesen, dass er Berit angerufen und nach Kristoffer gefragt hatte, und er wusste auch, dass seine Irritation hauptsächlich ihn selbst betraf. Das wusste er nur zu gut, genau wie Berit es ihm erklärt hatte.

Denn genau betrachtet … genau betrachtet stimmte es nicht ganz, was er da seiner Cousine gesagt hatte. Es war genaugenommen umgekehrt. Er machte sich *keine* Sorgen um Kristoffer, das war gerade das Problem. Er war nicht mehr fähig, sich Sorgen zu machen. Die Pflicht, sich um andere zu kümmern, war aus ihm herausgeronnen wie das Wasser aus einer Minipute. Ganz plötzlich. Alles in einem Schwung, so fühlte es sich an. Plötzlich war es irgendwie nicht mehr möglich, es im Griff zu behalten, die Gedanken in normalen Bahnen fließen zu lassen, Dinge zu erledigen … weiterzuleben in dieser unerträglichen, scheuernden Gewöhnlichkeit … nicht mit einem verschwundenen Sohn und einer Ehefrau, die auf dem Weg ins Dunkel war.

Aber dann, gestern Abend, hatte diese dunkle Ehefrau angerufen und erklärt, sie mache sich Sorgen um Kristoffer und sie wolle mit ihm sprechen. Leif hatte geantwortet, dass dieser sich momentan zu einer Praktikumswoche in Uppsala befinde, und Ebba hatte ihn gebeten, dafür zu sorgen, dass der Junge umgehend wieder nach Hause komme. Er hatte eine Weile mit ihr diskutiert und ihr schließlich so halbwegs versprochen, dass …

ja, er wusste selbst nicht so recht, was eigentlich. Kristoffer anzurufen und jedenfalls mit ihm zu sprechen. Ihn zumindest ein wenig zu kontrollieren.

Und das hatte er den restlichen gestrigen Abend auch versucht. In regelmäßigem Abstand und ohne Ergebnis. Außerdem hatte er mehrere Male versucht, mit Cousine Berit telefonisch in Kontakt zu kommen, sowohl über ihre Festnetznummer als auch über ihr Handy, aber auch das vergebens.

Letzteres lag daran, dass sie sich zusammen mit Ingegerd auf einer Party bei einer Nachbarin befunden hatte, wie sich am nächsten Morgen herausstellte. Sie waren nicht vor zwölf Uhr zu Hause gewesen.

Das Handy? Wieso sollte sie ihr Handy mit zu einem Fest bei einer Nachbarin nehmen? Ingegerd hatte doch den ganzen Abend neben ihr gesessen.

Leif Grundts Nachtschlaf war nicht gut gewesen. Er blieb im Arbeitszimmer eine Weile stehen, während er sein Bild im Spiegel betrachtete und genau das feststellte. Ich bin zweiundvierzig Jahre alt, dachte er. Dieser graue, verfettete Typ da sieht aus wie mindestens zweiundfünfzig.

Er zuckte mit den Schultern und wählte Kristoffers Handynummer.

Keine Antwort.

Gunnar Barbarotti beschloss, nicht das Telefon zu benutzen.

Zumindest nicht, solange es sich vermeiden ließ. Er beschloss außerdem, keinen Kontakt mit seinen Kollegen von der Stockholmer Polizei aufzunehmen. Die hatten sicher genug zu tun, und als trotteliger Provinzpolizist anzukommen und Hilfe in so einem Fall zu begehren, das erschien aus guten Gründen nicht besonders attraktiv.

Aber er rief Eva Backman an und erklärte ihr, was er zu tun gedachte.

Er wollte nach Gamla Enskede hinausfahren. Dort den Musseronvägen suchen, bei Nummer 5 klingeln und um Antwort auf ein oder zwei Fragen bitten. Ganz einfach.

Er hoffte, dass er zu Hause war. Schließlich war es Samstag.

»Toller Plan«, sagte Eva Backman. »Bist du dir sicher, dass sie ihm nichts von eurem Treffen erzählt hat?«

»Ziemlich sicher«, sagte Gunnar Barbarotti. »Kannst du dafür sorgen, dass du erreichbar bist, falls ich einen guten Rat brauche?«

Das versprach Backman. Sie hatte sowieso nichts Besonderes vor, schließlich war ja Samstag, wie gesagt. Mindestens drei verschiedene Unihockeyspiele, aber sie hatte beschlossen, daheim zu bleiben. Obwohl die vier Männer ihrer Familie bereits im Flur standen und ungeduldig warteten.

»Gut«, sagte Gunnar Barbarotti. »Ich habe das Gefühl, als wären wir ziemlich nahe dran.«

»Sei vorsichtig«, sagte Eva Backman.

Er nahm die U-Bahn hinaus nach Gamla Enskede. Stieg am Skogskyrkogården aus, ging Richtung Nynäsvägen und erreichte Musseronvägen 5 kurz vor halb eins. Er blieb eine Weile draußen auf dem Bürgersteig stehen und betrachtete die schöne alte Holzvilla mit dem versetzten Ziegeldach, während er versuchte, der pochenden Nervosität Herr zu werden, die er in sich spürte. Es war etwas wärmer geworden, die Straßen waren matschig, aber in den Gärten lag immer noch hoher Schnee, auf den Bäumen wie auch auf dem Boden. Es war kein Leben im Haus zu bemerken. Es stand auch kein Auto in der Garagenauffahrt. Vielleicht waren sie einkaufen gefahren? Besorgten sich Essen, Wein und andere Dinge für den Abend. In der Östermalmshalle oder so. Er erinnerte sich, dass er das letzte Mal, als er sich in diesem Viertel befunden hatte, von einem gewissen Klassenbewusstsein überfallen worden war. Und dass er außerdem das Empfinden gehabt hatte, dass Kristina Hermansson nicht hierher gehörte.

Er trat durch die Pforte, nahm die drei Treppenstufen zur Haustür und klingelte.

Wartete eine halbe Minute und klingelte noch einmal.

Keine Reaktion. Ich bin ein Idiot, dachte Gunnar Barbarotti. Natürlich sind sie nicht zu Hause. Jeder Mensch weiß, dass alle Menschen an einem Samstag um halb eins einkaufen sind.

Er ging wieder zurück auf die Straße. Plan B, beschloss er. Ein kleines Mittagessen, dann ein neuer Versuch.

Und wenn auch Plan B nicht funktionierte, dann gab es immer noch Plan C. Das Telefon. Trotz allem. Er hatte die Privatnummer und auch die Büronummer von Jakob Willnius. Er hatte seine Handynummer und die Handynummer seiner Ehefrau.

Aber wie gesagt, das war Plan C. Es lag ein klarer Vorteil darin, wenn er Jakob Willnius Auge in Auge gegenüberstand. Das war der leitende Gedanke dabei. Ihm die Fragen stellen und seine Reaktion darauf beobachten. Ohne ihm die Möglichkeit zu geben, sich darauf vorzubereiten.

Ja, das wäre ein unleugbarer Trumpf. Das Telefon hat seine Vorteile, aber auch seine Nachteile, dachte Inspektor Barbarotti. Man sah denjenigen nicht, mit dem man sprach. Zumindest war das bisher noch nicht der Standard, und dafür durfte man natürlich dankbar sein. Die meisten Gespräche, die man führte, waren glücklicherweise nicht von der Art, wie das Gespräch mit Jakob Willnius seinen Erwartungen nach wohl werden würde. Wie er erwartete und hoffte. Er nickte verbissen und begann zurück zu dem kleinen Marktplatz am Nynäsvägen zu gehen, wo es nach allen üblichen Normen und allen herkömmlichen Stadtplanungen wohl eine kleine Vorortgaststätte geben müsste.

Sie hieß Röda Lyktan, und er verbrachte eine knappe Stunde darin in Gesellschaft eines Bauernfrühstücks, frisch gekochter roter Beete und eines Leichtbiers. Kaffee und ein klebriger Biskuit. Eva Backman rief einmal an und fragte, wie es laufe, er antwortete, es sei nur eine Frage der Zeit.

Es war fünf vor zwei, als er zum zweiten Mal an der Tür vom Musseronvägen 5 klingelte, und beim dritten Mal war es halb vier geworden. Jetzt hatte außerdem die Dämmerung eingesetzt und einen diagonal peitschenden Regen im Schlepptau mitgebracht.

Was zum Teufel mache ich hier?, dachte Inspektor Gunnar Barbarotti, als er sich übelgelaunt zurück zur U-Bahn-Station begab. Warum habe ich nicht wenigstens einen Regenschirm dabei?

Fünfundvierzig Minuten später war er wieder in seinem Zimmer im Hotel Terminus und startete Plan C.

»Oh je«, sage Eva Backman. »Ist es so schlimm?«

Es war halb acht Uhr abends. Gunnar Barbarotti saß zusammengesunken auf dem einzigen Sessel des Hotelzimmers und starrte mit böser Miene auf seine Hose. Dort befanden sich zwei Flecken Rote-Beete-Saft, einer auf jedem Hosenbein. Das einzige Ergebnis der Arbeit eines Tages, konnte man wohl behaupten. »Ja«, sagte er. »So schlimm ist es.«

»Du klingst müde.«

»Liegt wohl daran, dass ich es bin.«

»Shit happens. Die sind bestimmt rausgefahren, um zu segeln oder so.«

»Im Dezember? Sag mal, spinnst du?«

»Ich versuche nur einen Kollegen zu trösten, aber davon hat man ja nichts. Wir müssen uns halt um den Kerl kümmern, sobald er wieder auftaucht. Es ist trotz allem noch nicht gesetzlich vorgeschrieben, dass man ans Telefon gehen ... oder zu Hause sein muss.«

»Danke, das weiß ich«, sagte Gunnar Barbarotti. »Ich habe ja nur gesagt, dass es einfach Scheiße ist. Und normalerweise gehen die Leute ans Handy. Jedenfalls die, die ich anrufe.«

»Hast du eine Nachricht hinterlassen?«

»Natürlich nicht. Er soll keine Gelegenheit haben, sich vorzubereiten.«

»Du scheinst davon überzeugt zu sein, dass er auf irgendeine Weise darin verwickelt ist.«

»Klingt es so?«

»Ja.«

»Ach, ja? Nein, ich bin mir überhaupt nicht sicher, dass er darin verwickelt ist, aber ich bin mir sehr sicher, dass ich verdammt scharf darauf bin, mit ihm zu sprechen. Andererseits ist inzwischen fast ein Jahr vergangen, vielleicht ist es doch nicht so schrecklich eilig.«

»Genau das habe ich gerade versucht, dir zu erklären«, sagte Eva Backman. »Beruhige dich. Geh ein Bier trinken oder ruf Maria an oder wozu du gerade Lust hast.«

»Marianne.«

»Was?«

»Marianne. Sie heißt Marianne.«

»Auch gut. Ruf sie an und säusele ein bisschen mit ihr herum, und scheiß erst einmal auf diesen dubiosen Fernsehproduzenten. Er ist unsere Aufmerksamkeit gar nicht wert. Wir können daran weiterarbeiten, wenn du am Montag wieder zurück bist.«

Gunnar Barbarotti seufzte. »Sie sind Balsam für die Seele, dass Sie es nur wissen, Frau Backman.«

»Das sagt mein Mann auch«, erklärte Eva Backman. »In seinen lichten Momenten. Also, pass auf dich auf und mach es gut.«

Ich habe keine Lust rauszugehen, dachte er, nachdem Eva Backmans Stimme verklungen war. Nicht in dieses Mistwetter. Er versuchte aus dem Fenster zu gucken, aber draußen war nicht viel zu erkennen. Es regnete immer noch. Der Wind trieb die Böen gegen das Fenster, ein Aquarium im Sturm, so sah es da draußen aus. Der Hauptbahnhof schien noch zu stehen. Das

Rathaus auch. Nicht, dass es ihn interessierte. Die schlechte Laune hing ihm nach wie alte Halsschmerzen. Was zum Teufel habe ich mir eigentlich eingebildet?, dachte er. Was habe ich hier zu suchen?

Nur ein Glück, dass er wenigstens nicht bei der Stockholmer Polizei um Beistand gebeten hatte. Immerhin etwas, die hätten sich sonst einen Wolf gelacht.

Er beschloss, auf die innere Stimme und die Wettergötter zu hören und auf seinem Zimmer zu bleiben. Blätterte eine Weile in der Informationsbroschüre, die auf dem winzigen Schreibtisch lag, dann rief er bei der Rezeption an und bat darum, dass ihm ein Caesarsalat und ein dunkles Bier aufs Zimmer gebracht würden.

Er hatte die Nachrichten und zwei Drittel eines alten amerikanischen Gangsterfilms gesehen, als das Telefon klingelte.

Marianne?, dachte er in freudiger Hoffnung und schaltete den Ton des Fernsehers aus.

Doch es war nicht Marianne. Es war Leif Grundt aus Sundsvall.

44

Sie löschte das Licht und schloss die Augen.

Doppelte Dunkelheit, dachte sie. Genau, was ich brauche. Was ich verdient habe.

Und plötzlich empfand sie den fremden Raum wie eine Umarmung. Einen sicheren Kokon oder eine Gebärmutter, in der sie ruhen konnte, unerreichbar für alle Gefahren. Versteckt. Gerettet. So war es wirklich. Sie horchte, das einzige Geräusch, das sie hören konnte, war ein ganz schwaches Sausen der Klimaanlage – und Kelvins fast noch leisere Atemzüge.

Mein armes, schlafendes Kind, dachte sie. Strich sich vorsichtig mit den Händen über den angespannten Bauch und korrigierte die Formulierung. *Meine armen, schlafenden Kinder.*

Was sollte aus ihnen werden?

Was aus ihr selbst werden sollte, war nicht so wichtig. Hier in der anonymen Kapsel des Hotels empfand sie deutlich, dass es um sie ging. Um Kelvin und das noch Ungeborene. Sie waren es, die sie in Sicherheit bringen musste. Die Unschuldigen.

Sicherheit?, dachte sie. Was denn für eine Sicherheit? Was sind das für verlogene Lösungen, die mein Bewusstsein bereit hält? War ist das für ein Hirngespinst?

Und dann: *die Unschuldigen?* Ja, das fühlte sie zumindest. Das war ein richtiger Gedanke, genau sie waren es, die sie schützen musste. Warum sonst sollte sie weiterleben? Warum sich überhaupt noch eine Sekunde länger darum sorgen, weiterzukämpfen?

Aber wie soll ich das schaffen?, dachte sie. Wie um alles in der Welt soll ich das schaffen?

Und erneut wünschte sie, dass man doch alles einfach hätte abschalten können. Schluss machen. Vielleicht wäre das die beste Alternative, auch für die Unschuldigen? Das letztendliche Nichts. Sie blieb eine Weile liegen und lauschte der Klimaanlage und Kelvin. Wenn das Universum kollabieren will, dann soll es das jetzt tun, dachte sie. In diesem Augenblick.

Doch nichts geschah. Sie öffnete die Augen und drehte den Kopf. Die kleinen roten Ziffern auf dem Fernsehapparat schlugen soeben von 23.59 auf 00.00 um. Mitternacht, dachte sie. Kann es noch mehr Mitternacht in diesem Leben geben, als es schon gibt?

Wahrscheinlich nicht. Hoffentlich nicht.

Und dennoch ... dennoch lag sie hier. Sie hatte sich zumindest hierher begeben können. Das war eine Tatsache, die nicht zu leugnen war. Sie befanden sich *hier.* Genau *hier.* Wenn sie an die vergangenen vierundzwanzig Stunden dachte, war das fast unfassbar. Sie lag hier mit ihren Kindern in der illusorischen Gebärmutter der Nacht, und bis jetzt hatte sie noch die Fäden in der Hand. Oder nicht?

Doch, natürlich. Noch war alles möglich. Die Taschen standen reisefertig an der Tür, sie hatte sich nicht die Mühe gemacht, sie auszupacken. Saubere Unterwäsche für sich und für Kelvin hatte sie in der Schultertasche. Tickets, Pass und Geld.

Eine Kulturtasche und Walters Buch. Das war alles, was sie brauchte. Und den Mut, noch ein wenig durchzuhalten. Lass diese Stunden sich ausdehnen, dachte sie. Lass uns hier lange bleiben, lass diese Stunden ganz langsam verrinnen, ich brauche Zeit, um Kraft für den morgigen Tag zu sammeln. Schlaf und noch mehr Schlaf.

Gleichzeitig hatte sie das Gefühl, dass das alles gar nichts mit ihr zu tun hatte. Ihr gesamter Körper war eine einzige tickende, nervöse Bombe, wahrscheinlich war es reine Einbildung zu glauben, es wäre überhaupt möglich, in diesem Zustand schlafen zu können.

Sie setzte sich auf. Tappte hinüber zum Schreibtisch und schaltete dort die Lampe ein. Kelvin reagierte nicht. Kelvin reagierte auf fast nichts, und gerade jetzt war sie dankbar dafür.

Sie holte Walters Manuskript aus der Tasche. Walter, mein Bruder, dachte sie, ich wünschte … ich wünschte, wir wären wieder Kinder, und du wärst hier bei mir. Dann würde alles ganz anders kommen. Es *hätte ganz anders kommen müssen*. Es macht keinen Sinn, dass es so für uns gekommen ist.

Mit dem Leben und allem. Du hast deines verloren, weil du einmal in deiner Jugend ein Mädchen abgewiesen hast, ein unbedachter Moment … sie ist viele Jahre später zurückgekommen und hat dich umgebracht. Wenn es wirklich stimmte, was die Polizei erzählte.

Handlung und Konsequenz daraus. Ursache und Wirkung. Ihr eigenes Leben besaß sie noch, und welche Konsequenzen ihr unbedachtes Handeln letztendlich nach sich ziehen würde, das war nicht so einfach zu sagen. Aber es sah finster aus, sehr finster.

Sei heute Nacht bei mir, Walter, bitte, bat sie. Hilf mir, die Stunden zu überstehen und gib mir ein Wort mit auf den Weg. Walter, mein Bruder.

Zu ihrer eigenen Verwunderung hatte sie die Hände gefaltet und saß tatsächlich murmelnd da.

Aber es war keine Antwort zu hören, weder in ihrem Inneren noch draußen in der Nacht. Sie beugte sich über den kleinen Lichtkegel, öffnete den Manuskriptstapel auf gut Glück und begann zu lesen.

Denn mit dem Leben ist es wie mit unserer Zunge, schrieb er. *In der Kindheit lieben wir das Süße, aber es ist das Bittere, das zu bejahen wir lernen müssen. Sonst werden wir nie vollwertige Menschen, und unsere Geschmacksknospen können sich nicht voll entwickeln.*

Sie lehnte sich zurück und dachte eine Weile darüber nach. Welch eigenartige Worte er benutzte. Noch nie hatte sie ihn auf diese Art und Weise sprechen gehört. Und der Titel: Warum hieß das Buch *Mensch ohne Hund*? Sie hatte gut hundert Seiten gelesen, und bis jetzt war sie noch auf keinen Hund gestoßen. Aber vielleicht war gerade das beabsichtigt? Vielleicht sollte ja überhaupt gar kein Hund auftauchen.

Sie blätterte um.

Maria und John (sie waren offensichtlich so eine Art Hauptpersonen in dem Buch, Kristina war schon früher auf sie gestoßen) *beschlossen, ein ganzes Jahr nicht miteinander zu sprechen, und auf diese Art brachten sie die Hülle ihrer Hoffnungslosigkeit zum Platzen. Die menschliche Sprache ist das unvollkommenste aller Instrumente der Seele, sie ist eine Hure, ein Wucherer und ein Jahrmarktsgaukler, und wenn John schweigend seine Frau von hinten betrachtete, hatte sie bereits nach wenigen Monaten gelernt, diesen Blick zu spüren.*

Noch merkwürdiger. Walter, mein armer Bruder, dachte sie. Was hast du eigentlich alles durchgemacht? Wenn wir in dieser Nacht wieder Kinder wären, könnten wir dann neue, andere Wege finden?

Sie schüttelte den Kopf. Auch die eigenen Worte erschienen ihr fremd. *Huren und Jahrmarktsgaukler*? Ja, warum nicht. Die Gedanken wühlten wie ratlose Schlangen in ihr herum, und jetzt zappelte das Kind.

Ich werde gezwungen sein, es wegzugeben, kam ihr plötzlich in den Sinn. So wird es kommen. Man wird mir mein Kind wegnehmen.

Wenn ich es nicht weit fort in einem fremden Land verstecke.

Panik begann sich in ihr auszubreiten. Wie soll ich diese Nacht überstehen?, dachte sie. Soll ich hier sitzen und bis zur Morgendämmerung wach bleiben? Warum habe ich nicht wenigstens eine Schlaftablette in meiner Kulturtasche?

Und was heißt hier Morgendämmerung? Es wird gar nicht die Rede von einer Morgendämmerung sein. Das Flugzeug soll um halb acht starten, dann wird es noch kohlrabenschwarze Mittwinternacht sein, bis wir über die Wolken kommen. Einchecken spätestens um sechs. Sie las weiter:

Als John noch ein Kind war, glaubte er lange Zeit, dass er am falschen Platz war. Er wäre auf irgendeine Art vertauscht worden, seine Mama wäre gar nicht seine Mama und sein Papa nicht sein Papa. Es war ein Irrtum im Krankenhaus passiert, und eines Tages würde man den Fehler entdecken, und dann würde John dorthin zurückgebracht, wo er eigentlich wirklich hingehörte. Das war ein dunkler, feuchter Ort ohne richtige Menschen; die Gegend wurde von Wesen mit langem Fell und Hörnern, aber ziemlich menschenähnlichen Gesichtern, bevölkert. Und sie konnten die menschliche Sprache sprechen. John träumte oft von ihnen, und er liebte sie. Eines Tages fragte er seine Mutter, wann sie endlich kommen und ihn holen würden. Ja, er stellte diese Frage seiner Mutter, aber sein Vater war zu dem Zeitpunkt auch anwesend, und er war es, der dem Sohn eine Ohrfeige verpasste. Sie brannte noch lange, bis ins Erwachsenenalter hinein konnte er ab und zu eine schwache Erinnerung auf der Wange spüren, besonders an dunklen und feuchten Tagen.

Sie schob die Papiere zur Seite, merkte, dass auch das zu viel für sie wurde. Walters Worte gaben ihr keinen Halt. Ganz im Gegenteil, sie schienen eine Art Atemnot in ihr hervorzurufen. Etwas Klaustrophobisches, wie eine … ja, wie eine Gebärmutter in der Gebärmutter selbst. Eine Dunkelheit in der Dunkelheit.

Sie warf einen Blick auf den Fernsehapparat. Die digitalen Ziffern informierten sie darüber, dass die Wirklichkeit im Augenblick bei 00.32 Uhr angekommen war. Jedenfalls brannte es jetzt hinter den Augäpfeln. Sie überprüfte ihr Handy, dass sie es auch auf 05.00 Uhr Weckzeit gestellt hatte, dann löschte sie das Licht und ging zurück zum Bett. Legte vorsichtig eine Hand auf Kelvins Brust.

Gütiger Gott, schenke mir ein wenig Schlaf, bat sie. Lass mich von meinem Bruder träumen. Lass mich einfach hier in meinem Kokon mit meinen Kindern liegen und hundert Jahre lang von Walter träumen. Aber nicht von seinen Worten.

Vielleicht auch von Henrik. Einen schönen Traum von Henrik.

Sie hatte nur wenig Hoffnung, erhört zu werden, aber zehn Minuten später war sie dennoch in den Schlaf gefallen.

Gunnar Barbarotti kippte noch einen Schluck lauwarmen Kaffee in sich hinein und starrte den Kollegen an.

Er hieß Hellgren, vielleicht auch Hellberg, er hatte es vergessen, aber er hatte ein blaues und ein braunes Auge, was dazu führte, dass Barbarotti ihn unter fünfzigtausend Polizisten wiedererkennen würde. Wenn das aus irgendeinem Grund notwendig sein würde.

Aber momentan schien es keineswegs nötig zu sein. Es war fünf Minuten vor drei in der Nacht, der Ort das Polizeirevier von Kungsholmen, und es ging darum, den Weizen von der Spreu zu trennen.

»Was sagst du?«, fragte er.

»Wie schon einmal gesagt«, wiederholte Hellgrenberg. »Sie hat für morgen ein Ticket nach Bangkok.«

»Bangkok? Verdammt. Du meinst also …?«

»Was glaubst du selbst?«, entgegnete Hellgrenberg gähnend.

»Sie und das Kind also?«

»Nix da. Sie und ihr Ehemann.«

»Aha. Und wann?«

»Um elf Uhr abends.«

»Von Arlanda?«

»Ja, natürlich, was denkst du denn? Woher kommst du eigentlich?«

»Entschuldige«, sagte Gunnar Barbarotti. »Bin aufgewachsen in Manhattan und in Rio de Janeiro. Was hast du gesagt, wo du wohnst, in Hökarängen?«

Hellgrenberg antwortete nicht. Kratzte sich nur am Nacken und zwinkerte ihm zu.

»Na, sei's drum«, sagte Gunnar Barbarotti. »Ja, auf jeden Fall muss das wohl als ziemlich heiße Spur angesehen werden.«

»Sage ich doch«, nickte Hellgrenberg. »Es geht nur darum, rauszufahren und sie zu schnappen.«

»Das Kind«, sagte Barbarotti. »Sie muss das Kind mitkriegen.«

»Kann sie wohl auf das Ticket des Ehemanns, wie ich mir denke«, sagte Hellgrenberg.

»Denn du glaubst doch nicht, dass er mitfliegen wird?«

»Ja wohl kaum«, sagte Barbarotti. »Aber kann man so einfach ein Flugticket umbuchen?«

Der Kollege rieb sich mit der Faust sein braunes Auge. »Das weiß ich nicht«, musste er zugeben. »Aber wenn es sich nur um ein kleines Kind handelt, wird es wohl möglich sein.«

»Das müssen wir herauskriegen«, sagte Barbarotti.

»Wer ist ›wir‹?«, fragte Hellgrenberg.

»Schon gut, ich kümmre mich drum«, sagte Gunnar Barbarotti. »Hast du die Flugnummer und so?«

Der Kollege überreichte ihm ein Blatt Papier. »Thai Air«, sagte er. »23.10 Uhr. Dann kann ich jetzt wohl gehen und mich aufs Ohr hauen.«

»Tu das«, sagte Inspektor Barbarotti. »Aber vorher könntest du vielleicht noch ein Auto organisieren, das mich zurück zum Hotel bringt.«

»Wenn's denn sein muss«, sagte Hellgrenberg.

Die Uhr zeigte fast halb fünf, als er den Hörer auflegte, nachdem er mit Arlanda gesprochen hatte. Er war so müde, dass ihm übel war, es dröhnte in den Schläfen, und acht Tassen bitteren Kaffees brannten im Magen und in der Speiseröhre – aber gerade als er den Kopf aufs Kissen gelegt hatte, tauchte in seinem Kopf ein zufälliger Gedanke auf.

Eine Idee, die anfangs nicht mehr als die Flügelspitze eines Schmetterlings wog – aber dessen flatternde Flucht durch seinen überreizten Kopf dennoch die Wetterfahne sich überschlagen ließ und ihn wach hielt.

Oder wie man die Sache nun ausdrücken wollte.

Verdammte Scheiße, murmelte er und setzte sich im Bett auf. So hätte ich nicht vorgehen dürfen. Nie im Leben.

Er griff erneut nach dem Hörer. Wusste die Nummer noch.

45

Als sie in die Abflughalle kam, fuhr ihr ein Bild durch den Kopf.

Im Hotelzimmer war es eine Gebärmutter gewesen, jetzt war es eine Hühnerfarm. Genauso musste das Gefühl sein, aus einem Ei geboren zu werden.

Sie schob Kelvins Karre mit einer Hand vor sich her, zog die Reisetasche mit der anderen nach sich. Es war fast nicht möglich, unter all den Menschen und dem Gepäck ein Fortkommen zu finden. Es ist sechs Uhr morgens, dachte sie. Fliegen alle Flugzeuge um diese Zeit ab?

Nach zehn Minuten war es ihr gelungen, den richtigen Schalter und die richtige Schlange zu finden. Es standen mindestens ein Dutzend andere Reisende vor ihr, aber jetzt war sie zumindest an Ort und Stelle. Kelvin war wach, aber er saß brav in seiner Karre und machte kein Aufhebens um sich, wie üblich. Das Kind in ihrem Bauch schien zu schlafen. Es wird klappen, dachte sie.

Ich werde von hier wegkommen.

Fast machte ihr das Übermütige an diesem Gedanken Angst. Sei nicht so sicher, dachte sie. Um Gottes willen, freu dich nicht zu früh. Aber während sie dastand, während sie sich langsam auf die jungen, adretten Frauen in Uniform hinter dem Tresen zu bewegte, legte sich dennoch eine Ruhe über sie. Was soll denn noch schiefgehen?, dachte sie. Im Grunde genommen. Wieso sollte jemand entdecken, was passiert war?

Es gab keinen Grund, das zu fürchten. Wirklich nicht. Und niemand würde es merkwürdig finden, wenn sie die nächsten zwei Wochen nichts von sich hören ließen. Sie wollten nach Thailand reisen, das war allgemein bekannt. Dass sie stattdessen einen halben Tag früher nach Málaga flog, ja, wer würde denn von so etwas Wind bekommen? Selbst das Gespräch mit der Tagesmutter hatte sie hinter sich gebracht. Ihr erklärt, dass sie doch beschlossen hatten, Kelvin mitzunehmen. In letzter Minute, ja, aber es hatte noch einen Platz im Flugzeug gegeben.

Also konnte sie auf jeden Fall von vierzehn Tagen Frist ausgehen, und die Zeit danach … ja, wenn sie es soweit geschafft hatte, dann würde sie sicher auch einen Rat wissen.

Kommt Zeit, kommt Rat.

Wenn es nun einmal nötig war, weiterzuleben. Die Hauptsache war, dass die Kinder davonkamen, die Gedanken der Nacht saßen ihr noch im Nacken – und dazu war sie natürlich gezwungen, zunächst einmal ihr neues Kind zu gebären, bis zu diesem Zeitpunkt waren es noch mindestens sechs Wochen, also mussten die vierzehn Tage in die Länge gezogen werden, wenn sie es genauer bedachte … wie hatte sie das nur nicht bedenken können? Warum vergaß sie immer wieder ihr ungeborenes Kind? Wie konnte sie so etwas ignorieren?

Andererseits hatte sie kaum Zeit gehabt, sich das alles auszurechnen, und erneut kam das Gefühl des Übermuts und wedelte mit seinem roten Tuch. Es war so leicht, sich einzubilden, dass der ganze Tunnel beleuchtet war, wenn man nur ein Licht an seinem Ende erkennen konnte. So leicht, sich zu früh zu freuen, wie schon gesagt.

Keine weiteren Pläne, bis wir in der Luft sind, beschloss sie. Überhaupt keine Pläne mehr. Höchstens ein paar Stunden in die Zukunft schauen, maximal einen Tag, das war wahrlich genug … o ja.

Vor ihr stand ein altes Paar Hand in Hand. Schön braungebrannt, mitten im Dezember. Sicher sind es Auslandsschweden, dachte sie. Sind wohl eine Woche hier gewesen und haben die Familie besucht, jetzt sind sie auf dem Weg zurück in ihr Paradies an der Sonnenküste. Der Mann trug einen etwas zerknitterten, gelblichweißen Leinenanzug, die Frau lange Hosen und eine Tunika in Meergrün. Sie spürte einen Stich von Neid. So alt zu sein, sicher an die achtzig, und trotzdem noch so liebevoll Hand in Hand auf einem Flugplatz zu stehen. Soweit werde ich nie kommen, dachte sie. Und ich kann sie nicht betrachten, ohne eifersüchtig zu werden, nicht einmal das habe ich gelernt.

Die Schlangengedanken begannen wieder in ihr zu rumoren, und plötzlich fiel ihr ein, was sie geträumt hatte. Es war gar nicht um Walter gegangen, wie sie es sich gewünscht hatte, sondern um Henrik. Aber es war nicht der schöne Traum gewesen, um den sie gebeten hatte, nicht von der Nacht, den ersten Stunden – nein von der einen Stunde, mehr war es ja gar nicht gewesen –, die sie zusammen hatten haben dürfen, bevor alles zusammenbrach.

Von seiner Scheu hatte sie geträumt. Von seiner Unbeholfenheit und seinem jungen, unverbrauchten Körper. Der Traum hatte sich tatsächlich genau in dem Hotelzimmer abgespielt, aber sie selbst war nicht Kristina gewesen. Das war das Merkwürdige. Stattdessen war sie jemand anderes gewesen, eine Person, die vor dem Fenster gestanden und die beiden da drinnen im Bett beobachtet hatte, ihnen zusah, wie sie sich liebten – und erst nach langer, langer Zeit war ihr klar geworden, dass sie Jakob war. Sie stand da und starrte sich selbst und Henrik mit Jakobs Augen an, und als sie es endlich einsah, begriff, wer sie war und was sie da betrachtete, stieß sie einen Schrei aus und warf sich durch das Fenster, um die beiden Liebenden zu zerreißen und ... doch bevor sie das Bett erreicht hatte, war sie aufgewacht.

Aufgewacht und hatte sich überhaupt nicht mehr an den

Traum erinnert. Bis jetzt, anderthalb Stunden später. Das war merkwürdig. Konnten verschwundene Träume auf diese Art und Weise zurückkommen? Wieso? Was hatte das zu bedeuten? Sie spürte, wie ein Schweißtropfen ihre Achselhöhle verließ und an der Seite ihres Körpers hinunterlief – und wie gleichzeitig ein Ton in ihrem Kopf zu entstehen schien. Ein leiser, kaum hörbarer Ton, eher wie ein Vibrieren. Was ist mit mir los?, dachte sie erschrocken. Was passiert mit mir? Bin ich dabei, die Kontrolle über mich zu verlieren?

Das alte Paar war an der Reihe einzuchecken. Sie ging bis zum gelben Strich vor. Holte tief Luft und ballte die Fäuste.

Es klappte. Noch einmal klappte es. Zehn Minuten später waren die Karre und die Tasche eingecheckt. Die Sicherheitskontrolle und eine Stunde Warten an Gate 15, dann war alles überstanden. Sie nahm Kelvin auf den Arm und ging zum Eingang. Zeigte einem kurzgeschorenen Jüngling in weißem Hemd und dunkler Krawatte ihre Bordkarte. Er nickte ihr entgegenkommend zu, gab ihr jedoch die Karte nicht zurück.

»Einen Augenblick«, sagte er stattdessen und nickte einem Kollegen zu.

Der Kollege trat aus dem Schatten und schaute auf die Bordkarten, ihre und Kelvins. Lächelte ihnen dann beiden zu und bat sie, ihm durch eine andere Tür zu folgen.

»Warum das?«, fragte sie.

»Das hat mit der Schwangerschaft zu tun«, erklärte er freundlich und ließ sie in einen kleinen Raum mit zwei kleinen Tischen und je zwei Stühlen eintreten. »Wie Sie sicher wissen, bestehen gewisse Risiken beim Fliegen, wenn man schwanger ist, und wir möchten Sie bitten, einige Papiere auszufüllen. Das ist reine Formsache. Bitte, setzen Sie sich doch.«

Sie ließ sich an einem der Tische nieder und setzte sich Kelvin auf ein Knie.

»Warum haben sie nichts beim Einchecken gesagt?«, fragte sie. »Oder als ich die Tickets gekauft habe?«

Er antwortete nicht. Stattdessen öffnete sich eine andere Tür.

Zuerst wusste sie nicht, wer es war. Konnte – während der ersten Bruchteile der ersten Sekunde – nicht begreifen, was er hier zu suchen hatte.

Doch dann begriff sie. Alles.

Er räusperte sich.

»Kristina Hermansson«, sagte er. »Ihr Ehemann ist gestern Abend tot in Ihrem Haus im Musseronvägen in Gamla Enskede aufgefunden worden. Ich muss Ihnen mitteilen, dass Sie hiermit festgenommen sind unter dem Verdacht, ihn ermordet zu haben.«

Sie schloss die Augen eine Sekunde lang. Öffnete sie wieder.

»Ich verstehe«, sagte sie. »Ja, Sie haben das vollkommen richtig aufgefasst. Es tut mir leid, dass ich gezwungen war, Sie anzulügen.«

»Schon gut«, sagte er.

46

Ebba Hermansson Grundt beugte sich über den Küchentisch. Sie betrachtete ihren Sohn und ihren Mann mit ernster Miene, immer abwechselnd.

»Eine Sache ist mir in den letzten Tagen klar geworden«, sagte sie.

»Es war schwer«, sagte Leif Grundt. »Für uns alle.«

»Mir ist klar geworden, dass wir Henrik als tot ansehen müssen. Er *ist* tot. Wir werden nicht weiterleben können, wenn wir uns etwas anderes einbilden.«

»Ich habe auch darüber nachgedacht«, sagte Leif. »Ich denke, du hast vollkommen recht.«

»Ich denke auch so«, sagte Kristoffer.

Ebba Hermansson Grundt legte die Hände um die Teetasse und betrachtete die beiden noch eine Weile. »Das war ein schreckliches Jahr. Aber von jetzt an wollen wir versuchen, Henrik in guter Erinnerung zu behalten.«

»Das machen wir«, sagte Leif Grundt. »Oder was meinst du, Kristoffer?«

»Ja, das machen wir«, sagte Kristoffer und warf seinen langen Pony nach hinten, damit er seine Mutter und seinen Vater besser ansehen konnte. Es vergingen einige schweigsame Sekunden. Leif Grundt seufzte.

»Gut, dann ist das abgemacht«, sagte Ebba. »Du musst zum Friseur, Kristoffer. Aber du hattest wenigstens eine schöne Woche in Uppsala?«

Kristoffer warf seinem Vater einen Blick zu. »Ja, danke. Aber es ist auch schön, wieder nach Hause zu kommen.«

»Das finde ich auch«, sagte Ebba. »Und wir wollen jetzt versuchen, nach vorn zu blicken.«

»Ich denke, das würde nichts schaden«, sagte Leif Grundt.

»Du könntest gern etwas in die Details gehen«, schlug Eva Backman vor.

»Ist mir schon klar, dass du das gern hättest«, sagte Gunnar Barbarotti. »Aber ich habe seit mehr als einem Tag nicht mehr geschlafen, wenn du also nichts dagegen hast ...«

»Mit dem Messer, sagst du?«

»Ja, mit dem Messer. Neun Stiche in den Rücken, die letzten sechs, nachdem er bereits am Boden lag.«

»Und sie hat sofort gestanden?«

»Ich brauchte nicht einmal zu fragen.«

»Und er ...?«

»Hat Henrik Grundt ermordet, ja.«

»Hat sie erzählt, warum?«

»Darüber muss ich erst noch nachdenken.«

»Was?«

»Ich habe gesagt, darüber muss ich erst noch nachdenken.«

»Das habe ich schon verstanden. Aber was meinst du bitte schön damit? Dass du darüber nachdenken musst, ob er ...?«

»Das ist etwas heikel. Ich habe genügend Informationen bekommen, sowohl was Henrik Grundts Tod als auch was Jakob Willnius betrifft. Aber es gibt da einiges an zusätzlicher Information. Und es dient niemandem, wenn die an die Öffentlichkeit kommt. Oder nur im Abschlussbericht auftaucht ... ich muss darüber noch nachdenken. Wie gesagt.«

»Das verstehe ich nicht.«

»Nein, das kannst du auch nicht. Aber lass es mich so sagen: Die Wahrheit ist manchmal ein stark überschätztes Juwel.«

»Das hast du irgendwo gelesen ... ja, in einem Donald-Duck-

Heft oder in irgendeiner anderen Literatur, in die du deine Nase zu stecken pflegst.«

»Ach, Scheiße, Eva, warum musst du immer so sein? Kannst du mir nicht einfach gratulieren, dass ich den Fall geklärt habe?«

»Das würde dir so passen«, sagte Eva Backman und legte den Hörer auf.

Bevor er einschlief, lag er noch eine Weile da und dachte nach.

Es hatte nur so wenig bedurft, dachte er. Eine Minute – mehr wäre nicht nötig gewesen, um das überschätzte Juwel der Wahrheit auszugraben. Aber sehen Sie nicht ein, hatte er gefragt, sehen Sie nicht ein, dass ich mich damit nicht zufriedengeben kann? Wenn Sie mir keinen Grund angeben, warum Ihr Mann Henrik Grundt getötet hat, dann könnte ich ja auf die Idee kommen, Sie hätten auch ihn getötet. Oder dass Sie es gemeinsam getan haben. Sie müssen mir schon einen Grund nennen.

Sie hatte einen Augenblick lang gezögert.

Ich war der Grund, hatte sie dann geantwortet.

Eine schwarze Sekunde lang hatte er nicht begriffen. Anschließend gab es keinen Zweifel mehr, da verstand er alles.

Dafür hatte es nicht einmal eine Minute gebraucht.

Wie haben Sie es geschafft, die Leiche zu beseitigen?, hatte er dennoch gefragt.

Es gab einen Feuerbalkon. Und eine Treppe. Es war ganz einfach.

Er hatte beschlossen, nicht nachzufragen, wo sie die Leiche begraben hatten. Nicht jetzt. Das erschien ihm nicht wichtig.

Wichtiger war, zu entscheiden, wie er mit dieser zusätzlichen Information umgehen sollte, über die er mit Eva Backman gesprochen hatte. Dieses dunkle Wissen darüber, was der Grund für diese ganze Geschichte war. Kristina und Henrik. Tante und Neffe, die die Grenze zu einem verbotenen Land überschritten hatten.

Wenn man es so poetisch ausdrücken wollte. Rausch und Geilheit wahrscheinlich, wenn man prosaisch bleiben wollte. Durch ihre Tat war viel Porzellan zerschlagen worden, aber war es wirklich nötig, das wenige, was noch heil war, auch noch kaputt zu machen?

Gute Frage. Das Geheimnis ruhte momentan bei vier Personen: bei ihm selbst und Kristina. Kristoffer Grundt und seinem Vater. Konnte es dort bleiben? Hatte Gunnar Barbarotti – als Kriminalinspektor und als Mensch – eine Art Pflicht, dafür zu sorgen, dass alles ans Tageslicht kam zur allgemeinen, unbarmherzigen Ansicht?

Zweifellos eine wichtige Entscheidung, aber in seinem augenblicklichen Zustand war er nicht bereit, sie sich vorzunehmen. Genau wie er es Kollegin Backman erklärt hatte. Auf dem Rücken im weichen Hotelbett liegend, die Gardinen vorgezogen, die Sache im Kasten, sah er es als angemessen an, Kontakt mit dem möglicherweise existierenden Gott aufzunehmen.

Um die Wette zu kontrollieren und daneben das eine oder andere – aber nicht einmal das durchzuführen, blieb ihm die Zeit, bevor der Schlaf sich wie ein warmer, träger Sommertag über ihn senkte.

Rosemarie Wunderlich Hermansson saß in einer der Bars auf dem Flughafen von Málaga.

Seit das Flugzeug, mit dem Kristina und Kelvin hatten kommen sollen, gelandet war, waren jetzt zwei Stunden vergangen. Sie hatte drei Gläser süßen Wein getrunken und zweimal so oft versucht anzurufen, um herauszufinden, was passiert war. Nirgends bekam sie eine Antwort. Das war unbegreiflich. Verwöhntes Kind, dachte sie. Hätte doch wohl von sich hören lassen können und wenigstens mitteilen, dass sie mit dem nächsten Flugzeug kommt. Das war nun wahrlich nicht zu viel verlangt.

Erst sich so kurzfristig ankündigen und erklären, sie habe ihren Mann verlassen und müsse nach Spanien kommen. Und dann nicht kommen. Wahrscheinlich hatte sie es bereut. Und war zu ihm zurückgekehrt. Und hatte dann vollkommen eine wartende Mutter vergessen, die sich Sorgen machte.

Sie hätte gern versucht, etwas über die Passagierlisten und so von dem Flughafenpersonal zu erfahren, aber sie wusste selbst, wie schlecht ihr Englisch war. Das gab ja doch nur Missverständnisse. Außerdem erschien ihr das aus irgendeinem Grund einfach peinlich. Eine Tochter, die nicht auftauchte wie versprochen. Die würden doch denken, dass mit ihr etwas nicht stimmte, wenn ihr so etwas passierte. Rosemarie Wunderlich Hermansson war es so leid, dass immer ihr so etwas zustoßen musste.

Und in eineinhalb Stunden sollte wieder ein Flugzeug landen, das hatte sie herausgefunden. Zwar über Kopenhagen, aber das war ja auch gleich. Karl-Erik war weggefahren, um Golf zu spielen. Mit dem Taxi brauchte man zwischen fünfundvierzig Minuten und einer Stunde vom Flugplatz bis zu ihrer urbanización. Das kam auf den Verkehr an. Sie hatte nichts anderes Wichtiges zu erledigen. Konnte also genauso gut hier sitzen bleiben und auf das Flugzeug warten – und falls Kristina tatsächlich in ihm saß, konnte sie ja gar nichts von sich hören lassen.

So war es nun einmal, und sie hatte diesen Jakob nie besonders leiden können. Er hatte so etwas Unzuverlässiges an sich. Als sie den Hörer am gestrigen Abend nach dem Gespräch aufgelegt hatte, hatte sie sich richtig aufgekratzt gefühlt bei dem Gedanken, dass ihre Tochter und ihr Enkelsohn eine Weile bei ihr wohnen sollten.

Rosemarie Wunderlich Hermansson seufzte und bestellte sich noch ein Glas Wein. Es gefiel ihr, das wenige Spanisch zu benutzen, das sie trotz allem gelernt hatte.

HÅKAN NESSER

Die Kommissar-Van-Veeteren-Serie

Das grobmaschige Netz. Roman
Das vierte Opfer. Roman
Das falsche Urteil. Roman
Die Frau mit dem Muttermal. Roman
Der Kommissar und das Schweigen. Roman
Münsters Fall. Roman
Der unglückliche Mörder. Roman
Der Tote vom Strand. Roman
Die Schwalbe, die Katze, die Rose und der Tod. Roman
Sein letzter Fall. Roman

Weitere Kriminalromane

Barins Dreieck. Roman
Kim Novak badete nie im See Genezareth. Roman
Und Piccadilly Circus liegt nicht in Kumla. Roman
Die Schatten und der Regen. Roman
In Liebe, Agnes. Roman
Die Fliege und die Ewigkeit. Roman
Aus Doktor Klimkes Perspektive. Erzählungen
Die Perspektive des Gärtners. Roman
Die Wahrheit über Kim Novak. Roman
Himmel über London. Roman
Die Lebenden und Toten von Winsford. Roman
Der Fall Kallmann. Roman

Die Inspektor-Barbarotti-Serie

Mensch ohne Hund. Roman
Eine ganz andere Geschichte. Roman
Das zweite Leben des Herrn Roos. Roman
Die Einsamen. Roman
Am Abend des Mordes. Roman

btb